York
Newstead Abbey
Ermine Street
Lincoln
Nottingham
Wroxeter
Watling Street
Melton Mowbray
Leicester
Southoe
Gloucester
Cirencester
Canterbu
London
Fosse Way
Dover

R & L

Titus Müller

Die Brillenmacherin

Roman

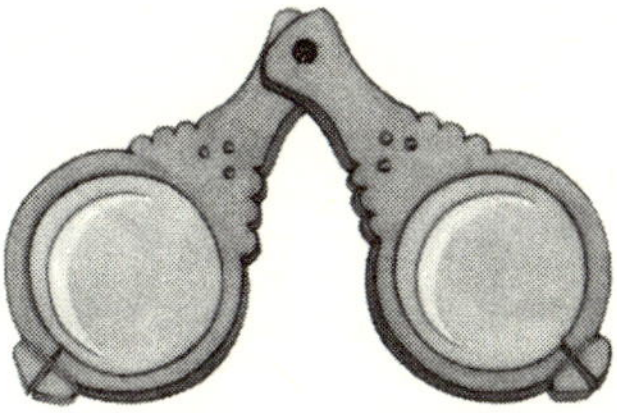

Rütten & Loening
Berlin

ISBN 3-352-00717-9

1. Auflage 2005

Einbandgestaltung Henkel/Lemme
Historische Illustrationen
von Norman Hothum © VG Bild-Kunst 2005
Druck und Binden GGP Media GmbH, Pößneck
Printed in Germany

www.ruetten-und-loening.de

Für den, der sich *a symple creature* nannte
und versuchte, seinen Namen zu
verheimlichen.
Durch seinen Mut hat er England und die Welt
für immer verändert.

Forsoþe þe wrd of god is quik and spedi in wirking and more able to persen þan alle twei eggid swerd.

Hebräer 4,12, Wycliffe-Bibel um 1390.

I

Jedes der vier Karpfenbecken am Flußufer war so groß wie ein See. Weißes Licht glitzerte auf dem Wasser. Der Wind wehte die Schirmchen der Kuhblumen hinein und trieb sie wie kleine Schiffe vor sich her. Von Zeit zu Zeit schnappte ein Karpfenmaul danach.

Hinter den Gehöften stakten Krähen über die Felder. Sie stocherten mit ihren dicken Schnäbeln im Stroh nach vergessenen Körnern. Schafe blökten.

Braybrooke schien ein idyllischer Ort zu sein, die Art, die der Wanderer in den Midlands für eine Mahlzeit und ein Bettlager auswählt, ein Dorf mit freundlichen Bewohnern. Das war es nicht. Braybrooke war ein Höllenpfuhl, ein Himmelstor.

Ein Sturm nahm hier seinen Anfang, der noch über diese Erde fegen wird, wenn längst der Fluß vertrocknet und die Karpfenbecken zu nutzlosen Kratern verkommen sind, an deren Herkunft sich niemand erinnert. An jenem Vormittag des 16. August 1386 ahnten wenige, welche Umwälzungen die Kraft bewirken würde, die in Braybrooke Atem schöpfte, und die ahnungsloseste unter den Ahnungslosen war Catherine.

Dabei würde sie es sein, die den Sturm entfesselte.

Catherine lehnte an der letzten Eiche des Rockingham Forest und sah hügelabwärts auf Braybrooke hinunter. Ihre Lippen zitterten.

Weiße Wollbausche schmückten den Himmel, die Luft strich warm über das Gras. Hinter den Karpfenbecken ragten fünf Türme aus dem Tal herauf, dunkle, hölzerne Finger. Der mittlere war bis zum ersten Knöchel aus Stein gemauert. Fahnen schmückten die Türme, Fahnen, rot wie Blut, auf jedes Tuch ein goldenes Kreuz genäht.

Sie wischte sich Schlammspritzer aus dem Gesicht, polierte mit dem Ärmel den gläsernen Ring am Finger. Die Füße waren schwarz vom Straßenstaub.

Am Lederband entnahm sie dem Halsausschnitt ihres Kleides die hölzerne Dose. Sie drehte sie mit spitzen Fingern, öffnete den Deckel, zupfte den Lappen beiseite. Sie löste eine Brille heraus und bog die Rundungen am mittleren Nietgelenk auseinander. Zärtlich strich sie über die Einschnitte am oberen Rand der Fassung. Schließlich hielt sie sich die Brille vor die Augen. Ihre Finger griffen durch den Rahmen hindurch. Wo Gläser hingehörten, gähnten Löcher. »Diese bekommst du nicht, Elias. Diese nicht.«

Sie würde ihn zur Rede stellen, würde ihm sagen, daß sie sich mißachtet fühlte.

Sorgfältig verpackte sie den Brillenrahmen wieder. Als sie die Dose unter das Hemd geschoben hatte, blickte sie mit zusammengekniffenen Augen auf Braybrooke Castle hinunter. Dann stieg sie den Hügel hinab.

Dorfbewohner sammelten Äpfel am Rand der Straße und legten sie in geflochtene, bauchige Körbe. Als Catherine die Brücke erreichte, verstummte das Geschwätz der Dörfler, und sie hielten inne, um sie zu mustern.

Vor einem der ersten Häuser saß ein alter Mann und nähte einen Schuh. Auf dem Schemel zwischen seinen Knien lagen Ahle, Leder und verschiedene Messer. Der Alte blickte nicht auf, als ihm Catherine einen guten Tag wünschte. Sie wartete einen Augenblick, dann sagte sie etwas lauter: »Ich würde Euch gern um eine Auskunft bitten.«

»Müßt nicht brüllen.« Seine brüchigen Lippen entblößten Zahnlücken.

»Ich suche den Brillenmacher.«

»Ihr seid eine Fremde. Wer schickt Euch?«

»Niemand schickt mich. Könnt Ihr mir sagen, wo ich Elias Rowe finde?«

Bedächtig las der Alte seine Werkzeuge zusammen und klemmte sich zum Schluß noch den Schuh unter den Arm.

»Hier gibt es keinen Brillenmacher. Geht, schnüffelt woanders.« Damit verschwand er im Haus.

»Ich habe freundlich gefragt.« Sie sah zur Burg hinüber. Ihre Füße setzten sich in Bewegung, schwerfällig, als hingen Gewichte daran. Sie passierte die Karpfenbecken, Wasserbäuche voller Tiere, Fischgefängnisse. Männer standen oben auf den Wällen und streuten Getreide in die Teiche. Drei von ihnen schleppten ein Netz zur Burg. Befloßte Tierleiber hingen darin und tropften. Catherine wich den Pfützen aus.

Größer und größer wuchs die Burg. In das dunkle Holz waren Schießscharten eingelassen. Wo der Weg die Mauer berührte, sprang ein Einlaßhaus vor. Catherine sah an den eisenbeschlagenen Torflügeln hinauf. Als sie anklopfte, hörte man nichts. Das Holz wies ihre Hand ab wie eine lästige Mücke.

Sie drehte sich herum und blickte den Weg zurück. Tränen standen ihr in den Augen. Catherine holte mit dem Fuß aus, trat gegen das Tor.

Eine kleine Tür öffnete sich. »Was willst du?« Der Wächter roch nach Schweiß.

»Ich suche Elias Rowe.«

»Kenne ich nicht.«

»Er ist Brillenmacher. Arbeitet er nicht für Sir Latimer?«

»Oh, der Brillenmacher.«

»Ich bringe ihm Material.«

»Davon weiß ich nichts. Wie ist dein Name?«

»Catherine.«

»Warte hier.«

Der Wächter schloß die Tür. Nun schwiegen die Mauer, die Türme. Nur die Fahnen fingen geräuschvoll den Wind. Es roch nach altem Holz und nach Fischinnereien.

Endlich erschien der Wächter erneut. »Er ist sehr erstaunt, aber er sagt, er kennt dich.« Er hielt ihr die Tür auf.

Stumm überquerten sie den Burghof. Zwei Pferdeknechte striegelten einen Rappen. Ihre Bürsten hinterließen Bahnen im Fell des Tiers, auf denen die Sonne glänzte. Der Hahn, der sich auf dem Misthaufen daneben in die Brust warf, beachtete das

Pferd nicht; er legte ruckhaft den Kopf schief und besah Catherine, als überlegte er, ob er sie in seinem Reich dulden würde oder nicht.

Vor einem Turm blieb der Wächter stehen. »Störe ihn nicht zu lange. Der Herr wünscht, daß der Brillenmacher unbehelligt arbeiten kann.«

»Hat er nicht gesagt, wer ich bin?«

»Was meinst du?«

»Ich bin seine Ehefrau.« Sie drückte die Tür auf. Talgkerzen flackerten in der Dunkelheit. Zuerst nahm Catherine die breite Treppe wahr, die in das nächste Stockwerk hinaufführte. Dann erfaßte ihr Blick die Werkzeuge auf den Tischen: Zangen, Feilen, Schleifschalen, Hämmer, Zirkel, Bohrer, Messer, Sägen, Hobel, dazu Rohglasplatten, Schmirgel, Säckchen mit Zinnasche und Uhrensand, Brettchen von Lindenholz.

Elias stand über einen der Tische gebeugt. Das weiße Haar wucherte ihm schon wieder weit über den Nacken, ihn kümmerte so etwas nicht. Seine Schultern kündeten Kraft, aber sie waren gekrümmt von der Arbeit. Ohne auf seine Hände zu schauen, wußte sie sofort, was er tat: Er führte die Glasfeile über eine Linse. Seine gleichmäßigen Bewegungen verursachten ein feines, schabendes Geräusch. Dann und wann hob er die Linse in die Höhe und fuhr mit dem Daumen über ihren Rand.

»Elias, ich weiß, das wird dir nicht gefallen.«

Das Schleifen brach ab. Langsam richtete der Brillenmacher sich auf, legte die Linse und die Feile aus den Händen. Er drehte sich um. Die weißen Augenbrauen fuhren in die Höhe. »Also hat der Torwächter die Wahrheit gesagt. Du bist mir nachgereist. Was ist geschehen?«

»Seit Wochen warte ich auf deine Rückkehr. Ich wollte dich sehen.«

»Ah.« Er lächelte milde. Dann wendete er sich ab und nahm die Arbeit wieder auf. Wie er vor Catherines ersten Worten gearbeitet hatte, so arbeitete er jetzt weiter, nicht minder in seine Tätigkeit versunken als zuvor.

»Elias!«

Er legte die Feile aus der Hand und griff nach einem Lederlappen. Sorgfältig polierte er den Rand der Linse, prüfte immer wieder mit dem Daumen nach.

»Ich möchte mit dir reden, Elias.«

»Siehst du die Brillenfassung dort hinten? Kannst du sie mir bitte bringen?«

Catherine holte den hölzernen Rahmen und legte ihn neben ihrem Mann ab. »Warum läßt dich Sir Latimer nicht gehen?«

»Meine Arbeit ist noch nicht abgeschlossen.«

»An Ägidien wäre ich gern wieder zu Hause. Mit dir. Schaffen wir das?«

»Du weißt, daß ich diesen Ort nicht verlasse, bis ich die passende Brille für Sir Latimer hergestellt habe.«

»Warum dauert es so lange?«

»Es dauert nicht lange.«

»Du bist seit neun Wochen hier. Du fehlst mir.«

Er nahm auf einem Schemel Platz und dehnte vorsichtig den Brillenrahmen, wo das kreisrunde Holz eingeschnitten war. In die Öffnung hinein preßte er eine der Linsen. Es knackte leise, als sie sich in die dafür vorgesehene Kerbe fügte. Der Rahmen schloß sich. »Verzeih, Catherine. Ich habe oft an dich gedacht. Du weißt, ohne Ausdauer ist den Augenleiden nicht beizukommen.«

»Wie viele Linsen hast du Sir Latimer schon geschliffen?«

»Dort hinten, die Kiste.«

Es war eine lange, schmale Holzschachtel, von Querstreben in kleine Fächer unterteilt. In jedem Fach klemmten zwei Linsen. Vierzig mochten es sein, oder fünfzig. »Bist du dir sicher, daß du ihm helfen kannst?«

»Natürlich. Er hat die üblichen Beschwerden. Auf der Jagd sieht er gut, aber er kann nicht lesen. Zuletzt konnte er die Schrift nur noch erkennen, wenn er das Buch weit von sich gestreckt hat, und inzwischen muß er einen Schreiber bitten, ihm das Gewünschte vorzutragen. Wer für die Ferne blind ist, dem können wir nicht helfen.«

»Du hast ihm so viele Linsen vorgehalten. Was läßt dich glauben, daß du noch Erfolg haben wirst?«

»Die Linsen haben etwas bewirkt, allerdings hat keine es geschafft, daß er klar sieht. Am Anfang war ich nah dran, dann wurde es schlechter, und jetzt nähere ich mich wieder der richtigen Linse, obwohl ich viel dickeres Glas verwende.«

»Wie merkwürdig.«

»Thomas Latimer ist ein einflußreicher Mann, erst vergangenes Jahr wurde er vom Feldzug gegen die Schotten freigestellt, um die Mutter des Königs zu beschützen. Ich werde ihm eine Brille schaffen, die ihm die Sicht seiner Jugend zurückgibt.«

»Was ist mit deiner Frau?«

Der Brillenmacher stand auf. Sich leise räuspernd, trat er an Catherine vorüber, wickelte einige Rohglasscheiben aus ihrer Hülle und hielt sie vor ein Talglicht. Im gelbgrünen Glas schimmerten Beulen, Luftblasen und kleine Einschlüsse. Elias murmelte: »Vielleicht sollte ich noch einmal einen Versuch mit diesem dicken Barillaglas machen.«

Catherine trat an den Werktisch heran. Sie zog das Trenneisen hervor und drehte es in der Hand. »Darfst du hier im Turm Feuer machen, um das Eisen zu erhitzen?«

»Bitte!« Seine Stimme schlug hart gegen die Wände. »Lege es weg.«

»Aber du brauchst es jetzt.«

»Richtig, *ich* brauche es. Ich werde es mir nehmen, wenn ich soweit bin.« Er legte die Glasscheibe ab. In ein kleines Schüsselchen stäubte er etwas Kreide hinein und goß aus einem Becher Wasser hinzu. Er rührte um.

»Willst du gar nicht nach Hause?«

»Natürlich will ich das.«

»Ich könnte dir helfen, hier schneller fertig zu werden.«

»Gut.«

»Wir könnten …« Catherine brach ab. Sie besah ihre Hände, schluckte. »Wenn wir jeder an einem Linsenpaar arbeiten würden, hätte der Herr Ritter schneller die passende Brille.«

Elias legte die Glasplatte auf seinen Schoß. Farbiges Licht fiel durch sie hindurch auf die Beinlinge. »Du weißt, Catherine, daß ich das nicht dulden kann und will.« Er tunkte den Griffel ins Kreidewasser, spitzte die Lippen und zeichnete einen Kreis auf das Glas. Anfang und Ende des Kreises trafen sich. »Sorge ich nicht gut für dich?«

»Das tust du. Es ist nur: Ich könnte auch Brillen machen.«

»Du hilfst mir schon wunderbar, wenn du die Fassungen schnitzt. Das ist eine wichtige und großartige Aufgabe.«

»Wir wären schneller, verstehst du, und könnten eher zu Hause sein.«

»Catherine.« Ein väterliches Leuchten erschien auf seinem Gesicht. »Als ich London verließ, war ich sechzehn Jahre alt. Ich habe in Brabant acht Jahre lang bei einem Brillenmachermeister gelernt und noch zehn weitere Jahre dort gearbeitet, bis ich nach England zurückkehrte. Das weißt du. Dieses Handwerk übt man nicht einfach aus. Es ist ein schwieriger Beruf, der seine Meisterschaft erfordert. Wie viele Brillenmacher mag es in England geben? Fünf? Zehn? Das hat seinen Grund. In Venedig, dem Zentrum der Brillenmacherkunst, gibt es Gesetze, hörst du, Gesetze, die bestimmen, daß ein Geselle erst dann zum Brillenmachermeister werden kann, wenn er acht Jahre Lehrzeit hinter sich hat. Acht Jahre Lehrzeit, denk einmal, vom Gesetz vorgeschrieben, und selbst in Brabant geht es nicht schneller.«

»Dann laß mich dein Lehrling sein! Darf ein Lehrling keine Linsen schleifen?«

Er zeichnete einen zweiten Kreis. »Du bist eine junge Frau.«

»Und?«

»Du bist nicht mein Lehrling. Weil ich dich liebe, mußt du keine Arbeit tun, die für eine Frau unpassend wäre.« Er erhob sich mitsamt der Glasscheibe und nahm das Trenneisen vom Werkzeugtisch.

»Wohin gehst du?«

»Ich schneide das Glas im Küchenhaus. Warte hier. Sie mögen keine Fremden.« Gerade, als Elias die Tür erreichte, erzitterte sie unter zwei Faustschlägen. Der Brillenmacher erstarrte. »Bitte«, stammelte er.

Durch die aufschwingende Tür schoß grelles Tageslicht in das Turmzimmer. Eine große schwarze Gestalt trat in das Licht, umgleißt, als hätte sie die Sonne geboren, ein Schatten, der Helligkeit versprühte.

»Herr.« Elias legte Trenneisen und Scheibe ab und fiel nieder auf die Knie.

Eilig folgte Catherine seinem Beispiel.

»Steh auf, mein guter Elias. Ich sehe, du hast eine Besucherin?«

Sollte auch sie sich erheben? Catherine hob ein wenig den Kopf. Unter einer roten Hose aus Wolltuch taten Schnabelschuhe einen Schritt auf sie zu. Die Spitzen der Schuhe ließen auf einen hohen Herrn schließen: Sie ragten eine Fußlänge über den Schuh hinaus. Nur den Edelsten war es gestattet, solches Lederwerk zu tragen. Hastig senkte Catherine die Stirn zu Boden.

»Erhebe Sie sich. Was ist ihr Name? In welcher Sache besucht Sie den Brillenmachermeister?«

»Es ist meine Ehefrau«, sagte Elias.

Catherine stand auf. Sie wagte es nicht, den Edlen anzuschauen.

»Du hast nie von ihr gesprochen. Hübsch anzuschauen! Ist sie dir eine tüchtige Helferin? Sie mag bleiben, solange sie will.« Über der enganliegenden Hose trug der Herr einen blauen Rock mit kurzen Ärmeln. »Aber stumm ist sie nicht, oder?«

Catherine sah auf. »Nein, Herr.«

Er fuhr sich mit der Hand über den Kinnbart. Lächelte er? Blickte er ernst? Das Gesicht schien eine Maske zu sein, hinter der sich ein spöttisches Lachen verbarg. Es trat an den Mundwinkeln zutage und glänzte in den hellen Augen. »Sie wird mir verzeihen müssen, daß ich ihren Ehegatten für den Tag entführe.« Er wendete sich um. »Elias, ich möchte, daß du mich nach Lutterworth begleitest. Bist du reisefertig?«

»Herr, es ist mir eine Ehre, Euch zu begleiten.«

»Nimm einige Linsen mit. Ich will einem Mann, den ich schätze, eine Brille schenken.«

Elias bewegte sich nicht von der Stelle, bis der Ritter den Raum verlassen hatte. Dann kam plötzlich Leben in ihn. Er trat an den Linsenkasten heran und stopfte Tücher in die Fächer. »Denkst du, sie sind gut genug gepolstert? Wird es regnen? Brauche ich den Mantel?«

»War das Thomas Latimer?«

»Catherine, es ist wunderbar, daß du da bist. So muß ich mir keine Sorgen um die Werkzeuge machen.« Er trat an sie heran und drückte ihre Ellenbogen. »Hüte die Werkstatt, tust du das für mich?«

»Wann kommt ihr zurück?«

»Sicher in den Abendstunden. Sorge dich nicht, hörst du? Wir reden dann.« Mit dem Linsenkasten in den Händen eilte er hinaus.

Catherine preßte die Faust gegen die Stirn. Ihr Atem zitterte. Wie freudig er der Bitte des Ritters folgte! Für ihn verschleuderte er den Tag, als wäre es nichts. Sie aber war gerade gut genug dafür, die Werkzeuge zu bewachen. Neun Wochen hatten sie einander nicht gesehen, und er plauderte kurz mit ihr, um dann für den Rest des Tages zu verschwinden. Keine Zerknirschung, keine Reue, weil er seine junge Frau so lange hatte warten lassen. Kein Versprechen, daß er sich beeilen würde mit der Arbeit und daß sie bald nach Nottingham zurückkehren konnten.

Was hatte der Ritter gesagt? Elias habe nie von ihr gesprochen! Es stach wie eine Lanze ins Herz. Für ihn gab es nur Glas, Feilen und Linsen, und den ach so berühmten Ritter Latimer, den er glücklich machen wollte, oder die Karmelitermönche oder den Bailiff Trussebut oder wen auch immer, der eine Brille kaufen wollte. Sie, Catherine, kam als letzte an die Reihe. Er bemerkte sie nur dann, wenn es darum ging, neue Brillenfassungen zu schnitzen oder die Werkstatt zu hüten, während er verreiste.

Daß sie ihn so sehr liebte! Gab es keinen Weg, gleichgültig zu werden? Den Kummer wäre sie los, würde sie sich nicht verzehren nach einem freundlichen Wort von ihm, nach einem Lob, nach einer Umarmung.

Er streichelte gern ihre Augenbrauen und erzählte dabei, sie seien wie gesponnenes Gold. Ihren Mund rühmte er, und er sprach schmeichelnd über ihre Wangen und ihren Körper. Trotzdem kannte er sie nicht, auch nach vier Jahren Ehe hatte er keine Ahnung, wozu sie in der Lage war, welche Kraft in ihr schlummerte. Für ihn war sie ein Mädchen, ein schwaches Weib. Blind war er für alles, was sie erreichte, auch wenn sie unermüdlich um sein Lob warb. Sie kochte, wusch, fegte die Werkstatt und stellte ihm Blumen hin. Sie schnitzte Brillenrahmen. Sie war geschickt dabei, aber anscheinend war es nicht genug, um ihn in Erstaunen zu versetzen.

Schon als junges Mädchen war sie um seine Werkstatt geschlichen, hatte die Werkzeuge bestaunt und die glänzenden, kleinen Brillen. Sie hatte davon geträumt, selbst einmal jene Apparate zu erschaffen, die das Licht beherrschten. Sie konnte das! Es war Zeit, daß er es bemerkte. Er würde stolz auf sie sein. Er würde ihre Kraft erkennen.

Catherine lauschte. Hufschlag entfernte sich. Einen Augenblick lang wartete sie, dann schlich sie auf Zehenspitzen von Tisch zu Tisch und ließ die Hand über das Werkzeug streichen. »Heute seid ihr mein«, flüsterte sie. Das Herz schlug ihr bis in den Hals.

Wie mußte die Brille beschaffen sein, die der Herr Ritter brauchte? Wenn Elias einen neuen Auftraggeber hatte, begann er zunächst damit, dünne Linsen zu schleifen. Sie ließen sich aus Waldglas herstellen, das preiswerter war als das teure Barillaglas. Fand sich keine passende Linse, ging Elias zu mittlerer Stärke über. Erst zum Schluß versuchte er es mit dem dicken Barillaglas, für dessen Herstellung die Glashütten aus Alicante Asche von Meerespflanzen einkaufen mußten, was sie sich teuer bezahlen ließen. Es war anzunehmen, daß er auch für Latimer zunächst dünne Linsen geschliffen hatte. Zu

Anfang sei er nahe am Erfolg gewesen, hatte Elias gesagt. Dünne Linsen halfen nicht richtig, aber doch ein wenig. Die mittleren halfen gar nicht, und nun, während Elias sich den dicken näherte, wurde Latimers Sicht wieder besser. Was hatte das zu bedeuten? Wie konnten sowohl dünne als auch dicke Linsen Latimer helfen?

Dünne Linsen. Und dicke Linsen. Beide wirkten.

Catherine packte eine grüne Waldglasscheibe aus. Sie hielt sie sich vor die Augen. Etwas trieb sie, das Glas mit der Zunge zu berühren. Sie zögerte erst, dann leckte sie daran. Obwohl es hart war, schien es die Zunge weich zu empfangen. Blasen und kleine Teilchen waren mit dem Glas erstarrt, unerreichbar im Inneren der Scheibe.

Sie hielt das Waldglas fest und befreite mit der anderen Hand eine der kostbaren Barillaglasplatten von ihrer Lederhülle. Die gelbe Scheibe war dreimal so dick wie das Waldglas. Es gab nur wenige Beulen. Blasen konnte sie in ihr nicht entdecken.

War es möglich, zwei Menschen zugleich zu sein? Einer, der gut sah, und einer, der nicht gut sah? Mit jeder Hand hob sie eine der Glasplatten in die Höhe und blickte hindurch: das linke Auge durch grünes Waldglas, das rechte Auge durch Barillaglas. Der Raum verschwamm. Grüne Flämmchen tanzten. Gelbe Tische wölbten sich.

Das war die Lösung!

Sie legte die Platten ab, zog die Dose aus ihrem Hemdausschnitt, öffnete sie. Den Brillenrahmen ließ sie zusammengeschoben, wie er war, so daß beide Linsenöffnungen übereinanderlagen und ein einziges Rund ergaben: eine Brille für einen Einäugigen. Neben den Glasplatten stand das Schüsselchen mit Kreidewasser, das Elias verwendet hatte. Sie legte den Brillenrahmen auf die grüne Scheibe, schob ihn umher, bis durch das Loch eine Stelle zu sehen war, die keine Blasen und nur wenige Einschlüsse enthielt. Catherine tunkte den Griffel in das Wasser ein und fuhr mit ihm die runde Fassung entlang. Wo das Nietgelenk aus der Kreisbahn ausbrach, zeichnete sie nichts; die Linse brauchte keinen Höcker. Sie setzte die Markierung auf der anderen Seite der Gelenkausbuchtung fort, bis sich Anfang und Ende des Kreidekreises trafen. Die erste Linse.

Bedächtig legte sie ihre Schablone auf das gelbe Barillaglas und zeichnete auch darauf einen Kreis. Die zweite Linse.

Talglichtfunken zuckten auf den Scheiben. Catherine glitt mit der Spitze des kleinen Fingers über das Glas. Sie stand langsam auf, wie im Traum. Holte sich das Trenneisen.

Auf dem Burghof sah sie um sich. Knechte, Mägde und Bewaffnete gingen ihrem Tagewerk nach. In welchem der Häuser befand sich die Küche? Sie zählte die Schornsteine. Vier. Und zwei davon auf demselben Haus, die einzigen, die Rauch spien. Jenes gemauerte, einstöckige Gebäude mußte das Küchenhaus sein.

Sie mochten keine Fremden. Es würde das beste sein, nicht als Fremde zu erscheinen. Catherine steuerte auf die Tür zu und trat unaufgefordert ein. Fauliger Geruch schlug ihr entgegen. Zwei Frauen und ein Mann hantierten mit stiefelgroßen Fischleibern. Catherine beachtete sie nicht. Die Feuerstelle war nicht zu verfehlen. Ohne ein Wort kauerte sie sich nieder und hielt das Trenneisen über die Flammen.

Im Kessel, der an Ketten über dem Feuer hing, brodelte Wasser. Der Bronzebauch gab dazu einen hohen, wimmernden Ton ab.

»Wer ist das?« raunte eine Frauenstimme hinter ihr.

»Nie gesehen.«

»Sag mal«, sagte die Stimme lauter, »was machst du da mit dem Schürhaken?«

Catherine schwieg.

»Hörst du nicht? Ich habe dich was gefragt.«

»Das ist kein Schürhaken.«

»Willst du mich für dumm verkaufen?«

Schweigen. Das Trenneisen qualmte.

»Was suchst du hier?«

Die Spitze des Trenneisens leuchtete in tiefem Rot.

»Ich glaube, die macht sich über mich lustig. He, bist du taub?«

Catherine erhob sich und ging mit gesenktem Blick zu Tür.

»Stehengeblieben!«

Sie begann zu laufen. Auf dem Hof stolperte sie, fing sich, stieß die Tür zum Turm auf und warf sie hinter sich zu. Heftig atmend lehnte sie sich dagegen. Was wollten sie von ihr? Warum war hier jeder unfreundlich?

Sie legte die dicke Scheibe wie eine Brücke über zwei Schemel und fuhr mit dem Eisen die Kreidezeichnung ab. So hatte sie es bei ihrem Mann gesehen, so hatte sie es tausendfach beobachtet, begierig zu lernen, begierig, eines Tages selbst dieses Handwerk auszuüben. Beißender Qualm stieg auf und mit ihm der vertraute Geruch, der zu Hause in den Ritzen und Winkeln der Werkstatt nistete. Das Glas gab dem Druck des Trenneisens zischend nach. Seine Oberfläche schmolz, und es riß auseinander. Als das kreisrunde Stück nur noch an einem Glasspan hing, löste Catherine es mit einer Zange heraus.

Kaum glühte das Trenneisen noch. Catherine wiederholte rasch die Prozedur mit der zweiten Scheibe. Glücklicherweise war das Waldglas dünner. Die Hitze des Eisens genügte, um auch dort das gewünschte Stück herauszuschmelzen.

Mit einer zweiten Zange bröckelte Catherine von den Rändern der Rohlinsen so lange kleine Teile ab, bis die Linsen in die Brillenfassung zu passen schienen. Dann holte sie die Feile vom Werkzeugtisch, um die scharfkantigen, unregelmäßigen Ränder glattzuschleifen. Der Werkzeuggriff: warm. Elias' Hand hatte ihn gehalten. Was tat sie hier?

Ich arbeite, sagte sie sich, niemand kann mir das verbieten. Ich bearbeite eine Linse. Und?

Bald schmerzte ihr Arm von den gleichförmigen Schleifbewegungen. Sie ertappte sich dabei, immer häufiger mit dem Daumen nachzuprüfen, wo sich Unebenheiten im Glas verbargen. Woher nahm der alte Brillenmacher die Kraft, ohne Unterbrechung die Feile zu führen? Es hatte leicht bei ihm ausgesehen.

Jahrelang hatte sie ihn beobachtet und davon geträumt, zu tun, was er tat. Er war ein Herr über das Licht, konnte es führen, wohin er wollte, und dort leuchtete es. Auch sie würde eine Herrin über das Licht sein. Sie hatte sich die Handgriffe gut eingeprägt.

Endlich war der Rand der Linse glatt. Catherine gab Mehl in die Kreidewasserschale und rührte Leim an, um einen Stiel an der Linse zu befestigen. Welche Schleifschale würde sie verwenden? Sie wog die gehämmerten Bronzeschüsseln in den Händen. Es sollte eine dicke Linse werden, die starke Wirkung hatte. Catherine entschied sich für eine tief gewölbte Schale. Sie füllte ein wenig Sand hinein.

Um dem Stiel Zeit zu geben, sicher an der Linse zu haften, ließ sie ihn ruhen und feilte statt dessen den Rand der zweiten Linse glatt. Im Grunde war es jetzt leichter; das dünne Glas ließ sich besser abschleifen. Catherines Arm schmerzte aber schon bei den ersten Bewegungen. Sie zwang sich, die Arbeit nicht zu unterbrechen.

Als der Linsenrand keine Unebenheiten mehr aufwies, prüfte sie den Halt des Stiels. Er saß fest. Elias hatte nicht selten Linsen weggeworfen, weil die Wölbung des Glases nicht gleichmäßig von der Mitte ausging. Der Grund dafür, so hatte er erklärt, war stets, daß er die Linse beim Schleifen nicht genau in das Zentrum der Schleifschale gehalten hatte. Stunden gingen durch solche Fehler verloren und wertvolles Glas zugleich. Um die Linse richtig in die Schleifschale zu fügen, sah Catherine von oben auf sie herab. Ihre Hand zitterte von der Anstrengung des Feilens, das machte es nicht einfacher.

Lange drehte sie die Linse im Sand. Dem Sand folgte Schmirgelstaub, dem Schmirgelstaub roter Uhrensand. Endlich begann die Linse zu glänzen. Catherine lauschte dem Knistern in der Schale. Sie preßte die Hand nur noch sanft hinab. Das Glasstück blitzte wie Kupferwasser.

Nachdem sie die Schleifschale ausgeleert hatte, strich sie Leim hinein und klebte Lederstreifen um Lederstreifen darauf, bis das Gefäß vollständig ausgekleidet war. Dann überstreute sie das Leder mit Zinnasche. Sorgfältig verteilte sie die feine, grauweiße Schicht. Wie eine Mutter ihren Säugling in die Wiege hineinschmiegt, so fügte sie die Linse in die gepolsterte Schale. Sie rieb sie mit sanftem Druck darin um und um, nahm sie heraus, rieb erneut. Die Linse hellte weiter auf.

Sie war versucht, die fertige gelbe Linse schon in den Brillenrahmen einzusetzen, entschied aber, sich das belohnende Knacken für den Schluß aufzuheben. Für die grüne Waldglaslinse wählte sie eine flachere Schleifschale aus.

Zwei Talglichter verloschen. Catherine schöpfte mit einer leeren Schleifschale Wasser aus dem Eimer und trank. Ein Frevel, den Elias nie erfahren durfte. Sie verspürte keinen Hunger. Der Glanz der Linsen sättigte sie: eine Speise aus Licht.

Mit Genuß hatte sie die Linsen in den Brillenrahmen einsetzen wollen. Sie hatte sich vorgestellt, wie sie sie sanft hineindrückte, hatte sich darauf gefreut, den Rahmen zu schließen und die Öffnung sorgfältig mit einem Leinenfaden zu umwickeln. Als es soweit war für den ersehnten Augenblick, gellten Rufe im Hof. Pferdehufe stampften. Deutlich war Elias' Stimme zu hören.

Catherine sah die zwei Löcher in den Rohglasplatten. Sie sah die Glassplitter auf dem Boden. Sie sah den Schmirgelstaub, den Uhrensand, die Zinnasche.

Unmöglich, daß Elias all dies nicht bemerken würde.

Hastig preßte sie die Gläser in den Brillenrahmen. Die Tür öffnete sich, und gleichzeitig sprang Catherine auf.

»Verzeih, Catherine, daß wir dich so lange haben warten lassen.«

Sie trat auf Elias zu, die Brille hinter dem Rücken verborgen, und sah ihm fest in die Augen. »Ich möchte dir etwas sagen.«

»Das wäre?«

»Elias Rowe, du weißt, daß ich dich achte und dich innig liebe?«

Er lächelte.

»Ich habe dich bewundert, bevor du mir überhaupt den ersten Blick schenktest. Daß du mich als deine Frau erwählt hast, hat mich zum glücklichsten Menschen gemacht.«

»Was ist los mit dir? Warum sagst du das?«

Sie passierte ihn und schob die Tür auf.

Vor dem Eingang zum gemauerten Turmfundament entdeckte sie den Ritter Latimer. An seiner Hüfte hing eine breite Schwertscheide, dunkles Leder, mit silbernen Beschlägen verziert. Seine Hand lag auf dem Knauf der Waffe und schob sie beiseite, als er den Turm betrat.

»Herr Ritter, Sir«, rief Catherine.

Im Türrahmen wandte er sich um.

»Bitte wartet!« Sie eilte auf ihn zu.

Alles Spöttische wich aus seinem Gesicht und machte blankem Erstaunen Raum. Als sie ihn erreichte, durchbohrten sie seine hellen Augen. »Was wünscht Sie?«

»Es ist vielleicht nicht der beste Zeitpunkt, aber ich würde mich freuen, wenn Ihr …« Sie hielt ihm auf der ausgestreckten Hand die Brille entgegen. Der Abendhimmel leuchtete durch die Gläser und malte einen grünen und einen gelben Flecken auf Catherines Hand.

»Wann hat Elias die fertiggestellt? Er hat es mir gar nicht berichtet.« Der Ritter nahm die Brille entgegen. »Ein grünes und ein gelbes Glas, wie seltsam.«

»Catherine!« donnerte Elias' Stimme.

Du hättest das nicht tun sollen, schoß es ihr durch den Kopf. Wie hatte sie sich einbilden können, Elias würde sich freuen, wenn sie bewies, daß sie Brillengläser schleifen konnte? Hatte er nicht deutlich gesagt, daß er das nicht wünschte?

Der Ritter faßte den hölzernen Rahmen mit den Fingerspitzen und hob sich die Linsen vor die Augen.

»Es … es ist nicht seine Schuld«, stammelte sie. »Ich war ungehorsam. Ich habe diese Brille hergestellt.«

Der Ritter hielt sie nahe vor das Gesicht, dann entfernte er sie langsam und blinzelte. »Nun, das erklärt die mangelnden Fertigkeiten. Keine von Elias' Brillen hat mir eine derart schlechte Sicht beschert. Alles ist verschwommen. Sie kann mir nicht helfen.« Der Mund des Ritters straffte sich. Er reichte Catherine die Brille zurück.

Hinter ihr zischte Elias: »Was hast du getan. Was hast du nur getan!«

»Wartet.« Catherine berührte den Arm des Ritters, der sich abgewendet hatte, dann zuckte ihre Hand zurück. »Vergebt.«

Er blickte auf die Stelle, wo sie ihn berührt hatte.

»Bitte, versucht es noch ein einziges Mal.« Sie drehte die Gläser um das Nietgelenk herum, bis die Brille auf dem Kopf stand. »So herum, vielleicht geht es so.«

Der Ritter runzelte die Stirn, aber er nahm die Brille und hielt sie sich vor das Gesicht. Seine Augen weiteten sich. Die Falten auf der Stirn verschwanden. »Das gibt es nicht. Das gibt es einfach nicht!« Thomas Latimer ging einige Schritte, blickte erneut durch die Brille. Er lief über den Hof. Das Schwert schwang an seiner Seite, klatschte ihm gegen das Bein. Am Brunnen blieb er stehen und beugte sich über die Mauer, bis er die Steine fast mit der Nase berührte. »Unglaublich. Ich sehe klar! Ich sehe jedes Sandkorn. Hier läuft ein Käfer, ein wunderschöner roter Käfer, ich kann ihn sehen, seine Beine, seine Fühler.« Er hob den Kopf. »Die Schriften.«

Hart trat er auf Catherine zu, aber er nahm sie nicht wahr. Der wirre, kurze Haarschopf, der fiebernde Blick – sie wich zurück. Ohne ein Wort verschwand er im Turm.

Sie sah sich nach Elias um. In seinem Gesicht kämpften Zorn und Entsetzen: Die Augen funkelten böse, aber der Mund stand offen wie bei einem Kind.

Kein Gefühl des Triumphes, statt dessen klopfte ihr Herz müde, die Brust war leer. Der Ritter war gegangen, ohne sich zu bedanken, er hatte nicht einmal danach gefragt, wie es ihr gelungen war, seine Augenschwäche zu besiegen.

Sie hatte Elias enttäuscht – für nichts.

2

Der Rockingham Forest dampfte. Wie Geister strichen Nieselwolken zwischen den Eichen dahin, bemalten sie mit Silberglanz, trugen winzige Tropfen auf, bis die Stämme schimmerten. Das Blätterwerk schwieg, es rauschte allein der Regen. Die Vögel hockten stumm im Geäst. In keinem Versteck entkamen sie der Feuchtigkeit, die von allen Seiten nach ihnen griff. Sie ergaben sich ihrem Schicksal, schüttelten nur dann und wann die Tropfen vom Schnabel.

Zwei Frauen gingen zwischen den Eichen. Sie konnten unterschiedlicher nicht sein: Die eine erinnerte an ein Bauernweib, eingewickelt in grobe erdfarbene Wolltücher und von der Statur einer Weltenmutter. Sie schwankte beim Gehen, als müßte sie mit den Füßen die Festigkeit des Bodens prüfen. Die andere Frau hielt Kinn und Kopf erhoben. Ihr blauer Mantel schleifte über den Waldboden. Hände und Gesicht waren von ungewöhnlicher Blässe: ein Wintermädchen. Über die Schultern wallten Locken und bedeckten halb die herabhängende Kapuze.

»Das ist mein Leben, Gonora«, sagte Anne von Ashley, »Kälte, Düsternis und Müdigkeit. Ich gehöre in diesen Wald, genauso wie das verrottende Laub.«

»Herrin, so dürft Ihr nicht reden.«

»Gäbe es Sturm! Einmal einen bäumebrechenden Sturm. Aber wir haben weder Sonnenschein noch Unwetter.«

»Gestern war es sonnig, Herrin.«

»Weißt du, ich vertraue niemandem mehr. Nur dir vertraue ich.«

Die Kammerfrau blieb stehen und senkte den Blick. »Das ist nicht wahr. Ihr vertraut auch mir nicht.«

»So?« Anne von Ashley schob die Hände in die Ärmel des

Mantels. Sie hob die Schultern und schüttelte sich. »Es ist kalt.«

»Die vielen Reisen, auf denen Euch niemand begleiten darf. Ich glaube nicht, daß Ihr tatsächlich nach Ashley oder Milnehope Manor reitet.«

»Ach bitte, fang nicht wieder damit an. Du kannst den Verwalter von Milnehope Manor befragen. Ich war immer dort.«

»Und weshalb? Ihr habt John Beysin nicht geliebt.«

»Darf ich nicht das Grab meines verstorbenen Mannes besuchen?«

»Euer Kopf und Euer Herz sind voll von Thomas Latimer. Es ist kein Platz für John Beysin von Ashley mehr darin, und Ihr wißt, daß ich das weiß.«

Anne von Ashley bückte sich und hob ein schwarzes Blattgerippe auf. »Siehst du die feinen Äderchen? Einst war dies ein saftiges Blatt an einem Baum, das sich in den Wind geworfen hat. Es hat getanzt. Dann kam der Winter, und es mußte sterben. Was ist von ihm geblieben? Nicht viel. Was wird von ihm in einem Jahr übrig sein? Es ist einsam. Seine Gefährten sind von Würmern unter die Erde gezogen worden. Alles ist vergänglich, Gonora.«

»Hattet Ihr Streit mit dem Herrn Ritter?«

»Im Augenblick kümmert er sich nur um diesen Brillenmacher. Und hast du uns je streiten hören? Ich wünschte, wir würden streiten! Ich wünschte, er würde mich anschreien, mich einsperren, meinetwegen mich schlagen.«

»Ihr teilt das Leid mit vielen Frauen. Sir Latimer hat Eure Besitztümer geheiratet und nicht Euch. Aber ich habe von Lords gehört, die ihre Frauen schlecht behandeln. Sir Latimer ist gut zu Euch.«

»Er ist weder gut noch schlecht zu mir. Er ist überhaupt nicht.« Sie schnitt Gonora mit einer Handbewegung das Wort ab. »Genug davon. Sag, hast du die Geschichte dieses Doktor Hereford gehört? Er soll aus dem Gefängnis in Rom entkommen sein und wieder in England sein Unwesen treiben.«

»Davon weiß ich nichts.«

»Er ist ein Teufel. Man hat ihn exkommuniziert wegen seiner ketzerischen Predigten, und was wagt dieser Kerl? Er beschwert sich in Rom.«

»Nun, seine Strafe hat er ja bekommen.«

»Eben nicht! Hörst du mir nicht zu? Er ist auf freiem Fuß, entflohen ist er!«

»Herrin, bitte, ereifert Euch nicht, Eure Gesundheit wird leiden, wenn Ihr Euch so erregt. Ihr werdet im Recht sein, was diesen Teufelsdoktor angeht, natürlich seid Ihr im Recht.«

»Was mir Sorge macht, ist, daß Thomas im guten von ihm spricht. Es klingt, als seien sie die besten Freunde, dabei hat er ihn nie gesehen. Weiß er nichts von der finsteren Art dieses Mannes?«

Sie schwiegen.

»Gonora?« Anne von Ashley sah ihrer Kammerfrau in die Augen. Sie lächelte nicht, aber in das feine, blasse Gesicht war eine seltsame Ruhe getreten. »Ich werde sterben.«

»Herrin, Gott allein bestimmt die Lebensdauer jedes Menschen. Es werden wieder glückliche Tage kommen.«

»Nein. Es ist bald soweit. Ich kann fühlen, daß meine Zeit hier zu Ende geht.«

Ein kühler, nasser Wind wehte in das Turmzimmer herein. Catherine schloß die Tür hinter sich und wischte den Regen aus ihrem Gesicht. »Es gab Karpfensuppe«, sagte sie, »wieder. Aber sie haben auch frisches Brot gereicht.« Sie griff sich unter das Hemd und holte einen flachen Brotlaib hervor. Genau auf seine Gesichtszüge achtend, legte sie ihn neben Elias auf den Tisch.

Er würdigte das Brot keines Blicks. Drei Talglichter standen vor ihm, dazwischen verstreut lagen Zirkel, Messer, Hobel, kleine Feilen und Bohrer. Elias schnitzte eine Brillenfassung. Nie hatte Catherine erlebt, daß er mehrere Tage mit dem Schnitzen einer einzigen Brillenfassung zubrachte.

Die Ausbuchtung an der Seite der Linsenrahmen, die es erlaubte, daß die zwei Teile der Fassung einrasteten, wenn man sie zusammenklappte, war zu einer kleinen Treppe von drei

Stufen verwandelt. Hölzerne Augenbrauen schmückten die oberen Ränder der Brille. Die Stiele, die vom Nietgelenk zu den Linsenrahmen führten, schwangen sich wie Brückenbögen und waren mit Halbmonden befestigt.

»Elias, ich weiß, daß du ein meisterlicher Brillenmacher bist. Ich weiß auch, daß ich nie wieder ein Werkzeug anrühren werde, wenn du es nicht wünschst. Es tut mir leid. Ich wollte dich nicht erzürnen.«

»Sehe ich wütend aus?«

»Ja.«

Der Brillenmacher sah auf. Dann senkte er den Blick und führte die Schnitzarbeit fort. »Du hast mich vor dem Herrn Ritter bloßgestellt.«

»Es tut mir leid, aufrichtig.«

»Laß mich ausreden, ich war noch nicht fertig. Das habe ich dir längst verziehen. Was mir aber schwerfällt, auch nur zu verstehen, ist, daß du dich meinem Wunsch widersetzt hast, nicht mit Linsen zu arbeiten. Wir führen eine Ehe. In einer Ehe nicht auf seinen Mann zu hören, ist das nicht –« Er stockte. »Catherine, ist das nicht Untreue? Du hattest es schon vor, als du nach Braybrooke kamst, nicht wahr?«

Ihr wurde heiß. Sie wollte sprechen. Die Lippen rührten sich nicht.

»Ich muß dir vertrauen können. Verstehst du das?«

Sie nickte.

»Ich bin alt, und du bist eine junge Frau. Eines Tages sind die Werkzeuge dein. Wenn du dann die Arbeit eines Mannes tun möchtest, bist du frei dazu.«

Woher die Angst kam, Elias zu verlieren, vermochte sie nicht zu sagen. Aber sie hatte das dringende Bedürfnis, ihn zu halten. Lautlos trat sie hinter ihn und berührte seinen Rücken. »Es tut mir wirklich leid«, quetschte sie hervor.

Da hielt er inne, faßte ihre Hand und drückte sie gegen seine Schulter. »Du bist ein großes Glück für mich, das weißt du auch. Sag, wie hast du es gemacht? Wie ist dir die passende Brille gelungen?« Er ließ sie los.

»Ich dachte, daß seine Augen verschieden sein könnten. Wie von unterschiedlichen Menschen. Ein schwaches Auge und ein starkes Auge. Du hattest erzählt, daß die dünnen Linsen etwas halfen und die dicken Linsen genauso. Er hat beides gebraucht: eine dicke und eine dünne Linse.«

»Unterschiedliche Augen. Ich –« Elias brach ab.

»Du hast sicherlich auch schon an so etwas gedacht.«

»Nein, Catherine. Ich wäre mein Leben lang nicht auf diesen Gedanken gekommen. Nicht einmal mein Brabanter Meister wußte so etwas.«

»Es ist wohl auch selten, vielleicht ist es eine Krankheit, die Sir Latimer hat.«

»Von nun an werde ich die Möglichkeit einbeziehen, daß ein Mensch verschiedene Augen haben kann. Ich danke dir. Gott muß dir diesen Einfall geschenkt haben. Er hat dich weise gemacht. Ich bewundere dich, Catherine.«

»Danke.« In wenigen Schritten war sie bei der Tür, riß sie auf und trat in den Nieselregen hinaus. Sie sog mit tiefen Atemzügen die kühle, nasse Welt ein. Er bewunderte sie! Elias, der Brillenmachermeister, bewunderte seine kleine, junge Frau! Catherine wollte die Hände ausstrecken und diese ganze Burg umarmen samt Waffenknechten, Mägden, Tieren und Türmen. Glücklicher kann ich nicht sein, dachte sie.

Sie stand lange, lächelte zu den grauen Wolkenmassen hinauf. Die Nässe auf ihrem Gesicht hielt das Lächeln fest.

Wie hatte sie Braybrooke Castle als unfreundlichen Ort empfinden können? Der Burghof gähnte leer, als hätte man Platz gemacht für den Regen. Alles war friedlich. Von den Türmen hingen schlaff die Fahnen herab. Fackelschein glühte aus den Fenstern des Herrenturms. Nur vor dem breiten Fachwerkhaus, das dem Stall gegenüberlag, trotzten zwei Wachen dem Regen. Wenn sie genau überlegte, hatten immer Bewaffnete dort gestanden, seitdem sie die Burg betreten hatte. Was bewachten sie? Im unteren Stockwerk schimmerte Lichtschein aus schmalen Luken. Das obere Stockwerk ragte vor, als sei ein größeres Haus auf ein kleineres aufgepflanzt worden. Breite

Fensterbögen unterbrachen das Mauerwerk. Es mußte eine Halle sein, für Feste vielleicht. Dort, im zweiten Stockwerk, war es dunkel. Hatte der Herr Ritter Schätze in seiner Festhalle aufgehäuft? Schwer vorstellbar.

Und dann das Tor. Catherine sann nach. Hatte sie je das Tor des Nottingham Castle verschlossen gesehen? Nein, die Festung stand immer offen. Dabei übertraf sie die Größe der Burg Sir Latimers um einiges.

Nachdenklich kehrte sie in das Turmzimmer zurück. »Elias, sag, warum ist das Burgtor verschlossen?«

»Ich weiß es nicht.«

»In Nottingham steht es immer offen.«

»Die Franzosen stellen in Sluys eine Armee auf. Sie wollen in England einmarschieren. Sicher ist Sir Latimer deshalb vorsichtig.«

»Davon weiß man in Nottingham auch. Wir würden es doch hören, wenn sie an der Küste gelandet sind. Warum müssen jetzt schon in den Midlands, die sie zuletzt erreichen, die Tore verriegelt werden?«

»Ich weiß es nicht, Catherine.«

»Und die Bewaffneten vor der Halle, wozu stehen sie da? Was ist in dem Haus, das nicht gestohlen werden soll?«

»Im Erdgeschoß befindet sich die Kanzlei. Der Herr Ritter hat sie unter besonderen Schutz gestellt, und daran ist nichts Außergewöhnliches. Sieh her!« Er hob die Brillenfassung in die Höhe. »Ich bin fertig. Morgen können wir nach Hause aufbrechen.«

Catherine strahlte. »Das ist wunderbar! Vielleicht schaffen wir es doch noch bis Ägidien. Erhalten wir meinen Brillenrahmen zurück?«

»Wie meinst du das?«

»Wenn du die Gläser in deinen guten Rahmen aus Buchsbaumholz eingesetzt hast, ist meiner für den Herrn doch unbrauchbar.«

»Ich habe diesen Rahmen nicht für ihn geschnitzt.«

»Für wen dann?«

»Bitte frage nicht danach. Es ist besser, du weißt nichts davon. Kannst du diesmal auf mich hören?«

Sie schluckte.

In der Nacht erwachte Catherine, weil vor dem Tor jemand um Einlaß rief. Die Torflügel knarrten. Ein Pferd wieherte. Gedämpfte Stimmen.

Sie richtete sich auf. Plötzlich Elias' Hand auf ihrem Arm: »Nein, Catherine.«

»Ich gehe kurz nachschauen.«

»Bleib.«

Sie wollte sich freiwinden, wollte Fragen stellen. Seine Hand hielt sie fest wie eine eiserne Spange.

Doktor Hereford schmeckte den Hauch der erloschenen Talglichtflamme: ein würziges Stechen in Mund und Nase. Obwohl es nun finster war, schloß er die Augen, um besser lauschen zu können. Der alte Schuster schnaufte im Schlaf. Er hatte das Knallen der Pferdehufe auf dem Brückenpflaster nicht gehört, auch nicht ihr sanftes Getrapp den Weg zur Burg hinauf. Der Schuster hatte wenig zu befürchten. Sie jagten nicht ihn.

Doktor Hereford tastete nach dem Fuß der Lampe. Hatte er das Licht rechtzeitig ausgeblasen? Ein Haus im Dorf, das nach Mitternacht in die Hügel leuchtete, mußte Verdacht erregen. Wenn sie ihn in die Klauen bekamen! Er wußte von Folter und Gefängnis. Fleisch unter der Glut von Eisenhaken, das zurückzucken wollte und doch gegen die sengende Hitze gepreßt wurde; Hunger, Kälte; Dunkelheit, die einem verschwieg, ob es Tag oder Nacht war und ob Wochen oder Monate oder Jahre verstrichen, Dunkelheit, die einen daran hinderte zu wachen und daran hinderte zu schlafen und einen so einklemmte zwischen Tod und Leben – um nichts in der Welt wollte er diese Qualen noch einmal erleiden.

Er legte die Rechte mit gespreizten Fingern auf den Buchdeckel der *Glossa Ordinaria*, die Linke ließ er auf die *Postillae litteralis super totam Bibliam* niedersinken. Tag für Tag halfen ihm die Bibelkommentare bei der Arbeit mit schwierigen Textstellen. Warum spendeten sie nun keinen Trost? Leblos waren die Bücher. Im Dunkeln waren sie groß wie Möbelstücke.

Er fuhr zusammen. Ein Pferdewiehern von der Burg.

Mit bebenden Fingerspitzen strich er sich über die Lippen. Seine Haut war zu Pergament geworden, hatte die Bücher in sich aufgesogen. »Sie jagen dich, Nicholas.« Sie jagten den Professor der Universität Oxford, Fachbereich Heilige Schrift, der in die Fußtapfen Wycliffes getreten war. Satan, der Lügenvater, peitschte sie auf, daß sie ihm nachhechelten. So dicht waren sie auf seinen Fersen, daß ihm ihr Geifer in den Nacken tropfte.

»O Gott, beschütze mich!« Er hatte John versichert, daß er die Arbeit fortsetzen würde, auch zum Preis seines eigenen Lebens. John Wycliffe hatte täglich mit dem Scheiterhaufen gerechnet. Auch er, Nicholas, würde lernen, die Angst zu mißachten. In diesem Loch hatte er sich bis heute gut verborgen. Wenn sie wüßten, wo er steckte – längst hätten sie sich mit der geballten Kraft des Papstes und der Kirche und des Königs und der Fürsten und der Ritter auf ihn gestürzt, um ihn zu zermalmen. Er hob eine Leiche aus dem Grab, das mißfiel ihnen, das machte ihnen angst, weil sie Schuld daran trugen, daß sie verfaulte. Er erweckte die Leiche der Heiligen Schrift zu neuem Leben. Sie würde fürchterlich Rache nehmen. »Ja«, sagte er, »Rache wird sie nehmen.«

3

Er hat von Schriften gesprochen, entsann sich Catherine, als sie die Stufen in das zweite Stockwerk des Herrenturms hinaufstiegen. Weil er wieder lesen kann! Es war nicht Undankbarkeit, es war Freude, die ihn mit der Brille fortgehen ließ ohne ein Wort an sie. Nun würde Sir Thomas Latimer sie und Elias in seinem Gemach empfangen, sicher hatte sein Gewissen ihn gemahnt, daß er versäumt hatte, sich zu bedanken. Die Knie zitterten ihr, als Elias die Tür öffnete und sie dem Ritter gegenübertraten.

Sir Latimer trug einen zerschlissenen roten Waffenrock, auf dessen Brust ein gelbes Kreuz genäht war. Flicken von rotem Stoff zeugten davon, daß ihn der Rock auf Schlachtfelder begleitet hatte. »Guten Morgen«, sagte er. Er sprach es, als würde er sagen: Der König ist tot.

»Schlechte Nachrichten, Herr?«

»Nicht für Euch. Die Brille ist großartig.« Der Blick des Ritters irrte in die Ferne. Falten gruben sich zwischen den Augenbrauen in seine Stirn. Er raunte: »Manchmal bin ich des Kämpfens müde.«

»Die Franzosen?« stieß Elias hervor. »Sind sie gelandet?«

»Ach, die Franzosen! Was bedeutet das schon: Zwei Länder kämpfen. Größere Mächte toben gegeneinander an.«

Elias nickte: »Ich verstehe.« Er warf einen kurzen Seitenblick auf Catherine.

Wovon redeten sie? Sie hatte Elias auf dem Hof versprochen, kein Wort zum Ritter zu sagen. Nun aber krochen Fragen in ihrem Mund herum, wanden sich förmlich um die Zunge und betasteten die Lippen.

Plötzlich der helle Blick des Ritters auf ihrem Gesicht. »Wie ist dein Name?«

»Catherine.«

»Zürne nicht, Catherine. Auch Anne, meine Frau, ist ahnungslos. Und in meinen schwachen Stunden wünschte ich, *ich* hätte diesen Frieden.« Er schloß die Augen. »Hast du einen Freund, einen Gefährten, Elias? Sprich!«

»Nein, Herr. Ich habe meine Frau.«

»Dann stelle dir vor, deine Frau fällt dir in den Rücken.« Er schwieg einen Augenblick. »Schmach! Mißbrauchtes Vertrauen. Dieser Dolch zwischen meinen Schulterblättern!«

»Einer Eurer Gefährten –«

»Er verdient es, gerädert, gevierteilt und verbrannt zu werden.«

»Niemand verdient das«, sagte Catherine.

Der Ritter sah sie an, als hätte ein Tier gesprochen. »Du irrst. Dein zartes Geschlecht macht dich gütig, und das steht dir gut zu Gesicht. Aber die Wahrheit ist, daß selbst der gnädige Gott ein harter Richter ist. Der Verräter verdient eine harte Strafe.«

Ihre Lippen bebten. Die Worte waren nicht mehr aufzuhalten. »Nun, wenn Gott richtet –«

»Schweig!« Wie ein Peitschenhieb knallte das Wort. »Du verstehst nicht«, zischte Latimer, »wozu ein verwundetes Herz in der Lage ist.«

»Vergebt meiner haltlosen Frau.« Elias verneigte sich und griff dabei nach Catherines Arm. Grob zog er sie mit hinab.

Als sie sich aufrichteten, lösten sich die Falten im Gesicht des Ritters. Die Stirn glättete sich, der verkniffene Mund weichte auf. »Natürlich.« Er nickte, fuhr sich mit der Hand über die Augen. »Ich habe euch rufen lassen, um euch zu belohnen. Ihr sollt ein Pferd erhalten, einen kostbaren Zelter. Ich denke, damit seid ihr mehr als ausbezahlt.«

Elias wisperte: »Ihr seid sehr großzügig, Herr Ritter.«

»Wirst du ihn verkaufen oder ihn behalten?«

»Ich weiß es noch nicht, Herr.«

»Wenn du ihn verkaufst, fordere einen hohen Preis. Ich möchte meinen teuren Warin nicht unterschätzt sehen. Du weißt, was einen Zelter auszeichnet?«

Elias zögerte, dann schüttelte er den Kopf.

»Zelter beherrschen den Paßgang. Das Pferd bewahrt eine stolze Haltung und läuft mühelos, ohne den Reiter zu werfen. Das ist eine seltene Fähigkeit. Im Trab wird man durchgeschüttelt. Im Paßgang nicht. Deshalb schätzen die Edlen einen Zelter, die, die ihn sich leisten können.«

»Ich verstehe.«

»Es ist dein Lohn, und der deiner Frau Catherine. Warin ist nicht mehr der Jüngste, aber er wird euch noch einige gute Jahre bescheren. Ich wünsche eine gute Heimreise.«

Von den Türmen der Burg spähten Posten in die Hügel, als wollten sie die Abreise des Brillenmachers sichern. Elias führte den Zelter am Zügel. Über dem Sattel hingen die Werkzeugtaschen, auch der Linsenkasten war festgeschnürt und zwei Bündel mit Brot, Käse und gedörrtem Fisch. Die weißen Haare des Brillenmachers blitzten im Sonnenschein. Er schwieg gnädig, und auch Catherine schwieg, als hätten sie vereinbart, daß er sie nicht schelten würde für ihren Widerspruch vor Sir Latimer und sie sich im Gegenzug aller Fragen enthielt, was die seltsamen Mächte anbelangte, von denen der Ritter gesprochen hatte.

Endlich brach der Brillenmacher das Schweigen: »Willst du dich nicht auf unser Königsroß setzen?«

»Nein, setze du dich darauf. Wer weiß, ob es nicht durchgeht, weil es spürt, daß eine Unwürdige es reitet.«

Sie lachten, und das Lachen sprengte die Beklommenheit. Befreit, nahezu fröhlich machten sie ihren Weg. Die Sonne wärmte ihre Rücken.

Als die Schieferdächer Market Harboroughs in Sicht kamen, sagte Elias: »Du kannst froh sein, daß du einen klugen Mann geheiratet hast. Ein Dummkopf würde das Pferd hier verkaufen, oder gar in Leicester. Wir aber statten dem Viehmarkt in Melton Mowbray einen Besuch ab. Nirgendwo lassen sich Tiere teurer verkaufen als dort. Und wir müssen dem Wunsch unseres guten Herrn Ritters doch Folge leisten, oder etwa nicht?«

Catherine betrachtete ihren Mann. Diese Reise war ein Geschenk. Elias saß nicht über seinen Werktisch gebeugt und gab knappe Antworten, nein, er scherzte. Er sah aus, als hätte er aus einem Jungbrunnen getrunken. Das Haar war weiß geblieben, auch die Brauen, aber er hielt den Rücken aufrecht, und aus seinem Gesicht war alle Verbissenheit gewichen.

Jetzt spitzten sich die schmalen Lippen, und er pfiff ein Lied. »Das ist eine Melodie aus meinen Brabanter Jahren, höre!« Vergnügt warf er die Töne in die Luft. Der Zelter vertrieb einige Fliegen, indem er die Ohren schüttelte. Und plötzlich hielt Elias an, lehnte sich herüber und gab Catherine einen Kuß.

In Tur Langton, einer Ortschaft mit ausgedehnten Viehweiden, band er den Zelter vor einem Gasthaus an. Es war ein merkwürdiges Gemäuer: Das Strohdach drückte es zu Boden, daß es kaum die Fenster dagegen anzuheben vermochte. Dazu überwucherte noch Efeu die Wände, und Moos sproß auf dem Dach, so daß das Haus wie ein schornsteingeschmückter Hügel die Straße säumte. »The Royal Horseshoe«, erklärte Elias. »Ist das nicht ein passender Name?«

»Man könnte meinen, hier dürfte nur einkehren, wer ein edles Pferd besitzt wie wir.«

»Dann hätte der Wirtshof einen Stall.«

»Hat er nicht?«

»Ich kenne das Gasthaus. Glaube mir, der Name trügt.«

Sie traten ein. Träge flackerten Flämmchen unter den niedrigen Deckenbalken, ein halbes Dutzend Ölfunzeln auf einem Wagenrad, das an Ketten herabhing. Der Wirt erhob sich; er hatte inmitten von Tur Langtons Säuferschar gesessen. »Ihr bleibt über Nacht?«

»So ist es.«

»Wunderbar! Ich empf–«

»Gebt Euch keine Mühe«, unterbrach ihn Elias. »Ihr könnt uns nicht in eines Eurer Zimmer locken. Ich bin schon einmal Beute Eurer Flöhe geworden, und das genügt mir.«

»Ich kann frisches Stroh aufschütten im Schankraum, wenn Ihr lieber hier schlafen wollt.«

»Tut das. Und bringt uns einen Krug Wein und zwei Becher.«

Catherine sah Elias erstaunt an. »Wein?«

»Er verdünnt ihn mit Wasser. Zwei Pence gebe ich ihm für den Krug, nicht mehr. Das Brunnenwasser ist hier nicht zu genießen.«

Der Wirt erschien mit dem Krug und zwei Bechern.

»Zwei Pence«, sagte Elias seelenruhig, »und einen Halfpenny für die Nachtlager.«

Der Widerspruch des Wirts ging in den gierigen Rufen der Säufer unter, die den Weinkrug erspähten. Und Elias scherte sich weder um das eine noch um das andere. Er zählte dem Wirt die Münzen in die Hand. Der Ärger des Wirts entlud sich auf die Säufer. Er drehte sich nach der Meute um und rief: »Ich habe schon gesagt, es reicht für heute! Geht nach Hause.«

»Da beziehe ich Prügel«, bekannte einer und erntete mitleidiges Schulterklopfen von seinen Kumpanen. Ein anderer sagte: »Ich zahle den dreifachen Preis für einen Becher Ale!«

Der Wirt schüttelte den Kopf.

»Kann ich anschreiben lassen?«

»Ist schon notiert.« Der Wirt griff diesem und jenem unter die Arme und zog sie hoch. An der Tür verabschiedete er die Torkelnden: »Wir sehen uns morgen.«

Bald war es still. Während Catherine und Elias noch den wäßrigen Wein schlürften, schüttete der Wirt Stroh in eine Ecke des Raums. Sie erhoben sich.

»Darf ich?« fragte der Wirt und wies auf die Öllampen auf dem Wagenrad.

»Natürlich.« Als wäre es sein Haus, trat Elias zur Tür und verriegelte sie.

Der Wirt kletterte auf einen Stuhl. Eine nach der anderen blies er die Lampen aus. Schließlich war es so finster, daß Catherine die Hand nicht mehr vor den Augen sah.

»Weckt uns bei Sonnenaufgang«, befahl Elias.

»Wie Ihr wünscht. Gute Nacht.«

Elias umfaßte ihre Hüfte. Er rieb seine Nase an ihrer, küßte sie. Auf das Stroh zog er Catherine hinunter. Sie spürte seine Fingerspitzen auf ihrem Gesicht, an ihrem Nacken, am Hals. Die Dunkelheit verstärkte die Berührungen, machte sie gefährlich und zauberhaft zugleich.

Gleichmütig nahm es der Zelter hin, daß ihm der Hafersack vom Kopf geschnallt wurde. Rotes Morgenlicht sickerte über die Straße, und Warin schritt darauf den Hügeln entgegen. Zur Mittagszeit sahen sie den Kirchturm von Tilton on the Hill. Staubwolken schwebten über den Steinbrüchen. In der Ferne klickten Spitzhackenschläge.

Sie nächtigten in Twyford bei einem Schafhirten. Rings um das Dorf sponnen Leuchtkäfer ein Funkennetz zwischen Wasserlöcher und hüfthohe Grasbüsche. Die Schafe blieben hängen darin. Als Elias und Catherine im Nebel des frühen Tages aufbrachen, lag eines von ihnen in der Mitte der Weide wie ein Herrscher, die anderen standen darum herum als Gefolge.

Der Weg verbreiterte sich, nachdem sie Thorpe Satchville passiert hatten. Bei Great Dalby überholten sie einige Viehhirten, die eine Herde Rinder durch die Hügel trieben. Die ersten Gehöfte säumten die Straße. Elias erklärte, Melton Mowbray sei wie eine Blüte aufgebaut. Das Zentrum sei der Markt, die Blütenblätter zahlreiche Höfe, die den Ort umgäben.

Auf einer Erhebung außerhalb der Stadt plusterte sich ein Herrenhaus zur Burg auf. Die Fenster im unteren Stockwerk waren nichts als schmale Schlitze. Im zweiten Stockwerk wuchsen sie zu schlanken Bögen an. Das dritte Stockwerk schließlich lehnte sich auf Holzbalken über die Mauer und zeigte zwischen Schieferdach und Fachwerk bequeme, breite Fensterlaibungen. Auf dem Dach des Hauses wehte der silberne Löwe.

Catherine stutzte. »Das Wappen kenne ich doch! Ist es nicht auch auf den Fahnen zu sehen, die über Nottingham Castle wehen?«

»Richtig. Sag mir, warum.«

Es ärgerte sie, daß er das Pferd anhielt und wartete, als

wolle er eine Lehrstunde einlegen. »So wichtig war es mir nicht.«

»Es ist wichtig. Was verbindet Melton Mowbray mit Nottingham?«

»Ach, Elias! Gehen wir weiter. Ich bin müde. Wollten wir nicht heute noch den Zelter verkaufen?«

»Melton Mowbray. Fällt dir etwas auf? Der Name Mowbray vielleicht?«

»Thomas Mowbray ist der Earl von Nottingham.«

»So ist es! Er stammt von hier.«

Der Zelter riß sich aus Elias' Hand und rupfte Gras am Wegrand. Ungeduldig griff Catherine nach dem Zügel und zog den Wallach weiter.

Elias seufzte. »Du willst es nicht hören? Die hohen Herren sind es, für die ich arbeite. Wir leben von ihrem Geld! Das sollte dir nicht gleichgültig sein.«

Am Tor stauten sich Schafherden. Ein Büttel stritt mit ihren Besitzern um den zu entrichtenden Marktzoll. Catherine wußte bald, daß sie die Stadt nicht mochte. Krähen hockten auf dunklen Lehmziegeldächern und beäugten gierig die Straße nach Abfällen. Die Gassen waren erfüllt von Tiergeschrei und dem Zetern der Menschen. Der Duft von gedünstetem Gedärm vermischte sich mit Kotgestank. Über den Eye führten morsche Brücken, es war ein schlammiger Fluß, der sich durch die Stadt wand, sich teilte, Bögen schlug. Mühlen schaufelten träge sein Wasser. »Wir bleiben nicht lange, ja?«

»Heute verkaufen wir den Zelter, und morgen bei Sonnenaufgang reisen wir weiter.«

So verfallen die Häuser in den Gassen auch waren: Den Marktplatz säumten prunkvolle Bauwerke. Im Schatten überdachter Vorhallen kauften Wollhändler die Vliese der Schafhirten auf. Menschenmassen wogten auf dem Markt hin und her. Die Stände schwammen darin wie Treibholz.

»Wo sind die Viehhürden?«

Elias lachte. »Irgendwo dazwischen.«

»Verkaufen sie alles durcheinander? Kräuter, Korn, Holz, Vieh?«

»Melton Mowbray ist nicht Nottingham, Catherine.«

Tatsächlich wurde Butter neben Schafen, Getreide neben Heilkräutern, Holz neben Kühen angepriesen. Schuhmacher verkauften Stiefel für den Winter, ein Gewandschneider hielt ein Kleid in die Höhe und strich lockend darüber. Korbflechter, Messerschmiede, und immer wieder Viehhändler riefen durcheinander. Catherine wäre beinahe weitergegangen, als Elias stehenblieb, um mit einem Pferdehändler über den Zelter zu verhandeln. Im Gedränge hatte sie es nicht bemerkt. Der Händler besah sich Warins Hufe und sein Gebiß. Catherine hörte Elias den Namen »Latimer« sagen. Kurz darauf gaben sich die Männer die Hände und zogen sich hinter einen Tisch zurück, wo der Händler Elias Münzen auszählte.

»Ist es gut gelaufen?« fragte Catherine ihn, als er an den Sattel herantrat und die Stricke löste, die den Linsenkasten hielten.

Elias raunte: »Zweihundertdreißig Schillinge! Wir sind reich.« Nach und nach lud er Catherine die Werkzeugtaschen und die Proviantbeutel vor die Füße. Dann, nachdem er dem Zelter zum Abschied den Hals geklopft hatte, sah er sie an und zögerte. »Meine gute Catherine, was hast du von all dem? Warte kurz, laß mich dir eine Überraschung kaufen.« Damit verschwand er in der Menschenmenge.

Catherine berührte den gläsernen Ring an ihrem Ringfinger. Es würde das zweite Geschenk sein, daß er ihr machte, seit sie verheiratet waren. Ein Ereignis, eine Riesenfreude! Mochte die Stadt häßlich sein, es war doch eine Reise gemeinsam mit Elias, an die sie gern zurückdenken würde. Wie er sie in Tur Langton gestreichelt, sie geküßt hatte, und wie er mit ihr gescherzt hatte nach dem Aufbruch aus Braybrooke, als die Düsternis dieses Ortes von ihnen abfiel wie eine trockene Kruste! Er würde es bestreiten, aber es tat ihm offenbar gut, daß er einmal einige Tage nicht in der Werkstatt saß.

Ihr Blick fiel auf einen weiß bemalten Schwan, der rittlings auf einer der Vorhallen saß. Was hatte Wolle mit einem Schwan zu tun? Wollte der Händler ausdrücken, daß seine Ware in ihrer Reinheit einem Vogelgefieder glich?

Gegenüber ragte der Kirchturm in den Himmel. Er warf einen mächtigen Schlagschatten auf das Markttreiben, einen Streifen der Nacht, in den die Menschen auf der einen Seite eintauchten und von dem sie sich auf der anderen Seite wieder befreiten. Wie paßte all das Volk in die Kirche? Zugegeben, sie war von stattlicher Größe, aber dennoch füllten den Platz so viele, daß es dreier solcher Kirchen bedurft hätte, ihnen allen die Messe zu lesen.

Was würde Elias ihr kaufen? Sie nahm sich vor, sich über alles zu freuen, nicht enttäuscht zu sein, wenn es nur ein wenig Honiggebäck war. Immerhin war es ein Zeichen seiner Liebe. Sie waren Gefährten, sie brauchten einander, und beide wußten sie das.

Doch warum kam er nicht zurück? Selbst wenn er zum anderen Ende des Marktplatzes gelaufen war, eine Weile verhandelt und sich dann zurück durch die Menschenmasse gekämpft hatte, mußte er längst wieder dasein. Sorge beschlich sie. Kindisch! sagte sie sich. Er würde jeden Augenblick mit einem jungenhaften Grinsen auf sie zugehen und ihr etwas entgegenstrecken, das sie erfreuen sollte.

Der Schatten des Kirchturms wanderte.

Ein junger Bursche kam und führte Warin fort.

Täuschte sie sich, oder ließ das Zetern der Händler nach? War es dunkler geworden? Lichtete sich das Gedränge? Der Kirchturmschatten berührte die Häuser am Rand des Marktplatzes.

Elias mußte etwas zugestoßen sein. Er hätte sie nicht so lange warten lassen. Vielleicht hatte er jemanden getroffen, dem die Brille zerbrochen war, und er handelte mit ihm die Kosten der Reparatur aus? Aber das dauerte nicht Stunden.

Sie lud sich die Werkzeugtaschen und den Linsenkasten auf. Mit letzter Kraft hob sie noch die Proviantbeutel an und wankte so von Stand zu Stand. Endlich fand sie einen Silberschmied. »Verzeiht«, sprach sie ihn an, »hat ein Mann mit weißem Haar bei dir etwas gekauft in den letzten Stunden?«

»Bedaure, nein.«

»Er hat schmale Lippen und ein kluges Gesicht. Er spricht mit dem Akzent der Londoner, du weißt schon. Bist du sicher, daß du ihn nicht gesehen hast?«

Der Feinschmied schüttelte den Kopf. »Er war nicht hier.«

Über den Dächern glühte der Himmel. Die Händler bauten ihre Stände ab. Eselkarren fuhren heran und luden unverkaufte Waren ein und Tische.

Eine rauhe Hand griff nach Catherines Herz. Sie ließ die Proviantbeutel liegen. Fragte einen nach dem anderen. Niemand konnte sich erinnern, Elias gesehen zu haben.

Der Himmel färbte sich dunkelblau. Wind kam auf. Catherine erschauderte. Das Abendläuten: Glockentöne bogen sich, dröhnten über den Platz. Es war ein schrilles Pfeifen dabei und ein dumpfes Donnern. Wieder und wieder schlug die Glocke, und plötzlich verstand Catherine, daß ihr Leben im Begriff war, in sich zusammenzustürzen.

4

Sir William Nevill, königlicher Kammerritter und Kastellan in Nottingham, reckte die behandschuhte Faust in die Höhe. Augenblicklich zügelten seine zwei Begleiter ihre Pferde und fielen zurück, während er sich im Galopp jenem Wagen näherte, der vor ihnen durch den Straßenstaub raste. Mit den Fersen trieb Nevill seinen Hengst an. Er nahm die Rechte vom Zügel und zog das Schwert. Der Hengst setzte an, den Wagen zu überholen. Mannshohe Räder fauchten wütend. Der Kasten, der als Reiseraum diente, schleuderte seitwärts, als wollte er Nevill von der Straße stoßen. Mit der breiten Klingenseite schlug der Kastellan dagegen. »Öffnet!« brüllte er.

Aus dem Türloch stieß eine Schwertspitze hervor. Dann ertönte Gelächter im Kasten, und eine Stimme befahl: »Junge, zügele die Pferde.« Der Wagen verlangsamte sich.

Nevill schob das Schwert in die Scheide. Er ritt weiter auf gleicher Höhe mit der Wagentür. »Also haben mich meine Augen nicht getrogen. Das Wappen des Ritters Cheyne. Wo ist dein Pferd?«

»Es steht auf der Weide und freut sich seines Lebens.«

»Während du im Karren fährst wie ein Bauer?«

»Du beleidigst die Königin, die so zu reisen pflegt.«

»Sie ist eine Dame, ihr steht es recht an.«

Cheyne rückte näher heran. Er schlug die Beine übereinander und klopfte neben sich auf den Sitz. Unter den Rädern raste die Straße dahin. »Willst du einsteigen? Diese Reisewagen sind derzeit die begehrteste Erfindung in England. Tu nicht so, als wüßtest du nichts davon!«

»Unser Krösus. Ist etwas neu und teuer, muß er es haben.«

»Wie nennt die Königin ihren Wagen? *Kotschi*? Seit sie ihn aus Böhmen mit sich brachte, gilt diese Reiseart als edel. An

Ringen unter dem Wagenboden läßt sich Gepäck befestigen. Hast du bemerkt, daß die Reisekammer gefedert ist?«

»Wie zartfühlend du geworden bist! Ich war vor zwei Wochen beim König. Niemand spricht von Reisewagen. Die Franzosen rüsten zum Kampf. Du willst doch nicht im Wagen auf das Schlachtfeld fahren?«

»Nevill, alter Recke, du vergißt, daß ich mehr Nächte in einer kalten Kammer geschlafen habe, als du zählen kannst.«

»Es hat dir gewiß nicht geschadet.«

»He«, rief Cheyne nach vorn, »nicht so langsam! Fahr an, Junge.« Zu Nevill gewandt, sagte er: »So kann nur jemand sprechen, der im Hochadel aufgewachsen ist. Du leistest dir die Härte als Vergnügen. Ich hingegen genieße das feine Leben, weil ich es mir hart erkämpft habe.«

»Hart erheiratet, meinst du.«

»Diesbezüglich habe ich Neuigkeiten.« Cheyne lächelte. Er strich mit dem Daumen über einen Handspiegel aus schwarzem Obsidian. Das Schaukeln des Wagens drohte, ihm diesen zu entreißen, und er packte erschrocken fester zu, so daß die Finger weiß wurden.

»Eine frische Liebschaft? Das sieht dir ähnlich. Stehe wenigstens dazu und rede nicht vom Kämpfen. Deine Priesterjahre haben wohl kaum dazu gedient, dir ein feines Leben zu verschaffen, und das nächste große Ereignis –«

»Vergiß nicht die diplomatischen Missionen!«

»– in deinem Leben war der Schelmenstreich, die Deincourt zu heiraten.«

»Wie kannst du das einen Schelmenstreich nennen! Sie hat mich geliebt. Und ich sie. Außerdem verbitte ich mir, daß du mir den Willen zu hartem Kampf absprichst. Du hast recht mit den Franzosen, gut möglich, daß wir bald wieder Seite an Seite auf das Schlachtfeld reiten. Sieh dich also vor, wie du mit mir sprichst. Vielleicht bin ich es, der dir in einigen Wochen den Rücken deckt.«

»Wohl gesprochen, Gefährte. Das sind die Worte, die ich hören will.«

Am Straßenrand erschienen Häuser. Nevill galoppierte an, um vor dem Wagen die Brücke zu überqueren. Kinder kreischten. Die Schar stob auseinander, als Nevill vorüberjagte. Er preschte an den Wällen entlang, die die Karpfenbecken einfaßten. Der steinerne Bogen im Einlaßhaus gab dröhnend Hufschlag wider. Im Burghof stieg der Hengst auf die Hinterläufe. Nevill riß an den Zügeln. Er rief nach einem Knecht. »Was ist? Hat Montagu seinen Hengst mitgebracht? Das wird es sein, sie können sich nicht ausstehen. Ist die Weide frei?«

Der Knecht buckelte. »Nein, Herr.«

»Stehe nicht und gaffe Löcher in die Luft! Sorge dafür, daß sie frei wird. Oder zäune einen Bereich ab für meinen Wilden, auf diese Weise mag sich Latimers Herde vor ihm retten.«

Wagenräder klapperten im Einlaßhaus.

Gonora hängte sich an Annes Brokatgewand, daß die Nähte bedrohlich knackten. »Ihr solltet da nicht hineingehen. Ihr wißt genau, daß der Herr Ritter mit den Gästen allein sein möchte.«

»Finger weg!«

»Bitte hört auf mich. Dieses eine Mal.«

»Es ist meine Pflicht, für das Wohlergehen der Gäste zu sorgen. Ich will sehen, ob das Fleisch kalt geworden ist.«

»Ach, Herrin, das ist doch gar nicht der Grund, weshalb Ihr ihn stören wollt. Ihr seid eifersüchtig, weil er seine Freunde schon wieder empfängt.«

Anne kniff eisig den Mund zusammen. Sie sah so lange auf Gonoras Hand, bis diese sich von ihrem Gewand löste. Dann drückte sie die Tür auf. Mit dem Schritt über die Schwelle verwandelte sie sich in eine Fürstin. Sie streckte anmutig den Hals und ließ den Blick unter gesenkten Lidern durch den Raum gleiten. Nevill hatte sich die Bank beim kalten Kamin als Sitzplatz erwählt, wo er sich nicht anlehnen konnte. Natürlich, er brauchte keine Lehne. Die Hände auf den Schwertknauf gestützt, saß er da, ganz der Recke. Er führte ein Leben der Erfolge, weil er den Mißerfolg nicht duldete: Admiral des Nordens, Bannerführer in der Normandie, enger Vertrauter des Königs. Ganz England sprach über Nevill.

Montagu saß zwischen den Körben und Truhen an der bemalten Wand. Was man über ihn erzählte, mußten Lügen sein. Ein schmales Gesicht wie dieses, weibliche, dünne Brauen – wie sollte er auf dem Feld von Bourdeilles berühmte Anführer der Feinde gefangengenommen haben? Montagu mochte ein erstklassiger Dichter sein, aber ein Ritter war er nicht. Er fügte sich trefflich in das Wandgemälde ein: die dünnmäuligen Jagdhunde glichen ihm, und auch das Reh, das in panischer Angst die Augen verdrehte.

Der reiche Cheyne, vor ihm galt es, sich in acht zu nehmen. Die weiten bunten Kleider verbargen sicher vergiftete Dolche. Cheyne war ein Fuchs. Ein Säufer war er auch. Erwartungsgemäß hatte er sich in die Nähe des Weinkrugs gesetzt, um den Kelch, den die Ritter teilten, häufig nachfüllen zu können.

Das Silbergeschirr funkelte rings um das geröstete Lammfleisch. Anne hatte die Mägde das Geschirr in den letzten Tagen wieder und wieder polieren geheißen, ihr Stöhnen nicht achtend. Mochten sie die Gäste hassen, wie auch Anne sie verabscheute. »Bitte, laßt Euch im Gespräch nicht stören.«

»Das ist Anne, meine Frau«, sagte Latimer. Er wies auf die Besucher: »William Nevill, John Cheyne. Und der berühmte Dichter Montagu.«

»Der Sohn des königlichen Haushofmeisters? Ich bin erfreut und geehrt.«

Montagu verzog das Gesicht. »Bitte, sprecht nicht von meinem Vater.« Freundlicher fügte er hinzu: »Wollt Ihr Euch nicht zu uns setzen?«

»Ich bin nur gekommen, um nachzusehen, ob unsere Gäste gut versorgt sind.« Anne setzte sich neben Montagu auf eine Truhe. Der Dichter duftete nach Süßholz und Ingwer, irritierend.

Latimers Lippen formten lautlose Worte. Sicher nichts Freundliches.

Sie lächelte ihn an. »Habe ich den Dichter beleidigt, indem ich seinen Vater erwähnte?«

Latimer schwieg. Cheyne allerdings schien die Frage zu erheitern. Er schnalzte mit der Zunge und gluckste: »Nun, Montagu? Ist er immer noch verärgert, weil du diese Kaufmannstochter geheiratet hast?«

»Die Frauncevs sind eine angesehene Familie. Mauds Vater war Bürgermeister von London. Ich weiß nicht, was mein Vater an ihr auszusetzen hat.«

»Er wird erwartet haben, daß die Gattin deinem Stand entspricht. Aber ich kann dich verstehen. Ich selbst plane eine Liebesehe. Margaret ist nun zehn Jahre tot, ich bin einsam. Ich werde – Margaret heiraten. Ihr staunt? Ich spreche nicht von der verstorbenen Deincourt, sondern von Margaret Lovetoft, der wunderschönen Tochter eines Esquire aus Lincolnshire.«

»Die Tochter eines *Esquire*?«

»Wie gesagt, eine Liebesehe. Es geht mir um keine Ländereien. Diese Frau liebt mich, versteht ihr, sie weiß um meine Schwächen und liebt mich doch.«

»Cheyne.« Nevill schüttelte den Kopf. »Du vernachlässigst nicht nur dein Pferd, sondern bist auch zum Schwärmer geworden. England ist in Gefahr! Kümmert dich die Bedrohung durch Frankreich nicht?« Er hob das Schwert an der Parierstange in die Höhe, nur um es wieder fallen zu lassen und dabei die Spitze fest auf dem Boden aufzusetzen, als rammte er sie einem Liegenden in die Brust.

»Frankreich soll kommen«, sagte Latimer. »Die Zeit der Schwäche ist überwunden. Die Schiffe, die Sir Stanley nach Irland geleitet haben, sind längst zurückgekehrt. Die Größten wachen über London. Und hat nicht John von Gaunt den Befehl, seine Flotte umgehend heimzuschicken, sobald er und seine achttausend Mann Fuß auf spanischen Boden gesetzt haben? Wenn sie eintreffen, ist die englische Flotte bei ihrer alten Stärke und wird einen Angriff der Franzosen schon auf dem Meer zurückschlagen.«

»Und dann, Nevill, bedenke die Erfolge der Admiräle Trivet und D'Arcy.« Montagus Augen glühten. »Sie haben diesen Sommer vier genuesische Tarits und ein großes Schiff der Spanier gekapert, die *Heilige Maria*.«

Nevill schnaubte. »Ich halte es für einen großen Fehler, in diesen Zeiten Schiffe der Genueser und der Spanier zu rauben.«

»Aber sie waren unterwegs nach Sluys!«

»Jetzt liegen sie in Sandwich vor Anker, und ich bezweifle, daß den Genuesern und den Spaniern der Tausch recht ist.«

Thomas Latimer strich sich über die Stirn und beschattete die Augen. »Bis Weihnachten treffen noch zehn bewaffnete portugiesische Galeeren in London ein, wenn sich der König von Portugal an seinen Vertrag mit König Richard hält. Es wird vielleicht große Schlachten geben, aber wir werden siegen.«

»Anne«, sagte er unvermittelt, ohne aufzusehen, »das sind doch keine Dinge, die dich interessieren. Möchtest du uns nicht allein lassen?«

Damit hatte sie nicht gerechnet. Er sprach es offen aus? Er warf sie aus dem Zimmer? Sie rang um eine Antwort, suchte einen Ausweg. Ihr Kopf war leer. »Natürlich«, sagte sie.

»Wolltest du Anne nicht längst einweihen?« Montagu blickte auf die Tür, die sich gerade hinter ihr geschlossen hatte. »Sie ist eine kluge Frau, und sie muß spüren, daß du Geheimnisse vor ihr hast. Das Stillschweigen wird euch voneinander trennen.«

Latimer schwieg.

»Ich kenne viele Frauen, die Gott wohlgestalt geschaffen hat. Annes Schönheit mag nicht jener Art sein, die ein müdes Herz entflammt. Aber sie strahlt Würde aus. Dazu die Alabasterhaut, die ihre Kieferlinie zart bedeckt, der kühle, junge Blick, das langgelockte Haar. Du liebst sie doch?«

»Es ist jetzt keine Zeit für Gedichte, Montagu. Lassen wir die Frauen für einen Augenblick.« Latimer erhob sich und trat ans Fenster. »Ich habe euch nicht ohne Grund zusammengerufen. Philip Repton ist, wie mir zugetragen wurde, in die Dienste Courtenays eingetreten.«

Nevill sprang auf. Rote Streifen liefen über sein Gesicht. »Dieser Hund wagt es!«

Cheyne war gerade damit beschäftigt, sich Wein nachzugießen. Ein gehöriger Schwall aus der Kanne verfehlte den Kelch.

Montagu biß sich die Lippe. »Die Frage ist, ob er uns verrät.«

»Natürlich verrät er uns.« Nevills Nasenflügel blähten sich. »Jeden einzelnen Namen wird er preisgeben, uns vier, alle anderen. Er wird König Richard Warnungen wie Gift einflößen.«

»Was bedeutet schon unser Leben?« Latimer folgte mit den Fingern den Fugen am Fensterbogen. »Ein wenig Lesen, einige Schlachten, die Geschäfte als Landherr. Viel schlimmer ist, daß Courtenay Doktor Hereford auf der Fährte ist. Seine Späher eilen durch das Land wie Spinnen, um Hereford mit klebrigen Fäden zu fangen, und nach Hereford, gestärkt und ermutigt, Nevill, Cheyne, Montagu, Latimer.«

Cheyne schloß die Augen. »Er darf den Doktor auf keinen Fall in die Finger bekommen. Sonst ist alles umsonst gewesen. Kommt Hereford voran mit der Bibelübersetzung?«

»Er ist beim Buch Daniel angelangt«, sagte Latimer. »Ein fleißiger Mann. Wycliffe hat das Neue Testament in vierundzwanzig Jahren übersetzt. Hereford schafft das Alte Testament in siebzehn oder achtzehn Jahren, obwohl es viel umfangreicher ist. Seit Wycliffe tot ist, predigt der Doktor kaum noch. Er sitzt in seinem Versteck und schreibt und schreibt.«

»Du meinst, er wird die Arbeit bald abschließen?«

»In ein, zwei Jahren.«

»Die Bibel in englischer Sprache. Ein Geschenk Gottes.«

»Ein Schlachtruf!«

»Ein Beben!«

»Die Kirche wird erschüttert, und die Schlafenden werden geweckt.«

»Die ganze Welt wird sich ändern.«

Montagu kniff die Augen zusammen. »Ihr freut euch? Ist

euch nicht klar, was im Augenblick geschieht? Philip Repton flüstert Courtenay unsere Namen ins Ohr. Und ihr kennt Courtenay! Er hat in Oxford studiert wie der Doktor, er war sogar Kanzler der Universität. Dieser Mann verfügt über einen brillanten Verstand. Courtenay hat es fertiggebracht, Wycliffe zu Fall zu bringen! Meint ihr wirklich, daß ihm Hereford auch nur eine Woche widerstehen kann?«

»Du hast recht«, sagte Latimer. »Courtenay wird schlußfolgern, daß sich Hereford nach seiner Flucht aus dem römischen Gefängnis an uns gewandt hat und daß wir ihn verbergen. Der Erzbischof ist rastlos in seiner Suche, weil er weiß, was ihm droht, wenn jeder gewöhnliche Sterbliche die Bibel lesen kann. Es ist nur eine Frage der Zeit, bis er das Versteck des Doktors entdeckt, jetzt, wo er Philip Repton als Spürhund gewonnen hat.«

»Gerät der Doktor in die Hände des Erzbischofs, ist er für immer verloren. Dann muß Courtenay nur noch die Pergamente verbrennen, und wir werden weitere tausend Jahre mit der lateinischen Bibel verbringen.«

»Nicht ganz«, sagte Latimer. »In meiner Kanzlei werden fortwährend Kopien von den Übersetzungen des Doktors hergestellt.«

Nevill zischte: »Wenn Courtenay Krieg haben will, soll er Krieg haben.«

»Er soll ihn bekommen.« Cheyne nickte.

»Krieg«, sagte Montagu.

»Gut. Er bekommt Krieg.« Latimer holte tief Atem. »Der Geheimbund wird sich nicht länger schlafend stellen. Erzbischof Courtenay soll sehen, wen er herausgefordert hat: Ritter höchsten Rangs, Kammerritter, Männer, die für den Schutz des Königs zuständig sind. Und Ritter, die über ein starkes, schlagkräftiges Gefolge verfügen, über weitreichende Ländereien. Männer, die Verbindungen ins Ausland pflegen, Frankreich, Germania, Jerusalem. Erheben wir das Schwert.«

Nevill zog sich die Handschuhe an. »Die Botschaft wird deutlich sein. Courtenay wird begreifen.«

5

Nottingham zog die Äcker und Viehweiden aus dem Norden und Süden heran, die Ausläufer des Sherwood Forest, das Wasserband des Leen. Die Stadt holte Luft. Sie stemmte die Burg auf ihren Rücken, verknäulte die Straßen, die großen, gepflasterten, auf denen Fuhrwerke sich an den Tischen der Händler vorbeizwängten, und die kleinen Lehmgassen, auf denen die Kinder spielten. Ein Zittern lief über die Marktplätze, die Spitzen der drei Kirchen schwankten, Hühner und Ziegen in den Hinterhöfen schrien. Und Nottingham hustete: Aus allen acht Toren spie die Stadt Kühe, Schweine, Schafe aus, keuchte scharfen Gerbereigeruch aus der Barker Gate, Käse, Eier, Zwiebeln, Hüte vom Great Market. Die Tierzähmer und die Gaukler schüttelte sie, die Schlachter und die Pelzmacher, die Spinnerinnen und die Stadträte. Allein das Fremde, Hustenreiz auslösende – es wollte nicht weichen. Seit Tagen wankte es von Haus zu Haus, bettelte um einen Namen, den ihm niemand geben wollte. Ohne Unterlaß flehte es um Erlösung.

Catherine stützte sich an der Hauswand ab, rang um Atem. Ihr Blick irrte ruhelos umher. Die Kehle war entzündet, die wunden Füße müde. Die Bottle Lane. Zu klein, um einen Abwasserkanal in der Mitte der Straße zu gestatten, zu eng für Karren und Viehtreiber. Die Häuser sprangen vor und wichen zurück nach Gutdünken. Einen Buckel machte die Straße, sie überquerte den alten Wall, der den englischen Stadtteil vom ehemals normannischen trennte, er lag unter ihr begraben und hob den Weg, die Häuser, die spielenden Kinder mit sich in die Höhe. Bottle Lane. Hier war sie zu Hause gewesen. Hier stand das dreistöckige Gebäude, das eine Brille auf die Straße reckte, die nur einem Riesen passen mochte.

Die Fenster waren geschlossen wegen des Gestanks aus der Stadt. Nur im Dachgeschoß standen sie weit offen. Wie oft rieten die Leute der alten Burgwhenna, sie zu schließen wegen der Krankheiten, die in der Luft herumflogen, und sie lachte nur darüber. Manchmal glaubte Catherine, die Alte sei der Geist Nottinghams. Seltsam, daß er gerade bei ihnen zur Miete wohnte.

Die krummen Fassaden neigten sich Catherine entgegen: Das Haus der Gänsefrau, das Haus des Gewandschneiders, das Haus der Familie aus York.

In Melton Mowbray hatte Catherine die Nacht über auf den Kirchenstufen gekauert und vor Angst und Verlorenheit gefröstelt unter dem Sommermond. Im Morgengrauen war sie nach Nottingham aufgebrochen, zwanzig Meilen an einem einzigen Tag, ununterbrochenes Marschieren bis zum späten Abend. Aber Elias war nicht hier. Sie hatte das Werkzeug und den Linsenkasten in die Werkstatt eingeschlossen und sich auf die Suche nach ihm gemacht. Er mußte in der Stadt sein, hatte sie gedacht, Elias gehörte zu Nottingham, er wohnte in der Bottle Lane zwischen Bridlesmith Gate und Fletcher Gate, zwischen der Straße der Schmiede und der Straße der Schlachter, dort war er immer gewesen, das war sein Heim, seine Werkstatt, sein Zuhause.

Es war, als hätten die vier Jahre, die sie inzwischen als Frau des Brillenmachers in Nottingham lebte, nicht stattgefunden. Was vertraut geschienen hatte, die brusthohe Mauer, die den Marktplatz in Viehställe und Händlerbuden teilte, der am Galgen baumelnde Stuhl über dem Wasserbecken, Wasserstuhl genannt und eine Drohung für aufmüpfige Händler, die Schlachthäuser und die dampfenden Blutgräben, der Jauchegraf mit seinen Gehilfen, die die Senkgruben ausleeren kamen, die streunenden Hunde und Katzen, die seit Jahren denselben Hinterhof bewohnten – alles, was vertraut gewesen war, schmeckte plötzlich bitter und fremd.

Catherine betrat den Hof. Wie oft hatte sie aus dem Brunnen Wasser geschöpft, wie oft sich in diesem Bretterverschlag gewaschen. Die Ziege der Nachbarn stierte herüber. Zwischen ihren Beinen pickten Hühner im Sand. Catherine stieg die hölzerne Außentreppe hinauf, am Fenster der Schlafkammer vorbei, bis in Burghwennas Stockwerk. Sie klopfte an, das tat sie immer, auch wenn Burgwhenna es nicht hörte. Als sie die Tür aufschob, stieß sie beinahe mit der Alten zusammen.

Burgwhenna grinste. Ohne Zweifel, sie hatte Catherine wiedererkannt. Burgwhenna, die taube Alte, wußte, wo Catherine hingehörte. »Sag, hast du dem Hundeschläger schon Bescheid gegeben?« schrie sie. »Ich möchte nicht, daß er meinen Liebling für einen Streuner hält. Er wohnt doch jetzt in der Stoney Street.«

»Dein Hund ist seit zwanzig Jahren tot.«

»Was hast du gesagt?«

Catherine wies auf das Hörrohr in der Hand der Alten.

Burgwhenna nickte und hielt es sich ans rechte Ohr, auf dem sie noch ein wenig hörte. Angestrengt kniff sie die Augen zusammen.

»Dein Hund ist seit zwanzig Jahren tot.«

»Ach? Und hast du ihm die Innereien gebracht, wie ich dich gebeten hatte?«

»Dein Hund ist tot! Seit zwanzig Jahren.«

Burgwhenna nahm das Hörrohr herunter. Sie legte den Kopf in den Nacken, um zu Catherine hinaufzublicken, und ihre Mundwinkel fielen herab. »Tot?«

Catherine nickte. »Burgwhenna, ich muß dich etwas fragen.«

»Was sagst du?« Die Alte lauschte durch das Rohr.

»Hast du Elias gesehen?«

»Und warum erzählst du mir das?«

»Nein, ich frage dich! War Elias hier in der letzten Zeit?«

»Elias?«

»Ja, ob er hier war.«

Burgwhenna schüttelte den Kopf. Sie wischte sich die gichtgekrümmten Finger am Bauch ab. Aus ihren Augen blickte ein Kind. »Nein, Elias war nicht hier. Sorgst du dich?«

Catherine zuckte zusammen. Die Alte schien ihr direkt ins Herz zu blicken.

Dann verlor sich die Wachheit wieder aus ihren Augen, wie ein Vogel, der in die Ferne entschwebt. »Ich muß verreisen. Meine Eltern brauchen Hilfe bei der Ernte. Sie sind nicht mehr die Jüngsten.«

Catherine nahm die Hand der Alten und streichelte sie. »Du mußt dir um sie keine Sorgen mehr machen, Burgwhenna.«

Sie stieg die Treppe hinunter und murmelte ein Vaterunser. In der Werkstatt spielten Staubteilchen zwischen den Pfeilern im gelben Licht der Kuhhautfenster. Das Elend hatte sich in der Mitte der Werkstatt in Form eines Linsenkastens und einiger Werkzeugtaschen zusammengekauert. Catherine verlangte danach, diese Schätze ihres Mannes, die ihr plötzlich kümmerlich erschienen, an sich zu schmiegen, sie zu wärmen, ihnen neues Leben einzuhauchen. Sie kniete sich nieder und band den Kasten auf.

Pergamente. Dicke, helle Blätter, längs gefaltet, deckten die Linsen zu. Sie fächerten sich auf. Catherine nahm sie heraus und strich sie glatt. Spatzen waren mit rußgeschwärzten Füßen darübergelaufen, Reihe für Reihe. Ab und an war ein Vogelfuß rot gefärbt. Seit wann interessierte sich Elias für Schriften? Er konnte lesen, ja, und er half denen, die es im Alter nicht mehr vermochten und sich danach sehnten wie nach einer verlorenen Heimat. Die Bücher seiner Auftraggeber aber waren ihm immer gleichgültig gewesen. Seine Arbeit bedeutete ihm alles. Was war in Braybrooke geschehen? Von wem stammten diese Seiten?

Ihr Blick wanderte zur Kiste mit den hölzernen Brillenschachteln. Elias schnitzte in jede mühevoll sein Zeichen hinein. Er hatte ihr erklärt, daß es aus zwei Buchstaben bestand, aus denen, die seinen Namen ausmachten, Elias Rowe. Das Schnitzwerk enthalte aber nicht den ganzen Namen, sondern eine Art Rätsel, mit dessen Hilfe man einen Teil des Namens erraten müsse. Würde sie seinen Namen auf den Pergamenten erkennen?

Catherines Nacken steifte sich. Schritte. Poltern an der Tür. Tageslicht fiel in den Raum.

Es war der erste September. Sankt Ägidien. Und Elias kehrte heim.

Sie sprang auf, ließ die Pergamente auf den Boden segeln. Mit einem Schrei flog sie ihm an den Hals und preßte sich an ihn.

Müde legte er seine Arme um sie.

»Wo warst du?«

Er streichelte schweigend ihren Rücken.

»Ich hatte Angst«, flüsterte sie.

»Ich wollte dich nicht allein lassen.«

»Auf dem Markt – was ist da passiert? Warum warst du plötzlich verschwunden?«

Das Streicheln hörte auf.

»Hat es mit diesen Pergamenten zu tun? Wem gehören sie?«

»Sie gehörten Sir Latimer.«

»Hast du –« Catherine stockte. »Du hast sie nicht gestohlen, oder?«

»Nein, so ist es nicht.«

Sie schob ihn ein Stück von sich weg und sah ihm ins Gesicht. Elias wich ihrem Blick aus. Sein Gesicht trug Falten, die sie nicht kannte: an den Augen, um den Mund. Er ging zum Werktisch hinüber, langsam, als würde ihm das Gehen schwerfallen.

»Elias, rede mit mir! Es ist etwas Schlimmes geschehen, bitte, sage mir, was passiert ist!«

Er schwieg.

»Elias?«

»Ich wünschte, ich hätte dich nicht geheiratet.«

Es verschlug ihr den Atem. »Was?« hauchte sie.

Seine Hand kroch über den Tisch, ergriff eines der Schnitzmesser. Dazu nahm er ein Lindenholzbrettchen. Er ließ sich auf den Schemel hinabsinken und begann, ein Muster in das Holz zu ritzen.

Catherine brannte der Mund. Zugleich fror ihr der Nacken. Das war nicht Elias. Unmöglich. Wen hatte sie gerade umarmt? Wer saß dort und schnitzte, den Rücken gebeugt wie der Brillenmacher, ihr Mann? Sie wollte ihn fragen oder ihn fortstoßen, aber sie wagte weder das eine noch das andere.

In der Küche würde sie Dunkelheit finden. Dort gab es keine Fenster, und wenn sie die Tür zum Eßzimmer schloß, war sie weit genug entfernt von ihm, um wieder Luft zu bekommen. Catherine ging die Treppe hinauf. Im Eßzimmer stand der neue Ofen. Elias hatte alles Geld zusammengenommen, das sie besaßen, hatte Kacheln gekauft und die Handwerker bezahlt, die den Schornstein mauern mußten. Warum? Weil sie darunter litt, daß es aus der Feuerstelle bis in die Schlafkammer nach Rauch roch. Hatte er das nicht aus Liebe getan?

Sie trat in die kleine Küche, schloß die Tür.

Zitternd sank sie in sich zusammen. Aus den aufeinandergepreßten Lippen brach ein Schluchzen heraus.

Eine andere Frau? Handelte es sich bei den Pergamenten vielleicht um Briefe, und was Elias über Sir Latimer gesagt hatte, war eine Lüge? Aber wie kam es dann, daß er auf der Reise so fröhlich gewesen war?

Die Dunkelheit der Küche umfing Catherine. Hart fügte sich der Dielenboden an Gesäß und Hände. Sie wollte nie wieder zurück in das Licht. Es war das beste, wenn sie an Ort und Stelle starb. Oder sollte sie noch einmal hinuntergehen und Elias sagen, daß sie mit ihm glücklich gewesen war und daß sie nicht verstand, wie er ihre Ehe aufgeben konnte? Sie liebte diesen Mann, ihn, der die gemeinsamen Jahre in den Abwasserkanal schüttete. Sankt Ägidius. Patron der stillenden Mütter. Catherine schüttelte den Kopf. Heute warf er ihre Liebe in die Jauchegrube.

Sie wischte sich die Tränen von den Wangen. Was, wenn es andere Sorgen waren, die ihn bedrückten? Er hatte davon gesprochen, daß er den Ofen vom letzten Geld bezahlt hatte und daß sie sparsam leben mußten in der nächsten Zeit. Burgwhenna gab ihnen nur eine kleine Miete. Hatte man vielleicht das Geld gestohlen, das er in Melton Mowbray vom Pferdehändler erhalten hatte? Und nun fürchtete er, sie nicht mehr ernähren zu können, und wünschte deshalb um ihretwillen, sie nicht geheiratet zu haben?

»Du lügst dir etwas vor«, flüsterte sie. »Hast du ihn dir nicht angesehen? Nur noch seine Hülle ist hier. Er ist fort, er hat dich längst verlassen.«

Hier zu kauern und zu weinen! Wenn es einen Weg gab, Elias zurückzugewinnen, dann war dies sicher der falsche. Er sollte sehen, daß seine junge Frau nicht ins Wanken zu bringen war. Sie konnte mehr durchstehen als das. Es mochte sein, daß er sie mit seinen Worten sehr verletzt hatte. Aber sie war stark. Was immer die nächsten Wochen brachten, sie konnte es tragen. Sie gehörte ins Licht und nicht in eine fensterlose Kammer. Catherine erhob sich, wischte sich mit einem Tuch das Gesicht trocken, nahm einen tiefen Atemzug und trat hinaus.

Sie gab sich keine Mühe, ihre Schritte auf der Treppe zu dämpfen. Wenn Elias sich umdrehen würde, mochte er sehen, daß ihr Gesicht vom Weinen gerötet war. Sie würde es nicht verstecken.

Er tat, als hörte er sie nicht.

Nach kurzem Überlegen nahm sie sich einen Schemel und setzte sich neben ihn. »Du hast mich verletzt.«

Elias führte das Messer in eine Kurve. Ein feiner Span rollte sich aus dem Holz.

»Ich liebe dich. Die vier Jahre mit dir haben mich glücklich gemacht.«

Nun hielt er inne. Seine Nasenflügel bebten. »Catherine, ich –«

»Du mußt nichts sagen.«

»Du weißt gar nicht, wieviel du mir bedeutest.«

»Ich dachte einmal, daß ich es weiß.«

»Bitte –« Er hob den Kopf und sah ihr einen Wimpernschlag lang in die Augen, dann wendete er sich ab. »Es wäre gut, wenn du fortgehen würdest für einige Zeit.«

»Kannst du mir erklären, warum?«

Er schwieg.

»Gut, du kannst es nicht. Ich werde also fortgehen. Vielleicht wird eine Färberin aus mir, wie es meine Mutter war, und ich habe bald rotgefärbte Arme, oder blaugefärbte, bis zum Ellenbogen.«

»Catherine.«

»Ich könnte auch Hühner verkaufen auf dem Geflügelmarkt, zwischen hundert anderen Frauen und flatterndem Federvieh. Ich kann meinen Bruder Alan auf seinem Pachthof unterstützen. Wenn er nicht im letzten halben Jahr geheiratet hat, lebt er immer noch allein dort und wird froh sein über ein wenig Hilfe.«

»Ja, das wird er.«

»Oder ich kann von Tür zu Tür gehen mit einer Kiepe auf dem Rücken. Wenn es Winter wird, brauchen die Leute wieder mehr Talglichter und Kerzen.«

»Es tut mir leid, daß ich dir so sehr weh tue.«

»Kann ich hier schlafen, bis ich etwas Neues gefunden habe?«

»Es wäre mir lieber, wenn du –« Er stockte.

»In Ordnung. Nur noch diese Nacht.«

Sie wußte, daß er nicht hinauf in die Schlafkammer kommen würde. Und doch lauschte sie auf jedes Geräusch. Feuerholz knackte. Der Blasebalg füllte sich mit Luft, dann prasselten die Flammen. Glas riß zischend. Später schabte eine Feile über den Rand einer Linse.

Catherine hielt sich auf ihrer Seite des Betts. Obwohl der Bettkasten kaum Platz für zwei Menschen ließ, hatten sie sich nie deshalb gestritten. Sie mußte daran denken, wie sie einmal in der Nacht davon wach geworden war, daß Elias sie streichelte. Als sie die Augen aufschlug, entschuldigte er sich wie ein kleiner Junge.

Unten in der Werkstatt schmatzte Leim in der Schale. Glas wurde über Sand gerieben, dann, ein hohes Säuseln nur, in Schmirgelstaub gedreht.

Durch das Fenster der Schlafkammer fiel der erste blaue Schimmer. Burgwhenna war wieder einmal sehr zeitig aufgestanden. Sie polterte mit ihren Holzschuhen über den Dielenboden, setzte laut den Wischeimer ab. Aber warum kam das Poltern nicht von der Decke her wie gewöhnlich?

Catherine setzte sich auf im Bett. Sie hielt den Atem an. Es war still. Hatte sie geträumt? Die Haut an ihren Armen war kalt. Die Wolldecke lockte. Dennoch stand sie auf und lief barfuß die Treppe hinunter. »Elias?«

Da war ein Geräusch. Ein Kratzen. Jemand stöhnte leise.

Sie sprang die letzten Stufen. Auf dem Tisch herrschte Unordnung. Und es lag Werkzeug auf dem Boden: Hämmer, Feilen, Zangen. Elias, inmitten des Werkzeugs. Sie warf sich zu ihm hin.

Aus seiner Brust ragte ein Messergriff.

Sie nahm seinen Kopf in die Hände. »Warum? Warum?«

Er öffnete die Augen. Ganz offensichtlich war er erstaunt, sie zu sehen. »Du lebst?« Blut rann ihm zwischen den Zähnen hervor.

»Was ist geschehen?« Ein feiner Messergriff, mit Goldfäden verziert. Sie hatte ihn nie gesehen. Elias hatte sich nicht selbst getötet. »Wer hat das getan?«

»Er hat«, röchelte er, »Wort gehalten.« Elias lächelte.

Deshalb hatte er gestern Böses gesprochen! Er hatte gewußt, daß man ihn töten wollte. Er dachte, daß sie bei ihm nicht sicher war. »Elias, bitte, geh nicht fort. Ich werde den Apotheker aus der Castle Gate holen, er wird Rat wissen. Hältst du so lange durch?«

Das Lächeln in seinem Gesicht löste sich auf. Wangen und Mund wurden schlaff.

Catherine beugte sich hinab und preßte ihr Gesicht an seines. »Mein Geliebter, geh nicht!« Sie suchte seine Hand, umschloß sie, hielt sie fest.

Sein Kopf sank zur Seite. Sie hob ihn wieder auf, streichelte ihn. »Hast du es geschafft, mein guter Mann? Du brauchst nichts zu antworten. Ich weiß, Sprechen war nie deine Stärke.«

Ohne sich um die Blutlache zu kümmern, die über die Steinfliesen kroch, setzte sie sich nieder und nahm seinen Kopf auf den Schoß. Zärtlich streichelte sie Elias das Gesicht. »Ich liebe dich. Weißt du das? Warum läßt du mich allein? Dein Wunsch wird in Erfüllung gehen. Das wollte ich dir gestern sagen, weißt du, an Sankt Ägidien, weil es der passende Tag dafür ist. Ich bin schwanger. Es wird der Sohn, den du dir immer gewünscht hast. Wollen wir ihn Laurence nennen? O Elias, bitte, ich brauche dich! Verlasse nicht deine junge Frau.«

6

Wolken schmückten den Himmel wie Strähnen, gerade über das Firmament gekämmt und in den Spitzen geschwungen. Die Luft fügte sich erfrischend in Alans Lungen. Er hielt die Zügel locker, der Klepper fand den Weg nach Nottingham auch ohne seine Hilfe. Die Wagenräder sprangen über Steine, der Wagen war leer, er lag leicht auf der Straße.

Licht überflutete die Weide. Auf den Schafrücken ruhte sich die Sonne aus. Gelber Mohn wippte am Wegrand. Eine kleine Glocke klingelte: Der Schäfer hatte sie zwischen die Hörner eines Bocks gebunden, um seine Herde in den Hügeln nicht zu verlieren.

»Was ist der Unterschied zwischen den Reichen und den Armen«, seufzte Alan, »was meinst du, Jok?« Er streckte die Schultern, beugte den Rücken, daß es knackte, dann richtete er sich wieder auf. »Ich glaube, daß es dumm ist, wenn man sich darüber keine Gedanken macht.«

Jok nickte.

»Für Leute wie mich hat die Arbeitswoche nur fünf Tage, für die Reichen hat sie sechs. Vier Tage mehr im Monat. Was meinst du, was man an vier Tagen alles schaffen kann! Ich werde ja hören, was es kostet, sich von den Montagsdiensten freizukaufen. Möglich, daß die Reichen nur deshalb zu Wohlstand gekommen sind, weil sie auch am Montag für sich arbeiten können, anstatt dem Herrn zu dienen, denkst du nicht auch?«

Jok nickte.

»Man muß sich entscheiden, zu wem man gehören will. Ich entscheide mich, kein armer Schlucker mehr zu sein. Du wirst sehen!«

Jok nickte.

»Laß uns mal rechnen. Der halbe Acker liegt brach, um sich zu erholen. Auf der anderen Hälfte baue ich Weizen, Roggen oder Gerste an und ernte in einem guten Jahr, sagen wir, viermal soviel, wie ich gesät habe. In einem schlechten Jahr dreimal soviel. Das ergibt zwölf Schillinge, wenn es gut kommt, dreizehn. Fünf Schillinge zahle ich Pacht, einen Schilling zehn Pfennige Tallage-Steuer. Außerdem bin ich verpflichtet, die Mühle des Herrn in Anspruch zu nehmen und dafür zu bezahlen. Viel bleibt nicht übrig. Aber wir sind nicht auf den Kopf gefallen, nicht wahr, Jok? Die Fuhren in die Stadt für die reicheren Bauern bringen zusätzliches Geld. Rate mal, wieviel ich schon angespart habe!«

Jok schnaubte.

»Leider falsch. Rate noch einmal!«

Jok schwieg.

»Komm schon, versuche es!«

Jok schnaubte.

»So wenig traust du mir zu? Nein, mein Lieber, acht Schillinge habe ich angespart! Wenn einen die Sehnsucht treibt, ist keine Arbeit zu hart. Ich kaufe mir Schafe. Ein bißchen heller muß man sein im Kopf, dann kommt man ganz von selbst darauf. Was haben die reichen Bauern, das die armen Bauern nicht haben? Schafe. Sie verdienen Unmengen mit der Wolle und der Milch, glaub mir das. Und das teure Fleisch, die Haut für Pergamente und das Fett für Talglichter! Schau mal.« Er umfaßte die Sitzbank und streckte die Füße in die Luft. Schuhe bohrten ihre Lederspitzen in den Himmel. »Heute habe ich sie an, obwohl es gar nicht in die Kirche geht. Lach nur, Jok. Ich weiß schon, was ich tue. Wenn du eine Frau haben willst, mußt du zuerst ihren Vater beeindrucken. Ich wünschte, Mays Vater wäre nicht ausgerechnet der Vogt und der reichste Bauer im Umkreis von zwölf Meilen.«

Jok nickte.

»Immerhin besitze ich einen eigenen Pflug, einen Wagen und dich. Und ich habe zu Beginn der Pacht vierzig Schillinge Eintrittsgeld bezahlt. Zwei Pfund! Ist das nichts?«

Jok schwieg.

»Ich weiß. Für den Vogt bin ich trotzdem ein Habenichts. Einem Habenichts wird er May nicht zur Frau geben, da kann ich gleich auf Efeu pusten. Aber Jok, ich sage dir, es wird sich alles ändern. Wir fangen heute an. Der Vogt wird Augen machen.«

Am Horizont schob sich Nottingham mit seinen Zinnen und Fahnen auf wie ein Gebirge.

»Letzten Endes ist Mays Vater doch einer von uns. Er sitzt zwar in der Burg und sammelt für den Earl Abgaben und Steuern ein, aber deshalb müssen wir ihn nicht fürchten, Jok. Er hat genauso Erde unter den Fingernägeln wie ich. Vielleicht ist er sogar froh, einen tüchtigen Schwiegersohn zu gewinnen. Sicherlich. Er wird froh sein, meine Vorschläge zu hören.« Alan kürzte die Zügel. »Ho! Steh, alter Freund.« Noch bevor der Wagen hielt, sprang Alan von der Bank. Er kniete sich an den Wegrand und las Steine auf. Die kantigen warf er fort, die runden sammelte er in der Hand, bis er kaum noch die Finger schließen konnte. Er erhob sich, entleerte die Faust auf die Bank des Wagens und kauerte sich wieder nieder.

Jok drehte den Kopf nach ihm um.

»Ja, mein Bester, wir halten hier mitten auf dem Weg. Heute bin ich fröhlich, verstehst du? Mir ist nach einem kleinen Spiel zumute.« Mit erneut gefüllten Händen kletterte Alan zurück auf seinen Platz und rief: »Auf! Es geht weiter.«

Ein Ruck ging durch den Wagen. Die hölzernen Räder knirschten.

Alan umzäunte den Steinhaufen mit den Händen. »Siehst du den Holunder dort hinten? Und den Sproß, der daraus in die Höhe ragt wie ein Speer?« Er nahm einen Stein zwischen Daumen und Mittelfinger. Mit dem Zeigefinger strich er über seine Kante, als wollte er ihn beruhigen. Dann holte er aus und schleuderte den Stein in Richtung des Holunders. Er verfehlte ihn weit. »Schau dir das an!« Alan lachte. »Beim nächstenmal treffe ich.«

Er nahm einen weiteren Stein auf, zielte. Das Wurfgeschoß pfiff durch die Luft. Als es auf den Zweig traf, erzitterte der Holunderstrauch. »Treffer!«

Jok schnaubte.

»Der gelbe Mohn links am Wegrand. Siehst du die Blüte? Sorge dich nicht um deinen Kopf, ich werfe im Bogen, es ist zu weit entfernt für einen geraden Wurf.« Der Stein sauste in den Himmel und fiel wieder herab. Er zerschmetterte den gelben Farbtupfer im Gras. Alan rieb sich den Nacken. »Das ist allerdings erstaunlich. Habe nicht damit gerechnet, daß ich gleich treffen würde.«

Die Stadtmauern näherten sich. Aus dem Tor quoll eine Schar Gänse, von einem Halbwüchsigen mit einer Haselrute getrieben. Alan fegte die restlichen Steine von der Bank und nahm die Zügel wieder auf. Vor dem Torbogen brachte er den Wagen zum Stehen. Ein Zöllner umrundete ihn und blickte von hinten auf die leere Ladefläche. Wortlos winkte er Alan, er solle weiterfahren.

Der Schatten des steinernen Bogens verschlang Jok. Alan folgte auf dem Wagen. Mit dem wiederkehrenden Licht tauchten sie ein in die Welt Nottinghams. Joks Hufe klopften auf das Straßenpflaster. Es roch nach gebratenem Fett und menschlichen Ausdünstungen. Stimmen von überall her: johlende Kinder, Händler, die ihre Waren anpriesen, alte Männer im Gespräch, Frauenlachen. Ein Hund bellte. Jede Elle Raum war genutzt. Die Häuser standen dicht an dicht und bedrängten die schmalen Gassen. Sie rangen um Licht wie Bäume, verbreiterten sich nach oben hin, ein Stockwerk ragte über das andere hinaus.

Eine Schar Kinder versperrte den Weg. Sie hatten im Abwasserkanal, der in der Mitte der Straße verlief, einen Damm aus Unrat errichtet, dessen Löcher sie nun mit Küchenabfällen stopften. »Wollt ihr ein Stück mit mir fahren?« rief Alan.

Unter großem Hurra stürmte die Schar den Wagen.

An jeder Straßenecke kamen neue Kinder hinzu: zerlumpte Jungen und Mädchen, die ihren Hunger niederjauchzten und bei der Fahrt nach den Hüten und Kappen der Leute schlugen. Alan lachte mit ihnen. Nur die Zügel wollte er nicht hergeben, sosehr die Kinder auch bettelten. Es war schwierig genug, Jok neben dem Abwasserkanal zu halten und trotzdem keinen der Tische zu streifen, auf denen sich die Waren türmten.

Vor dem Karmeliterkonvent in der Friar Lane brachte Alan den Wagen zum Stehen. »So, das war's. Ich muß in die Burg hinauf, ich glaube nicht, daß ihr euch dort blicken lassen solltet.«

Gehorsam sprangen die Kinder hinab. Ein Mönch kehrte vor der Tür des Konvents. Auf ihn stürzten sie sich, neckten, stießen ihn, zogen am weißen Skapulier, das auf Brust und Rücken zum Boden herabhing. Die schwarze Tunika kam zum Vorschein. Alan nickte ihm zu, den um Hilfe heischenden Blick nicht beachtend, und ließ Jok antraben.

Als er die breite Rampe zur Burg hinauffuhr und sich die Ketten der Zugbrücke nach ihm ausstreckten, kam ihm in den Sinn, daß er besser noch einen Barbier aufgesucht hätte, anstatt die Kinder zu kutschieren. Nun, so hatte er einen Farthing, einen Viertelpfennig, gespart, sagte er sich. Der Vogt würde Sparsamkeit zu schätzen wissen. Konnte nicht Catherine ihm die Haare schneiden, wenn er sie am Nachmittag besuchte?

Auf dem Burghof hatten einige Männer eine Zielscheibe aufgestellt und schossen mit dem Bogen Pfeile darauf. Gern hätte Alan einen Versuch unternommen. Er würde fragen, ob sie ihm einen Schuß gestatteten, wenn er mit dem Vogt gesprochen hatte.

Jok ließ er angeschirrt, klopfte ihm zweimal auf den Hals und beugte sich durch die Pforte zur Kammer, in der er den Vogt erwartete.

Es fuhr wie Feuer durch seine Glieder.

May saß neben ihrem Vater am Tisch und schrieb, hatte die roten Haare zu einem Zopf geflochten, den Gänsekiel geschickt in die schmale Hand gelegt. May und der Vater sahen auf. May lächelte. Der Vogt lächelte nicht.

»Ich wußte nicht, daß du hier bist, May.«

»Vater lehrt mich schreiben. Ich stelle mich gut an, nicht wahr, Vater?«

Das Gesicht des Vogts blieb ungerührt. »Alan?«

»Ich bin wegen einer Frage gekommen.«

»Sprich.«

»Ich würde gern auch am Montag auf meinem Gut arbeiten. Kann ich die Arbeitsverpflichtungen mit Geld ablösen?«

»Das wirst du nicht bezahlen können.«

»Ich mache Fuhren für die reicheren Bauern, ich habe einiges angespart.«

»Alan, das ist ein anderes Leben. Das ist ein Stand, den du nie erreichen wirst.«

»Was würde es kosten?«

Der Vogt seufzte. Er schlug ein Buch auf, huschte mit dem Finger über die Zeilen.

Alan wagte es nicht, May anzusehen. Sie schrieb nicht mehr. Er hatte plötzlich das Gefühl, lächerlich steif dazustehen. Aber er würde kämpfen, um May kämpfen.

Der Vogt rückte auf dem Rechenbrett einige Steine. »Zusätzlich zwölf Schillinge, zehn Pence und einen Halfpenny.«

»Das ist meine gesamte Ernte!«

»Ich habe dir gesagt, daß du es nicht bezahlen kannst.«

»Wie können die Montagsdienste mehr wert sein als das, was ich an den fünf anderen Tagen schaffe?«

»Alan, die Arbeitsverpflichtungen gehören zu deinem Stand als Pächter genauso wie die jährliche Pacht. Daran läßt sich nichts rütteln. Es sei denn, deine Fuhrdienste haben dir zwölf Schillinge eingebracht?«

»Was ist mit den anderen Bauern? Wie lösen sie die Dienste ab?«

»Das ist ein anderes Leben, wie ich schon sagte. Du bist allein. Sie haben eine Familie, Söhne, die mit ihnen arbeiten. Und sie beschäftigen Knechte und Mägde. Das Land, das du gepachtet hast, ist winzig im Vergleich zu ihren Äckern. Aber vielleicht willst du einen Knecht beschäftigen, der die Arbeitsdienste für dich ableistet. Niemand zwingt dich, persönlich zu erscheinen.«

»Wäre das billiger?«

»Sicherlich. Allerdings müßte er mit deinem Wagen, deinem Pflug und deinem Pferd erscheinen.«

»Du weißt, daß das nicht geht. Womit soll ich dann arbeiten?«

Der Vogt hob die Hände.

»Es sind doch mein Wagen und mein Pferd.«

»War das alles, was du wissen wolltest?«

»Nein.« Alan straffte die Schultern. »Ich bin enttäuscht, aber das war noch nicht alles. Daß ich allein bin, hast du richtig bemerkt. Es gibt keine Frau, die in meinem Haus Wolle spinnt. Trotzdem zahle ich jedes Jahr zwei Pence Spinnsteuer. Das werde ich nicht mehr tun.«

Auf der breiten Stirn des Vogts erschienen Falten. »Sei nicht unvernünftig.«

»Genauso die Fischsteuer. Ich gehe nicht fischen.«

»Du verstehst das nicht. Es geht nicht darum, ob du es tatsächlich tust. Du erwirbst dir mit der Steuer die Möglichkeit, es zu tun. Genauso ist es mit dem Spinnen.«

»Dann möchte ich die Möglichkeit nicht mehr erwerben. Ich will mir Schafe kaufen, Fischen und Spinnen ist nichts für mich.«

Der Vogt erhob sich und nahm Alan beim Arm. »Du denkst vielleicht, ich bin hart zu dir. Ich weiß, du hegst einen geheimen Groll gegen mich, seit vor vier Jahren der Nachbar verraten hat, daß deine Schwester geheiratet hatte, und wir ein Merchet zur Heiratssteuer verlangt haben von dir, obwohl du der Bruder bist und nicht der Vater. Aber es war kein Vater da, das hast du eingesehen, hoffe ich. Ich bin es nicht, der Steuern von seinen Nachbarn preßt – lebe ich nicht im gleichen Dorf wie du? Ich will dir sagen, wem du die Härte verdankst.«

»Schieb es nicht auf den Earl. Du allein hast diese Sachen in der Hand.«

»Es ist nicht der Earl.« Der Vogt zog ihn zum Fenster. »Siehst du das Banner mit dem silbernen Löwen?«

»Die Fahne der Mowbrays. Und?«

»Sie weht auf den Türmen. Aber nun schau dir das Tor zur Hauptburg an. Welches Banner hängt zu beiden Seiten unter den Pechnasen?«

»Ein weißes, von roten Linien durchkreuzt.«

»Das ist das Wappen William Nevills. Nevill, sagt dir der Name etwas? Ralph Nevill, der Vater unseres Kastellans, führte für König Edward den Feldzug gegen die Schotten. Er rettete Durham und nahm David Bruce, den König der Schotten, gefangen. William Nevill, sein Sohn, ist ein enger Vertrauter König Richards, ein Kammerritter, weißt du, was das ist?«

Alan schwieg.

»Es gibt nicht viele, die sich so nennen dürfen. Sie beraten den König. Er traut ihnen mehr als seiner eigenen Familie. Mögen die Fahnen der Mowbrays über Nottingham Castle wehen – es ist dieses weiße Banner mit den roten Linien, das die Burg beherrscht. Verstehst du, warum ich hart sein muß? Du bist ein netter Bursche, ich würde dir gern helfen, aber über mir wacht die Hand William Nevills. Ich bin eine Laus für ihn, die er zwischen den Fingern zerdrückt, wenn es ihm beliebt.« Der Vogt klopfte Alan auf die Schulter. »Es tut mir leid. Ich kann nichts für dich tun.«

»Augenblick. Vielleicht hast du größeres Interesse daran, mir zu helfen, wenn ich dir sage, daß …« Alan verstummte. May hatte die Augen niedergeschlagen. Ihre Wangen röteten sich. Zürnte sie ihm, weil er im Begriff war preiszugeben, welche heimliche Zuneigung sie verband? Gab es diese Zuneigung überhaupt? Wer sagte ihm, daß May nicht in gleicher Weise freundlich zu den anderen Burschen war? Und wenn sie ihn besonders mochte, zerstörte er nicht das Zarte, Geheimnisvolle, indem er es ans Licht zerrte?

»Nein, Alan. Die Antwort ist nein.« Der Vogt schob ihn zur Tür. »Und ich möchte nicht, daß du ihr nachstellst, hast du mich verstanden? Du hast einen Hang dazu, dich zu überschätzen.«

»Bastard«, stieß Alan zwischen den Zähnen hervor, als er auf den Wagen kletterte. Einen Hang, sich zu überschätzen – den hatte wohl eher der Vogt. Er war ein Bauer wie die anderen auch, hatte er das vergessen? Der Earl erließ die Pacht; so war es keine Kunst, reich zu werden. Das beste Stück Land, das das Dorf zu bieten hatte, besaß der Vogt. Niemand erzielte mit seinem Acker Erträge wie er. Aber das gab der Boden her, es war nicht das Können des Vogts.

Alan würde gleich heimkehren. Er würde die Schwester nicht besuchen. Sie war keinen Halfpenny besser als der Vogt. Einen Brillenmacher zu heiraten, war das ein Verdienst? Dieser Elias war alt. Wenn er starb, würde sie die Werkstatt übernehmen. Wer sie dann heiraten durfte, eine Brillenmacherin, konnte von Glück reden. Überall dasselbe: Menschen, die sich aufblähten, die sich mit Erfolgen schmückten, die ihnen zugefallen waren, und diejenigen unterdrückten, die tatsächlich auf ihrer Hände Arbeit angewiesen waren.

Auf einem abgeernteten Feld vor der Stadt suchten Gänse nach Körnern. Plötzlich liefen sie auseinander, nur eine blieb, zischte, schlug mit den Flügeln. Sie suchte ihre Jungen vor einem Habicht zu bewahren, der zwischen sie gefahren war. Nun schrie auch der Junge, der die Gänse hütete. Er zog sich die Gugel vom Kopf und schlug mit Kragen und Kapuze nach dem Raubvogel, dazwischen Hiebe mit der Haselrute austeilend. Der Habicht stieß ärgerliche, schrille Rufe aus. Endlich flog er davon, ein Gänseküken in den Krallen.

Es wurde eine stille, düstere Fahrt. Gut, daß die Ernte eingeholt war. Alan würde zum Dreschplatz gehen und bis in die Nacht den Flegel niedersausen lassen.

Bei seinem Haus standen Reiter. Sieben mochten es sein oder acht. Was wollten die? Alan trieb Jok zur Eile an. Wieso rührten sie sich nicht? Sie saßen da auf ihren Rossen und blickten ihm entgegen, als hätten sie den ganzen Tag auf ihn gewartet. In ihren weißen Waffenröcken leuchteten sie wie Engel vor dem dunklen Stoppelfeld.

Alan sank das Herz in die Hose. Die Waffenröcke waren von roten Linien durchkreuzt. Diese Reiter gehörten zu William Nevill.

Sie schwiegen auch dann noch, als er den Wagen vor dem Haus zum Stehen brachte. »Vergebt mir, daß ich fort war. Kann ich den Herren helfen?«

»Hast du noch Glut im Herd?«

»Ich denke schon.«

Einer der Reiter warf einen pechbestrichenen Ast auf den Boden. »Zünde dies an.«

Alan wagte es nicht, nach dem Grund zu fragen. Er stieg vom Wagen, bückte sich. Im Haus stocherte er mit dem Ast in der Glut, bis das Pech Feuer fing. Wie glücklich war er noch gewesen, als er am Morgen den Gerstenbrei gekocht hatte! Nun fühlte er sich kraftlos, und die Furcht vor den Reitern trieb ihm den Schweiß aus den Poren.

Er trat vor das Haus. Die Reiter waren abgesessen. Einer von ihnen hielt die Zügel der Pferde, die anderen waren damit beschäftigt, Jok abzuschirren.

»Verzeiht, das ist mein Pferd.«

Nevills Männer versammelten sich an einer Seite des Wagens, stemmten sie in die Höhe und warfen den Wagen um, so daß er gegen die Hauswand krachte.

»Was soll das?«

Die Männer traten auf ihn zu.

»Nein, vergebt mir, ich …«

Sie entrissen ihm den brennenden Ast.

7

Anne von Ashley zog die Kapuze weit ins Gesicht. Verrieten sie ihr Duft und ihre schmalen Schultern? Der Mönch würde denken, der Erzbischof treibe Unzucht. Andererseits hatte Courtenay diesen Mann sicher nicht ohne Grund ausgewählt, um sie zu ihm zu führen. Er vertraute ihm.

Der Mönch klopfte an eine Tür.

»Vater, könnt Ihr mir einen Becher Wasser bringen?« murmelte Anne. »Meine Kehle ist trocken vom Staub der Straße.«

»Gern, Lady.« Er öffnete und trat beiseite, damit sie eintreten konnte.

Woraus schloß er, daß sie eine Adlige war? Ihr Leben hing davon ab, daß niemand erfuhr, wer sich hinter der Kapuze verbarg. Thomas Latimer würde nicht zögern, sie zu töten.

Der Mönch entfernte sich.

»Kommt herein, nur keine Scheu.« Courtenays Stimme.

Sie schloß die Tür hinter sich, sah sich um. Eine bescheidene Kammer für einen Erzbischof. Drei Truhen waren an der Wand aufgereiht. Sie fanden sich an jedem Ort wieder, an dem Anne ihn besuchte, genauso der Käfig aus hölzernen Stangen, die Heimstatt von Courtenays gezähmtem Eichhörnchen. Es gab ein Bett, einen Tisch, ein Fenster. Courtenay kauerte vor der Tischkante und tauchte die Hand in eine Schüssel. Eine Kröte saß vor ihm. Er hob die nassen Finger und ließ Tropfen auf den Kopf der Kröte fallen. »Habe ich auf dem Hof gefunden. Sie war vollkommen ausgetrocknet. Schaut sie Euch an! Ist auf das Doppelte ihrer Größe angewachsen. Nun sieht sie wieder aus wie eine lebendige Kröte, auch die Augen glänzen.« Er stand auf.

Anne nickte gnädig. Der Mann im Bischofsornat war kaum jünger als Thomas, aber er sah kindhaft aus. Sie überragte ihn um Haupteslänge. Das Haar Courtenays kräuselte sich weißblond wie Schafwolle. Runde, bartlose Wangen. Die Augen voller Unschuld. Über der rechten Augenbraue prangte eine Warze – es war der einzige Makel in diesem Gesicht, und doch war er heimisch darin. Courtenay war nur Courtenay mit dieser Warze, seine ebenmäßigen, kindlichen Züge mußten kraftlos und unbedeutend sein ohne sie.

»Ihr seid gütig«, sagte Anne. »Das Tier verdankt Euch sein Leben.«

Er lächelte.

Dieser Mann war mit achtundzwanzig Jahren Bischof geworden. Sechs Jahre nach seiner Einsetzung hatte er London erhalten, weitere fünf Jahre später mit Canterbury halb England. Im Kinderkörper steckte ein außergewöhnlicher Verstand. Wie er ihn zu verbergen wußte!

»Wie geht es Euch?« fragte er.

»Eine kurze Reise. Sonst mußte ich länger den Pferderücken ertragen, um zu Euch zu gelangen. Was führt Euch nach Newstead Abbey?«

Courtenay kraulte die Kröte. Sie ließ es geschehen, ohne sich zu rühren. »Die Bedeckten Ritter. Am Höhepunkt einer Schlacht treffen die *Bannerets* zusammen, wußtet Ihr das nicht? Es ist Zeit, die Verschwörer zu Boden zu werfen.«

»Ein Teil des Bunds hat sich bei uns getroffen. Ich habe sie nicht belauschen können. Thomas hat mich hinausgeworfen.«

»Wie viele waren es?«

»Vier. Nevill, Cheyne, Montagu und Thomas.«

»Bedauerlich, daß Euer Angetrauter sich auf böse Wege begeben hat und einfach nicht davon lassen will. Ihr leidet Schmerzen, nicht wahr?«

»Das ist vorbei.« Anne schob die Kapuze hinunter. Er sollte ihr in die Augen schauen, wenn er antwortete. »Wann werdet ihr den Bund zerschlagen?«

»In Kürze. Ich bereite eine Waffe vor, die ihnen das Genick bricht. Latimer wird seinen Halt wieder bei Euch suchen müssen.«

»Was ist diese Waffe?«

Im Käfig zeterte das Eichhörnchen. Courtenays Mundwinkel zuckten. »Eine Überraschung. *Vide mirabilia Domini.* Siehe die Wunder des Herrn.«

Die Bürste fauchte über die Steine. Bald färbte sich die Wasserpfütze rot. Von den glatten Flächen löste sich das Blut, in den Ritzen zwischen den Steinen aber hielt es sich hartnäckig. Catherine rieb die Bürste darüber, als gelte es ihr Leben. Fort damit! Keine Spur von Rot mehr!

Elias lag gewaschen und frischgekleidet neben ihr. Er sah aus, als ob er schliefe. Ein bleicher, müder Mann. Nicht alt genug. Der städtische Coroner würde die Sache untersuchen.

Es durfte nicht bekannt werden. Elias ermordet! Die ganze Bottle Lane würde flüstern. Die Nachricht würde auf dem Geflügelmarkt mit den Hennen verkauft werden, mit jedem Federvieh der Satz: Der Brillenmacher erstochen, heute nacht! Die Frauen würden es ihren Männern berichten, in den Tavernen würden die Wirte davon sprechen, und die Reisenden würden es weitertragen in andere Orte. Der Brillenmacher von Nottingham erstochen!

Bald würde Elias nicht mehr der wunderschaffende Linsenschleifer sein. Er wäre der Erdolchte, der Ermordete. Und sie die Frau, auf die Verdacht fiel.

Dabei spürte sie, daß es mit Latimer zu tun hatte. Hatte der Ritter nicht von einem Dolch gesprochen und Verrätern gedroht? Vielleicht hatte Elias ihn tatsächlich bestohlen, vielleicht hatte er die Pergamente aus der gut bewachten Kanzlei entwendet. Aber warum? Elias war als gerechter Mann gestorben, erdrückt von Angst, aber nicht von Schuld. Er war Brillenmacher! Und wer ihn ermordet hatte, würde dafür büßen müssen.

Zuerst allerdings mußte sie ihren Kopf aus der Schlinge ziehen.

Der Coroner war ein Säufer, leicht zu bestechen, die ganze Stadt wußte es. Selbst wenn er sie von Schuld freisprach, man würde den Gerüchten eher glauben als ihm. Der goldverzierte Dolch – sie würden sagen: Sie hat einen Geliebten unter den Reichen der Stadt, und er hat ihr das Messer gegeben, er hat ihr zugesprochen, töte ihn, dann sind wir frei, und sie, die Kaltblütige, hat es getan.

Es mußte aussehen wie ein ganz gewöhnlicher Tod. Erst wenn das allseits angenommen wurde, würde sie den Mörder suchen. Sie würde für Gerechtigkeit sorgen, etwas, das dem Coroner in den seltensten Fällen gelang. Sie würde Elias –

Sie sah zur Tür. Zwei Schatten durchbrachen den lichtgleißenden Schlitz unter der Tür. Dort stand jemand. Es klopfte.

Die Bürste löste sich aus ihrer Hand. Sie schlug auf dem Boden auf: Knochen gegen Stein. Catherine schluckte.

Es klopfte erneut.

Sie stand auf. Die Schatten im Schlitz bewegten sich.

»Ich komme!« rief sie. Mit einem Tuch wischte sie sich die Hände trocken. Der rote Schimmer wollte sich nicht ablösen. Sie hastete zur Tür und zog sie um einen Spalt auf.

»Im Auftrag der Stadt Nottingham.« Das bärtige Kinn, das die Worte hervorgekaut hatte, erlahmte. »Wo ist Euer Mann, der Brillenmacher?«

»Unterwegs. Was wünscht Ihr?«

»Ich bin hier im Auftrag der Stadt Nottingham. Nach einem Beschluß der Bailiffs sollen Steine vom Ufer des Trent heraufgeholt werden. Die Bottle Lane soll ein Straßenpflaster erhalten.«

»Ist uns recht.«

»Jeder Hausbesitzer muß das Stück vor seiner Tür bezahlen.«

»Gut.«

Die Brauen des Mannes fuhren in die Höhe.

»Was habt Ihr erwartet? Daß ich Euch vorhalte, daß hier sowieso keine Fuhrwerke durchkommen, weil es zu eng ist? Daß ich nicht einsehe, warum die Bottle Lane auf unsere Kosten gepflastert werden soll?«

»So ungefähr.«

»Ich werde mit meinem Mann reden. Bitte kommt später wieder.«

»In drei Tagen wird die Zahlung in der Gildenhalle erwartet, sechs Schillinge.«

Wortlos schloß Catherine die Tür. Sie kniete sich neben Elias nieder, um seine Stirn zu streicheln, und zuckte zurück. Er war kalt. »Sie wollen die Straße pflastern«, flüsterte sie. »Können wir das bezahlen?«

Silber. Sie mußte Silber mitnehmen, wenn sie den Coroner holte. Nicht zuviel, damit es nicht wie Schweigegeld aussah, aber auch nicht zu wenig, um ihn nicht in Mißstimmung zu versetzen. Hatte Elias die zweihundertdreißig Schillinge mit sich getragen, als er gestern heimkehrte? Ein prallgefüllter Beutel – hätte sie ihn nicht spüren müssen bei der Umarmung?

Sie bewahrten immer einige Münzen im Krug bei den Schleifschalen auf. Catherine ging hinüber, schwenkte ihn. Eine klägliche Münze rollte Bahnen im Bauch des Krugs. Sie drehte ihn um. Ein Farthing fiel heraus, ein Viertelpfennig. Unmöglich. Das wäre eine Beleidigung.

Elias mußte in der Nacht nach oben gekommen sein. Die Truhe in der Küche wäre ein gutes Versteck. Catherine eilte die Treppe hinauf, durch das Eßzimmer, in die Küche. Sie ließ die Tür offen für ein wenig Licht und hob den Truhendeckel an. Der Zwiebelkorb. Die Mehlkiste. Altes Brot. Sonst nichts.

Im Ofen konnte er das Geld verborgen haben. Sie ließ den Truhendeckel fallen und trat in das Eßzimmer. Vor der Ofenöffnung kniete sie nieder und löste den eisernen Riegel. Asche stäubte ihr entgegen. Sie hatten den Ofen einmal geheizt, um zu sehen, ob er gut zog und das Feuer mit genügend Luft nährte. Vorsichtig schob sie den Arm in den samtenen Aschehaufen und befühlte die Kacheln. Kein Beutel.

Da bemächtigte sich eine Ahnung ihres Herzens. Was, wenn er dem Mörder das Geld gegeben hatte? Hatte er nicht davon gesprochen, daß jemand sein Wort gehalten habe? Womöglich hatte der Mörder versprochen, sie nicht zu töten, wenn Elias ihm das Versteck des Geldsacks verriet.

Sie schlich hinunter in die Werkstatt, tastete hinter den Rohglasscheiben, zwischen den Schleifschalen, neben dem Stapel von Holzplatten für die Brillenrahmen. Der Linsenkasten war kein sonderlich gutes Versteck, aber es war eine Möglichkeit. Sie versuchte, den Deckel anzuheben. Er rührte sich nicht.

Der Deckel war verkehrt herum auf den Kasten gesetzt. Deshalb klemmte er.

Nicht Elias hatte den Kasten geschlossen.

Die Hände des Mörders waren es gewesen.

Ein kalter Hauch zog von Catherines Knien zum Genick. Es kostete sie Überwindung, den Kasten zu berühren. Der Tod haftete ihm an, und der Schmutz der Mörderfinger. Mit bebenden Händen riß sie ihn auf. Die Linsen schepperten. Kein Geldsack.

Keine Pergamente.

Vom Hof her knarrte die Außentreppe. Burgwhenna. Die Holzschuhe der Alten schlappten am Haus entlang. Jeden Augenblick würde sie hereinkommen. Burgwhenna klopfte nie.

Catherine raffte Tücher zusammen, tunkte sie in die Pfütze. Sie wischte, drehte die Tücher, schob das nasse Rot vor sich her. Als die Tür aufschwang, warf sie die Bürste und die Tücher in den Eimer. Wasser schwappte auf Elias Bauch.

»Meine Beste«, krächzte es von der Tür her, »ich wollte nur fragen, ob du mir Käse mitbringen kannst, wenn du zum Markt gehst.«

»Machst du bitte die Tür zu?«

»Was hast du gesagt?«

Catherine sprang auf.

»Wenn sie guten Käse haben, holst du für fünf Pfennige, sonst nur für drei, ist das recht?«

Sie stieß die Tür zu. Dann wies sie schweigend auf Elias.

Die Alte ließ das Hörrohr fallen und schlug die Hände vor den Mund. Die wäßrigen Augäpfel zuckten. »Geht es ihm nicht gut?«

Catherine hob das Hörrohr auf und preßte es Burgwhenna gegen das Ohr. »Er ist tot«, sagte sie. »Ich gehe den Coroner holen.« Für das Blut würde sie eine gute Erklärung brauchen, aber sie konnte vor Burgwhennas Augen weder weiter wischen, noch konnte sie es hinauszögern, den Coroner zu rufen, ohne daß es Verdacht erregte. Das Blut erhöhte den Preis. »Sag, kannst du mir einen Schilling leihen? Oder zwei? Holst du sie herunter, daß der Coroner sie bekommt, wenn ich mit ihm hier bin?«

Catherine wurde mit erstaunlicher Kraft am Arm gepackt und festgehalten. Die Alte sah ihr ins Gesicht. »Natürlich helfe ich dir«, sagte Burgwhenna. Sie langte hinauf zu Catherines Nacken und zog sie herab in eine Umarmung. »Es tut mir leid. Es tut mir sehr leid.«

Pergamentene Haut strich sanft über Catherines Hals. Sie wollte sie abschütteln, wollte sich wehren. Dann brach ein Laut aus ihrem Mund, fremd, er war von irgendwoher gekommen, sie wußte es nicht zu sagen. Warme Nässe rann über ihre Wangen. Sie schloß die Augen. In ihrem Bauch formte sich eine Feuerkugel und wälzte sich aufwärts. Elias, ihr Gefährte, war fort und würde nicht wiederkehren. In den alten Händen, die sie hielten, fühlte Catherine sich plötzlich verlassen.

Sie löste sich aus der Umarmung. »Danke, Burgwhenna.« Es durfte sie nicht erfassen, nicht jetzt. Die Trauer hatte zu warten.

Auch die Wangen der Alten waren naß. »Du hast das nicht verdient, Mädchen.«

Catherine nickte. Dann schob sie die Tür auf und trat auf die Straße hinaus. Es dämmerte bereits. Wenn sie sich nicht beeilte, würde der Coroner ihr kaum glauben, daß sie gerade erst von einem Besuch bei ihrem Bruder heimgekehrt war. Niemand reiste in der Dunkelheit.

In der Fletcher Gate schüttete jemand aus dem dritten Stockwerk Abfälle auf die Straße. Es spritzte bis zu Catherines Brust hinauf. Saurer Gestank biß ihr in die Nase.

»Verzeiht!« kam es von oben. »Ich habe Euch nicht gesehen.«

Seit Jahren war es verboten, Abfälle aus dem Fenster zu werfen. Es konnte ein sattes Bußgeld kosten, wenn man sich dabei erwischen ließ. Catherine sog den stechenden Geruch tief in ihre Lunge ein. Er gab dem Tag einen Namen, und auf seltsame Weise tat es ihr wohl.

Hundegebell hallte von den Hauswänden wider. Aus einer Seitengasse brach eine Sau heraus, gefolgt von einer Meute Straßenhunde. Dahinter liefen Männer. Die Sau mußte aus dem Stall entwischt sein. Aber ging es ihr nun besser? Hatte sie sich diese Art von Freiheit erträumt?

Die Goose Gate. Gerade schlossen die Wachen das Stadttor am Ende der Straße. Aus der Grauen Gans dröhnte Gelächter. Hier würde der Coroner, über einen Becher Ale gebeugt, sitzen und darauf warten, daß jemand starb, damit er bezahlen konnte, was er den Tag über gesoffen hatte. Dafür war Elias nicht gestorben. Catherine legte die Hand auf das glänzende, abgegriffene Holz der Tür und atmete schwer. Durch die Ritzen der Tür kroch ihr warme, rauchige Tavernenluft entgegen.

Sie trat ein und überflog mit den Augen die Scharen der Säufer. Wo steckte er? Mit schräggelegtem Kopf blickte sie unter die Tische. Auch dort konnte sie den Coroner nicht entdecken.

»Ich komme«, sagte eine Stimme neben ihr.

Sie schrak zusammen. Der Coroner saß nicht bei den Säufern, sondern gleich neben der Tür. Er stand auf, selbstverständlich, als habe er auf sie gewartet. Den Becher ließ er bis zum Rand gefüllt zurück.

Würde einer wie er nicht zuerst austrinken? Und wie kam es, daß sein dunkler Blick klar war? Wo war der faserige Augenrand des Säufers, der mühsam die Träume zurückhält und an nichts denken kann als an den nächsten schäumenden Trunk?

Der Coroner schob sich an ihr vorbei.

»Elias, ich habe ihn bei meiner Rückkehr –«

Er hörte nicht zu. Der Coroner schritt kräftig aus. Seine Stiefel zerquetschten Kot. Er warf kurze Blicke zu den Seiten, verharrte mit den Augen an diesem Hauseingang und an jenem.

Womöglich erinnerte er sich an Todesfälle und sah die Gesichter der Verstorbenen vor sich. Wie er die Fersen aufsetzte, wie er den Nacken steifte! Catherine wurde das Gefühl nicht los, daß er zornig war. Was, wenn ihn die Bailiffs gerügt hatten und er heute den Beweis antreten wollte, daß er ein unnachgiebiger Wahrheitsforscher war, unbestechlich, von gerechter Härte?

Sie bogen in die Fletcher Gate ein. Der Coroner fragte nichts, sah sie auch nicht an. Er lief stumm neben ihr. Fletcher Gate, die Straße der Fleischhauer und Schlachter – kein Ort in Nottingham stank wie dieser. Gedärm wurde an Hunde verfüttert. Auf einem Karren lagen Tierhäute, naß, blutig. Ein Glatzkopf saß vor einem Hauseingang und wetzte Scharten aus seinem Beil. Catherine kannte ihn nicht, aber er schien sie zu kennen: Sein Blick wanderte zwischen dem Coroner und ihr hin und her. Das Gesicht strahlte Ruhe aus, als habe er Elias' Tod kommen sehen und als sei er nun zufrieden, sich bestätigt zu wissen.

Als der Coroner und Catherine den Hügel der Bottle Lane erklommen, trat die Frau des Gewandschneiders aus ihrem Haus. »Elias?« rief sie. »Oh, nicht Elias, der gute Mann!«

In den Fenstern der Familie aus York erschienen die Gesichter der halbwüchsigen Mädchen. Sie wisperten. Die Jüngere zeigte mit dem Finger auf Catherine, ihre Schwester schlug ihr den Arm herunter und zischte Tadel.

Der Coroner blieb vor der Tür der Werkstatt stehen. »Hier drin?«

Eine Haut von Eis legte sich über Catherines Gesicht. Der Mörder mußte den Coroner bestochen haben. Deshalb hatte er in der Grauen Gans bereits gewartet, deshalb war er nicht betrunken. Er sollte sie schuldig sprechen.

»Was ist?«

Catherine nickte.

Er trat ein. Drinnen wich Burgwhenna zurück, als verbreite der Coroner Pestgeruch.

Seine Blicke streiften kurz den Toten, dann wanderten sie über die Werkzeuge, das Regal mit den Schleifschalen, die

Deckenbalken, den Stützpfeiler. Er schlich einige Schritte, verharrte erneut und spähte.

Catherine schloß die Tür hinter sich.

»Nein, bitte.« Der Coroner ruderte widerwillig mit der Hand. »Ich brauche Licht.«

Sie öffnete die Tür wieder. Menschen sammelten sich auf der Straße und gafften in die Werkstatt.

Der Eimer war fort. Und von der Lache keine Spur. Burgwhenna? Catherine sah, daß sie die Hände hinter dem Rücken verbarg. Waren sie rotgefärbt wie die ihren?

Der Coroner kauerte sich neben Elias' Körper nieder. »Wann habt Ihr ihn entdeckt?«

»Heute abend«, log sie.

»Er ist mindestens zehn Stunden tot.« Es sah aus, als wollte der Coroner Elias die Hand schütteln.

»Ich habe meinen Bruder Alan östlich von Nottingham besucht.«

»Wer kann das bezeugen?«

»Alan.«

»Und wer ist diese Frau?«

»Das ist Burgwhenna, sie wohnt zur Miete oben unter dem Dach.«

»Burgwhenna, habt Ihr etwas gehört in den Morgenstunden?«

Die Alte blickte ihn gleichgültig an.

»Sie kann Euch nicht verstehen. Sie ist taub.«

»Sie hat also nichts gehört, und Ihr wart bei Eurem Bruder auf dem Land.« Er warf es lässig hin, als habe es keine Bedeutung. Dann machte er eine seltsam zögerliche Bewegung: Er schob seine Hand unter das Hemd des Toten.

Catherine stieß einen Schluchzer aus. »Bitte, laßt ihn ruhen! Was müßt Ihr seinen Körper befingern? Ist es nicht schlimm genug?«

Er tastete Bauch und Brust ab. »Ich muß prüfen, ob ein Mord vorliegt.« Ruhig sagte er das, und zog die Hand wieder hervor.

Wie konnte er die Stichwunde übersehen haben?

Der Coroner nahm den Kopf des Brillenmachers in die Hände und tastete durch den weißen Haarschopf. Er quetschte die Lippen, bemühte sich, zwischen den Zähnen hindurchzublicken. Unsanft legte er Elias' Kopf ab, drehte die Leiche auf die Seite und befühlte den Rücken. »War er krank in letzter Zeit?«

»Nein. Aber er hat immer viel gearbeitet.«

»Nun, seine Lebenszeit war abgelaufen. Ein natürlicher Tod.« Der Coroner erhob sich. »Er soll bei Saint Mary's beigesetzt werden? Dann kümmert Euch gleich heute um die Totengräber, Ihr wißt, es wird am Turm und am Kirchenschiff gebaut, sie können nur nach Absprache ein Grab ausheben.« Er nickte knapp und bahnte sich einen Weg durch die Schaulustigen, ohne Antwort zu erwarten.

Catherine taumelte zur Tür, schloß sie, und lehnte sich mit dem Rücken dagegen. Verstört blickte sie zum schlafenden Elias hinunter.

Hinter Burgwhennas Rücken klingelten Münzen.

»Burgwhenna, er hat es gewußt. Er wußte, daß Elias ermordet worden ist.«

8

Licht wollte durch seine Augenlider in den Kopf eindringen, um ihm Schmerzen zu bereiten. Er stöhnte durch geschlossene Lippen. Blutgeschmack in der Kehle. Rumpeln, Vogelrufe und eine Kinderstimme.

Alan versuchte, die Augen zu öffnen. Das Licht schnitt in seine Gedanken hinein. Es stach aus Baumkronen heraus. Blätterdächer – sie flogen über ihn hinweg und schleuderten grelle Lanzen. Er lag rücklings auf einem Wagen. Etwas strich ihm über den Haarschopf.

Und er roch Rauch.

Blut und Rauch nisteten in seinen Kleidern, in den Gelenkhöhlen, in den Ohren, im Haar. Er leckte sich von innen die Lippen, bis sie aufweichten und sich allmählich voneinander lösten. »Wasser!«

»Haben wir nicht.« Wieder dieses Etwas, das seinen Haarschopf streichelte.

»Ich muß trinken!«

»Du mußt warten«, sagte das Kind. »Wenn wir bei den schwarzen Männern sind, gibt es Ale und Brot.«

Er nahm alle Kraft zusammen und hob den Kopf. »Schwarze Männer?«

Ein Kinderlächeln.

Sie fuhren auf einer Schubkarre, von einem Bärtigen geschoben, dem der Schweiß vom Gesicht tropfte. Neben Alan saß ein Kind, dessen Arme und Beine in Stümpfen endeten. Ein Krüppel.

»Wohin fahren wir?«

»Geht es dir besser?« Der Bärtige blieb stehen. »Dann kannst du gehen. Steig ab!«

Man hatte ihm die Beine eng angewinkelt, damit sie nicht in

die Speichen des Schubkarrenrads gerieten. Er spannte seinen Körper an, wälzte sich seitwärts herunter.

Der Bärtige reichte ihm die Hand. »Es ist nicht mehr weit. Siehst du das Licht auf dem Weg dort vorn? Newstead Abbey.«

Alan zog sich am Arm des Bärtigen hinauf. Er stand. Ein Zittern lief durch seine Glieder, er schwankte die ersten Schritte. Überall an seinem Körper stach es, brannte, kniff. »Warum Newstead Abbey?«

Der Mann hob die Griffe der Schubkarre an und ging los. »Es gibt Essen dort. Wir sollten uns beeilen. Sonst hören wir das Abendläuten aus der Ferne und können, wenn wir endlich ankommen, nur noch die Krümel vom Boden lecken, wo die anderen gegessen haben.«

»Wo habt ihr mich gefunden?«

»Im Straßengraben nördlich von Nottingham. Sag nichts Falsches. Ich hätte dich liegengelassen, aber der Kleine hat angefangen zu heulen.«

Der Junge senkte den Kopf. »Du warst so verloren. Wie ich.«

»Unfug. Er kann gehen, siehst du das nicht? Ich hätte mich nicht die letzten Stunden mit zwei Mehlsäcken von einem Kerl herumquälen müssen. Und wir würden nicht die Speisung verpassen.«

Sie marschierten schweigend, bis sich der Ton einer Glocke über den Baumwipfeln bog. Der gleichförmige Klang, immer wieder angeschlagen und gekrümmt, ließ den Bärtigen zusammenzucken. »Verdammt!« Er begann zu laufen.

Alan blieb zurück.

Er erreichte allein den Waldrand und wanderte zwischen Feldern und Heideland auf eine Siedlung zu. Inmitten der Häuser streckte eine Eiche die Äste in den Himmel. Zu ihrer Linken grenzten Mauern an die Straße. Dort drängten sich Krüppel, Blinde, Zerlumpte vor einen Torbogen.

»Das Paradies«, rief jemand. Die Antwort war Gelächter ohne Freude, Jaulen wie von einem Rudel Wölfe. Balgereien brachen aus, Kämpfe um den besten Platz. Wer vorn stand, wurde von denen in der zweiten Reihe belauert, um im letzten

Augenblick zurückgerissen zu werden, die Klauen schwebten schon über den Schultern. Die ersten hingegen spähten hinter sich, bereit, sich zu ducken. Sie stemmten die Fäuste in die Hüften und versperrten mit spitzen Ellenbogen den Weg nach vorn.

Ganz hinten stand der Bärtige mit dem Kind und warf Alan finstere Blicke zu.

Der Riegel klappte. Die hölzernen Torflügel zitterten. Erwartung knisterte von einem zum anderen.

In der Toröffnung erschienen vier Männer in schwarzen Kutten. Dürre Hände streckten sich ihnen entgegen: »Hier! Hier!« Es wurden Brote weitergereicht und in der Luft zerrissen. Andere verschwanden durch Taschenspielertricks. Die Diebe tauchten in der Menge unter und machten sich mit ihrer Beute aus dem Staub.

Aleflaschen folgten, bauchige Gefäße, die man streichelte und küßte. Die Wölfe vergaßen ihren Streit und feierten. Sieben Flaschen waren es für zwei Dutzend Kehlen, aber die Glücklichen vor dem Tor schrillten, johlten, als würde das Ale nie versiegen. Schaum lief ihnen über die Wangen, sie tranken gierig. War ihnen die Flasche entrissen, wischten sie sich das begehrte Naß aus dem Gesicht und leckten es von den Händen. Die Wölfe feierten ihr Unglück, um es zu vergessen.

Als die Mönche den Bettelnden die Torflügel entgegenschoben, kämpfte sich Alan nach vorn. Er rief: »Wartet! Ich muß den Abt sprechen.«

Die Kanoniker taten, als hätten sie es nicht gehört.

»Mir ist ein Unrecht geschehen!« Er war fast vorn, trat um sich, stieß Körper beiseite.

Die Zerlumpten klopften ihm auf die Schultern. »Unser armer Bruder«, riefen sie. »Ihm ist ein Unrecht geschehen.«

Durch den Torspalt sprang Alan in die Arme der Mönche. Er riß sich los und rannte ein Stück. Es schien tatsächlich das Paradies zu sein. Ein Weg führte in sanftem Bogen über eine Wiese hügelab. Obstbäume säumten ihn. Der Weg lockte in einen kleinen Wald hinein, aus dem eine mächtige steinerne Kirchturmspitze heraufragte.

Die Schwarzkutten kamen ihm nach.

Da erblickte er vor einer Rosenhecke eine kleine Gestalt in weißem knöchellangem Gewand.

»Herr Abt!« schrie er. »Helft mir!«

Der Weiße bog sich eine Blüte heran und versenkte die Nase darin.

»Bitte, Ihr müßt mir helfen!« Man packte ihn, um ihn fortzuschleppen. Mit aller Kraft rammte er die Ellenbogen in fremde Rippen. Er biß in warmes Fleisch. Endlich war er wieder frei. »Herr Abt!«

Die Gestalt drehte sich um. Im Kindergesicht lächelten weiche Lippen.

»Der Kastellan von Nottingham, Nevill – er hat mein Haus in Schutt und Asche gelegt. Man hat mich geschlagen, hat versucht, mich umzubringen. Die Saat hat man vernichtet und mein treues Pferd gestohlen. Auch ein Ritter wie Nevill kann nicht ungestraft toben, ist es nicht so? Helft mir, ich flehe Euch an!«

Der Kindliche winkte die Mönche fort. An seiner Hand prunkte ein Ring aus rotem Gold von der Größe eines Holzapfels. Er sagte: »Spazieren wir ein wenig unter den Obstbäumen. Es wird deiner Seele Ruhe schenken.«

Alan folgte ihm, obwohl ihn die gemessenen Schritte zornig machten, ihn, der treten wollte und schlagen. Er dürstete nach Rache. Um sich zu bezähmen, versuchte er, seine Aufmerksamkeit auf den goldenen Brocken an der Rechten des Abtes zu lenken. Offensichtlich fiel er nur deshalb nicht vom Finger, weil ein zweiter, kleinerer Ring ihn hielt. Zwei Gesichter schimmerten auf der Oberfläche des Brockens, und zwischen ihnen war ein Kreuz in das Gold eingegraben.

»So ist es schon besser. Ich kann es nicht haben, wenn Menschen schreien.«

»Vergebt mir, Herr Abt.«

»Nenne mich nicht so. Der Abt weilt im Kanonikerhaus.«

Wer war dann dieser? Ein Mönch konnte das nicht sein. Er bewegte sich mit Anmut. Hände und Gesicht waren von

Bronze, das Gewand weiß, makellos. Nur über dem rechten Auge wölbte sich eine Warze wie zum Hinweis, daß der Mann ein Mensch war und kein Engel.

»Reden wir von drei Fehlern, die du gemacht hast. Zuerst bist du in eine Augustinerpriorei eingedrungen, um von Besitz zu sprechen. Narr! Die Chorherren leben ohne Eigentum, sie teilen alles. Wie kannst du von ihnen Hilfe erwarten für deine raffgierigen Wünsche?«

»Ich wollte nicht –«

»Der zweite Fehler war, eine Volkssage für bare Münze zu nehmen. Natürlich, es heißt, Bruder Tuck sei ein Augustiner aus Newstead Abbey gewesen, bevor er Robin Hood unterstützte. Nehmen wir an, das stimmt. Trotzdem bist du am falschen Platz, denn er raubte nicht hier für die Armen, sondern dort.« Der weiße Arm wies hinüber zum Sherwood Forest. »Daß wir in unserer Güte die Armen speisen, heißt noch lange nicht, daß wir für sie zu Mördern und Wegelagerern werden würden.«

»Wirklich –«

»Das schlimmste ist dein dritter Fehler. Du bist Unfreier und bist deinem Herrn entflohen. Wie könnte ich mich damit belasten, dir zu helfen?«

Alan erschrak. »Ihr haltet mich für einen Unfreien? Das bin ich nicht, Herr! Ich bin Pächter auf dem Land des Earls von Nottingham, ich habe ein stattliches Eintrittsgeld entrichtet und bezahle jedes Jahr fünf Schillinge.«

»Hast du Gehorsam geschworen oder Dienstgehorsam?«

»Ich weiß nicht mehr. Macht das einen solchen Unterschied?«

»Gehorsam schwören Freie ihrem Herrn. Dienstgehorsam schwören Unfreie. Leistest du wöchentliche Dienste?«

»Ja, jeden Montag muß ich auf dem Land des Earls arbeiten.«

Das Bronzegesicht nickte. »Jeden Montag. Und weißt du, was die Strafe dafür ist, wenn ein Unfreier ohne Erlaubnis seinen Herrn verläßt?«

»Aber ich bin –«

»Ihm wird der Buchstabe F in die Stirn gebrannt, als Zeichen für die Falschheit, die er bewiesen hat.«

Alan betastete seinen Haaransatz. Er zitterte.

Etwas versöhnlicher sagte der Weißgekleidete: »Die Herren sind sehr empfindlich geworden für Ungehorsam seit dem Bauernaufstand vor fünf Jahren. Sie wittern überall eine neue Rebellion und werden nichts dulden, das ihre Autorität untergräbt.«

»Ich verstehe.« Alan spie zu Boden. »Also soll ich dafür bestraft werden, daß ich nicht in meinem brennenden Haus geblieben bin? Soll mir die Stirn zerrissen werden dafür, daß ich mich nicht zu Tode prügeln lassen habe, dafür, daß ich mein Leben nicht genauso willig hingegeben habe, wie ich all die Montage dem Earl gab?«

»Wir haben von deinen Fehlern gesprochen. Jetzt, da du sie einsiehst, können wir zu den Fehlern Nevills kommen. Laß den Earl aus der Sache heraus, jeder weiß, daß es William Nevill ist, der Nottingham beherrscht. Seine Männer also haben dich so zugerichtet?«

»Sie haben alles zerstört.«

»Laß dich ansehen. Es sind keine Gliedmaßen abgetrennt, und daß du Narben davonträgst, ist auch fraglich. Es gibt also keine Strafe vor Gericht. Und dann deine Güter – was willst du tun? Nevill müßte sich vor niemandem verantworten, ausgenommen königliche Richter. Die würden ihn möglicherweise einladen, wenn ich für dich Fürsprache hielte. Aber er würde nicht erscheinen. Niemand würde ihn vor die Richter zwingen wegen einer solchen Nichtigkeit. Er würde nicht hingehen, und die Sache wäre erledigt.«

»Ihr klagt für mich vor dem König?«

»Ich werde mich hüten! Ich könnte dir nicht ärger schaden. Du denkst, es geht dir schlecht? Hast du eine Vorstellung davon, was geschieht, wenn du Nevill vor dem König anklagst?«

»Was soll ich also tun? Auf Efeu pusten?«

»Geh nach Hause. Borge dir Geld und kaufe Saat davon, fang von vorn an.«

»Schön.« Alan ballte die Fäuste. Er war kurz davor, dem Mann an die Kehle zu springen. »Und wem verdanke ich diesen herzerfreuenden Rat? Ihr seid überaus weise!«

Sie blieben stehen. »Vergebt, ich habe mich nicht vorgestellt.« Der Weißgekleidete hielt Alan den rechten Handrücken vor das Kinn, als wollte er ihm den Ring zeigen. »Ich bin William Courtenay, der Erzbischof von Canterbury.«

Alan starrte auf die Hand und auf den Ring.

Unverändert hielt ihn der Erzbischof vor Alans Gesicht. »Du kennst die einfachste Sitte nicht? Es ist üblich, daß du nun den Ring an meiner Hand küßt.«

Zähneknirschend drückte Alan seine Lippen auf das Gold, auf die zwei Gesichter und auf das Kreuz. »Ihr müßt verzeihen, Herr Erzbischof, daß mein Herz im Augenblick für anderes brennt als dafür, Ringe zu küssen. Ich will mein Haus zurückhaben und mein Pferd, und ich will, daß dieser Nevill für die Ungerechtigkeit büßt, die er begangen hat.«

Courtenay holte aus und schlug ihm ins Gesicht. »Wach auf, Dummkopf!«

Alan preßte die Lippen aufeinander. Seine Wange brannte. In Gedanken mordete er den Erzbischof hundertfach. Mochte es in seinem Blick liegen, es kümmerte ihn nicht.

»Du bist sein Eigentum, er kann anstellen, was er möchte. Und zwar mit dir und genauso mit dem, was du dein Eigentum nennst.« Courtenay wölbte eine Augenbraue. Er sah sehr zufrieden aus. »Wie heißt du?«

Alan schwieg.

»Du kannst diese Nacht im Gästehaus bei der Pilgereiche schlafen, oben im Ort. Dort gibt es auch Nahrung und Wasser für dich. Morgen kehrst du nach Hause zurück. Du hast Kraft, das gefällt mir. Zu Boden gestoßen, und doch steht er wieder auf. Gut möglich, daß wir uns wiedersehen.«

»Darauf lege ich nicht den geringsten Wert.« Damit wendete Alan sich um und ging zum Tor hinauf. Die Knochen schmerzten ihn bei jedem Schritt, aber Augenblicke später hatte er das vergessen über der Hitze in seinem Kopf, die danach rief,

Unheil anzurichten, zu brennen, zu zerstören. Es ist üblich, daß du nun den Ring an meiner Hand küßt – die Worte des Erzbischofs peitschten Alans Zorn auf wie der Blasebalg das Schmiedefeuer. Er war zerschlagen und besitzlos vor diesen Courtenay getreten, und der hatte die Stirn, ihm Fehler vorzuzählen und dann seinen Ring hinzuhalten, damit er ihn küsse. Er war wie Nevill, ein Herr, einer, der nichts wußte von der Mühsal der Feldarbeit, vom Hunger, der mit unter die Bettdecke kroch. Die Bauernaufstände hatten diese aufgeblasenen Faulenzer nicht zum Nachdenken gebracht, nichts konnte sie zum Nachdenken bringen, sie waren überhaupt nicht fähig, die Welt zu begreifen.

Neben dem Tor lehnte sich ein kleines Haus mit moosbedeckten Dachschindeln an die Stiftsmauer. Eine Bank stand dort im Freien. Darauf saß ein schwarzbekutteter Mönch und putzte Rüben.

»Was tust du hier?« fuhr Alan ihn an. »Hast gelauscht und Maulaffen feilgehalten, was? Ihr habt auch nichts Besseres zu tun, Mönchspack!«

»Ich bin Pförtner.«

»Dann öffne das Tor, Pförtner!«

»An deiner Stelle wäre ich ein wenig freundlicher.« Der dicke Mund des Pförtners schmatzte die Worte. Die Lippen sahen nahezu weiblich aus, waren aber dafür doch zu groß und schwulstig. »Sonst müßtest du morgen gut überlegen, ob du deinen Gerstenbrei ißt oder nicht.«

»Warum das? Willst du mich vergiften?«

»Nein. Aber vielleicht schwimmt ein wenig Speichel obenauf.«

Alan rang mit sich. Wollte er überhaupt in diesem Gästehaus schlafen? Es drängte ihn, Land zwischen sich und den Erzbischof zu bringen. Andererseits würde er sonst die Nacht im Sherwood Forest verbringen müssen. Eine unangenehme Vorstellung. Er legte keinen Wert darauf, in der Dunkelheit von Halsabschneidern überrascht zu werden, die dem Galgen entwischt waren. Und dieser Pförtner – was konnte er für das Geschehene? »Es tut mir leid. Ich habe alles verloren. Und daß ich gerade dem Erzbischof den Ring küssen durfte, hat mich nicht getröstet, im Gegenteil.«

»Nichts für ungut. Aber wenn ich dir einen Rat geben darf: Mach dir das nächste Mal bewußt, mit wem du redest. Hättest du mit dem König so gesprochen? Der ehrwürdige Vater steht ihm in wenig nach.«

»Wenn diese Herren keine Gerechtigkeit kennen, haben sie auch keine Verehrung verdient. König, Erzbischof, Earl! Ich will gern den Hirten folgen, aber ist es nicht ihre Pflicht, die Schafe vor den Wölfen zu beschützen?«

»Du meinst zu wissen, was Gerechtigkeit ist? Die Wut blendet dich, junger Freund. Sei vorsichtig! Kein Herr sieht gern, daß sich sein Knecht über ihn stellt.« Er öffnete das Tor. »Um die Eiche herum, dort drüben, das große Haus.«

Bald fand sich Alan in einer Besenkammer wieder. Der Strohsack auf dem Boden war dutzendfach geflickt. Man hatte es offenbar irgendwann aufgegeben, seine Risse zu nähen: Büschel von gelben Halmen ragten aus ihm heraus. Eine Vogelscheuche war er, die für ungehöriges Benehmen verprügelt und ins Verlies gesperrt worden war.

»Du gestattest?« Alan setzte sich. »Bist schon lange hier, was? Ja, ich weiß, ich sehe auch nicht besser aus. Werde aber damit warten, mir die Blutkruste herunterzuwaschen. Ich will die Wunden nicht wieder öffnen. Du wirst wohl oder übel diese Nacht mit einem dreckigen Halunken verbringen müssen.«

Asseln flohen vor seinem Schatten in die Bodenspalten. Im kleinen Fenster hing ein Spinnengewebe wie ein dünnes graues Tuch.

»Da haben sie mir die finsterste Kammer gegeben, die sie hatten.« Er seufzte. Wäre die Horde des Robin Hood am Leben, er hätte sich ihr angeschlossen. Was bedeutete es jetzt noch, ob er raubte und mordete? Welche Hoffnung hatte er? Wenn er sich für die neue Saat verschuldete, wußte es bald das ganze Dorf, und einem, der über Jahre eine Schuld abarbeiten mußte, würde der Vogt May sicher nicht zur Frau geben. Vielleicht lieh ihm auch niemand etwas. Er mochte sich genausogut als Tagelöhner verdingen. May war verloren. »Weißt du, daß man mir May genommen hat, das schmerzt mich mehr als das zerstörte Haus.«

Er zog einen Halm aus dem Bettlager und erhob sich. Wenigstens klares Mondlicht sollte die Nacht ihm bescheren. Wie ein Schwert bohrte er den Halm in das Spinnennetz und drehte ihn im Kreis, bis sich die Fäden darum gewickelt hatten. Sie knisterten und versuchten, sich am Rand des Fensters festzuklammern. Alan warf den Halm hinaus.

Eine flinke Bewegung: acht Beine trugen einen johannisbeergroßen Körper zum Fensterwinkel hin. Die Spinne drückte sich tief in die Spalte hinein.

Alans Gewissen erwachte. Hatte er ihr nicht genauso Heim und Herd zerstört, wie man es ihm angetan hatte? Nun fürchtete sie sich, auch noch das Leben zu verlieren. Womöglich trauerte sie. Es war kein Fliegentier im Netz gewesen. Hungerte die Spinne? Sie hatte gehofft, in der Nacht einen Bissen zu fangen, und nun war ihre Hoffnung vernichtet.

Er blies sie an. Sie zwängte sich noch tiefer in den hölzernen Fensterrahmen hinein. »Entschuldige«, sagte Alan.

Lange saß er auf dem Strohsack, das Gesicht in die Hände vergraben. Es wollte sich ihm kein Ausweg zeigen. Was blieb, war noch härtere Arbeit, ohne die Aussicht, May oder Schafe oder sonst irgend etwas zu gewinnen; Arbeit für das nackte Überleben. Oder der Kampf: Er konnte nach dem Pergament suchen, das er damals in der Kanzlei von Nottingham Castle erhalten hatte, und mit diesem Schriftstück nach London wandern. Dort würde er vermutlich in einem Kerker landen, der diese Kammer wie eine gemütliche Stube erscheinen ließ, und nach ein paar Tagen den Strick um den Hals gelegt bekommen. Aber würde er sich nicht in all den Jahren, die er den Rücken auf dem Feld beugte, immer fragen, ob er nicht vielleicht doch zum König vorgedrungen wäre?

Er entschloß sich, am kommenden Morgen zu entscheiden.

Hatte die Spinne ihr Netz wieder gesponnen und es ansehnlich in das Fenster gehängt, dann würde er zu seinem Landstück zurückkehren und sich für eine neue Ernte verschulden. Floh die Spinne, dann würde er nach London gehen, ob es ihn das Leben kostete oder nicht.

9

Catherine begann, die Menschen in Wissende und Unwissende einzuteilen. In der Bottle Lane wohnten Unwissende. Sie sahen ihr mit traurigen Blicken nach. Die Gänsefrau, der Gewandschneider schüttelten ihr stumm die Hand. Der Mann aus York sagte: »Welches Unglück!« Auch auf dem Marktplatz wich man ihr nicht aus. Sie konnte mit dem Geld, das Burgwhenna ihr lieh, kaufen, was sie wollte.

Die Wissenden waren anders. Angst blitzte in ihren Augen. Sie mieden Catherine, sie logen und zischelten und gaben knappe Antworten. Der Coroner gehörte dazu. Die reichen Kaufleute. Elias' alte Auftraggeber in der Stadt: Sie wiesen sie bereits an der Tür ab. Die Karmeliter behaupteten, sie hätten nie Lesesteine oder Eingläser erworben. Im Castle hieß es, man sei gut versorgt und es sei keine Brille schadhaft. Händler, die über Jahre die Dienste des Brillenmachers in Anspruch genommen hatten, behaupteten, ihn nicht zu kennen. Am Gürtel der Leute baumelten Brillenbüchsen, in die Elias' Zeichen eingraviert war. Mochte sein, daß sie nichts mit der Sache zu tun hatten. Aber sie fürchteten sich, und der Grund dafür mußte sein, daß sie etwas wußten, das Catherine verborgen war. Sie kannten den Mörder.

Offenbar wagten sie es nicht, ihn zu stellen. Er mußte ihnen allen überlegen sein oder derartig verschlagen, daß derjenige, der den ersten Schritt gegen ihn unternahm, mit dem Leben bezahlen würde.

Wer besaß genug Macht in Nottingham, um die anderen zum Schweigen zu bringen? Der Earl? Sicherlich. Dazu Kastellan Nevill, der Vertraute des Königs. Und Bailiff Trussebut.

Zwei Bailiffs führten Nottinghams Gerichte. Ein Überbleibsel aus der Zeit, als die Stadt im Osten englisch war und im Westen, bei der Burg, normannisch. Noch heute galt im Osten englisches Recht, und der jüngste Sohn einer Familie erbte das väterliche Gut, während im Westen französisches Recht herrschte und der älteste Sohn das väterliche Gut erhielt. Trussebut war Herr über das englische Nottingham, den kleineren, unbedeutenderen Teil der Stadt. Und doch überragten sein Ansehen und seine Macht die seines Amtsgefährten weit.

Das Morgenlicht strich rot über die getünchte Fassade des Trussebutschen Hauses. Schwarze Balken rahmten die Fenster ein, Fenster nicht aus Kuhhaut, sondern aus Glas, das die aufgehende Sonne spiegelte. Zwischen den Schmuckhauben auf dem Dachgiebel putzte eine Krähe ihr Gefieder.

Catherine wickelte den Dolch aus dem wollenen Lappen und schlug mit dem Knauf gegen die Tür.

Lange Zeit rührte sich nichts. Dann ein verschlafenes Gesicht: »Was willst du?«

»Ich glaube, das gehört deinem Herrn. Bringe es ihm.«

»Er wird fragen, wer du bist.«

»Catherine Rowe.«

Die Tür schloß sich, und hölzerne Sohlen pochten Treppenstufen hinauf.

Ein Heulen um die Hauswinkel, ein Seufzen und Rauschen. Wind fuhr Catherine über das Gesicht und schüttelte den Saum ihres Kleides. Es duftete nach frischgebackenem Brot. Ekel erfaßte Catherine. Sie atmete flach, ein tiefer Atemzug würde genügen, fürchtete sie, und sie würde sich erbrechen. Das, was ihr Leben lang zum Schmackhaftesten gehört hatte, das ihr Gaumen kosten durfte, verursachte plötzlich Brechreiz? Sie hatte gehört, daß schwangere Frauen mitunter Heißhunger entwickelten. Davon, daß sie ihre liebste Speise zu hassen lernten, hatte niemand gesprochen.

Sie hob den Arm vor das Gesicht. Der säuerliche Geruch der Haut verschaffte ihr Erleichterung.

Wieder Sohlenklopfen. Die Tür. »Bailiff Trussebut ist im Augenblick nicht abkömmlich. Er bittet darum, daß du ihn später aufsuchst.« Das verschlafene Gesicht war aufgewacht.

Über dem beiläufig nuschelnden Mund zuckten aufmerksame Augenbrauen.

»Gib mir den Dolch wieder.«

»Bedaure, den hat Bailiff Trussebut behalten.«

Sie maßen sich: kühl, berechnend.

»Er hat kein Recht dazu.«

»Hast du nicht behauptet, daß er ihm gehört?«

»Er hat ihn also als sein Eigentum erkannt?«

»Das hat er nicht gesagt. Er sagte: Ich behalte ihn hier, bis sie wiederkommt.«

Diese Dreistigkeit! »Der Bailiff unterschätzt mich.« Sie stieß den Diener beseite. Die Treppenstufen nahm sie in Paaren, und im oberen Geschoß brach sie in die Stube ein wie eine Sturmbö. »Bailiff Trussebut, Ihr meint, Ihr könnt mit mir spielen?«

Der Bailiff saß auf einem kurzbeinigen, niedrigen Stuhl, die Lehne vor dem Bauch. Er hielt einen Stab in der ausgestreckten Rechten, die Linke umklammerte eine Schale. Ein Fremder drückte ihm ein Messer in den rechten Arm. Blut troff von der Klinge in die Schale. Der Fremde stand auf dem Fuß Trussebuts, als wollte er ihn an der Flucht hindern.

Trussebuts Nasenflügel bebten. »Natürlich bekommt Ihr Euren Dolch wieder. Ich wollte ihn mir nur in der Zwischenzeit ein wenig ansehen. Wie Ihr unschwer erkennt, bin ich dazu nicht in der Lage zu dieser Stunde.«

»Ihr müßt wohl kaum lange hinsehen, um zu erkennen, ob es Euer Eigentum ist.«

»Mein Eigentum? Es ist ohne Zweifel ein Ritterdolch. Als Bailiff bin ich ein einflußreicher Bürger dieser Stadt, und die Familie Trussebut genießt seit Jahrhunderten höchstes Ansehen. Dennoch sind wir keine Ritter und nicht vermögend genug, uns goldgeschmückte Waffen zu kaufen. Wie kommt Ihr darauf, daß dieser Dolch mir gehören könnte?«

»Ich fand ihn bei Elias. Er hat doch für Euch gearbeitet?«

»Elias. Was meint Ihr, wie viele Menschen in dieser Stadt Elias heißen! Und wie viele für mich arbeiten!«

»Der Brillenmacher.«

»Ah! Deshalb kam mir Euer Name bekannt vor. Rowe, richtig. Ihr seid die Witwe des verstorbenen Brillenmachers.«

»Davon habt Ihr gehört?«

»Er war der einzige weit und breit. Man spricht über so etwas. Sehr bedauerlich, daß dieser Meister uns verlorengegangen ist.«

So leicht würde sie nicht aufgeben. »Er hat mich gelehrt, Brillen zu machen. Darf ich Euch, wo ich schon mit dem Dolch irrte, meine Dienste anbieten?«

Das Gesicht des Bailiffs zuckte. Täuschte er die Schmerzen nur vor, um Zeit zum Nachdenken zu gewinnen? »Guter Mann, genügt das nicht?« rief er. »Wollt Ihr mich verbluten lassen?«

Der Gerügte blickte kalt auf den Arm herunter. »Haltet still. Euch verbleibt genügend Lebenssaft, sorgt Euch nicht darum.«

»Also?« Catherine musterte Trussebut genau. War er nicht der Mörder, so würde er aus Furcht vor ihm versuchen, sie loszuwerden. Warum aber hatte er dann den Dolch behalten? Um ihn dem Mörder zu schicken?

»Ihr seid also in der Lage, Linsen zu schleifen und mir daraus eine Brille anzufertigen, so wie Elias?«

»So wie Elias. Ich habe bereits Sir Thomas Latimer zu bester Sicht verholfen. Ihr kennt ihn? Er beschützte vergangenes Jahr die Mutter des Königs.«

»Ja, den Namen Latimer habe ich schon gehört. Aber ich besitze bereits eine Brille. Elias hat sie für meinen Vater angefertigt. Als er starb vor einem halben Jahr, hinterließ er mir das gute Stück.«

»Verstehe.«

»Dennoch, sie will für meine Augen nicht recht wirken, und ich –« Er brach ab.

Im kalten Kamin fauchte es: Der Wind fing sich im Schornstein auf dem Dach. Leise tropfte das Blut des Bailiffs in die Schale.

»Meinetwegen. Macht mir eine Brille.«

Sie würde das Straßenpflaster bezahlen können. Überhaupt, wenn man erst gesehen hatte, daß sie gute Brillen herstellte, würden weitere Aufträge kommen. Was Trussebut kaufte, gefiel plötzlich allen, die Geld hatten. Laurence würde nicht in die dunkle, kalte Kammer des Hungers und der Armut geboren werden, die sie in ihrer Kindheit bewohnt hatte. Sie würde ihn gut versorgen.

Catherine wollte sich freuen. Sie wollte dem Bailiff danken und sich mit einer höflichen Verbeugung zurückziehen. Aber da lag der Dolch auf dem Fenstersims, da lag Elias auf dem Friedhof von Saint Mary's, sie hatte zugesehen, wie sie ihn begruben, und es hatte ihr die Kehle zugeschnürt vor Sorge, weil sie wußte, daß er keine Luft schöpfen konnte unter der Erde. Der Bailiff ließ sie für sich arbeiten, obwohl er zu den Wissenden zu gehören schien. Er fürchtete den Mörder nicht.

Das Heulen im Kamin erschien ihr plötzlich geisterhaft. Die weißen Vierecke, die die Glasfenster auf den Boden malten: Lichtgräber, ein Sonnenfriedhof. Der Diener lauerte in ihrem Rücken. Trussebut tropfte das Blut aus dem Arm. Und auf dem Fenstersims funkelte der Dolch wie ein lebendiges Wesen.

»Nehmt ihn mit«, sagte der Bailiff. »Er gehört mir nicht.«

Mit dem Fuß stieß sie die Tür auf. Der Werkstattgeruch begrüßte sie: geschmolzenes Glas, Schmirgelstaub und Holz. Aus einer Laune heraus ahmte sie Elias nach, hob dreimal die Füße, dann ließ sie, am Werktisch angekommen, die Sohlen über den Steinboden schleifen. Sie wickelte den Dolch nicht aus. Wie eine giftige Schlange packte sie ihn, die Finger gespreizt, und schob ihn hinter den Stapel von Holzplatten.

Der Werkstattgeruch: geschmolzenes Glas, Schmirgelstaub und Holz.

Geschmolzenes Glas, Schmirgelstaub und Holz. Und …

Und Pferdehaare. Woher kam dieser Geruch?

Sie hatte plötzlich das Gefühl, daß jemand hinter ihr stand. Peitschenhiebe knallten unhörbar in der Luft, und ein heißer, stechender Wind wehte durch Catherines Herz. Sie ahnte eine Berührung voraus, und sie fürchtete sie wie den Tod.

Pferdehaare. Jemand war hier. Jemand näherte sich mit lautlosen Schritten und streckte die Hand nach ihrem Hals aus.

Der Mörder.

Sie mußte sich umdrehen, um Gewißheit zu haben. Aber sie tat es nicht. Sie hörte ihn atmen.

Zu Hilfe! wollte sie rufen. Endlich brach ein Ächzen aus der Kehle. Es erstickte vor ihrem Gesicht.

Flüstern: »Wenn du dich umdrehst, töte ich dich.«

»Wer bist du?« hauchte sie.

»Das weißt du wohl. Ich warne dich noch einmal. Ich werde nicht zögern, dich zu töten.«

»Was willst du?«

»Du spürst mir hinterher. Meinst du, das merke ich nicht? Du begehst einen Fehler.«

»Den Fehler hast du begangen!«

»Schweig! Du tappst im dunkeln und wagst es?« Das Wispern schwoll an. »Jeder Fehler kostet etwas, das solltest du wissen. Ich werde dich züchtigen, und du wirst von mir ablassen. Sage mir, wie du aus dem Glas die Linsen formst.« Flüstern, das über den Boden kroch und sich an ihr hinaufwand. Flüstern, das von den Wänden raschelte.

»Sie werden aus Scheiben herausgeschmolzen und dann in Schalen geschliffen.«

»Die Schalen dort im Regal?«

Catherine nickte.

Schritte. Das Atmen näherte sich. Eine behaarte Hand neben ihr mit einem Sack. »Nimm das. Fülle die Schalen hinein. Ohne dich umzusehen, sonst bist du des Todes!«

Sie gehorchte. Die Bronzeschalen klirrten aneinander.

»Stelle den Sack ab.«

Sie ließ ihn zu Boden sinken. Der Mörder zog ihn fort.

»Du hast Elias umgebracht! Warum?«

»Hör auf, darüber nachzudenken.«

»Du wirst deine Strafe finden.«

Der Mörder lachte leise. »Willst du mir drohen? Ich komme wieder und züchtige dich erneut, wenn du mich suchst.«

»Warum hast du ihn getötet?«

»Elias Rowe hat sich für den falschen Mann interessiert.« Schritte. »Es ist besser, du vergißt die Sache. Wer zuviel fragt, erhält irgendwann die spitze Antwort aus Stahl. Es wäre schade um dich. Heute hat es dich nur das Gewerbe gekostet.«

Die Tür klappte.

Kein Donnerschlag wäre laut genug gewesen, die Stille zu besiegen, die sich auf Catherines Ohren legte. Sie fühlte sich, als sei sie windelweich geprügelt worden. Stumm sank sie zu Boden. War sie nicht mit Elias gestorben? Man verstieß sie wie eine, die nicht mehr zu dieser Welt gehörte. Warum hatte Elias sie zurückgelassen? Sie war tot wie er.

Ein Gefäß zerbrach in ihrem Bauch, und Schmerz ergoß sich: eine Feuersbrunst, zuviel für ihren Leib, zuviel. Sie stieg die Brust hinauf, die Kehle. Ich bin allein, dachte sie. Ich bin allein. Sie preßte die Hand gegen das bebende Gesicht. Kein Anstand hinderte sie mehr daran, ihre Trauer in das Haus zu rufen. Die Laute waren Fetzen, die in der Luft hängenblieben wie zerlumpte Kleidungsstücke an einer Wäscheleine. »Elias! Elias!«

Kälte stieg von der steinernen Bodenplatte in ihr Gesäß. Aber wen kümmerte es, wenn sie krank wurde? Wen kümmerte es, ob sie vorhanden war oder verschwand, sich auflöste? War sie nicht längst im Begriff, sich aufzulösen?

In ihren tränenverhangenen Blick schimmerte gelbes Licht. Catherine blinzelte. Wie das Licht durch die Kuhhaut des Fensters leuchtete! Es zauberte ein Schattenspiel, Funke für Funke sprang zum Boden herab. Die Ritzen zwischen den Steinplatten malte es schwarz, ihre Erhebungen ließ es leuchten. Es berührte auch sie, Catherine. Sie hob die Hand vor das Gesicht. Die Rücken der Finger glühten, die Zwischenräume häuften Dunkelheit auf. Schmutzige, fettige Nägel blitzten. Catherine schloß die Hand und öffnete sie wieder, schloß sie, öffnete sie. Wie ein Seidentuch umwallte das Licht ihre Haut.

Es mußte auch in ihrem Gesicht sein, mußte auf ihren Augen spazierengehen und in den Wimpern schlafen.

»Ich will dich lieben, Licht«, sagte sie. »Führen will ich dich, will mit dir spielen und dich zähmen.«

Sie schloß die Augen. Elias' Schritte: Dreimal hob er die Füße, dann schleiften die Sohlen über den Steinboden. Sand rauschte in eine Schleifschale hinein. Rhythmisches Knistern folgte. Ritsch-ritsch. Ritsch-ritsch. Von Zeit zu Zeit verharrte Elias, blies den Sand vom Glas und fühlte mit dem Daumen darüber.

»Catherine.« Elias sagte nur ihren Namen, begütigend, so, wie er ihn sprach, wenn er ihr die Hand auf die Stirn legte. Auf diese Weise hatte er ihr immer seine Liebe erklärt: Er sagte ihren Namen und sah sie dabei mit einem Ausdruck zärtlichen Vorwurfs an. »Catherine.«

Sie erschauderte und schlug die Augen auf. Leer die Werkstatt. Aber das Licht war da und bat um ein Spiel.

In einer Kiste unter dem Tisch waren die alten Schalen verwahrt, das wußte der Mörder nicht, rostige Eisenschüsseln aus einer Zeit, in der sich Elias den Bronzeschmied noch nicht leisten konnte. Sie erlaubten kein feines Arbeiten, aber für den Anfang mußte es genügen. Dort waren auch die Formen verstaut, nach denen der Schmied neue Schleifschalen anfertigen konnte. Sie waren viel kostbarer als die Schalen selbst. Diese nutzten sich ab und mußten von Zeit zu Zeit ersetzt werden. Dummer Mörder! Er hatte den wahren Schatz verfehlt: Die Vorlagen, die Formen, die neues Werkzeug gebaren, von Elias aus Brabant nach England gebracht.

»Laurence«, flüsterte Catherine, »hab keine Angst. Ich gebe nicht auf. Du wirst leben.« Zuerst sollte der Bailiff seine Brille erhalten.

»Versuche es gar nicht erst, Gonora.« Anne nahm den Zügel, umklammerte auch den Sattelknauf und zog sich auf das Pferd hinauf. Sie prüfte den Sitz, drückte die Knie durch. Leder knarrte. Die Steigbügel boten den Füßen Halt.

Im Halbdunkel des Stalls glühte das Gesicht Gonoras. Sie reichte stumm eine Provianttasche herauf. Selbst im Zorn war sie mütterlich. Möglicherweise zürnte sie nicht einmal, weil sie meinte, Anne würde einen Fehler machen, sondern nur, weil sie nicht eingeweiht wurde. Ging es nach Gonora, durften zwischen einer Herrin und ihrer Kammerfrau keine Geheimnisse stehen. Ha! Sie einzuweihen! Gonora glaubte vielleicht, mit jedem Geheimnis leben zu können. Nichts ahnte sie. Es gab Geheimnisse, die in der Lage waren zu töten.

Anne schnalzte leise. Bis ins Becken spürte sie die Huftritte der Stute auf dem harten Stallboden. Am Torflügel lehnte der Knecht, er deutete eine Verbeugung an, als sie vorüberritt. Anne hatte Thomas ausrichten lassen, daß sie verreiste, aber er kam nicht, um sie zu verabschieden. Zwecklos, sich auf dem Hof nach ihm umzusehen. Die Kanzlei war ihm wichtiger. Sie war wie eine heimliche Geliebte.

Unwillig versteifte Anne den Hals, übte einen leichten Fersendruck aus, die Stute trabte an. Unter dem Torhaus hindurch, neben die Karpfenbecken.

Wie kam es, daß sie gerade diesen Mann liebte und keinen anderen? Die Menschen ähnelten einander: zwei Augen, eine Nase, der Mund. Oft genug heirateten zwei, ohne sich voneinander angezogen zu fühlen. Warum war sie ausgerechnet an Thomas geraten, der sie in jedem Winkel ihrer Bauchhöhle beherrschte? Sie hätte eine gleichgültige Ehe haben können, hätte sich kleinen Festen oder der Lektüre oder der Musik hingeben können, der Kunst, der Wissenschaft, hätte Briefe schreiben und Freundinnen besuchen können. Nichts interessierte sie, nur Thomas, Thomas! Warum?

Wie hatte sie sich damals verliebt?

Zuerst waren ihr die kurzen Haare aufgefallen. Ein Ritter seines Standes, der sich die Haare abschneiden ließ – das hatte sie neugierig gemacht. Nahm er nicht wahr, daß er damit vollkommen die Mode mißachtete, ja, daß er sich gemein machte mit den verarmten Landrittern, die allerorten verachtet wurden? Thomas, das stellte sich bald heraus, war ein Mann, der seinen eigenen Regeln folgte. Er hatte es nicht nötig, die Moden des Hofes nachzuahmen.

Dann bemerkte sie seinen Freundeskreis. Genau die Freunde, die ihn ihr jetzt gestohlen hatten. Zuerst sah sie ihn bei der Geburtstagsfeier der Königin im Gespräch mit Montagu, dessen Waffenrock der halberhobene Greif zierte. Die rote Zunge und die roten Krallen am geflügelten Löwentier verkündeten einen über die Landesgrenzen hinaus berühmten Dichter, Mitglied des Hosenbandordens, zu dem sich der König und wenige angesehene Ritter zählten. Er war für sie damals eine Legende gewesen, ein Mann von kultiviertem Geschmack, der alles Französische liebte, ein Poet mit bestem Ruf; seine Balladen, Lieder, Rondelle rezitierte man – den Krieg mißachtend – in den besten Adelshäusern Englands wie Frankreichs. Dieser Mann gab sich mit Thomas Latimer ab? Es fachte ihre Neugier an. Später sprach Thomas mit William Nevill und John Cheyne, sie lachten und schlugen sich auf die Schultern, sie mußten Freunde sein.

Was scherte diese Recken ein Thomas Latimer? Das wollte sie herausfinden. Es wunderte sie, es ließ Thomas in einem geheimnisvollen Licht erscheinen. Als sie den Grund entdeckte, war sie ihm bereits selbst verfallen. Thomas Latimer atmete Wahrheit. Auch wenn er oft schwieg, in seinen kühlen, zwischen Grau und Blau schwebenden Augen leuchtete die Kraft eines Auserwählten. Er war ein Suchender, einer, der zum Kern der Dinge vordrang, weil ihn eine besondere Gabe lenkte.

Wie schwach Thomas war und daß er auch in die Irre laufen konnte, bemerkte sie zu spät.

Hinter der Brücke, als sie Braybrooke im Rücken hatte, zügelte Anne die Stute und ließ sie im Schritt gehen. Die klare Septemberluft gab ihr das Gefühl, ihre Gedanken seien von kristallener Schärfe. Sie fühlte sich frei.

Die Fische schnappten nach Insekten und tauchten mit einem klatschenden Schlag der Schwanzflosse wieder ab. Schafe blickten ihr nach, ohne das Käuen zu unterbrechen.

Irgendwann war ihr aufgefallen, daß sich hinter Thomas' festem Zauberblick eine weiche Seele verbarg. Die Furchen, die von den Nasenflügeln zum Kinnbart hinabliefen und ihm ein würdevolles, kluges Aussehen gaben, dieses Gesicht, das sie in jeder Winzigkeit liebte, es konnte staunen, es konnte erschrecken und verzweifeln. In all seiner Konsequenz war Thomas ein schwacher Mensch. Die Freunde, die sich auf ihn verlassen wollten, schadeten ihm. Sie verführten ihn. Ohne daß sie es wollten, machten sie ihn zu ihresgleichen.

Aber die Erkenntnis kam zu spät. Anne hatte sich so sehr in Thomas verliebt, daß sie mitunter meinte, sie stecke in ihm, sie trage sein Gesicht, sie spreche mit seiner Stimme. Anne war ganz Thomas geworden, und es schmerzte sie, wenn sie ihn für einen Kriegszug entbehren mußte, so sehr, als gehe ein Teil von ihr fort.

Sie konnte ihn nicht aufgeben. Sie mußte ihn retten.

10

Ein Stumpf war vom Haus geblieben. Ein schwarzer, fauler Zahn. Ringsum bedeckte Asche das Feld. Der Wind wehte sie auf und trug sie über den Acker.

Alan stand am Feldrand und vermochte nicht weiterzugehen. Er war zuversichtlich gewesen auf dem Heimweg, nachdem am Morgen ein vollkommenes Spinnennetz im Fenster geglänzt hatte. Er hatte sich Kraft eingeredet, hatte der Reiter Nevills gedacht und sich vorgenommen, ihre Pläne zu durchkreuzen, indem er sich nicht niederdrücken ließ, indem er kämpfte und noch härter als zuvor arbeitete.

Aber aus irgendeinem Grund hatte in seiner Vorstellung das Haus noch gestanden.

Nicht, daß er vergessen hatte, daß es angezündet worden war. Er war davon ausgegangen, daß er Reparaturen würde vornehmen müssen und daß die Saat und die Werkzeuge vernichtet waren. Und doch: Es stand am Feld, es wartete auf ihn, so hatte er gedacht.

Nun war da nicht mehr als ein Stück Erde und ein rauchender, dunkler Haufen Trümmer. Was sollte er damit anfangen?

Von der Ruine ausgehend, verlief eine kniehohe Mauer entlang des Wegs zum Dorf. Er hatte sie aus Steinen errichtet, die er aufgelesen und an den Rand des Ackers geschleppt hatte. Nie hatte es ein Ende genommen mit den Steinen. Sie wuchsen nach, als hätte sie jemand ausgesät auf dem Feld. Feine Sandkörner, die in der Erde zu Kieseln wurden und schließlich die Größe von Felsbrocken erreichten. Mit ihren Glatzen stießen sie durch die Schollen und stemmten sich dem Pflug entgegen.

Dies war seine Heimat gewesen. Das Haus hatte ihm bei Kälte und Dunkelheit Obdach geboten, und der Acker hatte ihn ernährt. Die kniehohen Strohstoppeln zeugten von seiner Arbeit. Er hatte die Sense geschärft und sie mit kraftvollen Schwüngen durch die Halme geführt. Den Waldrand kannte er, und den Weg ins Dorf kannte er. Er wußte, wo sich an der Mauer Ameisen tummelten, er wußte, wo es im Wald ein Hornissennest gab und wo ein Specht in den Abendstunden dicke Larven aus dem Holz zog. Er kannte die Pilze und ihre Plätze, und wenn der Oktoberregen vorüber war, ging er sie sammeln. Er kannte einen wilden Himbeerstrauch. Er wußte, wo der Fuchs seinen Bau hatte und wo die Hasen sich vor ihm verbargen, tief ins Gras geduckt.

Der Wind streute Asche. Auch auf Alans Schuhe blies er sie. Wie gut, daß er die Schuhe trug. Sie wären sonst mit allem anderen verbrannt.

An die Mutter mußte er denken. Er war neun Jahre alt gewesen, als sie den Verstand verlor. »Siehst du nicht den Mann?« hatte sie gerufen. »Siehst du nicht, was er tut?« Auf den Schrank wies sie hinauf.

»Mutter, dort ist nichts.«

»Jetzt schneidet er mir Grimassen.«

»Wer? Da ist niemand.«

»Er hockt dort oben und lacht mich aus.«

Alan stemmte die Fäuste in die Hüften und lachte. Es war ein verzweifeltes, hohles Lachen. Er lachte das Feld aus, die Ruine, den Wald. Er war der Mann auf dem Schrank, den niemand mehr sah bis auf die Verrückten, er konnte Grimassen schneiden und brüllen und auf der Stelle hüpfen, es kümmerte niemanden.

May tauchte hinter der Mauer auf; sie kam vom Dorf gelaufen. Das Kleid flatterte ihr um die Beine. Sie beeilte sich sehr.

Was kümmerte es Alan, ob sie ihn für verrückt hielt? Trotzdem verstummte er. Seit jener Begegnung am Eisloch winkten sie sich immer zu, wenn sie sich erblickten. Diesmal hingen seine Arme bleischwer herab. Er regte sich nicht.

May winkte.

Er wendete den Kopf weg von ihr zum niedergebrannten Haus.

»Alan«, rief sie.

Für ihn klang es, als rufe sie jemand anderen.

Sie erreichte ihn, hängte sich an seinen Arm und schüttelte ihn. »Alan.«

»Sieht es nicht prächtig aus hier? Ein Feuerchen haben sie gemacht mit meinem Haus, es muß eine hübsche Rauchwolke gegeben haben. Wollte niemand löschen kommen aus dem Dorf?«

»Vater hat mir verboten, dich zu sehen.«

»Natürlich. Hast du etwas anderes erwartet?«

Sie schwieg. Tränen rannen ihr über das Gesicht. »Kümmert es dich nicht?«

»Nein, May. Mich kümmert dieses Dorf nicht und du nicht und Gott nicht. Ich bin frei geworden, ohne daß ich es wollte, Nevills Reiter haben mich vom Leben befreit. Verstehst du? Ich brauche jetzt nicht mehr zu arbeiten, auch weinen muß ich nicht. Ich kann verhungern und sterben, und es schmerzt mich kein bißchen.«

»Aber mich schmerzt es.«

Ein Stechen in seinem Inneren.

»Was wird jetzt aus uns?«

Sie hatte nie zuvor so etwas gesagt. Erschrocken sah Alan sie an. Hatte er nicht längst alles verloren? Gab es da noch mehr zu verlieren, noch mehr Schmerzen zu erleiden? Er besaß kein Haus mehr und kein Pferd, keine Saat und keinen Mut. Aber offenbar besaß er die Zuneigung Mays. »Ich wußte nie, ob du mich anders magst, als du all die Knechte und Bauernsöhne gern hast, ich meine, du lachst mit ihnen allen und machst deine Scherze, und sie schauen dir hinterher, und ich dachte –«

»Ich habe einmal deine Hand gehalten.«

»Das war vor vier Monaten und ist seitdem nicht wieder geschehen.«

»Weil ich mich gefürchtet habe, sie wieder zu nehmen. Du hast meine auch nicht genommen.«

Alan staunte in ihr Gesicht hinab. Mays schmaler Nasenrücken erbleichte unter den Sommersprossen, ihre Wangen röteten sich. Sie kämpfte darum, seinem Blick standzuhalten, biß sich auf die Unterlippe. Schließlich sah sie zu Boden. Alan wollte ihre Schultern ergreifen und sie an sich ziehen. »Seit unserer Begegnung im Winter bist du mein erster Gedanke, wenn ich am Morgen die Augen aufschlage. Ich denke an dich hinter dem Pflug, ich denke an dich beim Korndreschen, beim Holzhacken. Bevor ich einschlafe am Abend, ist mein letzter Gedanke, was du wohl gerade tust.«

»Ich weiß.«

»Du hast auch an mich gedacht?«

Sie nickte.

»Du siehst aus, als würdest du dich dafür schämen.«

»Ich schäme mich nicht. Ich habe nur ein bißchen Angst.«

»Dein Vater will es nicht.«

»Er schlägt mir jeden Abend einen anderen wohlhabenden Bauernsohn vor. Immer lehne ich ab. Einmal werde ich nachgeben müssen.«

»Schafe wollte ich mir kaufen. Ich wollte es zu etwas bringen, damit dein Vater mit mir zufrieden sein kann.«

»Er ist geizig. Ich wünschte, er würde dich so mögen, wie ich dich mag.«

Lächelnd streckte Alan die Hand nach ihrem Gesicht aus, wagte aber nicht, es zu berühren. Die Fingerspitzen hingen in der Luft neben Mays Wange. Ihm schlug das Herz im Hals, er hielt die Luft an und rührte sich nicht.

Kaum merklich neigte sie den Kopf zur Seite, weiter, weiter, bis ihre Wange seine Fingerspitzen traf. Sie schmiegte sich an seine Hand, und seine Hand schmiegte sich an ihr Gesicht.

Irgendwann löste sich May. Alans Hand fiel an ihrem Kleid herab, streifte noch kurz den Bauch, dann hing sie wieder an seiner Seite. Es würde nie wieder dieselbe Hand sein. Ihm war, als sei sie ein Stück von ihr geworden. Sie gehörte nicht zu seinem Körper. Sie war fremd wie ein Geschenk.

»Das war sehr schön«, flüsterte May.

»Ja, das war es.«

»Ich wünschte, wir könnten mehr füreinander sein.«

»Gibt es keinen Weg, deinen Vater zu überzeugen?«

»Wenn es nur das wäre, das würden wir schaffen. Aber es ist zu spät dafür. Du mußt fortgehen von hier, Alan. Es ist bekanntgeworden, daß du dich beim Erzbischof über Nevill beschwert hast. Ich bin gekommen, um dich zu warnen.«

»Zu Recht habe ich mich beschwert. Seine Reiter haben mir das Haus zerstört.«

»Ob zu Recht oder zu Unrecht! Hast du denn nicht gehört, was Vater über ihn gesagt hat?«

»Nun, ich habe es inzwischen erlebt. Es fällt mir nicht mehr schwer, ihm zu glauben.«

»Nichts hast du erlebt. Fliehe! Wenn du bleibst, wird man dich aufknüpfen.«

»Aufknüpfen? Warum?«

»Bitte, geh fort, tue es für mich. Willst du, daß mir das Herz bricht? Sie werden verbieten, daß man dich abnimmt, und ich werde dich Tag für Tag hängen sehen, und am Ende stürze ich mich in den Fluß. Wenn ich denken kann, du bist irgendwo im Norden an der Grenze zu Schottland und es geht dir gut, dann bete ich für dich und erinnere mich wehmütig an diesen Augenblick. Ich vergesse dich nicht. Nur rette dich, heute noch!«

Das verbrannte Haus und der steinige Acker erschienen ihm plötzlich kostbar. Er schüttelte den Kopf. »Ich gehe nicht.«

»Sie können jeden Augenblick hiersein.«

»Dann verstecke ich mich eben im Wald, bis sie wieder gegangen sind.«

»Du weißt wie ich, daß sie dich finden.«

»Wenn sie mich töten wollen, warum haben sie es nicht gleich getan?«

»Ich weiß es nicht. Für irgend etwas wollte Nevill dich bestrafen und hat deshalb das Haus anzünden lassen. Nun aber, wo du gegen ihn gesprochen hast beim Erzbischof, wird er ein

Beispiel aus dir machen für alle, die sich gegen ihn auflehnen könnten. Du kannst nicht gewinnen gegen Nevill.«

»Was wird aus dir, wenn ich gehe?«

»Vater wird mich verheiraten. Wenn es sein muß, tut er es gegen meinen Willen.«

Er sah zur Ruine hinüber. Die Kanten verschwammen, die Mauer wurde zum fließenden, grauen Wurm. Alans Augen brannten. Er hatte das Bedürfnis, Korn zu dreschen, und wenn es keine Ähren mehr gab, die der Flegel treffen konnte, dann wollte er die leere Tenne prügeln. »Sag mir etwas Schönes, etwas Gewöhnliches. Es muß doch noch Leben geben im Dorf. Geht das nicht einfach weiter, das Leben? Sterben und Geborenwerden, so ist es, nicht wahr?«

»Was willst du hören?«

»Erzähle von zu Hause. Du hast gesagt, dein Vater ist geizig. Sind die Mahlzeiten karg an eurem Tisch?«

Sie schwieg und sah ihn an.

»Los schon! Erzähle.«

»Wir essen reichlich. Aber er schimpft dabei, obwohl er kräftig zulangt. Mutter hat gestern Pflaumen eingekocht, und dann hat sie etwas Pflaumenmus auf das Brot gestrichen, es war noch warm! Vater hat es genauso geschmeckt wie mir und meinen Geschwistern, aber er hat mit Mutter geschimpft. Heute gekocht, heute gegessen, hat er gesagt, und was machen wir im Winter?«

»War es denn eine gute Ernte?«

»Das weißt du doch alles.« Von ihrer Stimme tropften Tränen.

»Erzähle es trotzdem.«

»Wir hatten keinen Frost im Frühjahr, also gab es viele Blüten. Pilzkrankheiten hatten wir auch wenig diesmal und Sonne und Regen in gutem Maß. Es ist eine reiche Ernte.«

»Die Äste brechen, nicht wahr?«

»Sie tragen soviel Obst, daß das Gewicht sie zu Boden zieht.« May sah ihn an, als hätte sie den wichtigsten Satz der Welt gesagt. Und er verstand. Er wußte, daß sie anderes sagen wollte. Das Belanglose sprachen sie nur, um ihre Stimmen hören zu können und dabei noch nicht von Abschied reden zu müssen.

»Stützt ihr sie ab, die Äste?«

»Manche haben wir abgestützt.«

»Seltsam, wie man sich als Kind sein Leben vorstellt, nicht wahr? Obst. Braten. Ale.«

»Hattet ihr einen Garten?«

Alan verneinte. »Aber ich habe Kirschen gestohlen. Ich bin auf fremde Bäume geklettert und habe mir den Mund vollgestopft. Unten stand schon der Besitzer, und ich habe noch weiter in seinem Baum gewildert. Seine Weidenrute hat mir keine Angst gemacht. Weit weg war die Prügel, während ich den Mund voller Kirschen hatte. Einmal mußt du herunterkommen, hat er geschrien. Aber daran war nicht zu denken, so nah am Himmel inmitten der roten Früchte.« Er sah hinab in Mays Gesicht und redete und hörte sich selbst nicht zu. »Als ich klein war, habe ich mit den Freunden davon geträumt, nach Frankreich überzusetzen und Heldentaten zu vollbringen. Jeden Tag haben wir unsere Holzschwerter aufeinanderknallen lassen, haben uns gegenseitig Lord genannt und unseren Schlachtruf geübt. Dann starb der Vater, und meine Schwester und ich mußten auf die Felder. Wir haben vergessene Ähren gesucht. Schließlich hat die Mutter den Verstand verloren, und wir sind bei Verwandten untergekommen. Die Tante hat uns geschlagen, der Onkel hat uns auf dem Schoß sitzen lassen und uns Geschichten erzählt.«

»Ich weiß, Alan.«

Er wies auf das Feld. »Ich habe von einem Acker geträumt. Von einem eigenen Haus. Und von dir.«

»Aber du kanntest mich noch gar nicht.«

»Doch. Ich wußte, daß es dich geben muß. Irgendwo mußtest du sein, und ich wollte dich suchen und habe gehofft, du würdest auf mich warten.«

Es schien ihr weh zu tun. Sie wandte das Gesicht ab. »Alan, ich kann das nicht. Meine Kraft reicht nicht aus.«

»Was meinst du?«

»Dieser Abschied –«

»Es ist kein Abschied. Ich habe mich entschieden zu bleiben.« Er erschrak. Wann hatte er diesen Entschluß gefaßt? Es war, als spräche ein Fremder aus seinem Mund. Ein Fremder, für den er Bewunderung empfand.

»Alan!«

»Sie sollen kommen.«

May neigte den Kopf zur Seite. Sie runzelte die Stirn, als habe sie sich verhört.

»Ich werde diesen Acker nicht aufgeben. Vierzig Schillinge habe ich bezahlt.«

»Du kannst gegen Nevill nicht ankommen. Willst du dir im Wald einen Stecken schneiden und damit gegen Schwerter ankämpfen?«

»Nein. Ich sage dir, was ich tun werde: Ich werde das Feld pflügen, auch ohne Jok, und wenn es bedeutet, daß ich die Erde mit einem Spaten eigenhändig umwenden muß. Ich werde eine Hütte bauen, und ich werde Holz sammeln für den Winter. Nächstes Jahr säe ich Weizen.«

»Alan, höre auf mich. Es ist jetzt nicht die Zeit für Mut, es ist die Zeit für eine weise Entscheidung. Rette dich! Wenn du es nicht für dich tun willst, dann tue es für mich. Ich war in den letzten Wochen viel in der Burg. Ich habe gesehen, was Nevill mit Menschen macht, die sich ihm entgegenstellen.«

»Wenn er morden will, mordet er, das muß er selbst vor Gott verantworten. Ich bin Pächter, und ich lebe, um diesen Acker zu bestellen.«

»Warum tust du das?« Sie kniff die Augen zusammen. »Du weißt doch genau, daß du mir Leid zufügst.«

Die Hand, die nicht die seine war, umfaßte die schmale Frauenschulter. Alan konnte spüren, wie sie sich hob und senkte. Mays Atem ging schnell.

»Laß mich los.« Sie wand sich frei. Noch einmal blickte sie ihn an, dann kehrte sie Alan den Rücken und ging auf die Mauer am Feldrand zu.

Unvermittelt blieben ihre Füße im Acker stecken.

Alan öffnete den Mund, um etwas zu sagen. Tonlos schloß er die Lippen. Mays Vater stand am Mäuerchen.

Alan fühlte sich, als habe er sämtliche Kirschen der Welt gestohlen. Knüpft ihn auf, würde der Vogt jeden Augenblick sagen, knüpft ihn auf, den Hund. Noch schwieg er, als sammelte er seinen Zorn, um ihn in einem gewaltigen Ausbruch zu entladen. Da haben wir ihn, sagten seine Augen. Hängt ihn an den erstbesten Baum, hoch oben soll er schwanken, daß alle es sehen, meine ungehorsame Tochter zuerst.

May drehte sich um, machte Schritte zu Alan hin.

»May«, drohte der Vater.

Sie trat an Alan heran. Ihre Augen glühten. Schmale, zitternde Hände schlossen sich um seinen Nacken. »Darf ich dich küssen?«

Alan senkte den Kopf zu ihr hinunter. Sie schloß nicht die Augen, und so hielt auch er sie offen. Als sich ihre Münder berührten, jagte ein Donner durch seinen Bauch. Die Lippen ließen voneinander ab. Dann trafen sie zu einer zweiten Begegnung zusammen, kräftiger. In Mays Augen stand süßes Entsetzen.

Der Vater schrie ihren Namen.

»Es ist«, flüsterte sie, »als würde ich einen Toten küssen. Gebe Gott, daß du verschont bleibst.«

Er hob die Hand und streichelte ihr Gesicht. »Ich werde leben.«

II

Der Lärm der Stadt drang durch das Schlafkammerfenster. Hähne krähten, Hunde kläfften, Räder klapperten über das Straßenpflaster. Catherine wickelte sich das Kissen um den Kopf, nur den Mund ließ sie hinausschauen.

Daß sie in der Mitte des Bettkastens lag und Elias keinen Platz übrigließ, belastete ihr Gewissen. Aber glich es nicht einem Hilferuf? Es ging ihr schlecht, man mußte das sehen daran, daß sie nicht zu Rücksichtnahme fähig war.

Elias war tot. Da war niemand, auf den sie Rücksicht nehmen konnte. Niemand, der sie fragte, wie es ihr ging. Sie lag im Bett, um den Qualen zu entkommen: Dem Ziehen im Rücken, dem Reißen im Bauch, dem fahlen, Übelkeit hervorrufenden Geschmack im Mund.

Schlafen mußte sie! Die Erlösung kam, wenn sie schlief. Leise summte sie ein Lied, das sie aus Kindheitstagen kannte: *Lullay, lullay, sleep softly now, hush, my child, the morning star, lullay, lullay, is watching over you, lullay.* Ihre Stimme, vom Kissen dumpf zurückgegeben, beruhigte sie. Sie vergaß die Schmerzen. Inmitten des Kehrverses brach sie den Gesang ab. Sie lauschte auf ihren Herzschlag und auf den rauschenden Atem. Süße Mattigkeit drückte sie in den Strohsack hinab.

Da begann das Wispern. Feine Stimmchen erwachten in der Schlafkammer und flüsterten. Sie sangen das Schlaflied. Sie kicherten und zischten. Von der Treppe antworteten Hunderte. Aus der Werkstatt Tausende. Im ganzen Haus flüsterte es.

Catherine spürte, daß sie erwachen mußte. Sie mußte nachschauen, wo diese Stimmen herrührten. Das wohlige Kissen wollte sie nicht hergeben. Die Träume ketteten sie an den Strohsack im Bettkasten, und so schlief sie, obwohl sie darum kämpfte aufzuwachen.

Etwas kroch in ihren Hals und behinderte den Atem. Warum gab sie der Schlaf nicht frei? Sie war in Gefahr, das fühlte sie deutlich. Bewege dich! befahl sie sich. Sag etwas! Reiß die Augen auf! Es gelang ihr nicht.

Endlich hustete sie. Die Ketten rissen. Catherine erwachte.

Finstere Rauchwolken hüllten sie ein. Knistern erfüllte das Haus. Es krachte und blitzte, Funken stoben, Feuer quoll aus den Wänden und aus der Decke. Auf dem Bett zuckten Flämmchen.

Catherine sprang auf. Die Wolken umwogten ihr Gesicht. Sie hustete. Nein, hinunter, hinunter! Sie fiel auf alle viere herab und kroch zur Tür. Röchelte. Hinter ihr brannte das Bett.

Etwas Schweres traf ihren Rücken und biß mit scharfen Zähnen in die Haut. Sie schrie, schüttelte es ab. Mit dem Kopf stieß sie die Tür auf. Es war heiß auf der Treppe, so heiß, daß sich ihr Mund weigerte zu atmen. Die Luft brannte. Sie fügte sich wie gelbes, flüssiges Eisen an das Gesicht. Catherine erhob sich und stürmte die Treppenstufen hinab. Unten begrüßten zischende Steinplatten die Fußsohlen. Im dichten Rauch verlief sie sich, stieß gegen Werktische, Schemel, Wände. Da öffnete sich ein Loch in der Wand. Ein Luftzug trieb die Qualmwolken auseinander. Der Mann aus York brüllte ihren Namen.

»Hier bin ich!« rief sie.

Arme griffen nach ihr und zogen sie heraus.

Aus den Fenstern der Bottle Lane neigten sich Köpfe. Die Brillenmacherwerkstatt brannte! Menschen strömten über den Straßenbuckel am alten Wall. Die Gänsefrau schleppte einen wasserspuckenden Eimer. Die Töchter der Familie aus York trommelten an die Türen, schrien: »Feuer! Zu Hilfe!« Der Gewandschneider trug gleich drei der Ledereimer, die die Stadtverwaltung vor zwei Jahren an jedes Haus verteilt hatte.

Catherine starrte auf das Haus. In den Fenstern zerfloß die Kuhhaut. Glut wirbelte heraus. Flammen streckten sich aus allen Ritzen und Winkeln nach den Nachbarhäusern. Die

Gänsefrau schüttete Wasser durch ein Fenster. Zischend zog sich das Feuer zurück, dann loderte es wieder auf.

Im dritten Stockwerk erschien ein altes Gesicht.

»Burgwhenna!« Catherine löste sich aus ihrer Starre. »Wo ist die nächste Leiter?« Sie packte Männer, Frauen, schüttelte sie. »Wer hat eine Leiter?«

»Wir haben nur Eimer bekommen von der Stadt.«

»Aber es gab doch auch Leitern.«

»Hier«, rief die Gänsefrau und zeigte auf eine Tür, »die Neuen, die müssen eine bekommen haben.«

Mit den Fäusten trommelte Catherine gegen das Eichenholz. »Öffnet! Ihr seid verpflichtet zu helfen, es ist das Gesetz.«

Nichts rührte sich.

»Ihr werdet aus der Stadt verbannt!«

Endlich schwang die Tür auf.

»Wo ist eure Leiter? Schnell!«

Jedes Hilfeangebot schlug sie aus. Allein zerrte sie die Leiter zum Haus. Allein hievte sie sie an der brennenden Mauer hinauf. Der Gewandschneider wollte sie zurückhalten. Sie stieß ihn von sich. Endlich schwankte sie die Leiter hoch. Unten waren die Sprossen breit, nach oben hin wurden sie schmaler und schmaler. »Burgwhenna, komm herunter!«

Burgwhenna wies mit spitzem Finger herab. »All die Eimerchen, schau, Catherine, wie sie in der Straße spielen!«

Catherine packte die zerbrechlichen Arme der Alten und zog sie aus dem Fenster. Gemeinsam fielen sie die Leiter hinab. Catherines Hand erwischte von Zeit zu Zeit eine Sprosse, aber das Gewicht der zwei Frauen riß an ihrer Schulter, an der Hand, und die Sprosse entwand sich den Fingern, bevor das Fallen aufgehört hatte.

Es knallte in den Knien. Besorgte Nachbarn halfen ihnen auf. Der Schornstein im ersten Stockwerk zerbarst. Glühende Steine prasselten auf die Bottle Lane herab.

Burgwhenna schlug sich die Hände vor den Mund und frohlockte: »So ein schönes Feuer!« Aus einer Platzwunde an ihrer Schläfe sickerte Blut.

Das Brillenmacherhaus versank in den Flammen. Es war, als wollte eine dunkle Kraft jede Erinnerung an Elias vom Erdboden löschen. Auch wenn er auf dem Kirchhof begraben lag, hatte doch ein Rest von ihm überlebt in seiner Werkstatt, in seiner Wohnstube, in seiner Schlafkammer. Da waren Dinge, die er täglich berührt hatte. Die Wände hatten seine Stimme gehört und sein Atmen. Der Boden hatte seine Schritte aufgezeichnet. Das Bett seine Körperwärme aufbewahrt. All jenes galt es zu tilgen, damit sie, Catherine, völlig allein war. Das Feuer erledigte diese Aufgabe gründlich.

Und die Bewohner der Bottle Lane? Die Schmiede aus der Bridlesmith Gate, die Schlachter aus der Fletcher Gate? Wie Puppen halfen sie, den bösen Plan zu verwirklichen. Inzwischen bemühte sich niemand mehr, das Brillenmacherhaus zu löschen. Man goß Wasser auf die umliegenden Häuser. Jede Flamme, die vom Unglücksort auf einen benachbarten Flecken übersprang, wurde ausgeschlagen. Auf die Dächer stiegen sie und näßten die Holzschindeln. Wasser, das sie aus den Fenstern mühelos auf das brennende Haus hätten schütten können, gossen sie über die unversehrten Wände, um keinem Funken zu gestatten, sich zwischen den Balken einzunisten.

»Schnell, hier herüber!« rief man.

»Vorsicht, das Dach dort drüben. Mehr Wasser, wir brauchen mehr Wasser!«

»Eine Eimerkette!«

Jeder war in Bewegung. Greise, Kinder. Selbst die Ziege der Nachbarn sprang umher und meckerte verstört. Es stand niemand still, bis auf Catherine. Sie war ungehorsam. Sie gehörte in das Haus, sie mußte doch mit Elias verbrennen. Durfte sie denn übrigbleiben, wenn alles andere verschwand, das ihr Leben ausgemacht hatte? Wer war sie, ohne ihren Mann, ohne den Beruf, den sie als seine Witwe weiter hätte ausüben dürfen? Sie war nicht mehr Catherine Rowe. Irgendeine Frau stand in der Bottle Lane vor dem rußenden, prasselnden Haus. Die Frau besaß ein Kleid und einen gläsernen Fingerring. Ihr fehlten Schuhe, Werkzeug, Elias.

Langsam, wie eine Träumende, schlich sie sich fort. Die Bottle Lane ging sie nichts mehr an. Bald würde ein neues Haus die Lücke füllen, neue Menschen würden dort wohnen. Sie würden das Straßenpflaster bezahlen und den Gewandschneider grüßen, sie würden sich im Hof in einem Bretterverschlag waschen und die Hühner füttern.

Einen Flecken Boden gab es noch in Nottingham, der Heimat war für Catherine. Das Grab von Elias. Dorthin lief sie im Morgengrauen, zu Saint Mary's. Niemand ging in ihre Richtung, sie kamen ihr alle entgegen und sprachen von Brandstiftung.

In der Pilcher Gate hörte sie das Klicken der Meißel und das derbe Rufen der Handwerkergehilfen. Seit sieben Jahren baute man am Mittelschiff der Kirche. Saint Mary's besaß weder einen Turm noch ein Fenster. Und auch den Namen hatte das Gotteshaus nur, weil vor zweihundert Jahren auf jenem Hügel die älteste Kirche Nottinghams gestanden hatte, bis sie von Rebellen ausgeplündert und zerstört worden war. Die neue Kirche bestand aus einem steinernen Rumpf. Er wuchs nicht, obwohl Dutzende Männer Tag um Tag daran bauten. Catherine liebte ihn, sie hatte ihn schon geliebt, bevor man Elias daneben bestattete. Er erinnerte sie an die Arche, in der Gott Noah und seine Familie vor den Fluten gerettet hatte.

Sein Leben hat Gott bewahrt, ging es ihr durch den Kopf, und mich verfolgt er. Was hatte sie getan, das ihn erzürnte? Warum schlug er sie? Hatte er ihr Elias genommen, weil sie undankbar geworden war ob des wunderbaren Ehemanns? Sie war ihm ungehorsam gewesen in Braybrooke. Sicher hatte das den Herrn erzürnt. Elias war ein Gottesgeschenk gewesen. Wie hatte sie es vergessen können: Sie, die Besitzlose, das Mädchen aus der Gosse, geheiratet von einem Brillenmachermeister, wie es kaum eine Handvoll in England gab. Anstatt Gott und ihm lebenslang dankbar zu sein, hatte sie ihn hintergangen.

»Ich kann nicht nach Jerusalem pilgern«, murmelte sie. »Wie soll ich deinen Zorn besänftigen, Gott? Ich habe kein Geld, und ich bin schwanger. Laurence würde die Reise sicher nicht überstehen.« Dort, die Kirche. Ein Stachelkleid von Gerüsten hüllte sie ein. Catherine trat neben die Handwerkergehilfen und küßte die Kirchenmauer. »Nimm mich in deine Kirche auf, Herr, laß die Stürme enden.«

Was wagte sie? Sie sprach mit dem Allmächtigen? Sie wollte sich auf den Boden werfen, spürte, daß sie dazu verpflichtet war, daß sie die kalte Erde an der Stirn und an der Brust und an den Knien spüren mußte. Aber sie tat es nicht. Sie stand zitternd und rang die Hände. *»Pater noster, qui es in caelis, sanctificetur nomen tuum.«* Ihre Lippen formten die Silben, die sie seit ihrer Kindheit übte, ohne sie zu verstehen, wie einen wohltuenden Zauber. *»Adveniat regnum tuum. Fiat voluntas tua, sicut in caelo et in terra. Panem nostrum quotidianum da nobis hodie, et dimitte nobis debita nostra sicut et nos dimittimus debitoribus nostris. Et ne nos inducas in tentationem, sed libera nos a malo. Amen.«*

Sicher hatte sie Gott und den Heiligen zu wenig Verehrung entgegengebracht. Sonntags war sie zur Messe gegangen. Andere gingen auch am Dienstag und am Donnerstag, manche gingen täglich! Sie beichtete viel zu selten. Und sie ging in die Saint-Nicholas-Kirche gegenüber der Burg, wo man während des Gottesdienstes schwatzte. In Saint Peter folgte man den Gesängen der Priester mit viel mehr Aufmerksamkeit. Warum ging sie zu Saint Nicholas? Wegen der Bilder. Welcher Frevel! Sie fand die Wandbilder schöner.

Catherine mußte gehen, sie konnte nicht mehr stehen. Die Beine bebten, der Atem zitterte. Wie sollte ihr je verziehen werden? Der Fluch war deutlich zu erkennen. Sie hatte Gott vernachlässigt, und nun hatte sich der Teufel in ihrem Leben eingenistet, wie sich in Kindertagen die Katze auf den Stuhl der Mutter geschlichen hatte, wenn die Mutter das Haus verließ. Sie hatte zu wenig gebetet, zu wenig an Maria und an die Heiligen gedacht. War sie denn besser als eine Hexe? Sie war verflucht, genauso verflucht wie die, die Hexerei betrieben.

Die Hände in die Haare gekrallt, stolperte sie fort von der Kirche. Elias' Grab besuchen? Nicht auszudenken! Sie würde den Fluch auf heilige Erde schleppen. Warum lebte sie noch? Hatte nicht ein Engel sie aus dem brennenden Haus gerettet, sie geweckt und durch die Flammen die Treppe hinuntergeleitet?

Oh, sie war zu winzig! Gott sah sie überhaupt nicht. Der heiße Sturm fegte über ihr Leben hinweg, ohne daß der Ewige ihr Schreien hörte.

»Ich will mich beugen!« rief sie. »Ich will fortan eine fleißige Beterin sein, ich will mich ändern. Nur rette mich und mein Kind!« Fort, fort aus Nottingham. Sich beugen, sich bessern.

Die Straße nach Osten war menschenleer. Ein sanfter Regen wehte Catherine in die Kleider. Ihre nackten Füße durchwateten Pfützen. Auf den Hügeln grasten Schafe. Die Vögel sangen, trotz des Regens.

Der graue Schleier, der am Horizont zwischen den Wolken und der Erde hing, tröstete Catherine. Das Rauschen des Regens tröstete sie. Es war ein großer Klang. Eine Geste, die weit ausholte.

Alan würde ihr Unterschlupf gewähren. Hier würde sie von neuem beginnen.

Am Fuß des Hügels begann das Mäuerchen. Wie hoch es geworden war! Alan mußte fleißig Steine vom Acker gelesen haben. Als sie ihn das letzte Mal besucht hatte vor zwei Jahren, reichte es ihr kaum bis zum Knie. Nun mochte die Mauer als Schafhürde herhalten. Ob sein Traum bereits erfüllt war? Sie lauschte auf ein Blöken. Es war still. Er war auch nicht auf dem Acker, obwohl doch im September gepflügt wurde. Alan war immer fleißig gewesen. Ein einfacher Regen hielt ihn für gewöhnlich nicht von der Arbeit ab.

Wo war das Haus? Einen schwarzen Haufen konnte sie ausmachen, aber –

Sie rannte los. Der Fluch! Der Fluch war ihr vorausgeeilt. Es hatte nicht nur das Brillenmacherhaus getroffen. Das Böse war nicht in Nottingham geblieben, es hatte Alan ebenso hinweggefegt wie sie. Lebte er? Lebte der Bruder?

Bei der Ruine fiel sie auf die Knie. Sie reckte das Gesicht zum Himmel hinauf. Zwischen das Regenwasser auf ihren Wangen mischten sich heiße Tränen. »Warum, Gott? Wieso tust du uns das an? Waren wir nicht mit Vaters frühem Tod genug gestraft und mit der verwirrten Mutter? Du hast mir Elias genommen, du hast mir die Schleifschalen geraubt und das Dach über dem Kopf fortgerissen. Nun auch noch Alan? Was habe ich noch? Wie soll ich leben? Du hast doch einen Plan, oder etwa nicht? Höre Catherine Rowe! Hast du sie vergessen? Catherine, das bin ich. Catherine Rowe. Höre mich! Willst du mich gänzlich zerschlagen? Deine Folter ist schrecklich, o Gott!«

»Cath!«

Nur Alan nannte sie so. Wieder rief er vom Waldrand. Sie sprang auf. Dort stand er. Sobald er sah, daß sie ihn bemerkt hatte, zog er sich unter die Bäume zurück.

Sie raffte das Kleid und stürmte über den Acker, daß die aufgeweichte Erde von ihren Zehen in die Luft geschleudert wurde. »Alan!« Plötzlich dunkle Schwaden vor den Augen. Die Knie gaben nach. Alles Licht verlosch. Irgendwann spürte sie die Arme des Bruders, als hielten sie nicht ihren, sondern einen fremden Körper. Seine Stimme war so leise, daß sie ihn nicht verstehen konnte. Erst allmählich kam sie wieder näher.

»Was ist mit dir?«

Sie hauchte: »Ich trage ein Kind in mir.«

»Und da kommst du hierher?«

Mühsam setzte sie sich auf. Über ihnen breitete eine Buche ihre Äste aus und ließ nichts vom Regen hindurchdringen. Alans Gesicht war zerbeult. Blaue, grüne und gelbe Flecken übersäten die Arme und die Wangen.

»Ein Fluch«, sagte sie.

Alan nickte. »Daß ich überhaupt noch lebe, ist ein Wunder. Sie suchen mich. Man will mich aufknüpfen. Nein, sag nichts. Ich kann nicht bei euch unterschlüpfen. Gerade bei dir und Elias würden sie mich finden. Das Ganze geht von Nottingham aus. Nevill hat es auf mich abgesehen, ich weiß nicht, warum.«

»Elias ist tot.«

Seine Augen weiteten sich. »Er war gesund und kräftig.«

»Ermordet.«

»Mord?« Alan erstarrte. »Sie haben es also auf die ganze Familie abgesehen? Ich bin schuld daran. Ich habe mich bei Erzbischof Courtenay beschwert.«

»Wie meinst du das?«

»Nevills Reiter haben das Haus niedergebrannt und –«

»Der Ritterdolch!« stieß sie aus. »Elias ist mit einem Ritterdolch getötet worden.«

»Mays Vater hatte mich vor ihm gewarnt. Ich konnte die Ungerechtigkeit nicht hinnehmen, verstehst du, es war einfach zuviel.« Er sprang auf. »Wir müssen fliehen. Ich wollte bleiben, wegen May. Aber sie werden sicher Hunde mitbringen, und dann kriegen sie mich. Hast du Geld?«

»Nein. Unser Haus sieht so aus wie deins.«

»Diese Teufel!«

12

»Exzellenz.« Der Abt und die Chorherren verneigten sich. Ihre gebeugten Rücken hoben den Saum der langen schwarzen Mäntel.

Courtenay hockte am Ufer des Leen, oberhalb jener Bretterverschläge, die den Augustinern als Abort dienten. Ein schwerer Geruch lag in der Luft. Fliegen summten. Der Erzbischof hielt ein Floß aus Gräsern in den Händen. »Ah, da seid Ihr.«

»Ihr habt uns erwartet?«

»Nun, diese Unterredung mußte früher oder später kommen.« Es schien Courtenay nicht unangenehm zu sein, daß man ihn bei seinem Kinderspiel überraschte. Während er sprach, knotete er ein weiteres Büschel Grashalme an das Floß. »Ihr wollt Euch erkundigen, was mein Besuch in Newstead Abbey zu bedeuten hat, richtig?«

»Nicht alle Tage verlassen Eure Exzellenz Canterbury, um so weit in den Norden zu reisen. Und Newstead Abbey ist –«

»– immerhin gegründet worden, um für den Mord an einem meiner Amtsvorgänger zu büßen. König Heinrich, Thomas Becket, Ihr kennt die Geschichte. Leuchtet es da nicht ein, daß Ihr Besuch aus Canterbury bekommt?«

Der Abt biß die Zähne zusammen. »Natürlich, Exzellenz.«

Nun sah Courtenay auf. »Ihr erstaunt mich. Eurem Ruf zufolge hättet Ihr mir widersprechen müssen, Pater. Man sagt, Ihr seid einer, der niemals stumm den Nacken beugt. Tut Euch keinen Zwang an! Fragt mich.«

»Euer Besuch ehrt uns sehr. Wir haben Euch gern zu Gast, Eure Anwesenheit verleiht diesem Ort Heiligkeit und Würde. Allerdings ...«, er zögerte. »Es verwundert uns, daß Ihr so lange bleibt. Welchen Zweck verfolgt Ihr?«

»Das sind die Fragen, die ich erwartet hatte.« Lächelnd erhob sich der Erzbischof. Er war klein, kaum reichte er den Augustinern bis zum Kinn. Sein Gesicht blieb freundlich, als er sagte: »Meine Geschäfte gehen Euch einen Dreck an.«

Die drei Männer wichen zurück. »Verzeiht.« Der Abt hob die Hände. »Wir wollten Euch nicht erzürnen.«

»Natürlich nicht. Ich raube Euch den Schlaf, nicht wahr? Ihr liegt des Nachts auf Eurem Bettlager und grübelt, unfähig zu erraten, weshalb der Erzbischof von Canterbury in Eurem Chorherrenstift weilt. Nun, ich möchte nicht Eure Müdigkeit verantworten. Auch wenn ich Euch keine Auskunft schuldig bin: Ich erwarte Besuch.«

Einer der Chorherren öffnete den Mund, um zu sprechen, und schloß ihn wieder, ohne einen Laut.

»Fragt!«

»Was mag das für Besuch sein? Beinahe täglich empfangt Ihr Gäste. Der, auf den Ihr wartet, muß von besonderem Rang sein. Ihr wartet seinetwegen hier und hebt ihn unter all den Boten und Bittstellern, die Euch fortlaufend aufsuchen, hervor?«

»Das hat Euch nicht zu kümmern.«

»Exzellenz«, begann der andere Chorherr, »wir dachten, es sei gut, Euch davon in Kenntnis zu setzen, daß einige der niederen *Fratres* an Eurer Echtheit zweifeln. Ihr könntet nie und nimmer William Courtenay sein, der Erzbischof von Canterbury, sagen sie.« Er fügte eilig hinzu: »Von den Chorherren zweifelt natürlich niemand.«

»Die *Fratres* also. Wenn Ihr wieder so etwas hört, schickt die Brüder zu mir. Sie sollen Genugtuung erfahren.«

»Das wird sicher nicht nötig sein.« Der Abt lächelte. Auf seiner Stirn erschienen rote Flecken. »Wir haben Euch lange genug gestört, Exzellenz, gestattet nur noch die Frage, ob alles zu Eurer Zufriedenheit ist. Wünscht Ihr nicht, in mein Haus einzuziehen? Die kleine Kammer, die Ihr bewohnt, ist eines Mannes von Eurem Rang wahrlich nicht würdig.«

»Christus hat Armut befohlen. Ich befolge das gern.«

»Also seid Ihr zufrieden?«

»Nein. Ich wünsche, daß Ihr ein Festmahl vorbereitet. Keine kleine Freudenmahlzeit, sondern ein Festmahl. Wenn meine Gäste kommen, will ich sie gebührlich begrüßen. Wer von den Chorherren verheiratet ist – Ihr braucht nicht die Stirn zu runzeln, Everard, ich weiß, daß einige Eurer Regularkanoniker nicht dem Zölibatsgebot Folge leisten –, wer also verheiratet ist, soll sein Weib mit sich bringen. Ladet außerdem alle ein, die in der Gegend Rang und Namen haben.«

Die Chorherren verneigten sich. Auch der Abt senkte tief den Kopf.

Leise summend, ließ sich Courtenay auf die Knie herab und nahm sein Spielzeug wieder zur Hand. Die Augustiner, die sich zum Gehen gewendet hatten, hielt er mit den Worten auf: »Von den *Fratres* zweifelt doch hoffentlich niemand wegen meines kindlichen Gemüts?«

Betreten sahen die Männer zu Boden.

»Sagt Ihnen: *Nisi efficiamini sicut parvuli non intrabitis in regnum celorum.* Wenn ihr nicht werdet wie die kleinen Kinder, so werdet ihr das Königreich des Himmels nicht betreten.«

Während die Augustiner sich unter Verbeugungen entfernten, steckte Courtenay als Mast einen Zweig in das Floß. Darauf spießte er ein Ahornblatt, das Segel. Er kroch an die Böschung heran, ließ das Floß hinab. Wasserläufer flohen auf ihren langen, dünnen Beinen über die ruhig dahingleitende Fläche des Leen. Das Floß drehte sich träge. Courtenay gab ihm einen Stoß und sah zu, wie es das Ufer entlangfuhr.

Ein Marienkäfer trieb vorüber. Das Wasser hielt ihn am Rücken fest, mit den Beinen strampelte er wild. Courtenay tauchte den Finger ins Wasser und zog den Käfer heraus. Er blies sachte, um ihn zu trocknen. Dann besann er sich, setzte ihn ins Gras und rief: »Repton!«

Von einem der Bäume am Ufer schälte sich eine dünne Gestalt. Leder knirschte. Repton spie etwas Grünes ins Gras, auf dem er gekaut hatte, und wischte mit Daumen und Zeigefinger Reste aus den Mundwinkeln. »Ehrwürden?«

»Setze dich an die Pforte.«

»Und wenn sie kommen, geleite ich sie zu Euch?«

»Nein. Du schickst sie fort.«

»Ehrwürden?«

»Nicht immer ist der Weg, der dir zuerst einfällt, der beste. Lerne es, zweimal zu denken, Repton, und du wirst schlagartig zu den weisesten Männern Englands gehören. Du schickst sie fort, wenn sie nach mir fragen.«

»Siehst du da vorn die Eiche? Dort ist das Tor.« Alan verschränkte die Arme. In der Heide zirpten die Grillen.

Catherine sah zum Dorf hinüber. »Hast du eine bessere Idee?«

Der Bruder schwieg.

»Dieser Erzbischof ist mächtig. Er wird uns helfen.«

»Hast du mir nicht zugehört? Courtenay hat mir gedroht, man würde mir die Stirn verbrennen. Er hat gesagt, Nevill kann mit mir tun, was ihm einfällt.«

»Ich weiß, die Fürsten geben wenig auf das Schicksal eines einfachen Menschen. Aber Elias hat für den Erzbischof gearbeitet. Courtenay wird sich an ihn erinnern, und schon sind wir nicht mehr namenlos. Gute Handwerksmeister sind selten, die vergißt man nicht. Der Erzbischof wird uns helfen.«

»Courtenay ist ein eitler, bewunderungssüchtiger Aufseher. Ich kann dir nicht verbieten, zu ihm zu gehen, aber ich habe meine Erfahrung mit ihm gemacht und gehe da kein zweites Mal hin. Ich warte hier auf dich. Zwei Stunden, und du bist wieder bei mir. Das verspreche ich dir.«

»Du triffst den großen Kirchenvater für einen kurzen Augenblick und meinst, über ihn urteilen zu können? Wir sind bereits von einem Fluch verfolgt, mach es nicht schlimmer, indem du dich über die Kirche erhebst! Man würde keinen eitlen Menschen zum Erzbischof weihen. Und selbst wenn der Erzbischof Nevill nicht zur Rechenschaft zieht, wird er doch Rat wissen, wie wir uns vor ihm schützen können.«

»Ratschläge hat er viele. Er belehrt dich darüber, wie dumm du warst, zu ihm zu kommen.«

Catherine warf die Hände in die Luft. »Wir haben allen Besitz verloren, ich bin schwanger, und das Böse verfolgt uns. Zufällig kennen wir den angesehensten Christen von ganz England. Wer könnte besser wissen, wie ein Fluch zu bannen ist? Du willst mir ausreden, ihn um Hilfe zu bitten? Alan, ich glaube, dich hat der Verstand verlassen.«

»Cath.« Er blies sich eine Haarsträhne aus der Stirn. »Ich finde einfach, du hast genug gelitten und solltest nicht noch eine Enttäuschung erfahren.«

»Was ist aus meinem mutigen Bruder geworden? Weißt du nicht mehr, wie wir Kirschen gestohlen haben, wie wir Lambert hereingelegt haben? Und denke an den dicken Hofhund! Du hattest niemals Angst. Ich war stolz auf dich, am Abend habe ich mich so auf das Bettlager gelegt, daß ich dich sehen konnte. Ich habe gedacht: Mein großer Bruder! Vater war tot, aber mir konnte nichts passieren.«

»Courtenay nimmt Nevill in Schutz. Ich weiß das. Denkst du wirklich, ich fürchte mich vor ihm? Unsinn. Ich weiß bloß, daß es zwecklos ist, ihn um Hilfe zu bitten. Du kannst ebensogut Wolken abzählen.«

»Alan.« Sie sah ihm fest in die Augen. »Vielleicht wird Courtenay gegen Nevill nichts tun. Trotzdem muß ich zu ihm. Ich bin schwanger. Ohne Obdach und Nahrung kann ich meinen Sohn nicht gesund zur Welt bringen. Die Rache an Nevill muß einige Monate warten. Verstehst du mich?«

Er sah zu Boden.

»Kommst du mit oder nicht?«

»In Ordnung.«

Sie passierten längliche, schmale Felder. Bald setzte zur Linken die hohe Mauer des Stifts ein. Die Häuser auf der anderen Straßenseite mußten zum Stift gehören oder zumindest von Hörigen bewohnt sein, und doch waren sie ausgeschlossen aus dem, was Alan wie das Paradies beschrieben hatte, das Paradies, das Engel bewachten.

Unter den weit ausgreifenden Ästen der Eiche blieben sie stehen. Dunkel drohte das Tor, Catherine konnte sich der

Vorstellung nicht erwehren, ein Bote Gottes stehe dahinter, bereit, die Anklopfenden zu strafen. Es war ein großes Tor. Der Engel mußte furchterregend sein.

»Du bist unsicher?«

Sie schüttelte die wirren Gedanken ab. »Nein.« Ihre Faust bewirkte nicht viel bei solcherlei Toren, das hatte sie nicht vergessen. Alan riß die Augen auf, als sie mit dem Fuß ausholte.

Eine Pforte schwang auf. »Was wünscht Ihr?« Die quakende Stimme kam aus schwulstigen, riesigen Lippen.

»Wir wollen Euren Herrn sprechen.«

»So einfach geht das nicht. Wer seid Ihr?«

Catherine zögerte kurz. Dann stellte sie sich vor Alan, damit der Pförtner dessen Erstaunen nicht sah. »Ich bin Catherine Rowe, eine Brillenmacherin, die ihre Dienste anbieten möchte.«

Die Züge des Pförtners hellten sich auf.

»Dürfen wir eintreten?«

»Selbstverständlich«, schmatzte er. »Der ehrwürdige Vater, unser Abt, wird sicher bald Zeit für Euch finden.«

»Nicht den Abt wünsche ich zu sprechen, sondern den Erzbischof.« Catherine trat durch die Pforte, gefolgt von Alan. »Hält sich William Courtenay noch in Newstead Abbey auf?«

»Den Erzbischof? Ihr wollt den Erzbischof sprechen?« Der Pförtner zog die Augenbrauen hoch, und seine Stirn warf Hautwülste.

Catherine trat an ihm vorbei.

Auf dem grünen Hügel taumelten Schmetterlinge von Blüte zu Blüte. Apfelbäume neigten ihre Äste tief herab, als wollten sie die rotbackigen, prallen Früchte zur Schau stellen. In anderem Geäst hingen Birnen. Wespen kreisten im Taumelflug über herabgefallenem Obst, das im Gras verfaulte. Die Pflaumenbäume standen nackt, sie waren abgeerntet.

Ein knochiger Mann erhob sich neben dem Pförtnerhaus von der Bank. Seine Lederkleidung knarrte. Stirn und Kinn sprangen weit hervor; der Mund war eckig hineingekratzt. »Ich bedaure. Seine Exzellenz braucht weder eine Brille, noch möchte der Erzbischof zur Zeit Besucher empfangen. Ihr müßt anderswo Arbeit suchen.« Der Hagere trieb sie mit ausgebreiteten Armen zum Tor. Das spitze Kinn hackte nach ihnen und verbot jede Widerrede.

»Wollt Ihr ihn nicht wenigstens fragen?«

»Nein. Geht!«

Alles, was ihm zu sagen einfiel, würde besserwisserisch klingen, und so behielt er seine Erklärungen für sich. Es war schlimm genug für Cath, daß sie abgewiesen worden waren. Er hatte es gewußt, er war vorbereitet gewesen auf die Enttäuschung. Sie mußte härter getroffen sein. Alan sah hinüber: Ihre Schultern hingen herab, und die Füße schleiften beim Gehen über den Boden. Der Blick der Schwester ging ins Leere.

Noch leuchtete Abendrot durch die Baumwipfel auf die Straße. Bald aber würde die Mondsichel ihre kärgliche Lampe sein, und sie würden Schatten und Waldgewächse im Sherwood Forest nicht mehr voneinander unterscheiden können. Man vermied den Sherwood Forest in der Dunkelheit, wenn einem Leib und Leben etwas bedeuteten. Blieb zu hoffen, daß das Räubergesindel ihnen ansah, daß bei ihnen nichts zu holen war, und es vorzog, hinter den Büschen hocken zu bleiben, um auf bessere Beute zu warten.

Warum hatte Catherine nicht auf ihn hören können? Wie sie an dieser verrückten Idee hing, der Erzbischof würde ihnen helfen!

Er, Alan, trug die Schuld. Der Gedanke traf ihn wie ein Schmiedehammer auf die Stirn. Elias war getötet worden, weil er Nevill angeschwärzt hatte. Alan wollte sich unter einem Busch zusammenrollen und dort verhungern. Er verdiente es. Und wenn er doch weiterging, dann war hinter Catherine sein Platz. Um zurückzufallen, machte er kleinere Schritte. Schleichen mußte er, am besten wäre es, wenn er gar nicht mehr da wäre.

Wie hatte Nevill von Alans Besuch beim Erzbischof erfahren? Sicher hatten die Herren untereinander geplaudert, auf einer Jagdgesellschaft hatte der feine Kirchenfürst zum Kastellan hinübergeworfen: Sieh dich vor, einer deiner Hörigen lehnt sich auf. Wenn er diesem Nevill gegenüberstand, irgendwann, würde er ihm ein Messer in die Kehle stoßen.

»Das war nicht Courtenay«, sagte Catherine.

»Es war jemand, der ihn kennt und weiß, daß es sich nicht lohnt, ihn anzusprechen.«

»Wie will er das wissen?«

»Ach, Cath.« Alan blieb stehen. »Du schaust auf zu so einem Mann, als wäre er heilig. Doch du hast ihm noch nie von Angesicht zu Angesicht gegenübergestanden. Das ist ein Mensch wie wir! Sicher, er ist gebildet. Er weiß, wie man mit Gott sprechen muß. Aber das macht ihn nicht zu einem Vater, der sich aus lauter Gutmütigkeit um die Schwachen kümmert. Es mag sogar sein, daß er ein boshaftes Herz hat.«

»Das glaube ich nicht.«

Es kam ihm vor, als sähe er zum erstenmal seit Jahren wieder bewußt ihr Gesicht. Die Lippen der Mutter waren schief und blutleer gewesen wie die seinen, Catherine jedoch hatte den Mund des Vaters geerbt: zwei weite Bögen, und wo sie sich trafen, zarte Spitzen. Die Unterlippe wölbte sich fordernd, die Wangen schwangen breit auseinander.

Sicher hatten die Augenbrauen den Brillenmacher in ihren Bann geschlagen. Kranichschwingen waren es, goldschimmernde, sanfte Kranichschwingen.

Cath war schwanger. Sie rang um eines jungen Lebens willen, das noch nicht für sich selbst kämpfen konnte. »Ich habe noch den Pachtvertrag«, sagte Alan. Auf dem Absatz machte er kehrt und lief zurück.

Sie folgte ihm atemlos. »Was meinst du damit?«

»Courtenay hat sich geweigert, mir zu helfen, weil er mich für einen Unfreien gehalten hat. Der kleine Kasten, in dem ich den Pachtvertrag aufbewahrt hatte, ist nur außen verschmort – ich habe ihn in den Trümmern meines Hauses gefunden und darin das Pergament.« Nachdem May von ihrem Vater fortgezerrt worden war, hatte er ihn in den verkohlten

Überresten entdeckt. »Damit werde ich dem Erzbischof beweisen, daß ich frei bin. Er soll dir, der Schwangeren, und mir, dem Freien, ins Gesicht sagen, daß wir von der Kirche keine Hilfe zu erwarten haben.«

»Wie sollen wir zu ihm vordringen? Alan?«

Aus den Furchen der Felder stieg kühl die Nacht herauf. Finsternis zog in Schwaden vor Bäume, Büsche und Hügel. Im Dorf schliefen die Häuser.

»Hier, über das Feld.« Alan bog vor dem Dorf von der Straße ab. Die Füße sanken in das lockere Erdreich ein. Es roch nach Schafmist und nach fruchtbar moderndem, regenwurmdurchwühltem Ackerboden. Bald liefen sie im Schatten der Stiftsmauer.

»Alan, ich hoffe, du hast nicht das vor, was ich denke.«

»Dort hinten taucht die Abtei in den Wald ein. Ich glaube nicht, daß sie die Bäume entlang der Mauer gerodet haben.«

Sie hatten sie gerodet. Farne bedeckten mit ihren Blättern die Stümpfe. Alan kletterte auf einen Baumstumpf, der nahe der Mauer stand. Er streckte die Arme in die Höhe. »Das müßte genügen. Räuberleiter.«

»Ich finde das nicht gut.«

»Ich auch nicht. Noch schlimmer finde ich es aber, wenn man Leute umbringt und Häuser niederbrennt. Und um dagegen etwas zu unternehmen, müssen wir über diese Mauer klettern. Du wolltest den mutigen Bruder zurück, Cath, jetzt bist du an der Reihe, dich von der starken Seite zu zeigen.«

»Du weißt genau, daß sie uns fangen, sobald wir zum Erzbischof vorgedrungen sind.«

»Der heilige Mann wird uns verzeihen. Daran glaubst du doch, oder?«

»Und du, was glaubst du?«

»Ich denke, wir stellen ihn vor eine Wahl. Er hat sich darum gedrückt, zu entscheiden, ob er uns fortstößt oder uns hilft, und wir werden ihn nun zwingen, eine Entscheidung zu treffen.«

»Die Hände«, sagte sie.

Alan ging in die Hocke und faltete die Hände unter Catherines Fuß. Er spürte das Gewicht ihrer Arme auf seinen Schultern. »Früher warst du leichter«, preßte er hervor, dann hievte er sie an der Mauer in die Höhe.

Sie stieg auf seine Schultern. Um das Gleichgewicht nicht zu verlieren, lehnte er sich an die Mauer und stütze sich zu den Seiten mit den Händen daran ab.

»Noch ein Stück.«

»Geht nicht.«

»Ich habe nicht genug Kraft, mich hochzuziehen.«

»Steig auf meinen Kopf!«

Ihre Zehe streifte seine Wange. Es brannte; der Nagel mußte ihm die Haut aufgeritzt haben. Dann drückte ein großes Gewicht auf seinen Kopf. Er fürchtete, der Hals würde jeden Augenblick brechen. Ein Ächzen entfuhr seinem Mund. Endlich ließ das Gewicht nach, verschwand. Ein Flüstern von oben: »Geschafft.«

»Dann gib mir deine Hand!« Er ergriff den gebotenen Halt. »Ich werde springen. Du nutzt den Schwung und ziehst mich in die Höhe. Sitzt du sicher?«

»Es geht.«

»Du mußt mich nicht heben, nur ein wenig nachhelfen, sonst schaffe ich es nicht bis zur Mauerkrone. Eins, zwei, drei!« Alan sprang, und Catherines Hand führte ihn zum oberen Mauerrand. Er hielt sich nur mit der Rechten. Unter großer Kraftanstrengung brachte er die Linke hinzu. Nicht lange hängen, schalt er sich, du vergeudest deine Kraft, und du brauchst sie, um dich hochzuziehen. Er umklammerte die Mauerkrone und zerrte sich hinauf. Oben schöpfte er rasselnd Atem.

»Alles in Ordnung?«

»Siehst du den Boden?« Er spähte.

»Eine Wiese.«

»Gut.« Er ließ sich an der Mauer hinab, bis er an ausgestreckten Armen hing. Dann stieß er sich los, um nicht bei der Landung gegen die Steine der Mauer zu stoßen. Gras empfing seine Füße.

»Hilf mir herunter«, bat Catherine.

»Spring!«

»Nein. Das Kind! Laß mich auf deine Schultern klettern.« Er stellte sich an die Mauer. Endlich fand auch Cath hinab.

Alan erblickte Gänse, und die Gänse, die Köpfe ruckend, erblickten ihn. Erst schrie ein Vogel, dann war es ein Dutzend, und bald kreischten fünfzig, sechzig, achtzig. Sie knallten mit den Flügeln, pfiffen. Sie griffen an. Ganteriche bissen sich in Alans Kleidung fest und ließen sich nicht wieder abschütteln. Mit den Flügeln schlugen sie ihn, bis er nicht mehr wußte, wo oben und unten war. Er drehte sich im Kreis. Heiser rief er um Hilfe.

13

Hähne krähten im Dorf. Zur *Laudes*, dem Morgengebet, läuteten die Glocken. Licht drang durch einen Spalt unter der Tür in die Zelle, in die man Alan und Catherine gesperrt hatte.

»Was werden sie mit uns machen, Alan?«

»Das hängt ganz von Courtenay ab. Oder vom Abt. Ich denke, man wird uns eine gewisse Anzahl Stockhiebe verpassen und uns dann laufenlassen.«

»Stockhiebe? Ich trage ein Kind in mir, Alan. Die Gänse waren schon schlimm. Wenn sie mich auch noch mit Stöcken schlagen, dann ... Das dürfen sie nicht.« Was sie traf, würde auch Laurence treffen. Unweigerlich hielt Catherine die Hände vor den Bauch.

»Ich hoffe, daß sie dir glauben. Man sieht nicht, daß du schwanger bist.«

»Heiliger Ägidius, hilf mir!« flüsterte sie, »du Schutzherr der Mütter, bewahre mich und das Ungeborene, und laß nicht zu –« Sie brach ab. Jemand machte sich am Riegel zu schaffen.

Sonnenlicht strömte in den Raum. Die Helligkeit umfloß eine hochgewachsene, dünne Gestalt. »Das war also euer Ziel: Ihr wolltet Gänse stehlen.«

»Nein!« Alan sprang auf. »Alles, was wir wollten, ist, mit Erzbischof Courtenay zu reden. Aber man läßt uns nicht zu ihm.«

»Mutige Worte für einen, der nichts zu sagen hat.«

Nun stand auch Catherine auf. »Herr, Ihr dürft ihm nicht zürnen. Er hat alles verloren, und genauso geht es mir. Man hat meinen Mann getötet und das Haus angezündet. Wir suchen Schutz beim Erzbischof.«

Nun erkannte sie auch, wen sie vor sich hatten. Es war der

Hagere von der Pforte, der Mann mit dem Katzenmäulchen und dem knochigen, spitzen Kinn.

»Was meint ihr, wie lange seine Exzellenz beschäftigt wäre, wenn der Erzbischof sich um jeden kümmern wollte, dem Unrecht widerfahren ist. Dafür gibt es Gerichte der Hundreds und der Städte, und königliche Friedensrichter, die das Shire bereisen. Die Aufgabe eines Erzbischofs ist es allein, geistliche Sorge für die Herde der Gläubigen zu tragen.«

»Genau deshalb sind wir hier. Wir –« Catherine stockte. »Uns belastet ein Fluch. Nevill verfolgt uns, und wir wissen nicht, warum. Unserer Hände Arbeit scheitert, Gott hat sich von uns abgewandt. Kann nicht der Erzbischof den Fluch lösen?«

»Ein Fluch, so? Was werdet ihr als nächstes erzählen? Daß ihr Gold verschenkt?«

»Es ist die Wahrheit.« Alan sprach durch zusammengebissene Zähne, offenbar unterdrückte er nur mit Mühe seine Wut. »Wenn wir mit dem Erzbischof reden dürften, könnte er das auch feststellen. Ich habe vor einigen Tagen bereits mit ihm gesprochen, und er hat sich ein Wiedersehen gewünscht. Führt uns zu ihm!«

»Für diese freche Rede verdienst du einen Tritt in den Arsch. Ihr habt Glück, daß seine Exzellenz längst ein Treffen befohlen hat. Ich hätte Courtenay davon abgeraten.« Er stieß die Tür weit auf. »Zuerst müßt ihr allerdings lernen, euch in seiner Gegenwart richtig zu benehmen.«

Die Abtei erwies sich als ummauerte Stadt. Es fehlte an nichts. Sie passierten Scheunen und Ställe, Walkmühlen, eine Schmiede, eine Bäckerei. Zimmermänner sägten Holz zurecht, Männer in Kutten gruben Beete um. Eine Brauerei gab es, Ziegel wurden getrocknet, Brennöfen geheizt. Das Herz der Abtei bildete die Kathedrale. Der Hagere führte sie geradewegs darauf zu. Steinerne Streben jagten zum Himmel hinauf, die Wände bildeten eine Brücke zu den Wolken. Spitzen, Türmchen, Kanten, Hauben, alles wies in die Höhe: Auf zum Himmel! schien das Bauwerk zu rufen, und es streckte sich so hoch, daß Catherine der Nacken schmerzte, als sie hinaufsah. Untiere blickten auf sie herab. In den Wolken, wo das Kirchengebirge endete, stand Maria in einem Mauerschlund, das Jesuskind auf dem Arm, und neigte sich leicht nach vorn, als wollte sie hoheitsvoll nickend die Würdigung der Ankömmlinge entgegennehmen.

Sie betraten einen Kreuzgang. An den Wänden prunkten farbenfrohe Malereien. Das Dachgewölbe wurde von Säulen getragen, in deren Schlußsteine man gräßliche Geschöpfe hineingemeißelt hatte. Der Hagere öffnete eine zweiflüglige Tür und schob Catherine und Alan hindurch.

Zwei lange Tafeln erwarteten sie, von Bänken gesäumt. Es war für einen Esser gedeckt: eine leere Holzschale, ein Becher. Auf der Bank lagen zwei Leinentücher.

»Sagt mir eure Namen«, befahl der Hagere.

Sie antworteten.

»Setzt euch hin. Nebeneinander, dort, auf die Bank.«

Gehorsam nahmen sie Platz.

»Alan Rowe, du beginnst. Wir üben zuerst das Trinken.«

»Ich soll –«

»Stell dir vor, es ist Essenszeit, und man hat dir den Becher mit Wein gefüllt. Du bist durstig.«

Der Bruder nahm den Becher und führte ihn zum Mund.

»Gräßlich! Kennst du keinen Anstand, du Bauernschwein? Bevor du trinkst, reinigst du deinen Mund mit dem Tuch. Willst du, daß Fettaugen im Wein schwimmen, weil Bratensaft von deinen Lippen trieft? Du willst doch nicht, daß andere es verabscheuen, mit dir zu trinken, oder? Denke nicht, ungehobeltes Benehmen verschafft dir einen Becher für dich allein. Du teilst ihn mit anderen, und sie haben ein Recht auf Sauberkeit.«

Alan wischte sich die Lippen.

»Versuche es noch einmal. Halt! Nicht den Daumen eintauchen in den Wein.« Der Hagere machte zwei große Schritte zur Tafel und entrang Alan den Becher. »So hältst du ihn, mit zwei Fingern. Hier, mache es mir nach.«

Sie mochte das Gesicht des Bruders nicht ansehen. Es machte ihr angst. Wenig fehlte, daß er dem Hageren an die Kehle sprang. Catherine wendete sich ab.

Der Saal besaß eine Ausbuchtung. In ihr führte eine steinerne Wendeltreppe hinauf zu einer wandlosen Kammer, die über dem Saal schwebte mit nichts als einem Pult und einem schmalen Geländer. Stand während der Mahlzeiten ein Aufseher dort, der das Beachten der vielen Verhaltensregeln überwachte und mit gellender Stimme den tadelte, der dagegen verstieß? Vielleicht war der Hagere jener Aufseher. Er hörte nicht auf, Alan zu drangsalieren.

»Einen schönen Bart hast du da. Ich möchte nicht noch einmal sehen, wie du ihn in den Wein eintauchst.«

»Genug!« Alan warf den Becher zu Boden. Zuerst polterte das Gefäß und sprang, dann rollte es unter den Tisch, als wollte es sich in Sicherheit bringen. »Ihr lehrt uns gutes Benehmen? Eure Keiferei ist genauso ein Verstoß gegen die feinen Manieren, die Ihr predigt.«

Der Hagere musterte Alan abschätzig. »Ich zwinge dich zu nichts. Bleibe bei deinem bäurischen Instinkt, wenn du willst. Aber dann versuche nicht länger, mit Englands höchstem Kirchenfürsten zu sprechen.«

Alans Blick suchte Catherines Augen. Sie schüttelte sachte den Kopf. Fast hatten sie es geschafft. Er durfte sich nicht reizen lassen!

Alan murmelte: »Ihr könnt fortfahren, unter einer Bedingung: Behandelt mich wie einen Menschen.«

»Oh, eine empfindliche Seele. Du wirst lernen, Alan Rowe, daß Gott nicht zimperlich mit seinen Kindern umspringt.«

Ein Mann in schwarzer Kutte trat in den Saal und blieb stehen. Er rieb sich das Kinn. »Repton, Ihr seid das.«

Der Rücken des Hageren straffte sich, Finger trommelten rechts und links auf die Beinlinge. »Sir Philip Repton, bitte. Was wünscht Ihr, ehrwürdiger Vater?«

»Wenn Ihr die Priesterweihen empfangen wollt, werdet Ihr Opfer bringen müssen. Dazu zählt Euer Titel.«

Im knochigen Gesicht versteinerte die Haut. »Gewiß. Allerdings nenne auch ich Euch nicht einfach Everard. Bis ich Geistlicher geworden bin, Herr Abt, bitte ich Euch, mich weiterhin als Ritter anzusprechen.«

»Ich muß zugeben, daß es mich etwas verwirrt, daß sich seine Exzellenz Erzbischof Courtenay von einem Laien beraten läßt.«

»Das ist allein seine Sache.«

»Natürlich. Jeder macht Fehler.«

»So wie Ihr gerade?«

Die Männer maßen sich mit den Augen. Schließlich sagte Everard: »Beeilt Euch mit den beiden. Der Schreiner wartet.«

»Soll er diesen Tisch dort reparieren, der schon wackelt, seit der Erzbischof und ich hier angekommen sind? Wäre Gott so nachlässig, was die Jahreszeiten angeht ...«

»Seht Euch vor, Repton«, zischte der Abt. »Das Wohlwollen des Erzbischofs könnte Euch schneller zwischen den Fingern zerrinnen, als es Euch lieb ist.« Damit wandte er sich um und verließ den Saal.

Repton starrte auf die Tür, als sähe er durch sie hindurch den Kreuzgang und den sich entfernenden Abt.

Catherine kam sich plötzlich vor, als sei sie dem Hageren ebenbürtig. Selbst er, ein Ritter, mußte sich die Gunst des Erzbischofs verdienen und konnte sie jeden Tag wieder verlieren. Unterschied sich sein Kampf so sehr von dem ihren?

Sie kroch unter den Tisch und angelte den Becher hervor. »Den Bart soll man also nicht in den Wein hängen«, sagte sie, sich erhebend.

Repton nickte. »Das dürfte dich als Weibsbild allerdings weniger belasten.« Ein Lächeln spielte um das Katzenmaul.

Der Ritter lächelte! Er hatte eine Warnung erhalten, einen Stoß vor die Brust, und er lächelte. Repton mußte ein starker Mann sein. Oder er hatte etwas in der Hinterhand, wovon der Abt nichts ahnte.

»Gib deinem Bruder den Becher«, sagte er. »Nimm noch einen Schluck, Alan Rowe. Gut. Was tust du nun?«

»Essen.«

»Unsinn. Du gibst den Becher an deinen Nachbarn weiter, also an Catherine. Augenblick! Drehe ihn so, daß ihre Lippen nicht dort ansetzen, wo deine auf dem Becher ruhten.«

»Warum kann sie sich den Becher nicht selbst hindrehen, wie sie es möchte?«

Repton setzte sich Alan und Catherine gegenüber, stützte das Kinn auf die Hände. »Weil die Handreichung ihr etwas sagen soll. Ein Mahl ist kein einfaches Hochzeitsgelage, wie ihr es in den Dörfern feiert. Es ist eine feine Zeremonie, bei der jede Bewegung und jedes Wort eine Bedeutung haben. Wenn man sie jahrelang vollführt hat, beherrscht man sie und kann beginnen, Speise und Trank zu genießen. Für Anfänger wie euch jedoch ist das Mahl eine Herausforderung, die volle Aufmerksamkeit erfordert.«

»Eine Zeremonie.« Catherine rollte die Augen. »Ich habe die Herren im Nottingham Castle grölen hören bis in die Nacht. Sie feierten sicher etwas anderes als eine Abfolge genauer Bewegungen.«

»Laß dich nicht täuschen. Bedenke, wie lange sie mit diesen Dingen vertraut sind!«

»Was soll die Handreichung ihr denn sagen?« fragte Alan.

»Daß du sie achtest. Die Grundfrage während eines Festmahls ist der Rang jedes Essenden. Nur ein Teil der Gäste erhält Wein, zum Beispiel, und daran läßt sich erkennen, wen der Herr begünstigt.«

»Was kriegen die anderen?«

»Ale. Das ist das hintere Ende der Tafel. Wo man plaziert wird, hat eine große Bedeutung. Am hinteren Ende der Tafel gibt es kein Fleisch, bei den Angesehenen in der Nähe des Herrn hingegen wird das Beste aufgetischt, das die Wälder und die Flüsse hergeben. Der Rang zeigt sich auch darin, in welcher Reihenfolge man das Essen erhält. Und er zeigt sich in der Anzahl der Mahlgefährten, mit denen man den Becher und die Schüssel teilen muß.«

Alan zuckte die Schultern. »Wir sitzen doch so oder so am

hintersten Ende der Tafel. Warum sollten wir uns bemühen, fein zu essen?«

»Das Wohlsinnen der Mahlgefährten darf nicht verletzt werden. Von ihrer Freundschaft kann viel für euch abhängen.«

Mit spitzen Lippen, die Finger in die Luft gereckt, als wollte er Saiten zupfen, die dort mitten im Raum hingen, wiederholte Alan: »Das Wohlsinnen der Mahlgefährten ...«

»Oh, ihr müßt mich nicht ernst nehmen, wenn ihr nicht wollt.«

»Bitte!« Catherine trat Alan unter dem Tisch gegen das Bein. »Wie vermeidet man es, die Mahlgefährten zu beleidigen?«

»Eßt nicht hastig. Es wird wie Gier erscheinen. Nehmt nicht das größere Stück aus der Schüssel. Und: Wagt es nicht, darin herumzustochern und nach etwas zu suchen, das euch schmackhaft erscheint. So würdet ihr eure Mahlgefährten abstoßen. In der Menge des Weins, die ihr trinkt, richtet euch nach dem Erzbischof. Trinkt er viel, so mögt ihr dem Wein auch kräftig zusprechen. Trinkt er wenig, haltet ihr euch genauso zurück.«

»Wollt Ihr damit sagen, daß an dieser langen Tafel«, Alan drehte sich, als würde er eine Landschaft beschauen, »sämtliche Esser zu Erzbischof Courtenay schauen, um zu beobachten, wieviel er trinkt und wem er Fleisch auf den Teller legen läßt?«

»So ist es. Seine Exzellenz eröffnet das Mahl, und seine Exzellenz beendet es auch. Stell dir vor, du würdest nicht bemerken, daß Courtenay sich erhoben hat. Die Gäste würden dich anstarren und beobachten, wie du gefräßig nach einem saftigen Stück in der Schüssel gräbst, und man würde dich für anstandslos und tierisch halten, ganz abgesehen vom Ungehorsam, den du seiner Exzellenz gegenüber erweisen würdest.«

»Sir Repton.« Catherine versuchte, ihn von unten herauf anzuschauen, wie sie es bei der Frau aus York gesehen hatte. Es war ein gewisser Blick, den die Yorkerin aufsetzte, wenn sie ihren Mann um etwas bat, ein Blick, der ihn mitunter erröten ließ und der nur selten seine Wirkung verfehlte. »Könnt Ihr uns raten, wie wir Erzbischof Courtenay wohlwollend stimmen können? Würdet Ihr ihn bitten, sich unsere Sache anzuhören?«

Die Verwirrung wich schnell aus Reptons Gesicht. Er nickte. »Ich will sehen, was ich tun kann.« Sein Blick wanderte an Catherine hinunter und wieder herauf in ihr Gesicht. Das Katzenmäulchen lächelte.

Der Oktober brachte Kälte nach Braybrooke. Die Karpfenbecken dampften, und die Sonne verbarg sich hinter grauen Schleiern. Vom Rockingham Forest wehte Herbstlaub die Hügel herab. Jeden Laut umhüllte eine Haut aus Eis, es klang alles härter: Das Krächzen der Krähen, das Schnauben der Pferde, das Reißen des Grases unter den Schafmäulern.

Vor dem Herrenturm in Braybrooke Castle froren drei halbverhungerte Gestalten. Sie bemühten sich, gestand Latimer sich ein, sie streckten die Brust heraus und standen breitbeinig. Dennoch war er zornig. »Wer hat euch gesagt, daß ich Söldner suche?«

Sie sahen sich kurz an, dann antwortete einer: »Niemand, Herr Ritter.«

Natürlich logen sie. Es mußte jemand aus dem Dorf gewesen sein. Ein Dörfler, der sich bewußt entschieden hatte, ihre Sache zu gefährden. »Habt ihr mit jemandem darüber gesprochen?«

Scheue Blicke von einem zum anderen. »Worüber?«

In Braybrooke wurden Söldner gesucht – wenn der Earl davon erfuhr oder, schlimmer noch, wenn Courtenay das Gerücht vor dem Earl aufzubauschen verstand! »Darüber, daß in Braybrooke Castle angeblich Söldner angeheuert werden.«

»Nein, Herr.« Etwas leiser: »Wir können schweigen.«

Die plumpe Einfalt der Söldner weckte Vertrauen. Sie waren keine Spitzel. Mit guter Führung würden es loyale Gefolgsmänner werden. Wer auch immer aus dem Dorf geplaudert hatte, er hatte seine Freunde gut ausgewählt.

»Ihr tragt keine Waffen.«

»Wir hoffen, Ihr könnt uns ausstatten. Dafür verlangen wir nichts als Speise und Trank. Wir können im Stall schlafen, wenn

Ihr wünscht. Mein Bruder hier ist ein guter Bogenschütze, er trifft einen Sperling auf siebzig Yard. Und wenn Ihr uns Schwerter geben könnt oder Speere, wir sind kräftig, wir –«

Ein strenger Blick Latimers ließ den Sprecher verstummen.

»Wir können schnell zu Kräften kommen«, berichtigte er sich.

»Das werden wir sehen. Speise und Trank, es sei. Holt euch Decken bei meinem Verwalter. In ein paar Tagen, wenn ihr euch erholt habt, werde ich euch Waffen geben.«

Sie eilten zur Kanzlei.

»Halt! Dort hinüber.« Er wies zur Küche, und sie änderten ihre Richtung wie trockenes Laub bei einem Windwechsel.

Ein kleiner Fetzen Moos segelte vor seine Füße. Er sah am Turm hinauf. Im ersten Stockwerk stand das Fenster offen. Anne lüftete.

Anne hatte gelauscht.

Er nahm einen tiefen Atemzug und blickte zur Kanzlei hinüber, zum Tor, zu den Fahnen. Wieviel wußte sie? Hatten die Jahre Anne nicht zu einer Kennerin seiner Seele gemacht? Sie mußte sehen, wie er sich verändert hatte. Sie sah, daß er etwas verbarg, daß er sich sorgte und zugleich eine Flamme in seinem Inneren loderte, die zu brennen verlangte, zu wachsen und sich zu nähren, eine Flamme, die auf andere Menschen überspringen wollte und die bereit war, ein großer Brand zu werden. Und wenn sie ihn nicht genug kannte, so mußte sie die Veränderungen der Burg sehen: Die bewachte Kanzlei, die häufigen Boten, die Besucher.

Schmerzte es sie, daß er sie nicht einweihte? Hatte sie sich damit abgefunden, daß es keine Zuneigung gab zwischen ihnen, oder tat es ihr weh, von ihm kaum beachtet zu werden? Er hatte sich irgendwann entschieden, daß er sie nicht lieben konnte, und fortan interessierte sie ihn nicht mehr. Selbst die Fragen aus Höflichkeit gingen ihm schwer über die Lippen: Hat es dir geschmeckt? Hast du gut geschlafen? Er konnte sich nicht überwinden, so etwas zu sagen, weil es Worte aus Holz waren, totes Gerede.

Ihr Gesicht trat ihm vor Augen. Montagu hatte recht, Anne war eine schöne Frau. Alabasterhaut. So sagte es also ein Dichter. Aber gerade die feine Kieferlinie, gerade der kühle Blick stießen Thomas ab. Er hatte Anne mehrfach weinen gesehen. Nichts hatte ihn dazu angetrieben, sie zu trösten. Sie weinte mit Würde, da war keine Verzweiflung, nicht einmal im Untergang, nicht einmal im Hilfeschrei verströmte diese Frau die Wärme, nach der er sich sehnte, die Wärme, die Gegenwärme in ihm erzeugen könnte.

Wie sich ein Mensch wohl fühlte, der mit solcher Erhabenheit auf die Welt blickte? Litt Anne darunter, daß sie die Dinge nicht greifen konnte, ihn, Thomas, nicht zu berühren wagte, und unfähig war, Nähe zuzulassen? Anfangs hatte er ihr noch Liebkosungen geschenkt, hatte sie gestreichelt und ihre Haut geküßt. Sie lächelte dann, ein zartes, entferntes Lächeln. Die Haut blieb kalt.

Sie war eine kluge Frau, daran gab es keinen Zweifel. Die Weisheit war in sie eingesperrt wie in einen goldenen Käfig. Ab und an sagte sie bei Tisch Dinge, die jedermann in Erstaunen versetzten und über Tage die Gespräche im Gefolge bestimmten. Dann wieder schwieg sie wochenlang.

Wer war sie? Wer war Anne von Ashley? Er wollte einen neuen Versuch machen, sie kennenzulernen. Mit fünfundvierzig Jahren – fünfundvierzig! – wollte er seine Frau kennenlernen. Es war Zeit dafür, das spürte er deutlich. Vielleicht hatte er sich geirrt damals, als er sich entschied, er könne sie nicht lieben.

Er betrat den Turm. Mit festen Schritten nahm er die Treppenstufen. Er würde Anne einweihen. Er würde ihr alles erzählen, alles. Thomas lächelte. Ein Gewicht löste sich von seinen Schultern, als habe er Tag und Nacht das schwere Kettenhemd getragen, und nun fiel es von ihm ab. Nichts zu verschweigen! Eine Verbündete zu finden, eine Vertraute.

Höflich klopfte er an die Tür. Von drinnen eine Stimme. Er verstand nicht, was sie sagte, entschloß sich aber, ohne erneutes Klopfen einzutreten.

Vor dem Kamin kauerte Gonora und blies Funken von einem glühenden Scheit auf das Holz. Sie blickte auf, erstaunt, als stünde Thomas nicht in *seiner* Burg im Zimmer *seiner* Frau, eher als wäre er in ein fremdes Frauengemach eingedrungen, um Ehebruch zu treiben. Er war lange nicht hiergewesen, das wurde ihm durch Gonoras Gesichtsausdruck bewußt.

»Laß Anne und mich bitte für einen Augenblick allein.«

Anne stand am Fenster. Sie drehte sich nicht nach ihm um. Als hätte sie ihn erwartet und plane, sich stumm anzuhören, was er zu sagen hatte, stand sie da und wartete und kehrte ihm den Rücken zu. Niemand wagte es, so mit ihm umzuspringen.

»Gonora?« Er machte eine Geste zur Tür hin.

Die Kammerfrau erhob sich und verließ mit raschelndem Gewand den Raum.

Nun stand er hier. Ein Dummkopf war er! Wie ein kleiner Bube wollte er dieser Frau einen Fehler gestehen. Er war Herr über Ländereien in Northamptonshire, Rutland, Somerset, Nottinghamshire und Leicestershire, er war Friedensrichter gewesen. Mußte er sich entschuldigen? »Anne«, sagte er und wußte nicht weiter.

»Ich habe nicht gelauscht. Das Fenster stand offen, damit der Kamin besser zieht.«

Er trat näher, wollte sie berühren. Aber er konnte es nicht. Es wäre ein Frevel gewesen. »Es gibt etwas, das ich dir sagen muß.«

»Ich höre zu.« Ihre Stimme wankte.

Sie weinte. Sicher weinte sie. Sie hatte seine Schritte gehört auf der Treppe und hatte es gewußt, daß er zu ihr kommen würde. Und deshalb weinte sie.

Er konnte nicht bleiben. Er konnte nicht sprechen. Es schüttelte ihn. Wie sie dastand und weinte, nicht einmal die Schultern bebten! Kein Schluchzen. Sie hielt ihr Gesicht zum Fenster gewandt, damit er ihre Tränen nicht sah. Diese Fremde!

Was wollte er ihr erzählen? Daß England nicht mehr dasselbe Land sein würde, wenn das Feuer losgebrochen war, das er wie Funken von einem glühenden Scheit in alle Himmelsrichtungen blies? Daß man ihn hassen würde und ihn lieben? Daß Braybrooke der Ort einer Geburt war, einer schrecklichen Geburt, weil sie den Tod der Kirche bedeutete?

Nichts davon sollte sie erfahren. Er konnte sich nicht entblößen vor dieser Frau. »Bitte verzeih.« Kühl klang es. Geschäftsmäßig. Er wandte sich um und ging. Auf der Treppe ballte er die Fäuste. Sie hätte ihn anders empfangen müssen nach all diesen Jahren. Meinte sie, es sei allein seine Schuld? Erwartete sie, daß er vor ihr kroch? Zuerst sollte sie ihre Fehler sehen, ihr merkwürdiges Verhalten. Gab sich so eine Ehefrau? Wer Vertrauen wollte, sollte zuerst Menschlichkeit zeigen.

14

Am Eingang zum Saal goß ein Knecht Catherine duftendes warmes Wasser über die Hände. Eine Magd reichte ihr Tücher. Die Tür schwang auf und wirbelte Blumen und wohlriechende Kräuter über die Bodenplatten. Der ganze Speisesaal war damit ausgestreut. Alan, der hinter ihr den Saal betrat, pfiff anerkennend.

Catherine trug neue Schuhe, die Sir Repton ihr leihweise beschafft hatte, sie knarrten noch, wenn sie damit auftrat. Beide, Alan und sie, waren in frisch gewaschenes Leinen gekleidet. Es gab einem das Gefühl, wertvoll zu sein.

Weiße Tücher bedeckten die beiden langen Tafeln und den Tisch, der ihre Kopfenden verband. Kerzenschein glühte. Fackellicht huschte über die Wände. Ein Mann in langem Mantel wies jedem seinen Platz zu, den schwarzen Chorherren oben an der Tafel, dem graubraunen Volk weiter unten. Frischgestutzte, geölte Bärte glänzten, kunstvoll gefaltete Hauben schmückten die Haare der verheirateten Frauen, ihre unverheirateten Töchter hatten Zöpfe wie Kronen um das Haupt geschlungen. Man nickte sich zu. Niemand rührte die runden Brotscheiben an, die sich wie Teller aufreihten. Trinkgefäße standen am oberen Tafelende dicht an dicht, am unteren Ende spärlich.

Diener trugen Kerzenleuchter herein und stellten sie an der Spitze der Tafeln auf. Man erhob sich: Courtenay betrat den Saal. Er durchquerte ihn gemessenen Schritts. Über den Füßen blitzte der Saum der weißen Albe auf, geschmückt mit Stickereien. Kaum stand der Erzbischof still, verschwand das Weiß unter der knöchellangen dunklen Tunika. Ein Hemd kleidete seine Schultern, hing herab bis zu den Oberschenkeln und endete in einer Zeile goldener Ornamente und Fransen. Die Kerzen ließen sie leuchten wie Sterne, man mochte meinen, Courtenay erhelle den Saal und nicht die Fackeln und Flämmchen.

»Das Gebet«, sagte er.

Die Anwesenden senkten die Köpfe.

»Benedic, Domine«, sprach der Erzbischof, *»nos et haec tua dona quae de tua largitate sumus sumpturi. Per Christum Dominum nostrum. Amen.«*

Kaum hatte er sich gesetzt, kaum waren die anderen Esser auf die Bänke herabgesunken, da schwang die Flügeltür auf, und eine Prozession von Dienern trug Weinkrüge herein. Ein Prunkkelch wurde ihnen vorangehoben wie ein Banner der Schlachtordnung, ein goldener, mit Rubinen und Saphiren besetzter Kelch, der einen Stiel besaß und einen breiten Fuß und mit einem Deckel verschlossen war. Als der Kelch bei Courtenay anlangte, stockte die Prozession. Ein Diener fädelte seinen Finger durch den Ziergriff am Deckel und öffnete das Gefäß. Ein weiterer goß aus einem Krug Wein hinein. Der Erzbischof setzte den Kelch an die Lippen. Sein Schlucken dröhnte durch den Saal, und der Deckel wurde ihm untergehalten, während er trank, als laufe er Gefahr, sich das Hemd zu beschmutzen.

Endlich bekamen auch die anderen Chorherren Wein. Sie hoben die Becher zum Gruß, lobten den guten Würzwein aus Italien, leckten sich die Lippen. Als sie getrunken hatten, füllte man den Wartenden am unteren Tafelende Ale in die Trinkgefäße.

Reichbestückte Vorlegeschalen schwebten in den Saal, Platten, auf denen sich Kalbspasteten häuften, Lammfleisch, Dachsrücken, Fischotterstreifen, Eierspeisen. Mit Blüten und Moos verzierte Feigen, Datteln, Mandeln, Rosinen schwankten zur Tafelspitze, Süßspeisen in Schüsseln und Kompott, dann Brezeln, Lachs, Fasane und Zimtäpfel. Eine Duftwolke wirbelte durch den Saal und lockte die Gaumen: Safran, Ingwer, Zimt, Muskat, Kardamom, Pfeffer.

Ein mit Gemüse geschmückter Hecht starrte auf das Tablett mit den Pasteten, das spitze Maul um einen Spalt geöffnet, als würde er jeden Augenblick mit einem Schwanzschlag hervorschießen und sich die Beute einverleiben. Man reichte das Salzfaß über ihn hinüber – er regte sich nicht. Man rührte an seine Rückenflosse – er blieb still liegen. Man schnitt ihm Stücke aus dem Rücken – er lauerte.

Was die Herren verschmähten, woran sie sich satt gegessen hatten, das wurde weitergereicht: Knochige Reste, zusammengerutschte Backäpfel, vertrocknete Feigen. Und anstatt es als Ungerechtigkeit zu empfinden, bedankten sich die einfachen Esser am unteren Tafelende. Sie aßen sich satt am hellen Brot, schwelgten darin, die, deren Gaumen schweres Roggenbrot gewohnt waren, das man mit Bohnen gestreckt hatte.

Catherine, die neben Alan nahe dem Tafelende saß, pochte das Herz in der Kehle. Durfte man das Brot in die Reste der Bratensoße tunken? Wohin legte man den trockenen Stiel einer Dattel? War es gestattet, um ein Stück von dem Lachs zu bitten, der vier Plätze weiter die Tafel hinauf liegengeblieben war? Obwohl sie sich bemühte, ihre Mahlgefährten nicht zu beleidigen, machte sie Fehler um Fehler. Nachdem sie getrunken hatte, schwammen Brotkrümel im Bier. Sie mit den Fingern herauszufischen? Undenkbar. Den Becher so weiterzureichen? Eine Beleidigung. Also trank sie ihn leer, und als ihr Platznachbar sie erstaunt ansah, murmelte sie, errötend, eine Entschuldigung. Sie achtete darauf, was der Erzbischof tat, bemerkte, wie er Abt Everard aus seinem eigenen geschmückten Kelch trinken hieß, und so übersah sie die Hand ihres Gegenübers, das nach der gleichen Brezel griff wie sie. Die Finger trafen zusammen und zuckten zurück.

Sir Repton hatte recht gehabt. Die Mahlgefährten kauten und schmatzten, schlürften und rollten genießerisch die Augen, und doch folgten sie streng den Regeln der Höflichkeit und der Rangfolge, denen das Festessen unterworfen war. Catherine fühlte sich wie ein Kind unter Erwachsenen, die ein Spiel spielten, das sie beim besten Willen nicht nachvollziehen konnte.

Sah der Erzbischof sie an? Täuschte sie sich?

Er lächelte, dann wies er zum Hirschbraten auf seinem Tisch und deutete auf sie. Ein Diener schnitt ein saftiges Stück heraus, spießte es auf das Messer und trug es vor den Blicken aller die Tafel hinunter, um es auf ihrem Brotteller von der Klinge zu schieben. Der Duft von Ingwer und Pfeffer stieg ihr in die Nase. Speichel sammelte sich in ihrem Mund. »Danke«, sagte sie.

Es war still. Sie fühlte sich schuldig, hätte das Bratenstück am liebsten an ihren Nachbarn verschenkt, um die Blicke los zu sein. Nicht einmal die Chorherren aßen weiter, alle sahen verblüfft auf ihren Teller.

»Ich freue mich, daß Ihr meiner Einladung gefolgt seid.« Der Erzbischof lächelte. »Wo hat mein Bote Euch gefunden, in Nottingham?«

Es mußte eine Falle sein. Courtenay wollte sie zur Lüge verleiten, um sie dann bloßzustellen. Wußte nicht jeder hier, daß man sie eingesperrt hatte? »Ihr müßt mich verwechseln, Herr Erzbischof.«

Ein Schatten zog über Courtenays Jungengesicht. »Wie meint Ihr das?«

»Es ist kein Bote nach Nottingham gekommen. Wir sind hier, weil wir Euch um Hilfe bitten wollen. Wir waren –« Sie stockte. »Wir waren über die Mauer geklettert.«

Entsetztes Gemurmel. Courtenay wendete den Blick ab. Er begann ein Gespräch mit dem Abt, als hätte er Catherine nie gefragt. Von Zitronen und Granatäpfeln redeten sie, davon, daß es bedauerlich sei, daß sie nicht rechtzeitig zum Festmahl eingetroffen seien.

Die anderen folgten dem Beispiel des Erzbischofs. Sie behandelten sie wie Luft. Catherine war allein mit dem Bratenstück; wie ein Fluch lag es vor ihr und ließ goldenes Fett in das Brot sickern. Allein der Hechtskopf starrte sie an.

»Iß es«, raunte Alan ihr zu. »Wenn du es nicht ißt, beleidigst du den Erzbischof.«

Sie war sich sicher, daß niemand bemerken würde, ob sie es aß oder nicht. Man ignorierte sie. Und doch schnitt sie gehorsam Happen heraus, steckte sie sich in den Mund, kaute.

Der Bratensaft war Gift. An der herben Fleischmasse sollte sie ersticken.

War das Blut? Catherine hob das Fleisch mit der Messerspitze an. Im Kern schimmerte es rot.

Sie sah sich eine Treppe hinunterstolpern, barfuß. Sie hörte ein Stöhnen. Werkzeug auf dem Boden, Zangen, Feilen, Zirkel. Elias, aus dessen Brust ein Dolchgriff ragte. Er sprach, und Blut färbte seine Zähne dunkel. Er röchelte. Eine rote Pfütze verbreitete sich über den Boden.

Elias war tot. Ihr Geliebter war ermordet worden. Und sie saß hier und schlug ihre Zähne in Hirschfleisch und trank und lauschte dem nichtsnutzigen Geplauder der Augustiner. Wie sie sich wünschte, mit Elias zu reden! Wie sie sich nach seiner Umarmung sehnte und nach dem herben Geruch, den er verströmte, wie es sie verlangte, ihm alles zu berichten und seinen Rat zu hören! Die Welt war verloren ohne Elias. Er fehlte unter den Lebenden, er riß ein Loch, größer, als es ein sterbender König reißen konnte. Wo gab es einen Mann wie ihn? Sie würde ihr Leben lang nach ihm, Elias, suchen, sie waren zerissen, sie, die zusammengehörten, waren auseinandergezwungen worden, und einer konnte ohne den anderen nicht glücklich sein.

Sie stand auf und verließ den Saal.

Courtenay setzte sich auf eine der drei bunt bemalten Truhen. Der Deckel knackte leise. Würde der Erzbischof sie auffordern, Platz zu nehmen? Es gab nur einen Stuhl. Warum hatte er sich auf die Truhe gesetzt und nicht auf den Stuhl, wenn er doch schwieg und Alan und sie stehen ließ?

Das Eichhörnchen nagte an den hölzernen Käfigstangen.

»Hör auf damit!« rief Courtenay.

Es sprang im Käfig umher und schien zu lachen. Der Käfig stand auf der Fensterbank; das Fell des Tiers leuchtete im Sonnenschein.

So schön ihr der Erzbischof beim Festmahl erschienen war, so häßlich fand sie ihn jetzt. Die krausen weißen Haare, das runde Gesicht mit der Warze über dem Auge – er sah weder aus wie ein Kind, noch war er ein Mann. Der Ring an seiner Hand war von einer abstoßenden Größe, als gehöre er einem Riesen und ein Zwerg habe ihn gestohlen und ihn sich in seiner Gier an den Finger gesteckt.

Alan räusperte sich. »Ihr habt uns rufen lassen, Herr?«

»Habe ich nicht gesagt, wir würden uns wiedersehen?« Courtenays Zähne blitzten. Es war kein warmes Lächeln.

»Ich habe den Vertrag mitgebracht, der Euch bestätigen wird, daß ich vierzig Schillinge Eintrittsgeld bezahlt habe. Fünf Schillinge bezahle ich Pacht jedes Jahr. Zwei Pfund Eintrittsgeld und fünf Schillinge Pacht, das beweist doch, daß ich dem Ritter Nevill nicht gehöre. Seid Ihr bereit, einem freien Mann zu helfen?«

»Gebt mir den Pachtvertrag.«

Alan reichte dem Erzbischof das Pergamentstück.

Zuerst begutachtete Courtenay ausgiebig das Siegel, dann las er. »Hier steht es«, sagte er, »du hast das Land *per servilem condicionem* gepachtet, also als Unfreier.«

»Dieser Hund von Ritter! Er hat mich betrogen. Nevill ist ein Lügner, und ein Mörder ist er außerdem. Er gehört vor ein Gericht gestellt. Helft uns, ihn seiner Strafe zuzuführen!«

Die Hand des Erzbischofs schnellte vor. Sie umklammerte Alans Gesicht, Daumen und Zeigefinger bohrten sich tief in seine Wangen. »Hast du immer noch nichts gelernt, Bursche? Wage es nicht noch einmal, einen Kammerritter seiner Majestät des Königs von England einen Hund zu nennen, oder du wirst mit deinem Leben dafür bezahlen.« Courtenay starrte Alan in die Augen und wartete so lange, bis dieser durch ein Nicken zu erkennen gab, daß er verstanden hatte. Dann ließ er ihn los. »Ich hatte eigentlich beschlossen, dich in mein Gefolge aufzunehmen, weil mir dein Kampfgeist gefiel. Nun zögere ich. Ich kann keinen gebrauchen, der nicht in der Lage ist dazuzulernen.«

»Ihr wollt –«

»Wollte. Zum Waffendienst. Nun hast du mich ins Zweifeln gebracht.«

Catherine trat einen Schritt nach vorn. »Herr, er ist sonst nicht so. Bedenkt, daß er alles verloren hat. Mein Bruder ist ein fleißiger, verläßlicher Mann. Er wird gehorsam sein.«

»Das werde ich sehen. Er soll vier Wochen zur Probe bleiben. Ich werde ihn auf das genaueste beobachten.« Courtenay hob die Hand mit dem Ring. Alan und er funkelten sich an. Was geschah hier? Es war, als sprächen sie mit den Blicken, als kämpften ihre Schatten, während sie unbeweglich standen. Endlich neigte Alan langsam den Kopf hinab zur Hand des Erzbischofs und drückte seine Lippen auf das Gold.

»Melde dich bei Philip Repton, er wartet vor den Walkmühlen auf dich.«

Catherine wollte sich mit dem Bruder zum Gehen wenden, aber der Erzbischof hielt sie zurück: »Bleib. Wir haben über das Festmahl zu sprechen.«

»Herr?«

»Wie konntest du es wagen, mich bloßzustellen?«

Die Tür klappte. Sie waren allein.

»Ich dachte, es wäre eine Prüfung. Ich dachte, Ihr wollt mich auf die Probe stellen, ob ich ehrlich sein würde.«

»Einfältiges Weib! Natürlich wußte ich, daß ihr über die Mauer geklettert seid. Ich war gewillt, euer Ansehen vor den Augustinern wiederherzustellen, verstehst du das nicht?«

Er hatte gelogen, um den anderen deutlich zu machen, daß er Catherines und Alans Eindringen in Newstead Abbey nicht bestrafen würde? Aber weshalb bedurfte es einer Lüge dafür? »Wußten denn die Augustiner nicht, daß wir ohne Eure Einladung hier sind?«

»Natürlich wußten sie es. Ich habe ihnen gezeigt, daß ich eure Anwesenheit dennoch wünsche.«

»Was hätte ich auf Eure Frage antworten sollen, Herr Erzbischof?«

»Da fragst du noch? Also gut, üben wir es. Wir sind noch beim Festmahl. Ich sage: Schön, daß Ihr meiner Einladung gefolgt seid. Wo hat mein Bote Euch gefunden?«

Catherine rieb die Finger aneinander. Sie zermarterte sich

den Kopf, aber es wollte ihr keine passende Erwiderung einfallen. Daß sie über die Mauer geklettert waren, durfte sie nicht erwähnen. Ein Bote hatte sie aber auch nicht eingeladen. Wie sollte sie ehrlich sein, ohne die Wahrheit zu erwähnen? »Der ... der Bote hat uns nicht gefunden«, sagte sie. »Wir sind von selbst gekommen.«

»Unfug!« Courtenay hieb die Handfläche auf den Truhenrand. »Du nickst höflich und erklärst, daß man euch in Nottingham in eurem Heim besucht hat und daß ihr der Einladung gern gefolgt seid.«

»Ich soll lügen?«

»Was ist eine Lüge?«

»Wenn man die Unwahrheit sagt.«

»Hat nicht David gelogen, als er sich vor König Achisch wahnsinnig stellte? Hat er nicht die Unwahrheit gesagt, als er dem Philisterkönig erklärte, er sei in Juda eingefallen, und dabei hatte er die Amalekiter angegriffen? Gott hat ihn dafür nicht bestraft.«

»Davon verstehe ich nichts.«

»Es gibt noch viel, das du lernen mußt, Catherine. Aber du bemühst dich, der Kirche gehorsam zu sein, und das macht dir Ehre. Du bist Brillenmacherin, hat man mir gesagt?«

»Mir ist alles Werkzeug verbrannt, aber wenn Ihr mir helft, würde ich gern von vorn beginnen und Euch Brillen und Eingläser und Lesesteine herstellen. Mein verstorbener Mann, Elias Rowe, hat bereits für Euch gearbeitet.«

»Elias.« Courtenay nickte.

»Das Werkzeug ist teuer, aber ich würde es abarbeiten. Sicher brauchen die Chorherren Sehlinsen, und Eure Bischöfe und Eure Berater und Schreiber. Wenn Ihr mir nur einen kleinen Vorschuß gewähren könnt, damit ich Schleifschalen in Auftrag geben kann – ich will Euch nicht enttäuschen.«

»Du sollst alles bekommen, was du brauchst.«

»Man müßte Vorlagen für die Schleifschalen aus Brabant oder Venedig ...«

»Wie ich sagte. Du sollst bekommen, was du brauchst.«

Es war Catherine, als hielte die Zeit an. Die Worte des Erzbischofs schwebten im Raum, Courtenays Lächeln verschwamm vor ihren Augen. Er war bereit, sie aufzurichten! Wenn sie Arbeit hatte und Nahrung und einen Schlafplatz, dann würde Laurence als gesundes, glückliches Kind aufwachsen. Ihr Sohn würde unter den Apfelbäumen bei der Stiftspforte schlafen, Vogelgezwitscher würde ihn erfreuen, und bunte Falter würden ihn umflattern. Wenn Elias sehen könnte, wie alles eine gute Wendung nahm!

Es klopfte.

»Kommt herein«, befahl Courtenay.

Repton war es. Er blickte verunsichert auf Catherine. »Verzeiht.«

»Nein, wir sind fertig.« Courtenay reichte ihr den Ring, und sie küßte ihn.

Kaum hatte sich die Tür hinter der Brillenmacherin geschlossen, verdüsterte sich das Gesicht des Erzbischofs. »Was tust du hier? Habe ich dir nicht gesagt, du sollst bei den Walkmühlen auf Alan Rowe warten?«

»Ich habe das Gespräch von zwei Chorherren belauscht und dachte, ich berichte besser gleich.«

»Meinetwegen. Es hat sein Gutes. Wir dürfen es Alan nicht zu leicht machen, er kann ein wenig verunsichert werden. Was haben sie gesagt?«

»Beim Festmahl war kein unerwarteter Besuch anwesend, und nun fragten sie sich, ob diese zwei Herumtreiber die Gäste sind, die Ihr angekündigt habt. Sie sagten etwas von Jesus und von einem Fest, zu dem er die Bettler eingeladen haben soll, und während der eine Euch bewunderte, war der andere recht verärgert. Er brauche keine Lektionen, und er hoffe, Ihr würdet bald abreisen.«

»Wegen dieses läppischen Vorfalls verläßt du den Platz, zu dem ich dich geschickt habe?«

»Nun, ich ... Ich verstehe selbst nicht, was hier vorgeht.« Repton fuhr sich durch den Haarschopf. »Ich meine, erst sollte ich sie wegschicken, und nun behandelt Ihr sie auf das freundlichste.«

»Tue mir einen Gefallen und denke ein einziges Mal nach! Verstehst du nicht? Erfüllt man die Wünsche eines Bittstellers, so wird er sich vor allem selbst gratulieren. Er hält sich für schlau und den Gönner für dumm, ihm nachzugeben. Catherine und Alan aber haben nichts mehr erwartet und alles bekommen. Ihre Dankbarkeit ist groß.«

»Sind es die Gäste, von denen Ihr gesprochen habt?«

»Du vor allen anderen solltest das wissen.« Courtenay strich sich über das Kinn. »Catherine wird einige Zeit brauchen. Sie ist nicht dumm, allerdings steht ihr ihre engstirnige Moral im Weg.«

»Ich bin Euch treu ergeben, Ihr wißt das. Wollt Ihr mich nicht einweihen? Was bezweckt Ihr mit dieser Frau?«

Der Erzbischof nahm eine Haselnuß vom Tisch und warf sie in den Käfig des Eichhörnchens. Sofort machte sich das Tier darüber her: Es klemmte sie zwischen die Pfoten und nagte ein kreisrundes Loch in die Schale. Dann klaubte es den Kern heraus und fraß ihn. »Vielleicht sagen dir die Namen Latimer, Nevill, Cheyne und Montagu etwas?«

Reptons Hand tastete nach dem Tisch. Er öffnete leicht den Mund und nickte.

»Du hast mir von ihrer Verschwörung berichtet und davon, daß sie Nicholas Hereford verstecken, einen Kollegen Wycliffes, der das teuflische Werk der Bibelübersetzung fortführt, anstatt in Rom im Kerker zu verfaulen. König und Kirche sind in großer Gefahr. Meine Pläne willst du wissen? Hereford finden und unschädlich machen, die Bedeckten Ritter zwingen zu widerrufen, und vor allem: das Ketzerbuch vernichten.«

»Wie wollt Ihr das tun? König Richard vertraut kaum jemandem wie seinen sechzehn Kammerrittern, unter ihnen Nevill. Er und die anderen Bedeckten Ritter haben Ländereien und ein stattliches Waffengefolge. Durch das Schwert sind sie kaum zu besiegen. Und sie würden den Doktor niemals preisgeben.«

»Mein lieber Repton, du scheinst mich noch nicht recht zu

kennen. Wycliffe habe ich sieben Jahre lang gejagt, ehe ich ihn zur Strecke bringen konnte. Wenn es sein muß, werde ich diese Ketzer ebenso lange jagen. Und du vergißt die Brillenmacherin. Sie ist der Schlüssel.«

»Die schwache Frau?«

»Mir scheint, du sorgst dich um sie.«

»Nein. Nein.« Philip Repton wiegelte mit beiden Händen ab. »Ich frage mich nur: Warum muß es unbedingt eine Brillenmacherin sein?«

»Ich schleuse sie bei den Verschwörern ein. Sie wird ihnen Verrat, Tod und Vernichtung bringen.«

»Warum kommt nicht ein Handwerk in Betracht, das es häufiger gibt? Da ließe sich leichter jemand finden, der gottesfürchtig und gehorsam ist und zudem ein wenig stärker und listiger als Catherine.«

Courtenay lachte. »Wie weit dringt ein Kesselflicker zu den Rittern vor? Gerade mal bis in die Küche, er wird die Herren nie zu Gesicht bekommen. Und kommt er nach einer Woche erneut ins Haus? Nein. Es vergehen Jahre, ehe er sich wieder blicken lassen kann, ohne Verdacht zu erregen. Oder ein Besenbinder – soll ich einen Besenbinder schicken? Er klopft am Tor und wird, wenn er Glück hat, in der Gesindestube eine Schale Suppe löffeln, bevor er weiterzieht.«

»Was ist mit einem, der Flöten schnitzt? Die Bedeckten Ritter lieben die Musik. Sie werden einen Pfeifer empfangen.«

»Sie empfangen ihn, meinetwegen. Aber das genügt nicht. Wollen sie ihn behalten? Unwahrscheinlich. Repton, was lehrt uns die Geschichte Trojas? Wie ist die starke Stadt in die Hände ihrer Feinde gefallen?«

»Sie haben ein hölzernes Pferd hineingezogen, und in diesem Pferd waren Bewaffnete versteckt.«

»Sehr richtig. Nun denke darüber nach: Sind die Bewaffneten sofort aus dem Bauch des Pferds geschlüpft, als man es ins Innere der Stadt geholt hat? Was wäre geschehen, wenn sie das getan hätten?«

»Man hätte sie augenblicklich niedergemacht.«

»Statt dessen?«

»Statt dessen haben sie bis zur Nacht gewartet.«

»So ist es!« Courtenay sprang auf. »Das hölzerne Pferd war in der Stadt geblieben, und so konnten die Griechen die Dunkelheit abwarten und die schlafenden Trojaner überraschen. Wieso stand das Pferd bei Einbruch der Nacht noch in Troja?«

»Die Trojaner wollten es behalten, als Beutestück, nehme ich an.«

»Also brauchen wir keinen Pfeifer, sondern eine Brillenmacherin.« Er begann, in der Kammer auf und ab zu gehen. »Die Brillenmacherin werden die Verschwörer behalten wollen. Sie werden sie wieder und wieder empfangen. Du trägst keine Brille, nicht wahr?«

»Nein.«

»Aber ich trage eine, wenn ich lese. Weißt du, wie viele Linsen Elias Rowe geschliffen hat, bis die gefunden waren, die meiner Augenschwäche entsprechen? Es waren an die zwanzig. Zwanzig Brillen hat er mir gebaut! Es hat etliche Wochen gedauert, ehe wir die passende gefunden hatten. Und dann: Wie leicht bricht eine Brille entzwei. Wie leicht springt das Glas. Hat man einmal einen Brillenmacher gefunden, wird er zum ständigen Begleiter. Die Bedeckten Ritter lesen viel, habe ich gehört?«

»Sie lieben die Literatur.«

»Es scheint zu ihrer Ketzerei zu gehören. Sie werden Brillen brauchen.«

»Wie wollt Ihr die Witwe des alten Rowe dazu bringen, für Euch zu arbeiten? Ihr Mann hat Euer Begehr abgelehnt.«

»Sie wird mir aus Liebe folgen. Die Liebe ist eine starke Kraft. Habe ich dir nicht Liebe bewiesen, Philip? Ich habe dir die Ketzerei verziehen.«

Repton sah zu Boden.

»Vertraue mir.« Ein breites Lächeln zog über das Jungengesicht des Erzbischofs. »*Vide mirabilia Domini.* Siehe die Wunder des Herrn.«

15

In einer der beiden Schenken mußte sich ein Händler finden lassen, der für drei Schillinge rasch und verschwiegen eine Nachricht nach Newstead Abbey brachte. Courtenay hatte zu erfahren, daß Thomas Söldner kaufte. Gedachte er, sie für einen Überfall zu verwenden? Warben Nevill, Cheyne und Montagu womöglich ebenfalls Männer an? Wenn ein landesweiter Aufruhr in Vorbereitung war, eilte die Nachricht.

Unmöglich jedoch konnte sie selbst zum Erzbischof reiten. Thomas schöpfte Verdacht, seit er sie beim Lauschen ertappt hatte. Aus irgendeinem Grund wagte er es nicht, sie zur Rede zu stellen. Sie durfte das auf keinen Fall herausfordern.

Zuerst zum Swan? Oder zuerst zur Sun? Anne raffte den Mantelkragen zusammen. Es war zu warm, um ihn zuzuknöpfen, und zu kalt, um sich der Herbstluft preiszugeben. Sie liebte diesen Mantel, gerade für die Jahreszeiten des Übergangs war er bestens geeignet. Er wog leichter als der Winterpelz, und er wärmte besser als der wollene Sommermantel. Ihre blasse Haut sah frisch aus vor dem Grau der russischen Eichhörnchenfelle. Die Locken wirkten weicher, wenn sie auf die hellen Tierborsten fielen.

Thomas hatte sie einmal überrascht angeschaut, als sie diesen Mantel trug, und etwas wie Bewunderung war in seinen Augen aufgeflammt. Seitdem verlieh er ihr Kraft, wann immer sie ihn trug.

Sie zog an der Tür des Swan. Ein schwerer Riegel schepperte im Inneren des Hauses. An einem trüben Herbstnachmittag wie diesem war der Swan geschlossen? Der Schankwirt mußte gute Reserven haben, daß er sich das leisten konnte.

Also hinüber zur Sun.

Es war ungewöhnlich still in Braybrooke. Kein Mensch war

zu erblicken. Selbst der Fluß schob sich schweigsam unter der Brücke am Kirchenhügel hindurch, er gurgelte nicht, rauschte nicht, ein Totenfluß. Die Luft benetzte Annes Gesicht. Es war milchige Luft. Sie verbarg die Enden des Dorfs mit weißen Schwaden vor ihren Blicken.

Die Fensterläden der Sun waren verschlossen. Kein Lichtschein spielte durch die Türritzen. Ratlos sah Anne sich um. An der Kirche blieb ihr Blick haften. Die Scheiben der langen, schmalen Kirchenfenster waren beschlagen. Wie konnte das sein? Die Kirche wurde nie geheizt, und beschlagene Fenster gab es nur während der Messe am Sonntag. Es war Montag.

Anne schlich über die Brücke, als würde sie sich nicht der Kirche, sondern einem Ungeheuer nähern. Vom hölzernen Dach äugten Krähen herab. Sie spreizten die Flügel, legten die Köpfe quer und liefen einige Krallenschritte.

Die hohen, nur im Wipfel bebuschten Bäume des Gräberfelds bei der Kirche knarrten sich Geheimnisvolles zu. Sie hielten still dabei, kaum ein Blatt rührte sich. Nachdenklich wie alte Männer lauschten sie.

Anne erklomm den Hügel. Vor der Kirchentür blieb sie stehen. Sie hatte plötzlich das Gefühl, sich unmittelbar vor einem Wendepunkt in ihrem Leben zu befinden. Ähnlich hatte sie sich am Morgen des Hochzeitstages gefühlt und auf der Reise nach Canterbury vor zwei Jahren, als sie Courtenay das erste Mal aufsuchte, um ihren Mann zu verraten. Es war Montag, und es war still im Dorf, und eine innere Stimme sagte ihr, geh zurück, geh in dein Gemach und setze dich nieder und besticke einen Kleidersaum, aber betritt nicht die Kirche.

Sie öffnete die Kirchentür. Der Geruch alter, feuchter Steine schlug ihr entgegen. Die versammelte Einwohnerschaft Braybrooke füllte das Kirchenschiff zwischen den bemalten Mauern bis zum letzten Winkel, nur vorn gab es freien Raum rings um den Grabdeckel von Thomas' Großvater. Niemand schwatzte, niemand schlief. Mit glänzenden Augen hörten sie einem weißhaarigen Mann zu, der sich erdreistet hatte, sich anstelle des Priesters vor die Gläubigen zu stellen.

»Eines Mannes Verstand sollte nicht weich sein wie Wachs, in das man ein Siegel hineindrückt«, sagte er, »sondern hart wie die Steine dieser Kirchenmauern. Ein Mann muß fähig sein, Entscheidungen zu fällen! Er kann Gottes Wort verstehen. Ihr könnt es, ihr selbst könnt beten und Gottes Wille erfahren!«

Thomas war hier. Er hatte sein Kettenhemd angelegt, als gäbe es etwas zu kämpfen, und stand in der ersten Reihe mitten unter den Bauern. Daß er sich nicht schämte! Sie bewunderten ihn, natürlich, die einfachen Menschen liebten es, wenn man sich ihnen gleichstellte. Das führte aber immer zur Rebellion, denn die Bauern und Handwerker verstanden es nicht, wenn man ihnen ihre Wünsche verweigerte, während man selbst im Wohlstand lebte. Sie verstanden es nur, solange man Abstand hielt und ihnen deutlich machte, daß es einen Unterschied gab zwischen denen, die anführten, und denen, die geführt wurden. Fünf Jahre lag der große Bauernaufstand erst zurück, und Thomas stellte sich mitten unter sie!

»Die Priester und die Ordensbrüder erzählen euch Fabeln«, erklärte der Alte, »um euch Moral zu lehren – aber die Bibel vernachlässigen sie. Sie berichten von Wundern, die im Zusammenhang mit Maria geschehen sein sollen – aber was über Jesus in Gottes Wort gesagt ist, darüber schweigen sie. Aus der klassischen Geschichte wissen sie zu zitieren, zugleich ist ihre Weisheit aber nicht auf Gottes Weisheit aufgebaut, denn das Wort, das er uns gab, ist ihnen nichts wert.«

Ein Bauer rief: »Was ist falsch an den Wundern? Willst du etwa sagen, Jesus sei nicht von einer Jungfrau geboren?«

»Keineswegs.« Der Alte hielt ein Buch in die Höhe. »Die Bibel berichtet das, und ich glaube ihr. Er ist Gottes Sohn. Ein normaler Mensch hätte nie tun können, was er tat. Maria gebar ihn, obwohl sie mit keinem Mann das Bett geteilt hatte.«

»Wenn dieses Wunder sich zugetragen hat, wieso sollen wir den anderen Wundern nicht glauben?«

»Begreift ihr es nicht? Daß sie Jungfrau war, steht in der Bibel. Die Priester und die Ordensbrüder aber erzählen euch andere, erfundene Geschichten, um Maria göttlich erscheinen zu lassen. Sie sagen, eine Hebamme habe daran gezweifelt, daß Maria schwanger und doch unberührt sei, und als die Hebamme Maria bei der Geburt half und sie berührte, verdorrte ihre Hand. Erst als sie den neugeborenen Jesus anrührte, wurde sie wieder gesund. Wollt ihr wissen, weshalb dieses Wunder nie geschehen sein kann? Es gab keine Hebamme im Stall von Bethlehem. Die Bibel berichtet von keiner, und es war auch keine nötig, denn das Kind hatte Maria nicht krank gemacht. Dieses Kind war Gott! Es kam zur Welt, ohne Maria Schmerzen zu bereiten. Glaubt ihren Märchen nicht!«

»Ich habe gehört«, sagte ein anderer Bauer, »daß Ihr in Lutterworth gegen das Sakrament des Abendmahls gepredigt habt.«

»Ja, das ist wahr. Das Sakrament, das die Priester den wahren Körper Christi nennen, besitzt keine Augen zum Sehen, keine Ohren zum Hören, keine Zunge zum Sprechen, keine Hände zum Berühren, keine Füße zum Gehen. Es ist nichts als ein Kuchen aus Weizenmehl.«

Die Dörfler wichen zurück. Sie wisperten, bekreuzigten sich. Entsetzen stand ihnen im Gesicht geschrieben. Anne tastete nach der Tür. Was tat sie hier! Sie wohnte einer Teufelsmesse bei. Der Alte war ein falscher Apostel, er säte Zweifel an den Wundern, er griff die Priester und die Ordensbrüder an. Selbst vor der heiligen Maria schreckte er nicht zurück.

»Aber das Brot wird durch die Worte des Priesters in Christi Leib verwandelt«, sagte eine Frau.

»Überall im Land tun das die Priester, tausend Priester machen tausend Götter, und dann werden alle diese Götter gegessen und verdaut und in stinkende Kotgruben entlassen. Soll das die Wahrheit sein? Die Bibel lehrt es nicht!«

Man murmelte, man runzelte die Stirn. Niemand wußte etwas dagegen zu sagen.

»Seht mich an!« rief der Alte. »Ich war Professor der Heiligen Schrift in Oxford, ein angesehener Mann, um Rat gebeten von den Einflußreichen, bewundert von den Studenten, mit einer hervorragenden Bibliothek ausgestattet und von der

Kirche mit Freundlichkeit überschüttet. Denkt ihr, es ist mir leichtgefallen, das aufzugeben? Ich habe es getan.« Er senkte die Stimme. »Für die Wahrheit. Für die Wahrheit allein.«

Es wurde still im Kirchenschiff. Draußen auf dem Dach krächzten die Krähen.

»Ich habe erkannt, daß die Kirche sich von Gott abgewendet hat. Sie bemüht sich um Einfluß in der Landesregierung, sie besetzt Posten in den königlichen Ämtern, bei den Herzögen und bei den Earls. Die Christenheit schläft währenddessen einen tiefen Schlaf. Es ist Zeit aufzuwachen! Tausend Jahre haben wir es erduldet, daß uns das Wort Gottes in Latein gepredigt wurde, daß es zum Geheimnis wurde, weil das Volk kein Latein kannte. Hört, was Gott sagt, laßt mich das Geheimnis lüften und in englischer Sprache zu euch reden: ›Wenn du den Herrn, deinen Gott, suchst‹, sagt er im fünften Mosebuch, ›so wirst du ihn finden, wenn du ihn ehrlich und von ganzem Herzen suchst.‹ Er ist kein Gott der Priester, er ist ein Gott aller Menschen!«

Anne spürte in sich eine Sehnsucht erwachen wie frische Liebe. Es beschleunigte ihren Atem, es machte sie traurig, furchtbar traurig. Gott suchte sie! Sie war in diese Kirche geraten, weil sie hören sollte, was der Alte sagte. Durch ihn sprach Gott, und er redete mit ihr, Anne.

»›Fragt nach dem Herrn und nach seiner Macht‹, heißt es im einhundertfünften Psalm, ›sucht unermüdlich sein Angesicht.‹ Gott hat keine Freude am Schlaf der Kirche. Er will uns nahe sein! Darum predige ich gegen die Lügen der Kirche, darum greife ich ihre Wundergeschichten an und die Irrlehren der Priester, denn sie führen fort vom Allmächtigen.«

Die Gesichter der Dörfler glühten, ihre Augen funkelten vor Glück. Anne hörte sie einen Namen sagen: »Doktor Hereford«. Er schmeckte neu in ihrer Kehle, das war nicht der Hereford, den sie gehaßt und gefürchtet hatte. Herefords Predigt erfüllte unbändige Kraft, weil Gott darin lebte.

Thomas wandte sich um und überblickte mit schweißnassem Gesicht die Menge. Als er Anne erspähte, wich das feine

Lächeln von seinen Lippen. Er sah genauer hin. Und langsam, zögerlich, kehrte das Lächeln zurück. Wärme lag in seinem Blick. Freute er sich, sie zu sehen? Erschrak er nicht? Fürchtete er nicht, sie könnte Hereford verraten?

Sein Blick ging ihr durch und durch. Ihr Herz begann zu rasen. Sie lächelte zurück. Die Handflächeln prickelten, sie reckte sich ein wenig höher auf. Thomas sah sie an, und wie er sie ansah!

Was, wenn er erfuhr, daß sie ihn verraten hatte? Er würde sie hassen, mit jeder Faser seines Körpers.

Das Böse geht ein wie süßer Honig, im Bauch jedoch ist es bitter wie Wermut, hatte Courtenay gesagt.

Oh, es schmeckte süß! Es war das, nach dem sie sich all die Jahre gesehnt hatte!

Bitter wie Wermut. Courtenay hatte sie gewarnt.

Warum wendete sie sich ab? Was war in ihrem Gesicht plötzlich vorgegangen? Thomas hatte Angst darin gesehen, einen Kampf hinter Annes Stirn, die doch selbst dann, wenn sie weinte, glatt und unberührt blieb. Annes Lächeln war verschwunden, und nun schlüpfte sie durch die Kirchentür hinaus. Thomas konnte deutlich spüren, daß er sie verlor, daß die Nähe zerbrach, die sie eben empfunden hatten.

Er bahnte sich einen Weg durch die Dörfler. Als er aus der Kirche trat, konnte er Anne am Ende der Brücke sehen; sie war im Begriff, sich in der milchigen Luft aufzulösen. Er eilte ihr nach. Das Kettenhemd rasselte.

Anne hatte Doktor Hereford zugehört. Und sie war berührt worden durch das, was er sagte. Anne war gekommen, um mit ihrem Mann zu teilen, was ihn bewegte. Sie wollte ihm gefallen! Deshalb trug sie ihr bestes Kleidungsstück, den russischen Eichhörnchenmantel aus grauem Rückenfell, geschmückt mit Reihen von weißem Bauchfell. Thomas hätte sie viel eher einweihen sollen. Er hatte nicht erwartet, daß sie bereit war, sich von den falschen Lehren der Kirche abzuwenden. Er hätte ihr vertrauen sollen. Seine Vorsicht hatte sie verletzt, und womöglich trug er die Schuld daran, daß ihre Ehe ein Winter war, nach dem einfach kein Frühling anbrechen wollte. Nie hätte er geglaubt, daß Annes Blick ihn so glücklich machen konnte.

»Anne«, rief er, »warte!«

Sie beschleunigte ihren Schritt.

Er mußte laufen, um sie einzuholen. Keuchend stellte er sich ihr in den Weg. »Warum gehst du fort?«

Sie schwieg. Ihr Gesicht verzerrte sich, als litte sie unerträgliche Schmerzen.

»Was macht dich traurig? Sprich! Rede mit mir.«

Sie schüttelte den Kopf, versuchte an ihm vorbeizugehen.

Thomas versperrte ihr den Weg. »Anne, das ist unsere Gelegenheit. Sie kommt so schnell nicht wieder. Bitte! Sage mir, was in dir vorgeht. Und wenn du das nicht kannst, dann sag irgend etwas, es fängt immer mit *einem* Wort an, und danach ist es leichter, als man gedacht hat. Rede mit mir.«

Sie preßte die Lippen aufeinander. »Ich kann nicht«, brach es aus ihr hervor.

»Erschreckt dich Herefords Predigt?«

Unvermittelt glättete sich ihre Stirn. Annes Atem ging ruhig. Sie wischte sich über das Gesicht, sah ihn an. »Es ist Ketzerei, und du weißt das, Thomas.«

Er schluckte. Das Gehörte hatte sie ergriffen, er hatte es ihr angesehen in der Kirche. Gewann nun die Kälte wieder Überhand in ihr? War es vielleicht, weil *er* Hereford glaubte und sie ihm, Thomas, nicht folgen wollte? »Es ist die Wahrheit«, sagte er. »Wie du sie benennst, ändert nichts daran.«

»Ich lasse mich nicht vom Bösen verführen.«

»Wie kannst du feststellen, daß Hereford von Bösem spricht, wenn du über seine Worte nicht nachdenkst?«

»Nicht mein Nachdenken bestimmt, was gut und was böse ist. Gott allein weiß das, und er spricht durch die Kirche.«

»Nein, das ist falsch! Wer ist die Kirche? Es sind Menschen, die sich irren können. Sie tun nichts anderes als das, was du ablehnst: Sie denken nach und teilen uns ihre Gedanken mit. Aber ihre Gedanken sind nicht zwangsläufig Gottes Gedanken.«

»Und wie erfährst du Gottes Entscheidung? Woher weißt du, daß Herefords Gedanken gut sind?«

»Ich vergleiche sie mit den Berichten in der Bibel. Die Bibel ist ein verläßlicher Maßstab. Diese Leute haben mit Jesus gesprochen und seine Antworten niedergeschrieben. Manche haben mit Gott geredet, zu manchen sprach er im Traum. Gott wollte dieses Buch, weil er wußte, daß wir einen Turm brauchen, von dem aus wir weit blicken können.« Er stockte. »Und ich ... Ich frage Gott.«

»Du?«

»Ich bitte ihn um Hilfe. Um einen wachen Verstand. Manchmal frage ich ihn etwas.«

»Thomas, bist du ein Geistlicher? Hast du die Priesterweihen empfangen? Wie kannst du dich erdreisten, zu erwarten, der Allmächtige würde mit dir reden?«

»Gott liebt mich wie ein Vater sein eigenes Kind. So steht es in der Schrift. Und er will, daß ich ihn frage.«

»Rede nie wieder davon zu mir.«

»Du willst es nicht glauben?«

»Ich glaube es nicht. Und es entsetzt mich, daß du es wagst, der heiligen Kirche zu widersprechen. Man wird dich ausschließen, wenn du so weitermachst. Wie willst du ewiges Leben erlangen, wenn du aus der Christengemeinschaft ausgestoßen bist? Dann bist du verloren.«

»Nicht die Kirche verschafft mir Unsterblichkeit. Christus selbst ist es. Und ich lasse mir von niemandem verbieten, nach ihm zu fragen, ihn zu suchen, ihm nachzuforschen.«

»Sei still! Ich will es nicht hören.«

»Anne, ich –«

»Mir ist kalt. Laß mich gehen.«

»Kannst du es annehmen, daß ich einer jener bin, die sie Ketzer und Lollarden schimpfen? Behältst du für dich, was du in der Kirche gehört hast?«

»Braybrooke ist dein Ort«, sagte sie leise. »Es ist deine Kirche.« Und sie raffte ihren Mantel zusammen, schob sich an ihm vorbei. Bei den Karpfenbecken nahm der Nebel sie auf.

Thomas fühlte sich krank. Das Kettenhemd drückte schwer auf seine Schultern. Ihn fröstelte. Er kehrte zur Kirche zurück, ein kurzer und doch weiter Weg, endlos zog er sich hin.

Hereford war gegangen, trotzdem war der Großteil der Dörfler noch da. In Trauben standen sie zusammen, stritten und feuerten sich an, jubelten und zweifelten.

»Verlaßt die Kirche«, befahl Thomas. Er stellte sich mit dem Rücken zum Altar und wartete, bis der letzte seiner Hörigen die Tür hinter sich geschlossen hatte. Dann ging er hinüber zum Grabkasten. Der Großvater lag als lebensgroße hölzerne Figur darauf, alles stimmte: die Gesichtszüge, die Hände. Geoffrey hatte sich zu Füßen des Großvaters niedergelassen, mit hölzerner Schnauze und hölzernen Ohren und hölzernem Hundekörper, und er hob den Kopf, um seinen Herrn anzuschauen und nachzusehen, ob er nicht aufstehen wollte. Der Großvater stand nicht mehr auf.

Er hatte ihm, Thomas, die Burg hinterlassen, die Brücke zur Kirche hatte er errichtet anstelle des alten, morschen Übergangs, und er war mit ihm spazierengegangen, als Thomas noch von einem Abenteurerleben träumte. Sie hießen beide Thomas Latimer. Und doch konnte ihr Leben unterschiedlicher nicht sein.

»Großvater, was denkst du über das, was heute hier gesprochen wurde? Würdest du mich mit Schimpf und Schande aus Braybrooke fortjagen, wenn du noch am Leben wärst?« Die Vorstellung schmerzte ihn. »Es ist meine Verantwortung, nicht wahr? Ich muß den Menschen sagen, was ich als die Wahrheit erkannt habe. Als du lebtest, war es an der Zeit, mit Geoffrey auf die Jagd zu gehen und gegen die Schotten zu kämpfen. Heute, wo ich lebe, ist es an der Zeit, die Menschen an Gott zu erinnern. Versuche mich zu verstehen! Es ist meine Pflicht. ›Wenn die Jünger schweigen‹, sagte der Herr Jesus, ›so werden die Steine schreien.‹ Die Priester sind verstummt. Nun müssen wir reden, die Ritter, die Laien.«

Er sank vor dem Grab auf die Knie und bettete die Stirn an die harte Brust des Großvaters. »Nach all den Jahren habe ich

Anne heute das erste Mal geliebt. Ich habe sie angesehen, und wir haben uns verstanden, ohne zu sprechen. Ich habe mich gefreut, daß wir zusammengehören. Und ich hatte ein Verlangen danach, mit ihr zu reden und zu lachen, mit ihr zu essen, das Bett mit ihr zu teilen. Könnte es doch jeden Tag so sein!« Der Glaube trennte sie. Thomas konnte das deutlich spüren. Vielleicht hätte er jetzt den Mut, sie in ihrem Zimmer zu besuchen und freundlich zu bleiben, wenn sie ihn kühl abzuweisen versuchte. Aber er wußte, daß es zwecklos war, solange sie die Schlucht nicht überwanden, die ihre Gewissen voneinander trennte. »Der Preis ist zu hoch, Großvater! Ich kann die Unsterblichkeit nicht verkaufen, um Anne zu gewinnen, ich kann nicht Gott belügen. Ihm verdanke ich alles.«

Plötzlich ärgerte er sich. Anne hatte ihn verletzt, ja, so war es. Erst lächelte sie ihn an in der Kirche, und dann wies sie ihn ab – wie oft wollte sie das noch wiederholen, dieses kühle Fortstoßen, dieses spöttische Sich-über-ihn-Erheben? Sie verhielt sich nicht wie eine Ehefrau, überhaupt verhielt sie sich nicht wie eine Frau, die es verdiente, geliebt und verehrt und versorgt zu werden. Irgendwann war einfach der Zeitpunkt gekommen, an dem das Faß überlief. Jeden anderen hätte er längst zu seinem Feind erklärt. Es waren Beleidigungen, um derentwillen andernorts Blut floß. Sie griff seine Ehre an! Was war er für ein Schwächling, das zu erdulden?

»Du möchtest meine Feindin sein, Anne?« flüsterte er. »Nun, wie du willst.«

Geduldig und freundlich war er gewesen viele Jahre, ein Ehemann, wie man ihn sich wünschte. Sie verachtete ihn zum Lohn dafür. Mochte sie fortan die gleiche Verachtung erfahren! Er würde ihr zeigen, wie gut sie es gehabt hatte.

Zuerst würde er ihre Reisen unterbinden. Von heute an blieb sie in der Burg, ohne Ausnahmen. Und sie würde Arbeit bekommen, wie jeder andere seiner Dienstleute. Sollte sie Wolle spinnen und Tuch weben! Sollte sie es besticken, bis sie wunde Finger hatte. Sie würde der Liebe nachtrauern, die er ihr heute angeboten hatte. Sie würde ihren Stolz verfluchen.

16

Catherine bohrte mit der Schere ein kleines Loch in den Vorhang und spähte hindurch. Sie hatte den ganzen Raum im Blick. Nun würde sie immer sehen können, was im Calefaktorium geschah, ohne daß die Augustiner ihre Neugier bemerkten. Es gab so viel zu lernen hier! Die Augustiner stellten Tinte her und bearbeiteten Tierhäute mit Bimssteinen, um darauf schreiben zu können. Sie fetteten ihre Schuhe ein und sprachen von den Ereignissen im Land. Weitgereiste Boten legten ihre Kleider zum Trocknen auf die Öfen. Selbst der Abt hielt sich von Zeit zu Zeit im Calefaktorium auf. Ob Courtenay das bedacht hatte, als er ihr den Platz für die Werkstatt verschaffte? Ob er erwartete, daß sie für ihn die Gespräche belauschte und ihm dann davon berichtete?

Er machte ihr beinahe täglich Geschenke. Mit diesem Raum hatte es begonnen. Auf seine Anweisung hin teilten die Augustiner das Ende ihres Calefaktoriums mit einem Vorhang ab und schafften Tische, einen Sitzschemel, Stroh für die Nacht und Talglichter hinein. Im Dormitorium teilte Alan eine Kammer mit zwei Pferdeknechten. Dort heizte man nicht – er fror jede Nacht. Das Calefaktorium jedoch wurde durch Öfen warm gehalten, deren Hitze in Hohlräume hinter seinen Wänden kroch. Wo man sich auch anlehnte, wo man sich auch setzte: Die Steine wärmten.

Courtenay schenkte ihr Werkzeug, Schleifschalen, Glas, Kleidung, eine Magd, die die Späne und die Glasreste für sie zusammenfegte und sie hinaustrug. Er ließ eine Schleifbank aus London kommen. Kein langwieriges Reiben der Gläser in den Schleifschalen mehr, keine schmerzenden Handgelenke! Sie mußte nichts anderes tun, als eine Kurbel an der Seite der Maschine zu drehen. Diese Kurbel brachte ein Rad in Bewegung, und dieses Rad zog ein Seil, das über mehrere Rollen lief und eine Spindel antrieb. Es war ein Wunder, wie oft die Spindel herumwirbelte, während sie ein einziges Mal die Kurbel um ihre eigene Achse drehte. Es war ein Wunder, wie gut es Catherine hier erging.

Sie schlüpfte durch den Vorhang nach draußen. Dick stand die Luft im Calefaktorium. Wo befand sich das Loch? Würden die Augustiner es sehen, wenn sie nach Ablauf der Nacht zur Arbeit erschienen? Es kostete einige Mühe, es zu finden. Als sie es entdeckte, sah sie hindurch in ihre Werkstatt. »Da wohnen wir, Laurence.« Wie durch ein Fenster blickte sie in ihr Leben, und es zeigte eine herrliche Ordnung. Die Werkzeuge lagen in Reihen auf den Tischen. Ein feines Leinentuch bedeckte die Schleifbank. Drei Talglichter tauchten den Raum in warmes, gelbes Licht.

Innerhalb weniger Wochen hatte sie ein neues Zuhause bekommen. Und ihre Arbeit fand Anerkennung. Courtenay schaffte fortlaufend Käufer heran, er kannte ganz England. Berühmte Männer und reiche Edelfrauen nahmen Reisen auf sich, um Catherines Brillen anzuprobieren, und wer nicht kommen konnte, dem schickte Courtenay gestielte Eingläser, sogenannte Manokel, und Lesesteine, Okulare genannt, die Catherine hergestellt hatte.

Sie wagte es nicht, ihm zu sagen, daß sie ein Kind im Leib trug. Eine gewisse Furcht hinderte sie daran, die sie selbst nicht verstand. Laurence war die Verbindung zu ihrem früheren Leben. Ängstigte sie sich, daß Courtenay von diesem Leben Kenntnis nehmen könnte und dann einsah, daß er sie zu großzügig förderte? Oder bereitete es ihr Sorgen, daß er Elias als Rivalen empfinden würde, als Gegner, und daß das Kind eine Mauer zwischen ihm, dem Gönner, und ihr, der Beschenkten, errichtete?

Sie trat vom Vorhang zurück. Ein kalter Hauch fuhr ihren Rücken herunter. Im Nacken richteten sich die Haare auf. Es war etwas Schreckliches im Calefaktorium. Etwas, das nicht hier sein durfte, etwas Dämonisches.

Langsam drehte sie sich um, hoffte, es würde unter ihren Blicken verschwinden. Aber es blieb: Drei Flammen, die an der Wand tanzten.

Kopfstehende Flammen.

Böse Geister lachten, lautlos, höhnisch. Catherine bekreuzigte sich. Die Lichter lösten sich nicht auf. »Jesus Christus, hilf mir!« flüsterte sie. Die Lichter zuckten und glühten, sie leuchteten ihre hohle Teufelsseele in den Raum und bedrohten Catherine. »Verschwindet, im Namen Jesu!« sagte sie.

Ihr brach der Schweiß am ganzen Körper aus. *»Pater noster, qui es in caelis, sanctificetur nomen tuum.«* Ihre Lippen bebten. *»Adveniat regnum tuum.«*

In diesem Augenblick klopfte es an die Tür. Catherine machte vor Schreck einen Satz nach hinten. Der Vorhang empfing sie – eine Bestie, die hinter ihr gelauert hatte. Catherine wand sich frei.

Es klopfte erneut. Die Lichter waren verloschen.

»Wer ist da?«

Keine Antwort.

Sie schlich näher zur Tür. Wenn der Besucher die Dämonen vertrieben hatte, konnte es nicht der Teufel selbst sein.

Jemand trat gegen die Tür. »Öffne!« Es war Reptons Stimme.

»Was wollt Ihr? Es ist spät.«

»Mach auf.«

»Hat Euer Begehr nicht Zeit bis morgen?«

»Es eilt. Ich muß dir etwas berichten.«

Repton hatte in den vergangenen Wochen keine Gelegenheit versäumt, sie wie zufällig zu berühren. In schmalen Türrahmen hatte er sich an ihr vorbeigepreßt, bei Besuchen in der Werkstatt hatte er ihr die Zange oder den Zirkel gereicht und dabei ihre Hand gestreift. Es gefiel ihr nicht, wie er sie ansah. Er dachte wohl, sie würde aus Dankbarkeit für seine Fürsprache beim Erzbischof das Bett mit ihm teilen. »Sir Repton, Ihr wißt, daß ich Euch nicht einlassen werde.«

»Du schuldest mir etwas, und ich werde es mir holen.«

»Ich bitte Euch –«

»Lange genug hast du mich zum Narren gehalten. Du weißt genau, was du versprochen hast damals, deine Blicke haben es gesagt, und du hast gesehen, daß ich es verstanden habe. Ich habe gute Worte für dich eingelegt bei Courtenay. Nun halte dich an deinen Teil des Geschäfts!«

»Ich kann nicht.«

»Irgendwann überrasche ich dich, wenn du vergessen hast, den Riegel vorzulegen. Verlaß dich darauf.«

»Bitte, laßt mich ...« Sie zitterte.

»Was zierst du dich so?«

»Ich bin schwanger. Ich würde das Kind verlieren.«

»Du trägst ein Kind in deinem Leib?«

»Niemand weiß es, außer Alan, meinem Bruder.«

»Nun, es ist gut, daß du es mir sagst.« Repton klang versöhnlicher. »Wann kommt es zur Welt?«

»Im Frühjahr.«

»So lange will ich warten. Ich will dir keinen Schaden tun.«

»Habt Dank.«

»Wenn es geboren ist, teilen wir das Bett. Schwört es!«

Sie zögerte.

»Schwört!«

»Ja.«

»Gute Nacht, Catherine.« Leder knarrte. Schritte entfernten sich.

Was hatte sie getan! Ihrem Feind hatte sie verraten, was ihre Schwäche war. Und sie hatte einem widerlichen Schwur zugestimmt. Die Dämonen waren es, sie hatten ihr die Zunge verdreht.

Catherine wischte vor ihrem Bettlager den Boden von Strohhalmen frei und kniete sich nieder. Heraus konnte sie nicht, Repton war nicht zu trauen. Und hier drinnen schwebte das Böse. Wenn sie doch mehr Gebete wüßte! Was sie an Gebetsformeln kannte, reichte kaum für eine lange, dunkle Nacht.

Über dem Augustinerstift ging blau und kühl die Sonne auf. Sie verbarg sich hinter einem Wolkenvlies, das den ganzen

Himmel bedeckte. Die Menschen tappten wie im Traum umher, und die Tiere stierten vor sich hin, anstatt zu fressen. Reif bedeckte den Boden, eine Silberschicht auf Gras, Dachschindeln und Wegen.

Alan fror, der Frost biß ihm durch den dünnen Kittel in die Waden. Er überschaute die Nachtkoppel, die sich vom Pferdeunterstand bis an die Stiftsmauer hin verbreiterte. Seine zwei Kammergenossen hatten es übernommen, die Pferde auf die Weide zu führen, und seit sie vor einer Stunde mit den Tieren gegangen waren, waren sie nicht zurückgekehrt. Natürlich nicht. Sie überließen es Alan, die Nachtkoppel auszumisten.

Er rammte die Mistgabel unter die am Boden festgefrorenen Pferdeäpfel und riß sie los. Die Hälfte seiner Fracht kugelte neben den Sammelkorb. Einen nach dem anderen spießte er die Pferdeäpfel auf und schob sie mit dem Fuß über dem Korb von den langen Zinken. Der Geruch von Pferdemist stach in der Nase und lockte zugleich würzig die Kehle.

Mehr paßte beim besten Willen nicht hinein. Alan hob den Korb auf die Schulter und trug ihn zum Misthaufen hinüber. Mit großer Kraftanstrengung drehte er ihn um. Die Pferdeäpfel polterten hinaus. Er bemerkte den Pförtner. Sie waren in den vergangenen Wochen gute Freunde geworden. Gerade deshalb wünschte er ihn weit fort, weil er schlecht gelaunt war und seine Wut nicht am Freund auslassen wollte.

Ein spöttisches Zucken erfaßte die schwulstigen, weiblich geformten Lippen des Pförtners. »Häßlich, daß alles anfriert, nicht wahr?«

Alan brummte zustimmend und stieß die Mistgabel unter einen Kothaufen, ohne aufzublicken.

»Sie lassen dich mal wieder die Drecksarbeit machen?«

»Welche Drecksarbeit? Wir misten jeden Tag aus.«

»Wir«, schmatzte der Pförtner. »Ich sehe es.«

»Was erwartest du? Kameradschaft im Gesinde?«

»Ich staune, daß es dich nicht ärgert.«

Oh, er sah genau, daß Alan zornig war. Jeden Handgriff trieb die Kraft der Wut an. Alan konnte sich vorstellen, wie er aussah: Das Gesicht gerötet und verkniffen, die Knöchel weiß am Mistgabelschaft. Was redete der Freund so dumm, wenn es doch offensichtlich war?

Der Pförtner löste sich vom Unterstand und kam näher. Er ergriff Alans Mistgabel und hielt sie fest. »Komm schon, rede. Wenn du es nicht herausläßt, platzt du noch.«

»Laß das«, knurrte Alan. »Ich brauche kein Kindermädchen.«

»Nein, aber einen Freund.«

»Was willst du von mir?«

»Sage mir, was dich ärgerlich macht.«

»Wie du willst. Kannst du mir erklären, warum Catherine immer das bessere Los zieht? Sie heiratet einen vermögenden Brillenmacher, während ich mit Mühe einen kleinen Acker pflüge. Ich bin allein, weil man mir die Geliebte nicht zur Frau geben will, und sie kuschelt Nacht für Nacht mit ihrem Mann. Beide werden wir vom Fluch getroffen. Was geschieht daraufhin? Der Erzbischof überhäuft sie mit Wohlwollen, und ich darf den Stall ausmisten. Jeden Morgen erwache ich mit einer Nase aus Eis. Cath schläft wohlgewärmt im Ofenraum. Mich stößt man umher, sie lobt man für ihr Brillenhandwerk. Was mache ich falsch im Leben?«

»Ich verstehe.« Der Pförtner strich sich nachdenklich über den Bauch. »Gibt es etwas, das du gut beherrschst?«

»Nein, vergiß es. So wird das nichts. Die Frage haben sie mir schon einmal gestellt, als es mit dem Schwert nichts werden wollte. Ich habe mich an mein altes Pferd erinnert und gesagt, daß ich mit Gäulen gut umgehen kann. Hat man mich zum berittenen Boten gemacht? Weit gefehlt. Du siehst, wohin es mich gebracht hat.«

»Wie lange hast du geübt mit dem Schwert?«

»Eine Woche. Es ging nicht, wirklich. Dieser ganze Unfug, auf Holzpuppen einzuschlagen oder vorher zu wissen, wo man mich treffen will – dazu tauge ich nicht. Sie haben gesagt, daß ich nicht einmal einer Vogelscheuche den Arm abschlagen könnte.«

»Das Zielen ist also die Schwierigkeit?«

»Gib mir einen guten Kieselstein, und ich treffe von hier aus die Spitze der Kathedrale.«

»Du scherzt.«

»Ich meine es ernst. Aber was nützt das? Soll ich fragen, ob ich als Kieselsteinwerfer arbeiten kann?«

»Nicht als Kieselsteinwerfer. Komm mit.«

Der Pförtner hatte es plötzlich sehr eilig. Er lehnte die Mistgabel an die Wand des Unterstands und hastete zu den Werkhäusern hin. Alan folgte ihm. »Was soll das?«

»Wenn David dir Arbeit gibt, hast du ausgesorgt.«

Neben dem Gänsegatter, in das Alan und seine Schwester damals hineingesprungen waren, verlief ein längliches Wiesenstück zwischen der Stiftsmauer und den aneinandergereihten Werkhäusern der Zimmerei, der Schmiede und der Ziegelei. Am Ende der Wiese waren Zielscheiben aufgestellt wie riesige, geflochtene Bienenkörbe, auf die man rote und schwarze Kreise gemalt hatte. Einige Männer saßen am Wiesenrand im Freien. Sie kochten Wachs in einem Topf und zogen Flachsfäden hindurch. Hinter ihnen lehnten buntbemalte, mannshohe Stäbe an der Rückwand der Ziegelei.

Der Pförtner sprach einen grauhaarigen, runzeligen Mann an. »David, ich habe hier jemanden, den du zum Langbogenschützen ausbilden kannst.«

Der Mann musterte Alan. »Er ist zu alt. Bring mir einen neunjährigen Jungen, und ich mache etwas aus ihm.«

»Ich bin vierundzwanzig«, sagte Alan. »Ich kann noch gut lernen.«

»Natürlich. Melde dich bei Sir William Nevill in Nottingham, und man bringt dir bei, eine Armbrust zu spannen und sie abzufeuern. Vielleicht braucht er gerade jemanden.«

Der Pförtner fragte: »Und Bogenschießen?«

»Bogenschießen erlernt man von Kindesbeinen an. Für Erwachsene ist es zu spät.«

»Sehr schade.«

Alan stemmte die Füße fest auf den Boden. »Laß mich

einen einzigen Pfeil schießen! Laß mich beweisen, daß ich es kann.«

David schüttelte den Kopf.

Die Männer aber riefen: »Komm, gönne uns den Spaß! Laß ihn schießen.«

Mit einem Seufzen erhob sich David, nahm einen der Stäbe von der Wand. Er zog ein kleines Beutelchen aus seiner Kleidung hervor. Dem Beutel entnahm er eine zusammengerollte Bogensehne. Er legte ein Ende der Sehne in die Kerbe der Hornnocke an der Spitze des Stabes, dann warf er sich mit seinem ganzen Körpergewicht in den Stab, um ihn zu biegen, und befestigte das andere Ende an der unteren Nocke. Es ging sehr schnell, es mußten Handgriffe sein, die David beherrschte, ohne darüber nachzudenken. Er nahm eine lederne Armschiene auf und reichte sie Alan, dazu einen Handschuh.

Alan wollte sie anziehen, und die Männer brachen in lautes Gelächter aus. Er hielt inne.

David wies auf Alans linken Arm. »Dorthin gehören sie, nicht auf die andere Seite. Sie schützen dich vor der zurückschnellenden Bogensehne.«

Es war eine fremde Berührung, das kühle Leder an seinem Unterarm. Zwischen den Fingern kniffen die Nähte des Handschuhs. David reichte ihm den Bogen. Er wog schwer, Alan hätte nicht geglaubt, daß ein Stecken ein solches Gewicht haben konnte. Zur Probe zog er ein wenig die Sehne. Sie war so straff gespannt, daß sie sich kaum bewegte. David gab ihm einen Pfeil. Auch der Pfeil wog schwer. Er trug eine eiserne Spitze und drei weiße Federzipfel am Schaft.

Was tue ich hier? fragte sich Alan.

In der Mitte des Bogens war Garn um das Holz gewickelt, dort umfaßte er ihn. Er machte einige Schritte auf das Wiesenstück hinaus. Die Zielscheiben waren plötzlich um Längen weiter in die Ferne gerückt, sie flohen vor ihm.

Alan hob den Bogen an, setzte den Pfeil auf. Er fügte sich gut mit der Kerbe in die Sehne. In Augenhöhe zog er ihn vor das Gesicht und versuchte, die Sehne zu spannen.

»Augenblick«, sagte David. »Der Pfeilschaft hat rechts vom Bogen zu liegen.«

Alans Oberarm schmerzte bereits. Er legte den Pfeil auf der anderen Seite an den Bogen an und zog erneut an der Sehne.

»Bis zum Ohr anziehen.«

Bis zum Ohr! Er schaffte es kaum bis zum Mund! Und zielen wollte er. Zielen mußte er. Es ist nur ein Kieselstein, sagte sich Alan. Ich schieße mit einem Kieselstein auf eine Scheibe, nichts weiter von Bedeutung.

Er hörte den Pförtner fragen, wie weit die Zielscheiben entfernt seien.

»Hundert Yard.«

Hundert Yard. Er merkte, wie die Kraft in seinem Arm nachließ. Für May! dachte er. Mit einem Ruck zog er die Sehne zurück und schoß. Es pfiff leise, dann gab es einen dumpfen Laut bei den Zielscheiben.

»Unmöglich«, hauchte David.

Die Männer sprangen auf und rannten zum Ende der Wiese.

17

Die Kraniche kehrten nach England zurück. Zu Speerspitzen geformt schwebten sie über den Himmel, metallenes Weiß auf dem roten Schimmer der Märzwolken. Über Newstead Abbey sanken sie herab, um an den grünen Ufern des Leen zu rasten. Sie falteten die weiten Schwingen an die Körper und ordneten mit den Schnäbeln die Federn. In Paaren stelzten sie auf schwarzen Beinen umher. Als wollte er den Besuch des Schwarms verkünden, trompetete einer der Vögel ein Signal. Jeder im Augustinerstift hörte den Ton, man seufzte und dachte: Die Kraniche sind wieder da, es wird Frühling. Mit einer Ausnahme. Catherine hörte nichts. Catherine seufzte auch nicht. Sie atmete in Stößen und zitterte vor Erschöpfung. Ihre Schenkel schmerzten. Ihr Bauch härtete sich, vielleicht das hundertste Mal in diesen Tagen, nur ein wenig heftiger. Catherines Eingeweide wurden schier erdrückt, sie hob den Kopf, biß die Zähne zusammen. Ein Tränenschleier lag vor ihren Augen. Hinter dem Vorhang tuschelten die Augustiner im Calefaktorium. Catherine kämpfte. Sie fürchtete, daß ihre Kraft nicht mehr ausreichen würde, und sie schämte sich vor all den Männern.

Die Schmerzen trieben sie an den Rand der Besinnung. Sie meinte, aufgeben zu müssen, krallte die Hände in das Tuch. Da trat unvermittelt Erleichterung ein, es geschah etwas, das sie nicht mehr befördern mußte, schnell, leicht. Ihr Körper gab das Kind frei. Ein heller Schrei ertönte. Eine neue, ungehörte Stimme. Der Eroberungsruf eines neuen Menschen, der leben wollte und bereit war, dafür zu kämpfen. Man gab ihn Catherine an den Hals, warm und naß und winzig. Sie drückte ihn an sich. »Laurence.«

Die Frau aus dem Dorf sagte: »Es ist ein Mädchen. Ich gratuliere.«

Ein Mädchen? Laurence war ein Mädchen? *»Lullay, lullay«*, flüsterte sie, *»sleep softly now, hush, my child.«* Sie mußte Atem holen. Die Wehen hatten noch nicht aufgehört. Ein Mädchen. Laurence war ein Mädchen. Sie streichelte das winzige Näschen im roten, faltigen Gesicht. Weiß blitzten Augen auf, riesengroß, und schlossen sich wieder.

Eine kratzige Stimme drang an Catherines Ohr: »Ich möchte das Kind sehen.«

»Vergeßt es.« Die Stimme des Abts. »Schert Euch fort, Repton, auf der Stelle!«

»Nehmt die Finger von meiner Kleidung, oder Ihr werdet mit Eurem Blut bezahlen.«

»So droht Ihr mir?«

Reptons Gegenwart widerte sie an. Er sollte verschwinden von hier! Er störte den Frieden. Sein Atemhauch wehte über den Vorhang herüber, und sie wollte ihn nicht schmecken, wollte ihn nicht im Mund und nicht in der Kehle haben, es war Luft, die er berührt hatte, und sie erregte Ekel.

»Geht, Repton«, befahl der Abt.

Repton hatte dem Erzbischof von ihrer Schwangerschaft erzählt, und damit hatte er alles vernichtet. Die Aufträge hatten rasch nachgelassen, um schließlich ganz auszubleiben. Noch im November war Courtenay nach Canterbury abgereist. Mit ihm war die Wärme aus Catherines Leben verschwunden. Sie haßte Repton. Wann würden sie sie hinauswerfen? Die Augustiner wollten sie sicher rasch loswerden. Ohne den Schutz des Erzbischofs war sie ihnen ausgeliefert. Vermutlich hatten sie gewartet, bis das Kind zur Welt kam, und in einigen Tagen würden sie sie darum bitten, daß sie das Stift verließ. »Es wird nicht leicht für uns«, flüsterte sie. Ihre Tochter. Sie brauchte einen Namen. »Du sollst …« Sie dachte nach. Welche Mädchennamen kannte sie? Warum hörten die Schmerzen nicht auf? »Sag mir, gute Frau, bekomme ich noch ein Kind? Die Wehen wollen nicht nachlassen.«

»Nein, dein Bauch ist abgeschwollen. Da ist kein Kind mehr. Du mußt noch die Nachgeburt zur Welt bringen, das ist alles.«

Nun wußte sie es. Keine Frage, der Name paßte, er gehörte zu diesem neuen Menschen. »Hawisia. Meine Tochter wird Hawisia heißen.«

Draußen wurden die Stimmen lauter. »Courtenay ist nicht mehr da. Reizt mich also nicht, Repton! Ihr kämpft auf verlorenem Posten.«

»Was wollt Ihr tun? Mich in Ketten legen lassen?«

»Bitte!« rief die Helferin. »Ihr Herren, hier drin liegt eine Frau, die gerade entbunden hat. Sie braucht Ruhe. Ist es nicht möglich, daß Ihr Euch an einem anderen Ort streitet?«

»Ich will sie sehen, sofort!« stieß Repton aus.

Catherine verbarg das Kind in den Händen. Sie atmete rasch.

Die Tür des Calefaktoriums quietschte in den Angeln. Eine fremde, leise Stimme sagte: »Sir Repton, seine Exzellenz der Erzbischof ist eingetroffen, und er wünscht, Euch sofort zu sprechen.«

»Courtenay ist hier?«

»Mir wurde aufgetragen, Euch zu suchen und Euch zu bitten, umgehend die Kammer seiner Exzellenz aufzusuchen.«

Sie entspannte sich. Es war alles gut. Courtenay war zurückgekehrt. Die Sonne schien heller durch das Fenster herein, die Luft schmeckte klarer. An Catherines Hals trocknete der Schweiß. Bald würde sie wieder zu Kräften kommen. Ihr Gönner war da, es konnte nichts geschehen. Sie bettete Hawisia an ihre Brust, legte das Köpfchen in die Halsbeuge und streichelte es sanft. Catherine mußte sie nicht allein beschützen, da war der mächtige Kirchenfürst, der ihr half.

William Courtenay zog den Brief hervor und las ihn erneut. Die feinen, weiblichen Längsstriche der Buchstaben hatten sich vor Eile schräg gelegt. Der Brief hatte ihn nicht erreichen können in Newstead Abbey, hatte ihm hinterherreisen müssen nach London und weiter nach Canterbury, zu lange hatte es gedauert, zu lange.

Nur für die Augen Seiner Exzellenz William Courtenay, Erzbischof von Canterbury und päpstlicher Legat in England, bestimmt. Hebe deine Augen fort, fremder Leser, es treffe dich der Fluch siechender Krankheit, so du dieses Schriftstück unbefugt zu lesen wagst!

Exzellenz, ich schreibe, um Euch mitzuteilen, daß L. in B. Söldner anheuert. Ähnliches höre ich von N., C. und M., es ist nicht zu verkennen, daß sich der Bund auf eine Schlacht vorbereitet. Ich habe H. gesehen. Er predigt Schreckliches und wiegelt die Bauern auf. Die Welt gerät aus den Fugen. Noch ist es ein schwaches Zittern, aber ich ahne das große Beben, das ihm folgen wird. Handelt rasch!

Lady A. von A.

Philip Repton trat ein und kratzte sich verlegen den Handrücken. William faltete erst den Brief zusammen, dann sah er Repton an. »Du weißt, wann ich das Amt des Erzbischofs von Canterbury angetreten habe?«

»Vor fünf Jahren, Herr.«

Es tat ihm wohl, daß Repton ihn so nannte. Der Überläufer kannte keinen Respekt vor einem hohen Amt. Wenn er ihn fürchtete, dann jagten ihm nicht Stola und Bischofsring Angst ein, sondern seine Kraft, seine ganz persönliche Kraft. »Und zwar nachdem mein Vorgänger, Simon Sudbury, im Tower von Aufständischen geköpft worden ist.«

»Man droht Euch?«

»Mir persönlich? Du unterschätzt die Lage, Philip. Man droht der gesamten Kirche Englands.« Es war ausgesprochen. Nichts weniger als das wagten sie! Sie versuchten alles zu zerstören, was er mühevoll vor der Vernichtung durch Wycliffe bewahrt hatte. »Das Parlament spielt verrückt. Sie haben eine Reformkommission eingesetzt, und natürlich läßt sich König Richard das nicht gefallen. Er zieht durchs Land und sammelt Anhänger für ein Heeresaufgebot.«

»Verzeiht, ich verstehe nicht.« Repton kniff die Augen zusammen und machte ein erbärmliches Gesicht. Das Kinn wurde noch winziger, spitz ragte es aus dem Gesicht. Der Mund war ein kaum sichtbarer Spalt, und Schweißperlen glänzten auf den Wangen. »Der König unterstützt den Bund der Bedeckten Ritter. Sollte es uns nicht freuen, wenn seine Krone wackelt?«

»Unfug! Kannst du dir nicht denken, was er in seiner Verzweiflung tun wird? Wenn man alle Kirchengüter enteignet, dann ergäbe das fünfzehn neue Earls, eintausendfünfhundert neue Ritter und sechstausendzweihundert neue Esquires. So reden sie im Palast. Dankbare und treue Untergebene ließen sich so schaffen, die der König jetzt dringender benötigt als je zuvor. Verstehst du nicht? Die Kirche wird er antasten in seiner Not!«

»Aber warum braucht der König Hilfe? Es kann doch niemand wagen, ihm entgegenzutreten.«

Courtenay nahm ein Stück getrockneten Pilz zwischen Daumen und Zeigefinger und reichte es dem Eichhörnchen durch die Gitterstäbe. Das Tier hatte mehr Verstand als dieser Tölpel von einem Ritter. Für Repton war der König einfach das: der König. Wenn er starb, gab es einen neuen, und da Repton nicht zum Hochadel gehörte, verschwendete er keinen Gedanken daran, wer neuer König werden konnte und wie man versuchen mochte, auf den Thron zu gelangen, gleich, ob der Thron augenblicklich frei war oder nicht. Er dachte nicht darüber nach, was es bedeutete, welches Haus an Einfluß gewann und welches nicht und wie das Machtgefüge in England selbst von einem einzigen Gesetz beeinflußt werden konnte, geschweige denn von einer Reformkommission, wie sie nun in Westminster regierte. Dennoch, man brauchte diesen Repton. Der Überläufer kannte die Bedeckten Ritter wie kein anderer. Es war nötig, daß auch Repton den Ernst der Lage einsah. »Thomas von Woodstock kann es wagen. Nie hätte er Herzog von Gloucester, Graf von Buckingham und Graf von Essex in einer Person werden dürfen.«

»Was tut er? Wie schadet er dem König?«

»Er wirft den königlichen Ministern Korruption vor. Die

Franzosen stehen vor der Tür, und England verliert an Ansehen, sagt er, man fürchte es nicht mehr. Hast du eine Ahnung, welche Wirkung solche Vorwürfe haben? Noch während der Parlamentssitzung ist Michael de la Pole, der königliche Kanzler, gefangengesetzt worden. Er hat Amt und Besitz verloren. Ein Freund Woodstocks, Arundel, ist nun Kanzler. Es geht abwärts, und der König wird uns mit hinabreißen. Wer sich gegen die Aufrührer wendet, wird des Verrats bezichtigt.«

»Ihr seid verzweifelt.« Es war ein Wispern nur, aber in den Augen Reptons flackerte die Angst.

Endlich hatte er verstanden, der Schwachkopf. Und er fürchtete sich, zur falschen Seite gewechselt zu haben. Ja, das war die Sorge des Überläufers, das war die Gefahr, in der er fortwährend schwebte: Wenn er sich falsch entschieden hatte, konnte er keine Gnade erwarten. »Du Dummkopf! Meinst du, William Courtenay wäre so rasch am Ende mit seinem Latein?«

»Natürlich nicht.«

»Der Feind prescht auf uns zu, also geben auch wir dem Pferd die Sporen und senken die Lanze. Uns bleiben einige Monate. In dieser Zeit muß der Bund der Bedeckten Ritter untergehen. Eine enteignete Kirche darf es nicht geben, auch nicht für kurze Zeit, bis wieder Ordnung einkehrt – sie wäre zu schwach, die Ketzerei abzuwehren, und der Geheimbund würde das weidlich ausnutzen. Wenn diese häretische Bibelübersetzung erst einmal im Volk verbreitet ist, ist es zu spät. Ich muß Doktor Hereford in meiner Gewalt haben.«

»Schicken wir endlich den Sheriff zu den Ketzern!« Repton schlug sich mit der Faust in die flache Hand. »Machen wir sie dingfest! Gibt es nicht ein Gesetz, das die Bischöfe ermächtigt, Häretiker ihrer Bestrafung zuzuführen, ohne den königlichen Kanzler damit belästigen zu müssen?«

»Repton, es sind Ritter aus den höchsten Kreisen Englands. Hast du das vergessen? Wenn wir einen Sheriff schicken, entringt ihnen das kaum ein müdes Lächeln. Nein, wir müssen ihnen anders beikommen. Wer von deinen alten Freunden ist am leichtesten zu treffen?«

Repton fuhr mit der Fingerspitze die Nase auf und ab. Er sagte: »Cheyne. Er ist ein Fuchs, aber die Güter seiner verstorbenen Frau, der Deincourt, haben ihn weich gemacht.«

»Gut. Ich will die Brillenmacherin an ihm erproben.« Er sah genau, daß sich Reptons Knie versteiften. Der Katzenkiefer schloß sich. Offenbar hatte der Tölpel ein Auge auf die junge Witwe geworfen. »Dein Vorschlag?«

»Exzellenz, die Brillenmacherin hat heute ein Kind zur Welt gebracht.«

»Es ist da? Sehr pünktlich. Endlich läuft einmal etwas nach Plan.«

Repton zog die Brauen zusammen.

»Du verstehst nicht? Catherine hat eine Geisel zur Welt gebracht! Sie wird exzellent für uns arbeiten. Sie hat viel zu verlieren. Ich werde gleich zu ihr gehen. Zuerst aber erwarte ich einen Vorschlag von dir. Ich will Cheyne verwunden. Er soll lernen, mich zu fürchten. Er muß eingeschüchtert werden. Der Ritterbund wird ausgehöhlt, sie sollen wanken, wenn wir Hereford ergreifen. Was ist Cheyne wichtig?«

»Er ißt gern. Er mag all das, was teuer ist, vor allem, wenn wenige es besitzen.«

»Einen bestimmten Gegenstand, der zerstörbar ist oder ihm genommen werden kann?«

»Ich kenne keinen, es ist eher allgemein so.«

»Unbrauchbar.«

»Er liebt auch seine Kaninchengehege. Manchmal lauert er dort selbst mit einem Netz und fängt sich ein Tier, um es dem Koch zu geben, daß er es ihm zubereitet.«

»Unbrauchbar. Streng dich an, Repton, denk nach! Was ist Cheyne noch wichtig?«

Repton kratzte sich den Kopf. »Nun, er liebt eine junge Edle.«

»Wie heißt sie?«

»Margaret Lovetoft. Cheyne besucht sie oft in Southoe in Lincolnshire. Da ist eine Hochzeit geplant für dieses Frühjahr, wenn ich mich recht entsinne, obwohl sie kaum Besitz hat und nicht zum Hochadel gehört wie er. Aber was wollt Ihr tun? Sie entführen?«

Lovetoft, da hatte er doch … Glas gekauft! Er eilte zur Tür. »Ganz ausgezeichnet. Wo befindet sich Catherine? Wo hat sie das Kind zur Welt gebracht?«

»In ihrer Werkstatt.«

Sie wollte schlafen, aber es gelang ihr nicht, weil das Herz zu rasch schlug. Es zwang sie, die Augen offenzuhalten, es zwang sie, zu lächeln und das Köpfchen der kleinen Hawisia zu streicheln. Nahm die Kleine nicht alles zum erstenmal wahr? Den Kerzenduft des Calefaktoriums. Das Flüstern der Männer hinter dem Vorhang. Die Märzsonne und ihre goldgelben Lichtpunkte überall in der Werkstatt.

Sie hatte dunkle blaue Augen. Wenn Catherine gegen den Strich über den Haarflaum auf dem Kopf fuhr, schlossen sie sich ein wenig. Was für ein friedliches Kind! Pralle Wangen, pralle Beine, pralle Arme, und dabei so winzig, daß Catherine sie in einer Hand halten konnte. Die Frau aus dem Dorf hatte der Kleinen die Hände in Leinentuch eingewickelt, damit sie sich nicht kratzte. Fingernägelchen hatte sie schon, Fußnägelchen, alles, was einen Menschen ausmachte.

Wie hätte Elias sich gefreut, sie zu sehen! Aus Liebe hatte er Catherine verschwiegen, daß er etwas vermißte, aber sie hatte immer gewußt, daß er sich ein Kind wünschte. Er sah kleinen Kindern nach. Wenn er in die Tür der Werkstatt trat, um ein wenig den schmerzenden Rücken zu strecken, und es tobte eine Kinderschar vorüber, dann lehnte er sich hinaus und rief ihnen »Tallyho!« hinterher. Still wurde er, als die Gänsefrau schwanger war, stumm, als sie mit dem Neugeborenen auf dem Arm durch die Straße ging. Manchmal hörte man sie Wiegenlieder singen, wenn das Fenster offenstand. Dann trat Ferne in Elias' Blick, er wirkte abwesend, er träumte.

»Dies ist dein Kind«, flüsterte Catherine. »Gefällt sie dir?« Und sie seufzte leise. Sah sie ihm nicht ähnlich? Würde das kleine Näschen nicht seine Nase werden, würden sich die

Augen mit der Zeit nicht aufhellen und das weiche, helle Blau seiner Augen annehmen? Sie streichelte Hawisias Gesicht, und es war ihr, als könne sie so Elias streicheln.

Ohne daß sie wußte, warum, dachte sie plötzlich an Sir Latimer. Auch er hatte blaue Augen, aber sie waren nicht weich und warm wie die von Elias. Es war Grau darin, und sie blickten hart und klar.

Er war ein Ritter wie Nevill. Wenn nun nicht Nevill für den Mord verantwortlich war, sondern Latimer? Der Mörder hatte die Pergamente mitgenommen, und was hatte Elias gesagt? Sie gehörten Sir Latimer. Ob er sie gestohlen habe, hatte sie gefragt, und er war ihr ausgewichen: Nein, so sei es nicht. Würde Sir Latimer töten wegen eines Diebstahls? Die Kanzlei war immer gut bewacht gewesen, er schien seine Schriftstücke sehr zu schätzen.

Wenn Hawisia der Muttermilch nicht mehr bedurfte, würde sie den Mörder suchen und ihn zur Strecke bringen. Er war dafür verantwortlich, daß Elias seine kleine Tochter nicht mehr sah. Er war dafür verantwortlich, daß die kleine Hawisia ohne ihren Vater aufwachsen mußte.

Der Vorhang wurde zur Seite geschoben. Dahinter erschien ein Dutzend Augustiner, die auf sie starrten. Courtenay zog den Vorhang wieder zu. »Es geht der Kleinen gut?« In das ebenmäßige Gesicht des Erzbischofs war Farbe geraten. Die roten Flecken ließen ihn wie einen einfachen Mann erscheinen. »Wie heißt sie?«

»Hawisia.«

»Wunderschön. Ich will ihr eine Wiege zimmern lassen. Und eine kleine Wanne, in der sie baden kann.«

»Das ist sehr freundlich. Wenn ich wieder in der Lage bin zu arbeiten, will ich alles zurückzahlen.«

»Ich habe die Aufträge für Brillen zurückgehalten, damit du in Frieden das Kind austragen konntest. Es gab viele Nachfragen, du hast einen guten Ruf erlangt bei den Herrschaften. Beinahe täglich erreichen mich Boten und Briefe, man habe von einer Brillenmacherin gehört, die in meinen

Diensten stehe, und sei bereit, stattlich zu zahlen.« Er unterbrach sich. »Darf ich sie streicheln?«

»Gern.« Catherine hob die Kleine in die Höhe, dem Erzbischof entgegen. »Verzeiht, daß ich nicht aufstehen kann.«

»Aber natürlich.« Er streckte die Hand aus und strich Hawisia über die Wange. »Eine kleine Schönheit, tatsächlich.«

»Ihr seid sehr gut zu uns. Ich weiß nicht, wie ich Euch danken soll.«

»Du magst denken, ein Mann wie ich benötigt keine Hilfe, was er will, das bekommt er mit Leichtigkeit. Aber so ist es nicht.«

»Kann ich etwas tun für Euch?«

»Durchaus.«

Ein warmes Freudengefühl durchströmte sie, und sie lächelte. Sie konnte ihrem Gönner helfen. Jetzt erst spürte sie, wie es sie belastet hatte, in seiner Schuld zu stehen. Wunderbar, daß sie etwas davon abtragen konnte! »Was ist es?«

»Das Unglück, das dich und Alan traf, hängt damit zusammen, daß ihr euch mit düsteren Mächten eingelassen habt.«

»Mit welchen Mächten? Wie meint Ihr das?« Sie richtete sich ein wenig auf. Die umgedrehten Kerzenflammen kamen ihr in den Sinn, die an der Wand getanzt hatten.

»Dämonische Mächte haben euch gequält.«

»Aber wir sind treue Christen, wir haben mit dem Bösen nie etwas zu schaffen gehabt!«

»Bist du sicher? Alan hat für William Nevill gearbeitet. Nevill beherbergt einen Teufelsanbeter, und ich habe sogar Grund zu der Annahme, daß er selbst sich dunklen Riten hingibt.«

»Ihr meint –«

»Nottingham Castle ist zu einer Stätte der Ketzerei geworden.«

»Davon wußten wir nichts.«

»Das hat euch offenbar nicht vor der Dunkelheit gerettet, ist es nicht so?«

Also hatte doch Nevill Elias umbringen lassen. Kein Wunder, daß diejenigen in Nottingham, die den Mörder kannten, ihn nicht zu belangen wagten, wenn man schon munkelte, Nevill sei mit dem Satan im Bunde. Sie sah den Ritterdolch deutlich vor sich, blutbeflecktes Gold. Er war womöglich mit einem Fluch belegt oder in einem finsteren Ritual dem Bösen geweiht worden.

»Eine junge Frau, sie ist ungefähr in deinem Alter, ist genauso vom Unglück bedroht wie du. Noch können wir sie retten. Sie liebt einen der Teufelsanbeter, Sir John Cheyne, und will ihn in Kürze heiraten. Das gilt es zu verhindern. Du weißt, was sie erwartet, wenn sie sich nicht zurückzieht vom Bösen. Reise zu ihr und warne sie, aber verschweige meine Person. Im Fall, daß sie sich dennoch für die dunkle Seite entscheidet, soll sie Cheyne nicht davon erzählen können, daß ich seine Machenschaften kenne und ihm auf den Fersen bin.«

»Ist es weit von hier?«

»Die Lovetofts leben in Southoe in Lincolnshire. Du wirst einige Wochen unterwegs sein.«

»Hawisia kann noch nicht reisen.«

»Dann bleibt sie hier.«

»Ich soll sie allein lassen? Das ist ausgeschlossen.« Catherine zog das kleine Bündel näher an sich heran. »Bitte vergebt mir, aber ich kann meine Tochter nicht im Stich lassen, seht, sie ist erst heute geboren!«

Courtenay betupfte mit der Fingerspitze die Warze über seinem Auge. »Andere Kinder wachsen auch bei einer Amme auf. Zeigst du so deine Dankbarkeit?«

»Ich bin wirklich dankbar, und ich möchte Euch helfen und dieser Frau, aber ich kann Hawisia nicht fortgeben, nicht für einen einzigen Tag. Versucht, mich zu verstehen. Schickt jemand anderen!«

»Das ist nicht möglich. Dir werden die Lovetofts vertrauen. Du bist die einzige, die Margaret retten kann.«

»Aber ich kenne sie überhaupt nicht!«

»Richtig, und sie kennen dich genausowenig. Du sollst dort auch nicht anklopfen und sagen, du möchtest sie vor einem Ketzer warnen. Du mußt es klug beginnen. Sie besitzen eine

Glashütte, und du bist eine Brillenmacherin. Sage zunächst, du willst ihre Glashütte besichtigen. Deine Kenntnisse werden sie beeindrucken und ihr Vertrauen erwecken. Irgendwann kommt die Sprache auf Cheyne. Dann kannst du erzählen, du habest ihn besucht und ihn versehentlich bei seinen teuflischen Taten beobachtet.«

»Ich soll lügen?«

»Haben wir das nicht bereits besprochen? Hast du nicht begriffen, daß es Gelegenheiten gibt, in denen es richtig ist zu töten, und daß es genauso Gelegenheiten gibt, in denen man lügen muß, um das Gute zu tun?«

»Ich würde für Euch lügen. Aus Dankbarkeit würde ich lügen für Euch. Aber ich werde nicht mein Kind verlassen.«

»Nun, denke darüber nach.« Er wendete sich um, trat durch den Vorhang hinaus. Als das schwarze Tuch bereits hinter ihm zugefallen war, sagte er noch: »Es wäre auch ein Weg, dem Mörder deines Mannes zu schaden.«

Ein Schaudern überlief Catherine. Konnte der Erzbischof in ihren Gedanken lesen? Woher wußte er, was sie vor seinem Eintreffen gedacht hatte?

Er hatte ihr nicht den Ring zum Kuß dargeboten, es war, als sei das Gespräch nicht beendet, als würde er jeden Augenblick zurückkehren und ihre Entscheidung einfordern.

Schrecklich, daß sie es wagte, ihn zurückzuweisen, und schrecklich, was er forderte. Hawisia war eingeschlafen. Die Lider waren sanfte Striche, das ganze Gesicht strahlte Frieden aus, Vertrauen in die Mutter, die sie hielt. Nein, sie würde Hawisia nicht allein lassen. Bevor sie dem Mörder nachforschte, sollte die Kleine so alt sein, daß sie sie mitnehmen konnte.

Zwei Wochen bekam Catherine den Erzbischof nicht zu Gesicht. Sie begann, das Gespräch zu vergessen. Die Falten auf Hawisias kleinem Körper glätteten sich. Ihre Haut wurde weich und rosig. Die meiste Zeit schlief sie in der Wiege, die man herbeigebracht hatte, in weiche Tücher gebettet. Wenn Hawisia weinte – es geschah etwa alle vier Stunden, gleich, ob es Tag war oder Nacht –, dann konnte nur Muttermilch sie trösten. Oft schlief sie beim Trinken ein. Catherine gewöhnte es sich an, die Kleine während des Stillens zu streicheln und ihr den Nacken zu massieren, um sie wach zu halten, damit sie sich wirklich satt trank, bevor sie wieder wegdämmerte.

Ob die Spindel der Schleifmaschine über das Glas pfiff, ob im Calefaktorium die Männer lachten – Hawisia schlief ungestört, bis der Hunger sie weckte. Erst nach Tagen bemerkte Catherine, daß die Kleine von Zeit zu Zeit heimlich erwachte. Sie schrie dann nicht, sondern sah in stummer Neugier um sich. Während sie lautlos Froschmünder machte oder träumerisch die Lippen aufeinanderpreßte, sah sie zum hellen Fenster hin oder zur lustig rumpelnden Schleifmaschine. Lange konnte sie den Vorhang beobachten, der sich sanft im Windhauch wiegte.

Manchmal schlich sich Catherine heran, um sich satt zu sehen an ihrem Kind. Klug mußte sie sein, die Kleine, wenn sie so lange in eine Richtung blickte und nachdachte. Ihre Augen entschieden selbst, wohin sie sahen, Hawisia war ein eigenständiger, ein ganzer Mensch.

An einem Nachmittag, ein laues Lüftchen wehte von draußen herein und brachte Frühlingsduft, sah Hawisia ununterbrochen auf einige Lichtfunken am Vorhang. Und Catherine, die sie beobachtete, Catherine, die zuerst geschmunzelt hatte, stand unvermittelt der Mund offen. Es waren kleine Sonnen! Sie blinzelten durch das Geäst der Buche in die Werkstatt herein. Jeder der Flecken war rund wie die Sonne, obwohl die Äste das Licht durch schmale Schlitze beengten. Es mußte ein Prinzip dahinterstecken, eine Regel, der sich das Sonnenlicht beugte.

Eine Ahnung packte sie. Kaum konnte sie den Abend erwarten. Als es endlich still geworden war im Calefaktorium und sie sicher sein konnte, daß sie allein war, entzündete sie zwei Talglichter. Sie ließ sie stehen, schlich sich hinüber. Den Vorhang schloß sie auf das genaueste und trat beiseite, um das Loch nicht zu verdecken. Da waren sie wieder! Die Flammen erschienen auf der Wand, wie sie auf der anderen Seite des Vorhangs brannten, nur daß sie auf dem Kopf standen.

Sie schlich näher an die Wand heran. Schimmerte dort nicht Hawisias Wiege? Leuchtete hier nicht die Schleifbank? Alles hing von der Decke des Calefaktoriums herab, verkehrt herum: die Tische, das Bettlager, die mondhelle Fensteröffnung. Wie die kleinen Sonnen durch das Geäst geschlüpft waren, so schlüpfte das Glimmen durch das Loch im Vorhang und erschien als Bild an der Wand im dunklen Raum.

Es waren keine Dämonen gewesen. Es war das Licht! Das Licht spielte! Es befolgte Regeln, die bisher noch niemandem bekannt waren.

18

Sie starrte in die leere Wiege. Lange dauerte es, bis sie begriff, daß Hawisia fort war.

Sie konnte den Blick nicht abwenden. Da lagen die Tücher, da lag die kleine Puppe, die sie für Hawisia aus Stroh, einem Leinenfetzen und einem Stück Hanfseil gebastelt hatte. Sie streckte die Stoffarme aus. Nimm mich! sagte sie, du hast kein Kind mehr, aber ich bin dir geblieben. Laß mich dein Kind sein!

Draußen zwitscherte eine Amsel im Buchengeäst, aber im Herzen Catherines war es still. Man hat mir das Kind gestohlen, dachte sie. Immer wieder dachte sie: Man hat mir das Kind gestohlen.

Es mußte in der Nacht geschehen sein. Warum war sie nicht aufgewacht? Und warum hatte Hawisia nicht geschrien, als die fremden Hände sie packten? Hatte man einen Sack über sie gestülpt, ihr etwa den Mund zugehalten? Ihr Kind! Weinte sie? Lag sie irgendwo in einer finsteren Kammer und schrie nach ihr?

Sie wirbelte herum, sprang durch das Calefaktorium und betastete die Tür. Der Riegel. Sie mußte vergessen haben, ihn vorzuschieben.

Catherine trat in den Kreuzgang hinaus und schrie: »Gebt mir mein Kind zurück!« An der Kleiderkammer lief sie vorüber, unter der Treppe zum Kathedralenquerschiff hindurch, hin zum Haus des Abts. »Hawisia!« Sie stand, keuchte, lauschte. Zu jedem Haus mußte sie, zu jedem Haus, und lauschen. Die Brauerei. »Hawisia?« Der Kapitelsaal. »Hawisia?« Die Scheunen. Die Walkmühlen. Die Zimmerei. Die Abortanlagen am Fluß.

Ihre Tochter würde schreien, sobald sie ihre Stimme hörte. Es genügte, wenn Catherine es gedämpft aus einem der Häuser vernahm. Sie würde sie finden. Bei der Bäckerei rief sie nach ihr, bei den Werkstätten, bei der Schmiede.

Sie traf auf Philip Repton. Er breitete die Arme aus, um ihr den Weg zu verstellen. Dabei hätte es dessen nicht bedurft. Sein Lächeln genügte. Sie konnte nicht mehr schreien, nicht mehr laufen. Philip Reptons Lächeln entzog ihr alle Kraft.

»Wo ist meine Tochter?«

»Deine Tochter ist fort?«

»Gebt sie mir zurück!«

»Je schneller du erledigst, worum dich der Erzbischof gebeten hat, desto eher siehst du sie wieder.«

Das war es also. Catherine schluckte. Sie haßte das Katzengesicht, wie sie nie etwas gehaßt hatte. Es drängte sie, es anzuspucken, es zu zerkratzen, aber sie brauchte Hawisia, sie mußte sich zusammenreißen und verhandeln. »Ich will es tun. Laßt mich nur einmal noch mein Kind sehen.«

»Das ist nicht möglich.«

Es war nicht möglich! Nicht möglich, sie zu sehen. Warum nicht? Lebte sie nicht mehr? »Es ist nicht möglich?« wisperte sie.

»Nein.«

»Aber sie lebt?«

»Natürlich.«

»Ich will ja tun, was Ihr sagt. Kann ich sie nicht ein einziges Mal sehen? Ich muß mein Kind haben, nur für einen Augenblick!«

Repton schüttelte den Kopf.

»Sie braucht meine Milch. Sie wird sterben, wenn ich fortgehe.«

»Das laß unsere Sorge sein.«

»Hat sie eine Amme? Eine Mutter, die sie stillen kann?«

»Du siehst sie wieder, wenn du zurückkommst.«

»Ihr seid Unmenschen, Ungeheuer! Alan hat mich vor Courtenay gewarnt. Hätte ich nur darauf gehört!«

»Du wirst verstehen, es ist zu deinem Besten.«

»Gebt mir Hawisia zurück.«

»So kommen wir nicht weiter. Aber wenn du das Wiedersehen mit deiner Tochter noch ein wenig hinauszögern willst …«

»Wo liegt Southoe?« fragte sie kühl.

»Östlich von Northampton.«

»Krümmt ihr ein Haar, und Ihr werdet Euch wünschen, nie geboren worden zu sein.«

Catherine ging langsam durch das Dorf. Sie wartete auf einen Schrei, auf ein leises Wimmern. Bis zum letzten Haus hoffte sie. Es blökten die Schafe, die Schweine grunzten, und eine Brunnenwinde quietschte. Kein Zeichen von Hawisia. Bald umfing sie das Rauschen und Knistern des Waldes.

Bis Melton Mowbray weinte sie. Es war längst dunkel, als sie die Stadt erreichte. Ihre Brust schmerzte, und ihre Fußsohlen brannten. Ein mürrischer Büttel öffnete das Tor. Er brummte: »Eine Ausnahme.« Ihre Frage nach einem Gasthaus beantwortete er mit einer undeutlichen Armbewegung. Sie fand nichts als eine Schankstube und war zu müde, um weiterzusuchen, so wie sie zu müde war, die Werkzeuge und das Beutelchen mit den Münzen sicher an ihrem Körper zu verwahren. Sie warf das Bündel gegen die Wand, schob sich ein wenig Stroh unter das Ohr und schloß die Augen. Männer grölten hinter ihr, Frauen lachten, Würfel polterten über den Tisch. Catherine hatte ihr Herz in das Kind übertragen und lief ohne Hawisia als leere Hülle umher, ja, als leere Hülle lag sie in diesem Haus für Trinker und Verachtete, als leere Hülle am Boden zusammengerollt. Schuhe schrammten über den Boden. Die Würfel klickten, und die Trinker brüllten Flüche und schlugen auf den Tisch.

Am nächsten Morgen war es ihr, als habe sie nicht geschlafen, sondern statt dessen die ganze Nacht in einem Steinbruch gearbeitet. Die Schankstube lag still da: verlassene Tische, verlassene Bänke, Pfützen. Draußen spülte sich Catherine kaltes Brunnenwasser in das Gesicht, aber es reinigte die Haut nicht, ebensowenig, wie die kühle Morgenluft sie zu wecken vermochte. Ein schlechter Traum war dies alles, ein Traum, der nicht enden wollte.

Sie überquerte den Marktplatz: Butter, Holz, Kühe, Schafe, Getreide. Kaum nahm sie den Lärm der Handelnden wahr. Aber sie sah den weiß bemalten Schwan wieder, der auf einer der Vorhallen saß, und den Schlagschatten des Kirchturms, und für einen Augenblick meinte sie, sie müßte Elias suchen. Er hatte noch gelebt, als sie all das bei ihrem letzten Besuch in der Stadt betrachtet hatte.

Zwecklos war es: Elias war tot. Die Schuhmacher, die Viehhändler und Korbflechter und Messerschmiede feilschten, als sei nichts geschehen. Hawisia war gestohlen, und hier tauschte eine Frau Eier gegen Heilkräuter.

Sie nahm nicht die südliche Straße, die Elias mit ihr gereist war, sondern bog gen Osten ab. Auf halbem Weg nach Oakham schmerzte ihre Brust so sehr, daß sie glaubte, sie würde zerbersten. Im Straßengraben streifte Catherine das Kleid herunter und drückte auf die Brustwölbung. Die Milch schoß in einem harten Strahl heraus. Es war Hawisias Milch, sie gehörte der kleinen Tochter und nicht dem Graben.

Die untergehende Sonne hüllte Oakhams Hütten in den Schatten der Burg. Wie eine Decke aus schwarzem Samt war er über sie gebreitet, eine Decke, die die Form der zwei Türme hatte, der Erdwälle und der Mauern. Die Hütten duckten sich willig darunter. Allein der Garten nördlich der Burg glühte im letzten Sonnenlicht. Hier sangen die Vögel, um den Tag zu verabschieden.

Was war Schönheit, wenn man sein Liebstes nicht hatte?

Catherine verbrachte die Nacht in einem Stall zwischen Ziegen. Der Besitzer weckte sie mit hartem Stiefeltritt. Als sie sich aufrappelte, grinste er.

Auf Oakham folgte Uppingham. Dann Rockingham; sie verließ es eilig wieder. Die Königsburg mit ihren Hunderte Yard weiten Mauern, den runden und den eckigen Türmen erschreckte sie. Catherine rastete erst in Corby, einem kleinen Nest von Eisenschmelzern, die ihren Öfen dienten wie fremden Gottheiten.

Und dann, fünf Tage nachdem sie aus Newstead Abbey

aufgebrochen war, erreichte sie Raunds. Sie war von Flöhen zerbissen, vom Wind gepeitscht, von der Sonne verbrannt, ausgehungert. Sie meinte, sie könne keinen Schritt mehr gehen. Im kleinen, von drei Bächlein durchströmten Ort fand sie Unterschlupf bei einer freundlichen Frau, gleich gegenüber einer Kirche mit hoher Turmspitze. Die Frau richtete ihr ein weiches Lager aus Decken und Fellen. Es gab Eier und Milch und Schwarzbrot, gebratenen Speck, gute Worte und am Abend eine schwielige Hand, die ihr das Gesicht streichelte, bis sie eingeschlafen war.

Beim Frühstück am nächsten Morgen erzählte Catherine das ganze Unglück. Die Frau hörte zu, nickte und schwieg. Gegenüber am Turm lauschten steinerne Musikanten, häßliche Reliefs, die Schadenfreude ausstrahlten. Drei Tage blieb Catherine in Raunds. Am vierten Tag, als sie kräftig und ausgeruht aufstand, war schon ein Bündel für sie gepackt mit Käse, einem Wasserschlauch und Brot. Die Frau verabschiedete ihren Gast so selbstverständlich, als erwarte sie für morgen bereits den nächsten ausgehungerten Menschen. Und die steinernen Musikanten waren plötzlich freundlich, sie spielten zum Abschied.

Um das Augustinerstift Stonely machte Catherine einen weiten Bogen. Sie übernachtete statt dessen in Kimbolton, einer Stadt zwischen geschwungenen Hügeln und fruchtbaren Tälern. Am zehnten Tag ihrer Reise erreichte sie Hail Weston. Eine uralte Brücke aus vier moosbewachsenen, steinernen Bögen lud ein, den Fluß Kym zu überqueren. Catherine könne Southoe leicht noch bei Tageslicht erreichen, erklärte ein Bauer. Aber sie wollte nicht weitergehen, sie wollte in Hail Weston übernachten, um bei der Burg am frühen Morgen einzutreffen. Die zwölfköpfige Familie des Bauern rückte für sie in ihrer kleinen Holzhütte zusammen, sie schämte sich, in einem der beiden Betten zu schlafen, während der Großteil der Kinder die Nacht auf dem Boden verbrachte. Dabei schien es, als seien ihre Gastgeber stolz darauf, daß sie bei ihnen war. Die Kleinen tuschelten im dunklen Haus so lange, bis der Vater einen ärgerlichen Laut von sich gab. Dann schwiegen alle.

Mitten in der Nacht hörte sie Hawisia weinen. Sie sprang auf, tastete durch die Dunkelheit.

»Was ist?« fragte die Gastgeberin erschrocken.

»Mein Kind weint!«

»Dein Kind? Nein, das kommt von den Nachbarn, sie haben einen kleinen Sohn seit einigen Wochen.«

»Verzeih.« Sie stieg zurück ins Bett.

Nach einer ganzen Weile, Catherine hatte gehofft, daß sie längst wieder schlief, sagte die Frau: »Du hast ein Kind?«

»Ja, eine kleine Tochter.«

»Wo ist sie?«

»Man hat sie mir weggenommen.«

»Oh.« In diesem einen Laut war alles Mitleid verborgen, das eine Mutter einer anderen Mutter geben konnte, der man das Kind genommen hatte. Sie sagten nichts weiter. Catherine fühlte sich besser, wie eine Kranke, die erbrochen hatte und daraufhin endlich ein wenig Frieden fand.

Zum erstenmal seit ihrer Abreise dachte sie nicht an Hawisia, sondern an Courtenay. Was mochte er empfunden haben, als sie seine Bitte zurückgewiesen hatte? Er war so gut zu ihr gewesen. Zeugten die ofengewärmten Wände des Calefaktoriums nicht von seiner Güte? Er hätte ihr genausogut eine kalte, dunkle Kammer bei den Werkstätten geben können, dort hätte sie viel eher hingehört, zwischen Schmiede und Zimmerei. Aber er hatte ihr den besten Platz verschafft, den das Augustinerstift zu bieten hatte.

Noch im November, vor seiner Abreise, hatte er ihr den gefütterten Mantel geschenkt, der sie nun vor dem Regen schützte, außen von grüner Farbe und das Futter aus feiner blauer Wolle. Das Kleid mit der Reihe kunstvoller Schmuckknöpfe stammte von ihm. Nie hatte sie so wertvolle und modische Kleider besessen. Das Werkzeug hatte sie von ihm bekommen, die teure Schleifbank aus London. Warum? Das waren keine Almosen, so behandelte man niemanden aus Mitleid. Liebte er sie? War das die Art zu lieben, die Geistlichen gestattet war?

Es mußte für ihn wie eine Ohrfeige gewesen sein, eine in der Öffentlichkeit verabreichte, schallende Ohrfeige, als sie ablehnte, ihm zu helfen. Nach all dem Guten, das er ihr getan hatte, ohne daß sie eine einzige Gegenleistung dafür erbracht hatte, war es seine erste und einzige Bitte gewesen. Und er hatte ihr Zeit gegeben, darüber nachzudenken! Zwei Wochen hatte er gewartet.

Sie konnte nur hoffen, daß seine Wut sich legte, wenn sie in Southoe Erfolg hatte. Sie würde morgen ihr Bestes geben, und wenn sie den Erzbischof wiedersah, würde sie vor ihm niederknien und ihn um Vergebung bitten.

Der Bauer begann zu schnarchen. Das Knarren aus seiner Kehle hallte von den rußigen Wänden der Hütte wider, aber es schien die Kinder nicht zu wecken. Sie stöhnten nicht, sie wälzten sich nicht schlaflos im Stroh. Zu ihrer Welt gehörte das Schnarchen des Vaters dazu wie die Armut. Womöglich gab es ihnen gar das Gefühl, in Sicherheit zu sein. Teil einer Familie zu sein. Ja, danach sehnte auch sie sich. Ohne Zweifel führte die Bäuerin ein hartes Leben, und doch: Sie mußte nie zweifeln, ob sie das Richtige tat. Sie erzog die Kinder, sie bekämpfte das Unkraut im Garten, sie fütterte die Hühner und buk Brot. In diesen Aufgaben war sie zu Hause.

Wie undankbar ich bin! schalt sich Catherine. Ich habe ein hervorragendes Handwerk erlernt und stehe unter dem Schutz des mächtigsten Kirchenfürsten Englands. Ich habe Nahrung und Kleider und Werkzeug und alles, was ich benötige, und darüber hinaus kann ich Geld verdienen, ohne es zum Lebensunterhalt ausgeben zu müssen. Und ich beneide eine Bäuerin!

»Ich werde nicht lügen«, flüsterte sie.

Sie verzog das Gesicht. Was hatte sie da gesagt? Woher war dieser Gedanke gekommen? Sie hatte gar nicht über den Besuch bei den Lovetofts nachgedacht, und doch war eine Entscheidung aus ihrem Bewußtsein heraufgetaucht wie ein Ungeheuer aus dem Meer. Nicht lügen? Unsinn. Wie sollte sie vor Sir John Cheyne warnen, ohne vorzugeben, ihn zu kennen?

Und wie sollte sie Courtenays Namen verschweigen, wenn man sie fragte, was sie nach Southoe gebracht hatte? Es war genauso eine Lüge, wenn man schwieg oder eine Frage so beantwortete, daß es den anderen auf eine falsche Fährte brachte.

Du sollst nicht lügen, hieß es in den Geboten Gottes. Ha! Versuchte sie, die Bibel auszulegen? Sie, eine einfache Frau? Geweihte Geistliche zerbrachen sich den Kopf darüber und lehrten das Volk mit Mühe. Da sollte sie etwas besser wissen als Erzbischof Courtenay? Er hatte erklärt, daß es gestattet sei, sich für einen guten Zweck einer Lüge zu bedienen, so, wie es für einen guten Zweck in Ordnung sei zu töten, obwohl die Zehn Gebote das Töten verboten. Also würde sie doch lügen. Sie würde das Unwohlsein überwinden, die Lüge würde glatt von ihrer Zunge gehen, denn sie log ja für Gott. Gott zeigte Courtenay seinen Willen, und Courtenay sagte ihn ihr weiter, und ihre Aufgabe war es nicht, daran herumzudeuten.

Sir John Cheyne sei ein Teufelsanbeter, sie wisse es genau, das würde sie morgen den Lovetofts sagen.

»Und Ihr seid sicher, daß ich Euch nicht bis Oxford bringen soll? Ihr müßt zugeben, daß es angenehmer ist, auf gepolsterten Ledersitzen zu reisen, als das Gesäß von einem harten Sattel stoßen zu lassen. Federn aus Stahl dämpfen die Reisekammer des Wagens, wußtet Ihr das, Doktor?«

Nicholas strich sich über die Stirn. Erstaunlich, zu welcher Fürsorge der Ritter Cheyne in der Lage war. »Geht Ihr nur, haltet um die Hand Eurer Herzensdame an. Ein alter Mann sollte mit seinen Reiseplänen ein solches Ereignis nicht hinauszögern.«

»Ihr werdet das beste Pferd erhalten.«

»Für mich ist das beste Pferd eines, das folgsam die Straße entlangtrabt. Es geht mir nicht um Schnelligkeit.«

Sir Cheyne lächelte.

Die Pferdebeine klopften sanft die Straße. Vier Wagenräder surrten. Schatten und Licht spielten im Wageninneren, während vor dem Fenster der Wald vorüberbrauste, seit Tagen,

kaum unterbrochen von Feldern
Zeit riefen sich Cheynes Waffen
einer von ihnen voraus, um nach

Cheyne knüpfte ein seidenes
flachen schwarzen Stein heraus.

»Was ist das?«

Der Ritter strich mit dem Da
»Ein Handspiegel aus Obsidian.

»Ihr seht aus wie immer, sorgt

»Keine Schrammen im Gesich
an, als würde er ihn fragen und
eine Haarsträhne um den Zeig
hätte Locken. Meine lange Mähn
Federkleid einer Krähe.«

»Ihr seid unzufrieden? Euer
wollt Ihr mehr?«

»Nun, denkt an Nevill. Seine
hätte ich gern. Ihr müßtet ihn i
ihm um die Ohren fliegen!«

»Margaret Lovetoft hat sich
liebt, sondern in Euch. Genaus
verstorbene Frau. Hätte sie nich
Eine Frau von ihrem Reichtum
gekriegt. Ihr müßt zugeben, sie
als Sie Euch erwählte. Es muß al

Cheyne lachte. Es zog sein b
noch weiter auseinander. »Vom
William gepaßt, da habt Ihr rec
damals schon sieben Jahre mit E
war.«

»Wie dem auch sei, neidet ihr
ein harter, ein gnadenloser Men
Ihr ihm einiges voraus.«

»Ich danke.«

Aber Cheyne hatte seine Schw
tum. Nicholas würde ihn irg

Cheyne kämpfte gegen die Machtgier und die Geldgier der Kirche an, da stand es ihm schlecht, daß er selbst Schätze raffte. Irgendwann. Es würde schon der passende Zeitpunkt kommen, ihn zu warnen. Im Augenblick war Nicholas selbst kraftlos und auf eine gewisse Art unwillig. Das war nicht die Verfassung, in der man Lektionen erteilte.

»Wußtet Ihr, daß dieser Spiegel aus Äthiopien stammt?«

»Darf ich ihn sehen für einen Augenblick?«

Cheyne reichte den blanken Stein hinüber.

Das bist du, Nicholas, dachte sein Gegenüber. Ein ernstes Gesicht. Er hatte vergessen, wie struppig seine Augenbrauen waren. Lächeln wollte er, um sich freundlich zu sehen, aber das Gesicht gehorchte nicht. Es war, als zwänge ihn der Spiegel dazu, ernst zu schauen. Er gab ihn zurück. »Warum benutzt Ihr keinen gewöhnlichen Spiegel aus Glas? Man sieht sich klarer darin.«

»Aber das ist genau das, was ich nicht erreichen will. Obsidian gibt ein mattes Bild, stimmungsvoller, zarter. Die alten Römer haben solche Spiegel verwendet, Plinius erwähnt das im Rückblick auf vergangene Zeiten. Ich denke nicht, daß Glasspiegel dem Obsidian überlegen sind.«

»Das soll der Grund sein? Ihr täuscht Euch. Ihr seid froh, daß niemand einen Spiegel hat wie Ihr, das ist es. Das Gewöhnliche stößt Euch ab.«

Wieder lachte Cheyne. »Doktor, Eure Weisheit überrascht mich immer wieder neu. Wie weit seid Ihr mit der Übersetzung der Heiligen Schrift?«

»Ich bin beim Buch Jona angelangt.« Jona. Immer noch Jona. Er steckte fest. War nicht seine Reise nach Oxford nur eine Ausflucht, um nicht weitermachen zu müssen?

»Aber das ist ja großartig! Wie viele Bücher fehlen noch, um das Alte Testament vollständig zu machen?«

»Micha, Nahum, Habakuk, Zefanja, Haggai, Sacharja, Maleachi und die beiden Makkabäerbücher noch, dann liegt die gesamte Bibel in englischer Sprache vor.«

»Wann wird es soweit sein?«

Wenn er floh wie jetzt, niemals. »Noch dieses Jahr.« Man sprach überall von ihm, Courtenay wußte genau, daß er zurück in England war. Und doch schien es, als hätten sich die Menschenjäger zurückgezogen. Courtenay holte aus zum vernichtenden Schlag. Wycliffes Klugheit, seine brillante Gedankenschärfe – er, Nicholas, reichte daran nicht heran, mochte er sich noch so sehr anstrengen. Wie sollte er den Schlingen des Erzbischofs entgehen?

Seit Wochen konnte er kaum an etwas anderes denken, wenn er sich über die Texte beugte. Er roch den Brand, es knisterte doch längst im Dach! Die Bedeckten Ritter ahnten es. Sir Thomas Latimer warb Söldner an, davon hatte der alte Schuster gesprochen. Sie bereiteten sich vor. Wie aber sollte er sich vorbereiten, der Greis, den die Christenheit der Welt zerknacken wollte wie einen Floh? Vielleicht konnte er in Oxford Aston treffen, Parker, Swynderby. Er sehnte sich danach, Freunde zu sehen. Er mußte sich ihrer Unterstützung versichern. Vor allem aber wollte er Robert Rigg treffen, den Kanzler der Universität, der ihn immer wieder ermutigt hatte.

Wie hatte es Wycliffe im Brief an die Römer, Kapitel acht, übersetzt? *Forsoþe wee witen for to men lovende god alle thingis wirken togidere in to good.* Wir wissen, daß denen, die Gott lieben, alle Dinge zum Besten dienen. Auch diese Reise nach Oxford, auch diese Flucht würde Gott zu etwas Gutem gebrauchen.

Sein Blick fiel auf den Obsidianspiegel in Cheynes Händen. John Wycliffe hatte in *De civili dominio* geschrieben: Alle Güter Gottes sollten nicht einem einzelnen gehören, sondern den Menschen gemeinsam. Cheyne ließ sich vom Reichtum blenden. Es war unrecht, dazu zu schweigen. »Ich bin froh, daß der Bund der Bedeckten Ritter bereit ist, den falschen Lehren der Kirche zu widersprechen.«

»Es ist unsere Pflicht, Doktor.«

»Und es ist gut, daß Ihr dem Adelsstand angehört und Euch zu verteidigen wißt. Selbst Euer Besitz, ich meine, die Ländereien, die Mühlen, die Tiere, die Zolleinnahmen, Werkhütten, und was es sonst noch alles gibt – der Besitz baut einen Schutzwall gegen die Wut der Kirche auf.«

»Worauf wollt Ihr hinaus?«

Er bemühte sich, Cheyne gerade und furchtlos in die Augen zu sehen. »Ich bin mir nicht sicher, John, ob dieser Besitz in Eurem Leben nicht einen zu großen Stellenwert einnimmt.«

Der Ritter ließ sich zurück in die Sitzlehne fallen, lächelte. Das Lächeln erlosch. Dann lächelte er wieder. Die Augenbrauen zuckten. »Wie meint Ihr das? Ich lese Andachten und die Bibel, ich bete häufig. Gott weiß, daß ich wenig an den Reichtum denke. Ich denke ja nur an Margaret, das könnt Ihr mir glauben!«

»Was habt Ihr heute gefrühstückt?«

»Warum fragt Ihr das? Ihr wart doch dabei!«

»Ich will, daß Ihr Euch daran erinnert.«

»Ich habe Weißbrot in Wein eingetunkt.«

»Was meint Ihr, wie viele Menschen in England so am Morgen essen?«

»Ich bin Ritter und gehöre zum Hochadel. Es sollte doch nicht verwundern, daß meine Tafel andere Speisen trägt als der Tisch einer Bauernfamilie.«

»Nun, dann berichtet mir, was Ihr in Langar für gewöhnlich zu Mittag eßt.«

Etwas zögerlich begann Cheyne: »Wir haben Hechte und Brassen im Teich, und Rebhühner im Gehege.«

»Und weiter?«

»Ansonsten hat der Koch Fisch- und Fleischpastete vorrätig.«

»Dazu?«

»Er kocht pikante und scharfe Saucen. Und es gibt einen guten Wein zum Mahl, das gestehe ich. Mein Weinkeller ist dem anderer Herren überlegen.«

»Was ist mit Eurem Kaninchengehege?«

»Das ist unbedeutend! Einige umzäunte Hügel, von Löchern durchsetzt. Wir lauern mit Netzen, bis wir eines der Tiere zu packen kriegen. Manchmal graben sich die Kaninchen Tunnel und entkommen dem Gehege, der Mann, der sich um meine Rebhühner kümmert, muß auch sie überwachen. Eine Spielerei.«

»Eine Spielerei, die zartes Fleisch verschafft. Es heißt zudem, daß bunte Gläser Eure Fenster zieren, die ein Vermögen gekostet haben.«

»Daran stört Ihr Euch?«

»Und man munkelt, daß Ihr bereits Landstücke in Frankreich kauft.«

»So ein Unfug! Ich weiß einfach zu wirtschaften. Und es handelt sich nicht um Land in Frankreich, sondern um Land in England, in Gloucestershire, verschiedene Güter, die französischen Abteien gehören. Zuerst biete ich den Franzosen an, sie zu verwalten und eine Miete dafür zu entrichten, und nach einiger Zeit kaufe ich sie dann ganz. Die Preise sind gering für französischen Besitz auf englischem Boden. Es droht dem Eigentümer immer, daß er ihn durch den Krieg verliert.«

»Sir Cheyne …«

»Und wenn Ihr recht habt? Was soll ich tun? Alles verschenken? Das kommt nicht in Frage.«

»Ihr müßt nichts verschenken. Euer Blick soll sich nur auf etwas anderes richten als auf den Besitz. Dann werdet Ihr selbst wissen, was Ihr fortgeben solltet und woran Ihr Euch reinen Gewissens erfreuen dürft.«

Cheyne nickte. Er fuhr sich durch das glänzende schwarze Haar und sah aus dem Wagenfenster hinaus. Schließlich sagte er schlicht: »Ja.« Etwas leiser fügte er hinzu: »Sprechen wir von etwas anderem. Ich will über Eure Worte nachdenken, aber heute ist nicht der Tag für Trübsinnigkeit. Seid Ihr Margaret Lovetoft schon einmal begegnet?«

»Nein.«

»Sie sieht jung aus, hat frische, weiße Haut. Ihre dunklen Augen funkeln voller Lebenskraft. Und die hat sie! Den ganzen Tag hüpft sie umher wie eine junges Fohlen, biegt sich, springt, lacht, zupft an mir herum. Ihr mögt denken, das ist wenig damenhaft, und das ist es auch, aber es gefällt mir. Sie ist lebendig, versteht Ihr? Und im Kopf ist sie keineswegs so unreif, wie sie sich verhält. Sie ertappt mich bei jeder Schwäche.« Er sah auf. »Ich weiß, was Ihr denkt. Ja, auch über den Reichtum hat sie schon mit mir gesprochen.«

»Sie wagt es also, Euch zu kritisieren, den hohen Herrn, während sie die Tochter eines Esquire ist? Das gefällt mir. Zeigt es nicht, daß sie Euch heiraten möchte und nicht Euren Besitz? Offenbar denkt sie wenig darüber nach, daß ihr Stand ein ganz anderer ist als der Eure.«

»So ist es. Ich habe das Gefühl, daß sie wirklich *mich* liebt, mit allen meinen Fehlern. So etwas habe ich noch nie erlebt.«

»Ihren Vater hat es nicht gestört, daß Ihr soviel Umgang habt, ohne verheiratet zu sein? Fürchtet er nicht um die Ehre seiner Tochter? Er könnte denken, Ihr gebraucht sie nur als Gespielin.«

»Es genügt, wenn er mich einmal ansieht, und er weiß, daß auch ich sie liebe, glaubt mir.«

»Wissen sie, daß Ihr heute kommt, weil Ihr um Margarets Hand anhalten wollt?«

»Nicht, daß es heute geschehen wird.« Er lachte plötzlich auf. »Sie hat ein zahmes Huhn, denkt einmal, es verläßt die anderen Hühner, wenn es sie sieht, und läuft ihr hinterher. Am liebsten sitzt es bei ihr auf dem Arm und läßt sich streicheln. Es hält dann still, ich meine, es schließt sogar die Augen.«

Der Wagen hielt. »Die Kreuzung, Sir«, ertönte es von draußen.

Nicholas legte die Hand an den Griff der Wagentür. »Zeit für den Abschied. Eure Männer weisen mir das Pferd zu?« Er erhob sich, stand gebückt. »Wenn es nicht regnet, müßtet Ihr bald Southoe erreichen.« Er grinste. Den Ritter so verliebt zu sehen, war eine rechte Freude.

»Meinem Herzen, Doktor, könnte keine größere Freude widerfahren. Ich werde Margaret in die Arme schließen. Ihr ganzes Haus wird jubeln, wenn ich um ihre Hand anhalte.«

19

Auf alles war Catherine vorbereitet gewesen: auf Torwachen, die sie nicht beachteten, auf einen Hauptmann, der sie barsch hinauswies, auf Mägde, die sie verspotteten. Der sumpfige Burggraben und der Turm, der sich aus dem Herrenhaus wie ein schwarzer Felsen hinaufstreckte, ließen einen freundlichen Empfang sehr unwahrscheinlich erscheinen. Nun stand sie vor dem Tor, öffnete den Mund, schloß ihn wieder. Das war Margaret?

»Was erschreckt Euch?« Die junge Herrin sah vom Huhn auf ihrem Arm zu Catherine und zurück. »Fürchtet Ihr Euch vor meinem kleinen Liebling hier?«

Hinter ihr stürzte ein Diener heran. Er putzte sich den Staub vom fadenscheinigen, abgetragenen Leinenhemd und rief: »Fräulein Margaret, ungeheuerlich, was macht Ihr am Tor? Der Einlaß ist eine Aufgabe, die weit unter Eurem Stand ist.«

»Tja, ich war zuerst da, was will man da machen?«

»Aber ich bin doch gleich, als es klopfte –«

»Laß dich nicht ärgern. Ich war schon am Tor, ich wollte hinaus.« Sie wendete sich Catherine zu. »Da wir nun einmal alle versammelt sind: Wie können wir Euch helfen?«

»Ich bin Brillenmacherin und habe gehört, daß Ihr eine Glashütte besitzt.«

»Brillenmacherin?« Die Brauen der jungen Herrin sprangen in die Höhe. »Ich habe davon gehört, daß man sich inzwischen Lesesteine auch direkt vor die Augen hält und daß man so etwas Brille nennt. Aber daß sich ein ganzer Handwerkszweig damit befaßt, das wußte ich nicht. Na, kommt, ich wollte sowieso die frische Aprilluft atmen, da kann ich Euch auch zur Glashütte führen.«

»Herrin, soll –«

»Nein, wir brauchen keine Begleitung. Danke.«

»Woher wißt Ihr, daß Ihr der Fremden vertrauen könnt?«

»Da, schau einmal.« Margaret zeigte auf den gläsernen Ring an Catherines Finger. »Zufrieden?« Sie setzte das Huhn sanft auf den Boden, wo es verschlafen hocken blieb, und schlüpfte mit der Hand in Catherines Armbeuge. »Gehen wir.«

Verwirrt ließ sich Catherine fortziehen. Eine junge Herrin im roten Mantel mit Samtbesatz hielt sie am Arm, als wäre sie ein Ritter, der seine Herzensdame zum Spaziergang ausführt. Wie geschah ihr?

Die Herrin machte vergnügte Tanzschritte, lachte. Sie gab Catherine einen Stoß. »Jetzt laßt Euch nicht lange bitten. Erzählt! Wie ist das mit diesen Brillen? Sie müssen doch Nachteile haben. Alles, was neu ist, hat auch Nachteile.«

»Zuerst einmal haben sie Vorteile. Wenn jemand nicht mehr lesen kann, und ein Vorleser ist zu teuer oder er möchte in einsamen Stunden des Grübelns lieber allein sein, dann hilft ihm die Brille. Manche können sich im Alter nicht mehr orientieren, oder sie erkennen ihre Familie nicht mehr.«

»Danach habe ich nicht gefragt. Die Nachteile wollte ich wissen.«

»Nun ...« Catherine war es nicht gewohnt, Nachteile des Brilletragens aufzuführen. Sie mußte nachdenken. »Die Brille rutscht fortwährend, man muß sie entweder an der Seite festhalten oder sie mit dem Daumen gegen die Stirn drücken, damit sie nicht von der Nase fällt.«

»Ach, man setzt das Glas auf die Nase?«

»Es sind zwei Gläser, für jedes Auge eines. Zwei Holzrahmen fassen die Gläser ein, und kleine Stiele halten sie in der Mitte zusammen.«

»Und man kann die kleinen Stiele auf der Nase absetzen?«

»Richtig. Nur läßt sich das Holz schwer darauf festklemmen, die dünnen Stiele brechen allzu rasch. So bleibt nichts anderes, als die Brille mit der Hand zu stützen.«

»Verstehe. Weitere Nachteile?«

»Mitunter springt das Glas, und es dauert eine Weile, bis man in Zusammenarbeit mit dem Brillenmacher passenden Ersatz hergestellt hat. Solange verwendet man die Brille mit dem gesprungenen Glas weiter.«

»Wißt Ihr was? Ich verzichte. Ich möchte keine Brille haben.«

»Das sagt Ihr jetzt, wo Eure Augen stark sind. Wartet es ab, wir sprechen uns in ein paar Jahrzehnten wieder.«

Margaret lachte. »Ihr droht mir!«

»Nein, nein, so war das nicht gemeint.«

»Schaut!« Sie wies hinauf. »Die Krähen sitzen im höchsten Baum. Da sind so viele Bäume, der ganze Wald ist voll davon, aber die Vogelbiester – seht Euch das an! Jetzt zanken sie sich um die Spitze. Jeder will ganz oben sitzen. Und was machen sie dort? Sitzen und dumm glotzen.«

Es war ein kalter, nasser Tag. Aber Margaret versprühte eine Freude, als gäbe es strahlenden Sonnenschein. Der Metallreif in ihrem Haar blitzte, und die zahlreichen Zöpfe flogen ihr um die Schultern, wenn sie lachte. Catherine fühlte sich verpflichtet, das Gespräch in eine ernstere Richtung zu lenken. Sie würde irgendwann etwas sagen müssen, das Margaret sehr traurig machen würde. »Warum liegen hier umgesägte Bäume herum?« fragte sie, obwohl sie es genau wußte.

»Die sollen trocknen. Lustig, oder? Bei diesem Wetter! Aber sie sollen ja auch von innen trocknen.«

»Wozu ist das nötig?«

»Das ist für die Asche, die für das Glas gebraucht wird. Man verbrennt die Stämme an einem sauberen Ort und sammelt die Asche ein. Nur von Eichen oder Buchen oder Farnen darf sie stammen.«

Eine Lichtung kam in Sicht. Lange, geduckte Gemäuer aus Lehm und Steinen standen darauf, fünf Yard lang und drei Yard breit: die Glasöfen. Genauso hatte es bei Catherines erstem Besuch einer Glashütte ausgesehen. Elias hatte ihr damals den Ring gekauft.

Die Ofenschlünde stießen heiße Luft aus. Es roch nach geschmolzenem Glas. Nebendran standen Dächer ohne Wände. Männer arbeiteten darunter: Sie hielten sich mit rußigen Armen lange Rohre vom Leib. Am Ende der Rohre wölbten sich glühende Glaskörper. Die Männer bliesen in die Rohre, und die Glutkörper wuchsen. Sie drehten sie, manche steckten sie in Formen und zwangen sie, sich in deren Innerem aufzublähen.

Die Glasbläser schnitten mit Zangen halbfestes, heißes Glas entzwei und schmolzen die Ränder über dem Feuer rund. Sie zogen lange Glasfäden, legten sie auf Schüsseln und drehten die Schüsseln in der Nähe der Flammen, bis die Fäden festklebten. Blaue Fäden befestigten sie auf farblosen Kelchen, rote Fäden auf grünen Bechern, grüne Fäden auf gelben Krügen. Es entstanden Linien, Zickzackmuster, Schnörkel und Wirbel, Formen wurden in das weiche Glas gedrückt, Glastropfen ringsum aufgesetzt. Kelche bekamen einen Stiel und einen Fuß, an einem Krug rankten sich Pflanzen empor, um ihre Blätter in ihn hineinzurecken, als wollten sie daraus trinken.

Ein dick gewölbtes Glasding stand da auf einer Steinplatte. Ein henkelloser Krug war es, der ein Bein von sich streckte. An diesem Bein hing ein kleiner gläserner Schuh. Catherine sah ein solches Gefäß zum erstenmal. »Was ist das?« fragte sie.

Margaret zuckte die Achseln, aber einer der Männer erklärte: »Destillierkolben nennt man es. Apotheker und Alchemisten kaufen die Dinger. Manche zahlen ganze drei Schilling dafür, wenn der Kolben gut gearbeitet ist!«

»Und das?« Sie zeigte auf eine Reihe von Flaschen mit dicken, runden Bäuchen und langen, schmal zulaufenden Hälsen.

»Harnflaschen. Der Medicus schaut sich damit die Pisse der feinen Leute an. Es gibt in Kimbolton auch einen Barbier, der sich darauf versteht. Ist Schaum obendrauf, haben sie einen Zug in der Lunge oder so ähnlich.«

»Also bei mir«, rief einer der Glasbläser, »ist immer Schaum obendrauf. Und meine Lunge zieht nirgendwohin.«

Die Männer lachten.

»Wie stellt ihr die Farben her?« fragte Catherine.

»Das ist ein Geheimnis.«

»Kobalt für blaues Glas, Kupfer für Rot, wenn man zugleich wenig Luft heranläßt beim Schmelzen?«

Die Glasbläser wischten sich über die rußigen Stirnen. »Woher wißt Ihr das?«

»Eisen und Mangan sorgen für gelbes oder bernsteinfarbenes Glas, aber man muß mit dem Ofen gut aufpassen. Verpaßt man den richtigen Zeitpunkt, die Glasmasse herauszunehmen, dann wird es nichts.«

»So ist es! Aber wie –«

»Mit Zinn läßt sich weißes Glas herstellen, solches, das kein Licht hindurchläßt.«

»Sie ist Brillenmacherin«, erklärte Margaret und legte den Arm um sie. »Sie besucht uns.«

Catherine bat: »Nennt mir eure Preise!«

»Für eine Harnflasche je nach Größe sechs bis acht Pence, Glaskolben neunzehn Pence. Ein Destillierkolben zwei bis drei Schilling.«

»Wie sieht es mit einfachen Glasscheiben aus? Ich schleife keine Brillengläser aus irgendwelchen Kolben.«

Unsicher sahen sich die Glasbläser an. »Ihr meint Fensterglas?«

»Zum Beispiel.«

»Sechs Pence.«

»Wer ist euer wichtigster Käufer?«

»Das Augustinerstift Stonely. Sie brauchen Glaskolben, um Tinte zu kochen, und für Kräuter, für Alkohollösungen oder so etwas.«

Margaret ergänzte: »Alle umliegenden Kirchen kaufen ihre Altarlampen hier. Und das Prunkgeschirr wird sogar von Londonern bestellt.«

Catherine sah es sich an. Schmalbäuchige Krüge mit Henkeln waren es, hergestellt aus grünem Glas und mit roten Zierbändern geschmückt, die am Krug hinabliefen, dazu breite rote

Schüsseln, mit über Kreuz laufendem Muster verziert. Becher strebten nach oben hin auseinander wie eine Blüte, das weiße Glas umzogen von drei bernsteinfarbenen Linien und darunter einer Wellenlinie aus gelbem Glas. »Fein«, sagte sie. »Besten Dank.«

»Wollen wir zurückgehen?« Margaret ergriff Catherines Armbeuge und nickte in Richtung des Waldweges.

Wie ein Kind war sie. Fröhlich, unbedarft und vor allem: unvorsichtig. Es war dem Ketzer sicher leichtgefallen, sie zu umgarnen. Einige Komplimente hier, einige kleine Geschenke dort – Margarets Herz war rasch zu gewinnen, daran gab es keinen Zweifel. Sie gehörte zur Glashütte, als sei sie selbst aus Glas, zerbrechlich, kostbar. Catherine verspürte das Bedürfnis, sie nicht nur zu retten, sondern sie außerdem zu belehren. Wie hart konnte das Leben sein! War Margaret überhaupt fähig, zu entbehren und zu ertragen? Sie würde an diesem Tag Wichtiges lernen. »Habt Ihr Geschwister?«

»Nein. Die Mutter starb bald nach meiner Geburt, und Vater hat nicht wieder geheiratet.«

»Dann kann sich der glücklich schätzen, der Eure Hand gewinnt. Southoe und die Glashütte sind Euer, Ihr seid die Erbin, nicht wahr?«

»Pfui! Wie könnt Ihr so reden? Mein Herz ist nur mit Liebe zu gewinnen und nicht mit Habgier. Und ich sage Euch, ein großer Mann wirbt um mich, er hat es gar nicht nötig, sich um Besitz Gedanken zu machen.«

»Tatsächlich! Wer ist es?«

»Sir John Cheyne. Er war Knappe des Königs, und sobald er zum Ritter geschlagen war, hat er auch schon in der Bretagne erste Heldentaten vollbracht. Überlegt einmal, ihn hat König Richard nach Rom entsandt in einer geheimen Mission, so sehr vertraut er ihm. John gehört richtig zum königlichen Gefolge. Soll ich Euch erzählen, was sein Wappen ist? Goldene Kreise für das Haus Cheyne und schwarze Holzscheite für das Haus Deincourt, die kennt Ihr doch, die berühmten Deincourts? Kommt! Warum geht Ihr nicht weiter?«

Catherine faßte sich an den Hals. Blut schoß ihr ins Gesicht wegen der bevorstehenden Lüge. »Sir John Cheyne wirbt um Euch?«

»Kennt Ihr ihn?«

»Ihr seid verloren.«

»Wie das?«

»Mit Sir John Cheyne wird es bald ein böses Ende nehmen und mit Euch genauso, wenn Ihr ihm nicht den Laufpaß gebt. Er gehört zu einem Kreis von Teufelsanbetern, er ist einer der schlimmsten Ketzer in ganz England.«

Margaret schüttete sich aus vor Lachen. Als sie bemerkte, daß Catherine nicht mit ihr lachte, bemühte sie sich, die Selbstbeherrschung wiederzuerlangen. Sie wischte sich die Tränen aus den Augen und keuchte: »Ihr müßt schon verzeihen, aber das ist das Absonderlichste, was ich je gehört habe. Ihr verwechselt John.«

»Ist er mit Sir William Nevill, dem Kastellan von Nottingham, befreundet?«

Margaret erbleichte. Ein Nicken.

»Wie sieht Euer Sir Cheyne aus?«

»Er hat glatte schwarze Haare und ein breites Gesicht. Er trägt gern gute Kleider.«

»Er ist es. Ich komme aus Nottingham. Beide, Nevill und Cheyne, habe ich dabei beobachtet, wie sie auf das Kreuz gespien haben. Sie haben eine Schale Blut genommen und einen Pinsel und haben seltsame Dinge auf den Boden gemalt. Gebetet haben sie an dieser Stelle.«

Die junge Herrin schüttelte den Kopf. »Nicht, nicht, bitte!«

»Es wird Euch nicht leichtfallen, aber Ihr solltet ihn nie wieder sehen, wenn Ihr nicht ebenfalls vom Bösen ergriffen werden wollt. Ich weiß, wovon ich spreche. Ein Geistlicher sagte mir einmal: Das Böse geht ein wie süßer Honig, im Bauch jedoch ist es bitter wie Wermut.«

»Ihr lügt!« rief Margaret.

»Ich habe meinen Mann verloren, Elias Rowe. Sir William Nevill hat ihn mit einem dem Teufel geweihten Dolch umbringen lassen. Mein Bruder, Alan, wurde beinahe zu Tode geprügelt, und sein Haus hat man eingerissen und verbrannt. All das, weil wir dem Bösen zu nahe gekommen waren. Erspart Euch das! Ihr dürft nicht zulassen, daß John Cheyne Euch in die Augen sieht.«

»Elias Rowe? Euer Mann heißt Elias Rowe, und ihr kommt aus Nottingham ...«

»Man hat ihn umgebracht.«

»Er wurde von Johns Freund ... ermordet?« Margarets Blick flatterte, die Wangen zuckten. »Aber John hätte mir davon erzählt«, wisperte sie.

»Seid Ihr da sicher? Würde er Eure Zuneigung gefährden? Er weiß, daß Ihr ein treuer Christenmensch seid und nichts mit dem Teufel zu tun haben wollt.«

»Ich liebe ihn!«

»Ihr werdet eine Entscheidung fällen müssen.«

Mitten im Wald in der Nähe Southoes ließ John Cheyne anhalten. Er stieg aus dem Wagen, zog die enge Schecke straff, so daß sie knapp über dem Gesäß endete und die Knöpfe leise knackten. Den hohen Kragen richtete er nach dem Kinn aus. Den Schmuckgürtel aus kristallbesetzten Metallplatten zog er ein wenig schräg. Er schüttelte die Hände aus, bis die weiten, sich glockenförmig öffnenden Ärmelenden weich um die Handgelenke fielen.

Der Anführer der Waffenknechte trabte heran. Schaum tropfte vom Maul des Pferdes.

»Nehmt mein Schwert.« Cheyne reichte es hinauf. »Einer Eurer Männer soll mir vor dem Tor die Wagentür öffnen. Beim Aussteigen wünsche ich allerdings keine Hilfe, es sieht sonst zu weibisch aus. Sobald ich den Wagen verlassen habe, reicht Ihr mir das Schwert.«

»Ja, Sir.«

»Wie sehe ich aus?«

»Sir, Ihr strahlt wie ein frischgeprägtes Goldstück aus dem Tower.«

Cheyne lächelte. »Gut. Ach, und zur Formation: Sechs Reiter vor dem Wagen, sechs Reiter dahinter. Im Hof der Lovetofts sollen alle Reiter zugleich absitzen, versucht einmal, ob das gelingt. Wir wollen Margaret einen schönen Anblick bieten.«

»Ja, Sir.«

Er stieg wieder ein und verstaute den Obsidianspiegel im Beutel. Es war soweit. Das lange Werben sollte ein Ende haben. Der Verwalter in Langar besorgte bereits alles Notwendige für ein großes Hochzeitsfest. Wenige Wochen würde es nur noch dauern bis dahin. Montagu mußte kommen, Latimer, Nevill, die Drayton Beauchamps aus Buckinghamshire, sein Bruder natürlich. Von den Deincourts würde er niemanden einladen. Sie hatten ihn damals in Langar angegriffen und hatten versucht, ihn umzubringen, weil sie ihm das Erbe der Deincourt nicht gönnten. Offenbar hatten sie nicht damit gerechnet, daß ein ehemaliger Geistlicher, der einem niedrigen Adelshaus entstammte, sich so gut zur Wehr setzen konnte.

Der schwarze Turm kam in Sicht, der geliebte Turm der Lovetofts. Wie befohlen fuhr der Wagen einen großen Bogen und hielt vor dem Tor. Die Wagentür öffnete sich. Cheyne stieg aus, nahm das Schwert in Empfang. Friedlich schnatterten die Enten im Wassergraben. Das Tor würde jeden Augenblick aufschwingen, und Margaret würde in seine Arme fliegen, und sie würde es wissen, sie würde in seinem Gesicht lesen und es wissen. Eine Hochzeit stand bevor!

Die Enten tauchten die Schnäbel in das Wasser und fischten Grünzeug heraus. Das Tor rührte sich nicht.

Wie glücklich machte er sie, und wie glücklich machte sie ihn! Oh, wie sie durch das Haus eilte, wie sie ihr Haar richtete und den Diener bedrohte, das Tor noch nicht zu öffnen, bevor sie fertig war. Er grinste. Das Herz raste ihr sicher bis zum Hals, sie rannte die Treppen hinunter, rief in ihrer wilden Art: »Tor auf!«

Nichts rührte sich.

Er sah seine Waffenknechte an. Ihre Gesichter sprachen Verblüffung. Mit vier Schritten war er beim Tor. Er schlug den Schwertknauf dagegen.

Stille.

Er trat zurück, spähte zum Turm hinauf. Ein Posten stand dort und gaffte in die Ferne. Stand da, gaffte, kümmerte sich um nichts! »Donnerwetter!« brüllte Cheyne. »Laß sofort das Tor öffnen, oder ich ziehe dir das Fell über die Ohren!«

Der Posten tat, als hörte er nichts.

»Ist das eine neue Art, John Cheyne in Southoe zu empfangen?« Wenn er nicht gleich etwas tat, würde er platzen. Cheyne nahm einem der Waffenknechte die Lanze aus der Hand und schleuderte sie hinauf. Im zweiten Stockwerk schabte sie an der Turmwand entlang und fiel zurück. Sie platschte in den Wassergraben, blieb stecken, schräg.

»Margaret!« rief er. »Was ist los? Willst du mich nicht sehen?«

Er stand lange, wartete. Nie im Leben war er so gedemütigt worden. Das winzige Herrenhaus des armseligen Esquire Lovetoft lehnte ihn ab, einen Ritter des Königs. Margaret tat nichts, um seine Schmach zu lindern, nichts. Nach allem, was sie gemeinsam erlebt hatten, schwieg sie, während er vor ihrem Haus um Einlaß bat. Sie schickte ihn fort wie einen Bettler. Wie hatte er sich so sehr täuschen können in ihr! Das war nicht die Liebe, die er aus ihren Augen zu lesen vermeint hatte.

»Margaret!« rief er noch einmal. Er wartete. Wartete. Schließlich stieg er in den Wagen und sagte mit erstickter Stimme: »Abfahren.«

20

»Willst du sie umbringen?«

»Sie bekommt eine kleine Abkühlung. Was stört dich daran?« William Nevill hing mit den Augen an der gefesselten Frau, als habe er ihr die Frage gestellt.

Thomas erschauderte. Bei seinen früheren Besuchen des großen Marktes in Nottingham hatte er den Wasserstuhl als Kuriosum betrachtet. Er baumelte dort am Balken über den Köpfen der Händler nicht etwa, um eine Strafe anzudrohen, nein, er lud zu Scherzen ein: Wer traut es sich? Wer will die lachhafte Folter erproben? Jetzt war eine junge Frau am Stuhl festgebunden, das Faß sperrte unter ihr weit den Rachen auf, und niemand lachte.

Sie war durchnäßt bis auf die Haut, sie fluchte, schimpfte, hustete, weil sie Wasser geschluckt hatte. Thomas begann zu verstehen. Nach Gutdünken des Richters verwandelte sich der Wasserstuhl vom bloßen Tauchinstrument, das den Hitzkopf abkühlen sollte, zur Ersäufungsmaschine. »Wer in Braybrooke Streit sucht, wird für ein paar Tage eingesperrt. Es hat bisher noch immer Wirkung gezeigt. Warum diese Folter?«

»Schau dir das an!« rief Nevill. »Das Miststück kennt die Prozedur genau. Sobald das Seil über ihr knarrt, läßt sie ihre wüsten Flüche und schöpft statt dessen Atem. Sie weiß, wann man sie in den Bottich hinabsausen läßt.«

Die Frau klatschte ins Wasser. Zu spät sprangen die gaffenden Städter zurück, das Wasser spritzte sie naß. Nevills Schimmel tänzelte.

Der Haarschopf der Frau versank. Im Bottich gurgelte es, dann war es still.

Lächelnd sah der Kastellan auf das Wasser. »Diesmal lasse

ich sie länger unten. Ich muß sie verunsichern. Erst wenn sie Angst bekommt, stopft es ihr das freche Maul.«

Thomas rutschte auf dem Sattel hin und her, er belastete bald den linken, bald den rechten Steigbügel. Wann wurde sie endlich wieder heraufgezogen? Sie hatte keine Luft dort unten! »Was hat sie getan?«

»Sie ist über den Marktplatz gestürmt, hat Stände umgestoßen und die Menschen angefallen. Herumgeschrien hat sie.«

»Hole sie herauf, bitte, sie ertrinkt doch!«

Nevill winkte den Männern am Seil.

Kaum war der Kopf der Frau über Wasser, japste sie um Luft. Thomas hatte plötzlich das Gefühl, sie zu kennen, ohne daß er sich entsinnen konnte, wo und wann er sie gesehen hatte. Er spürte es, er sah sie nicht zum erstenmal. Sie war hübsch, sie gefiel ihm. Kaum vorstellbar, daß er jemanden ihres Aussehens so gründlich vergessen hatte.

Nevill rief: »Runter! Gebt Seil!« Die Frau versank wieder im Wasserbottich.

Voller Entsetzen sah Thomas zum Kastellan hinüber. Wie konnte er lächeln, während die Frau im Bottich um ihr Leben rang! Der Freund war ein grausamer Mann, Thomas begriff das. Roß an Roß standen sie inmitten der Menschenmenge. Hielt man ihn für genauso kaltblütig? Auch er hatte getötet, Dutzende Male, getötet von eigener Hand. Hatte er etwa ebenso gelächelt?

Die Gaffer wiesen auf Blasen, die aus dem Wasser aufstiegen. Man schüttelte sich, verdrehte die Augen. Es war, als liefe ein wohliger Schauder über die Menschen. Sie waren froh, daß nicht sie im Bottich steckten. »Geschieht ihr recht«, sagte jemand nahe bei Thomas. »Sie wird daraus lernen. Ob wohl das Wasser recht kalt ist?«

Nevill winkte, man zog am Seil. Das Keuchen aber blieb aus. Schlaff hing die Frau auf dem Stuhl, die Schultern eingesunken, das Kinn auf der Brust. »Ist sie tot? Ist sie tot?« brauste es durch die Menge. Nevill wendete sich ab. »Die weiteren acht Eintauchungen sind ihr erlassen«, rief er. »Schneidet sie herunter, und drückt ihr das Wasser aus dem Bauch. Die kommt schon wieder zu sich.« Er lenkte den Schimmel über den Marktplatz in Richtung der Burg. »Komm, Freund, reiten wir zum Castle und machen einen kleinen Spaziergang über die Mauern. Du bist doch hier, um mir etwas zu erzählen.«

Thomas rang mit sich. Sollte er den Freund rügen, sollte er ihm Hartherzigkeit vorwerfen? Jeder Vorwurf wäre auch ein Vorwurf an ihn, Thomas, selbst.

Dienten sie nicht der Ordnung, wenn sie jemanden bestraften? War es nicht ihre Aufgabe, ihre Pflicht, mitunter grausam zu sein? Die Frau, an die er sich nicht erinnern konnte, hatte ein warmes Empfinden in ihm ausgelöst. Er verband etwas Gutes mit ihrem Gesicht, kein Zweifel. Wenn er wüßte, was es war! Er hätte ihr helfen müssen.

»Wie geht es der Stadt?« fragte er.

»Nottingham ist sauberer geworden. Die Angst vor einem neuen Pestausbruch wirkt Wunder, das sage ich dir. Plötzlich hat der Stadtrat Geld, um Leute anzustellen, die durch die Straßen ziehen und den Unrat entfernen.«

»Das heißt, die verwilderten Hunde und Katzen, über die du dich beklagt hast, verschwinden allmählich, weil sie nichts mehr zu fressen finden?«

William lachte. »Schön wäre es. Nein, die Hundeschläger haben noch genug zu tun. Vergangenes Jahr haben sie, wenn ich mich recht entsinne, vierhundertdreißig Tiere totgeprügelt.«

Sie ritten am Rand des Marktplatzes entlang. Die Hufe der Pferde klopften auf das Kopfsteinpflaster. Thomas stieg Kotgeruch in die Nase. Er verzog das Gesicht. »Sauber ist Nottingham geworden? Ich würde sagen, ihr habt euch einfach an den Gestank gewöhnt.« So, wie er sich an die Unbarmherzigkeit gewöhnt hatte.

»Unsinn. Du tust, als wärst du das erste Mal hier. Kennst du diese Gasse nicht?«

Thomas blickte in eine schmale Straße, die nach einigen armseligen Häusern abrupt endete. »Warum sollte ich sie kennen?«

»Natürlich, du hast nie eine öffentliche Latrine besucht. Aber wissen kann man das. Es ist die Erleichterungsgasse, das Volk nennt sie so. Latrinen.«

»Du meinst, es riecht hier immer so?« Thomas sah zur anderen Seite, prüfte die Stände. »Wie kriegen die Händler dann ausgerechnet vor dieser Gasse Zwiebeln, Butter und Eier verkauft?«

»Das hat nichts mit dem zu tun, was sie verkaufen, sondern damit, wer es verkauft. Die Hackordnung, verstehst du? Wenn du zu denen gehörst, die wenig zu sagen haben und dankbar sein dürfen, daß sie auf dem Marktplatz geduldet werden, hast du deinen Stand nahe der Erleichterungsgasse. Sieh es mal so: Es kommen häufig Menschen vorbei.«

»Aber nicht, um etwas zu kaufen.«

Sie bogen in die Friar Lane ein, William ritt links des Abwasserkanals, Thomas ritt rechts davon. Die Hauswände warfen das Hufgetrappel vielfach zurück; es hörte sich an, als hätten sich weitere Reiter zu ihnen gesellt. Ob die Frau ertrunken war? Gern wäre er umgekehrt und hätte nach ihr gesehen.

»Wo ich gerade das Karmeliterkonvent sehe«, sagte Nevill, »wolltest du dir nicht die Haare lang wachsen lassen?«

»Ach, ihr Höfischen …«

»Du gehörst zu uns, ich meine, du bist nicht einer von diesen Landrittern.«

Von allen Rittern des Geheimbunds verbrachte er die wenigste Zeit am Königshof. William war freundlich, ihn als einen der Ihren zu bezeichnen, er, William, dessen Bruder der Erzbischof von York war, er, der als Admiral die königliche Marine nördlich der Thames befehligt hatte, er, der mit einunddreißig Jahren einen Feldzug in die Bretagne anführte, um seinen Bruder, das damalige Familienoberhaupt, zu befreien, als der in Brest Castle belagert wurde. William Nevill gehörte zur Spitze der englischen Ritterschaft.

Thomas, nun, er galt als gefährlich auf dem Schlachtfeld, man sagte ihm Mut nach, das wußte er. Aber wenn er ehrlich war: Viel trennte ihn nicht von den Landrittern, die Nevill so verachtete. Er war zweimal für Northamptonshire im Parlament gewesen. Und sonst? Der Höhepunkt seines Ansehens war längst überschritten. Er hatte einmal die Mutter des Königs, Joan von Kent, beschützen dürfen, sie hatte ihn gemocht; inzwischen war sie gestorben und konnte ihn nicht mehr fördern.

»Wenn wir ehrlich sind«, sagte er, »bin ich keiner von euch.«

»Und woran liegt es?« Nevill nahm eine Hand vom Zügel und wies auf Thomas. »Du siehst aus wie einer dieser Grobiane, die kärglich von einem halben Rittergut leben. Das beschränkt deine Möglichkeiten, verstehst du? Der König würde niemanden in politischer Mission nach Frankreich schicken, hinter dessen Rücken dort gespottet werden würde.«

»Und meine kurzen Haare geben Anlaß zu Gespött?«

»Nur wer selbst Hand an Pflug und Sense legen muß, schneidet sich die Haare ab, damit sie ihn nicht behindern. Dein Teil ist das Kämpfen und das Herrschen!«

»Habe ich dich in Verruf gebracht am Hof?«

»Man weiß von unserer Freundschaft und nimmt sie hin.«

Es war wohl unmöglich, William Nevill in Verruf zu bringen.

Sie ritten die breite Rampe zur Burg hinauf. Die Pferde gingen schwer, sie mühten sich. Die Klippen im Süden und Westen der Burg fielen weit über einhundert Fuß ab in die Tiefe, diese Höhe wollte erklommen sein. Thomas mußte sich eingestehen, daß er Neid empfand. Braybrooke Castle war ein Spielzeug gegen die Festung William Nevills.

Eine steinerne Brücke überspannte die Schlucht. Sie ritten darüber, und bald polterten die Pferdehufe über eine Zugbrücke. Wer vermochte ein solches Bauwerk einzunehmen? Schon an diesem ersten Wall mußten die Angreifer scheitern: Hunderte Yard bester zinnenbewehrter Mauern, im Fundament so breit wie zwei Ochsenkarren. Jeder Abschnitt mit Posten besetzt; sie streckten die Nacken, als hätten sie Lanzen verschluckt. William Nevill schien sie nicht wahrzunehmen, und vermutlich waren sie froh darüber – Untergebene, die in sein Blickfeld gerieten, entkamen selten ohne Maßregelung.

Die Straße krümmte sich ein wenig. Sie führte weiter hügelan zu einer zweiten Zugbrücke und einem zweiten Tor, bewacht von dickbäuchigen Türmen. Zwischen den Mauerringen, rechts und links der Straße, grasten Schafe und Rinder.

In der Einfahrt zum Burghof preßten Waffenknechte die Hand an den Schwertknauf und machten ihnen Platz. Thomas beneidete den Freund um jeden dieser Männer, er beneidete ihn um die große Halle in der Mitte des Hofs, in der Earl Mowbray zu seinem Vergnügen Feste feierte und in der es Parlamentssitzungen gegeben hatte, Parlamentssitzungen! Braybrooke Castle wüßten die Schreiber in den königlichen Kanzleien vermutlich nicht einmal dem richtigen Shire zuzuordnen.

William Nevill war Sachwalter des bedeutendsten militärischen Bauwerks der Midlands. Nottingham Castle beherrschte den Fluß Trent und die Straße von London in Richtung Norden. Und Thomas mußte sich eingestehen, daß der Freund die Festung glänzend verwaltete.

»Wollen wir zum Falkenhaus?«

»Nein«, sagte Thomas, »steigen wir auf die Mauer. Bei den Falken könnten sich Lauscher verbergen.«

Sie ließen die Pferde in den Händen einiger Knappen zurück und stiegen die lange Treppe hinauf, die zu den Zinnen führte. Thomas bemerkte Lichtflecken, die von seiner Schwertklinge an die Wand geworfen wurden. Er drehte das Schwert, so daß die Lichter wie Vögel emporflogen.

Oben angekommen, sah er in den Burghof hinab. Hinter der Halle beschlug ein Schmied einen kräftigen Braunen; ein Bärtiger streichelte das Pferd am Kopf, um es zu beruhigen. Das war kein Waffenknecht, der da stand, der Aketon, das gepolsterte Wams, verriet ihn mit dunklen Abdrücken von Nieten und Lederriemen. Dieser Mann trug in der Schlacht einen Plattenpanzer. Er war Ritter. »Wie viele Männer hast du hier zur Zeit?«

»Zu wenige. Der König braucht jeden Mann, aber die belehnten Ritter erscheinen weder zur Burgwache, noch bezahlen sie Schildgeld, so daß man statt ihrer Söldner einstellen kann. Es ist zum Haareraufen! Manche schicken einen Verwandten oder einen jungen Ritter aus ihrem Gefolge, der sie vertritt, das sind die Ausnahmen. Was bleibt mir anderes übrig, als das Schildgeld aus eigener Tasche vorzustrecken? Die Gewitterwolken türmen sich ja schon, wie sollte ich das ignorieren!«

»Also wie viele?«

Nottingham erstreckte sich unter ihnen mit seinen Rauchschwaden, Kirchtürmen, moosbewachsenen Dachschindeln. »Achtzehn Ritter mit Gefolge«, sagte William, »zwanzig Armbrustschützen, zweiundneunzig Bogenschützen.«

»Sie sind uns treu ergeben?«

Der Kastellan nickte. »Wie viele hast du?«

»Vier Ritter mit Gefolge, sechs Armbrüste, siebzehn Bogen.«

Sie lehnten sich zwischen zwei Zinnen über die Brüstung. »Willst du das Fernrohr haben?« fragte Nevill.

»Gern.«

Nevill reichte ihm ein kurzes Messingrohr, hohl und leer wie ein Trichter. Thomas hielt es sich vor das Gesicht. Es half, die Sonne abzuschirmen beim Blick über die Stadt. Man sah schärfer ohne das störende Licht. »Montagu hat geschrieben.« Thomas sah über die Stadt hinweg zum Sherwood Forest hinüber. Die Straße, die Nottingham mit York verband, grub eine Furche in das wuchernde Grün des Waldes. »Courtenay zieht ein Heer zusammen, schreibt er.«

»Er versucht wohl, das Durcheinander für sich zu nutzen, das seit der letzten Parlamentssitzung herrscht.«

»Es wird gegen uns gehen. Der König kann uns momentan wenig helfen, er ist selbst in Bedrängnis. Unsere Reform wird scheitern.« Thomas setzte das Fernrohr ab und fegte Sand von der Steinkrone der Mauer. Er sah zu, wie er in die Tiefe schwebte. Das Rohr gab er zurück.

»Das wird sie nicht. Was redest du da? Seit wann hast du Angst vor einem Heer? Darf ich dich an die Gascogne erinnern und an Spanien? An den Feldzug unter John von Gaunt?«

»Dieser Feldzug war ein einziges Desaster. Wir haben keinen Fußbreit Land gewonnen.«

»Aber Beute habt ihr gemacht, und zwar reichlich.«

»Und Tote zurückgelassen, genauso reichlich. Die Pest hat im Heer um sich gefressen wie Feuer in trockenem Stroh.«

»Jedenfalls ist Furcht für dich ein fremdes Wort. Widersprich mir nicht! Ich kenne dich besser.«

»Selbst wenn wir Courtenay schlagen, die Reform wird keinen Erfolg haben. Uns fehlt der Rückhalt im Volk.«

»Das Volk ist nicht blind. Seit acht Jahren haben wir zwei Päpste, einen in Rom und einen in Avignon, es ist einfach lachhaft! Man redet darüber, man hat kein Vertrauen mehr in die kirchlichen Instanzen.«

»Kein Vertrauen? Gib ihnen die Bibel in englischer Sprache, sage ihnen, sie sollen sich eigene Gedanken machen, selbst darin lesen – was meinst du, wie ihre Antwort ausfällt? Das können nur Geistliche verstehen, sagen sie.«

»Sie brauchen Zeit. Ihr Gewissen hat lange geschlafen. Sie haben nie Gottes Stimme gehört, deshalb wagen sie es gar nicht, nach ihr zu lauschen.«

»Verstehst du nicht? Wir bringen dem Volk etwas, das es gar nicht haben will.«

»Neues Denken beginnt immer bei den Gebildeten. Und die Edelleute haben wir auf unserer Seite.«

»Die Edelleute? Es sind die verarmten, die kleinen Herren. Die, die sich seit langem darüber ärgern, daß die Geistlichkeit ihnen die besten Ämter in der Verwaltung wegschnappt.«

»Was ist mit Clifford, Sturry, Clanvow, was ist mit mir? Wir gehören zu den sechzehn Kammerrittern des Königs, vier von sechzehn führenden Rittern des Landes sind bereits Nachfolger Wycliffes, und du behauptest, es sind nur die verarmten, kleinen Herren auf unserer Seite? Zählst du uns etwa dazu?«

»Natürlich nicht.«

»Hast du Cheyne vergessen? Montagu? Dich selbst?«

»Nein. Ich denke einfach nach, statt mich von der Begeisterung blenden zu lassen. Meinst du, die Großen haben ein Interesse daran, ihren Klerikern zu gestatten, daß sie sich wieder ausschließlich der Predigt widmen? Einen Laien müßten sie teuer bezahlen, ihren Geistlichen haben sie bereits für sein Kirchenamt durch einen Teil der Einkünfte des Bezirks bezahlt und lassen ihn zusätzlich in der Kanzlei arbeiten. Er macht zwei Dienste für den Lohn von einem – das wird so schnell niemand aufgeben.«

»Geld, Geld, ich höre immer nur Geld! Wo ist dein Glaube? Wo ist dein Wunsch, das zu tun, was richtig ist, weil es Gott befiehlt? Erinnere dich: Niemand kann zwei Meistern dienen, so hat Christus uns gelehrt. Dennoch dienen die verblendeten Kleriker nicht allein Gott, sondern biedern sich zugleich der weltlichen Macht an. Ein Geistlicher ist Hüter des Großen Siegels, einer ist der königliche Schatzmeister, William Pakington, der Erzdiakon von Canterbury und Dekan von Saint Martin's-le-Grand, ist der Hüter der königlichen Garderobe, der Bischof von Salisbury ist der königliche Geheimsiegelbewahrer, und in den großen und kleinen Adelshäusern Englands sieht es genauso aus, bei John von Gaunt, du weißt es, sind der Kanzler, der Schatzmeister, der Leiter der Garderobe, die Steuerprüfer, die Anwälte allesamt Geistliche. Überall sitzen sie: in den Kanzleien, in den Schatzkammern, im Gericht.«

»Es stinkt zum Himmel, aber wie sollen wir dagegen ankommen? Die Geistlichkeit beherrscht die Schulen. Wer soll denn ihre Ämter übernehmen? Wer soll schreiben, wer verwalten, wer die Belange der Städte regeln? Es müssen Männer sein, die Latein und Französisch beherrschen. Sie müssen die Steuerverwaltung begreifen und die Regeln der Diplomatie. Da brauchst du gebildete, kluge Leute.«

»Natürlich kann kein Bauer die Arbeit eines Klerikers machen. Aber ich sage dir, wer die Geistlichen ersetzen wird: Edelleute, die nur über kleine Güter verfügen. Und genau das öffnet uns das Tor dafür, die Kirche in England tatsächlich zu reformieren. Die Ritter der Shires im Parlament – sie werden rasch begreifen, wie sehr ihnen die Reform nützt. Der Hochadel verliert dadurch billige Arbeitskräfte, ja, auch mich wird es treffen. Die Edelleute im House of Commons aber und einige im House of Lords, sie erhalten die freigewordenen Ämter, wenn Priester wieder Priester sind und Dekane wieder Dekane und Bischöfe wieder Bischöfe. Denn während die sich endlich um die Predigt kümmern, um Gottes Wort und um die Gläubigen, können die Ritter der Shires und die adligen Abgeordneten sich eine goldene Nase verdienen.«

»Eine goldene Nase, die der Hochadel bezahlt.«

»So ist es.«

»Wo soll das Geld herkommen?«

»Wir enteignen die Kirche.«

Thomas schwieg. Dann nickte er. »Ja.«

William schlug ihm auf die Schulter. »Du wirst deine Zuversicht schon zurückgewinnen. Inzwischen sollten wir uns Gedanken machen, wie wir mehr Bewaffnete heranschaffen können, um Courtenay standzuhalten, sollte er tatsächlich gegen uns ziehen. Wann hat Montagu den Brief geschrieben?«

Thomas nestelte das Pergamentstück hervor. Die Zeilen erschienen als graue Felder, faserige, schwammige Würmer, denen er keinen Sinn entringen konnte. Er öffnete mit geübtem Handgriff die Brillendose am Gürtel und entnahm ihr das Sehgerät.

»Seit wann brauchst du eine Brille?«

»Schon eine Weile, aber ich wollte es nicht wahrhaben.« Thomas klappte die beiden Gläser auseinander und hielt sie sich vor die Augen. Nun sah er klar und deutlich. »Montagu hat den Brief noch im März verfaßt, am siebenundzwanzigsten.«

»Gelb und Grün!« rief William aus. »Deine Brille hat verschiedenfarbige Gläser!«

Und da begriff er. Wie hatte er ihr Gesicht vergessen können! Catherine. Catherine Rowe. Die Schuld landete mit schwerem Gewicht auf seinem Rücken und drückte ihn nieder. »O Gott«, rief er. »Entschuldige mich, William.« Er hastete die lange Treppe hinunter, stürmte über den Hof und an den staunenden Wachen vorüber. Abrupt blieb er stehen, machte kehrt. »Wo sind die Pferde?« rief er. Man wies ihm den Weg. Er verpackte im Laufen Brief und Brille.

Gott, vergib mir, dachte er. Meine Hartherzigkeit und meine Bosheit sind beschämend. Vergib mir. Vergib mir. Glücklicherweise fand er die Pferde noch gesattelt vor. Er streifte den Hafersack vom Kopf seiner Stute und saß auf. Was, wenn die Brillenmacherin tot war, tot wie Elias? Er trug die Schuld daran. In seiner Macht hatte es gestanden, ihr Leben zu retten. Und war es nicht seine Pflicht gewesen, gerade seine Pflicht?

In zügigem Trab verließ er die Burg. »Ich bitte dich, Herr«, murmelte er, »stoße mich nicht aus deiner unsichtbaren Kirche aus. Niemand weiß es, niemand weiß, ob er dazugehört. Allein du kennst deine Kinder. O Herr, laß mich dein sein. Vergib mir!«

Eine Faust in ihrem Bauch, sie konnte nicht atmen. Man drückte sie zusammen, als wollte man den letzten Rest Luft aus ihr herauspressen, und dabei war Luft alles, an das sie denken konnte, alles, das sie ersehnte, das sie brauchte. Sie krümmte sich, wollte schreien. Als sie den Mund öffnete, quoll Wasser heraus. Sie würgte. Kaltes Naß floß über ihre Lippen. Der Bauch fühlte sich an, als sei er zu einem dünnen Schlauch zusammengebunden, dennoch quetschte sich Wasser aus ihr heraus, der Körper sperrte sich dagegen, Luft aufzunehmen. Catherine drohten die Sinne zu entschwinden. Im letzten Augenblick endlich ein Atemzug. Tropfen pfiffen in ihren Hals hinein, sie hustete. Sie atmete.

Sie atmete.

Eine Hand strich ihr die Haare aus der Stirn. »Das wird.«

Sie öffnete die Augen und sah einen bärtigen Fremden sich erheben und fortgehen. Er bahnte sich eine Schneise durch die Kinderschar, die um sie herumstand mit offenen Mündern.

»Waffeln, noch ganz heiß, geradewegs von der Glut herunter!« rief jemand. Die Hosen der Straßenkinder trugen Flecken von Kot und Urin. Und Catherine lebte. Es war nicht gelungen, sie zu ersäufen.

Sie hätte die Wirtsstube nicht betreten sollen. Das Ale hatte ihre Verzweiflung in Wut und Haß verwandelt, anstatt sie zu besänftigen. Diese Menschen, die weitermachten, als sei nichts geschehen, dazu die, die sie ausnutzten, sie fertigmachten! Den Beischlaf hatte Repton verlangt. Das sollte der Preis sein für ein Wiedersehen mit ihrer kleinen Tochter. Kardamom und Lakritze hatte er gekaut, er stank danach aus dem Maul. Wer hat den Männern erzählt, sie seien für Frauen unwiderstehlich, wenn sie so riechen, wer hat ihnen erzählt, es würde die Frauen geradezu hinreißen, sie dann zu küssen? Der Gestank erregte Ekel in Catherine. Wie konnte der Widerling sich einbilden, sie fühle sich von ihm angezogen, wenn er ihr Kind entführte und es vor ihr verbarg und dann nach Lakritze roch? Wie stumpfsinnig mußte er sein, nicht zu merken, daß er abstoßend war, häßlich, widerlich? Er nannte sie »mein Vögelchen«, »mein Zuckerstück«. Sie schlug ihn. Er schlug zurück. Sie prügelte auf ihn ein. Der Erzbischof kam hinzu. Er trennte sie, sagte, es sei wohl besser, sie verlasse Newstead Abbey für eine Weile.

»Mein Kind!« rief sie. »Wo ist mein Kind?« Sie war in Southoe gewesen, war den ganzen Weg hin und wieder zurück gereist, hatte gelogen, gehungert, gefroren. Sie hatte es für Hawisia getan.

»Es geht ihr gut.«

Seine sanfte Stimme beruhigte sie ein wenig. Es ging Hawisia gut. Zumindest Hawisia ging es gut.

»Es wird alles wieder ins Lot geraten. Du hast Erfolg gehabt in Southoe?«

Sie nickte. »Und die Vereinbarung war, daß ich bei meiner Rückkehr das Kind erhalte.« Repton blutete, das verschaffte ihr Genugtuung. Er hielt sich zwei Finger unter die Nase, um das Blut aufzuhalten, aber es tropfte dennoch heraus.

»Ich glaube, es ist nicht richtig, dir das Neugeborene jetzt auszuhändigen. Eine Amme kümmert sich um die Kleine. Du bist voller Haß, selbst auf deine Freunde prügelst du ein. Ich kann es nicht verantworten, dir einen Säugling anzuvertrauen, solange du den Wunsch empfindest, um dich zu schlagen, anstatt den Wunsch, zärtlich und fürsorglich zu sein.«

»Ich würde Hawisia nie etwas antun!«

»Bist du dir da sicher? Nein, erst mußt du deinen Abscheu und deine Wut loswerden, ehe du Mutter sein kannst.«

»Gebt mir sofort Hawisia zurück!«

»Southoe war die Probe, nun weiß ich, daß du einiges leisten kannst. Bist du bereit, dem Mörder deines Mannes zu begegnen?«

»Wer ist es?« hauchte sie.

»Sir William Nevill.«

Nevill! »Die Pergamente haben ihm gehört?«

Courtenay schrak zusammen. Unverkennbar schwankte er, sein Gesicht weichte auf, er verlor die Beherrschung. »Ja«, sagte er und suchte sich zu sammeln, »ja, es waren seine. Wo sind sie jetzt?«

»Er hat sie mitgenommen.« Offenbar enthielten diese Pergamente etwas, das der Erzbischof fürchtete.

»Geh nach Nottingham, mach dich gleich auf den Weg. Ich will, daß du herausfindest, wo Nevill den Teufelsanbeter Hereford verbirgt und wo die Pergamente sind. Sobald ich das weiß, führe ich Nevill seiner gerechten Strafe zu. Das ist es doch, was du willst, nicht wahr?«

»Meine Tochter will ich.«

»Auch sie sollst du haben. Geh nach Nottingham!«

Man erpreßte sie. Zähneknirschend, die Hände zu Fäusten gekrampft, war sie nach Nottingham gewandert. Im Wirtshaus wollte sie sich beruhigen, wollte nachdenken, bevor sie Nevill begegnete. Das Ale hatte sie mutig gemacht und dumm. »Mörder!« hatte sie geschrien. »Du hast ihn umgebracht.« Und: »Ich will meine Tochter sehen!« Sie hatte den Alekrug an der Wand der Wirtsstube zerschmettert und war hinaus auf den Marktplatz getreten. Eine unbändige Wut hatte von ihr Besitz ergriffen und sie angetrieben, zu zerstören, was ihr vor die Hände geriet.

Jemand rief: »Waffeln, noch ganz heiß, geradewegs von der Glut herunter!« Straßenkinder umringten sie. Sie lag auf dem harten Pflaster des Marktplatzes. Beinahe hatten sie sie umgebracht, Nevill, Latimer. Sie hatten Elias getötet, kaltblütig, und wollten auch sie töten, sie ersäufen. Latimer hing also mit in der Sache. Er hatte wortlos zugesehen, wie man sie auf den Wasserstuhl band, sie untertauchte.

Sie würde fortan auf niemanden mehr hören. Weder würde sie Courtenay zu Willen sein noch sich den Rittern anbiedern. Courtenay wollte erfahren, wo Nevill den Teufelsanbeter Hereford versteckte? Nun, sie würde Nevill überhaupt nicht danach aushorchen. Sie würde dem verruchten Ritter den Hals umdrehen. Jawohl, das würde sie. Nevill töten. Sie würde nur noch tun, was ihr selbst in den Sinn kam.

Catherine stand auf. Die Kinder machten ihr Platz. Das Kleid war naß, es klebte an ihrem Körper.

21

Am Fuß der steinernen Rampe, die zur Festung hinaufführte, schlug Catherine dreimal das Kreuz. Geh nicht vor dem Hahnenschrei aus dem Haus, hatte die Mutter sie gelehrt, die bösen Geister haben in der Nacht Gewalt, den Menschen zu schaden. Es war Nacht. Aber Catherine fürchtete die bösen Geister nicht. Sie waren ihre Verbündeten. Catherine schlug das Kreuz nicht als Hilferuf, sondern als Drohung.

Wie Pech klebte die Dunkelheit an den Mauern von Nottingham Castle. Obwohl in mancher Schießscharte, manchem Fenster Licht glühte, erschien dadurch das Bauwerk größer und die Finsternis undurchdringlicher, denn kein Fenster, keine Schießscharte vermochte es, mehr als die angrenzenden Steine zu erleuchten. Weit war es von einem Licht bis zum nächsten, riesige Flächen dazwischen, in denen die Nacht regierte.

Catherine hatte kalte Hände. Ihr Atem ging ruhig. Sie war eine andere geworden, nachdem sie den gläsernen Ring gegen ein Stück Pergament, ein Messer und den Kapuzenumhang eingetauscht hatte. Der Ring hatte sie mit einem geordneten Leben verbunden. Er war eine Erinnerung an Elias gewesen. Jeden Tag hatte er einige Sonnenstrahlen eingefangen und sie an Catherines Finger geschmiegt. Nun brauchte sie keine Sonne mehr. Der Kapuzenumhang hüllte ihren Körper und ihr Gesicht in wohltuende Schatten.

Die Rampe führte steil hinauf, aber Catherine wog nichts, sie war leicht wie der Tod, wie sollte sie da außer Atem geraten? Am Ende der Rampe, hinter der Zugbrücke, wartete ein offenes Tor, bewacht von zwei Waffenknechten. Als sie näher trat, stießen sie sich von der Wand ab und versperrten den Weg.

»Wohin zu so später Stunde?«

»Guten Abend«, sagte Catherine. Sie versuchte zwischen den Männern hindurchzuschlüpfen.

Man ergriff ihren Arm, hielt sie fest. Es erstaunte sie. Wie konnten sie einen Geist packen?

Sie streckte die Hand aus und streichelte dem Posten über die Bartstoppeln. »Läßt du mich durch?« Den zweiten Posten winkte sie näher und säuselte dicht bei seinem Ohr: »Ich werde erwartet.«

Verdutzt sahen sich die Männer an. »Von wem?«

Da schlug sie einen härteren Ton an. »Verschwiegenheit ist nicht gerade eure Stärke, was? Von wem ich erwartet werde, geht euch einen Dreck an. Er kann euch eine Menge Ärger machen, soviel steht fest, und das wird er auch, wenn ihr mich nicht gleich passieren laßt.«

»Aber –«

»Begreift ihr nicht? Wer könnte das wohl sein, der euch zerquetschen kann wie Motten?«

Eilig traten die Wachen beiseite. »Vergebung.«

»Na also, es geht doch.«

Fackeln brannten rechts und links der Straße, die vom ersten Mauerring zur Hauptburg hinaufführte. Es war, als bot man ihr ein Willkommen.

Sie hörte unsichtbare Tiermäuler Gras malmen. Ein Wiedehopf schrie. Der Wiedehopf, sonst das Zeichen drohenden Unheils, ängstigte sie nicht, nein, er bestärkte sie, denn er verkündete dem Kastellan den Untergang. Deine Strafe naht, Nevill, dachte sie. Am Tage noch hast du mich gequält. In der Nacht sollst du für Elias' Tod büßen.

Wieder eine Zugbrücke.

»Guten Abend«, grüßte Catherine die Posten am zweiten Tor.

»Guten Abend«, antworteten die Wächter. Es war ein Zögern in der Stimme, eine Frage, aber als Catherine forschen Schrittes an ihnen vorübertrat, hinderten sie sie nicht.

Das Ziel war leichter zu erreichen, als sie gedacht hatte. Ihre Zuversicht stieg: Die Geister bahnten ihr den Weg! Sie ließen den Mörder nicht ungestraft davonkommen. Nur noch der Bergfried im Inneren der Hauptburg schützte ihn. Irgendwo in seinem Bauch versteckte sich Nevill, irgendwo saß er und trank Wein aus einem silbernem Kelch.

Die Sterne blinkten am Himmel, als wollten sie Catherine ermutigen. Sie fürchtete sich nicht vor dem Koloß aus türgroßen Steinquadern. Wo war der Eingang? Wo ging es hinein? Für eine Schlange gab es immer ein Schlupfloch. Sie würde beißen in dieser Nacht. Es war Zeit, daß sie zubiß.

Keine Tür war zu sehen. Selbst mit Schießscharten hatten die Erbauer des Bergfrieds gespart. Nevill verbarg sich gut darin. Zwischen vier Türmen klemmte der Bergfried, ein dicker, eckiger Turm war er, der von vier langhalsigen Geschwistern gestützt wurde. An einer Seite klebte ein zusätzliches, zweistöckiges Gemäuer, und hier führte eine Außentreppe in die Höhe.

Catherine stieg sie hinauf. Ein Eisenring hing oben von der Tür herab, er lockte und drohte zugleich, kein Fremder durfte es wagen, ihn zu berühren. Zögerlich hob sie ihn an. Er wog schwer. Sosehr sie auch daran zog, nichts rührte sich. Offenbar war die Tür von innen verriegelt.

Sie ließ den Ring hinunterfallen, gegen das Holz: ein dumpfer Schlag. Bald kam das Scheppern von Kettenringen näher. Die Tür erzitterte unter einem Stoß, Metall schabte an Metall. Sie öffnete sich.

»Wer seid Ihr, was wünscht Ihr?« Catherine irritierte der intelligente Blick des Burschen, auch das Schwert verunsicherte sie, das an seinem Gurt hing, nicht klobig, wie es die Klingen der Torwächter waren, sondern fein gearbeitet: Die Parierstange rollte sich auf beiden Seiten wie junges Blattwerk, als sei das Eisen nicht geschmiedet worden, sondern eigenständig gewachsen. Der Bursche war offensichtlich bereit, den Eingang des Bergfrieds zu verteidigen. Er musterte streng ihr Gesicht.

»Ich suche Sir William Nevill.«

Seine Brauen sanken um eine Winzigkeit herab, und zwischen ihnen vertiefte sich eine kleine Hautfalte. Aus dem

Nachbarraum drangen Stimmen: »Kein Zweifel, die besten Schwerter kommen aus Bordeaux. Sie sind leicht und sehr hart.«

»Auch die besten Lanzenspitzen kommen aus Bordeaux!«

»Also, wenn es um Kettenhemden und Panzer geht, würde ich in Mailand einkaufen. Schwerter und Lanzenspitzen nicht, die machen die Mailänder nicht halb so gut, da kommt nur Bordeaux in Frage, aber Panzer und Kettenhemden findet man keine besseren als die mailändischen.«

»Was ihr mit eurem Bordeaux habt! Die Deutschen stellen den besten Stahl her, sage ich. Ein Schwert aus Köln, das ist nicht zu übertreffen.«

»Köln oder Bordeaux, fest steht, daß man die englischen Schwerter vergessen kann. London liefert noch halbwegs passable Qualität, aber wenn ich die Wahl habe ...«

»Damit sagst du freilich nichts über die englischen Schwertführer. Die sind unübertrefflich.«

Gelächter.

»Wo läßt Nevill seine Helme schmieden? Paris? Oder Brüssel? Er hat ein gutes Händchen für so etwas, da macht ihm keiner etwas vor.«

Der junge Bursche befeuchtete sich die Lippen. Daß er nichts sagte, daß er die Männer dort hinten reden ließ und Catherine musterte und schwieg, das verhieß nichts Gutes. Er mißtraute ihr. »Nevill wollt Ihr sprechen, ja?« Es klang wie eine Warnung: Sie solle sich gut überlegen, ob sie das wirklich aufrechterhalten wolle. Der Blick des Burschen tastete ihren Körper ab, von den Füßen bis zur Kapuzenspitze.

Catherine schluckte. »Laßt mich ein.«

»Nein«, sagte er.

Es war simpel, ein Wort, das man jeden Tag hörte. Catherine spürte, daß sie nicht die Achseln zucken und sich umdrehen und fortgehen konnte. Entweder überzeugte sie ihn und wurde eingelassen, oder sie steckte in Schwierigkeiten. »Sir William Nevill weist einen Boten ab?«

»Wenn Ihr ein Bote seid, dann zeigt Euer Gesicht.«

Da waren sie, die Schwierigkeiten. Jetzt sich abzukehren? Undenkbar. »Ich ziehe es vor, unerkannt zu bleiben.« Es klang lächerlich. Ein Bote, der sich unter einer Kapuze verbarg? Sie mußte zum letzten Mittel greifen. Eigentlich hatte sie gehofft, daß sie das Pergament erst später brauchen würde. Auf keinen Fall durfte er es in die Hände bekommen. »Ich habe eine Nachricht von Hereford, die Euer Herr sofort erhalten muß.«

Der Bursche fuhr zurück. »Doktor Hereford?«

»Doktor Hereford.«

Der geheimnisvolle Name zeigte Wirkung. Ein Gefühl von Macht durchströmte Catherine, sie wuchs, Kraft pulste in ihr.

Er zog die Tür auf. »Ich bringe Euch hoch.«

Eine Treppe führte sie in das zweite Stockwerk. Dort endeten die Stufen vor einer festen Eichenpforte, über ihnen gähnten Löcher in der Decke, sie gaben Catherine das Gefühl, bedroht zu sein. Waren das Rattenpfade? Oder goß man durch sie kochendes Blei auf unerwünschte Besucher herab? Der Bursche klopfte und sprach mit einem Wächter. Sie durften passieren. Am Fuß der Wand lehnte eine Armbrust, Bolzen waren säuberlich unterhalb einer Schießscharte aufgereiht. Hatte der Posten nicht geschlafen? Nicht einmal geschlummert? Er sah ihnen aufmerksam nach, während sie hinter der Pforte weiter hinaufstiegen. Die vielen Vorsichtsmaßnahmen verunsicherten Catherine.

Kein Ende nahmen die Stufen. Es ging ganz nach oben.

Endlich blieb der Bursche stehen. Er schlug den Schwertknauf gegen eine Tür.

»Tretet ein!« erklang es von drinnen.

Sie kamen in eine Halle. Feingewobene Bilderteppiche hingen an den Wänden. Kaminfeuerluft wärmte Catherines Hände und ihr Gesicht. Der Schornstein über der Feuerstelle war mit Schwertern behängt und mit Schilden und Waffenröcken, die Nevills Wappen trugen: rote, sich kreuzende Linien auf weißem Untergrund. Bärenfelle bedeckten dürftig die Fenster; durch die verbleibenden Lücken sah man den schwarzen Himmel und Sterne. Da war ein Bett, so groß, daß es drei Familien Platz geboten hätte. Schränke gab es, beschlagen mit Verzierungen.

Nevill saß an einem Tisch, ihm gegenüber ein älterer Ritter. Zwischen ihnen lag ein Spielbrett aus braunen und weißen Feldern. Seltsame Figuren standen darauf. Nevill schob eine von ihnen von einem Feld zum nächsten und räumte schweigend eine andere Figur vom Brett. »Was gibt es?« fragte er, ohne aufzublicken.

Der Bursche machte einen Schritt auf den Tisch zu. »William?«

»Du bist am Zug«, sagte Nevill zum älteren Ritter. Seine Augen hingen am Spielbrett fest. »Sieh dich vor mit dem Reiter dort drüben. Oder opferst du ihn, um einen Vorteil zu erlangen?«

»Keine Sorge«, murmelte der Alte. »Ich verfolge einen Plan.«

»William? Eine Botschaft von Doktor Hereford.«

Beide, der Alte und Nevill, hoben die Köpfe.

Verbarg die Kapuze zuverlässig ihr Gesicht? Catherine brach der Schweiß aus am ganzen Körper, es stach und kitzelte.

»Endlich.« Nevill stand auf. »Geht es ihm gut? Wann kehrt er zurück?«

»Er gab mir den Auftrag«, sagte sie leise, »nur mit Euch zu sprechen, Sir Nevill.«

»Die Männer sind eingeweiht. Es ist gut.«

»Mich bindet ein Schwur, den ich Doktor Hereford gab.«

»Was verheimlicht er vor uns?« Der junge Bursche breitete die Arme aus. »Ich verstehe das nicht! Wenn er Nachricht gibt, warum sollen das nicht alle hören? Wir machen uns genauso Sorgen.«

»Er hat doch sonst keine Unterschiede gemacht.« Der Alte runzelte die Stirn.

Nevill sagte: »Es gibt nur eine Erklärung. Er befindet sich in Gefahr. Offenbar weiß er nicht, wem er trauen kann.«

»Willst du damit –«

»Natürlich will ich das nicht sagen. Und dennoch müßt ihr den Raum verlassen.«

Niemand rührte sich.

»Habt ihr mich nicht verstanden? Ich sagte, ihr sollt gehen!«

Sie taten, wie er ihnen geheißen.

Catherine tastete unter dem Umhang nach dem Messer.

»Wer seid Ihr?« Der Kastellan trat auf sie zu. »Lüftet Eure Kapuze.«

Sie mußte ihn ablenken. Rasch zog sie das Pergament hervor. Ihre Hand bebte. Um Himmels willen, daß er das nicht sah!

Er nahm das Pergamentstück entgegen. »Ist er auf dem Heimweg? Wo habt Ihr ihn getroffen?«

Der Ritter trug weder Kettenhemd noch Panzer. Sie mußte ihm nur die Klinge in den Rücken rammen. Umdrehen sollte er sich, die Augen von ihr nehmen!

Endlich beugte sich der Kastellan zum Kamin hin. Er entfaltete mühsam das Pergament. Catherine zog das Messer und schlich sich heran. Näher. Näher. Sie hob die Klinge. Stieß sie herab.

Der Ritter wirbelte herum. Eine eiserne Faust umklammerte ihr Handgelenk und zwang das Messer in die Höhe. Eine zweite packte ihren Unterkiefer. Nevill fletschte die Zähne, seine Augen sprühten Feuer. »Habt Ihr vergessen, mit wem Ihr es zu tun habt? Auf so billige Art wollt Ihr mich loswerden?«

Ja, er war der Mörder. So sah einer aus, der mordete: Das Gesicht von tiefen Furchen entstellt, ein singender, blutpeitschender Wolfsblick. Aber es war an der Zeit, daß er büßte. Eine Woge des Zorns rollte über sie. Den Mund riß sie auf, sie biß in die Hand, die ihr Gesicht umklammerte. Mit aller Kraft drückte sie das Messer herunter, es näherte sich dem Hals des Ritters. Es hineinzustoßen!

Nevill schrie auf. Er verlor den Griff in Catherines Gesicht. Mit beiden Händen umfaßte er den Messerarm und schob die

Klinge von sich fort. Das Gesicht des Kastellans rötete sich. »Ich habe nicht zahllose Schlachtfelder lebend verlassen«, preßte er hervor, »um mich mit einem Brotmesser erstechen zu lassen! Da müßt Ihr schon mit mehr aufwarten.«

Sie riß das Knie in die Höhe. Es donnerte zwischen seine Beine. »Bitte sehr«, fauchte sie.

Stöhnend krümmte sich Nevill. Er bot den ungeschützten Rücken. Seine Hände ließen nach an Kraft. Sie hob den Arm in die Höhe, entwand ihn seinem Griff und ließ das Messer herabjagen.

Wo eben noch ein Rücken gewesen war, war plötzlich keiner mehr. Der Ritter stand hinter ihr und quetschte ihren Hals mit dem Unterarm. Es knackte bedrohlich im Genick. »Laßt die Klinge fallen«, befahl er, »oder Ihr habt Euren letzten Atemzug getan.«

Catherine gab das Messer auf. Es fiel zu Boden.

»Und nun sagt mir, wer Euch schickt. Ist es Courtenay?« Mit grober Hand tastete Nevill über ihren Körper. »Eine Frau?« Er drehte sie herum und riß ihr die Kapuze vom Kopf. »Du bist das!«

Die Furchen verschwanden, er blickte wieder wie ein Mensch. Ein Mörder, getarnt als freundlicher Mann, mit dunkelblonden, lockigen langen Haaren. Er stieß mit dem Fuß nach dem Messer, es schlitterte zur anderen Seite der Halle. »Eine Bürgerin dringt in Nottingham Castle ein und versucht mich umzubringen. Wenn ich das den anderen erzähle!«

Sie schwieg.

»Du bist gut. Fast hättest du dein Ziel erreicht.« Er bückte sich neben den Tisch und hob ein Schwert auf. »Die Wut hat dich stark gemacht. Du haßt mich, weil ich den Marktwachen befohlen habe, dich mit dem Wasserstuhl zu tauchen?«

Es konnte nicht gescheitert sein. Eine neue Gelegenheit mußte sich bieten, jeden Augenblick eine Möglichkeit, es doch noch zu Ende zu bringen. »Ihr wolltet mich ersäufen.«

»Du weißt, daß das nicht stimmt. Nun allerdings hast du den Tod verdient. Du hast versucht, einen Kammerritter des

Königs zu ermorden.« Er zog bedächtig das Schwert aus der Scheide, ohne den Blick von ihr zu nehmen.

»Dieser Kammerritter ist selbst ein Mörder.«

»Was sagst du da?«

»Ihr seid ein Mörder und ein Plünderer, ein schäbiger Räuber, ob Ihr Euch königlicher Kammerritter nennt oder nicht.«

»Mutig, mutig«, murmelte er. Er richtete die Schwertspitze auf ihre Kehle. »Erzähl mir mehr.«

In kleinen Schritten wich sie zurück. Die Schwertspitze folgte ihr. »Ihr habt meinen Mann getötet.«

»Gut möglich. Ist er Franzose?«

»Er war Brillenmacher hier in Nottingham. Im Morgengrauen nach Sankt Ägidien habt Ihr ihn erdolcht.«

»Ein Mord in Nottingham? Das hätte sich herumgesprochen. Ich weiß nichts davon.«

»So? Da seid Ihr der einzige. Plötzlich wollte niemand mehr Elias Rowe gekannt haben, Händler, Karmelitermönche, Bailiffs. Sie halten sich die Brillen vor das Gesicht, die er gemacht hat, und behaupten, ihn nicht zu kennen.«

»Warum sollte ich einen Brillenmacher töten? Gewiß, ich halte nicht viel von diesen Augenkrücken für Schwache. Aber deshalb würde ich noch keinen töten, der sie herstellt.«

Sie blieb stehen. Die Schwertspitze berührte ihren Hals, aber Catherine bewegte sich nicht. Sie hob eine Augenbraue. »Vielleicht mordet Ihr, um an gewisse Pergamente heranzukommen?«

Der Ritter stutzte. Er ließ das Schwert sinken. »Pergamente?« hauchte er.

»Dicke, helle Blätter, längs gefaltet. Sie lagen auf den Linsen, die Elias aus Braybrooke mitgebracht hat. Schwarze und rote Schrift war darauf.«

»Braybrooke … Daher kanntest du den Namen Hereford?« Er schwieg einige Augenblicke. Dann sagte er: »Dein Mann ist gestorben, weil er die schärfste Klinge Englands bei sich versteckt hatte.«

»Was soll das sein?«

»Die Pergamente. Er hat dich nicht eingeweiht? Wycliffe übersetzte den berühmten Vers aus dem Brief an die Hebräer so: *Forsoþe þe wrd of god is quik and spedi in wirking and more able to persen þan alle twei eggid swerd.* Denn das Wort Gottes ist schnell und kräftig und schärfer als jedes zweischneidige Schwert. Man fürchtet diese Waffe! Man fürchtet das Wort Gottes. Darum hat man deinen Mann getötet. Wo sind die Pergamente?«

Sie war beim Mörder, und er fragte sie das gleiche, das auch Courtenay gefragt hatte. Was hatte das zu bedeuten? »Diese Pergamente, sie sind die Bibel?«

»Nicht die ganze Bibel. Ein Teil davon.«

»Warum sollte einer getötet werden, weil er einen Teil der Bibel versteckt?«

»Hat dein Mann nicht mit dir darüber gesprochen?«

Wohinein hatte sich Elias verwickeln lassen? »Er wußte, daß man ihn töten wollte, glaube ich.«

»Dann hat man ihn verfolgt, schon vor seinem Todestag. Wo hat er die Pergamente versteckt? Kannst du sie mir bringen?«

»Wer ist Doktor Hereford?«

»Du weißt also nichts.« Der Ritter nickte bedeutungsschwer. Er wies auf den Schemel, auf dem der Alte gesessen hatte. »Nimm Platz.«

Sie setzte sich. Wenn der Erzbischof recht hatte, war Hereford ein Teufelsanbeter, und Nevill war mit ihm im Bunde. Der Satan verlieh dem Ritter eine gespaltene Zunge. Hab acht! befahl sie sich. Man wickelt dich ein, man wiegt dich in falscher Sicherheit. Du sollst in die Hölle hinabgezogen werden.

»Doktor Hereford war Professor der Heiligen Schrift in Oxford. Dort befindet er sich auch gerade, um einige schwierige Textstellen abzuklären. Er fragt Aston, Parker, Swynderby um Rat, auch den Kanzler der Universität, Robert Rigg. Es ist kein leichtes Unterfangen, das er betreibt. Der Doktor übersetzt die Bibel ins Englische. Wycliffe hatte damit begonnen, Hereford beendet es. In vier, fünf Tagen wird er zurück in Braybrooke sein. Vielleicht kann ich dich mit ihm bekannt machen.«

»Warum wurde mein Mann getötet?«

»Die Kirche fürchtet diese Bibelübersetzung. Sie soll reformiert werden, soll sich aus den weltlichen Belangen heraushalten und aufhören, Besitz anzuhäufen. Sie weiß, daß man sie zwingen würde, könnte jeder Gottes Wort lesen, denn er warnt davor, zwei Herren zu dienen. Wir sagen, jeder sollte selbst mit Gott sprechen und ihn persönlich kennenlernen, und jeder kann in der Bibel nachlesen, was Gott befiehlt. Die Kirche sagt, daß nur die Geistlichen es können.«

»Wer ist ›wir‹?«

»Die Nachfolger Wycliffes.«

»Und wer sind die Nachfolger Wycliffes?«

Nevill zögerte.

Courtenay hatte recht, diese Männer waren von der Kirche abgewandt, sie dienten einem seltsamen, einem gefährlichen Glauben. Es waren Ketzer! Möglicherweise beteten sie tatsächlich den Teufel an. Hatte Elias zu ihnen gehört? Hatte man ihn vielleicht gezwungen? Sie schlug auf den Tisch. »Ich weiß, was Ihr tut. Ihr zwingt die Menschen dazu, daß sie mit Euch den Teufel anbeten. Wer Euch nicht zu Willen ist, dessen Haus brennt Ihr nieder. Ihr schlagt ihn halb tot und stehlt seine Habe. Gott wird Euch bestrafen!«

»Was redest du da?«

»Versucht nicht, mich zu betrügen. Ich lasse mich nicht mit weichen Worten einfangen. Elias mußte sterben, und meinem Bruder ist es nahezu ebenso ergangen. Eure Männer haben ihn verprügelt, Eure Männer haben sein Haus angezündet, sein Pferd gestohlen.«

»Wie willst du das wissen?«

»Sie trugen dieses Zeichen.« Sie wies zu den Waffenröcken am Schornstein hinüber.

»Unmöglich.«

»Es ist so, wie ich es sage.«

Der Ritter stand auf. »Ich verspreche dir, Frau, jedem einzelnen, der daran beteiligt war, soll die rechte Hand abgehauen werden.«

Catherine lachte bitter. Auch sie erhob sich. Sie sah dem Ritter gerade in die Augen. »Dann fangt bei Euch an. Wollt Ihr die Handlanger bestrafen, und der, der den Befehl gab, soll ungeschadet davonkommen?«

Nevills Schultern streckten sich. »Ich bin Ritter des Königs«, dröhnte er. »Niemals habe ich einen Befehl wie diesen gegeben, Gott helfe mir. Deine Anschuldigungen sind eine Schande!«

»Wie werden die Männer Euch anschauen, wenn sie vor dem Richtblock knien? Reumütig? Oder werden sie Euch wütend ansehen, weil sie in Eurem Auftrag handelten? Alan war Euer Pächter. Kein Gesetzloser macht einen Überfall am hellen Tage.«

»Er war mein Pächter? Welches Interesse sollte ich haben, meine eigenen Pächter zu verjagen? Durch die Pest liegen viele Grundstücke brach, die Scheunen verfallen, die Schafhürden werden morsch, auf den Äckern schießt das Unkraut in die Höhe. Ich bin froh über jedes Stück Land, das bewirtschaftet wird. Zudem ist das Haus eines Pächters mein Eigentum. Warum sollte ich es zerstören, anstatt einfach nur den Pächter zu verjagen, wenn er mir nicht paßt? Dein Vorwurf ist unsinnig. Ich warne dich: Wer mich einen Lügner nennt, muß die Unterredung mit meinem Schwert fortführen.«

Er sprach frei und klar. Nevills Stimme haftete nicht der faserige Pilz der Lüge an, der ihren Klang dämpfen würde. Was, wenn er die Wahrheit sagte?

Sie wußte nun, wo Hereford sich aufhielt. Sie konnte nach Newstead Abbey zurückkehren und dieses Wissen gegen Hawisia eintauschen. Aber verriet sie damit den Richtigen? Hatte Elias diesen Professor unterstützt, und sie lieferte ihn nun ans Messer?

Es klopfte.

In Nevills Gesicht spiegelten sich Zorn und Mitleid. »Setze die Kapuze auf!« befahl er. »Es ist besser, man sieht dich hier nicht. Dein Mann hat der guten Sache gedient, um seinetwillen sollst du verschont bleiben. Ich will vergessen, was geschehen ist. Gehe jetzt!«

Sie zog die Kapuze über den Kopf. Nevill selbst öffnete die Tür, um Catherine hinauszuschieben. Im Türrahmen stieß sie mit einem Mann zusammen, sie sah nur seine Schuhe, er sagte: »Verzeiht.« Die Tür schloß sich hinter ihm.

Catherine erstarrte zu Stein. Es war die Stimme des Mörders.

22

Als Habenichts war er ausgezogen, als gutbezahlter Langbogenschütze kehrte er zurück. Er hatte einen Beruf, den man schätzte. Er gehörte zu einer Gruppe von Männern, die überall hoch angesehen waren, in England, in Frankreich, in Flandern. Sie hatten die Schlachten von Falkirk und Crécy entschieden, von Poitier. Überall in Europa versuchte man, englische Langbogenschützen anzuwerben. Manche von denen, die David ausgebildet hatte, dienten inzwischen in den Heeren des deutschen Ordens. Alan bewunderte ihn.

Dem Alten konnte niemand etwas vormachen. Mit seinem knorrigen Bogen traf er genauer als alle anderen. Ein Bogen mit Knoten im Holz – und doch flogen die Pfeile des alten Meisters weiter als die des kräftigsten seiner Schüler.

Seit er den ersten Pfeil ins Schwarze gesetzt hatte, als niemand damit rechnete, wurde er von David bevorzugt behandelt. Die anderen Bogenschützen waren träge Schläfer, sie tranken Ale bis in die Nacht und waren dann am Morgen nicht aus ihren Träumen zu rütteln. Alan aber kannte hartes Arbeiten. Er stand vor dem ersten Hahnenschrei auf, nahm Bogen und Pfeile, schlich sich auf die Wiese und schoß. Bevor die anderen Schützen wach waren, hatte er hundert Pfeile auf die Zielscheiben gebracht. Es blieb nicht unbemerkt. Der Meister machte es sich bald zur Gewohnheit, Alan im Morgengrauen Gesellschaft zu leisten. Gemeinsam schossen sie. Der Alte gab Ratschläge, verbesserte Alans Haltung, erklärte ihm, wie der Wind den Flug der Pfeile veränderte.

Machmal nannte er ihn Wunderkind. Er wollte nicht glauben, daß Alan noch nie einen Bogen in der Hand gehalten hatte. »Wunderkind«, murmelte Alan und lächelte. Er hatte seinen Weg gefunden. Wenn er nun vor den Vogt trat, bat er nicht, er schenkte. Der Vogt konnte froh sein, daß Alan ihm die Hartherzigkeit vergab und immer noch bereit war, um Mays Hand anzuhalten.

Es war früh am Morgen. Wie Milch floß der Himmel auf die Erde herab. Die Bäume am Straßenrand standen als schwarze Schattenrisse vor dem Horizont. Alan war der erste Wanderer des Tages: Seine Schritte verscheuchten Eidechsen, Blindschleichen, Igel. Auf einem Rübenfeld wühlten Schweine ihre Rüssel in den Boden.

Alan schritt kräftig aus. Wie er gezittert hatte, als er damals beim Vogt um Steuernachlässe gebeten hatte! Heute war er ein anderer Mensch, er war ein freier Mann, kein Pächter. Er war dem Vogt ebenbürtig.

An seinem alten Acker am Rand des Dorfes wanderte er vorüber. Er gehörte zu einem fremden Leben, er interessierte nicht mehr. Allerdings wunderte es Alan, daß das Haus nicht wieder aufgebaut war. Es lag in Trümmern, genau so, wie er es vergangenen Herbst zurückgelassen hatte. Auf dem Acker wuchs wildes Kraut zwischen Strohstoppeln. Man hatte hier keinen einzigen Handschlag getan. Warum war das Land nicht neu verpachtet?

Er begegnete den ersten Menschen. Zwei Bauern, deren Felder aneinandergrenzten, stritten um drei Schritt Erde. Der eine behauptete, der andere habe die Grenzsteine versetzt. Er habe sein Feld erweitert, indem er drei Schritt auf der anderen Seite mitpflügte, und nun sehe es so aus, als würden sie ihm gehören. Damit es nicht auffalle, habe er die Grenzsteine ausgegraben und dem neuen Verlauf des Feldes angepaßt. Man sehe es deutlich: Jener Busch und jener Baum hätten seit jeher auf seiner Seite gestanden, nun stünden sie beim Nachbarn.

Alan grüßte freundlich.

Die Bauern unterbrachen ihren Streit, starrten ihn an. Kein Zweifel, sie erkannten ihn.

Er lächelte. Stehen blieb er nicht. Sollten sie ihm nachschauen, wie er in seinem hellblauen Rock ins Dorf wanderte, mit den roten Strümpfen und den neuen Schuhen. Er war gut angezogen: Der Rock trug Schließen aus Messing, er hatte sie mit einem Tuch geputzt, bis sie blinkten. Die Schuhe spitzten sich vor den Zehen zu und liefen in langen Zipfeln aus. Deutlich zeigte die Kleidung, daß er Geld besaß. Er hatte seinen ganzen Lohn hineingesteckt, und man sah nun, er konnte für eine Frau sorgen, er war ein Schwiegersohn, auf den man stolz sein konnte.

In der Hand trug er den bemalten Bogen. Ohne Sehne sah er aus wie ein überlanger Wanderstab. Viele der Bauern würden nicht einmal wissen, was der Stab darstellte. Alan war ihnen voraus. Alan war Langbogenschütze. Alan arbeitete für den Erzbischof von Canterbury.

Vor Mays Tor glättete er den Rock, schloß die oberen Schließen, fuhr sich über den Haarschopf. Er klopfte und trat ein.

»Ihr wünscht?« fragte die Hofmagd. Plötzlich riß sie die Augen auf. »Alan?«

»Der bin ich.«

»Was ist passiert?«

»Ich stehe in den Diensten des Erzbischofs von Canterbury. Man hat mich als Langbogenschützen angeworben.«

Sie kam heran, befühlte seinen Rock. »So ein schönes Himmelblau!«

»Wo ist May?«

Die Hand zuckte zurück und erstarrte. Errötend senkte die Magd den Blick. »Willst du hier auf sie warten?«

»Nein, ich gehe zu ihr. Wo finde ich sie?«

»Es ist besser, wenn ...« Sie biß sich auf die Unterlippe. »Es ist wirklich besser, wenn du wartest.«

»Was ist los?«

»Wo du doch nun so lange verschwunden warst! Sie wird heiraten. Sie konnte dem Herrn Vogt nicht mehr standhalten.«

»Wen heiratet sie?«

»Den Spanneby.«

Den Spanneby. Nach dem Vogt und seinen Anvertrauten waren die Spannebys die vermögendste Familie im Ort. Sie besaßen gutes Land, Schafe, Rinder und Schweine. »Den Ältesten?«

»Den Ältesten.«

Den Erben also. Der älteste Spanneby war ein Dummkopf, kräftig gebaut, die Ohren etwas klein geraten. Er liebte Ringkämpfe, und er gewann sie alle. Zu sprechen, das liebte er nicht; er war ein Anpacker, der gelernt hatte, daß es klüger war, wenn er den Mund nicht aufmachte. Ihn sollte May lieben? »Wann ist die Hochzeit?«

»Diesen Sommer.«

Alan straffte sich. »Davon halte ich nichts.« Er umschloß den Bogen fest am garnumwickelten Griff. »Es wird eine Hochzeit geben, aber keine mit dem Spanneby.«

»Das ist alles schon ausgehandelt, Alan.«

»Was kümmert es mich! May ist bei ihm?«

»Sie säen Gerste, oben beim Birkenwäldchen.«

»Und der Vogt?«

»Er weiß es.«

»Das meine ich nicht. Wo ist er? Wann kommt er zurück?«

»Er ist hinten auf der Weide. Eine Kuh kalbt.«

»Sag ihm nicht, daß ich da bin. Ich will zuerst mit May sprechen.«

»Alan, mach keinen Unsinn, du weißt doch, welchen Dickkopf der Herr Vogt hat! May ist seine Tochter, und er hat die Sache festgemacht.«

»Vor dem Spanneby war *ich* da«, sagte er und verließ den Hof. Den Weg zum Feld am Birkenwäldchen ging er mit großen, starken Schritten. Sobald May sah, daß er lebte, würde sie den Rivalen stehenlassen und ihm um den Hals fallen.

Die Schlehenbüsche blühten. Sie trugen noch keine Blätter, nur weiße Tupfer im Dornengeäst. Am Horizont wiegten sich die weißen Stämmchen der Birken.

Dort, auf dem Feld, schritt der Spanneby entlang der Ackerfurchen, griff Samen aus einem Tuch, das er sich um den Bauch gebunden hatte, und streute sie in hohem Bogen aus. Hinter ihm ging May. Sie hielt einen Moorbirkenzweig mit Kätzchen, die wie weiche, gelbe Würmer über den Zweig krochen. Die Kätzchen ließ sie dem Spanneby über den Nacken tanzen. Lachend duckte er sich darunter und schlug danach. May lachte auch.

May lachte! Er, Alan, war verschollen, und May neckte den Spanneby und schien glücklich zu sein, ihn bald zu heiraten. Waren ihre Tränen gespielt gewesen? Waren die Küsse eine Rebellion gegen den Vater und sonst nichts? Alans Kehle schnürte sich zu.

Der Spanneby wirbelte herum und streute May Samenkörner ins Gesicht. Sie floh über das Feld, er folgte. Sie kreischten vor Vergnügen.

»May«, flüsterte Alan. Tag um Tag hatte er an sie gedacht, sich nach ihr gesehnt. So belohnte sie seine Treue?

Er wendete sich um, ging langsam den Weg hinunter entlang der Schlehenbüsche. Das Gesicht fühlte sich taub an. Die Füße trotteten voran, als gehörten sie zu einem fremden Körper.

Miststück! So wenig bedeutete er ihr also. Hätte er sie weniger geliebt – es wäre leichter zu ertragen gewesen. Was, wenn ihre Zuneigung nur Mitleid gewesen war? Alan, der einsame Verlierer, den der Vogt verachtete. Wenigstens einmal sollte er glücklich sein, hatte sie vielleicht gedacht, also küsse ich ihn und lüge ihm etwas vor von Sorgen um seine Zukunft. Mitleid!

Nun, die Dinge lagen anders inzwischen. Sollte sie nicht erfahren, wie enttäuscht er war? Sollte sie nicht Enttäuschung über sich selbst empfinden? Bereuen, was sie getan hatte? Sie mußte sehen, was aus ihm geworden war. Wenn sie dann wünschte, statt des Spanneby ihn zu heiraten, würde er sie seinerseits zurückweisen, und sie würde erleben, wie es sich anfühlte, nicht gewollt zu sein.

Alan blieb stehen. Er nestelte die Bogensehne aus dem Lederbeutelchen. Der Duft des Bienenwachses spendete Kraft, der vertraute Flachsfaden in seiner Hand erinnerte ihn an das, was er konnte, worin er selbst einem Spanneby überlegen war, gleichgültig, wieviel der besaß.

Er drehte den Stab zurecht: Das rotbraune Kernholz war der Bogenbauch, das Splintholz der Bogenrücken. Nie durfte man das verwechseln, sonst brach der Bogen beim Bespannen. Ein Ende der Sehne legte er in die Hornnocke an der Stabspitze, dann hängte er sein Körpergewicht an das Holz, um es zu biegen. Rasch befestigte er das andere Ende der Sehne an der unteren Nocke.

Alan löste die Armschiene vom Gürtel und den Handschuh, zog die Schiene über den linken Unterarm, den Handschuh auf die Finger. Er öffnete und schloß die Hand. Leise knirschte das Leder. Zur Probe zog er ein wenig die Sehne. Sie war straff gespannt.

Mit der Rechten schnürte er den Lederlappen am Gürtel auf. Da steckten sie, wie bei jedem Langbogenschützen Englands, vierundzwanzig Pfeile. »Jeder von uns«, sagte David immer, »trägt vierundzwanzig Schotten unter seinem Gürtel.« Vier Heulpfeile ragten über die anderen hinaus. Sie trugen hinter der Eisenspitze ausgehöhlte, durchlöcherte Holzknorren, deshalb waren sie länger, wegen der dicken Knorren ließen sie sich sonst nicht so weit zurückziehen auf der Sehne, es mußte ausgeglichen werden durch einen längeren Schaft. Einen der vier angelte er heraus und setzte das Pfeilende mit der Kerbe auf die Sehne. Hinter den drei weißen Federzipfeln umfaßte er den Schaft mit Daumen und Zeigefinger. Er spannte den Bogen, zog den Pfeil bis zum Ohr. Er schoß.

In hohem Bogen sauste der Pfeil über das Feld, und er heulte wie ein Wolf dabei. Diese Pfeile machten auf dem Schlachtfeld die Pferde scheu, das war ihre Aufgabe. Hier, über dem Feld am Birkenwäldchen, ließ das Gellen May und den Spanneby zusammenschrecken.

Alan trat hinter den Schlehenbüschen hervor. Er hielt gerade auf die beiden zu. Seine Schritte sollten Entschlossenheit beweisen und Mut, und weil die Schritte Entschlossenheit und Mut bewiesen, fühlte er sich augenblicklich entschlossen und mutig. Er war eben nicht mehr Mays Geliebter, er war Langbogenschütze, und er hatte zur Übung einen Heulpfeil abgeschossen. Nun ging er hinüber, um ihn einzusammeln und um höflich zu grüßen, nicht mehr, nicht weniger.

May klammerte sich vor Furcht an den starken Arm des Spanneby. Als Alan näher kam, nahm sie unvermittelt die Hände herunter und brachte einen halben Schritt Abstand zwischen sich und den Spanneby. Sie bemühte sich, das Gesicht aufrecht zu halten und nicht den Blick niederzuschlagen vor Scham. Dennoch, sie schämte sich, sie ... Sie weinte. May weinte.

Kurz bevor er sie erreichte, schlug sie die Hände vor das Gesicht und wendete sich ab. Was sollte das? Der Mut und die Entschlossenheit drohten ihn zu verlassen. Mit Mühe machte er weiter feste Schritte, mit Mühe zwang er sich, nicht die weinende May, sondern den Spanneby anzuschauen und ihn zu grüßen. »Sät Gerste, wie?«

Der Spanneby schwieg. Er sah ärgerlich zwischen May und Alan hin und her.

»Ich dachte, ich schaue mal vorbei.«

»Hättest du dir sparen können«, sagte der Spanneby.

Beide sahen zu May hin. Sie mußte etwas sagen. Sie mußte entscheiden, ob er willkommen war oder nicht.

May wischte sich die Tränen von den Wangen. Offenbar wollte sie reden. Bevor sie dazu kam, sah sie Alan an, und es packte sie erneut das Schluchzen. Wieder schlug sie die Hände vor das Gesicht.

»Ist es das, was du wolltest?« knurrte der Spanneby.

»Daran trägst du mehr Schuld als ich.«

»Schwachsinn.«

Sie schwiegen. May weinte.

»Macht sie nicht gerade glücklich, daß du da bist. Es ist besser, du verschwindest wieder. Geh, bau deine Hütte auf, grab deinen Garten um.«

Ich bin Langbogenschütze! dachte Alan. »Ich wohne jetzt in Newstead Abbey, also geht mich das Haus hier einen Fliegendreck an. Am besten, du säst weiter und läßt mich mit May reden.«

»Meine Verlobte will nicht mit dir reden.«

Das saß. Seine Verlobte nannte er sie, und es war keine Lüge, sie war des Spannebys Verlobte. »Ist das so, May?« fragte er leise. »Willst du nicht mit mir reden?«

Sie fuhr mit dem Ärmel über ihre Augen, dann sah sie zum Spanneby hinüber und sagte: »Bitte laß uns allein.«

»Überleg dir das gut! Der Kerl ist ein gesuchter Verbrecher. An deiner Stelle würde ich –«

»Bitte. Es ist wichtig.«

»Wichtig.« Er spie das Wort wie einen Fluch. »Soso, wichtig.« Damit wandte er sich um, ging zu der Stelle, an der sie das Säen unterbrochen hatten für ihre Spiele. Er streute wieder Körner aus und murmelte Flüche dabei.

Alans und Mays Blicke trafen sich. In seiner Brust krampfte sich das Herz zusammen. »Da bin ich wieder«, sagte er.

»Du warst lange fort.«

»Heiratest du ihn?«

»Im Sommer, ja.«

»Ich bin jetzt Langbogenschütze. Ich verdiene nicht schlecht.«

»Vater will, daß ich ihn heirate.«

»Und was willst du?«

»Du weißt es.«

Er wußte es nicht.

Wie konnte er das gestehen, ohne die zerbrechliche Schönheit zu vernichten, von der er nicht sicher wußte, ob sie da war, die er aber auf keinen Fall zerstören wollte, falls sie existierte? Er fürchtete, bereits seine Zweifel könnten sie vernichten, wenn er sie äußerte. »May, ihr habt ... glücklich ausgesehen, als ich zum Feld hochkam.«

»Man versucht, mit dem glücklich zu sein, was man hat.«

»Es sah nicht so aus, als ob –« Er stockte.

»Als ob ich noch an dich denken würde? Hältst du mich für so flatterhaft? Denkst du, der erste kleine Wind bläst mich um?«

»Wie kannst du dann so fröhlich mit ihm lachen?«

Ihre Stirn bekam Falten. Sie sah nicht mehr in sein Gesicht, sondern auf die Messingschließen und schwieg.

Nun war es geschehen. Seine Zweifel hatten ihre Sicherheit zerbrochen. Das hatte er nicht gewollt! Er wollte nicht zweifeln! »Bitte verzeih. Es ist so … Es hat mich … Es kam etwas unerwartet für mich.«

Sie winkte ab, ohne ihn anzuschauen. »Laß nur, du hast recht, ich bin glücklich mit ihm, ich lache, und wir scherzen, und es ist alles bestens.«

Es war nicht alles bestens. »May, es ist nicht alles bestens.«

»Doch, ich würde ja lügen, wenn ich sagen würde, ich liebe ihn nicht. Er ist ein freundlicher Tolpatsch, er bringt mir Blumen, und Vater redet mir jeden Abend ein, daß ich großes Glück habe, daß gerade er sich für mich interessiert.«

»Natürlich. Er hat ein großes Erbe.«

Nun blickte sie ihm in die Augen. »Ich habe keine Wahl, Alan.«

Sollte er von Flucht sprechen? Von Ungehorsam? »Wenn du mit mir nach Newstead Abbey gehen würdest …«

»Meinst du, da findet mich mein Vater nicht?«

»Liebst du mich?«

Sie preßte die Lippen aufeinander. Langsam, kaum merklich, nickte sie.

»Es hängt also an deinem Vater? Gut, ich gehe zu ihm. Ich sage ihm, was mein Wochenlohn ist, und ich halte um deine Hand an.«

»Er wird dich fortschicken«, sagte sie.

Sie faßte seine Hand. Gemeinsam gingen sie hinunter ins Dorf. Wer die beiden erblickte, blieb stehen und schaute ihnen hinterher. Die Bauern schüttelten den Kopf, die Bäuerinnen seufzten.

Auf der Weide hinter Mays Hof kniete der Vogt mit einigen Knechten bei einem frischgeborenen Kalb und der Mutterkuh. Sie diskutierten, ob sie ihm aufhelfen sollten oder ob es von allein aufstehen mußte. Es war schwach und dürr. Der Vogt machte sich Sorgen, das war an seinem Gesicht abzulesen.

Alan trat vor ihn hin, May hinter sich, und sagte: »Ich muß mit dir reden.«

Der Vogt stand auf. »Alan!«

»Ich bin Langbogenschütze geworden. Das ist mein Bogen aus Eibenholz. Das Holz ist aus Spanien gekommen mit dem Schiff über das Meer. Ich schieße mit diesem Bogen einen Kriegspfeil hundertachtzig Yard weit, einen Flugpfeil zweihundertsechzig Yard.«

»Beachtlich. Du hast es weit gebracht, Junge!«

»Ich verdiene einen Schilling acht Pence die Woche. Es gibt keinen Zweifel mehr daran, daß ich deine Tochter May ernähren kann. Gib sie mir zur Frau!«

Der Vogt streckte den Rücken. »May ist bereits mit einem anderen verlobt.«

»May hat Schwestern.«

»Natürlich. Willst du eine von ihnen?«

»Ich möchte May zur Frau haben. Der Spanneby soll unter den Schwestern wählen.«

»Es ist die Regel, daß zuerst die Älteste heiratet. Und sie ist ihm versprochen.«

»Ich heirate sie noch in diesem Sommer. Ich kann genug ansparen bis dahin. Der Spanneby kann warten bis zum Herbst.«

»May wird die Frau des Spanneby.«

»Was hast du gegen mich?«

»Es ist nichts gegen dich, Alan. Die Sache ist nun einmal beschlossen und abgemacht, ich breche keine Versprechen, die ich gemacht habe.«

»Und was ist mit deiner Tochter? Bedeutet es dir gar nichts, ob sie glücklich ist oder unglücklich, bedeutet es dir nichts, was ihr Herz sich wünscht?«

»Das Herz einer Frau ist unbeständig. Sie wird lernen, ihn zu lieben. Sie hat viele Jahre Zeit dazu.«

»So ein Glück, daß die Felder der Spannebys neben deinen Feldern liegen! Gut, daß sie so viele Schafe, Schweine und Rinder besitzen, vielleicht könntet ihr die Tiere auch gemeinsam zur Weide führen? Welche großen Herden das ergäbe! Habgier ist eine Sünde, hast du das vergessen?«

Der Vogt wies zum Tor. »Verschwinde!«

Alans Finger rutschten aus Mays Hand heraus. »Ich kann also Fuchsschwänze kraulen. Ich werde May nicht heiraten.« Er nickte langsam. »Du fühlst dich sehr stark, was?«

»Fange nicht wieder mit deiner Überheblichkeit an, Junge. Das hat dich schon einmal in Schwierigkeiten gebracht. Verschwinde, oder ich liefere dich an Nevill aus!«

Alans Blick streifte den Bogen. Seine Finger spürten das Garn des Griffs, an seine Hüfte schmiegten sich die Pfeile. »Wenn du dich mit mir messen willst, fein, dann messen wir uns. Ist mein Acker neu verpachtet worden?«

»Was hat das mit May zu tun?«

»Nichts. Antworte auf meine Frage, Vogt!«

»Er ist nicht neu verpachtet bisher.«

»Wie kommt das? Nevill könnte erneut das Eintrittsgeld von zwei Pfund verlangen, warum sollte er sich das entgehen lassen?«

»Ich weiß es nicht.«

»Du weißt es nicht. Du bist Vogt und weißt nicht Bescheid über die Pachtgüter deines Dorfes.«

»Sir Nevill wird wissen, warum er das Land nicht verpachtet hat bisher. Vielleicht fand sich kein Pächter.«

»Hast du mit ihm über den Vorfall gesprochen?«

Der Vogt zögerte. Er schüttelte den Kopf.

»Wäre es nicht deine Aufgabe gewesen?«

»Ich habe es nicht gewagt, ihn darauf anzusprechen. Sir Nevill ist sicher wütend auf mich wegen dir, du hast mir da etwas eingebrockt, das ich nun auslöffeln darf! Kein Wort verliert der Kastellan über die Sache. Er umgeht sie.«

Es war allerdings seltsam. Ein Vorfall von dieser Härte, und nicht einmal mit dem für das Gebiet zuständigen Vogt sprach der Kastellan darüber. Was, wenn er gar nichts von dem Überfall wußte? Wenn es keine Strafe für seine Beschwerde über die Abgaben gewesen war?

Und das Gerücht, man wolle ihn aufknüpfen? War auch diese Drohung nicht Nevills Antwort darauf, daß er, Alan, sich beim Erzbischof beklagt hatte, sondern Teil einer Intrige, eines Versuchs, ihn loszuwerden? Es waren nie Reiter aufgetaucht, nie Hunde, nie Häscher. Er war in seinem Versteck im Wald unbehelligt geblieben. Wer hatte ihm von dem Gerücht erzählt? May.

Die Tochter des Vogts.

»Mach dir keine Sorgen, Vogt«, sagte Alan kühl. »Ich kümmere mich darum. Ich werde Nevill fragen.«

23

Drei Wochen hatte sie Hawisia nicht gesehen. Nun sollte sie hier in der Werkstatt warten, jeden Augenblick würde man sie ihr bringen. Catherine nutzte die Zeit, um das Werkzeug zusammenzuschnüren. Es gehörte nicht ihr. Allerdings hatte sie oft ohne Lohn für die Freunde des Erzbischofs gearbeitet, war es da nicht gerechtfertigt, daß sie zur Bezahlung das Werkzeug an sich nahm? Nur wenn sie arbeitete, würde sie in der Fremde ein Zimmer mieten und Nahrung für Hawisia kaufen können. Sie brauchte Feilen, Schleifschalen, Zangen. Die Schleifmaschine ließ sie schweren Herzens zurück.

Courtenay sollte erst erfahren, daß sie ihn verließ, wenn sie bereits einige Stunden verschwunden war. Sie würde die großen Straßen meiden und nur in kleinen Ortschaften übernachten. Er hatte ja, was er wollte, er kannte den Aufenthaltsort dieses Doktor Hereford. Vielleicht würde er sich ärgern über ihre Flucht. Sie aufwendig verfolgen würde er nicht.

Die Stimme des Mörders. Catherine konnte sie nicht vergessen. Die Stimme, die ihr einst zugeraunt hatte: »Ich werde dich züchtigen.« Der Mörder war bei Nevill gewesen. Also hatte der Ritter sie belogen. Er hatte sich unwissend gestellt, um sie loszuwerden, und empfing gleich darauf den Übeltäter. Offenbar war er sich sicher, daß sie den Mörder nicht erkannte. Aber sie kannte ihn! Ihn zu jagen! Ihn zur Strecke zu bringen!

Du fliehst, sagte sie sich. Vergiß die Vergangenheit. Heute bist du Hawisias Mutter, du bist Brillenmacherin, das ist genug. Der Haß soll keine Nahrung mehr erhalten.

Es war wohl am besten, wenn sie das Bündel mit den Werkzeugen aus dem Fenster fallen ließ. Im Calefaktorium hielten sich Kanoniker auf, sie würden Verdacht schöpfen, wenn sie mit Hawisia und mehreren Bündeln Gepäck an ihnen vorbeiging.

Catherine wickelte einen Lederlappen um die Werkzeuge. Sie trat ans Fenster. Da hörte sie ein Rauschen von Stoff, das Geräusch des sich teilenden Vorhangs. Rasch zog sie das Bündel zurück und sah sich um. Eine schmutzig gekleidete Frau war eingetreten. Sie trug Hawisia auf dem Arm. Mit ernstem Gesicht überreichte sie ihr die Tochter. Catherine lächelte.

Hawisias Haut hatte die Farbe von Asche angenommen. Der Glanz war aus den Augen gewichen. Reglos lag sie da und weinte, kaum hörbar, tränenlos, als tat sie es nur für sich, um sich zu beweisen, daß sie noch lebte. Catherine roch ihren Atem: eitrig, streng. »Wie lange ist sie schon so?« fuhr sie die Amme an.

»Gestern wollte sie meine Brust nicht mehr, ich weiß nicht, was geschehen ist. Zuvor ging es gut.«

»Laß mich allein!«

Unter Entschuldigungen zog sich die Amme hinter den Vorhang der Werkstatt zurück. Catherine entblößte ihre Brust und legte den Mund der Kleinen darauf. Müde saugte Hawisia einige Male, dann erschlafften ihre Lippen. Das Kind glühte.

»Ich lasse dich nie wieder aus den Augen«, flüsterte Catherine. »Bitte verzeih mir! Ich bin wieder da, es wird alles gut, nur gib nicht auf, mein Kleines.« Vorsichtig schmiegte sie Hawisia an sich und streichelte sie, auf und ab schreitend. »Hörst du das? Das ist der Herzschlag deiner Mutter. Ich bin es. In meinem Bauch hast du gewohnt für neun Monate. Ich werde für dich sorgen, richtig für dich sorgen, nicht so, wie es die Amme getan hat. Verzeih mir, Hawisia!«

Als wäre er aus dem Boden gewachsen, stand plötzlich Courtenay vor ihr.

Catherine erschrak fürchterlich.

Sie faßte sich und schleuderte ihm entgegen: »Hawisia ist krank!« Die entblößte Brust kümmerte sie nicht.

Der Erzbischof sah sich in der Werkstatt um. »Du packst?«

»Ich habe getan, was Ihr wolltet, zweimal. Nun muß ich mich um meine Tochter kümmern. Sie ist krank!«

»Wo willst du hin?«

»Weiß ich noch nicht. Fort von hier jedenfalls.«

»Glaubst du, deine kranke Tochter übersteht eine Reise?«

Tatsächlich, der Zustand, in dem Hawisia sich befand, legte absolute Ruhe nahe. Auf der Straße würde sie Regen und Wind ausgesetzt sein, sie würde nicht zu ihren gewohnten Zeiten Schlaf finden, und woher trockene Windeln nehmen?

Hier jedoch würde Catherine nicht eine Nacht ruhig schlafen. Irgendwann nahm man ihr Hawisia erneut, ganz sicher. Der Erzbischof mochte recht gehabt haben mit seinem Urteil über Nevill, dennoch, er schämte sich nicht, sie zu erpressen. Als Amme heuerte man eine unverantwortliche, schmutzige Person an. Nein, mochte die Straße auch gefährlich sein für Hawisia, es gab keinen anderen Ausweg als die Flucht. »Einige Tage an frischer Luft werden ihr guttun.«

Der weiche, blaßrote Mund des Erzbischofs verzog sich. Schweigend zog er einen kleinen Ring vom Finger, dann einen großen, schweren. Er setzte die Ringe auf dem leeren Werktisch ab, hob sie in die Höhe, setzte sie wieder ab, ließ sie aneinanderklingeln wie Münzen. »Du sagst mir, wo sich der Teufelsanbeter Hereford aufhält. Dann verläßt du umgehend das Augustinerstift, ohne zu erklären, wohin die Reise geht. Weißt du, welchen Eindruck das auf mich macht?«

»Welchen?«

»Daß du mich angelogen hast.«

»Ich habe die Wahrheit gesagt. Hereford ist in Oxford und wird in wenigen Tagen nach Braybrooke reisen.«

»Warum soll ich dir glauben? Du fliehst, als hättest du ein schlechtes Gewissen. Offenbar fürchtest du, daß man eine Lüge entdeckt.«

»Erinnert Euch! Ich war es, die an der Festtafel nicht lügen wollte.«

Courtenay nickte. »Dann wird es dir leichtfallen, deinen eigenen Worten zu vertrauen.«

»Wie meint Ihr das?«

»Ich lasse dich nach Braybrooke Castle bringen. Einige meiner Männer begleiten dich, zu deinem Schutz, versteht sich. Ich bin besorgt um dich und deine Tochter, darum will ich den Weg so angenehm wie möglich für euch machen. Ihr werdet auf einem Wagen fahren. Wenn man dich fragt, dann sind deine Begleiter Bauern, die eine Kornfuhre machen und so entgegenkommend sind, dich ein Stück mitzunehmen. Sage niemandem, daß du in meinen Diensten gestanden hast.«

»Was soll ich in Braybrooke Castle? Hereford kommt nach Braybrooke, ihn wollt Ihr doch fangen und nicht mich. Ihr behandelt mich, als wäre ich Euer Eigentum.«

»In Braybrooke Castle lebt Sir Thomas Latimer, Nevills Verschwörungsgefährte. Solange er nicht weiß, daß du Hereford verraten hast, wird er dich gut behandeln.«

Sir Latimer. Er war Catherine in Nottingham begegnet. Nevill hatte sie fortgeschickt, es war Nacht, sie ging die fackelerleuchtete Straße zwischen den Festungswällen hinab und zitterte, weil ihr die Stimme des Mörders noch in den Ohren knisterte. In dieses Knistern hinein hörte sie gemächlichen Hufschlag, sie sah Thomas Latimer, der ihr entgegenritt. Die Haare klebten ihm an der Stirn, sein Blick, den Catherine als hell und hart kannte, war wäßrig. Müde hing er im Sattel, als kehre er von einer Niederlage auf dem Schlachtfeld wieder. Catherine wendete das Gesicht ab, damit er sie nicht erkannte, aber er rief plötzlich ihren Namen, sprang vom Pferd. Sie mußte sich ihm stellen.

Der Ritter fiel vor ihr auf ein Knie nieder, ergriff ihre Hände und bat um Verzeihung. Er habe sie nicht erkannt auf dem Marktplatz, niemals hätte er zusehen dürfen, wie man sie folterte. Sie verdiene als Witwe seinen ritterlichen Schutz, es sei eine Schande, daß er ihr nicht geholfen habe.

Woher er wisse, daß sie Witwe sei?

Sein Schuster habe es von einem Verwandten in der Stadt erfahren.

Ein ritterhafter Schuster namens Sir William Nevill, dachte sie.

Das sei nicht alles, sagte er, er sei ihr zudem Dankbarkeit schuldig für die Augengläser, die sie ihm gefertigt habe. Statt des Dankes habe er sie verraten, als sie hilflos war, ob sie ihm das vergeben könne? Er fände keine Ruhe, bevor nicht das Unrecht gesühnt und seine Ehre wiederhergestellt sei. Und plötzlich war es ihr, als würde Sir Latimer sich stellvertretend für Elias bei ihr entschuldigen. Eine seltsame Empfindung.

Fest stand, daß Sir Latimer sie gut behandeln würde. Ihn quälte das Gewissen.

Courtenay fuhr fort: »Wenn du die Wahrheit gesagt hast und Hereford in den nächsten Tagen die Straße aus Oxford heraufkommt, soll Sir Latimer nie erfahren, wie der teuflische Doktor plötzlich in meine Hände geraten ist. Lügst du aber, und ich und meine Männer liegen umsonst auf der Lauer, so werde ich dich als Verräterin entlarven. Nevill und Latimer werden«, er pausierte, spitzte die Lippen, »ungnädig sein. Fällt dir plötzlich ein, daß Hereford vielleicht doch woanders ist? Möchtest du mir etwas sagen?«

Wieder war sie in Courtenays Zange geraten. Was würde ihn daran hindern, sie Sir Latimer preiszugeben, *obwohl* sie die Wahrheit gesagt hatte? Konnte er nicht in beiden Fällen die Zangenflügel schließen und sie, Catherine, dazwischen zermalmen? Sie mußte fliehen unterwegs, vom Wagen springen, in den Wald entkommen. »Ich habe nichts hinzuzufügen. Hereford kommt nach Braybrooke.«

Der Erzbischof lächelte. »Um so besser.« Er streckte die Hand aus und strich mit dem Daumen über Catherines Wange. Ein Schlag hätte nicht schmerzhafter sein können. Die Liebkosung schien zu sagen: Ich schrecke auch nicht vor deinem Körper zurück, Catherine. Courtenay murmelte: »Sei gewarnt vor den Ketzern, Mädchen. Man braucht einen ausgebildeten Theologen, um ihre schlauen Argumente zu widerlegen. Du kannst das nicht. Lasse dich nie auf eine Diskussion ein, sonst benebeln sie deine Sinne. Haben sie schon dein Herz vergiftet? Ich frage mich das.«

Sie wollte schreien: »Nehmt die Finger von mir!« Aber sie hielt die Luft an.

»Bedenke: Ein Affe hat alle Glieder eines Menschen, und er ahmt nach, was die Menschen tun. Sollen wir ihn deshalb Mensch nennen? Die Ketzer ahmen die Mysterien der Kirche nach, aber sie gehören nicht zur Kirche. Sie sind tückisch und böse. Sieh dich vor.«

Als Courtenay seine kleine Kammer betrat, prallte er zurück. William Sligh saß auf *seinem* Stuhl an *seinem* Tisch. Der Mann für grobe Aufgaben hatte den Eichhörnchenkäfig vom Fenster genommen und vor sich auf den Tisch gestellt. Er drückte die dicken Finger auf einer Seite durch die Stäbe, um das Tier zu ängstigen, und näherte sich auf der anderen mit der Linken dem Käfig, um es im Rücken zu überraschen. Plötzlich schnellte er vor und ergriff das Eichhörnchen am Fell. Es zeterte, riß sich los.

»Sligh!« donnerte Courtenay.

»Ah, da bist du.«

Sligh war der einzige Mensch in England, der es wagte, ihn zu duzen. Es blieb ihm nichts anderes übrig, als ihn zurückzuduzen. Er haßte jede Unterredung mit ihm, ja, er haßte sein ganzes Wesen. Durch die freundschaftliche Anrede klang es, als seien sie Ebenbürtige, dabei war er ein verabscheuter Untergebener.

Leider war er schwer zu ersetzen. Keiner war so skrupellos wie Sligh. »Was tust du denn hier? Erst höre ich monatelang überhaupt nichts von dir, und dann tauchst du plötzlich an einem Ort auf, an dem man dich am allerwenigsten erblicken sollte.«

Sligh grinste. »Ich habe Nachrichten, die dich freuen dürften. Ich habe Hereford gefunden.«

Courtenay schloß die Tür hinter sich. »Und wo?«

»Er wird dieser Tage aus Oxford erwartet. Lauere ihm an der Straße auf, und er wird dir nicht entgehen.«

»Das sind keine Neuigkeiten für mich. Hör zu, es ist besser, du verschwindest von hier.«

»Ich habe dir etwas mitgebracht.« Sligh faßte sich an die Brust und zerrte einige Pergamente unter dem Hemd hervor. »Schau mal.«

Courtenay wischte gekräuselte Haare vom Pergament. Widerwärtig! Er las: *Danyel answerende to þe king seiþ: king to wiþouten ende live þou, my god sente his aungil & closede togidere þe mouþis of þe leounes.* »Das ist die Bibel, das Buch Daniel! Daniel erklärt König Darius, daß sein Gott den Löwen die Rachen zugehalten hat.« Sein Herz raste, hier war der Feind, hier war das Unglück, er hielt es in den Händen, es trug seine Spuren bereits bis in seine Kammer! Die Bibel in englischer Sprache!

»Elias Rowe hatte das bei sich. Ich dachte mir, daß es dich interessiert. Die Pergamente und die Nachricht von Doktor Herefords Verbleib sollten dir einige Goldstücke wert sein, findest du nicht?«

Eine Sorge nagte an ihm wie eine Ratte. Sligh forderte. Warum forderte er in diesem Ton? Wer beschützte ihn? Woher wußte der Kerl von Doktor Hereford? Pflegte er einen so engen Umgang mit den Wycliffe-Nachfolgern? Womöglich versuchte er, auf zwei Hochzeiten zu tanzen. Womöglich hinterging er ihn bereits. »Woher weißt du von Doktor Hereford?«

»Nevill hat geplaudert.«

»Was hattest du bei Nevill zu suchen?«

»Ich habe für dich spioniert.«

»Das hättest du besser bleibenlassen sollen.« Dieser Sligh! Er trieb ihn noch in den Wahnsinn. Nichts war zerstörerischer, nichts war gefährlicher als ein Werkzeug, das sich erdreistete, eigenständig zu handeln. »In Zukunft machst du keinen Schritt mehr ohne meinen Befehl.«

Sligh lachte.

Er lachte! Courtenay zürnte ihm, und er lachte!

»Erstens stehe ich in den Diensten des Bischofs von Worcester«, sagte Sligh, »und nicht in den deinen, und zweitens, Freund Courtenay, mache dich nicht lächerlich!«

»Es ist mitnichten lächerlich«, sagte der Angesprochene leise. Er fühlte, wie sich sein Gesicht zu einem Felsen verhärtete, die Mundwinkel Eisenerz, die Stirn Granit. »Nevill wird bereits bearbeitet. Er ist bei weitem zu gefährlich für Stümpereien! Dieser Mann ist ein Löwe, vielleicht übersieht er einen Schnüffler, aber zwei Spitzel, was, wenn du ihn geweckt hast?«

»Wer ist der andere?«

»Catherine Rowe.«

»Die Brillenmacherin? Als Schnüfflerin? Ha! Sei besser vorsichtig. Es wird nicht lange dauern, bis sie dir auf die Schliche kommt. Sie ist klug und hartnäckig.«

»Sie hat keinen blassen Schimmer.«

»Wie du siehst, steckte ihr Mann tiefer mit drin, als wir dachten. Was, wenn sie dir etwas vorspielt? Wenn er sie eingeweiht hat, und sie arbeitet für die Gegenseite?«

»Meinst du, Cheyne hätte seine Braut geopfert, um mich zu täuschen? Niemals. Gefahr droht nicht von Catherine, Gefahr droht von Nevill. Wie hast du ihm das Geheimnis entlockt? Ahnt er, wohin du die Nachricht trägst?«

»Er ahnt überhaupt nichts. Er vertraut mir völlig.«

»Wie hast du dir sein Vertrauen erschlichen? Du hast doch einen Preis gezahlt!« Oh, es war schlimmer, als er gedacht hatte. Dieser Trampel!

»Ich habe ihm Ritter herangeschafft, die mit den Lehren Wycliffes sympathisieren.«

»Bist du des Wahnsinns?« Er fühlte sich, als platzten ihm die Augen aus den Stirnhöhlen.

»Früher oder später wären sie ihm sowieso zugelaufen. Die Bedeckten Ritter bereiten sich auf eine Schlacht vor, Courtenay. Sie sammeln ein Heer von Rittern, Lanzenknechten, Bogenschützen, Armbrustern.«

»Deine Scherze sind erbärmlich.«

»Kein Scherz. Es ist die blanke, schreckliche Wahrheit.«

Er hatte das Bedürfnis, sich zu setzen. Sligh saß auf dem einzigen Stuhl. So nahm er auf einer der Kisten Platz und ließ den Kopf auf die Brust sinken. Ruhig, Courtenay, sagte er sich. Du bist ihnen allen überlegen. Nur vorschnell darfst du nicht handeln, du mußt bedacht vorgehen, das war immer deine Stärke, so bist du der Beste geworden. »Also ist es Zeit für das Ende? Gut. Die Bedeckten Ritter sollen verschwinden. Sie werden in diesen Tagen untergehen. Nimm dir zwei Männer, schaffe das Weib nach Braybrooke. Bleibe bei Latimer. Wenn es schiefgeht und Hereford uns entwischt, schnappst du ihn dir hinter den feindlichen Linien. Sobald wir Hereford haben, bricht das Gericht über Braybrooke herein. Im Notfall«, er rieb sich den Nacken, »im Notfall soll die Brillenmacherin, die hübsche Schlange, noch einmal beißen. Laß sie leben, bis der Sieg sicher ist.«

Inmitten der Ladung saß sie, die prallgefüllten Säcke dienten ihr als Bank. Sprang der Wagen über eine Wurzel, dann schlug sie mit dem Gesäß auf; das Korn knirschte, ohne nachzugeben. Hinten war ein Käfig am Wagen festgezurrt. Drei Hühner reckten die Hälse heraus. Alles Flügelschlagen nützte nichts, die knorrigen Käfigstreben hielten, bald sahen die Hühner es ein. Sie pickten nach Körnern, Fliehen oder Fressen, an anderes konnten sie nicht denken.

Catherine begutachtete die Männer. Zwei von ihnen saßen auf dem Bock und lenkten die Pferde, der dritte lag ihr gegenüber auf den Säcken ausgestreckt. Er kaute auf einem Strohhalm, sah schweigsam in den Himmel hinauf, bald würden ihm die Augen zufallen. Würden die Männer sie verfolgen, wenn sie vom Wagen sprang und floh? Es schien ihr unwahrscheinlich.

Hawisia seufzte wie eine Erwachsene, die Sorgen bedrücken. Ihre Stirn rührte heiß an Catherines Hals. Immer noch roch das Kind nach Eiter, aber es war ein neuer Geruch dazugekommen, säuerlich. Die Windel? Catherine legte die Kleine auf den Rücken und wickelte das Tuch ab. Ein gelber, senfartiger Brei klebte an Hawisias Beinen und am hellen Tuch. Wo sollte sie Windeln sauberkochen auf der Flucht?

Sie wischte das Kind sauber mit den Zipfeln der Windel, dann zog sie sie unter ihm hervor und legte sie mit einer Hand zusammen, während sie mit der anderen die Kleine an den Fersen hielt. Aus ihrem Bündel fischte sie ein sauberes Tuch heraus. Sie wand es um Hawisias Unterleib. Blieben noch zwei Tücher. »Na, das fühlt sich doch gleich besser an, mein Mäuschen.«

Der Faulpelz setzte sich auf. Er beobachtete Catherines Handgriffe. »William Sligh«, sagte er, und sah sie dabei an, als erwarte er etwas.

Und wirklich, Catherines Nase und Wangen kühlten sich ab, ihre Knie wurden zu Butter, die Arme zu Mus. Sie brachte alle Kraft auf, die sie besaß, um weiterzumachen. Er ist es nicht! sagte sie sich. Mach weiter! Sie wußte, er war es. Deshalb mußte sie weitermachen, wenn er erriet, daß sie ihn erkannte, würde sie diese Fahrt nicht lebend beenden.

»Können einiges scheißen, die Kleinen, was?«

Das heisere Poltern, unverkennbar, die Stimme des Mörders. Sie brauchte Zeit, sich zu beruhigen. Sie mußte ihn hinhalten. Sie mußte wieder Herrin ihrer selbst werden, rasch. »Ist krank«, hauchte Catherine. »Ich mache mir Sorgen.«

»Krank? In dem Alter? Dann vergiß es. Die macht es nicht mehr lange.«

Da stellte sich die Kraft ein, die sie gesucht hatte, nach der sie jeden Winkel ihres Körpers durchforscht hatte – er, der Feind, hatte sie ihr in die Hände gespielt. Er wollte ihr weh tun. Sie entmutigen. Dazu gehört mehr, du Esel, dachte sie, es gehört mehr dazu, mich umzupusten! Sie hob den Blick. »Du hast keine Ahnung von Kindern, was?« Sogar ein abschätziges Lächeln brachte sie zustande.

»Nein, habe ich tatsächlich nicht. Die kleinen Würmer gehen mir auf den Geist, oder sie langweilen mich, je nachdem.« Er hatte keine Lippen. In der Mitte des Mundes gab es einen

Vorsprung, eine Spitze, die einzige Spitze im ganzen runden, schwammigen Gesicht, und etwas Winziges, das als Unterlippe darunterhing. In den Mundwinkeln saß schlaff ein wenig Haut über zwei Falten. Es gab kaum Brauen, dafür aber große Augenbälle, von feinen Äderchen durchzogen. Die Ohrläppchen: dicke Pfropfen. Die Hände: klein und schwulstig. Statt eines Kinns ein beutelartiger Hals, der direkt an das Gesicht anschloß.

Es wurde Zeit, daß er seine gerechte Strafe erhielt. Er zerfloß, wie Teig im Ofen zerfließt, dem man keine Form vorgibt. Das Böse wucherte in ihm, beinahe schien er unglücklich, weil er nicht bestraft wurde, ja, vielleicht war er von dieser Welt enttäuscht, weil es so einfach war, Unrecht zu begehen?

Was tat er hier? Spionierte er für Nevill beim Erzbischof? Gab Gott ihn ihr in die Hand, damit sie sich rächte? »Du hast keine Kinder?« fragte sie.

»Bewahre!«

»Was arbeitest du?«

»Mal dies, mal das.«

»Für Abt Everard?«

»Nein, für Courtenay.«

Er warf es hin wie einen Wanderstock, den man nicht mehr braucht, weil man am Ziel ist. Nach einer Lüge hörte es sich nicht an. Nun, es mochte sein, daß er sich beim Erzbischof eingeschlichen hatte, um den Ketzern zu melden, was der Kirchenfürst plante. »Wie lange bist du schon bei ihm?«

»Laß mich nachdenken. Zehn Jahre müßten es jetzt sein. Wir haben uns in London kennengelernt, als er dort Bischof war. Ich wußte schon damals, daß er es weit bringen wird.«

Ein Hammerschlag donnerte gegen Catherines Brust, dann ruhte ihr Herz. Es stand einfach still, während in ihrem Körper Leere sirrte. Sie klammerte sich an die Seitenplanke des Wagens. Das Grauen blickte ihr ins Gesicht, kein Nebel, keine Dunkelheit, grelles Sonnenlicht und die Fratze des Grauens. Sie hatte dem Falschen gedient. Sie hatte dem vertraut, der für den Mord an Elias verantwortlich war.

Das Herz stolperte los, es schlug wieder. Tränen schossen Catherine in die Augen. Der Mörder war Courtenays Mann! Er spähte Nevill aus, um weitere Menschen ans Messer zu liefern. Sir Latimer und Sir Nevill hatten Elias unterstützt, sie waren Ketzer, aber auch Elias war ein Ketzer gewesen, er gehörte zu ihnen. Deshalb hatte der Erzbischof ihn gejagt, deshalb hatte Elias geahnt, daß er sterben würde, und hatte versucht, sie fortzuschicken, um sie zu retten.

Keiner wollte den Mörder jagen, weil man Courtenay fürchtete. Der Coroner hatte geschwiegen. Der Bailiff, die Händler, die Karmeliter ängstigten sich vor dem langen Arm des Erzbischofs.

Ausgerechnet bei ihm hatte sie Unterschlupf gesucht.

Sie hatte den Ritter Cheyne um seine Braut gebracht. Sie hatte Doktor Hereford verraten. Sie war ein Dolch in der Hand des Bösen und verbreitete Unglück, während sie nur an sich und an ihre Tochter dachte. Ihre persönlichen Wünsche hatten sie blind gemacht für die Wahrheit. Hatte nicht Alan versucht, es ihr beizubringen? Alan wußte, daß Courtenay ein falscher Mann war. Oh, wie verirrt sie gewesen war!

»Was ist los? Du weinst?«

Er sah es. Er ahnte, daß sie ihn erkannt hatte. Was tun? Schwach war sie, geblendet und verführt. Sie war den Puppenspielern unterlegen, die ihr diktierten, was sie zu tun hatte. Elias, dachte sie, verzeih mir! »Ich mußte plötzlich an meinen Mann denken.«

»Was ist mit ihm?«

Was ist mit ihm, fragte der, der ihn getötet hatte. Das scheinheilige Ungeheuer! »Vor einem halben Jahr ist er gestorben.«

»Uns ereilt es alle einmal, das ist der Lauf der Dinge.«

Die Tränen versiegten. Fest fügten sich Catherines Zähne aufeinander. Es ereilte alle einmal. Als nächstes: ihn. Dafür würde sie sorgen.

24

Die Glut spiegelte sich in Hawisias Augen. Während die Kleine trank, sah sie unbeirrbar zum Herd hinüber. Catherine stützte den Kopf der Tochter, er fügte sich weich in ihre Hand. Obwohl Hawisias Gaumen ihre Brust empfindlich kniff, war Catherine dankbar für jeden Schluck, den die Kleine zu sich nahm. Die Welt war geschrumpft, sie bestand nur noch aus der Küche, in der sie saßen. Der Wind sang im Kaminschacht.

Von Zeit zu Zeit stockte Hawisia und hörte auf zu atmen, schnaufte, als hätte sie eine große Anstrengung zu vollbringen. Der Herd streute warmes Licht auf die Ärmchen der Kleinen. Es würde ihr bald bessergehen, Catherine spürte das. Ihre Augen waren weit geöffnet, sie weinte nicht mehr. Heiß war sie, und der Geruch der Krankheit haftete ihr noch an, aber die Kraft, mit der sie ihren Durst stillte, bewies, daß sie sich auf dem Weg der Besserung befand.

Was sang der Wind im Schacht? Es war ein feines Lied, eine Melodie, die sich um wenige Töne herum entspann und auf sanfte Weise schwebte, schaukelte. Er leistete ihr und der Tochter Gesellschaft. Mit der Glut spielte er, ließ sie hinwegdämmern, fachte sie leise an, hob einige Funken in die Höhe.

Bald schlief Hawisia ein auf ihrem Arm. Die Kleine war gesättigt, es war warm und trocken. Sie hatte ihre Mutter. Was gab es da Schöneres, als zu schlafen?

Ruth polterte herein. »Ich habe den Eimer –« Sie unterbrach sich, schloß leise die Tür und blieb im Kücheneingang stehen. »Weißt du, wie schön ihr zwei ausseht?«

Catherine nickte ihr zu. »Setz dich doch zu uns.«

Ob sich Ruth noch daran erinnerte, daß sie Catherine damals angefeindet hatte, als sie das Trenneisen über dem Feuer erhitzte? Diese Küche war es gewesen, dieser Herd. Nun aber verhielten sie sich wie Freundinnen.

»Ich habe den Eimer, siehst du? Wir kochen Wasser, dann können die Windeln darin über Nacht einweichen.« Ruth setzte sich.

»Ich danke dir.«

Sie schwiegen.

»Das macht die Kleine, oder, daß wir einfach sitzen und die Zeit stehenbleibt?« Ruth legte den Kopf in den Nacken und schloß die Augen. »Sonst renne ich den ganzen Tag, vom Sonnenaufgang bis zum Abend, und falle dann ins Stroh. Was einem entgeht, wenn man nicht mal einfach sitzt und Ruhe hält!«

Catherine sah in die glimmende, schillernde Glut. Das Lied des Windes wurde fröhlicher, es hüpfte ein wenig, und die Asche leuchtete auf. »Hast du Sir Latimer schon gefragt?«

»Er redet die ganze Zeit mit diesem Sligh. Und du hast ja gesagt –«

»Richtig, nicht, wenn Sligh es hört. Worüber sprechen sie?«

»Das weiß ich nicht. Sie spazieren über den Burghof, inspizieren die Wachen und die Vorräte.«

Catherine seufzte. Wußte Sir Latimer nicht, daß sie gekommen war? Er mußte sie bemerkt haben. Und nach der inbrünstigen Entschuldigung vor Nottingham Castle hätte sie wenigstens mit einer Begrüßung gerechnet. Offenbar schämte sich Thomas Latimer seines Flehens und ging ihr deshalb aus dem Weg. »Erwischt man ihn irgendwo ohne Begleiter?«

Ruth trommelte mit den Fingern auf ihre Unterlippe. »Allein ist er, wenn er am Morgen den Abort besucht. Du siehst es hier vom Küchenfenster aus. Kannst den Hof beobachten und schneidest ihm einfach den Weg ab, sobald er das Örtchen verläßt.«

»Vorausgesetzt, Sligh lauert ihm nicht genauso auf.«

Ruth lachte, und Catherine mußte schmunzeln, obwohl sie es nicht scherzhaft gemeint hatte.

»Morgen kriege ich ein großes Wollvlies«, sagte Ruth, »das

können wir in Stücke schneiden und der Kleinen in die Windel legen. So wird sie nicht wund.«

»Du bist so gut zu mir! Danke.«

Braybrooke Castle hatte sich verändert seit dem Herbst. Der Schlafraum war knapp geworden, jedes Kämmerchen in den Türmen war bewohnt, die Waffenknechte mußten sich damit begnügen, daß man ihnen am Abend Strohsäcke in die Halle über der Kanzlei legte. Auch Catherine hatte kein Zimmer. Sie schlief mit dem Gesinde auf dem Küchenboden.

Im Laufe des Abends gesellten sich Mägde und Knechte zu ihr und Ruth, die Küche füllte sich. Jeder, der neu hinzukam, schien den Frieden zu spüren. Man setzte sich, sah zur schlafenden Hawisia hin oder zum rotschimmernden Herd und lauschte auf den Wind.

Catherine fröstelte. Sie hatte den Fensterladen nur um einen Spalt geöffnet. Durch diesen blies der Wind in Schüben kühle Morgenluft herein. Sie sehnte sich nach ihrer warmen Nachtdecke. Sollte sie kurz das Fenster verlassen? Es konnte noch lange dauern, bis Thomas Latimer den Burghof betrat. Natürlich konnte es auch sein, daß er gerade kam, während sie mit dem Rücken zum Fenster nach ihrer Decke lief. Der nächste kalte Windstoß zerstäubte jeden Einwand. Catherine hielt das Hocken und Zittern nicht länger aus. Sie wandte sich vom Fenster ab, kletterte über die schlafende Ruth und zwei andere Mägde und hob die Decke auf, die sie in der Nacht gewärmt hatte. Rasch zurück zum Fenster! Ein Blick: Auf dem Hof war alles ruhig. Zitternd schmiegte sich Catherine in die Decke. Wie wohl das tat, die Wärme, das Hineinkuscheln.

Es wurde Tag hinter den Wolkenhaufen. Die Luft, die in die Küche hereinwehte, war naß, sie trug feine Tropfen mit sich. Wasser sammelte sich auf Catherines Stirn und Wangen.

Auf dem Brunnenrand stäubte eine Amsel die Feuchtigkeit aus ihrem Gefieder. Stumm schlichen die ersten Menschen über den Hof. Eine Magd fütterte die Hühner, der Pferdeknecht trat an den Brunnen, die Amsel floh vor ihm. Er kurbelte Wasser herauf, um die Rosse zu tränken. Graue, braune, rote und schwarze Pferde waren vor dem Stall angebunden; offenbar reichte er nicht mehr aus, sie alle unterzustellen. Warum war die Burg so überfüllt?

Die Halle über der Kanzlei wurde gefegt, aus den breiten Fensterbögen scholl das Fauchen der Besen. Männer quollen aus der Tür des Fachwerkhauses, als würden sie von den Besen herausgeschoben. Die schmalen Luken der Kanzlei im Untergeschoß dampften.

Man brachte große Tischbretter zum Halleneingang. Ein Schmied und sein Gehilfe schleppten einen Amboß auf den Hof. Endlich öffnete sich die Tür des Herrenturms. Thomas Latimer trat heraus, streckte sich, rieb sich verschlafen das Gesicht. Einige Knöpfe seiner Schecke standen offen. Der Haarschopf sah aus wie das aufgeplusterte Gefieder der Amsel, die auf dem Brunnenrand gesessen hatte. Er ist einfach ein Mann, dachte Catherine. Ein Ritter ist er zwar, aber zugleich ist er ein Mann, wie es Tausende gibt.

Sir Latimer überquerte den Hof und löste noch vor dem Abort den Gürtel. Die Schecke war modisch geschnitten, sie berührte das Hinterteil nur und überließ den roten Strumpfhosen, es zu bedecken.

Im stillen nannte sie ihn Thomas. Es bereitete ihr Vergnügen, den einflußreichen Ritter in Gedanken einfach beim Vornamen zu nennen. Er würde sich zum Recken verwandeln, gerüstet, herrisch. Im Augenblick aber war er Thomas, der noch nicht ganz erwacht war.

Sligh fiel ihr ein. Sie stand auf. Die Decke ließ sie zurück. Vor dem Abort wartete sie. Als Thomas ihn verließ, Thomas, der einfache Mann in roten Strumpfhosen und enger, unvollkommen geknöpfter Schecke, trat sie ihm in den Weg. »Sir Latimer, ich muß Euch sprechen.«

Er runzelte die Stirn. »Dein Anliegen wird Zeit haben bis nach dem Frühstück.« Er wollte sie passieren.

»Doktor Hereford ist in Gefahr«, sagte sie rasch.

Und tatsächlich, der Ritter blieb stehen. Er durchbohrte sie mit seinen hellen Augen.

»Courtenay lauert am Wegrand.«

»Woher hast du das?«

Ich selbst habe ihn verraten, dachte sie, und für einige Augenblicke erdrückte sie dieser Gedanke. »Bitte, vertraut mir! Ihr müßt den Doktor warnen.«

»Hat dich Elias eingeweiht, bevor er starb? Du solltest den Namen Hereford überhaupt nicht kennen.«

»Handelt rasch, Herr Ritter, sonst ist er verloren!«

Der Wind fuhr Thomas Latimer durch die kurzgeschnittenen Haare. Er sah jung aus an diesem Morgen. Mit drei großen Schritten war er bei einem Knappen, der beim Tränken der Pferde half. »Junge, kannst du reiten?«

»Natürlich, Sir Latimer.«

»Reitest du gut?«

Der Halbwüchsige strahlte. »Ich reite sehr gut, Ihr könnt Euch erkundigen. Ich übertreibe nicht.«

»Nimm den Rappen dort. Es bleibt keine Zeit mehr, ihn zu satteln. Ich will, daß du die Straße nach Süden nimmst, im Galopp, hörst du? Du kennst Doktor Hereford?«

»Einmal hörte ich ihn predigen.«

»Du wirst auf ihn treffen. Sage ihm, er befindet sich in Gefahr und soll sofort kehrtmachen. Sofort! Bei Sir John Montagu soll er Unterschlupf nehmen, bis ich wieder Nachricht gebe.«

»Ich verstehe, Herr Ritter.« Die Stimme des Knappen zitterte. Er eilte zum Rappen, löste den Führstrick vom schmiedeeisernen Ring an der Stallwand. Während er aufsaß, steuerte Thomas Latimer auf einen der Türme zu. Catherine folgte ihm. Sie eilten die Treppe hinauf.

Unten quietschten die Angeln des Tores. Hufgetrappel. Auf der Turmplattform spähte Catherine vorsichtig neben Sir Latimer über die Brüstung und sah dem Knappen nach, der entlang der Karpfenbecken preschte. Die Hufe stießen Staubwolken auf. Dort, das letzte Becken, freie Straße. Da ließ er das Halfter los und riß die Arme in die Höhe. Er stürzte vom Pferd, er überschlug sich. Reglos blieb er liegen. Der Rappe hielt ein Stück die Straße hinauf an und stand mit hängendem Führstrick, unschlüssig. Langsam senkte sich der Staub. In der Brust des Knappen steckte ein Pfeil.

»Was, um Himmels willen ...« Sir Latimer sah zum Rockingham Forest hinüber. »Zu wem gehört dieser Schütze? Vor unseren Augen erschießt er einen meiner Männer!« Er stieß zwischen den Zähnen hervor: »Den schnappen wir uns.«

»Das würde ich nicht raten«, sagte Catherine.

Thomas Latimer sah sie an. »Und warum nicht?«

Am Waldrand zeigte sich ein blauer Farbtupfer. Wie stolz er einhergeschritten war in seinem himmelblauen Rock und den roten Strümpfen! Dieses Blau trug weit und breit nur einer. »Es ist mein Bruder. Er ist nicht –«

»Du erwartest, daß ich darauf Rücksicht nehme? Da hast du dich getäuscht. Er hat meinen Boten getötet!«

»Sir Latimer!«

»Was?«

»Er ist nicht allein.«

»Wer ist bei deinem Bruder?«

»Die Männer William Courtenays, des Erzbischofs von Canterbury. Alan arbeitet für Courtenay. Nevills Männer haben ihn ausgeraubt und halbtot geprügelt, und nun ist er Langbogenschütze geworden beim Erzbischof.«

Reglos lag der Knappe im Straßenstaub. Still lagen die Karpfenbecken, still lag das Dorf. Sir Latimer sah über das Land. »Wie viele lauern mit deinem Bruder im Wald?«

»Ich weiß es nicht.«

»Und liegen sonst irgendwo Männer Courtenays im Hinterhalt?«

»Möglich.«

»Sie wollen verhindern, daß wir den Doktor warnen. Ich wußte es. Ich wußte, er würde gegen uns ziehen. Sobald Courtenay den Doktor hat, bricht hier die Hölle los. Der Erzteufel hat ein Heer aufgestellt, um uns zu vernichten, solange König

Richard uns nicht helfen kann.« Er fuhr sich mit den Nägeln durch den Kinnbart. »Also gut. Die Bedeckten Ritter werden kämpfen.« Latimer drehte sich um und trat an die Brüstung auf der Hofseite des Turmes. Er brüllte: »Krieger Gottes ...«

Er holte Luft.

»... zu den Waffen!«

Anne schlug die Augen auf. Woher dieser Lärm? Sie hob den Kopf aus den Federkissen, deckte sich auf, ging, nackt, wie sie war, zum Fenster und spähte hinaus. Anne von Ashley kannte Kriegsvorbereitungen. Als Thomas in die Gascogne zog, als es nach Spanien ging oder zur Bretonischen Expedition, da hatte sie gesehen, wie man Klingen schärfte, Banner für die Reise einrollte, Rüstungen ausbesserte.

Nun wurde ihr klar: Sie hatte keinen blassen Schimmer davon, was Krieg war. Reisevorbereitungen waren das gewesen, ein fröhliches Packen und Schnüren, weil es bis zum Kampf noch Wochen dauerte, es mußte England durchquert, das Meer bezwungen und erneut einige Tage gereist werden, ehe der erste Feind in Sicht kam. Heute war es anders.

Dort unten im Hof verwandelten sich Männer, die Mienen finster, in Ungeheuer. Knappen reichten ihnen eiserne Körperteile, und bald ragten Silberschnäbel aus ihren Gesichtern, Hörner drohten gegen den Himmel, von Schultern und Ellenbogen und Händen war nichts mehr zu sehen, weil sie zu Stacheln geworden waren, zu Eisenwalzen. Die Verwandelten führten Schwerthiebe durch die Luft, sie erprobten tödliche Schläge, als könnten sie ihr grausames Werk nicht erwarten.

Zwanzig junge Schützen spannten Bogensehnen auf ihre rot und gelb bemalten Stecken. Ein weiteres halbes Dutzend kurbelte Armbrüste schußbereit. Ein noch unbehelmter Ritter mit langem Haar schwang mit beiden Händen eine Kriegsaxt. An seinem Gürtel hing ein zugespitzter Hammer.

Scheppern, Klopfen, harte Rufe. Es war kein Traum. Es war die Wirklichkeit. Der Tod schöpfte Atem, um seinen Hauch über ein Schlachtfeld zu blasen.

Ihre Lippen bebten, als sie sah, daß aus dem Stall der Destrier herausgeführt wurde. Thomas' wunderbares Pferd! Größer, breiter war der Destrier als alle anderen Pferde im Hof. Er schnaubte zufrieden, als er das Metallblitzen sah. Man wich ihm aus. Von seinen Hufeisen ragten scharfe Nägel ab, seine Ohren spielten in freudiger Erregung. Man verwandelte ihn mit dem gleichen bösen Zauber in ein Ungeheuer, mit dem man auch die Ritter verwandelt hatte. Panzer für Brust und Kopf setzte man ihm auf, es wölbten sich kugelförmige Schutzausbuchtungen über seine Augen, fein durchlöchert, er bekam einen Heuschreckenkopf. Dann warf man ihm wehenden Stoff über: das goldene Kreuz auf rotem Grund. Thomas würde das Tier reiten. Es war sein Schlachtpferd. Thomas würde kämpfen. Thomas.

Sie dachte: Ich wußte, daß Courtenay die Bedeckten Ritter angreifen würde. Ich habe es gewünscht. Geholfen habe ich, es vorzubereiten! Aber nie wollte ich, daß Thomas zu Schaden kommt.

Was hatte sie gewonnen, wenn der Ketzerbund vernichtet war und Thomas erschlagen auf dem Feld lag? Für ihn hatte sie alles getan, für ihn war sie zur Verräterin geworden. Sie liebte ihn, sie konnte ihn auf keinen Fall entbehren. Sie hatte ihn vor den Verblendeten retten wollen. Aber nicht um den Preis seines Lebens!

Anne stürzte zum Bett, hüllte sich notdürftig in ein Laken ein und verließ das Zimmer. Barfüßig hastete sie die Treppe hinauf. Das ausgetretene Holz war schmutzig, kleine Steine lagen darauf, sie stachen in ihre Fußsohlen. Anne klopfte nicht an. Unaufgefordert stieß sie die Tür auf. »Thomas!«

Er stand zwischen zwei Knechten. Der Plattenpanzer wölbte sich, unsichtbar unter dem Waffenrock, über seine Brust, er sah mächtig aus dadurch, kräftig wie ein Gott. In der Mitte prangte das goldene Kreuz, der Rest des Waffenrocks war blutrot. Auf beiden Seiten schnallten die Knechte ihm Eisenschienen an die Arme. Von seinen Fersen stachen Sporen.

»Was tust du?« rief sie.

»Ich ziehe in den Kampf.«

»Aber warum? Wo ist der Feind?«

»Er hält sich in den Wäldern rings um Braybrooke verborgen. Wir sind eingekreist, Anne.«

»Wir haben Vorräte. Warte, bis Nevill dir zu Hilfe eilt. Auch der Feind wird nachgedacht haben. Man würde dich doch nicht mit so wenigen belagern, daß du sie mühelos in die Flucht schlagen kannst.«

»Keine Schlacht ist mühelos. Was verstehst du davon? Über ihren Ausgang entscheidet nicht die Anzahl der Männer. Es ist eine Frage des Mutes. Ein Mutiger erschlägt zehn Furchtsame.«

»Wer belagert uns?«

»Der Erzbischof von Canterbury.«

»Thomas.« Sie trat nahe an ihn heran und sah ihm fest in die Augen. »Du kannst den Erzbischof nicht allein besiegen. Warte auf Nevill!«

»Es bleibt keine Zeit. Doktor Hereford muß gewarnt werden. Er ist unterwegs hierher und läuft Courtenay in die Arme, wenn ich ihn nicht rechtzeitig verständige.«

»Du wirst sterben!«

»Mein Leben bedeutet weniger als das des Doktors.«

»Du wirst sterben, bevor du ihn erreicht hast! Dein Leben wird nutzlos ausgelöscht.« Sie sah die dicken Adern an seinen Händen, sie sah seinen Mund. Wann hatte sie ihn zuletzt geküßt? Wann ihn zuletzt liebkost? Wie hatte sie die Tage verschwendet, in denen sie ihn hätte lieben können! Sie war besessen gewesen von dem Plan, ihn aus dem Ketzerbund zu befreien, alles hatte sie darangesetzt und dabei das Eigentliche verfehlt. »Thomas, bitte. Bleib.«

Feuer loderte in seinem Blick. Das war also der Thomas Latimer, den man auf dem Schlachtfeld fürchtete. Konnte es nicht sein, daß er recht hatte und daß die Bischöflichen in die Flucht geschlagen würden? Man band ihm einen Zweihänder auf den Rücken, ein Schwert von der Größe eines Mannes.

Courtenay war verschlagen, er war intelligenter als Thomas. Vielleicht würde Thomas auf offenem Felde siegen. Aber Courtenay wußte das. Wenn sie ihren Mann in den Kampf ziehen ließ, würde er in eine Falle geraten.

»Siehst du diese Flicken?« Thomas sah an sich herunter. »Jeder rote Fetzen bedeckt einen Schnitt durch den Waffenrock. So oft hätte ich sterben können. Ich bin nicht gestorben, weil Gott mein Leben bewahrt hat. Wenn er mich heute sterben läßt, so ist es sein Wille. Gott hat Doktor Hereford damit beauftragt, daß er die Bibel ins Englische übersetzt. Und ich bin der Ritter, der für sein Leben verantwortlich ist.«

»Mit wem wird Gott wohl eher sein: Mit einem Ritter, der seltsame Lehren glaubt, oder mit dem päpstlichen Legaten und Erzbischof?«

»Heiligkeit, Anne, zeigt sich nicht im Äußeren, weder in einem Amt noch in einem fromm dreinblickenden Gesicht. Heiligkeit ist etwas Inneres. Du allein weißt, ob du glaubst und zu Gott hingewendet lebst. Urteile nicht über den Erzbischof. Du kennst sein Inneres nicht. Es mag schwarz sein vor Fäule.«

Mit solchen Gedanken würden die Armbrustbolzen der Männer Courtenays nicht aufzuhalten sein. Sie mußte sich etwas einfallen lassen, wenn Thomas die nächsten Stunden überleben sollte. »Hör zu, Thomas, ich will, daß du diesen Tag überlebst. Vielleicht ist Gott tatsächlich mit dir, aber er hat dir einen Kopf gegeben, damit du nachdenkst, bevor du losdrischst. Du hast vierzig Männer. Rennt das Heer Courtenays gegen die Burg an, kannst du sie womöglich halten. Einen Ausfall aber wirst du nicht überleben. Läßt sich Hereford nicht warnen, ohne daß du die Burg verläßt?«

»Er muß die Nachricht sofort erhalten. Wer weiß, wie nahe er schon heran ist, vielleicht ist es nur noch eine Stunde Weges! Ich kann keine Verzögerung riskieren.«

»Richtig, er muß die Nachricht sofort erhalten. Wenn ich dir einen Weg sage, wie er sie noch schneller erhält als bei einem Ausfall, bei dem du dich erst durch Courtenays Widerstand hindurchkämpfen mußt, bleibst du dann in der Burg?«

Thomas runzelte die Stirn. »Wie soll das gehen?«

25

Es war noch nicht einmal Sommer, und er schwitzte. Nicholas wischte sich über Nacken und Stirn. Wie er es haßte, wenn Schweißperlen den Rücken hinunterrollten! Er verabscheute das Zwacken unter den Achseln, er litt fürchterlich am zerriebenen, feuchten Gesäß. Die Aprilluft verschaffte keine Erleichterung, obwohl sie kühl war. Tropfen standen darin wie in einem Dampfbad, es erschwerte das Atmen. Das Pferd wärmte von unten, der ganze Tierkörper strahlte Hitze ab, sie drang durch den Sattel, sie brachte die Schenkel zum Glühen. Er saß seit Tagen von früh bis spät auf diesem Ledersitz, die Beine gegrätscht, war es da ein Wunder, daß er ins Schwitzen kam? Im ärgsten Frost und Winter würde er schwitzen.

Kanzler Rigg hatte ihm vier Bewaffnete mitgegeben, gegen seinen Willen, und einen jungen Studenten, der ihm beim Übersetzen zur Hand gehen sollte: in Wortlisten nachschauen, Formulierungen prüfen. Er hatte sich gewehrt, weil auf diese Weise Mitwisser entstanden, die sein Versteck in Braybrooke kannten, aber Rigg hatte sich durchgesetzt. So reisten sie zu sechst.

»Was meint Ihr«, fragte der Student von der Seite. »Wodurch unterscheidet sich die Bibel von anderen Schriften über Gott?«

»Was meinst du für Schriften, Junge?«

»Predigtsammlungen, ich habe eine, zweihundert Predigten in einem Band, und sie reden alle vom Glauben. Oder die Lebensberichte der Heiligen. Denkt Ihr, sie unterscheiden sich von der Bibel?«

»Natürlich. Zwar besteht auch die Bibel aus menschlichen Worten, mit denen Sterbliche über ihre Erlebnisse mit dem Allmächtigen schrieben. Es sind mit Schwäche behaftete, unbeholfene Worte. Aber Gott erfüllt sie wie Häuser, seine Anwesenheit bricht als helles Licht aus den Fenstern und läßt sie leuchten. Er offenbart sich durch sie hindurch, er zeigt sein Wesen. Anscheinend gefällt es ihm, uns Schmutziggeborene zu seinen Sprachrohren zu machen.«

»Geht dann nicht das Licht verloren, wenn die Bibel in die heutige Sprache übersetzt wird? Ich meine, Ihr baut neue Häuser, aber wie könnt Ihr wissen, daß Gott darin einzieht?«

Daher wehte der Wind. Ein pfiffiger Junge. »Ich kann es nicht wissen.«

»Und doch übersetzt Ihr die Heilige Schrift?«

»Was nützt es, wenn eine Stube von unzähligen Lampen erleuchtet ist, aber niemand geht hinein? Die Bibel in lateinischer Sprache wird nicht mehr gelesen. Es ist Zeit, daß wir neue Häuser errichten, dort, wo die Menschen leben. Gott selbst wird entscheiden, ob er durch sie wirken will. Ich bin fest davon überzeugt. Gott hat John Wycliffe die Augen geöffnet. Seitdem haben viele Menschen zu einer neuen Nähe zum Allmächtigen gefunden. Ein guter Baum trägt keine schlechten Früchte und ein schlechter keine guten, sagte der Herr Jesus zu seinen Jüngern, und sieh dir an, was die als Lollarden beschimpften Nachfolger Wycliffes bewirkt haben: Gutes? Schlechtes? Vom Ritter bis zum Knecht, vom Bauern bis zum Bürger, überall in England beten Menschen statt leerer Hülsen lebendige, persönliche Gedanken, sie sprechen mit Gott! Es wird gelesen, es wird über Gott nachgedacht, weitab von Kirchentraditionen, Beichte und Pilgerei. Gott will die Bibel in englischer Sprache.«

»Ich wünschte«, sagte der Student leise und tätschelte seine Stute, »ich würde so genau wissen, was das Richtige ist, wie Ihr es wißt.«

»Hältst du mich für einen Ketzer?«

»Nein, das meine ich nicht.«

»Du kannst es ruhig sagen. Ich bin es gewohnt. Du bist dir unsicher, ob die Kirchenreform gut ist?«

»Nein, Doktor Hereford, wirklich, ich glaube daran, daß Ihr den richtigen Weg eingeschlagen habt. Aber ich laufe

Euch ja nur hinterher, versteht Ihr, was ich meine? Ihr habt den Weg gefunden, und ich folge Euch. Soviel mehr Entscheidungen gilt es zu treffen als diese eine! Und nicht immer läuft mir jemand voran.«

»Um welche Entscheidung geht es?«

»Zum Beispiel frage ich mich, ob es richtig ist, Romane zu lesen.«

»Du meinst die neue englische Dichtung? Die ist recht einfach gestrickt. Sie spricht nur das Herz an. Es ist immer das gleiche: Ritter, die sich verkleiden oder ein fremdes Wappen annehmen, um unerkannt zu kämpfen und letztendlich als Helden ihren wahren Namen zu offenbaren. Schwarze Ritter, rote Ritter, weiße Ritter, unbekannte Ritter, falsche Ritter, Märchenritter. Halte dich an die französischen Romane, Junge, da findest du bewundernswerte Dichtkunst.«

»Ich habe mir gerade ›Richard Löwenherz‹ ausgeliehen.«

»Einfach gestrickt.«

»Woran kann ich das merken?«

»Allein schon daran, wie Franzosen und Sarazenen dargestellt werden. Feige sollen sie sein. Ist es so? Ist ein ganzes Volk feige? Ein anderes Volk gefährlich? Du weißt doch, daß das nicht stimmt.«

»Gibt es denn Dichtung, die zu lesen sich lohnt?«

»Wenn du schon Englisches lesen mußt, dann lies ›Sir Gawain und der grüne Ritter‹. Es ist elegant und fein geschrieben und lehrt eine gute Moral. Oder ›Piers Plowman‹ von William Langland. Ein kluges Werk. Christus tritt darin als Ritter in einem Turnier auf. Ihm wird eine Lanze in die Seite gestoßen, verstehst du, wie bei der Kreuzigung ihm der Römer eine Lanze in die Seite stieß, um zu prüfen, ob er tot ist, so wird ihm im Turnier ebenfalls eine Lanze in die Seite gestoßen. Eine feine Art zu belehren innerhalb der Geschichte! Der blinde Ritter, der den Herrn in Piers Plowman verletzt, wird augenblicklich sehend. So werden jedem die Augen geöffnet, der erkennt, daß Christus gestorben ist, um uns zu retten.«

»Das ist klug erdacht.«

»Du bist noch jung. In deinem Alter weiß man nicht alles zu entscheiden. Sei gnädig mit dir selbst.«

»Ich glaube, ich bin ein Hasenfuß. Ich will ehrlich sein zu Euch. Mich ergreift schon das Unbehagen, wenn ich zu entscheiden habe, ob ich ein Buch in Leder binden lasse oder in Holz! Leder oder Holz, frage ich mich und verzweifle daran. Oder die Frage, ob ich mir Verschlußlaschen leisten soll, die das Buch davor bewahren, sich aufzuplustern, im Falle, daß es feucht wird. Sie kosten Geld. Das Buch bleibt aber länger erhalten. Ist das die Summe wert? Gebe ich farbige Zeichnungen in Auftrag, die den Text ausschmücken und erklären? Wie viele? Ich glaube, ich bin einfach lebensunfähig.«

»Du bist übermüdet. Dort hinter diesem Wald ist –« Er verstummte. Da lag Braybrooke, und wo er Braybrooke wußte, wälzte sich eine schwarze Rauchwolke in den Himmel. Brannte das Dorf? Brannte die Burg?

An einem nassen Tag wie diesem fing kein Dach so einfach Feuer. »Ho!« Er zog die Zügel bis an den Bauch. »Steh!«

Sie warfen Gras auf das Feuer und Buschwerk und trockenes Laub. Mit langen Stecken rührten sie in den Flammen, damit sie nicht erstickten unter der feuchten Last. Der Qualm blähte sich über dem Hof zu einer schwarzen Kugel auf. Viele husteten. Ruß und Staub reizten die Kehlen. Das Feuer verbreitete beißende Rauchschwaden.

Auf den Wällen standen dicht an dicht die Schützen. Man erwartete einen Angriff Courtenays. Nahm er es hin, daß sie eine Warnung in den Himmel sandten, die weithin sichtbar war?

Anne schlang den wollenen Sommermantel dichter um ihr Brokatkleid. Es würde nicht viel nützen. Der Rauchgeruch würde noch lange an den Kleidern haften.

Wie diese Brillenmacherin Thomas ansah! Eine Frechheit. Ihre Blicke betasteten ihn, nichts anderes schien sie zu bemerken im Hof als Thomas, selbst den Säugling auf ihrem Arm vergaß sie. Andere Mütter hätten nur Augen für ihr Kind gehabt. Der Qualm verpestete die Atemluft des Würmchens, kümmerte sie das nicht? Nein, sie versuchte, ihm zu gefallen, Annes Ehemann. Ihr Mantel stand offen – außen von grüner Farbe, innen mit blauer, feiner Wolle gefüttert, ein hübsches Teil – und zeigte den Halsausschnitt, was hieß den Halssausschnitt, die Brüste offenbarte er! Das Kleid war vielleicht so alt wie das Kind, noch vor zwei Jahren hätte niemand es gewagt, ein Kleidungsstück so weit zu öffnen, daß es die Brüste entblößte. Knöpfe liefen vom Ausschnitt herab, man öffnete es vorn, ein Affront, sie bot sich ja regelrecht an, diese Hure!

Natürlich, das erklärte, wie sich eine Brillenmacherin derartige Kleider leisten konnte. Sie stellte den Mächtigen nicht nur Augengläser her, sondern bot ihnen dazu auch noch ihren drallen Körper feil. Von Thomas sollte sie die Finger lassen!

Beschämt fühlte Anne die Bänder an der Seite ihres Kleides. Immerhin, sie schnürte die Taille, das tat das junge Ding nicht. Anne war um einiges schlanker als sie. Aber Thomas und sie schliefen nicht mehr miteinander. Er war sicher leicht zu verführen. Diese Frau mußte fort von hier, rasch. Es würde alles wieder gut werden zwischen ihr, Anne, und Thomas. Nur die Brillenmacherin mußte fortgeschafft werden. Die Wunden würden bald heilen, sie würden endlich glücklich sein. Der Ketzerbund zerbrach ja, die lange Zeit des Wartens war vorüber, bald brauchte er Trost und Halt. Seine Freunde würden sie ihm nicht mehr geben können.

Er würde Anne sehen, nach Jahren würde er seine Frau anschauen und merken, daß sie schön war und daß sie ihn mehr liebte als alles andere in der Welt. Er würde begreifen, welches Glück er erleben konnte mit ihr. Für ihn würde sie sich die Haare aus der Stirn zupfen, eine hohe und kindliche Stirn würde sie für ihn haben. Sie würde sich die Augenlider färben, sie würde ihn sinnlich stimmen mit sanften Worten und begehrenden Blicken. Wenn er erst seinen Hunger im Bett gestillt hatte, würden sie lange und tiefgründige Gespräche führen, sie würde ihm raten, zur Kirche zurückzukehren und dem Lollardenglauben abzuschwören, und er würde die langen Jahre bereuen, in denen Kälte zwischen ihnen geherrscht hatte.

»Gonora.«

Die Kammerfrau hob die Schleppe an, und Anne trat zu Thomas hinüber.

»Er wird es gesehen haben«, sagte sie. »Wir sollten das Feuer löschen, sonst brennt uns noch ein Turm an.«

»Es soll noch ein wenig geschürt werden. Ich will, daß man den Rauch bis Market Harborough sieht und jemand nach Nottingham eilt, um Nevill zu Hilfe zu rufen.«

Wenn Nevill hier auftauchte, würde sie Thomas schwerlich in der Burg halten können. Aber Courtenay hatte Braybrooke eingekreist, hieß es. Vielleicht würde Nevill mit seinen Männern gar nicht bis zum Ort vordringen, vielleicht hielt ihn der Erzbischof schon in den Wäldern auf. Thomas sollte leben. Überstand er diese Tage, dann konnten sie gemeinsam alt werden.

Sligh näherte sich. In seinen enormen Augenbällen waren einige Adern geplatzt, er war offensichtlich erregt. »Sir Latimer, beide sind wir getäuscht worden.« Der sackartige Hals schwappte hin und her, und Slighs Kopf schwankte. »Sie hat uns hereingelegt!«

»Von wem redest du?«

»Die Brillenmacherin«, fauchte er haßerfüllt. »Ihr Bruder hat den Knappen erschossen.«

»Ja, das hat sie gesagt.«

»Macht Euch das nicht stutzig? Es gibt kein Heer in den Wäldern. Sie lügt! Sie selbst hat Doktor Hereford an den Erzbischof verraten, und ihr Verbündeter dort am Waldrand soll den Häschern Zeit verschaffen, indem er uns daran hindert, die Burg zu verlassen. Ein einziger Mann hält uns in Schach. Absurd ist das!«

Anne musterte die Brillenmacherin. Kein Zweifel, sie war erblaßt, und anstatt zu widersprechen, blickte sie furchtsam um sich. Sprach der Mann die Wahrheit? Zuzutrauen war es ihr, daß sie gegen Belohnung einen gesuchten Menschen auslieferte.

»Ich habe mich gleich gefragt«, fuhr Sligh fort, »warum mir

ihr Gesicht bekannt vorkommt. Nun weiß ich es: Ich habe sie bei Sir William Nevill in Nottingham gesehen. Gebt sie der Folter preis – sie wird gestehen, daß sie ihn nach Doktor Herefords Verbleib ausgehorcht hat und ihn dann an Courtenay verriet.«

»Du?« Thomas sah die Brillenmacherin an. Dann sagte er knapp: »Packt sie.«

Man ergriff das Weib. Die fleckigen Hände der Waffenknechte beschmutzten ihren Mantel. »In den Keller?« fragte einer der Knechte.

»Noch nicht.« Thomas trat zu ihr heran und sah ihr eindringlich in das Gesicht. »Gott ist allmächtig und ein gerechter Richter. Er wird dich hart bestrafen, wenn du lügst. Hast du Nevill ausgehorcht, und hast du Doktor Hereford an den Erzbischof verraten?«

Sie senkte den Blick.

»Rede!«

Die Brillenmacherin nickte. Sie gestand es! So sehr ließ sie sich von Thomas einschüchtern, daß sie keine Lüge zuwege brachte? Tränen liefen ihr über die Wangen. Kein Zweifel, sie hatte ihr Herz an ihren Mann verloren. Anders ließ es sich nicht erklären, daß ihr die Fäden ihres Intrigenspiels aus den Fingern glitten. Nieder mit dir, dachte Anne erfreut, fort von unserem Hof!

»So habe ich mich in dir getäuscht.« Thomas spie vor ihr auf den Boden. »Schafft sie mir aus den Augen!«

»Wartet«, sagte Sligh, »soll ich sie nicht verhören? Vielleicht weiß sie mehr über Courtenays Pläne. Wenn ich sie ein wenig steche, wird sie reden.«

»Nein!« Der Schrei der Brillenmacherin gellte von Wall zu Wall.

»Tue es.« Thomas nickte Sligh zu.

»Er wird mich umbringen!« Sie bäumte sich auf zwischen den Waffenknechten, versuchte, sich loszureißen, während sie ihr Kind an sich preßte. »Er wird mich umbringen, wie er Elias umgebracht hat! Hört, Sir Latimer, hätte ich Euch heute morgen gewarnt, wenn ich gewollt hätte, daß der Erzbischof Doktor Hereford fängt? Ich habe meine Tat längst bereut und wollte das Unglück verhindern.«

Man schleifte sie weiter.

»Fragt William Sligh nach der Bibel, kein Wort wird er Euch sagen können! Er war bei Nevill, ja, und er hat sich sein Vertrauen erschlichen wie das Eure. Denkt darüber nach, wie kurz ihr ihn erst kennt. Er arbeitet seit zehn Jahren für Courtenay, er ist kein Anhänger Wycliffes, sondern ein Feind!«

Sligh eilte der Brillenmacherin und den zwei Waffenknechten nach. Er trat nach der Frau wie nach einem Hund. »Du verlogener Satansbraten!« Anne zuckte zusammen. Daß er nicht das Kind traf!

Die Brillenmacherin jaulte auf vor Schmerzen und ging in die Knie.

Erneut trat er zu. »Behalte dein Gift im Maul, du Schlange!« Als sie sich krümmte, das Kind schützend unter sich verborgen, brüllte er die Knechte an: »Was gafft ihr? Tragt sie in den Keller!«

»Einen Augenblick.« Thomas stutzte. »Laßt sie sprechen. Was willst du damit sagen, Catherine?«

»Fragt diesen Mörder«, ächzte sie, »nach den Lehren der Bedeckten Ritter, er wird nichts wissen. Er ist keiner der Euren.« Sie keuchte um Luft und versuchte aufzustehen.

»Ihr seid Lollarde, Sligh, sagtet Ihr. Ist das die Wahrheit?«

»Natürlich.« Sligh klatschte die kleinen schwulstigen Hände gegeneinander. »Was redet sie da, lauter Lügen. Hätte ich Nevill und Euch Ritter herangeschafft, die für Wycliffes Erbe und die Kirchenreform zu kämpfen bereit sind? Hätte ich das getan, wenn ich für Courtenay arbeiten würde?«

»Sage mir, was schreibt Wycliffe in seinem *Tractatus de Mandatis Divinis* über den Gebrauch von Bildern?«

Sligh lachte unbeholfen. »Er verdammt sie natürlich. Du sollst dir kein Bildnis machen, heißt es in der Heiligen Schrift. Die Kirche verstößt dagegen, fortwährend, und Wycliffe, äh, Wycliffe weist auf den Frevel hin.«

»Nein, Sligh, du irrst. Bilder können gut und schlecht gebraucht werden, schreibt Wycliffe. Gut, um die Gläubigen dazu zu bewegen, Gott hingebungsvoller zu lieben. Schlecht, um vom wahren Glauben abzulenken, wenn beispielsweise das Bild angebetet wird oder für seine Schönheit, seinen hohen Wert oder die Verbindung zu irgendwelchen unwichtigen Umständen verehrt wird.«

»Nun, aber er meint doch, daß sie eher nicht Verwendung finden sollen.«

»Was schreibt Wycliffe über die Messe? Ist es gut, Gottesdienst zu feiern?«

Sligh hob den feisten Finger und schüttelte ihn gegen Latimer. »Ihr wollt mich aufs Glatteis führen. Natürlich ist Wycliffe für den Gottesdienst. Wir sollen nicht die Gottesdienste verlassen, so sagt er, nicht wahr?«

»Ein einfaches Vaterunser eines Bauern, schreibt Wycliffe, das in Nächstenliebe und Milde gesagt wird, ist besser als tausend Messen von habgierigen Prälaten und eitlen Gläubigen, voll von Neid und Stolz und falscher Schmeichelei.«

Der Mann wand sich, lächelte dabei. »So leicht laßt Ihr Euch verunsichern? Ich habe Euch Ritter herangeschafft, Herr, bedenkt das.«

»Schafft sie beide in den Keller und legt sie in Ketten.« Thomas' Gesicht zeigte keine Regung. »Ich kümmere mich später darum.«

»Du miese Kröte«, geiferte Sligh. Er rannte gegen Catherine an, wurde aber von den Waffenknechten ergriffen, bevor er sie erreichte. Er trat nach ihr, ohne sie zu treffen. Sand spritzte auf. »Ich werde dich zerquetschen. Du wirst büßen für deine Lügen, büßen! Ich bin unschuldig. Ist das der Dank? Ist das Euer Dank, Sir Latimer?«

»Ruth«, rief die Brillenmacherin, »nimm die Kleine.«

Die Küchenmagd eilte herbei und nahm ihr den Säugling aus den Armen.

»Kümmere dich gut um sie. Sie hat nur das Beste verdient. Was kann sie für meine Fehler?«

Nun war doch eine Bewegung in Thomas' Gesicht zu sehen. Die Stellung der Brauen veränderte sich, die Mundwinkel wurden weich. Anne biß sich auf die Zunge. Die Brillenmacherin dauerte ihn, wegen des Säuglings. Warum hatten sie keine Kinder? Warum nur hatte Gott sie unfruchtbar gemacht in den ersten zwei Jahren der Ehe? Sie hatte Thomas keine Nachfahren geschenkt. Nie hatte er es ihr zum Vorwurf gemacht. War das sein geheimer Schmerz? Liebte er sie deshalb nicht? Sie hatte das als Ursache immer ausgeschlossen, weil er nicht besonders ausdauernd versucht hatte, ein Kind zu zeugen.

Vom Turm rief einer der Bogenschützen: »Reiter, Sir!«

»Sie machen kehrt, Exzellenz.«

»Erschießt sie. Alle bis auf Hereford.«

Er hörte das Klacken der Armbrüste, den kurzen, scharfen Pfiff ihrer hart gespannten Sehnen. Bolzen schlugen in Körper ein, Menschen stöhnten. Sie schrien nicht, sie kämpften nicht. Sie starben einfach. Er hatte den Befehl dazu gegeben, und sie ließen ihr Leben. Courtenay zupfte sich eine Klette vom Waffenrock, trat an das Pferd heran, saß auf. Ich habe zwei Gesichter, dachte er, einmal trage ich den Bischofsornat, dann den Waffenrock. In beiden bin ich mächtig.

Ein leichter Druck der Fersen. Das Pferd erklomm den Hügel zur Straße hin. Wen erschreckte nicht der gelbe Rock mit den roten Kreisen? Seine Mutter, Margaret de Bohun, war eine Enkelin König Edwards des Ersten. Es floß sozusagen königliches Blut in seinen Adern.

Schon vor Wochen hatte er Abt Everard befohlen, die dem Augustinerstift lehnspflichtigen Ritter zusammenzurufen. Immerhin siebzehn waren erschienen. Zwei Earls, die er aus Südengland herbeigerufen hatte, waren mit eigenem Rittergefolge gekommen. Zusätzlich hatte er Söldnerhauptmänner gekauft, die Bogenschützen mitbrachten und bewaffnete Fußkrieger. Die Hauptmänner bekamen eine feste Summe, von der sie sich einen fetten Anteil abzweigten, bevor sie den Rest unter ihre Leute verteilten, manche erhielten nur Speise und Trank und hofften auf Kriegsbeute. Nun, sie würden genug erbeuten, wenn er erst gegen die Burgen der Bedeckten Ritter zog.

Courtenay lächelte. Von der bewaldeten Hügelkuppe aus bot sich ihm ein Bild des Erfolges. Auf der Straße lagen Tote, niedergestreckt, weil er es so gewollt hatte. Beinahe wirkte es, als wären sie freiwillig vor ihm in den Staub gestürzt. Sie hatten sich nicht gewehrt. Letztendlich war man vor seiner Macht niedergefallen.

Seine Männer nahmen die Zügel der verlassenen Pferde auf und führten die Tiere von der Straße. Sie schleppten die Toten in den Wald. Nur einer saß noch auf seinem Roß: Hereford. Die Schultern waren eingesunken, der Blick trübe. Diesen Schwächling hatte er jahrelang gejagt? Dieser Greis sollte der gefährlichste Mann Englands sein? »Doktor«, sagte Courtenay. »Wie schön, daß wir uns endlich kennenlernen.«

»Mußte dieses Morden sein?«

»Sie hätten Euch verteidigt bis zu ihrem Ende, oder etwa nicht? Ich habe ihnen Qualen erspart.«

Hereford sah auf einen röchelnden Schwerverletzten hinab, der versuchte fortzukriechen. »Er war unbewaffnet. Ein junger Student, er hat gefragt, ob es gut ist, Romane zu lesen. Ist es gut, Romane zu lesen, William Courtenay?« Der Greis blickte ihn an.

Da begriff er, warum Hereford einem großen und starken Land den Atem abdrücken konnte. Es war etwas Unmittelbares an diesem Mann, jegliche Masken fehlten, jegliches Spiel und Gehabe. Er fürchtete sich nicht, zu sein, was er war. Der Greis vermutete wohl eine große Macht hinter sich, anders war seine Selbstsicherheit nicht zu erklären. Er dachte, Gott selbst stünde ihm bei. Ein Ketzer, der der Kirche in den Rücken fiel. »Wie gut Ihr Euch belügen könnt, Doktor. Ihr glaubt tatsächlich, Ihr seid wichtig, Ihr haltet Euch für einen, der den guten Weg bahnt, nicht wahr?«

Der Greis schwieg.

Man eilte herbei, um den Verletzen zu erschlagen. »Nein«,

Courtenay winkte die Männer fort, »laßt ihn langsam verrecken. Wir haben Zeit.« Er sah Hereford an. »Ich will Euch sagen, was Ihr seid: eine eiternde Wunde im Körper der Kirche. Ihr vergiftet sie mit Eurem Schmutz. Schluß damit! Der Allmächtige und sein Vertreter auf Erden, Papst Urban der Sechste in Rom, haben genug von Euch. Wo ist Euer Teufelswerk versteckt, dieses Vergehen an Gottes Wort? Sagt es, und Ihr sollt rasch und friedlich sterben wie Eure Gefährten.«

»Du drohst mir mit dem Tod?« Hereford schürzte die Lippen. »Müßtest du als Hirte der Kirche nicht wissen, daß ich unsterblich bin? Jesus Christus ist am Kreuz gestorben, und wer an ihn glaubt, mag zwar in seiner irdischen Hülle das Leben lassen. Wenn aber der Herr wiederkommt am Ende der Zeit, dann wird jedes seiner Kinder auferweckt zu einem neuen Dasein, ohne Tod, ohne Krankheit, ohne Tränen. Ich werde lachen über dich, Courtenay. Gott ruft mich dereinst in die Unsterblichkeit. Was du meinem Körper antust, kann mich nicht verletzen.«

Einige der Söldner, die die reglosen Leiber von Herefords Gefährten in den Wald zerrten, hielten inne. Der Mut des Greises beeindruckte sie. Wenn er, Courtenay, ihn nicht bald zum Schweigen brachte, würde der Teufelsdoktor es schaffen, einige auf seine Seite zu ziehen. Er, der verloren hatte! Nein, man durfte ihn nicht einfach töten. Der Ketzer sollte widerrufen und damit zeigen, daß seine Stärke Menschenwerk war und nicht göttliches Geschenk. Courtenay ritt an ihn heran, packte dessen Hemdkragen und zog den Greis zu sich heran. »Du wirst brennen«, flüsterte er ihm ins Ohr. »Zuerst in meinem Feuer und dann in der Hölle, weil du Gottes Kinder verführt hast.« Er nahm die zweite Hand dazu und hob den Alten vom Pferd. »In den Staub mit dir, Dämon.« Er stieß ihn zu Boden.

26

Mit zwölf Jahren war Thomas das letzte Mal im Keller gewesen. Er scheute die unterirdischen Räume. Die Dunkelheit jagte ihm Angst ein, der Umstand, daß man nicht bis in die letzten Winkel schauen konnte. Der Koch war hier unten gestorben. Er habe sich totgesoffen, sagte man ihm damals, aber Thomas, ein Kind noch, glaubte es nicht; er fand sich darin bestätigt, daß im Keller Geister hausten: Sie waren dem Koch zu Leibe gerückt, als er Rüben holen wollte.

Er vermied es seitdem, in den Keller hinabzusteigen. Ob der Verwalter ihn einlud, das ordnungsgemäße Lagern der Ernte zu überprüfen, oder ob es galt, die Weinvorräte durchzusehen, immer fand er einen Vorwand, die Sache aufzuschieben.

Thomas griff an die Wand, um sich abzustützen. Spinnweben knisterten um seine Finger und hängten sich an die Zange, die er hielt. Was mochte hinter den Fässern dort hocken? Das Licht der Lampe in seiner zitternden Rechten reichte nicht bis in die Ecke. Du weißt doch, wie man sich zur Wehr setzt! schalt er sich. Es half nichts. Das Herz trommelte gegen die Rippen. Wäre es ein Angriff, den er erwartete, er würde eine andere Art von Angst verspüren, eine aufmerksame, kampfbereite Angst. Was er fühlte, war das Grauen vor dem Unbekannten. Er konnte nicht sagen, was ihm ein Geist antun würde. Der Schrecken allein, diesen Windhauch zu sehen, dieses Luftungeheuer! Ihm würde das Herz versagen im Augenblick, in dem er den Geist entdeckte.

Hatte er nicht vor einem Jahr geglaubt, die Furcht sei überwunden, als der Doktor über eine Aussage Christi vom 16. Kapitel des Johannesevangeliums predigte? *In þe world yee have shul han pressing, but tristeþ: I have overcomen þe world.* In der Welt habt ihr Angst, aber seid getrost, ich habe die Welt überwunden. Jesus Christus ist stärker, sagte er sich. Er unterwirft den mächtigsten Dämon.

Seine Schritte knirschten am Boden, knirschten von den Wänden und von der Decke. Hinten, im Dunkel, das die Lampe nicht erreichte, schepperte eine Kette. Er folgte dem Geräusch. Da, ein Gesicht ohne Lippen, und dicke, pfropfenartige Ohrläppchen. Sligh. Er sah Thomas zornig entgegen.

Nach links leuchtete er, bog ab. Die Brillenmacherin lag auf dem Boden. Sie hatte die Hände, die in eisernen Schalen steckten, vor den Kopf gestreckt, so daß sie auf den Unterarmen ruhte. Auf ihrem Gesicht bahnten sich Tränen den Weg durch eine Staubschicht, und doch lag es entspannt und friedlich. Der Mund stand offen um einen Spalt, er war schön geformt, unter der Nase malte er zarte Spitzen. Die Wangen holten weit aus. Golden schimmerten die Augenbrauen. Sie erinnerten an Vogelschwingen. Catherine Rowe war eingeschlafen.

Sie lag hier und schlief, ihrem Schicksal ergeben. Ihre Geste sprach für sich: Sie hatte alles gesagt. Sicher war sie unglücklich, von ihrer Tochter getrennt zu sein, aber sie fürchtete keine Entdeckung böser Taten mehr, sie hatte gestanden. Thomas konnte ihr vertrauen.

»Catherine«, sagte er.

Sie schlug die Augen auf, sah hoch zu ihm. Die Kette schepperte, als sie sich erhob. »Sir Latimer.«

»Deine Tochter weint. Ruth meint, sie müsse Milch trinken.«

»Bitte, bringt sie mir. Sie kann doch nichts für meine Verfehlungen.«

»Das Kind soll diesen dunklen Keller nicht sehen. Reiche mir deine Hände!«

Sie streckte ihm die Arme hin. Mit der Zange bog er die Eisenstifte um und zog sie heraus. Die Schalen öffneten sich, die Kette fiel herab.

Catherine stammelte: »Was ich getan habe, tut mir so leid! Ich wußte nicht, daß Courtenay mich belügt.«

»Seine Ritter haben einen ersten Sturmangriff versucht. Offenbar ist ihm neu, daß ich die Burgbesatzung in den letzten Wochen verdreifacht habe – mit Leichtigkeit haben wir sie zurückgeschlagen. Nun bauen sie ein Heerlager auf hinter dem Dorf. Nur Doktor Hereford … Hoffen wir, daß er den Rauch gesehen hat.«

»Wie kann ich meine Schuld wiedergutmachen?«

Sie passierten Sligh. »Diese Pestbeule!« brüllte er. »Merkt Ihr nicht, wie sie Euch betrügt? Sir Latimer, Ihr macht einen Fehler!« Er fletschte die Zähne und riß an den Ketten. »Denkt an mich«, rief er, »denkt an mich, wenn sie Euch verrät!«

Erleichtert atmete Thomas aus, als er die Kellertür hinter sich geschlossen hatte. »Wir werden sehen.«

Zartrote Streifen zierten das Abendblau am Himmel. Schon funkelten die ersten Sterne. »Ich danke Euch«, sagte Catherine und sah zu Boden.

Er bewunderte sie: Obwohl sie den Säugling in der Küche weinen hörte, stand sie hier bei ihm und bedankte sich. »Wenn du das Kind gestillt hast, bete mit dem Gesinde, daß der Allmächtige den Doktor retten möge.«

»Ich muß nicht wieder in den Keller hinab? Ich … Wie betet man? Ich will fortan alles richtig machen.«

»Du weißt nicht zu beten?«

»Ich kenne nur das Vaterunser. In englischer Sprache mit Gott zu reden … Wie tut man das? Ich meine, ohne daß man ihn erzürnt?«

Anne klammerte sich an die Lehne der Fensterbank. Sie drückte so fest zu, daß es schmerzte. Im Hals hingen Tränen fest, sie drangen nicht bis zu den Augen durch, sondern steckten in der Kehle. Zuzusehen, wie Thomas sich verliebte! Nie hätte sie geglaubt, daß sie noch schlimmer leiden konnte, als sie es bereits durch seine Kälte tat.

Da standen sie im weichen Abendlicht und redeten. Wenig fehlte, und ihre Gesichter berührten sich. Hatte Thomas jemals so dicht bei ihr gestanden, hatte er ihr, Anne, jemals so tief in die Augen geblickt? Nun hob er die Hand und streichelte Catherine die Schulter.

Anne wendete sich ab. Sie gab einen langen, dünnen Ton von sich. Oh, es tat weh! Es tat weh! Am ganzen Körper zitterte sie. Sie wollte sterben, sofort tot umfallen und das nicht mehr erleben müssen. Hilfesuchend sah sie sich um: das Bett, die Tür, das Spinnrad, der Webstuhl, die Truhen, der Tisch. Wer half ihr? Wer rettete sie? Tränen brachen sich Bahn. Sie flossen ihr über das glühende Gesicht, salzig versickerten sie in den Mundwinkeln.

Ob sie sich draußen küßten? Schau es dir nicht an, sagte sie sich und trat zum Fenster, um es sich anzuschauen. Sie blinzelte, konnte zuerst nichts erkennen. Dann sah sie: Thomas und Catherine waren verschwunden. Anne eilte zur Tür und lauschte. Schritte auf der Treppe, ja, zwei Menschen. Sie gingen gemeinsam auf sein Zimmer. Sie würden sich in die Kissen wühlen und das Liebesspiel treiben.

»Vielleicht können wir Sligh gegen Hereford austauschen«, sagte eine Männerstimme. Einer der Ritter? Thomas ging gar nicht mit Catherine?

Er antwortete: »Wenn er nicht umgekehrt ist wegen der Rauchwolke, wenn er sich tatsächlich in Courtenays Händen befindet, so glaube ich nicht, daß der Erzbischof einem solchen Handel zustimmen wird. Wie könnte ihm Sligh ebenso wertvoll sein wie der Doktor?«

»Einen Versuch wäre es wert. Wir könnten zusätzlich zu Sligh die Bibelübersetzung anbieten. Courtenay kann nicht wissen, daß Ihr bereits Abschriften in ganz England verteilt habt, um sie vor ihm zu retten; er könnte meinen, damit sei die Arbeit hinfällig und Hereford müsse von vorn beginnen.«

»Das wäre eine – Augenblick!« Die Schritte verstummten.

Sie waren stehengeblieben vor ihrer Tür. Hastig wischte sich Anne die Tränen aus dem Gesicht.

»Er weiß doch nicht«, fuhr Thomas fort, »daß Catherine ihren Verrat bereut hat. Wenn wir sie als Botin schicken, um für uns zu verhandeln, könnte er meinen, wir hätten noch keinen Verdacht geschöpft. Er würde sie gern zurückschicken zu uns, während sie aber für mich spioniert und berichten kann, wie groß sein Heer ist und was er vorbereitet an Belagerungstürmen, Rammböcken und Sturmleitern. Außerdem kann sie vielleicht einen der Dörfler zu Nevill schicken.«

Als Botin wollte er sie zu Courtenay senden? Am besten war es, wenn sie von dort nicht mehr zurückkehrte. Anne trat an die kleinere der Truhen heran, hob den Deckel und entnahm ihr einen Bogen Pergament, das Tintenfaß und die Feder. Damit setzte sie sich an den Tisch. Sie machte sich nicht die Mühe, die Feder anzuspitzen. Mochten ihre Buchstaben unvollkommen aussehen – Courtenay sollte sehen, in welcher Not sie sich hier in Braybrooke Castle befand. Sie öffnete das Fäßchen, tunkte die Federspitze ein und schrieb:

An Seine Exzellenz William Courtenay, Erzbischof von Canterbury und päpstlicher Legat in England.

Die Brillenmacherin hat Euch verraten. Sie warnte meinen Mann, daß Ihr Doktor Hereford auflauern würdet. Auch gab sie William Sligh in seine Hände, so daß er nun eingesperrt ist. Thomas hat Catherine beauftragt, Euer Lager auszuspähen. Während sie Euch nach dem Munde redet, ist sie längst zur Ketzerin geworden. Laßt sie nicht zur Burg zurückkehren, wenn Ihr verhindern wollt, daß sie weiteres Unheil anrichtet.

Die Eure,
Lady Anne von Ashley

Anne blies über die Schrift, um die nasse Tinte zu trocknen. Mattigkeit überfiel sie. Die Augen brannten, und der Atem ging gewichtig. Als hätte ich ein Schlafmittel genommen, dachte sie. Sie stand auf. Träge setzte sie Fuß vor Fuß, ließ sich auf das Bett fallen. Sie mochte nicht mehr kämpfen. War es nicht Zeit, Thomas Latimer aufzugeben? Überhaupt Zeit aufzugeben? Seit langem fühlte sie sich, als würde ihr Körper zerfallen. Die Lebenskraft war dahin. Die Jahre waren mit Schmerzen getränkt gewesen, genug Schmerzen, um sie zu sättigen.

Da standen die Ritter und stritten. Während sie sich Argumente zuriefen, nahmen ihnen Knappen die Panzerplatten ab, halfen aus den Eisenschuppenhemden heraus, lösten die Beinschienen und zerrten an den Sporen. Hier zog man die Riemen eines Schildes straffer, dort befestigte man eine Lanzenspitze an ihrem Schaft. Schmiede eilten mit Feile und Hammer umher, nahmen kleine Nachbesserungen vor. Keine Rüstung glich der anderen, auch die bevorzugten Waffen unterschieden sich: Streitaxt oder Schwert, Eisenkeule, Lanze oder Kriegshammer.

»Auf den Türmen die Langbogenschützen, ich sage Euch, das ist die wahre Gefahr.«

»Habt Ihr die Armbruster auf dem Wall gesehen? Dicht an dicht standen sie. Da ist kein Herankommen. Schaut her! Zwei Bolzen haben meinen Schild durchschlagen, dickes Holz, sie sind einfach hindurchgekracht. Die Wucht hat mir den Schild beinahe aus der Hand gerissen.«

Courtenay platzte mitten hinein in den Kreis. »Welche müde Vorstellung Ihr abgegeben habt! War das alles? Mehr habt Ihr nicht zu bieten?«

Dunkles Schweigen senkte sich über die Runde.

»Ihr reitet hier nicht gegen eine Festung an, sondern gegen eine kleine Burg auf dem Land!«

»Richtig, Exzellenz«, sagte einer der beiden Earls. »In Friedenszeiten ein leichtes Ziel. Einen Pförtner gäbe es zu erschrecken und drei Wachmänner.«

Courtenay spürte, daß sich sein Kopf erhitzte. »Was faselt Ihr da von Friedenszeiten? Kämpft Ihr denn sonst in Friedenszeiten, in Frankreich, in Spanien, auf einem Kreuzzug? Und täuscht Euch nicht: Es herrscht kein Friede in England! Der König rottet Mitstreiter zusammen, die Earls von Arundel, Warwick und Nottingham und Thomas von Gloucester, der schon immer ein Feind der Krone war, sammeln ein Gegenheer. Bald geht es um die Krone. Ganz England ist in Aufruhr, und Ihr wollt leichtes Spiel haben, wenn Ihr eine kleine Ketzerburg stürmen sollt? Wir werden noch ganz andere Schlachten schlagen!«

»Alles, was ich sage«, setzte der Earl ruhig fort, »ist: Sir Latimer war vorgewarnt.«

»Das sind keine einfachen Burgwachen, gegen die wir angehen«, klagte ein grauhaariger Ritter. »Sir Latimer hat einen Captain dort mit schlachtfelderprobtem Gefolge, teuer eingekauft. Darauf verwette ich mein Schwert. Der hat seine Waffenbrüder zwischen die Posten auf dem Wall gestellt, das sind geübte Schützen. Ich sage Euch, wir werden an dieser Burg scheitern, so klein sie auch ist.«

»Nach einem einzigen Angriff wollt Ihr aufgeben? Ihr seid Lehnsleute der Kirche, es ist Eure Pflicht, in ihrem Auftrag aufständische Ketzer zu vernichten. Ich dulde keine Schwäche!«

»Wir könnten ihn aushungern«, schlug einer der Ritter vor.

»Pah!« rief der Grauhaarige. »Ich habe anderes zu tun, als hier monatelang Posten zu schieben.«

Courtenay krampfte die Zehen in die Stiefelsohlen. Flüche sprangen ihm im Mund herum. Er hielt die Lippen verschlossen. Ruhig! befahl er sich. Laß sie deine Überlegenheit spüren. Mit einem Wutausbruch zeigst du Schwäche, aber wenn du dich im Griff hast, hast du auch sie im Griff. Er sagte kühl: »Mir verdankt Ihr Euer Lehen. Ihr habt mir den Treueid geschworen. Brecht Ihr ihn, dann seid Ihr der nächste.« Er winkte mit den Augen zur Burg hinüber.

»Schon gut, schon gut. Ich halte mich an meinen Eid.«

»Also, was schlagt Ihr vor?«

»Belagerungsgerät.«

»Befindet sich im Bau. Noch eine Woche, und es ist bereit.«

»Ihr habt recht«, sagte der Earl. »Wir sind verpflichtet, Euch im Heer zu dienen, und solange Braybrooke Castle steht, kommen wir hier nicht fort.« Er lockerte das Schwert in seiner Scheide, hob es ein wenig heraus und ließ es wieder hineinrutschen. »Die Burg fällt beim nächsten Ansturm. Ich gebe mein Wort.«

Courtenay musterte ihn erstaunt. Er sah nicht übermütig aus, eher gelassen. »So sicher seid Ihr Euch?«

»Die Burg besteht zu großen Teilen aus Holz. Schafft Schwefel heran, Steinsalz, Pech, Harz und gebrannten Kalk. Mittels der Belagerungsgeräte bringen wir es in die Nähe, dann werfen wir es gegen Häuser und Wälle. Kein hölzernes Bauwerk hält Byzantinischem Feuer stand. Sir Latimer findet ein loderndes Ende.«

»Und noch jemand.« Philip Repton trat zwischen die Ritter. Er grinste. »Die Flammen zucken bereits bis in den Himmel, Exzellenz.«

Es ärgerte Courtenay, wie vorlaut Repton sprach. Aber er entschied, daß ein Strafexempel im Augenblick schädlich wäre, und verschob es auf später. »Gut«, sagte er. »Wenn die Herren Ritter sehen wollen, warum der Zorn der Kirche entbrannt ist und warum Braybrooke Castle zu Asche zerfallen muß, dann kommt herüber zum Feuer. Ich befrage Doktor Hereford.«

Repton hatte nicht zuviel versprochen. Der Ketzervater, der gefesselt am Boden kauerte, sah neben dem haushoch lohenden Feuer aus wie eine Motte neben einem Kamin. Er schwitzte. Courtenay ließ ihm einen Becher Wasser reichen. Die Annehmlichkeiten des Lebens sollten ihm in guter Erinnerung sein, wenn er den Hitzetod nahen fühlte.

Courtenay war frisch und ausgeruht. Er hatte sich gewaschen, hatte den Waffenrock abgelegt und statt dessen eine frische, weiße Albe angezogen, nur ihr Saum war sichtbar unter der dunklen Tunika. Über der Tunika trug er sein bestes Bischofshemd. Es hing bis zu den Schenkeln herab und war mit goldenen Ornamenten und Fransen verziert. Im Feuerschein würde er einem Racheengel nicht unähnlich sehen.

Er befahl: »Nenne mir deinen Namen!«

»Nicholas Hereford, Professor der Universität Oxford, Fachbereich Heilige Schrift.«

Offenbar versuchte er, die Zuhörer zu beeindrucken. Hereford hatte sofort begriffen, worum es hier ging. Sie rangen nicht um sein Leben, das war längst verloren. Der Streit wurde um die Zuhörer geführt. Courtenay mußte ihn von Anfang an in eine Verteidigungshaltung zwingen, damit er keine Stärke zeigen konnte. »Bist du noch Professor? Oder beginnst du die Befragung gleich mit einer Lüge?«

»Der Kanzler der Universität, Robert Rigg, hat mich nie des Dienstes enthoben.«

»Warum bist du dann hier und nicht bei deinen Studenten?«

»Ich wurde exkommuniziert und eingekerkert.«

Himmel! Er war geschickt. Es sah wie eine Ungerechtigkeit aus. »Wir werden sogleich hören, warum das geschehen mußte. Antworte mir, Nicholas Hereford: Glaubst du, daß die Beichte notwendig ist für die Erlösung?«

»Ja.«

Courtenay zuckte zusammen. Kein Lollarde vertrat diese Ansicht. Sie kritisierten doch die Beichte in ihren ketzerischen Reden! »Schwöre bei Gott, daß du die Wahrheit sagst.«

»Ich sage die Wahrheit, Gott strafe mich, wenn ich lüge.«

»Die Beichte ist notwendig für die Erlösung? Du glaubst das?«

»Ja, ich glaube es.«

Er spielte mit ihm. Um die dunklen Augen des Doktors tanzten kleine Falten. Courtenay trat näher an ihn heran. »Von welcher Beichte sprichst du? Vor wem soll man beichten?«

»Vor seinen Glaubensbrüdern.«

Da hatte er ihn!

»Die Schrift befiehlt das im Brief des Jakobus«, sagte Hereford, »Kapitel fünf. So hat es der gute John Wycliffe übersetzt: *Þerfore knouleche thee oen to an oþer youre synnes and preye thee for eche oþer.* Darum bekennt einander eure Sünden und betet füreinander.«

Er wagte es, Wycliffe zu zitieren, vor ihm, William Courtenay, der den Verruchten zur Strecke gebracht hatte! Daß dieser Name überhaupt noch lebte! Daß diese giftigen Worte immer noch durch die Köpfen wanderten! »Erbärmlicher

Ketzer«, brüllte er, »du nennst Wycliffe dein Vorbild, der wegen seiner Freveleien aus der Kirche verstoßen wurde? Aber dessen bedarf es nicht, verehrter Doktor. Ihr habt Euch selbst das Urteil gesprochen. Vor den Brüdern soll man beichten? Und die Weiber vor den Weibern, ja?« Er tat einen weiteren Schritt auf den Gefesselten zu. »Was ist mit der Beichte vor dem Priester?«

»Kein Priester kann Sünden vergeben. Das kann allein Gott. Und leere Formelgebete sind keine passende Sühne, der Allmächtige verzeiht und schenkt uns dies, wir können nicht mit unseren Lippen oder unseren Knien einen Teil davon erarbeiten.«

»Verleumder!« Courtenay glühte. »Bist du bereit, dich den Regeln und Traditionen der Kirche zu unterwerfen? Andernfalls soll dich dieses Feuer verbrennen.«

»Die Regeln der Kirche sind die Regeln Gottes. Ich unterwerfe mich ihnen nach allen mir zur Verfügung stehenden Kräften.«

Schon wieder verblüffte er ihn. Courtenay wankte einige Schritte zurück. Er war bereit, von seinen Irrtümern abzurücken? Das mußte doch eine Finte sein? »Schwöre bei Gott!«

»Ich schwöre es bei Gott.«

Nun saß er in der Falle. Courtenay lächelte. »Die Kirche befiehlt die Beichte vor einem Priester. Diesem stimmst du nun also auch zu, nachdem du geschworen hast, der Kirche zu gehorchen. Du bist gezwungen – sonst würdest du deinen ersten Schwur brechen.«

»Die Beichte vor einem Priester ist nutzlos, denn er kann keine Sünden verzeihen.«

»Du wagst es, Gott zu verspotten, indem du deinen Schwur brichst?«

»Ich breche ihn nicht. Ich unterwerfe mich den Regeln der Kirche.«

»Also mußt du an die Beichte glauben!«

»Mitnichten. Die Kirche lehrt das nicht.«

»Du willst mir erklären, was die Kirche lehrt?«

»Ich sprach von der unsichtbaren Kirche, die sich aus allen Geretteten zusammensetzt, aus denen, die Gott wahrhaftig verehren.«

»Ist das nicht die gleiche katholische Kirche, die die Beichte lehrt?«

»Nein. In der Kirche, die du meinst, sind Gerettete und Verlorene enthalten. Der katholischen Kirche anzugehören heißt noch nicht, auch Teil von Gottes Gemeinde aus Nachfolgern Christi zu sein.«

»Verlorene in der Kirche!« Courtenay breitete die Arme aus und drehte sich zu den Zuhörern um. »Habt ihr es vernommen?« Aber sie waren noch nicht zufriedengestellt. Er konnte den Zweifel von ihren Gesichtern ablesen. Einige bemitleideten den Alten am Feuer, viele hatten nicht begriffen, warum er sterben sollte. Ein Widerruf war nötig. Hereford sollte mit eigenem Mund gestehen, daß er dem Bösen diente. Allerdings fürchtete dieser teuflische Doktor nicht den Tod, und darum war er nicht dazu zu bewegen. Nun, er würde den Schmerz fürchten. Kein menschliches Wesen war unempfindlich für den Schmerz, irgendwann brach der Widerstand, irgendwann kamen die Schreie und die Reue und die Willenlosigkeit. »Rückt ihn näher an das Feuer heran.«

Man schaffte Doktor Hereford zu den Flammen hin. Er ächzte und verzog das Gesicht. Schweiß tropfte ihm von der Stirn. Die Augen irrten umher, die Schultern zog er bis zum Kopf hinauf, weil ihn die Hitze biß. Ja, so war es gut. Er würde nicht mehr klar denken können.

Der Doktor rollte sich in die Funken am Boden und robbte fort vom Feuer.

»Stangen!« rief Courtenay. »Er soll beim Feuer bleiben!«

Man richtete Speerspitzen auf den Alten und stach ihn damit, bis er brüllend zum Feuer zurückkehrte. Der lodernde Tod knackte einige Äste und stiebte Feuerskinder in den Himmel.

»Fühlst du es? Das Ende naht. Du wirst brennen. Sage mir,

glaubst du, daß sich das Abendmahlsbrot in Christi Körper verwandelt?«

»Nein«, röchelte der Alte.

»Also verneinst du Gottes Allmacht? Du willst doch nicht sagen, auch Moses' Stab habe sich nicht in eine Schlange verwandelt?«

»Doch, das hat er.« Hereford neigte weit den Kopf nach vorn, um der Hitze der Flammen zu entgehen. Seine weißen Haare kräuselten sich. An den Enden der Haare bildeten sich schwarze Klümpchen. »So steht es auch in der Schrift.«

Courtenay lachte auf. »Das sind die Lollarden – schauen hier, schauen dort: Hier jenes Wort, dort dieses. Sie glauben an Buchstaben, Buchstaben! Die heilige Kirche mit jahrhundertealter Weisheit wollt ihr verwerfen?«

»Allein die Schrift bewahrt uns davor«, ächzte Doktor Hereford, »uns über die Jahrhunderte in das Reich der Lüge zu verirren.«

Das Feuer knisterte bedrohlich. Es griff nach Herefords Körper, es umschmeichelte ihn, als wollte es ihn zärtlich in den Tod hineinlocken.

»Im Brief an die Hebräer heißt es: Wenn wir mutwillig sündigen, nachdem wir die Erkenntnis der Wahrheit empfangen haben, haben wir hinfort kein andres Opfer mehr für die Sünden, sondern nichts als ein schreckliches Warten auf das Gericht und das gierige Feuer, das die Widersacher verzehren wird. Es ist bereit, Hereford, es ist bereit, dich zu verzehren. Siehst du die Spieße? Ich lasse dich erstechen und ohne Qualen bei totem Leibe verbrennen, wenn du mir zuvor sagst, wo die Pergamente versteckt sind, auf die du dein übles Werk ergossen hast. Und wenn du gestehst, vom Bösen verleitet worden zu sein. Deine Schmerzen können ein Ende haben!«

Hereford stand auf. »Ist mein Wort nicht wie ein Feuer, spricht der Herr, und wie ein Hammer, der Felsen zerschmeißt?« Er keuchte die Worte. Es klang wie ein Fluch. »Jeremia dreiundzwanzig, kennst du die Stelle? Du bist es, der sich fürchtet. Gottes Wort, in englischer Sprache und jedermann verständlich, wird dich zertrümmern. Es wird die Kirche zertrümmern, so daß wir sie neu errichten können nach Gottes Willen.«

In die Flammen mit ihm! Courtenay krampfte die Hände in den Saum seines Hemdes. Es drängte ihn, Hereford in das Feuer zu stoßen. Er mußte brennen, unverzüglich, Hereford mußte vernichtet werden vor aller Augen nach diesen Worten.

Es ging nicht. Die Pergamente waren unversehrt. Starb der Doktor, bevor er sie preisgab, so lebte sein Werk weiter. Und er würde recht behalten: Es würde Courtenay zertrümmern, es würde die Kirche zertrümmern. »Ketzer«, zischte er. »Erkennst du deinen Frevel? Wie kannst du Gottes Kirche zerstören wollen? Merkst du nicht, daß dich eine Horde Dämonen reitet? Der Böse flüstert dir das ein, daß die Kirche vernichtet werden muß.«

»Nicht der Böse«, hauchte Hereford, »Gott straft. Ja, mitunter straft das liebevollste aller Wesen, um zum guten Weg zurückzuführen.«

27

Das Altarlicht hing an drei Ketten von der Decke der kleinen Kapelle herab, ein rotgläserner Trichter, mit Öl gefüllt. Es leuchtete nicht nur das Flämmchen, es leuchteten der Trichter, das Öl, die Bronzeketten. Ihr Schimmer füllte den Raum wie eine leise Musik. Obwohl die Kapelle ungeschmückt war – Catherine vermißte Heiligenbilder, Seitenaltäre, Reliquienschreine, nicht einmal ein Kreuz hing an der Wand –, glänzte das Licht als schlichte Schönheit an den Wänden. »Der Raum leuchtet«, flüsterte sie.

»Die Kirche unten im Dorf sieht mehr nach einer Kirche aus«, sagte Latimer. »Aber abgesehen davon, daß wir sie im Augenblick nicht erreichen können, ohne uns einem Pfeilhagel auszusetzen, ist hier immer noch der Platz, an dem es sich am besten beten läßt. Nichts lenkt die Gedanken von Gott ab, versteht Ihr?«

Thomas Latimer mußte Gott sehr nahe sein. In die Saint-Nicholas-Kirche war sie in Nottingham gegangen, weil ihr die Wandbilder gefielen! Konnte sie Gottes Gegenwart überhaupt ertragen? Hatte sie sich im Gottesdienst nicht bisher mit Wandschmuck, Liedern und Tuscheleien von ihm abgelenkt, weil sie spürte, daß sie seiner Nähe unwürdig war? »Ich weiß nicht, ob ich wirklich die Richtige bin, um …«

Sir Latimer kniete nieder vor dem Altar. Auf den Eisenschienen an seinen Armen spiegelte sich das rote Licht. Er paßte wunderbar hinein in diesen glühenden Raum: Das goldene Kreuz auf dem Rücken seines Waffenrocks ersetzte das Kreuz an der Wand, und der blutrote Waffenrock fügte sich in den Schimmer, als wäre seine Farbe hier geboren. »Kommt, kniet nieder.«

Sie kniete sich neben ihn.

»Ich bete zuerst, dann Ihr. Es ist nicht schwer. Sagt einfach, was Euch auf dem Herzen liegt. Wenn Ihr die Bibel lest, werdet Ihr feststellen, daß es zu allen Zeiten so war; so haben die Menschen mit Gott gesprochen. Erst in den letzten Jahrhunderten haben wir angefangen, Formeln zu beten.«

»Ich kann nicht lesen. Erklärt Ihr mir, wie –«

»Schweigt. Wir beten.«

Sie lauschte, wartete. Thomas Latimer sagte nichts. Still kniete er da, sein Atem ging ruhig, er hielt die Augen geschlossen und ließ sich vom Lichtschimmer die Stirn küssen.

Dann sprach er plötzlich los: »Unser Vater im Himmel, groß ist dein Name. Du hast uns heute aus der Hand unserer Feinde errettet, weil es dir so gefallen hat. Wir danken dir, daß wir leben dürfen und die Burgwälle uns beschützen, so wie es deine Engel tun.«

Er schwieg.

»Ich sorge mich um Doktor Nicholas Hereford. Er hat die Arbeit noch nicht beendet, und er ist …« Er stockte. »Er ist ein guter Freund geworden. Konnte er rechtzeitig fliehen? Dann danke ich dir. Oder ist er in Courtenays Hände gefallen? Herr, hilf ihm zu entkommen! Er ist dein Diener und braucht deine Hilfe. Wenn er nicht entkommen kann, dann befähige mich, ihn auszulösen, ihn zu befreien!«

Catherine sah den Ritter von der Seite an. Er redete, als würde der allmächtige Schöpfer ihm zuhören wie einem Kameraden.

Thomas sagte: »Amen. Nun bete du.« Er sah sie nicht an, weiter hielt er die Augen geschlossen, beugte nur ein wenig den Nacken. Es war still in der Kapelle.

An ihrem Hals pochte eine dicke Ader. Catherine zerkaute sich die Lippen. Sie schloß die Augen, sagte: »Gott … bitte …« Warum hatte sie das Gefühl, ein riesenhaftes Gesicht würde sie wütend anstarren? »Ich habe … ich wollte …« Ihr war, als müßte sie sich unter einen Schlag ducken. »Ich kann das nicht, Sir Latimer.«

»Doch, du kannst es. Versuch es noch einmal! Gott hört dir

zu. Er will, daß wir mit ihm sprechen. Wie Kinder sollen wir zu ihm kommen, so hat es Jesus Christus erklärt.«

Wie Kinder. Catherine stellte sich das wütende, riesenhafte Gesicht vor. »Vergib mir, Gott, ich wage nicht ... mit dir zu sprechen.« Sie wartete. Nichts geschah. »Du weißt, ich bin schuld daran, daß man Doktor Hereford auflauert. Es tut mir leid! Ich habe mich nur um mich gekümmert und nicht danach gefragt, wie es anderen ergeht. Das war falsch, es war grauenvoll! Verzeihst du mir?« Und plötzlich war ihr, als würde das Gesicht freundlicher werden. »Du verzeihst es? Das ... Ich ... Das ist wunderbar! Hilf ihm, daß er gesund hierherkommt, nicht jetzt, aber wenn die Gefahr vorüber ist. Steh ihm bei! Ich danke dir. Ich danke dir! Amen.« Sie riß die Augen auf und sah in das Gesicht des Ritters.

»Siehst du? Es ist nicht schwer.« Obwohl sein Mund ernst war, lächelten seine hellen Augen.

Was hatte sie getan? Hatte sie tatsächlich mit Gott gesprochen?

Der Ritter stand auf. »Gott wird Engel aussenden, die Doktor Hereford beistehen.«

Warum sprach er so leise? Er bedachte sie mit einem merkwürdigen Blick, die Augen plötzlich dunkler, weicher.

»Trotzdem will ich tun, was ich kann. Mitunter baut der Herr auf die Taten von uns Menschen. Wir sind ihm viel wert, verstehst du? Deshalb gebraucht er uns, und es ist eine Ehre, für ihn arbeiten zu dürfen.«

Sie nickte.

»Bist du bereit, an Doktor Herefords Befreiung mitzuarbeiten?«

»Ich?«

»Natürlich sollst du nicht das Schwert führen. Erzbischof Courtenay glaubt, du bist treu auf seiner Seite, ist es so?«

»Ja, er glaubt das.«

»Dann gehe zu ihm. Du mußt nicht lügen – Gott unterstützt uns nicht, wenn wir die Unwahrheit sagen. Nein, sprich offen: Ich schicke dich, damit du Sligh im Austausch gegen Doktor Hereford anbietest. Sagt er nein, dann stelle ihm zusätzlich die Manuskripte der Bibelübersetzung in Aussicht, die hier in Braybrooke Castle versteckt sind. Sieh dich im Lager um. Ich muß wissen, welches Kriegsgerät er vorbereitet und wie viele Ritter er versammelt hat.«

»Was, wenn er mich festhält? Wenn seine Antwort nein ist. Welchen Grund gibt es für ihn, mich zu Euch zurückzuschicken?«

»Er hält dich für seine Spionin. Es wäre dumm von ihm, dich nicht wieder bei mir einzuschleusen.«

»Ich ... Ich will es tun, aber ich habe Sorge, von meiner Tochter getrennt zu werden. Sicher schickt er mich zurück, sehr sicher, aber wenn wir uns irren und er es nicht tut? Dann ist Hawisia hier allein. Wer gibt ihr Milch? Ich habe sie schon viel zu oft im Stich gelassen.«

»Nimm sie mit dir. Und mach dich gleich auf den Weg. Sollte er tatsächlich Doktor Hereford haben, wird er nicht zögern, ihn zu töten. Er wird ihn fragen, wo die Bibelübersetzung versteckt ist, und ihn foltern. Solange er schweigt, lebt er. Hereford ist ein alter Mann. Er wird nicht viel aushalten.« Sir Latimer öffnete die Kapellentür.

Sie traten hinaus. Es war dunkel geworden. Catherine eilte über den Burghof. Sie verspürte keine Angst, sie war taub vor Glück. Nicht lügen! sagte er. Und: Nimm dein Kind mit! Er war gut, durch und durch gut. Und sie hatten allein in der Kapelle gekniet und gebetet, als wäre sie seine Vertraute. Sie würde es wiedergutmachen!

Vor der Pforte zur Küche, die Hand schon auf dem Türknauf, bremste sie sich. Sie hielt inne und horchte. Es war still. Hawisia schlief. »Hawisia, mein Mäuschen«, wisperte sie, schloß die Tür hinter sich. Auf halbem Weg zu Hawisias kleinem Lager bemerkte sie eine fremde Gestalt, die am Fenster stand. Wer war das? Überhaupt, die Küche war leer! Wo waren Ruth und die anderen?

»Catherine«, sagte eine weiche Frauenstimme.

Sie erschauderte. Anne, Sir Latimers Frau. Hatte sie vom

Fenster aus gesehen, wie die beiden aus der Kapelle getreten waren? Hatte sie Catherines beschwingte Schritte bemerkt? »Ja«, brachte sie hervor.

»Thomas hat mir erzählt, er würde dich zum Erzbischof schicken, um zu verhandeln.«

»Ja, Mylady.«

»Ich glaube nicht, daß Courtenay auf den Vorschlag eingehen wird, den du im Auftrag von Thomas unterbreiten sollst. Man muß ihm mehr bieten. Nimm diesen Brief mit dir. Ich übertrage dem Erzbischof darin im Austausch gegen Doktor Hereford meinen Teil von Broseley, Shropshire, und ein Drittel der Einkünfte von Milnehope Manor. Thomas soll nichts davon wissen, er würde sagen, wir werfen der Kirche kein Geld in den Rachen. Wirst du den Brief als kleines Geheimnis zwischen zwei Frauen betrachten?«

Erst als die Burg in ihrem Rücken lag und sie die Karpfenbecken passierte, wurde Catherine bewußt, in welche Gefahr sie sich begab. Man würde auf sie schießen, bevor sie sagen konnte, wer sie war. Wie leicht löste sich einem unruhigen Posten der Pfeil von der Sehne! Überlebte sie, dann würde man sie für unzüchtige Späße mißbrauchen, wie sie die Söldner gern trieben. Wer konnte glauben, daß sie als Unterhändlerin kam? Eine Unterhändlerin mit einem Säugling auf dem Arm!

Es platschte bei den Becken. Ein Pfeil, der sie verfehlt hatte? Ein Warnschuß? Es hat nur ein Fisch nach einem Nachtfalter geschnappt, redete sie sich ein. Oder die Karpfen balgen sich.

Der Mond hatte sich inmitten schwarzer Wolken hinter ein silbernes Tuch geflüchtet. Sterne waren nicht zu sehen. Catherine hielt sich mit Mühe auf dem Weg. Immer wieder trat ihr ein Baum in den Weg oder der Weidezaun. Alles schien enger zu sein, die Dinge bedrohten sie, zwangen sie, Bögen zu laufen, sich von Hindernis zu Hindernis zu tasten. Weit hielt sie die Augen aufgerissen. Sie horchte. Sie schrak zusammen, als ganz in der Nähe ein Schrei gellte, sie hatte gehorcht, um nichts zu vernehmen, sie hatte nicht erwartet, daß es ein lautes, ein unheilkündendes Geräusch geben würde, und nun dieser Schrei, und kurz darauf das Zerschellen eines Gefäßes, was geschah dort? Es mußten die ersten Häuser sein. Hatte man die Söldner bei den Dorfbewohnern einquartiert, und eine Frau mußte sich ihrer erwehren?

Catherine konnte in einiger Entfernung die Zelte sehen. Feuerschein leuchtete an ihnen empor. Pferde schnaubten. Auf und ab huschten die Schatten von Fledermäusen. Das Feuer lockte Käfer und Nachtfalter an, und die Fledermäuse machten Jagd auf sie.

»Halt! Wer da?« Aus dem Nichts zu ihrer Linken fiel sie die Stimme an. Sie konnte niemanden sehen. Hier war es dunkel.

»Catherine Rowe, eine Brillenmacherin.«

»Geh in dein Haus«, befahl die Stimme.

»Ich wohne hier nicht. Ich muß zum Erzbischof.«

»Wie bist du durch die Sperren gekommen?« Die Stimme klang verärgert. Aus dem Dunkel tauchte ein Gesicht auf, darunter ein Sauspieß.

»Ich komme aus der Burg.«

»Wie ...?« Das Gesicht starrte erst auf sie, dann auf Hawisia. »Du entschlüpfst der belagerten Burg, um mitten in der Nacht den Erzbischof zu besuchen? Willst du dein Kind segnen lassen, oder was? Weibsvolk! Ich fasse es nicht!«

»Nun, darf ich zu ihm?«

»Bist du des Wahnsinns? Seine Exzellenz hat anderes zu tun. Besuche ihn in Canterbury in ein paar Wochen, vielleicht hast du nach der Messe an der Kirchenpforte Glück, und er spendet deinem kleinen Balg den Segen. Hier im Kriegslager hast du nichts verloren.«

Auf Courtenays Segen kann ich verzichten, dachte sie. Wer stillt seinen Durst an einem vergifteten Brunnen? »Ich muß zu ihm, sofort. Ich arbeite für ihn.«

Der Wächter lachte. »Und ich bin Papst Urban der Sechste. Hör mal, Täubchen, hast du einen Vater für dein Kind? Wenn das schwache Nachtlicht nicht täuscht, bist du hübsch anzusehen. Und du weißt, was du willst, das muß man dir lassen. Ich habe dort im Gebüsch ein wenig Würzwein –«

»Wage es nicht, mich anzurühren.« Sie zog den Brief aus Hawisias Hemdchen. »Was glaubst du, was mit dir geschieht, wenn man morgen bei Sonnenaufgang in deinem Gebüsch dieses Schreiben entdeckt?«

»Ein Schreiben?«

»Ich sage es noch einmal, sperr die Ohren auf: Ich arbeite für Erzbischof Courtenay. Er hat mich als Spionin in die Burg Latimers eingeschleust, und Sir Thomas Latimer schickt mich nun, ahnungslos, wie er ist, mit Vollmachten und einem Angebot zu Courtenay.«

»Und das Kind ist dir unterwegs zugelaufen. Hör mal, bloß weil du mit einem Wisch herumwedelst, bist du noch lange keine Spionin. Und schon gar keine Unterhändlerin! Sir Latimer«, er lachte, »soll *dich* geschickt haben, eine Frau? Nun ziere dich nicht, die Kleine schläft doch, sie wird es nicht merken. Machen wir es uns gemütlich, der teure Würzwein wird dir munden!«

»Komm näher und schau dir das Siegel an, du Torfkopf!«

Abrupt endete das Lachen. »Wie hast du mich genannt?«

»Torfkopf. Das Siegel sollst du dir ansehen.«

»Ins Gebüsch, sage ich. Und wenn du schreist ...«

Die Wolkendecke riß auf. Weißes Mondlicht bestrahlte das Pergament in Catherines Hand. Münzengroß und dunkel prangte ein Siegel darauf.

Der Wächter starrte auf den Brief. Endlich drehte er sich um und stieß zwischen den Zähnen hervor: »Folge mir.«

Die Zelte ragten höher hinauf, als es aus der Ferne geschienen hatte. Überall lagen Menschen auf dem Boden, sie bildeten dichte Trauben um die Lagerfeuer. Zwischen Fellen und Decken, Armen und Köpfen blitzte Stahl. Einige Verletzte stöhnten, denen Bein, Hand oder Stirn mit blutdurchsickertem Leinen umwickelt waren. Es roch nach Asche und nach Kräutersalbe.

Der Posten blieb vor einem Zelt stehen. Er redete mit einigen

Männern. Sie sahen flüchtig nach ihr. Offenbar glaubten sie ihm nicht. Die Stimme des Erzbischofs schrillte aus dem Zelt: »Ich breche dir jeden deiner kleinen Knöchelchen in tausend Stücke!«

Courtenay schien in schlechter Verfassung zu sein. Meinte er Doktor Hereford? Sie durfte keine Zeit verlieren. Catherine zog sich aus dem Feuerschein zurück. Sie schlich um das Zelt herum, lauschte: Noch hatte man ihr Fehlen nicht bemerkt. Auf der Rückseite des Zeltes kauerte sie sich ins Gras, hob die Zeltwand an und robbte darunter hindurch.

Sie stand hinter Courtenay auf. Hereford war nicht im Zelt.

Draußen bemerkte man ihr Fehlen. »Sie ist an uns vorübergeschlüpft.«

»Du meinst, ins Zelt?«

»Der Erzbischof! Wir sind verantwortlich!«

Die Männer platzten herein. »Verzeiht, Exzellenz«, setzten sie an. Weiter kamen sie nicht.

Eine Sturmbö an Worten brauste ihnen entgegen: »Schließt den Zelteingang, verruchte Dreckskerle!« Courtenay brüllte: »Raus mit euch!«

»Und die Frau?«

Er wendete sich um. »Oh. Catherine, wie schön, dich zu sehen.«

Eilig zogen sich die Wachen zurück.

Der Erzbischof trat auf Catherine zu, breitete die Arme aus und packte ihre Schultern. »Deine Arbeit ist Gold wert, mein Kind. Wir haben den Teufelsanbeter geschnappt.«

»Deswegen bin ich hier.«

Er hörte nicht darauf, statt dessen tätschelte er Hawisia die Wange. »Diese kleinen Pausbäckchen!«

»Sir Latimer schickt mich.«

Sie versuchte, im Gesicht des Erzbischofs zu lesen. Vertraute er ihr noch? Das runde Gesicht unter den krausen, weißen Haaren wurde ernst. »Wieso schickt er ausgerechnet dich, eine Frau, als Unterhändler?«

»Ich nehme an, er kann keinen Mann entbehren und fürchtet, wenn er einen schickte, würdet Ihr ihn nicht lebend wieder herausgeben. Ich hingegen bin nicht sonderlich wertvoll für ihn.«

»Wie er dich verkennt!«

Etwas packte sie am Bein. Krallen bohrten sich in die Haut, kratzten am Unterschenkel herauf. Sie sprang beiseite, schüttelte sich, beinahe verlor sie Hawisia aus den Händen. Da hüpfte ein rotes Tier unter ihrem Rock hervor. Es raste durch das Zelt und jagte eine der hölzernen Zeltstangen hinauf.

»Das kleine Biest hat sich wieder einmal freigenagt. Ich werde in London einen Käfig mit eisernem Gitter in Auftrag geben.«

Das Bein schmerzte, wo die Haut verletzt war. Hawisia wog schwer in ihrem Arm, sie hätte sie gern auf einem Fell abgelegt. Aber sie wußte, sie befand sich in Gefahr. Besser, sie gab das Kind nicht aus den Händen. »Sligh ist gefangengesetzt. Sir Latimer bietet ihn an im Austausch gegen … gegen Hereford.« Sie konnte sich nicht so weit bringen, ihn einen Teufelsanbeter zu nennen.

»Welches Amüsement!« lachte Courtenay. »Sligh gegen den Ketzer? Latimer hat wohl nicht begriffen, daß ich die Bedeutung des Teufelsdoktors durchschaue.« Er verstummte. »Und Sligh hat sich verraten, ja? Tolpatsch! Nun, er wird sterben müssen. Es ist schade um ihn, allerdings, es ist äußerst schade.«

Wie er seinen Getreuen in den Tod gab, ohne auch nur einen Gedanken an seine Befreiung zu verschwenden! Catherine haßte ihn. Zugleich frohlockte sie, Slighs Ende nahen zu sehen. Er würde endlich den Mord an Elias büßen. »Lady Anne ahnte, daß Ihr das sagen würdet. Sie gab mir diesen Brief. Im Falle, daß Ihr ablehnt, sollte ich ihn Euch übergeben.«

Zögerlich streckte Courtenay die Hand nach dem Pergament aus. Kaum berührten es seine Finger, schnappten sie zu. Er legte es auf einem Tisch ab. »Danke.«

»Wollt Ihr nicht lesen?«

»Später. Sagt mir, wie viele Ritter hat Latimer? Hat er einen Captain angeworben mit Schützen und bewaffnetem Gefolge? Hat er von seinen Plänen gesprochen?«

»Was er plant, weiß ich nicht. Drei Ritter sind außer ihm in der Burg, glaube ich.« Ihr Hals wurde heiß. Errötete sie? Sah er es? »Einen Captain ...«

Mißtrauisch sah der Erzbischof sie an.

Und wenn er gefragt hatte, um ihre Loyalität zu prüfen? Wenn er längst wußte, daß es einen Captain gab? »Ja, den gibt es. Er hat einige Männer mitgebracht.«

»Also doch.« Courtenay schlug sich die Faust in die flache Hand. »Jemand muß ihn gewarnt haben. Hat Latimer Nevill benachrichtigen können? Weißt du von einer Botschaft?«

»Nevill ist ahnungslos. Sir Latimer klagt fortlaufend darüber, daß er ihm keine Nachricht zukommen lassen kann.«

»Und er hat dich nicht beauftragt, auf dem Weg hierher im Dorf einen Vertrauten aufzusuchen, der sich durch unseren Belagerungsring schlagen soll, um zu Nevill zu gelangen?«

Catherine schwirrte der Kopf. Ein falsches Wort genügte. Courtenay war zu klug, er spürte ihr schneller nach, als sie nach Fluchtmöglichkeiten suchen konnte. »Doch, das hat er. Natürlich habe ich es nicht getan.«

»Gut. Der Rauch wird nichts genützt haben. Bis Nottingham ist es zu weit. Ich werde eine Antwort verfassen für Lady Anne. Mit Latimer, diesem Glaubensverfälscher, rede ich kein Wort. Soll sie ihm erklären, wie er verhindern kann, daß ich seine Burg dem Erdboden gleichmache. Geh, komme in einer Stunde wieder. Dann will ich dir das Schreiben geben.«

»Ja, Exzellenz.« Sie genoß es, das häßliche Wort auszusprechen. Gegen eine Exzellenz zu kämpfen, war eine gute Sache. Einen Erzbischof zu hintergehen, war frevelhaft, aber eine Exzellenz, die Mörder dingte und Boten erschießen ließ und ein Heer gegen Braybrooke Castle führte, eine solche Exzellenz mußte bekämpft werden. »Ich bin in einer Stunde wieder hier.« Sie bückte sich durch den Zelteingang.

»Rasch!« rief Courtenay hinter ihr. »Das Tier entfleucht.«

Eilig ließ sie das schwere Leder herunterfallen. Es noch einmal anzuheben, das Eichhörnchen entkommen zu lassen! Wie ein Fieber schüttelte sie das Verlangen, Courtenay zu schaden.

Ehrfürchtig und zugleich voller Abscheu besahen sie die Wachen.

Nach dem Doktor durfte sie nicht fragen, es würde Mißtrauen erregen. »Wo finde ich Alan? Er ist Langbogenschütze.«

Man zuckte die Achseln. »Hier sind überall Langbogenschützen.«

»Danke.« Sie legte Hawisia auf den anderen Arm und steuerte das erste Feuer an. Zwischen den Schlafenden war kaum Platz, um die Füße niederzusetzen. »Alan? Bist du hier?«

Das Pergament in der Hand Courtenays zitterte. Er las noch einmal von vorn. Kein Zweifel, Catherine Rowe hatte ihn verraten. Das Werkzeug, das er so sorgfältig geformt hatte, rebellierte gegen ihn. Wie war es den Lollarden gelungen, sie ihm abspenstig zu machen? Hatte er sie nicht ins Unglück gestoßen, sie aller Sicherheiten beraubt, so daß sie armselig und nackt herangekrochen kam zu ihm? Und hatte er sie nicht daraufhin vom Boden aufgehoben und ihr alles das wiedergeschenkt, was sie verloren hatte? Mehr als das! Er hatte ihr eine Schleifbank gekauft. Er hatte Auftraggeber aus ganz England herbeigeholt. Er hatte ihr sogar Liebe gegeben. Die Wiege für Hawisia wäre nicht notwendig gewesen, und seine Nachsicht, als Catherine sich verweigerte, für ihn nach Southoe zu reisen, war durch nichts zu erklären als durch ein warmes Herz. Natürlich ging sie auf ihr Ende zu, es war ihr bestimmt, in diesen Tagen zu sterben. Aber auch ihr Tod gehörte zu seiner Fürsorge.

Er war nicht einfach nur enttäuscht, weil sein Plan fehlgeschlagen war. Erstaunt stellte Courtenay fest, daß er verletzt war durch ihre Undankbarkeit. Er hatte dieses Geschöpf geliebt, mehr als er seine anderen Geschöpfe liebte. Es wies ihn zurück. Das schmerzte, es beleidigte ihn in seinem Innersten.

Und da war eine Ahnung in ihm, eine bittere, eine finstere Ahnung. Catherine Rowe lief nicht fort, wie ein unwissendes

Kind sich von seinen Eltern entfernte, nur um bald festzustellen, daß es sich damit selbst schadete. Nein, Catherine Rowe feindete ihn an. Sie versuchte ihn zu hintergehen, und das aus eigenem Wollen heraus. Eine andere Gewalt überzeugte sie mehr, als er sie zu überzeugen vermochte.

Bemerkte sie nicht, daß die Ketzer falsch waren, verlogen, hintertrieben? Spürte sie nicht, daß sie jeglicher Kraft Gottes entbehrten? Catherine Rowe war unter seinen Werkzeugen eines der klugen gewesen. Sie tappte nicht versehentlich in eine Verschwörung hinein, die Versagen verhieß. Catherine Rowe glaubte, daß die Lollarden im Recht waren und daß ihre Unternehmung gelingen würde.

Ich habe nie erwogen, dachte er, daß dieser Ketzerhaufen womöglich die Wahrheit sagt. War denn die Kirche nicht tatsächlich bis zur Hüfte in den Morast der Welt hineingewatet? Man strebte nach Macht, nach Besitz, wie es die Fürsten taten. Man bediente sich ähnlicher Mittel, diese Ziele zu erreichen. Und man hütete das Recht, Gottes Lehren auszulegen, wie einen Schatz und vergaß dabei, diese Lehren als Heilmittel unter das Volk zu geben. Das Volk war krank, es brauchte nichts dringlicher als die Predigt von Gottes Liebe. Hatte nicht er, Courtenay, vernachlässigt, diese Liebe zu verkünden?

Aber es war müßig, darüber nachzudenken, mit welcher Farbe man die Fassade seines Hauses tünchen wollte, wenn einem nur mit Mühe gelang, es vor dem Einsturz zu bewahren. Er hatte einfach keine Zeit, sich um solche Äußerlichkeiten zu kümmern. Es galt, die Kirche als solche zu retten! Und die Lollarden sägten an ihren Balken, sie zündeten das Dach an, sie gruben Tunnel unter das Fundament. Die Lollarden zerstörten. Er bewahrte. Es war keine Frage, wer auf der richtigen Seite stand.

Seine Hand schnellte vor und verschloß den Brotbeutel. Drinnen zeterte das Eichhörnchen. Es hatte Krümel naschen wollen, ganz so, wie er es vorausgesehen hatte. Mit einem Hanfseil band er den Beutel zu, dann warf er ihn in die Waffentruhe. Sie war leer dieser Tage, die Waffen wurden gebraucht. Der schwere Buchenholzdeckel würde für die scharfen Zähnchen des Eichhörnchens ein unüberwindbares Hindernis sein. Wenn er das Tier lange genug eingesperrt ließ, konnte er es eines Tages leicht herausnehmen, es war dann zu schwach, um zu fliehen. In einem neuen, eisernen Käfig würde er es aufpäppeln.

Wann war Catherine dem giftigem Hauch der Abtrünnigkeit ausgesetzt gewesen? Sie hatte einige Stunden bei Nevill verbracht. Danach aber hatte sie ihm Hereford ausgeliefert, sie war also noch sein treues Geschöpf gewesen. Die Ketzerei mußte sie später erfaßt haben. Wann? Wo? Auf der Fahrt nach Braybrooke? Bei Latimer?

Er benagte den Hautlappen zwischen Daumen und Zeigefinger. Wie konnte er ergründen, warum Catherine Rowe zum Feind übergelaufen war?

Es kam nur Latimer als Ursache in Frage. Nevill war das Schwert der Bedeckten Ritter, Montagu der Herold, Cheyne der Geldbeutel. Und Thomas Latimer? Wenn Doktor Hereford den Kopf der Ketzerbewegung darstellte, was blieb für Latimer, den, der sich kaum beim König blicken ließ, der nicht zum Hochadel gehörte wie viele andere des Geheimbunds, der überhaupt unscheinbar und verborgen gewesen war die ganzen letzten Jahre? Häufig fanden die Versammlungen der Geheimbündler bei ihm statt. Und, so hatte Repton berichtet, Latimer war es, der Ritter anwarb, dem Bund beizutreten, Latimer machte aus treuen Kindern der Kirche ketzerische Aufrührer.

Latimer war das Herz.

Courtenay schmeckte Blut. Er hatte sich in die Hand gebissen.

Natürlich, Latimer war das Herz. Er strahlte Wahrhaftigkeit aus. Er war der schlichte Ritter, der auf dem Schlachtfeld Heldenmut bewies, der aber dennoch weder beim König noch bei der Kirche Ämter bekleidete. Er strebte nicht nach Reichtum. Er strebte nicht nach Wissen. Er strebte nach der Wahrheit.

Latimer hatte Catherine nicht mit Argumenten oder durch Bestechung überzeugt, sondern dadurch, daß er selbst bis in das Knochenmark an den Weg glaubte, den der Ketzerbund ging. Warum war *ihm* das nicht gelungen? Er hatte Catherine falsch behandelt. Statt ihr Geschenke zu machen und sie zu versorgen, hätte er mit ihr reden sollen. Statt sie zu zwingen, hätte er sie überzeugen müssen. Daß er das nicht gesehen hatte! Nun hatte sich sein Lamm einen neuen Stall gesucht.

Latimer fütterte es. Latimer wollte seine Wolle scheren, obwohl er, Courtenay, es zur Weide geführt, gefüttert und aufgezogen hatte. Dafür sollte er sterben. Wenn Catherine Rowe zerstört wurde, sollte am gleichen Tag auch Thomas Latimer den letzten Atemzug tun. Morgen noch vor Sonnenuntergang sollte Catherine ihn in den Tod stürzen, und dann, nun, wer war besser dazu geeignet, Catherine zu töten, als Anne, die sehr wohl erkennen würde, wer ihren Mann umgebracht hatte?

28

»Du bist noch auf?«

Es war Anne. Sie war eingetreten, ohne anzuklopfen. Entgeistert sah er sie an.

Sie lächelte und wiederholte: »Du bist noch auf?«

Natürlich war er noch auf. Catherine befand sich in Courtenays Lager, und er fürchtete, sie nie wiederzusehen. Zuerst hatte er gedacht, er sei hungrig. Er konnte aber kein Essen anrühren. Das Rumoren in seinem Bauch war etwas anderes. Eine Krankheit, eine ihn zermarternde Furcht um das Weib Catherine Rowe. Er schämte sich deswegen, er verfluchte das Poltern unter seinem Brustkorb. Und nun kam zu allem Überdruß auch noch Anne, als wollte sie ihn dabei beobachten, wie er in seinem Gemach auf und ab ging.

Oder hörte sie im Zimmer unter ihm seit einer Stunde seine Schritte? Er schluckte.

Annes Blick wanderte hinüber zur Bank beim Kamin. Das Tablett stand dort, das man ihm aus der Küche gebracht hatte. »Du sorgst dich?«

»Ich habe jemanden zu Courtenay geschickt, um Doktor Hereford auszulösen.«

»Ja, ich weiß. Um die Brillenmacherin machst du dir Sorgen?«

»Um sie?« Er lachte auf, es mißglückte: Das Lachen fiel leblos zu Boden. Nicht einmal ein Fremder hätte ihm die Erheiterung geglaubt. »Natürlich nicht. Diese Frau bedeutet nichts. Ich ängstige mich, daß der Erzbischof sich weigern könnte, den Doktor herauszugeben.«

Annes Wangen röteten sich. Sie wußte, daß er log. Warum schlug nicht er die Augenlider nieder, sondern sie? Eilig fügte er hinzu: »Wenn Nicholas Hereford stirbt, stirbt die Reformation.« Er fühlte sich wie ein kleiner Junge, der etwas ausgefressen hatte und nun seiner Mutter gegenüberstand. Hör auf zu lügen! befahl er sich. Catherine hatte er geraten, die Wahrheit zu sagen, obwohl sie das den Hals kosten konnte. Er hatte sie damit in Todesgefahr gebracht! Selbst aber war er zu feige, ehrlich zu seiner Frau zu sein.

»Thomas, ich bin gekommen, weil ich dir etwas sagen möchte.«

Die dünnmäuligen Hunde an der Wand, das Reh, das die Augen verdrehte, sie unterbrachen ihre Hetzjagd. Es war sehr still im Zimmer.

»Es ist so, daß ich dich seit Jahren liebe. Ich konnte es dir zuerst nicht zeigen, weil ich zu stolz war, und dann, weil du mich verletzt hattest.«

Hatte sie sich die Haare aus der Stirn gezupft? Anne besaß auf einmal eine hohe Stirn, wie die kindlichen Frauen, die man bei Hofe bewunderte. Und schimmerten nicht die Augenlider in roter Farbe? Fliederduft schwebte durch den Raum. Anne tadelte ihn nicht. Sie versuchte ihn zu gewinnen.

Oh, hätte sie das eher getan! Jahre eher, selbst Wochen! Sein Mund war trocken. Um das Herz legte sich eine harte Schale, er fühlte nichts; er wußte nicht, was er ihr hätte erwidern können, um sie zu erfreuen. Auch ich liebe dich? Das war gelogen. Du bedeutest mir viel? Ebenfalls gelogen. Im Augenblick bedeutete sie ihm nichts. »Laß uns dieses Gespräch in ein paar Wochen führen. Ich bin nicht bereit dafür.«

»Die Belagerung hindert dich daran, über so etwas nachzudenken?«

Er preßte die Lippen aufeinander.

Anne war kurz davor zu weinen, sie beherrschte sich mit Mühe. Sie nickte zum Zeichen dafür, daß sie verstand, und wendete sich um. Sie machte die vier Schritte zur Tür. Dann fragte sie, ohne ihn anzusehen: »Seit wann liebst du sie?«

»Von wem sprichst du?«

»Thomas! Du machst es nicht besser dadurch, daß du es leugnest. Ich will die Wahrheit wissen. Seit wann liebst du sie?«

»Du meinst die Brillenmacherin?« Er wußte nicht, welche Kraft diese Worte über seine Lippen gebracht hatte. Sie zu hören, trieb das Herz zu einem panischen Galopp an. »Ich liebe sie nicht. Das ist doch Unfug. Vor einigen Tagen habe ich sie nicht einmal wiedererkannt, als Nevill sie auf dem Marktplatz von Nottingham bestrafte.«

»Also ist es ganz frisch.«

»Hast du mir nicht zugehört? Du bildest dir das ein.«

»Du wirst sie dir als Gespielin nehmen. Es ist nur eine Frage der Zeit.«

»Wie kannst du so von mir denken! Ich breche nicht die Ehe.«

»Du kannst nichts brechen, was es nicht gibt.« Anne wandte sich um und sah ihn an. »Wir waren nie wirkliche Partner. Unsere Ehe lief vom ersten Tag an fehl. Möchtest du wissen, warum?«

»Anne, bitte. Du hast recht, ich bin ein wenig verwirrt. Ich verspreche dir, es geht rasch vorüber.« Er stockte. »Die Wahrheit ist ...« Wie schwere Steine wuchtete es sich aus seiner Kehle. »Die Wahrheit ist: Ich weiß auch nicht, was in mich gefahren ist.«

»Diese Ehe konnte nicht gelingen, weil du mich nie wirklich wahrgenommen hast. Erst mußtest du dich um das Erbe in Rutland und Somerset kümmern, dann bist du im Gefolge des Schwarzen Prinzen in den Krieg gezogen, in die Gascogne und nach Spanien, bis nach Spanien bist du gereist, und ich wartete hier in den englischen Midlands auf dich! War es nicht Spanien, dann war es eine Bretonische Expedition, war es keine Bretonische Expedition, dann mußtest du königlicher Friedensrichter werden. Du hast dich nie darum geschert, daß du verheiratet warst, es hat dich einfach nicht interessiert, wen man hier an deine Seite geschmiedet hatte.«

»Das ist nicht wahr.«

»Nein? Dann sage mir, wer bin ich? Wenn du wirklich mein Ehemann bist, mußt du mich doch kennen. Wer steht hier vor dir? Wer ist Anne von Ashley?«

Sie drängte ihn mit den Vorwürfen an die Wand. Sein Gesicht erhitzte sich, nicht vor Verlegenheit, nein, er wurde wütend. Wer gab ihr das Recht, hier hereinzumarschieren und ihm die Schuld am Scheitern ihrer Ehe zu geben? »Wir sind ausgeritten.«

»Zu Anfang.«

»Ja, zu Anfang. Und ich habe nach deiner Seele gesucht. Erinnerst du dich, wie zärtlich ich dich in der Nacht umarmt habe? Wie ich dich gestreichelt und geküßt habe, als wärst du eine Prinzessin? Du bist kalt geblieben. Nie hast du dich gefreut, nie bist du verzweifelt. Ich kann dir sagen, wer du bist! Du blickst mit Erhabenheit und Verachtung auf die Welt. Erkläre mir, wie soll ich einen solchen Menschen kennenlernen? Du warst es doch, die mich von sich gestoßen hat!«

»Dich von mir gestoßen? Nacht um Nacht habe ich geweint, als ich merkte, wie du dich von mir zurückzogst. Vielleicht war ich nie ein junges Heißblut wie dieses Luder von einer Brillenmacherin, aber ich habe mich verzehrt vor Liebe und gemartert, weil du mich nicht liebtest.«

»Davon hätte ich etwas gemerkt.«

»Das ist es! Eben das ist es! Du konntest nichts merken. Du hast mich behandelt, als würde es mich nicht geben. Sieh mich an – hast du je daran gedacht, daß ich einmal ein kleines Mädchen war mit einer Amme, die es betreute, mit Freundinnen und Träumen und kleinen Stickereien in verfluchten seidenen Taschentüchern? Hast du daran gedacht, daß ich vielleicht gern einmal verreisen würde –«

»Du bist verreist, und zwar oft genug. Nach Ashley, hieß es. Was weiß ich, welchen Liebschaften du da nachgegangen bist.«

»Allein bin ich gewesen. Sage mir, welcher Ritter und Edelmann läßt seine Frau allein in die Fremde reiten?«

»Es war dein Wunsch.«

»Viel lieber wäre ich mit dir zusammen verreist, nach London, oder wenn es nur Leicester gewesen wäre!«

»Was wirfst du mir vor? Daß ich deine Wünsche nicht erraten habe?«

»Ich hätte sie vom Burghof in den Himmel hinauf schreien können, du hättest es nicht gehört. Das werfe ich dir vor.«

»Das ist doch lachhaft.«

»Ja, lachhaft«, sagte sie leise. Und plötzlich verzog sich ihr Gesicht zu einer Grimasse.

Er erschrak. Er hatte nicht gewußt, daß sie überhaupt in der Lage war, solche Schmerzen zu fühlen. Vielleicht hatte sie recht, vielleicht kannte er sie überhaupt nicht.

»Ist es«, flüsterte sie, »weil sie ein Kind hat?«

»Unsinn.«

»Ich hätte dir auch eines schenken können, wenn du nicht so schnell aufgegeben hättest. Ich spüre das. Ich kann Kinder bekommen.« Sie floh aus dem Zimmer, auf der Treppe hörte er sie schluchzen.

Wie Alan Hawisia aus ihrem Arm hob! Er griff behutsam zu, seine Hände umfaßten den Kinderkörper, und schon schwebte der kleine Mensch in die Höhe. Seine Hände waren kräftig, sie boten Sicherheit. Alan näherte Hawisia seinem Gesicht, schob sie von sich, näherte sie erneut seinen Augen.

Und die Kleine verzog den Mund zu einem ersten unbeholfenen Lächeln.

»Schau dir das an!« triumphierte er. Er schwenkte Hawisia umher. »Sie freut sich, mich zu sehen.«

Catherines Kehle verengte sich. Warum war sie nicht froh darüber, daß es der Tochter gutging?

»Ist das der Onkel Alan? Ist das der liebe Onkel Alan?«

Wann hatte sie so mit Hawisia gespielt? Hatte die Tochter bei ihr je vor Freude mit den Beinen gestrampelt? Warum kümmerte sie sich nicht um ihr Kind? Sie war eine schlechte Mutter. Oder Mütter waren immer die, deren Aufgabe es war, Windeln zu wechseln, zu stillen, zu trösten – und das ausgelassene Schmusen und Spielen gehörte den Besuchern, die nicht lange blieben.

Viele der am Feuer Lagernden hatten sich aufgerichtet und beobachteten das Schauspiel. Vor deren Ohren konnte sie ihre Warnungen nicht aussprechen. »Gehen wir ein wenig spazieren?«

»Meinetwegen. Aber meinst du nicht, die Kleine wird sich im Dunkeln fürchten?«

»Du hältst sie ja im Arm.«

Sie verließen das Feuer. Catherine steuerte in Richtung der Hänge, die zum Rockingham Forest hinaufführten, fort von Zelten, Pferden, Rittern. Bald wurden Büsche zu Schatten und Bäume zu schwarzen Pfeilern vor einem blauschwarzen Himmel.

»Wo willst du hin? Vergiß nicht, daß wir hier keine gerngesehenen Gäste sind. Dort beim Wald könnten Ketzer lauern, die nur darauf warten, daß ein Unvorsichtiger das Heerlager verläßt, damit sie ihm die Kehle durchschneiden können.«

»Nicht die Ketzer sind die Gefahr. Courtenay ist es.«

Alan blieb stehen. »Was sagst du da? Bist du übergeschnappt?«

»Hör mich an! Wir haben uns täuschen lassen. Ich habe Beweise dafür, daß Courtenay für den Mord an Elias verantwortlich ist. Sir Latimer und Sir Nevill wollen die Kirche reformieren, deshalb bekämpft er sie. Sie sind keine Teufelsanbeter. Er erfindet das, damit man gegen sie zieht. Verstehst du? Courtenay mißbraucht uns, er spielt mit uns, als wären wir seine Eichhörnchen.«

»Was haben sie mit dir gemacht, Catherine? Sind ihre Dämonen auf dich übergesprungen? Courtenay ist der beste Kirchenmann, dem ich je begegnet bin! Er läßt mich zum Langbogenschützen ausbilden, dir hat er eine Schleifbank gekauft, er kümmert sich liebevoll um Hawisia, wenn du auf Reisen bist – siehst du denn nicht, welches Glück wir haben, daß er auf unserer Seite steht?«

»So sieht es auf den ersten Blick aus. Ich habe auch einmal so gedacht wie du. Aber hast du dich nie gefragt, warum er all das tut? Er verfolgt einen Zweck damit. Wir sind seine Werkzeuge geworden.«

»Als ob er das nötig hätte. Ich bin einer von achtzig Bogenschützen in seinem Heer. Und deine Brillen, bei allem Respekt vor deiner Kunst, bedeuten für einen Fürsten wie Courtenay doch keine große Sache. Du nimmst uns viel zu wichtig mit deinen Gespinsten.«

Achtzig Bogenschützen! Thomas Latimer verfügte gerade über zwanzig. »Erkläre mir, warum Nevill nichts davon weiß, daß du überfallen wurdest. Es waren doch seine Männer?«

»Ach, das ist keine Neuigkeit. Ich kann dir sagen, warum. Der Vogt steckt dahinter. Er wollte mich aus dem Weg räumen, damit er May mit diesem Spanneby verheiraten kann. Daraus wird nichts werden. Wenn Braybrooke Castle gestürmt ist, erbitte ich die Erlaubnis, für einen Tag nach Nottingham reisen zu dürfen, und spreche bei Sir Nevill vor. Er wird die Sache klären.«

»Erinnerst du dich, daß ich dir von dem Besuch des Mörders in der Brillenmacherwerkstatt erzählt habe?«

»Ja. Er hat dir die Schleifschalen gestohlen zur Strafe dafür, daß du ihm hinterhergeforscht hast.«

»Ich habe seine Stimme wiedererkannt. Es ist ein gewisser Sligh. Er steht in den Diensten Courtenays.«

»Du wirst dich getäuscht haben.«

»Alan! Ich bin es, deine Schwester! Du weißt, wann ich lüge und wann ich übertreibe, wann ich spiele, wann es mir ernst ist. Wir stecken in der Klemme. Wir haben dem falschen Mann vertraut. Es ist mein Ernst. Glaube mir, ich bitte dich!«

»Du bist nicht bei Sinnen«, sagte er knapp.

»Mag sein. Ich bin entsetzt, weil ich so lange die Bosheit nicht gesehen habe, die im Lager des Erzbischofs haust. Wen er Ketzer nennt, das sind die wahrhaftigen Christen! Ich habe mit Sir Latimer in der Kapelle gekniet, wir haben gebetet. Ich sage dir, noch nie habe ich einen Menschen getroffen, der Gott so nahe steht wie er.«

»Ich will nichts davon hören.«

»Er spricht mit ihm wie mit einem Kameraden!«

»Weil es nicht Gott ist. Weil er mit dem Satan spricht.«

Es war zwecklos. Je verzweifelter sie versuchte, ihn zu

überzeugen, desto fester verschanzte er sich. »Ich weiß, du hast viel zu verlieren. Wenn der Erzbischof verlogen ist, dann könntest du kein Langbogenschütze mehr werden. Aber die Wahrheit muß uns wichtiger sein als Bequemlichkeit und Freude. Den Bedeckten Rittern ist sie sogar wichtiger als ihr Leben.«

»Catherine, sie haben dir das Herz vergiftet. Laß uns gemeinsam zum Erzbischof gehen und ihn bitten, daß er dir hilft.«

Sie erschrak bis in das Mark. »Er darf auf keinen Fall davon erfahren, wie ich denke! Schwöre mir, Bruder, daß du zu niemandem etwas davon sagst, was wir gerade gesprochen haben. Schwöre, daß du schweigen wirst!«

Er seufzte. »Du brauchst Hilfe.«

»Schwöre es!«

»Sie verführen dich, wir müssen dir helfen.«

»Nein! Du weißt nicht, was du da redest. Ich bin deine Schwester, du wirst doch deine Schwester nicht ausliefern? Schwöre, daß du schweigst!«

Er brummte: »Ich schwöre.«

Courtenay hatte Erfolg gehabt bei ihm, so, wie er beinahe auch sie nach seinem niederträchtigen Willen geformt hätte. Alan gehörte zum Feind. »Gibst du mir Hawisia?« Unsicher streckte sie die Hände nach ihr aus. Er meinte es nicht böse, er schätzte die Kleine, aber womöglich würde er sie dem Erzbischof ausliefern in dem Glauben, ihr damit einen Gefallen zu tun. Alan selbst war nicht böse, und doch wurde er von einer bösen Kraft gelenkt.

Er reichte das Kind herüber. »Wo hast du überhaupt gesteckt? Als ich dich in der Werkstatt besuchen wollte, war alles fortgeräumt.«

»Was meinst du damit?«

»Die Schleifbank, das Bettlager, der Vorhang. Es ist alles verschwunden. Hat dir Courtenay einen neuen Arbeitsplatz eingerichtet?«

Sie sollte nicht zurückkehren nach Newstead Abbey!

Courtenay hatte längst ihren Tod geplant, als er sie nach Braybrooke Castle schickte. Ihre Spuren waren verwischt, sie sollte aus der Welt geschafft werden! Catherine brach kalter Schweiß aus. Für wann hatte die finstere Exzellenz ihr Ende bestimmt? Sollte sie heute noch sterben, vielleicht genau dann, wenn sie in sein Zelt kam, im Glauben, er würde ihr eine Botschaft für Anne von Ashley übergeben?

Besser, sie machte sich sofort aus dem Staub. »Courtenay hat mich nach Braybrooke Castle geschickt. Ich sollte für ihn spionieren.«

»Warst du schon bei ihm?«

»Ja. Vor der Rückkehr wollte ich nur kurz mit dir reden. Leb wohl, Alan.«

»Leb wohl. Schade, daß ...« Er verstummte.

»Wir sehen uns bestimmt wieder.« Sie drückte ihm einen Kuß auf die Wange.

Auf ihrer Flucht geriet sie in ein Gerstenfeld. Die Halme waren erst knöchelhoch gewachsen, aber die Stoppeln vom Vorjahr bohrten sich tief in die Hornhaut von Ferse und Ballen. Sie blieb stehen, sich die schmerzenden Füße zu reiben, und horchte, ob man ihr nachjagte. Sachte blies der Wind über das Feld, die Hälmchen wisperten zu Tausenden. Es gab ihr das Gefühl von Einsamkeit. »Wir schaffen das, Hawisia«, flüsterte sie. »Wir schaffen das.«

Nach dem Feld streichelte Gras ihre Füße. Es war weich wie Butter. Dann knirschte Sand unter ihren Sohlen: Die Straße. Sie würde das Dorf finden, und vom Dorf war es leicht, zur Burg zu gelangen. Die Zelte des Heerlagers glühten eine halbe Meile entfernt, eine Drohung waren sie, ein Feuerreiter, der sie verfolgte.

Sollte sie nicht jemanden suchen im Dorf, der zu Nevill eilte, um Hilfe zu holen? Die finstere Exzellenz hatte achtzig Langbogenschützen, achtzig! Ohne Nevill war Braybrooke verloren. Wie aber konnte sie sich in ein Haus hineinschleichen, wo doch Courtenays Männer bei den Bauern einquartiert waren?

Ihnen in die Hände zu fallen bedeutete das Ende, denn der Erzbischof würde zweifellos begreifen, was sie vorgehabt hatte.

Der Schuster kam ihr in den Sinn. Er bewohnte ein kleines Haus; wenn es über zwei Kammern verfügte, war das viel. Und wer würde gern bei einem Greis unterschlüpfen, der kaum ein Süppchen zu kochen vermochte?

Sie folgte der Straße, bis ihre nackten Fußsohlen das kalte Steinpflaster der Brücke ertasteten. Erst die Kirche, sagte sie sich, und dann das zweite oder dritte Haus. Sie tastete entlang der Brüstung, folgte dem Friedhofszaun. Eine Tür, noch eine. Das mochte es sein. Drinnen schnaufte jemand im Schlaf.

Vorsichtig lehnte sie sich gegen das Holz. Es schabte über den Boden, dann stand sie in einer pechschwarzen Kammer, es roch nach Leder und Fett und altem Mann. »Schuster?«

Das Schnaufen ging unverändert. Sie würde ihn rütteln müssen, womöglich hörte er schwer. Als sie sich zum Atemgeräusch hintastete, stieß sie gegen einen Schemel. Metallenes rutschte herunter und klingelte auf den Boden. Der Schläfer fuhr auf. »Wer ist da?«

Auch Hawisia erwachte. Sie weinte. Catherine drückte die Kleine an sich, wiegte sie hin und her, summte, um sie zu beruhigen.

»Was ist das?«

»Das ist meine Tochter Hawisia. Ich bin Catherine Rowe, Sir Latimer schickt mich. Höre, jemand muß nach Nottingham Castle gehen und Nevill benachrichtigen.« Immer noch schrie die Kleine.

»Wir wären längst gegangen«, sagte der Alte, »wenn man uns gelassen hätte. Der Junge vom Raabsbauern sollte nach Nottingham, aber sie haben ihn eingefangen und gefoltert und zurückgeschickt. Danach hat es der Küster versucht. Auch er kam wieder, auf das gräßlichste mißhandelt. Wir sind eingekreist.«

»Also wird Courtenays Heer die Burg stürmen. Ich habe es gesehen, sie sind zu viele.«

Der Schuster schwieg eine Weile, dann sagte er: »Wir beten um ein Wunder Gottes. Wir beten.«

Hawisia hörte nicht auf zu schreien. Es waren hohe Töne, scharf und klar in der stillen Nacht. Wenn ein Wachposten sie anhielt, konnte sie sagen, sie gehe mit ihrem Kind spazieren, um es zu beruhigen? Was wußte ein Mann von der Pflege eines Säuglings! »Ja, betet«, sagte sie und verließ das Haus.

Kaum war sie drei Schritte auf der Straße gelaufen, fuhr sie eine wohlbekannte Stimme von der Seite an: »Stehengeblieben!«

»Ich bin auf dem Rückweg, du Dummkopf.«

»Wie nennst du mich?« Fackeln kreisten sie ein. »Die Dinge liegen anders inzwischen. Wir wissen, daß du eine Verräterin bist.« Spieße, Schwerter, Kettenhemden. Man meinte es ernst. »Ergreift sie«, befahl der Posten.

Catherine rannte um ihr Leben.

29

Der Baldachin des königlichen Betts warf blaue Farbfelder an die Wände des Schlafgemachs. Seine Vorhänge leuchteten, goldene Lilien funkelten darauf wie Sterne am Himmelszeit. König Richard saß auf der Bettkante und spürte zum erstenmal in seinem Leben, welche zauberhafte Schönheit einem Morgen innewohnt.

An jedem Tag gibt es zwei Stunden, die dem profanen Leben entzogen sind, dachte er, und nicht recht dazugehören wollen zum beständigen Vorankriechen der Zeit. Die eine läßt die Sonne hinter dem Horizont versinken, und sie ragt nicht wegen der Farben am Himmel heraus, nein, sondern wegen der Finsternis, die aus uns Schattengänger macht. Niemand gewöhnt sich an den Übergang vom Tag zur Nacht. Er erschreckt uns. Wir flüchten uns zu Kerzen und Lampen, zu kleinen Lichtern, die uns trösten sollen. Und doch spüren wir die Dunkelheit, die mit weit ausgebreiteten Schwingen über das Land fliegt, die sich niederläßt und alles bedeckt. Wir staunen über die Schwärze. Es graut uns.

Er dachte: Die andere besondere Stunde aber übersehen wir. Wir planen den Tag und sind beschäftigt, abgelenkt, während ein unirdischer Zauber geschieht. Die Geburt des Lichts. Bäume und Häuser tragen einen roten Schimmer, als würden sie von innen leuchten, sie strecken sich dem Licht hin, dulden es, schmecken es. Die Vögel spüren das Besondere der Morgendämmerung. Sie singen.

Jene Morgenstunde war es, rot glommen die Türme von Windsor. Weiße Ziersteine glühten an Fenstern und Zinnen. Das Moos glitzerte auf den Mauern. Hirsche grasten vor den Wällen von Windsor Castle, kein Jagdhorn verkündete ihnen Unheil. Statt dessen flöteten im Wald tausendfach die Rotkehlchen, die Gelbspötter und Baumpieper. Es war der 23. April 1337, der Feiertag des heiligen Georg.

Richard hatte die Leibdiener hinausgeschickt, nachdem sie ihm beim Ankleiden behilflich gewesen waren. Er wollte nichts, als einfach hier zu sitzen und das Vogelzwitschern zu hören. Zwanzig Jahre war er alt, zwanzig Jahre hatte er gebraucht, bis er begriff, was es hieß, innezuhalten und den Morgen zu genießen.

Er war ein Verfolgter, und doch fühlte er sich sicher. Hier hatte sich König Artus' Tafelrunde befunden. Nicht der Round Tower, den sein Großvater hatte bauen lassen, um eine neue Tafelrunde zu gründen, nicht der Tisch darin, für den viele mächtige Eichen gefällt wurden, nein, das war es nicht, es ging nicht darum, die Ritter des größten Königs nachzuahmen. Es war die Geschichte, die Camelot-Windsor atmete. Es war die Würde, die es ausstrahlte und an alle weitergab, die hier lebten, besonders an ihn, der das Amt Artus' übernommen hatte, ihn, Richard, den König von England.

Sie versuchten ihn zu stürzen. Sie wollten seine Entscheidungen nicht akzeptieren, gruben Tunnel unter seinem Fundament. Er durfte nicht vergessen, wer er war. Wie hätte König Artus gehandelt? Hätte er mit der Faust dreingeschlagen, ohne nachzudenken? Sicher nicht. Er hätte sich beraten mit seinen engsten Vertrauten, und er hätte sich ernsthaft gefragt, ob er womöglich Fehler gemacht hatte.

Richard strich über den Mantel von blauem Samt, der seine Schultern kleidete. Er nahm die schwarze Samtmütze auf, streichelte die weiße Feder, die sie schmückte. Der Georgstag. Man hatte Georg zum Schutzheiligen des Hosenbandordens erkoren, am 23. April wurden für gewöhnlich Neuzugänge verkündet, wenn einer der vierundzwanzig Ritter gestorben war. Heute würde kein neuer Ritter in den höchsten Orden des Königreichs aufgenommen werden. Es würde nicht einmal eine Versammlung geben. Dennoch gehörte es sich, fand er, daß man am Tag des heiligen Georg die Ordenstracht trug.

Hatte er also Fehler gemacht? Er erhob sich und trat an das schwarze Kistchen neben dem Bett. Den Schlüssel klaubte er aus dem Beutel am Gürtel, schnapp-schnapp, schloß er die Kiste auf. Diese Schuhe hatten ihm einmal gepaßt. Zärtlich nahm er sie, roch daran, fuhr mit dem Daumen über die Perlen, die am roten Samtstoff hingen. Zehn Jahre alt war er gewesen, als man ihn in Westminster Abbey krönte, zehn Jahre alt, als er diese Schuhe trug. Die Zeremonie, die Aufregung, die Blicke von vierzigtausend Menschen – er war damals so erschöpft gewesen, daß ihn Sir Simon Burley auf den Schultern zum Palast zurücktragen mußte, mitten durch die jubelnde Menge hindurch. Im Gewühl hatte er einen der Schuhe verloren. Welcher war es gewesen? Dieser hier? Man spielte ihm zu Ehren Trompeten, Hörner, Schalmeien. Er aß an einer ganz gewöhnlichen Straßenbude heiße Makrelen.

Thomas Mowbray brachte ihm damals den verlorenen Schuh zurück. Ein Jahr älter war der Freund, was hatten sie für Spaß zusammen. Gleich nach der Krönung machte ihn Richard zum Dank für seine Freundschaft zum Earl von Nottingham. Thomas Mowbray. Auch er, der Jugendfreund, gehörte plötzlich zu seinen Feinden.

Hatte er Fehler gemacht?

»Simon«, rief er.

Die Tür öffnete sich, und der Lehrmeister trat ein. Nie hatte Simon Burley ihn im Stich gelassen, seit Richards Kindheit. Er beriet ihn, er blieb auch jetzt bei ihm, als sich alles gegen ihn wendete. Richard kannte ihn gut. Er hatte gewußt, daß Simon vor der Tür warten würde, wenn ihm die Leibdiener sagten, daß der König sie hinausgeschickt hatte. Der Lehrmeister kannte Rücksichtnahme. Und er wußte, welche Kleidung sich gehörte. Den blauen Mantel des Hosenbandordens trug er und die schwarze Samtmütze mit Feder. Sie stand dem ergrauten Ritter gut zu Gesicht.

Was verdankte Richard ihm nicht alles! Simon führte die Kammerritter an, er bündelte sie zu einer fähigen Leibgarde, wer lange nicht bei Hofe erschien, wurde von ihm gemahnt, nur die Treuesten konnten vor ihm bestehen. Ein einziges Mal war Richard ihm böse gewesen, als das Gerücht umging, Sir Burley sei der Geliebte der Prinzessin von Wales, Richards Mutter. Er hatte ihn zur Rede gestellt, und Simon sagte: »Ich habe einen großen Fehler gemacht.« Seinen Lehrer so zu sehen, den Kopf geneigt, das Gesicht gerötet – Richard konnte nicht anders, als ihm das Leben zu schenken.

Sir Burley wußte, wie man Fehler erkannte.

Der alte Ritter kniete am Boden. Richard sah ihn an, erschrak. Wie lange hatte er ihn so knien lassen? »Bitte«, sagte er.

Simon erhob sich.

Im Türrahmen erschienen Diener in rot-weißen Livreen. »Laßt uns allein«, befahl Richard. »Und schließt die Tür!« Was wollten sie von ihm? Man behandelte ihn wie ein Tier, das ununterbrochen gestriegelt und gekämmt werden mußte. »Lieber Freund.« Er legte Simon die Hand auf die Schulter. »Wäret Ihr nicht, wie armselig wäre mein Leben! Ich würde die Bücher über König Artus, Parcival und Gawayn nicht kennen. Ohne Euren Rat hätte ich so manches nicht begriffen. Und ich hätte nie die wunderbare Kaisertochter geheiratet.«

»Vergeßt nicht Sir Michael de la Pole. Wir sind gemeinsam –«

»Ich weiß.« Natürlich mußte Simon ihn an seinen zweiten Lehrer erinnern. Sie hatten ihn abgesetzt, den von ihm, dem König, berufenen Kanzler des englischen Königreiches einfach abgesetzt, als stünde es in ihrer Macht zu herrschen und nicht in seiner. »Geht es ihm gut?«

»Den Umständen entsprechend.«

»Wo waren wir stehengeblieben? Meine Frau. Ihr habt damals geahnt, daß es mit dieser Caterina Visconti aus Mailand nichts werden konnte, Ihr seid nach Prag gereist, um für mich um die Tochter Kaiser Karls zu werben. Ich vertraue niemandem so wie Euch, Simon.«

»Habt Dank, Majestät.« Der alte Ritter neigte nicht die Stirn, er lächelte auch nicht. Nur um der Form zu genügen, bedankte er sich. Das Vertrauen des Königs war für ihn eine Selbstverständlichkeit.

Sollte er ihn wirklich fragen? War es nicht eine Blöße, die er sich damit gab, würde es nicht eine Peinlichkeit heraufbeschwören, wenn er von Fehlern sprach? Er lächelte. »Was meint Ihr, werden alle Ordensritter erscheinen?«

»Ich denke nicht.«

»Natürlich nicht. Robert de Vere muß uns ein Heer sammeln in Cheshire, und unsere Feinde Thomas Mowbray, Arundel und Gloucester werden sich wohl kaum nach Windsor begeben, um mit uns den Tag des heiligen Georg zu feiern. Es verlangt mich danach, den Herzog von Gloucester und den Earl von Arundel aus dem Hosenbandorden auszustoßen. Man wird aufgenommen, weil man dem Königshaus in besonderer Tapferkeit und Treue gedient hat. Von Treue kann bei ihnen keine Rede sein.«

»Ein weiterer Affront scheint mir in diesen Tagen nicht ratsam zu sein, Majestät.«

»Und Mowbray, der hinterhältige Hund! Warum hat er sich gegen mich gekehrt?«

»Er hat Elizabeth geheiratet, die Tochter des Earls von Arundel.«

»Und zwar ohne meine Erlaubnis. Es ist ein Skandal.«

Simon räusperte sich. »Zumindest erklärt diese Ehe, warum er den Königsfeinden nähergerückt ist.«

»Meint Ihr wirklich, das ist der Grund dafür, daß er unsere Freundschaft vergißt?«

Der alte Ritter sah auf Richards Hände und schwieg.

Richard wurde bewußt, daß er immer noch den Schuh umkrampft hielt. Er legte ihn auf das Bett. »Ich will die Wahrheit wissen, Simon. Habe ich einen Fehler gemacht?«

»Nun, es …«

»Sprecht.«

»Ihr habt tatsächlich einen Fehler gemacht, Majestät, indem Ihr Robert de Vere, einen kleinen Ritter, den hohen Lords vorgezogen habt. So etwas wird nicht leicht verziehen.«

»Ihr meint, man ist mir böse, weil man empfindet, daß ich Robert de Vere übermäßig beschenkt habe?«

»So ist es.«

»Wie Schulknaben führen sie sich auf! Jeder weiß, daß Robert de Vere und ich von Kindesbeinen an Freunde waren. Welcher König macht nicht seine Freunde zu hohen Würdenträgern? Man kann sich auf sie verlassen, kann ihnen vertrauen. Das muß den Lords einleuchten.«

»Richard.« Unerbittlich sah ihn der Ritter an. »Du hast deinen Freund nicht mit ein wenig Land beschenkt oder mit einem kleinen Amt. Du hast ihn zum Herzog von Irland gemacht!«

»Und? Ist das nicht mein Recht als König?«

»Es gibt ehrwürdige, alte Familien im Hochadel Englands. Verstehst du denn nicht? Du hast sie übergangen, und das zu einem Zeitpunkt, als man Robert de Vere mehr denn je verabscheute, weil er dieser Böhmin aus dem Gefolge der Königin nachstieg, obwohl er mit Philippa verheiratet ist, die doch immerhin königliches Blut in ihren Adern trägt. Du hast einen verhaßten Mann mit großer Macht ausgestattet, während du diejenigen vernachlässigt hast, die dem Königshaus seit Jahrhunderten treu dienen.«

Richard spürte seine Adern an den Schläfen pochen. »Redet gefälligst nicht in diesem Ton mit mir!«

Sir Burley tat, als hätte er es nicht gehört. »Was meinst du, warum die schreckliche Kommission, die das Parlament ins Leben gerufen hat, alle königlichen Schenkungen der letzten zehn Jahre untersucht? Was meinst du, warum sie die Ausgaben des Haushalts prüft?«

»Das sind meine Belange als Herrscher über England. Niemand hat das Recht, darin herumzupfuschen.«

»Das ist wahr. Und doch tut die Kommission es.«

»Dann ist es wohl so.«

»Soll ich gehen?«

Richard rang mit sich. Schließlich sagte er: »Nein, bleibt.«

»Warum habt Ihr mich nach Fehlern gefragt?«

»Ich wollte wissen, was Ihr denkt.«

Sie schwiegen. Draußen hallte sanfter Gesang durch die Höfe. Die Chorknaben bereiteten sich auf den Festgottesdienst vor.

»Der Tag des heiligen Georg«, sagte Richard, »der Tag des Drachentöters. Das war ein Recke! Wie unwürdig ist es dagegen umherzureisen, damit man einer Kommission seiner Untertanen entgeht. Indem sie nur spärliche Summen aus der besetzten Schatzkammer schicken, versuchen sie, mich zur Rückkehr nach London zu zwingen. Als könnte man mich wie eine Maus mit Käse fangen!«

»Euer Onkel, der Herzog von Gloucester –«

»Ich weiß, ich bin ihm zu vorsichtig. Wenn ich es nicht höre, nennt er mich weibisch. Und glaubt mir, es verlockt mich, in die Fußtapfen meines Vaters, des Schwarzen Prinzen, zu treten und ein Krieger zu sein, ein siegreicher Ritter. Es ist nicht Schwäche, die mich zurückhält. Ich weiß einfach, daß England nicht in der Verfassung ist, um teure Kriege gegen Schottland und Frankreich zu führen. Ich kann dieses Land nicht ruinieren, nur um einem Heißsporn zu Willen zu sein.«

»Ihr handelt recht damit, Richard.«

»Und tue ich nicht eine Menge, um das Parlament zufriedenzustellen? Das Gefolge meiner Frau war ihnen zu teuer. Also haben wir schweren Herzens Buchkünstler, Ladys und Lords zurück nach Böhmen geschickt. Ich muß mir so etwas nicht sagen lassen, aber ich tue es, um meinen guten Willen zu zeigen. Diese Kommission ist zuviel. Ich bin der König von England! Ich werde das Land regieren, ob es ihnen paßt oder nicht.«

»Gloucester will –«

»Ich weiß, was Ihr sagen wollt. Er wirft mir vor, daß ich nicht an Turnieren teilnehme, daß ich nur auf der Tribüne sitze und nicht selbst die Lanze führe, wie es Vater und Großvater getan haben. Es ziemt des Königs nicht, sich aus dem Sattel werfen zu lassen, das ist meine Ansicht. Kann er das nicht begreifen? Auf das Schlachtfeld ziehe ich wohl. Das weiß er doch.«

»Habt Ihr daran gedacht, wer der nächste Thronanwärter ist, solange John von Gaunt in Spanien ist?«

Er dachte kurz nach. »Onkel Thomas?«

»Thomas, der Herzog von Gloucester.«

»Was wollt Ihr damit sagen?«

»Die Stadt Gloucester bringt ihm nur sechzig Pfund jährlich ein, davon kann ein Herzog nicht standesgemäß leben, das wird Euch einleuchten.«

»Eben darum erhält er Zölle von London, Boston, Hull, Lynn, Ipswitch und Yarmouth. Welchen Grund hat er, unzufrieden zu sein?«

»Zusammen ergibt das eintausend Pfund im Jahr. Es genügt ihm nicht. Mit dem Earl von Derby streitet er sich um das gewaltige Bohun-Erbe, sie werden es aufteilen. Und selbst dann – bedenkt, er ist königlichen Blutes wie Ihr, er hat Ambitionen ...«

»... auf den Thron. Das ist es.«

Der alte Ritter sah zu Boden.

»Letzten Endes ist es das. Mein Onkel hat es auf den Thron abgesehen. Und Thomas Mowbray und der Earl von Arundel und all die anderen, sie helfen ihm dabei. Nun, sie sollen mich kennenlernen!« Ein Zittern lief durch seinen Körper. »Ich habe Bogenschützen in Cheshire und Pikeniere in Wales. Dazu meine Kammerritter mit ihrem Gefolge. Was meint Ihr, wie groß kann unser Heer werden?«

»Viertausend, vielleicht fünftausend Mann.«

»Sobald es aufgestellt ist, setze ich sie gefangen. Dann wird ihnen wegen Verrats der Prozeß gemacht.«

»Ihr seht also ein, daß Ihr keinen einzigen Eurer Kammerritter entbehren könnt?«

Daher wehte der Wind. Hatte wirklich er sich vorgenommen, von Fehlern zu sprechen? Oder hatte ihn Simon auf unbemerkte Weise zu diesem Gespräch hingeführt, um eine günstige Gelegenheit zu erhalten, die schwarzen Schafe unter seinen Kammerritter in ein gutes Licht zu rücken? »Hört, all die Jahre wart Ihr ein gestrenger Führer der Kammerritter,

Ihr habt weder Schwäche noch Untreue geduldet. Warum liegt Euch nun soviel daran, mich glauben zu machen, die Gerüchte über Nevill, Clanvow, Clifford und Sturry seien unwahr?«

»Sie sind wahr, Eure Majestät.«

»Ich möchte das nicht hören. Für mich sind sie unwahr, sonst wäre ich als christlicher König genötigt, diese Ritter aus der Kirche auszustoßen, sie ihrer Besitztümer zu entledigen, sie womöglich des Landes zu verweisen oder im Auftrag der Kirche einzukerkern – Ihr wißt, all die schrecklichen Folgen, die der Ungehorsam hat. Also, warum nehmt Ihr sie in Schutz?«

»Sir Clifford hat für Euren Vater in Spanien gekämpft, in der Gascogne, in der Bretagne. Er ist Mitglied des Passionsordens, nur wenige Ritter Englands und des Kontinents können diese Ehre für sich in Anspruch nehmen, es sind Ritter der allerhöchsten Fähigkeit im Kampf. Das Königreich Jerusalem –«

»Haltet mir keine Vorträge. Kommt zur Sache, bitte.«

»Ihr selbst habt Clanvow und Nevill auf diplomatische Missionen nach Frankreich entsandt. Und Sturry – niemand verhandelt mit den Franzosen so gut wie er, er weiß, wie sie denken, nicht einmal der jahrelange Krieg zwischen England und Frankreich kann beispielsweise seine Freundschaft mit dem Herzog der Bretagne erschüttern. Zudem ist er einer der besten Krieger zur See, die England besitzt.«

»Was wollt Ihr sagen?«

»Daß Ihr diese Ritter braucht. Daß Ihr keine Männer wie sie finden würdet, wenn Ihr sie verstoßt.«

»Und sie sind dem Ketzerglauben anheimgefallen, diesem Lollardentum, das den Lehren des verstorbenen Professors Wycliffe folgt?«

»So ist es.«

»Dann sorgt dafür, daß ich das vergesse und nie wieder daran erinnert werde. Das ist der einzige Weg, sie zu retten. Wie war das doch mit den Weinverkäufen des Earls von Arundel?«

Sir Burley zögerte, ohne Zweifel, er wußte nicht recht, wie er sich verhalten sollte. Hatte Richard sich nicht eindeutig geäußert? Er wollte keine Verantwortung für diese Ketzerei, und wenn Simon sie für ertragbar hielt, nun, dann mochte er dafür sorgen, daß sie geheim blieb. Im geheimen war so manches ertragbar.

Endlich fing sich der Lehrmeister. »Der Earl von Arundel hat auf See hundert Schiffe aus La Rochelle erobert, die Wein nach Sluys bringen sollten, achttausend Fässer. Der Wein wird in London verschenkt und in anderen Städten billig verkauft.«

»Ein Trick, eine Masche, nicht wahr, um das Volk für sich zu gewinnen? Um es mir abspenstig zu machen?«

»Ein Trick, ganz wie Ihr sagt.«

Die Nacht über dröhnten Hammerschläge, Sägen keuchten durch Holz, Männer riefen sich Maße und Flüche zu, Flüche und Maße. Catherine schlief nicht. Sie kauerte am Boden der Bauernstube, an einen Bettpfosten gefesselt. Hawisia lag auf ihrem Schoß. Catherine wagte es nicht, sich zu rühren, weil sie fürchtete, die Kleine könnte ihr von den Knien rutschen und aufwachen, und dann würde sie daliegen und schreien, unerreichbar für ihre gefesselten Hände.

Hinter ihr schnarchten im Bett zwei Waffenknechte. Draußen das Sägen, das Hämmern, das Rufen. Was taten Courtenays Männer da?

Als im Dorf die ersten Hähne schrien, hatte der Spuk ein Ende. Es wurde still. So still, daß sie meinte, das Heer wäre abgezogen und man hätte sie und die Schläfer vergessen.

Daß ihr Bruder sie auslieferte, damit hatte sie nicht rechnen können. Er mußte gleich nach ihrem Gespräch zum Erzbischof gelaufen sein, um sie zu verraten. Man hatte ihr aufgelauert im Dorf. Wie konnte es Alan über das Herz bringen, seine Schwester preiszugeben? Dachte er, er half ihr damit? Aber wenn es so war, dann wäre er längst gekommen, um sie zu beruhigen und ihr Mut zuzusprechen. Nein, er kam nicht.

Courtenay hatte ihn verändert, so daß ihn die Schwester nicht mehr kümmerte, das war es! Warum nur hatte sie nicht eher erkannt, welcher Teufel dieser Erzbischof war? Er verstellte sich wie ein Dämon.

Hawisia begann zu weinen. Erst wimmerte sie im Halbschlaf, dann wachte sie auf. Sie streckte die kleinen Ärmchen aus, kniff die Augen zusammen und brüllte. Sie hatte Hunger.

Das Schnarchen verstummte. »Burg und Wall, bring es zum Schweigen, Weib!«

»Sie hat Durst. Löst mir die Fesseln! Dann stille ich sie, und ihr habt Ruhe.«

»Du willst dich verdrücken. Das könnte dir so passen.« Der Stoppelbärtige wälzte sich aus dem Bett und kauerte sich neben sie. Er zupfte am Fesselseil. »Hast du daran herumgezerrt in der Nacht?« Fauliger Atem blies ihr in das Gesicht. Der Waffenknecht zückte seinen Dolch und schnitt die Fessel durch. »Also los, tränke das kleine Biest. Aber beeile dich!«

Hunderte von Ameisen krabbelten durch ihre Finger. Sie fühlten sich geschwollen an und leblos. Mit Mühe öffnete Catherine die oberen drei Knöpfe ihres Kleides und entblößte die Brust.

»Darf ich nach der Kleinen?« Der Stoppelbärtige grinste.

Ihr wurde übel. Sie schüttelte den Kopf, zu keiner Antwort fähig, und hob die weinende Tochter an zum Stillen. Dem Waffenknecht drehte sie den Rücken zu, während Hawisia trank. Kleine Tränen glitzerten auf dem Gesicht. Begierig grunzend, saugte Hawisia die Milch aus Catherines Brust.

Bekam dieser kleine Mensch überhaupt mit, was um ihn herum geschah? Hawisia war glücklich, wenn sie auf dem Schoß der Mutter schlafen durfte und wenn sie Nahrung bekam. Daß sie gefangen waren und daß ihnen der Tod drohte, davon merkte sie nichts.

Die Tür klappte. Catherine sah aus dem Augenwinkel die Wachen aufspringen, ihre Körper gespannt wie Bogensehnen. Eine Hand winkte. Sie verließen das Haus.

Courtenays Stimme hob an: »Meine liebe Catherine, hast du gut geschlafen?«

»Verzeiht«, sagte sie, »ich stille.« Vielleicht verschaffte es ihr noch ein wenig Lebenszeit.

»Das stört mich nicht.« Er ging um sie herum und strich ihr dabei über den Kopf. »Ich dachte, ich lasse dich erst einmal ausruhen, bevor wir wieder reden. Offenbar warst du sehr erschöpft. So sehr, daß du vergessen hast, dir die Botschaft für Lady Anne abzuholen.«

Sie preßte die Lippen aufeinander.

»Es ist der Tag des heiligen Georg, welcher Frevel wäre es, an einem solchen Feiertag nachtragend zu sein. Dir sei verziehen.«

Das Herz zog sich ihr zu einem Knoten zusammen. Warum tat er so freundlich? Welches Spiel spielte er mit ihr?

»Vielleicht ist es sogar gut, daß du die Botschaft noch nicht überbracht hast. Ich hatte inzwischen einen guten Einfall. Wenn du mir diesen letzten Wunsch erfüllst, sorge ich dafür, daß du bis an deinen Lebensabend als Brillenmacherin arbeiten kannst.«

Ihre Lippen bewegten sich tonlos. Der Kopf dröhnte, als wäre er aus Bronze und würde mit einer Eisenkeule zum Klingen gebracht.

»Es hört sich schwieriger an, als es ist. Du sollst das Zentrum der Ketzer treffen und vernichten: Thomas Latimer.«

Thomas vernichten? Aber es ist gut, redete sie sich ein, er will etwas von mir, ich bin nicht aufgegeben, nicht verloren. »Ich ... Ich tue es«, stotterte sie.

»Ach ja?« Es war, als fiele das freundliche Gesicht wie eine Maske vom Erzbischof ab. Seine Züge verwandelten sich zur wütenden Fratze. Er packte Catherine an den Haaren, schüttelte sie. Hawisia entfiel ihr, der kleine Kopf schlug dumpf auf dem Boden auf. Beide schrien, Mutter und Tochter, und hinein brüllte Courtenay: »Du hast mich hintergangen! Du hast mich schändlich hintergangen!«

Catherine hob die Tochter auf und schmiegte sie an sich.

Ihre Kopfhaut brannte, sicher riß der Erzbischof ihr alle Haare aus. Sie schloß die Augen. Das war das Ende. Sie würden sterben. Daß es nur rasch ginge!

Courtenays Hand löste sich von ihr. Sie hörte den Erzbischof auf und ab schreiten. »Ich glaube nicht, daß du falsch und verräterisch bist, Catherine. Ich glaube es einfach nicht. Sage mir«, er klang sehr väterlich, »sage mir, was ist geschehen?«

»Der Mörder«, flüsterte sie.

»Was sagst du? Ich verstehe dich nicht.«

»Der Mörder arbeitet für Euch.«

»Was für ein Mörder?«

»Sligh. Er ist Euer Mann. Er hat Elias getötet.«

»William Sligh hat deinen Ehemann umgebracht? Wie sollte ich davon wissen?«

»Ihr habt ihn beauftragt.«

»Aber warum? Warum sollte ich einen Handwerker töten lassen, der mir trefflich gedient hat? Wer hat dir so etwas eingeredet, Catherine?«

»Niemand. Ich weiß es. Sligh ist der Mörder.«

»Wenn es so ist, soll er aufgehängt und gevierteilt werden. Ich wußte nichts davon, das mußt du mir glauben.«

Er mußte davon gewußt haben. Er log.

»Hör zu, ich weiß nicht, wie die Ketzer es geschafft haben, mich in einem bösen Licht erscheinen zu lassen, aber ich kann dir sagen, sie sind falsch wie Galgenholz. Sie sind Meister darin, eine unbedarfte Seele zu betrügen. Es ist aber auch meine Schuld, ich hätte dich einweihen sollen. Ich vermied es, um dich nicht in Verwirrung zu stürzen. Bist du bereit, dir einige Dinge von mir erklären zu lassen?«

Sie rührte sich nicht.

»Du hast Sir Nevill und Sir Latimer getroffen. Sind sie dir freundlich erschienen?«

»Ja«, hauchte sie.

»Das dachte ich mir. Dafür kannst du nichts, sie sind gerissen wie Ottern. Haben sie dir von ihrem Geheimbund erzählt?«

Es schien, als sei er tatsächlich bereit, ihr zu vergeben. Courtenay würde seine Zeit nicht mit einer Todgeweihten verschwenden. Sie mußte sich ihm fügen, zum Schein ihm glauben. Es war eine Lüge – ein anderer Ausweg blieb ihr nicht. »Sie haben gesagt, daß sie eine Kirchenreform anstreben. Es klang sehr einleuchtend.«

»Und es ist die Wahrheit. Ja, Catherine, es stimmt, diese Männer wollen die Kirche reformieren!«

Wie er das sagte, als fürchte er sich nicht!

»Beobachte sie genau, dann wirst du verstehen, wie diese Reform aussehen soll. Sie wenden sich bei Prozessionen von den Sakramenten ab. Frage Thomas Latimer danach, er wird es zähneknirschend bestätigen! In der Kirche weigern sie sich, ihre Kopfbedeckung abzunehmen. Frage ihn! Und bitte ihn, dir die Gründe dafür zu erklären. Er wird Fadenscheiniges anbieten, Umgenähtes, Geflicktes – aber nicht die Wahrheit. Dabei ist sie offensichtlich: Wer sich von den Sakramenten abwendet, wer in Gottes Gegenwart den Kopf bedeckt, dem liegt nicht an der Verehrung des wahren Herrn, sondern an der Verehrung des Teufels. Diese Ritter halten mysteriöse Treffen ab, lesen verbotene Bücher, fördern die Ketzerei unter ihren Hörigen. Sie werden das nicht bestreiten. Frage sie! Ich spreche die Wahrheit.«

»Ich habe mit Sir Latimer gebetet. Er spricht zu Gott wie zu einem Freund. Nie habe ich so etwas gehört. Ein Teufelsanbeter könnte den Namen Gottes überhaupt nicht in den Mund nehmen. Sir Latimer ist Gott nahe, sehr nahe sogar.«

»Oh, meine Liebe, hat das Böse so Besitz ergriffen von dir, daß du nicht mehr zu denken vermagst? Du hättest dich wundern sollen, daß er so überfromm aussieht! Ist es denn dem Bösen nicht eigen, daß es im Schafspelz erscheint? Von Thomas Latimer hast du nur das Schlimmste zu erwarten. Er ist der verborgene Kopf der Gruppe, sie sind wie ein widerwärtiger Schlangenkörper, und Latimer ist der Kopf.«

»Ich weiß nicht mehr, was ich glauben soll.«

»Das verstehe ich.« Weich war seine Stimme und warm. Er

legte ihr die Hand auf die Schulter, sie wärmte durch das Kleid. »Ich erwarte auch nicht, daß du mir blind vertraust. Eben darin unterscheide ich mich von den Ketzern. Haben sie dir einen Beweis geliefert dafür, daß ich das Schlechte will? Haben sie dir bewiesen, daß ihre Reform eine gute Kirche hinterlassen wird? Nein. Ich aber gestatte dir, daß du meine Aussagen überprüfst. Du sollst zu Thomas Latimer gehen und ihn fragen. Alles, was ich gesagt habe, wird er gestehen. Versprichst du mir, daß du ihn fragen wirst?«

Sie zögerte. »Ich verspreche es.«

»Während du zur Burg zurückwanderst, sende ich deinen Bruder Alan in weitem Bogen durch die Wälder zur Rückseite von Braybrooke Castle. Du wirst genug Zeit haben, mit Thomas Latimer zu sprechen. Im Laufe des Gesprächs, sobald du von der Richtigkeit meiner Worte überzeugt bist, leitest du ihn zum Fenster an der Ostseite seines Herrenturms.«

Alan ... Die Ostseite ... Der Bruder sollte den Ritter erschießen. »Ich kann das nicht.«

»Das hast du schon einmal gesagt. Erinnerst du dich, wie es damals plötzlich doch ging?«

Eine böse Ahnung kroch ihr in die Knochen. Sie klammerte Hawisia fester an sich. »Bitte«, wisperte sie, »bitte tut das nicht.«

Die Stirn des Erzbischofs bekam Falten. »Es geht ihr gut, bis heute abend. Höre ich dann kein Klagegeschrei aus der Burg –« Er machte eine knappe Handbewegung.

30

Alan stützte sich an einem Baum ab und neigte den Oberkörper vor, keuchte. Er öffnete die oberen Schließen seines Rocks. Überall juckte es ihn. Waren das Schweißflecken? Er hatte seinen guten blauen Rock naß geschwitzt. Es stach in der Kehle bei jedem Atemzug, und der Speichel war dick geworden im Mund, dick und süß. Alan spie aus. Die Schuhe! Es lief sich einfach schlecht mit diesen langen Spitzen. Für ein paar Stunden hätte er sie gern gegen seine alten löchrigen Treter eingetauscht.

Er konnte stolz sein, daß ihm der Erzbischof einen solchen Auftrag anvertraute. Er hätte David schicken können oder einen der erfahreneren Schützen. Das hatte er nicht getan. Er hatte ihn, Alan, ausgewählt. Schoß er so gut? Daß er den Reiter getroffen hatte gestern, war eines Meisters würdig. Selbst David hatte ihm anerkennend auf die Schulter geklopft.

Sollte er besser schon hier den Bogen bespannen? Man durfte ihn nicht sehen von der Burg aus, er mußte sich heranpirschen und verstecken und dann reglos im Gebüsch hocken, bis sich der Feind im Fenster zeigte. Schließlich: aufstehen, schießen, fliehen. Eine gefährliche Sache, eine, die versprach, ihn zum Helden zu machen. Courtenay traute ihm zu, daß er es schaffte. David traute es ihm zu.

Sie waren gute Männer. Was Catherine da gefaselt hatte – großer Unfug! Nie war es ihnen besser ergangen als in den Diensten Courtenays. Nur noch May mußte er gewinnen, dann würde er glücklich sein. Und würde es sich nicht herumsprechen, wenn er Sir Latimer erschoß? Vielleicht hörte man im Dorf davon, und der Vogt mußte zähneknirschend zugeben, daß Alan der bessere Mann war, nicht, weil er ihn plötzlich mochte, sondern weil er ihn fürchtete, ja, fürchtete! Nicht einmal ein Spanneby mit seinen Gütern kam gegen einen berühmten Meisterschützen an.

Alans Atem beruhigte sich. Ich sollte weiterlaufen, dachte er. Seine Beine aber waren plötzlich aus Blei. Da war etwas, das ihn tadelte, ein Gedanke, ein Gefühl, irgendeine Sache, die ihn sich unwohl fühlen ließ. War er zu stolz auf sich? Er hatte allen Grund dazu, stolz und glücklich zu sein. Geh! befahl er sich. Er blieb.

An der Rechnung stimmte etwas nicht.

War sie zu einfach? War es zu gut, was ihm geschah? Die Welt hatte sich verändert, seit sie bei Courtenay lebten. Vorher war sie feindselig und rauh gewesen, heute gab sie sich freundlich, sie beglückte. Catherine machte das mißtrauisch – sollte es auch ihn mißtrauisch machen?

Genau das war der Haken: Catherine. Die Schwester würde Sir Latimer an das Fenster locken, so hatte man ihm erklärt. Aber warum? Unvorstellbar, daß sie in der Nacht eine Kehrtwendung gemacht hatte und plötzlich die Ketzer haßte und nicht mehr den Erzbischof. Nicht Cath. Wenn sie von etwas überzeugt war, dann hielt sie daran fest wie ein Blutegel an der Wade. Und selten hatte er sie so entschlossen erlebt wie gestern abend. Warum lieferte sie den Ritter aus?

Man konnte Cath nicht bestechen, wenn ihr eine Sache soviel bedeutete wie diese. Vielleicht drohte man ihr? Sie hatte ihn angefleht, sie nicht zu verraten. Also fürchtete sie sich. Vor Folter, vor dem Tod? Das mochte es sein. Die Exzellenz zwang Catherine durch Drohungen dazu, Sir Latimer preiszugeben. Kein Wunder, daß die Schwester von Courtenay als teulischem Betrüger sprach. Es stellte sich ihr so dar, weil sie sich dickköpfig weigerte, dem Erzbischof zu helfen.

Daß sie sich einbildete, die Wege der Herrschenden besser zu verstehen als diese selbst! Daß sie sich einbildete, sie könne das Ketzertum vom wahren Glauben unterscheiden und einem Erzbischof dabei die Augen öffnen! Es geschah recht, daß man ihr drohte. Die Widerspenstige war anders nicht zum Gehorsam zu bewegen.

Alan rollte die Bogensehne aus. Er würde einen wahrhaft meisterlichen Schuß abgeben.

Bei jedem Schritt knarrte die Lederkleidung Reptons. Er kaute auf einem Grashalm herum, kratzte sich erregt im knochigen Gesicht. Das weit hervorspringende Kinn kreiste, während die Kiefer malmten. Endlich hatte er den Halm zerbissen, und er fiel hinunter. »Es ist besser, du tust, was der Erzbischof dir aufgetragen hat«, sagte er.

»Er hat deutlich genug gesprochen, keine Sorge.« Wie weit wollte er sie noch begleiten? Offenbar zweifelte man daran, daß sie nach Braybrooke Castle ging.

»Ich habe damit nichts zu tun.«

»Ein dreckiger Handlanger seid Ihr, nichts anderes.«

»Nein!« Es klang verzweifelt. »Ich hatte keine andere Wahl. Warte, Catherine. Laß mich erklären.« Seine langen Finger versuchten, ihren Arm zu halten.

Sie wirbelte herum. »Wenn heute abend Sir Latimer noch lebt, stirbt Hawisia. Das ist alles, was mich interessiert, alles, an das ich denken kann. Wenn ich noch einen Zipfel Kraft übrig hätte, um wahrzunehmen, daß Ihr es seid, der neben mir geht – ich hätte Euch längst angespuckt und fortgestoßen. Ich habe die Anzüglichkeiten satt, verstanden?«

»Auch mich hat Courtenay gezwungen«, stotterte Repton. »Ich muß ihm zu Willen sein, um mich von dem Verdacht reinzuwaschen, selbst ein Ketzer zu sein. Noch vor Monaten gehörte ich zu den Bedeckten Rittern, und Courtenay verschont mich nur, wenn ich ihm die äußerste Treue beweise. Ich bin sein Spielzeug wie du, verstehst du nicht?«

Der Verräter, von dem Thomas Latimer gesprochen hatte! Sie zischte: »Ihr seid das? Ihr habt die Bedeckten Ritter an Courtenay ausgeliefert?« Thomas war so zornig gewesen, daß er an Rädern, Vierteilen und Verbrennen gedacht hatte.

Repton verzog das Gesicht. »Nicht ausgeliefert. Courtenay wußte längst über sie Bescheid. Ich habe ihm nur …«

»Was? Namen genannt?«

»Namen? Ich …« Philip Repton riß die Hände vor das Gesicht. »Oh, ich weiß, ich habe gesündigt. Nun sterben Menschen, weil ich meine Haut retten wollte. Könnte ich doch zurück, könnte ich noch einmal entscheiden!« Er löste die Hände, ließ sie hinabsinken. »Ich bin schuldig. Ich trage die Schuld, ich allein.« In seinem Gesicht lag Entsetzen.

Bloß die Karpfenbecken deckten sie noch zur Burg hin. Wenn sie ihn weiterlockte, vielleicht erschoß man ihn von den Wällen her? Die Männer in Braybrooke Castle mußten den Verräter kennen, er war dort sicher häufig zu Gast gewesen.

Das bleiche Katzenmäulchen zitterte. »Und nun will er mich loswerden. Er hat mich nicht ohne Grund mit dir geschickt. Natürlich weiß er, daß mich die Bedeckten Ritter gern tot sehen würden. ›Geh mit ihr bis zur Burg‹, hat er gesagt, ›damit sie nicht vorher kehrtmacht.‹ Wie hat er sich das vorgestellt? Natürlich will er, daß man mich tötet. Ich bin so allein, Catherine, du kannst dir nicht vorstellen, wie allein ich bin. England teilt sich in zwei Lager, in die Anhänger Wycliffes und die Anhänger Courtenays, jeder gehört zu einer der beiden Seiten, nur ich, ich stehe dazwischen, ungewollt von beiden, gehaßt von allen, verabscheut, verachtet.«

»Das hast du dir selbst zuzuschreiben.«

Er nickte. »Ja, das habe ich mir selbst zuzuschreiben. Ja. Ja.« Er betastete den Schwertknauf. Wenige Fingerbreit zog er die Klinge aus der Scheide. »Ich kann es nicht. Ich kann dem nicht einmal ein Ende machen. Zu schwach bin ich, zu feige. Warum hat mich Gott so gemacht? Ein Armseliger, der besser auf dem Acker gearbeitet hätte, als ein Ritter zu sein.«

»Komm mit in die Burg, und andere erledigen es für dich. So leicht ist das.«

»Wirst du ein gutes Wort für mich einlegen? Ich habe dir geholfen! Als ihr damals über die Mauer von Newstead Abbey geklettert seid, habe ich da nicht auf eurer Seite gestanden? Du hast mir immer gefallen, von Anfang an wußte ich, daß du den richtigen Weg gehst. Ich bewundere dich, Catherine. Ich wünschte, ich wäre wie du. Ohne dich hätte ich nie begriffen, welcher üble Mensch Courtenay ist. Willst du nicht für mich mit Sir Latimer sprechen? Ich bin bereit, alles zu tun, wenn sie mich nur zurückkehren lassen zum Ritterbund. Gott vergibt uns unsere Fehler, und wir sollen den anderen vergeben, sage das Thomas, ich erinnere mich gut, wie wir einmal darüber sprachen.«

Catherine dachte nach. Bot sich ihr gerade eine Möglichkeit, dem Untergang zu entkommen? »Hör gut zu, Repton. Ich kann dir helfen, aber dafür mußt du etwas tun. Du mußt ein einziges Mal Mut beweisen.«

»Was verlangst du? Ich bin zu allem bereit.«

»Geh zurück ins Dorf. Dann schlage einen weiten Bogen um die Burg herum. Laufe durch den Rockingham Forest, bis du dich auf der Ostseite der Burg befindest. Dort lauert Alan, mein Bruder. Schneide ihm die Bogensehne durch, tue, was auch immer notwendig ist, um ihn daran zu hindern, daß er Sir Latimer erschießt.« Latimer würde ihr helfen müssen, Hawisia zu befreien.

»Und im Austausch dafür sorgst du dafür, daß ich zu den Bedeckten Rittern zurückkehren kann?«

»Mit deiner Tat rettest du Thomas Latimer das Leben. Ich erkläre es ihm. Seinem Lebensretter wird er verzeihen.«

Sir Philip Repton richtete sich zu voller Höhe auf. Das Lederwams knackte. Ernst sah er Catherine an: »Ich danke dir. Vielleicht werde ich durch deine Hilfe wieder zu dem Mann, der ich einmal war.« Er machte kehrt.

Ein sanfter Wind wehte Grashüpfer, Fliegen und Wiesengetier über den Weg. Schafe blökten, Bienen summten am Wegrand von Blüte zu Blüte. Catherine näherte sich Schritt um Schritt der Burg. Die Fahnen flatterten auf den Türmen. Hinter jeder der Schießscharten im dunklen Holz mußte ein Schütze lauern. Auch über den eisenbeschlagenen Torflügeln des Einlaßhauses ragten Speere in den Himmel, blinzelten Bogenschützen auf sie herunter. »Kommst du allein?« rief einer.

»Ihr seht es doch.«

Schwere Riegel wurden aus ihren Haken gehoben. Das Tor

öffnete sich knarrend um einen kleinen Spalt, und Catherine trat ein. Der Burghof roch nach altem Holz und Fischinnereien. Braybrooke Castle. Für die einen der Höllenpfuhl, für die anderen das Himmelstor.

Thomas Latimer erwartete sie in der Mitte des Hofes. Unter seinem Waffenrock wölbte sich der Plattenpanzer, auf der Brust prangte das goldene Kreuz. Ein übergroßer Schwertknauf ragte über seine linke Schulter. Man sah ihnen zu, von den Türmen und Wällen blickten die Wachposten herunter und folgten jeder Bewegung mit den Augen, als könnten sie daran ablesen, ob Catherine mit guter oder mit schlechter Nachricht zurückkehrte. Latimers Gesicht war ernst, aber die Augen strahlten. Bis er plötzlich zusammenzuckte. »Wo ist deine Tochter?«

Sie machte die letzten Schritte zu ihm hin. »Als Geisel bei Courtenay verblieben.«

»Er hat es durchschaut?«

»Und das Angebot, Sligh gegen Hereford auszutauschen, hat er abgelehnt.«

»Gehen wir hinauf in mein Gemach.« Er wendete sich um.

»Sir Latimer«, sagte sie rasch, »haltet Euch von den Fenstern fern.«

»Ich weiß, was eine Belagerung ist. Alle Fenster sind mit Fellen zugehängt.«

Auf der Treppe rasten ihr die Gedanken davon. Sie huschten in jede mögliche Richtung, spähten in Abgründe, tasteten Risse ab. Was, wenn er keinen Weg wußte, Hawisia zu befreien? Was, wenn Repton Alans Bogensehne durchschnitt und damit der Tod ihrer Tochter besiegelt war? Das durfte nicht geschehen! Setzte sie nicht das Leben Hawisias aufs Spiel mit dem zweifelhaften Rettungsplan? Trug sie nicht die Verantwortung?

Sie würde lügen müssen, um Sir Latimer in Sicherheit zu wiegen. Andernfalls war die Sache schon entschieden, er würde leben, Hawisia würde sterben. Das durfte nicht sein! Ihre Tochter! Konnte man ihr denn Vorwürfe machen, wenn sie Hawisia rettete, sie, die Mutter? Würde nicht jede Mutter so handeln? Es herrschte Krieg. Braybrooke wurde belagert. Bei solchen Gelegenheiten starben Menschen. Es war nicht ihre Schuld, wenn Thomas Latimer umkam.

Sie mußte ihn zum Fenster locken.

Handelte nicht Courtenay durch sie? Es war Courtenays Mord, sie war nur das Werkzeug, willenlos gemacht, weil sie zwischen Tod und Tod zu wählen hatte. Thomas war älter, er hatte gute vierzig Jahre gelebt, vielleicht mehr. Hawisia aber hatte noch ein Menschenleben vor sich. Eine Entscheidung, nichts weiter. Kurzes Lebensstück gegen vollständiges Leben. Ein sinnvoller Tausch.

Und womöglich würde Thomas Latimer auf dem Schlachtfeld umkommen, wenn sie ihn heute verschonte. Dann starb Hawisia umsonst. Wie sollte sie sich das jemals vergeben? Nein, es ging nicht anders, der Ritter mußte jetzt sterben.

Sie traten in sein Gemach. Es war sonderbar verändert: Aus dem hellen Herrenzimmer war eine Höhle geworden. Dicke Felle hingen vor den Fenstern und sperrten das Licht aus. Fackeln lohten. Zwischen den Jagdhunden und dem Reh an der Wand spielten schwarze Geister, gekrümmte, sich verrenkende Gestalten. Sie sprangen über die Wände.

Dicke, heiße Luft drückte den Atem. Auf der Bank beim Kamin stand ein Tablett mit Brot, einer Eierspeise, einigen Pasteten. Die Geister hatten das Essen verschmäht, es fehlte kein Bissen.

Thomas schloß die Tür. Er schnallte sich das große Schwert vom Rücken und lehnte es an die Wand. Sein Gesicht kerbten zwei Furchen von den Nasenflügeln zum Kinnbart, er sah müde aus. »Warum schickt Courtenay dich zurück?«

»Ich habe ihm nicht geglaubt. Er will, daß ich Euch befrage und einsehe, daß Ihr ein Ketzer seid.«

»Ich bin ein Ketzer.«

»Aber das Gebet ...?« Sie schüttelte den Kopf. »Ihr seid ein Mann Gottes.«

»Das schließt sich nicht aus: Ketzer und Mann Gottes.«

Catherine sah ihn an. Diesen Ritter sollte sie ermorden. In seinen hellen, harten Augen glänzte das Fackellicht. Diesen Ritter. Thomas.

»Was sollst du noch tun? Mich töten?«

Sie griff sich an den Hals, schluckte. Sah er ihre Gedanken? Wenn es einem Menschen zuzutrauen war, dann dem Ritter Sir Thomas Latimer.

Er preßte die Lippen aufeinander und nickte. »Gut, daß er dich falsch eingeschätzt hat. Es hat dir das Leben gerettet.«

Damit war es für ihn erledigt? Er glaubte nicht, daß sie fähig wäre, ihn umzubringen? Er dachte, daß sie bereit war, für ihn Hawisia zu opfern? Nun, da hatte er sich getäuscht! Er hält dich für besser, als du bist, schoß es ihr durch den Kopf. Er sieht das Gute in dir, in seinen Augen bist du rechtschaffen und stark. War das nicht Ehre, die er ihr gab? Er vertraute ihr.

»Werden die Dörfler Hilfe holen?«

»Sie sind eingekreist. Sie haben es versucht, aber es ist kein Durchbruch möglich.«

Er preßte sich die Faust gegen die Stirn und lief im Zimmer auf und ab. »Wir können nicht ewig standhalten. Wenn Nevill uns nicht zu Hilfe eilt, wird Braybrooke fallen.«

Braybrooke! Wen kümmerte Braybrooke! Ihre Tochter würde sterben. Ihre Tochter! »Meine Tochter wird sterben. Was kümmert mich Braybrooke? Was geht mich eine Burg an, eine läppische Burg, ein paar Karpfenteiche, Türme? Hawisia ist keine zwei Monate alt. Courtenay wird ihr …« Sie fing an zu zittern, am ganzen Leib zitterte sie. Hör auf zu zittern! befahl sie sich. Sei stark! Aber sie zitterte. Die Haare fielen ihr in die Stirn. Der Mund verzog sich, die Zähne klapperten aufeinander. Die Hände krampften sich zu Fäusten, die Arme schüttelten gegen ihre Brust.

Eine Hand berührte ihre Stirn. Thomas. Er stand nahe, sehr nahe. Er strich ihr die Haare aus dem Gesicht. Er streichelte ihre Wange. »Es tut mir leid«, sagte er. »Es tut mir leid.«

»Was nützt das«, stieß sie hervor. »Sie wird sterben!«

Er nahm ihr Gesicht in beide Hände und hielt es mit sanfter Kraft. Die Wärme seiner Hände floß den Hals hinunter, sie floß in die Brust, in den Bauch. Das Schütteln legte sich. Catherine wurde ruhig. Ein wenig bebten noch die Knie, dann atmete sie tiefer, freier.

Ein Geräusch von der Tür. Thomas drehte sich um. Er löste die Hände. »Anne«, sagte er.

Lady Annes Mund bewegte sich, aber sie sagte dabei nichts, es war ein stummes Ringen um Worte. Schließlich kamen doch Töne: »Ich wollte fragen, was du erreicht hast.«

»Courtenay hat abgelehnt«, antwortete Thomas.

»Ich habe nicht dich gefragt, sondern das junge Ding. Was hast du erreicht?«

»Nichts, Mylady.«

»Hast du den Brief überreicht?«

Was hatte das zu bedeuten? Sollte es nicht ein Geheimnis sein, war nicht vereinbart gewesen, daß sie darüber zu schweigen hatte? »Ja, das habe ich.«

»Und Erzbischof Courtenay hat dich zurückgeschickt.«

»Anne, ich –«

»Schweig, Thomas.« Mit einer Handbewegung schnitt Lady Anne ihm das Wort ab. Sie gewann an Fassung. Mit spitzem, bleichem Finger wies sie auf Catherine. »Was suchst du hier? Kannst du mir das sagen? Was tust du im Gemach meines Mannes, des Ritters Sir Thomas Latimer?«

»Ich … Er hat mich …«

»Nicht er hat, du hast! Eine Brille besitzt er bereits. Was willst du also noch hier?« Sie machte einen Schritt auf Catherine zu. »Ich sehe es in deinem Blick«, flüsterte sie. »Du willst ihn fressen, wie ein Habicht die Adlerjungen zerhackt. Er ist dir verfallen, weil er ein gutes und wehrloses Herz hat, und nun willst du ihn vernichten.«

Lady Anne durchschaute sie, sie konnte sehen, daß Thomas todgeweiht war, natürlich, sie war eine Frau, sie wußte, daß die Liebe einer Mutter mehr galt als jede Achtung vor dem, was gut und richtig war. Rasch es zu Ende bringen! Repton konnte jeden Augenblick Alan erreichen, dann war es zu spät, Latimer würde leben, Hawisia würde in den Händen Courtenays ihr Ende finden. »Sir Latimer!« rief Catherine. »Verzeiht mir.« Sie stürzte zum Fenster, riß das Fell herunter, schwang das Bein über die Brüstung.

Schon war er bei ihr, umgriff ihren Leib, zog sie vom Fenstersims. Er opferte sich, um sie und Hawisia zu retten. Catherine sah etwas aufblitzen im Gebüsch. Er mußte vor dem Fenster stehenbleiben, nur noch einen kleinen Augenblick.

»Catherine«, sagte er, »Anne hat unrecht, und du weißt das.«

»Trotzdem will ich sterben.«

»Ist Hawisia damit geholfen?«

»Sie stirbt so oder so.«

»Das wird sie nicht. Wir werden einen Ausfall machen, ich selbst werde voranreiten und eine Bresche in Courtenays Front schlagen. Wir befreien Hawisia.« Er sah sie an, die Augen plötzlich weich, bittend.

Diesen guten Mann sollte sie umbringen? Wie sollte sie je seinen Blick vergessen, seine Güte? Niemand verdiente den Tod weniger als er. Und er wollte Hawisia befreien, es würde einen Ausweg geben!

Etwas pfiff durch die Luft.

Catherine warf sich auf Latimer, prallte gegen den Brustpanzer, gemeinsam fielen sie, er ruderte mit den Armen, riß einen Korb um, sie schlitterten über den Boden.

Ein meisterlicher Schuß. Obwohl er nicht lange gezielt hatte. Alan war nach einem Siegesschrei zumute. Wozu Belagerungen? Wozu verlustreiches Anreiten gegen Wälle? Es bedurfte nichts als eines guten Schützen, und der Burgherr fiel inmitten seiner eigenen Mauern.

Nun mußte nur noch die Flucht gelingen. Er drehte sich um …

… und sah sich einer blanken Schwertklinge gegenüber. »Repton! Was jagt Ihr mir einen solchen Schrecken ein!«

»Habe ich das?«

»Wie lange steht Ihr schon da?«

»Eine Weile.«

»Dann habt Ihr meinen Schuß gesehen?«

»Durchaus.«

»Sehr gut.« Nun hatte er einen Zeugen, der von seiner Heldentat berichten konnte.

»Gehen wir.« Repton winkte mit der Schwertspitze.

Was sollte die Klinge? »Steckt das Schwert weg. Was soll die Klinge?«

»Ich will sichergehen, daß du den richtigen Weg nimmst.«

31

Körbe und Truhen, die Bank, der kalte Kamin tauchten aus roten Nebelschwaden auf. Sie schwankten, waberten.

»Anne!« Thomas stürzte heran, fiel auf die Knie und beugte sich über sie.

Er sieht mich, dachte sie. Sie versuchte zu lächeln. In ihrem Bauch loderte ein Feuer, seine Flammen zuckten bis in die Beine, die Arme. Trotzdem lächelte sie. Wie schön das war: Er kniete dort und schaute sie voller Sorge an. Nach ihrem Bauch streckte er die Hand aus, aber er zog sie wieder zurück, als wagte er nicht, den langen Pfeilschaft zu berühren, der aus ihrem Kleid herausragte.

»Ich habe gern diesen Pfeil gefangen«, flüsterte sie, »für dich, Thomas.«

Er schüttelte den Kopf. »Nein, Anne, nein.«

»Daß ich sterben würde, wußte ich, aber daß –« Sie hustete. Es zerriß ihr die Eingeweide vor Schmerz. Etwas Warmes, Weiches quoll über ihre Lippen. Sie schluckte. »Daß mein Tod –«

»Du sollst leben!« Tränen traten in seine Augen. »Anne, bitte, du darfst nicht gehen.«

Welch guter Tod!

Da wurden ihre Füße kalt. Sie erschauderte. Etwas geschah mit ihr. »Nimm meine Hand! Ich fürchte mich, Thomas.«

Er nahm ihre Hand.

Immer wenn sie sich nach dem Tod gesehnt hatte, war es eine Befreiung gewesen, an die sie gedacht hatte, eine Erlösung. Aber nicht etwas Frierendes, Kaltes, Widernatürliches, das über ihre Beine hinwegzog. »Du mußt mir etwas vergeben.«

»Alles, alles. Wenn du mir versprichst, nicht zu sterben.«

»Ich habe dich verraten, Thomas. Ich wollte dir Gutes tun, und dabei habe ich dich hintergangen. Courtenay –« Sie würgte, hustete. »Ich habe für ihn spioniert, um die Bedeckten Ritter zu zerschlagen.«

Sein Gesicht verschwamm vor ihren Augen. Thomas ließ ihre Hand los. »Warum ... Warum hast du das getan?«

Sie verlor ihn! Heute verlor sie ihn für immer! »Ich liebe dich«, stammelte sie, »ich konnte dich nicht fortgeben. Deine Freunde haben dich zum falschen Glauben gezerrt, sie haben dich vergiftet, ich mußte das verhindern.« Es war still, nur ihr röchelnder Atem war zu hören. »Verzeihst du mir?«

Seine Hand nahm die ihre. Er näherte sich ihrem Gesicht. »Anne, ich verzeihe dir. Wenn auch du mir vergibst. Ich hätte dich einweihen müssen, hätte dir vertrauen sollen! Und ich hätte nie aufhören dürfen, dich zu lieben. Vergibst du mir mein Versagen?«

»Ich vergebe dir«, hauchte sie. Ein neuer Schmerz erwachte in ihrem Bauch, nicht das Beißen und Glühen der Pfeilspitze, sondern eine Trauer, die sie längst für besiegt gehalten hatte. Wie hatte ihre Ehe scheitern können! Warum war es ihnen nicht gelungen, das zu verhindern?

»Catherine, hilf mir, sie in ihr Bett zu tragen.«

Anne versuchte, sich aufzurichten. »Laß mich hier sterben, in deinen Armen.«

»Du wirst nicht sterben.« Thomas griff ihr unter die Schultern. »Catherine, nimm die Füße!«

»Ich sterbe.«

»Du stirbst nicht. Willst du wissen, warum?«

Sie wurde in die Höhe gehoben. Etwas brach in ihrem Bauch entzwei. Vor Schmerzen stöhnte sie.

»Du wirst kämpfen. Hörst du mich, Anne? Es lohnt sich zu kämpfen. Ab heute wird alles anders werden zwischen uns.«

Die Mauern schwankten, Sohlen scharrten auf den Treppenstufen, kurz darauf setzte stilles Säuseln ein. Anne schloß die Augen.

Catherine tat, was man ihr sagte, in dumpfem, mattem Gehorsam. Sie half Sir Latimer, Lady Anne in ihr Bett zu legen, richtete die Beine aus. Dann stand sie im Zimmer, während der Ritter flüsternd auf der Bettkante saß. Catherines Arme hingen schlaff herunter, das Gesicht war taub, das Herz klopfte gehorsam und stetig. Wenn die Sonne untergeht, dachte sie, wird Hawisia ihren letzten Atemzug tun. Natürlich verschwendete Sir Latimer keinen Gedanken mehr an die Befreiung ihrer Tochter. Seine Frau brauchte seine Aufmerksamkeit.

Zahlreiche schwere Stiefel kamen die Treppe herauf. Es pochte. »Sir Latimer?« rief eine Männerstimme.

Der Ritter erhob sich. »Ja?«

Bewaffnete traten ein, unter ihnen der Captain, ein kleiner schwarzhaariger Mann mit Narben im Gesicht. Sie hielten Alan in ihrer Mitte, und Philip Repton. »Dieser Mann behauptet,« sagte der Captain, »Euren Mörder auszuliefern.«

Repton starrte Thomas Latimer an, als sei er ein Fabelwesen. »Du lebst?«

»Ja, ich lebe.«

Repton kniete nieder. »Ich bin in deiner Hand, Thomas.« Er neigte den Kopf. »Ich ergriff diesen Burschen im Gebüsch hinter der Burg. Leider erst, nachdem er geschossen hatte. Sieh es als Beweis meiner Reue an, daß ich ihn dir ausliefere.«

»Du hast die Stirn, mir unter die Augen zu treten und Gnade zu erwarten?«

»Ich habe einen schlimmen Fehler gemacht. Es wird lange Zeit dauern, ehe du mir wieder vertrauen kannst, ich weiß das. Aber ich erbitte heute noch nicht deine Vergebung als Freund, sondern allein deine Vergebung als Christ. Christus löscht unsere Schuld. Er befahl uns, seinen Nachfolgern, daß auch wir den anderen vergeben. Du erinnerst dich, wie wir einmal davon sprachen? Ich bitte dich: Schenke mir das Leben. Ich kann dir nützlich sein! Ich kenne das Heer Courtenays genau, und ich weiß um seine Pläne.«

»Steh auf!« fauchte Latimer.

Repton gehorchte.

»Siehst du mein Eheweib? In ihrem Bauch steckt ein Pfeil. Hättest du uns nicht an Courtenay verraten, dann wäre sie jetzt gesund, wir würden zusammen am Tisch sitzen und ein Mittagsmahl zu uns nehmen. In den Wäldern rings um Braybrooke stünde kein Heer, und Doktor Hereford wäre nicht in den Klauen des Erzbischofs. Du wagst es, Vergebung zu erbitten?«

Reptons Lippen wurden weiß. Er schlug den Blick nieder. »Nicht, weil ich sie verdient hätte.« Er sagte es so leise, daß es kaum zu verstehen war. »Ich war schwach, ich habe mich vor Courtenay gefürchtet, darum bin ich zu ihm übergelaufen. Das war falsch, und ich trage die Schuld wie einen Sack Steine mit mir herum. Du tust recht, daß du mich haßt. Und doch kenne ich jenes Geheimnis des christlichen Glaubens.« Er hob die Lider, sah Latimer an. »Vergebung. Das ist Gottes Wunder: Es ist immer eine Rückkehr möglich.«

Thomas Latimer sah ihn verwirrt an. Sein Blick wanderte zu Anne und zurück zu Repton. Er kniff die Augen zusammen. »Du verlogene Schlange! Du sprichst die Wahrheit und verbirgst dich dahinter mit deiner Bosheit. Dem Schützen willst du in den Bogen gefallen sein? Du hast doch gewartet, bis er geschossen hatte, weil du wußtest, daß ich dir nie wieder vertrauen würde! Dann wolltest du mit dem Mörder zu Anne gehen und dir ihre Gunst erschleichen. Sie würde leichter zu gewinnen sein, so hast du dir das gedacht. Ist es nicht so?«

»Das war mein Plan. Ich trage einen bösen Willen in mir. Und doch ist auch Gutes in diesem Menschen vorhanden, der Philip Repton genannt wird. Vergebung, Thomas. Wenn du sie mir nicht gewährst, wird sie mir Gott gewähren. Davon lasse ich nicht. Meine Reue mag unsichtbar sein, verborgen für dich, aber Gott sieht sie, Gott, dem ich einst vertraut habe und den ich liebte. Er stößt mich nicht fort. Seine Geduld gelangt nie an ein Ende.«

»Du nichtswürdige Ausgeburt der Hölle!«

Catherine zuckte zusammen. Da war ein Ausweg! Repton war ihre einzige Gelegenheit, Hawisias Leben zu retten. »Sir Latimer«, sagte sie.

»Was willst du?«

»Er ist es gewohnt, böse Wege zu gehen, aber seine Reue ist echt.«

»Wie kannst du das wissen?«

»Ich kenne ihn seit dem vergangenen Winter. Er hat mir das Herz ausgeschüttet.«

Latimer ballte die Fäuste. »Und wenn er bereut, was ändert das an seinen Verbrechen? Er verdient es, gerädert, gevierteilt und verbrannt zu werden. Und das wird er. Noch heute.«

»Ich bitte Euch, Herr Ritter, gebt ihm eine Gelegenheit, sein Leben zurückzugewinnen! Schickt ihn in Courtenays Lager. Er soll Hawisia dem Erzbischof entwenden und sie hierherbringen. Es ist unsere einzige Möglichkeit, meine Tochter zu retten. Ein Ausfall könnte niemals gelingen. Ich habe das Heer des Erzbischofs gesehen. Wenn wir standhalten können, dann hier in der Burg. Und wir brauchen jeden Mann, auch Philip Repton.«

Repton sandte ihr einen dankbaren Blick zu.

»Ich brauche niemanden, der mir mitten in der Schlacht in den Rücken fällt.«

»Aber ich brauche meine Tochter. Wollt Ihr schuldig sein am Tod dieses Kindes?«

Stille.

»Du vertraust ihm?«

»Ja, das tue ich.«

»Er wird bei Courtenay bleiben.«

»Das kann er nicht. Sein Auftrag ist gescheitert. Dort droht ihm genauso der Tod wie hier.«

Wieder war es still.

Endlich nahm Thomas Latimer einen tiefen Atemzug. »Du sollst tun, was Catherine gesagt hat. Wenn du dem Erzbischof ihre Tochter nehmen kannst und sie wohlbehalten in die Burg bringst, will ich …« Sein Blick irrte durch den Raum. »Will ich dir das Leben lassen.« Er wendete sich an den Schwarzhaarigen. »Captain, schafft diesen nichtswürdigen Hund zum Tor.«

»Und den dort?« Der Captain wies auf Alan.
»Den legt Ihr in Ketten.«

Vier Tage zu Fuß bis Nottingham, dachte er, zwei Tage beritten zurück. Gestern der Überfall, also weniger einen Tag. Nevill konnte frühestens in fünf Tagen hiersein. Fünf Tage Folter. Das würde er nicht überleben.

Nicholas Hereford betrachtete die Brandeisen, deren Enden im Feuer zu glühen begannen. Er erinnerte sich an den Schmerz, den sie auslösten, erinnerte sich an den Gestank verbrannten Fleisches. In Rom war es gewesen, sein Körper war zurückgezuckt, aber die sengenden Haken hatten sich unnachgiebig gegen ihn geschoben und ihn zum Schreien gebracht.

»Alte Bekannte?« fragte Courtenay. Er kauerte auf einer Decke neben ihm. Die Folterknechte hatte er fortgeschickt, sie saßen allein am Feuer. »Sie haben dich schon einmal verbrannt?«

Er schloß fest die Lippen. Fünf Tage. Fünf. Es war dunkel geworden und fühlte sich so an, als würde die Sonne die nächsten Tage nicht zurückkehren, als wäre eine fünf Tage währende Nacht angebrochen.

»Es geht mir nicht um dich. Du bist ein alter Mann, wem solltest du schaden? Nichts spricht dagegen, daß du deinen Lebensabend in einer kleinen Hütte an der Küste verbringst oder hier in den Midlands, ganz wie du willst. Schafe blöken, Fischotter fangen Forellen im Bach, in der Nacht schmatzen Igel unter dem Haselnußstrauch vor deinem Fenster. Vielleicht kannst du ab und an schwer einschlafen, wenn du zu gut zu Abend gegessen hast, ärgere Schwierigkeiten kennst du nicht, ein leichtes Stechen in den Gelenken, natürlich, das Alter. Aber du hast Bücher, du hast deinen Frieden, du summst Lieder, eine gute Zeit. Die hast du dir doch verdient zum Schluß.«

»Mich erwartet viel mehr als das.«

»So? Ich gebe den Knechten ein einziges dieser Eisen frei, und du wirst jaulen wie eine gespießte Sau. Sprichst du davon?«

Fünf Tage. Er mußte durchhalten. Die Ritter würde der

Mut verlassen, wenn er tot war, wer weiß, ob sie nicht unter dem Druck der Kirche zerbrachen, einer nach dem anderen, und die Bewegung erlosch. Er hatte es Wycliffe versprochen. Es war Gottes Werk! »Ich werde kein Stechen in den Gelenken haben.«

Courtenay lachte. »Nein, wahrscheinlich nicht. Wenn sich verbrannte Haut in Fetzen vom Leib löst, sind die Gelenke nicht mehr wichtig.«

»Ich werde mit den Löwen tollen und ihnen die Mähne zausen, mit dem Allmächtigen selbst werde ich sprechen und ihn für seine Schöpfung loben. Wenn Christus zurückkehrt, wird er alle verwandeln, die seine Freundschaft suchten auf dieser Erde. Neue Körper erhalten wir, wer weiß, vielleicht mit Flügeln, wie sie die Cherubim tragen. Wir werden wieder Menschen sein, ein Wort, das unter den Engeln mit Ehrfurcht gesprochen wird: Menschen. Nicht diese gekrümmten, von der Sünde zerfressenen Kreaturen, die wir heute sind. Gute Menschen. Fähige, begabte, aufrechte Wesen. Wir werden Gott dienen.«

»Du nicht, Alter. Du bist Ketzer.« Courtenay spie das Wort aus wie Galle: »Ketzer bist du. Du kämpfst gegen Gottes Kirche, hast du das vergessen?«

Wenn nur der Student durchkam. Der Student wußte, was auf dem Spiel stand. Vielleicht war es ihm gelungen, sich in Market Harborough ein Pferd zu besorgen? Nicholas stellte ihn sich vor, wie er die Straße entlangpreschte. Zu Pferde brauchte er womöglich nur drei Tage bis Nottingham. So waren es insgesamt vier, vier Tage Folter, die es zu überstehen galt.

Erwartungsvolles Kribbeln durchzog seinen Körper. Die Schmerzen würden bald beginnen. Es war fast leichter, sie zu ertragen, als sie zu erwarten. Denke nicht daran! sagte er sich. Jede Stunde, die du lebst, ist ein Gewinn für Gottes Sache, weil du den Rittern Mut und Kraft gibst, solange sie daran glauben, daß sie dich retten werden.

Er riß den Blick los von den Brandeisen und sah Courtenay an. »Ein Priester ist nur so lange Gottes Mund, wie er nach Gottes Willen handelt. Fällt er davon ab, und es mangelt an

Reue, so ist sein Handeln ungültig und lästerlich. Die Kirche ist vom richtigen Weg abgekommen, William, selbst die Mönchsorden sind der Gier und der Bequemlichkeit anheimgefallen. Nun muß Gottes Wort die Führung übernehmen. Die Bibel wird uns zurückbringen zum guten Pfad.«

Der Erzbischof hob die Brauen. Es schien, als schluckte er eine Erwiderung hinunter.

»William«, wiederholte Nicholas. »William. So hat dich schon lange keiner mehr genannt, was? Es braucht den Mut dessen, der nichts mehr verlieren kann. Endlich sagt dir jemand die Wahrheit ins Gesicht.«

Der Erzbischof sprang auf und packte Nicholas am Kragen. »Nein, mein Freund«, zischte er ihm in das Ohr, »du irrst. *Ich* werde *dir* die Wahrheit sagen: Die Bibel führt nicht zum guten Pfad, sondern zu Gesetzlosigkeit, Rebellion und einer Verwirrung, aus der sich dieses Land nicht wieder retten kann. Denk nach, alter Mann! Was würde geschehen, wenn jeder Engländer eine dieser Schriften hätte? Wenn er sie selbst lesen und deuten würde? Die Bürger in den Städten, die verarmten Adligen, die Handwerker, die Viehzüchter? Sie würden England auf den Kopf stellen, sie würden es verwüsten! Nicht nur die geistliche Herrschaft wäre am Ende, die du so verabscheust, sondern auch die weltliche. Zehntausende wären ohne Hirten, hilflos, verzweifelt. Und glaube mir, es finden sich Wölfe. Rotten von Wölfen, die einen solchen Zustand zu nutzen wissen! Willst du dafür die Verantwortung tragen? Sieh dir an, was in diesen Tagen mit seiner Majestät König Richard geschieht. Sieh dir an, was mit England geschieht. Wir werden dieses Land mit Mühe retten. Deine stinkende Ketzerbibel wird uns nicht daran hindern!« Er stieß ihn zu Boden. »Wo ist sie? Wo hast du sie vergraben, deine Schrift? Wo ist das Teufelswerk verborgen? Rede!«

Es geht los, dachte er. Wappne dich, alter Mann. Der Schweiß brach ihm aus am ganzen Körper. Schon wurden die Knie weich, und die Zunge klebte am Gaumen. Er schüttelte den Kopf.

»Rede, sonst brenne ich dir die Seele aus dem Leib!«

»In deine Hände, Gott, gebe ich meinen Geist.«

Da stand Courtenay auf. Er putzte sich die Erdkrümel vom goldbestickten Hemd. Warum war er plötzlich so ruhig? Warum lächelte er? »Du fürchtest die Brenneisen nicht?« Der Erzbischof fragte es freundlich, zuvorkommend. »Nun, sie sind auch nicht für dich gedacht. Kanntest du zufällig einen Brillenmacher mit dem Namen Elias Rowe? Bedaure, er ist tot. Aber er hat eine Frau hinterlassen und eine kleine Tochter. Da die Frau gerade nicht zur Verfügung steht – sie bringt Thomas Latimer um, mir ist das wichtig – bleibt uns nur das Kind.« Er rief laut: »Schafft Hawisia her!«

Als hätte er außerhalb des Feuerscheins gerade auf diesen Befehl gewartet, erschien ein knochiger Mann, auf dem Arm ein Neugeborenes, das sich schlafend in seine Halsbeuge schmiegte. Die prallen Wangen des Kindes waren leicht gerötet, zarter, blonder Haarflaum bedeckte seinen Kopf. Es sah verletzlich aus und zugleich unberührbar. Augenblicklich war Nicholas klar, daß er sprechen würde, ehe man die Kleine auch nur ein einziges Mal zwickte.

Aber der Drahtige hielt nicht nur das Kind. Er stemmte auch eine Armbrust gegen seinen Oberkörper. Sie war auf den Erzbischof gerichtet.

Courtenay nickte zufrieden. »Ah, Repton. Sei so gut und nimm dir einen der glühenden Haken. Das Kind kannst du unserem ehrenwerten Doktor geben. Ist es nicht zuckersüß, Hereford? Wie es schläft, so vertrauensselig? Schau einmal, es hat bereits Wimpern, winzig kleine.«

»Ihr werdet Hawisia nichts antun.« Der Hagere richtete die Armbrust auf den Erzbischof. »Lange genug habt Ihr sie als Werkzeug mißbraucht. Und mich genauso.«

»Philip, was tust du da? Hat dich der Verstand verlassen?«

»Die Armbrust ist gespannt, und es liegt ein Bolzen auf. An Eurer Stelle würde ich nicht um Hilfe rufen. Sie käme zu spät wenn Ihr wißt, was ich meine.«

»Ist das der Dank? Ich hätte dich als Ketzer auf das härteste bestrafen können, aber nein, ich habe dir die Freiheit geschenkt. War ich nicht immer gut zu dir? Was ist geschehen? Ich verstehe das nicht.«

»Ich werde jetzt gehen. Ihr wißt, ein Armbrustbolzen reicht weit, und ich behalte Euch im Blick. Ruft Eure Schergen besser erst, wenn Ihr Euch ganz sicher sein könnt, daß ich Euch nicht mehr höre. Ihr seht mich nicht in der Dunkelheit, aber ich sehe Euch, weil das Feuer Euch beleuchtet. Macht Ihr einen Schritt, schieße ich. Ruft Ihr ein Wort, schieße ich. Und glaubt mir, mich verlangt es förmlich danach.«

Langsam entfernte sich der Mann, rückwärts schreitend, ohne den Erzbischof aus den Augen zu lassen. Einige Waffenknechte, die ihm in den Weg treten wollten, brachte Courtenay mit einem Wink zum Stehen.

»Du wirst das bereuen, Repton. Du machst einen großen Fehler.«

»Der Fehler war, den Bund der Bedeckten Ritter zu verlassen und in Eure Dienste zu treten.«

Als Repton nur noch ein Schemen war, als das Schwarz der Nacht ihn beinahe ganz geschluckt hatte, rief er: »Übrigens, Courtenay, es ist fehlgeschlagen. Sir Thomas Latimer lebt, nicht einen Kratzer hat er abbekommen!«

Der Erzbischof knurrte Unverständliches. Er wartete noch einige Augenblicke, dann warf er sich zu Boden und brüllte: »Ihm nach! Er will zur Burg, schneidet ihm den Weg ab! Tötet beide, ihn und das Kind!« Er zog ein Schweißtuch hervor und tupfte sich die Stirn. Immer noch liegend, wendete er sich Nicholas zu. »Ich verstehe nicht, wie Menschen so beschränkt sein können. Er meint, sich zu retten, aber dabei hat er das Urteil über sich gesprochen. Was, Hereford, denkst du, sind seine Möglichkeiten? Entweder sie schnappen ihn gleich, und er stirbt noch heute, oder er schafft es bis zum Tor und fällt gemeinsam mit Latimer, wenn wir diese erbärmliche Holzburg stürmen. Dabei hätte er es weit bringen können in meinen Diensten.«

32

Es regnete. Kein Prasseln, kein Spritzen, kein ungestümes Rauschen, nein – ein nasser Hauch, der über Braybrooke hinwegschwebte, ein Wassertuch, das zärtlich Bäume, Häuser, Tiere und Menschen benetzte. Es brachte den Morgen mit sich, ließ ihn aufglimmen über dem Rockingham Forest. Ein Wolf heulte in der Ferne, als nähme er trauernd Abschied von der Nacht. Rotkehlchen und Gelbspötter erwachten. Sie ließen sich durch den Regen nicht einschüchtern: Mit Gesang begrüßten sie den nassen, funkelnden Tag. Im Dorf krähte der erste Hahn, müde noch, gedämpft.

Catherine hielt sich die Ohren zu, summte. *»Lullay, lullay, sleep softly now, hush, my child …«* Sie biß sich auf die Zunge. Schöpfte bebend Atem. *»The morning star, lullay, lullay, is watching over you, lullay.«* Auf dem Plateau des Herrenturms stand sie, gute dreißig Yard über dem Tal. Sie nahm die Hände von den Ohren und klammerte sich an der hölzernen Zinne fest. »Hawisia!« schrie sie. Die Kehle schmerzte, weil sie so gebrüllt hatte. »Hawisia!« Es gellte über Burg und Dorf und Heerlager hinweg.

Sie neigte die Stirn an das Holz und preßte sie dagegen. Repton war nicht zurückgekommen. Sie hatte die ganze Nacht gelauscht, gewartet, aber er war nicht gekommen. Nun krähten die Hähne, es wurde hell. Und ihre Tochter war tot. Elias tot. Hawisia tot. »Warum quälst du mich und läßt mich nicht auch sterben, Gott?«

Jemand trat neben sie. »Es ist meine Schuld.«

Latimer. Er sollte fortgehen. »Laßt mich, geht!«

»Ich hätte dich nicht zu Courtenay schicken dürfen.«

»Bitte, verschwindet. Und schickt die anderen auch weg.«

»Der Turm muß besetzt bleiben. Er steht höher als die Eckirme, womöglich sieht man von hier –« Latimer verstummte. Jesus Christus!«

Was belästigte er sie? Alle Menschen verdienten es zu ster-en, ja, am besten, sie starben alle. Courtenay und Latimer und Jevill und sie, Catherine, und die Waffenknechte, Bogen-chützen, Repton, ja, Repton vor allem!

»Wie die Köpfe einer Hydra«, flüsterte Latimer.

Ein Gericht, sollte doch Feuer vom Himmel fallen! Schwe-elbrocken, brennende, berstende Schwefelbrocken, nicht die-er schreckliche sanfte Regen und das Vogelgesinge, und nicht atimer, der so tat, als wäre alles mit Worten zu klären.

»Wie hat er in so kurzer Zeit ...?«

Sie riß den Kopf hoch. »Schweigt endlich und verschwin-et! Stürzt Euch meinetwegen vom Turm, oder kriecht zu urer Anne ins Bett, oder hängt Euch im Pferdestall auf, es ist nir egal. Meine Tochter ist tot, versteht Ihr nicht?« Mit bei-en Händen packte sie den Ritter am Kragen. »Meine Tochter vurde umgebracht, es ist zu spät! Worte nützen jetzt nichts nehr«

Latimer sah sie nicht einmal an. Bogenschützen stürzten eben ihm an die Zinnen, deuteten über das Dorf hinweg, nd auch der Ritter blickte in diese Richtung.

»Genau das will er«, sagte Latimer. »Ich möchte nicht ören, daß jemand von Kapitulation spricht!«

Catherine drehte sich um. Was war dort? Der Wald, die Dächer und die Schafweiden dampften. Aus dem weißen Nebel agten drei Holzgestelle heraus, Gerüste, wie sie am Rumpf on Saint Mary's in Nottingham lehnten. Winzige Gestalten letterten an Leitern in die Höhe, sie reichten Bretter hinauf, lopften mit Hämmern.

»Belagerungstürme.« Latimer rief: »Weckt den Captain!« Leise, kaum hörbar, sagte er: »Wenn diese Türme fertig sind, Catherine, bricht über uns die Hölle herein. Hast du noch ein Quentchen Kraft in deinem Leib? Dann geh in die Kapelle nd bete um ein Wunder.«

»Was ist das?«

»Belagerungstürme. Es sind Kriegsmaschinen, denen wir nichts entgegensetzen können.«

»Die meine ich nicht. Hört Ihr nichts?« Sie ließ den Mund offenstehen, lauschte. Ein Ton hatte ihr Gänsehaut auf den Armen beschert, aber über dem Gebrabbel der Bogenschützen konnte sie ihn nicht mehr ausmachen. »Seid ruhig!« befahl sie. »Still!«

Immer noch redeten sie. Catherine zischte sie nieder.

Da hörte sie es. Ein hoher, klagender Laut, ein Weinen. Ihr Atem beschleunigte sich. »Das ist mein Kind.« Es kam aus dem Wald hinter der Burg. Sie schob die Männer auseinander. An der Rückseite des Turms lehnte sie sich zwischen zwei Zinnen über die Brüstung.

Repton trat aus dem Unterholz, im Arm das schreiende Bündel Hawisia.

»Mein Kind.«

»Rasch, ein Seil!«

Sie winkte nach rechts. »Beeile dich. Geh um die Burg herum zum Tor. Die Kleine muß am Verhungern sein.«

»Sie lauern mir auf, hinter den Fischbecken liegen Schützen versteckt. Werft ein Seil herunter!« Repton sah sich um, als erwarte er Verfolger. »Schnell!«

Latimers Stimme, tief und beruhigend, ertönte von hinten: »Ich hole es.«

Wie sie sich nach Hawisia sehnte, obwohl sie sie schon sah, wie es sie danach verlangte, diesen weinenden kleinen Menschen in die Arme zu schließen! Aus dem dichten Wald waren sie gekommen. Hatte sie dort die Nacht verbracht? Fürchtete sich Hawisia nicht in den Händen dieses Mannes? »Repton, halte ihren Kopf ein wenig höher.«

»So?«

»Ja, so ist es gut.«

»Was kann ich machen, daß sie zu schreien aufhört? Courtenays Häscher sind nicht taub.«

»Wiege sie im Arm. Genau so. Du kannst auch etwas singen, warte, kennst du ›*Lullay, lullay*‹?«

»Was?«

Latimer erschien neben ihr. »Gebt acht«, rief er und warf ein dickes Seil hinunter. Es polterte im Fallen gegen die Wand, rollte sich auf. Neben Repton schlug es hart gegen den Boden. »Stell dich auf den Knoten, dann ziehen wir dich herauf. – Los, Männer, anpacken!«

Philip Repton umfaßte mit einer Hand das Seil, die Füße klemmten den Knoten zwischen sich, der in den letzten Zipfel des Seiles geknüpft war. Hawisia brüllte. Es gefiel ihr ganz und gar nicht.

»Und hebt! Und hebt! Und hebt!« Sir Latimer zog selbst mit am Seil.

Langsam schwebte Repton in die Höhe. Er stieß sich mit den Ellenbogen ab, so, daß sein Rücken an der Burgwand entlangschabte und nicht der Arm mit dem Kind. Als er sich den Zinnen näherte, streckte ihm Catherine die Arme entgegen. Endlich, sie erreichte Hawisia, sie hob sie in die Höhe, sie konnte sie an sich schmiegen. »Meine Kleine, mein Liebling.«

Die Männer griffen nach Reptons Armen, sie zogen ihn herauf. Latimer wartete mit verschränkten Armen, bis Philip Repton auf eigenen Füßen stand, dann sagte er knapp: »Schafft ihn in den Keller.«

Repton erbleichte. »Du hast versprochen –«

»– daß ich dir das Leben schenke. Von Freiheit habe ich nichts gesagt.«

Die Männer sahen sich an. Hawisia weinte immer noch, es gelang Catherine nicht, sie zu beruhigen. Das kleine Gesicht rötete sich. Zwischen den Schreien blinzelte die Kleine und schöpfte Atem, bis ihr das Leid wieder einfiel.

»Ich habe mein Leben aufs Spiel gesetzt«, sagte Repton. »Ich bin in Courtenays Lager gegangen und habe ihn mit einer Armbrust bedroht, man hat mir nachgesetzt!«

»Erspare mir das Gejammer.«

»Was hast du vor mit mir?«

»Wenn alles überstanden ist, wird der Ritterbund über

deine Strafe entscheiden.« Latimer zeigte auf die Bogenschützen und dann auf Repton.

Man trat an ihn heran und packte ihn an den Armen.

»Laßt mich los!« rief er. Er spuckte Latimer vor die Füße. »Du bist doch keinen Fingerbreit besser als Courtenay! Meinst du, dir unterlaufen keine Fehler? Du hältst dich für schuldlos?« Sie zogen ihn in den Treppenaufgang. Repton bäumte sich auf, trat nach den Männern, die ihn festhielten. Er schrie, daß sich die Stimme überschlug: »Du hast mir dein Wort gegeben, Thomas! Dein Wort!«

Hawisia schlummerte still in ihrem Arm, sie hatte ihr Milch gegeben und sie gestreichelt, hatte sie in den Schlaf gewiegt. Was sie die ganze Nacht herbeigesehnt hatte, war eingetreten, sie hatte ihre Tochter zurück. Die Kälte im Wald hatte der Kleinen nicht gutgetan, sie fieberte ein wenig. Der Eitergeruch aber blieb aus, sie würde die Krankheit besiegen. Obwohl Catherine davon überzeugt war, wollte sich kein Frieden einstellen. Etwas nagte an ihr, etwas bohrte feine Zähnchen in sie und riß und biß und fraß an ihr. Woher dieses Gefühl?

Ruth reichte ihr ein Brot. »Hier, dick mit Honig bestrichen.«

»Danke.«

Es hatte mit Repton zu tun. Und mit Alan. Beide lagen sie gefesselt im Keller. Natürlich, sie machte sich Sorgen, vor allem um ihren Bruder machte sie sich Sorgen. Aber das war es nicht. Es betraf sie, Catherine.

Sie lagen also in Ketten: Alan, der geschossen hatte, und Philip Repton, der durch seinen Verrat Courtenays Aufmerksamkeit auf Braybrooke gelenkt hatte. War es gerecht? Schon möglich. Ungerecht war, daß sie, Catherine, verschont blieb. Gehörte nicht auch sie dort hinunter? Zuerst hatte sie Doktor Hereford verraten. Dann hatte sie Sir Latimer vor das Fenster gelockt, sie hatte das Fell weggerissen und war tatsächlich bereit gewesen, ihn sterben zu lassen.

Warum bestrafte sie der Ritter nicht?

Er war gut zu ihr gewesen. Wie hatte sie solche Kälte empfinden können, woher war die Gleichgültigkeit gekommen, die ein Meuchler seinem Opfer gegenüber empfand, steckte all das in ihr? Ihre Stirn hatte er berührt, er hatte ihr die Haare aus dem Gesicht gestrichen und sie sanft gehalten. Ihre Antwort: Das Fenster. Der Schuß.

Sie unterbrach das Kauen. Was würde geschehen, wenn Lady Anne starb? Catherine haßte sich für diesen Gedanken, aber er war verlockend. Sicher ging Sir Latimer nicht mit jeder Frau, die ihm begegnete, derart zärtlich um. Er hatte ihr das Beten beigebracht, er hatte sie mit einer Wärme angesehen, einer Art begehrender, umhüllender Wärme, das konnte nicht ohne Bedeutung sein. Wenn Lady Anne starb, war es nicht möglich, daß Thomas Latimer, trotz seines hohen Ranges als Ritter, daß er sich, konnte es nicht sein, daß eine Zuneigung wuchs? Er gefiel ihr. Sie fürchtete ihn, und zugleich kam er ihr vor wie ein kleiner Junge. Wo gab es einen Mann wie diesen? Und auf welchen Vater konnte Hawisia stolz sein wie auf den Ritter Sir Thomas Latimer?

Sie schluckte. Was dachte sie da? Wie konnte sie den Tod eines Menschen herbeiwünschen! Und sie war ja schuld an diesem Tod, ohne sie wäre Lady Anne gesund. Sie dachte: Ich stecke genauso tief in diesem Unheil wie Repton und Alan. Wenn Lady Anne sterben würde, machte sie das nicht zu einer Mörderin? Sie durfte auf keinen Fall sterben! Wie sollte man nie wieder glücklich werden mit dem Wissen, jemanden umgebracht zu haben?

»Ruth, könntest du Hawisia nehmen? Ich will nachsehen, wie es Lady Anne geht.«

»Der Herr Ritter ist bei ihr. Du kannst da nicht einfach hineinspazieren und nach ihrem Befinden fragen.«

»Ich komme nicht zur Ruhe, ehe ich nicht weiß, ob sie leben wird.« Sie gab die Kleine in Ruths Arme. »Ohne mich wäre das nicht passiert.«

»Was redest du da!«

Catherine verließ die Küche und überquerte den Hof. Man

hämmerte Schutzschilde zusammen, hinter die sich die Männer ducken konnten. Verglichen mit den Türmen, die Courtenay errichtete, sahen sie wie Spielzeuge aus. Damit wollte man sich gegen diese Kriegsmaschinen verteidigen? Es mußte ein Wunder geschehen, wenn der Ansturm des Erzbischofs abgewehrt werden sollte, Thomas hatte völlig recht damit.

Hör auf damit, ihn Thomas zu nennen! befahl sie sich. Du hast genug zerstört. Mache dich nicht noch zur Ehebrecherin! Für dich heißt er Sir Latimer. Sie nahm sich vor, ihn in Zukunft nicht mehr anzusehen. Blicke waren es, die so etwas begannen, ohne Blicke würde das Gefühl verhungern, die Gefahr würde verschwinden.

Im ersten Stockwerk klopfte sie an die mit Schnitzereien verzierte Tür. Latimers Stimme antwortete, und sie trat ein. Zwischen Spinnrad und Webstuhl stand der Captain und wusch sich in einer Schüssel Blut von den Händen. Lady Anne lag wie tot im Bett, schneeweiß das Gesicht, die Augen geschlossen. Der Ritter beugte sich über das Fußende des Bettes, offenbar kämpfte er mit den Tränen.

»Lebt sie?« hauchte Catherine.

»Sie lebt.«

Der Captain trocknete sich die Hände. Sie färbten das Tuch rot. Woher kam das ganze Blut? »Was habt Ihr mit ihr gemacht?«

»Ich habe den Pfeil ausgeschnitten.« Mechanisch sagte er das, ohne seine Tätigkeit zu unterbrechen. »Dann habe ich die Wunde vernäht und einen Hahnenfußverband zur Blutstillung angelegt. Das Brenneisen haben wir ihr auf Wunsch des Herrn Ritters erspart.«

»Also meint Ihr, sie wird gesund werden?«

»Nein. In vier Ländern habe ich an Kriegen teilgenommen, glaubt mir, unter meinen Männern gab es Dutzende mit Bauchverletzungen. So etwas überlebt man nicht.«

»Warum habt Ihr sie dann behandelt?«

»In seltenen Fällen, wenn rasch ein Medicus oder ein Bader zur Stelle war, gab es doch Heilungen.«

»Dann dürfen wir hoffen.«

»Ja, man darf immer hoffen. Aber vergeßt nicht, ich bin weder Medicus noch Bader. Ich trage ein wenig Arznei mit mir herum und ein paar Zangen. Das ist nur zur Notversorgung gedacht für meine Männer und für mich selbst, wenn es einen Arm oder ein Bein erwischt hat. Bauchschüsse, Kopfverletzungen, da hört es auf.«

Sir Latimer warf die Hände in die Höhe. »Daß wir nicht nach Nottingham um einen Physicus schicken können! Anne liegt im Sterben, verflucht noch mal! Das wird er mir büßen, dieser Courtenay.«

Lady Anne rührte sich nicht.

Der Captain wickelte sein Werkzeug in einen Lappen ein und klemmte sich das Bündel unter den Arm. »Sir?«

»Ihr könnt gehen. Habt Dank für Eure Hilfe. Ihr meint wirklich, es war die richtige Entscheidung, nicht zu warten, bis der Pfeil herauseitert?«

»Ja, Sir.«

Kaum hatte sich die Tür hinter dem Captain geschlossen, ließ sich Latimer auf den Schemel vor dem Tisch fallen und stützte den Kopf in die Hände. »Es bricht alles zusammen. Alles.«

»Ich trage Schuld daran, Sir Latimer.«

»Was ändert das? Meinst du, wenn die Schuldigen bestraft sind, dann wird es wieder hell, dann wird alles wieder gut? Nein, wir sind und bleiben verloren.«

»Elias hat einmal gesagt: Farben sieht man nur im Licht. Bei Dunkelheit sieht man Schwarz und Weiß, aber keine Farben. Trotzdem sind sie noch da, versteht Ihr? Wenn Gott möchte, kann er uns durch ein Wunder retten, und auch die Farben kehren zurück.«

»Elias kannte Aristoteles? Beachtlich.«

»Wer ist das, Aristoteles?«

»Ein Grieche, er lebte, bevor Gott unseren Befreier Jesus Christus auf die Erde sandte.«

»Und da soll Elias ihn – Ihr meint seine Schriften, nicht

wahr? Ich glaube es nicht. Er hat nicht gern gelesen. Wahrscheinlich hat ihm sein Meister in Brabant davon erzählt.«

Es schien nicht so, als hätte Sir Latimer ihr zugehört. Er sah ins Leere. »Aristoteles ... Das waren gute Tage. Ich habe auf der Fensterbank gesessen und gelesen. Es hat mich glücklich gemacht, es gab das Gefühl von Freiheit, Dinge über diese weisen Männer zu erfahren. Sie stritten über das Licht. Ich fühlte mich, als würde ich weite Reisen unternehmen. Ich fühlte mich, als würde ich die Welt kennenlernen und verstehen.«

»Über das Licht haben sie gestritten? Was haben sie gesagt?«

»Plato und Empedokles behaupteten, daß das Auge Sehstrahlen aussendet und damit die Gegenstände abtastet. Ganz so, wie man mit einer Hand im Dunkeln nach dem Tisch fühlt. Sie sagten, das Auge sei feuriger Natur. Ihr Beweis dafür waren Tiere, die nachts sehen können, du weißt, ihre Augen glänzen wie Feuer. Hast du einmal eine Katze im Mondschein betrachtet?«

Catherine faßte sich an die Stirn. Was erzählte er da? Von welchen Geheimnissen sprach er? Sehstrahlen, die die Dinge abtasteten, Tiere, ja, leuchtende Augen, das kannte sie! »Leuchtende Augen, das habe ich gesehen.«

»Ein weiterer Beweis war, daß weit entfernte Gegenstände nicht mehr gesehen werden können. Eine Krähe zum Beispiel auf dem Kirchendach. Wenn du von weiter Ferne auf Braybrooke schaust, wirst du gerade so die Kirche sehen, nicht aber den Vogel auf dem Dach. Das liegt daran, so behaupteten sie, daß die Sehstrahlen mit wachsender Entfernung vom Auge weiter auseinanderliegen, wie ein Blasebalg, der sich aufspannt. Auf diese Weise kommen kleine Gegenstände zwischen zwei Sehstrahlen zu liegen.«

Ja. Ja! Sie begriff das! Sie lächelte.

»Plato meinte nun, daß auch die Gegenstände Strahlen aussenden und daß sich die Sehstrahlen der Augen und die Strahlen der Gegenstände in der Mitte treffen und so das Sehen erzeugen.« Er wischte sich über das Gesicht und seufzte. »Wie gut es tut, diese Dinge zu betrachten. Sie sind klar und einfach. Sie sind unberührt von all dem Unglück. Ganz so, als gäbe es noch Ordnung in der Welt.«

Catherine schluckte. »Sir Latimer ...«

»Aristoteles hat einen neuen Gedanken aufgebracht. Er wandte sich gegen Plato und Empedokles, indem er fragte: Wenn das Auge Strahlen aussendet, warum sieht man dann nicht im Dunkeln?«

Tatsächlich. Warum sah man dann nicht im Dunkeln?

»Aristoteles hat gezeigt, daß es Unfug war, von Sehstrahlen zu sprechen. Er hat erklärt, was Sehen wirklich ist.«

»Was ist Sehen?«

»Es ist eine Bewegung des durchsichtigen Mittels zwischen Auge und Gesehenem.«

»Ich verstehe nicht.«

»Nun, so sind wir doch auf Aristoteles gekommen. Es ist die Erkenntnis, daß man Farben sieht, wenn es hell ist, und bei Dunkelheit nur Grau und Schwärze.«

»Aber wieso?«

»Das hat Aristoteles mittels des Regenbogens erforscht. Regenbogen entstehen dadurch, schreibt er, daß eine Regenwolke Sonnenstrahlen zurückwirft. Die vielen Farben sind die Folge des schrägen Einfallswinkels der Strahlen. Die schrägsten können am wenigsten in die Wolke eindringen, werden also am stärksten zurückgeworfen, und bewirken so die lebhafteste, die rote Farbe.«

Catherine verstand nicht mehr. Was erzählte er da? Es war wichtig, sie wollte es begreifen, es erklärte das Licht, man konnte das Wunder erkennen und beinahe betasten! »Bitte erklärt es noch einmal.«

»Nimm den Sonnenaufgang. An sich ist die Sonne weiß, durch Nebel und Rauch betrachtet aber erscheint sie rot. Selbst die Erde ist weiß! Sie wird von Zusätzen braun gefärbt. Wenn man sie verbrennt, ist sie wieder weiß. Der einzige Grund, warum Asche nicht vollkommen weiß ist, ist der

Rauch. Er färbt sie schwarz, zumindest teilweise.« Er stand auf und sah sie an. Lange sah er sie an.

Es verschlug ihr den Atem.

Als er wieder sprach, war seine Stimme brüchig. »Es gilt, eine Schlacht vorzubereiten.« Latimer trat auf die Tür zu. Dort hielt er inne, sein Blick fiel auf Lady Anne. »Wir sollten so nicht miteinander reden. Allein, meine ich. Ich möchte, daß du so bald wie möglich die Burg verläßt, Catherine.«

33

Hier hatte er gekniet. Genau hier. Der Steinboden war hart, es stach bis in die Knochen. Catherine blinzelte zum Altarlicht hinauf, das an drei Ketten von der Decke herabhing. Rotes Glas, mit schimmerndem Öl darin, es sah aus wie flüssiges Gold. »Gott«, sagte sie, »hilf mir. Ich will nicht sündigen.«

Seit Sir Latimer gestern von Abschied gesprochen hatte, mußte sie fortwährend an ihn denken. Wie wohl die Ehe zwischen Lady Anne und ihm aussah? Besonders viel Liebe konnte man den beiden nicht ansehen. Thomas zu zeigen, was Liebe wirklich bedeutete! Womöglich hatte er es nie kennengelernt. Er würde überrascht sein, fasziniert, überglücklich.

Das Gewissen pochte, es gab den Wünschen einen bedrohlichen Charakter, der sie um so reizvoller machte. Sie mußte an den Traum von letzter Nacht denken. Hitze stieg in ihre Wangen. Sie hatte mit Thomas in Lady Annes Bett gelegen auf frischen, duftenden Tüchern. Sie hatten gesprochen, über das Licht und Aristoteles, und dann hatte sie ihn gestreichelt. Er hatte die Augen geschlossen, sie hatte sich seinem Gesicht genähert, hatte ihn geküßt.

Catherine schüttelte den Kopf. »Allmächtiger, ich möchte das nicht! Ich weiß, daß es Sünde ist, daß ich damit die Ehe breche. Ich will deine Gebote nicht übertreten. Bitte, vertreibe die Gedanken aus meinem Kopf!«

Womöglich wäre es sogar eine gute Tat, ihn zu lieben? Sollte Lady Anne sterben, würde er Trost brauchen. Woher sollte er all die Kraft nehmen, die er brauchte, um sich gegen die Angriffe der Kirche zu verteidigen? Diente sie nicht Gott, wenn sie ihm half?

Catherine Rowe, die Ehebrecherin.

Und?

»O Cath, tu das nicht!« murmelte sie. Gott würde sie hart bestrafen. »Erinnerst du dich nicht daran, wie du zerschlagen in der Küche gehockt hast in Nottingham, weil du dachtest, Elias hat eine andere? So wird es Lady Anne gehen, wenn sie merkt, wie du um Thomas Latimer herumschleichst.«

Lady Anne hatte ihn lange genug gehabt. Sie hätte ja besser für ihn sorgen können. Vielleicht war sie gar nicht so sehr verletzt. War man nicht nur dann verletzt, wenn man liebte? Liebe konnte man das nicht nennen, was zwischen Lady Anne und Thomas bestand. Sie hatte ihn verraten an Courtenay!

Und sie? Hatte sie ihn nicht genauso verraten und hintergangen?

Catherine schrak zusammen. Jemand betrat die Kapelle. Hatte sie laut gesprochen oder nur nachgedacht?

»Geh, ich möchte beten.«

Latimer. Wie kalt er sie ansah! Warum konnten sie nicht gemeinsam beten, wie sie es schon getan hatten?

»Hast du mich nicht verstanden? Verschwinde.«

Catherine duckte sich unter seinem vernichtenden Blick. Sie eilte hinaus. Was war in ihn gefahren? Warum sah er sie so haßerfüllt an? War das Gottes Antwort auf ihr Gebet?

Draußen herrschte grelles Sonnenlicht, es trieb ihr Tränen in die Augen. Sie beschirmte den Blick. Im Burghof war ein Schleifstein aufgestellt, man kurbelte ihn zu rascher Drehung an. Männer hielten Klingen dagegen, um sie zu schärfen. Das Eisen kratzte über den Stein. Funken sprühten.

Der Captain gab Anweisungen, in welchem Winkel das Schwert zu halten sei. Als er Catherine sah, löste er sich aus der Gruppe und trat auf sie zu. »Es gibt gute Nachrichten.«

»Welche sind das?«

»Ich glaube, Lady Anne wird durchkommen. Sie hat wieder ein wenig Farbe im Gesicht, und sie verliert kaum noch Blut, die Wunde ist gut verkrustet.«

Lady Anne. Deshalb war Thomas so mürrisch. Er brauchte Catherine nicht mehr. »Das freut mich«, log sie. »Ihr könnt es wohl doch mit einem Medicus aufnehmen.«

»Ich glaube eher, Eure Gebete haben gewirkt.«

Ihre Gebete! Hatte sie überhaupt für Anne gebetet? »Sir Latimer wird viel mehr für seine Frau gebetet haben.«

»Hört zu, ich wollte Euch etwas fragen. Man hat mir gesagt, der Schütze, der durch das Fenster geschossen hat, ist Euer Bruder. Stimmt das?«

Sie zögerte.

»Er soll auch den Boten niedergestreckt haben am Montag.«

»Warum fragt Ihr?«

»Aus hundertfünfzig Yard Entfernung auf ein sich bewegendes Ziel zu schießen – das ist eine Meisterleistung. Auch das Fenster zu treffen war nicht leicht. Euer Bruder ist ein vortrefflicher Schütze. Nur hat er bisher auf die Falschen geschossen. Catherine, es ist so: Courtenays Türme sind nahezu fertiggestellt. Er wird morgen im ersten Tageslicht angreifen, ich weiß, wie so etwas läuft. Wenn ich ehrlich bin, wir haben keine guten Aussichten, seinen Angriff abzuwehren. Ich brauche Euren Bruder auf den Wällen.«

»Ihr meint, ich soll versuchen, ihn zu überzeugen, daß er für Sir Latimer kämpft?«

»Das sollte doch nicht schwer sein. Er erhält Sold so wie ich, nicht wahr? Mir ist es gleichgültig, warum der Erzbischof Latimer für einen Ketzer hält. Der Ritter bezahlt mich, also bin ich auf seiner Seite. Warum sollte Euer Bruder nicht die Seiten wechseln?«

»Alan hält die Sache des Erzbischofs für gerecht. Glaubt mir, ich habe schon versucht, mit ihm zu reden. Es bringt nichts.«

Der Captain schüttelte den Kopf. »Ihr habt mich nicht verstanden, fürchte ich. Ich muß wohl deutlicher werden. Wie es aussieht, werden wir in diesem Kampf unterliegen. Latimer konnte keinen Boten durchbringen, der Unterstützung geholt hätte. Und wenn ich ihn richtig verstanden habe, wird der Erzbischof keine Gefangenen machen. Er legt es darauf an, Braybrooke Castle vom Erdboden verschwinden zu lassen, mitsamt den Menschen. Es geht hier also nicht darum, wessen Partei man ergreift. Sagt das Eurem Bruder. Es geht darum, ob wir morgen um diese Zeit noch leben oder nicht. Das betrifft Euch, Euer Kind, Euren Bruder, mich, alle hier. Ich denke, das ist Grund genug, die Seiten zu wechseln.« Ohne ihre Antwort abzuwarten, kehrte er zum Schleifstein zurück.

Catherine stand da, als hätte sie der Blitz getroffen. Sie vermochte sich nicht zu rühren. Worüber hatte sie nachgedacht? Über Liebe? Über Ehebruch? Über Alan? Über Schuld? Hatte sie sich nicht gewünscht, daß alle starben? Wann war das gewesen, gestern? Was war mit Hawisia? Sie sollte morgen um diese Zeit nicht mehr leben. Warum konnten der Captain und die Männer Latimers die Türme nicht abwehren? Was sollte sie tun? Mit Alan reden?

Da brüllte der Captain vom Schleifstein herüber: »Geht, verflucht noch mal!« Er winkte sie herrisch zur Kellertür hin. »Redet mit ihm! Ich will seinen Bogen da oben auf der Mauer haben, zum Donnerwetter!«

Mechanisch setzte sie sich in Bewegung. Was sollte sie Alan sagen? Repton und Sligh saßen dort unten mit ihm. Repton, der wütend auf Latimer war, Sligh, der für Courtenay arbeitete und Elias getötet hatte. Ihre Gespräche würden nicht dazu beigetragen haben, Alans Meinung über Sir Latimer zu verbessern. Sie sollte sich zu ihm hinkauern und vor den anderen von Wahrheit sprechen? Vom richtigen Glauben? Alan würde sich nicht die Blöße geben, ihr überhaupt zuzuhören. Und selbst wenn, es war einfach, seine Entscheidung vorherzusagen: Er würde nicht auf Courtenays Männer schießen, nur um seine Haut zu retten. Nicht einen einzigen Pfeil.

Hawisia galt es zu retten, liebte Alan sie nicht auch? Vielleicht gelang es ihr, ihn so zu gewinnen.

Sie holte sich in der Küche eine Lampe, streichelte der schlafenden Kleinen noch einmal über das Gesicht, dann überquerte sie den Hof und stieg in den Keller hinab. Feuchte Luft schlug ihr entgegen, umwehte die Beine und kroch kühl in den Kragen. Sie schmeckte nach Steinstaub. Zwei Mäuse jagten sich, gaben quietschende Laute von sich, huschten zwischen die Krüge. Stille. Der Luftzug hob weiße Schleier aus Staub und Spinnweben an, die von Weinfässern und Apfelkisten herabhingen.

Sligh, Repton und Alan starrten sie an. »Was bringst du uns?« fragte Sligh.

Sie beachtete ihn nicht. Elias' Mörder sollte hier unten verrotten. Nicht einmal den Tod verdiente er, nein, das ging zu schnell. Er sollte seine Jahre in Ketten verdämmern.

Vor Alan ging sie in die Hocke, stellte die Lampe ab und sah ihn an. »Bruder, ich muß mit dir reden.«

Alan sah zu Repton, dann zu Sligh hinüber, bevor sein Blick zu ihr zurückkehrte. »Was gibt es?«

»Eigentlich bin ich wütend auf dich, weil du mich an Courtenay verraten hast, obwohl du mir versprochen hattest zu schweigen.«

»Wie meinst du das, an Courtenay verraten? Ich habe geschwiegen! Obwohl ich denke, es wäre besser, wenn seine Exzellenz dir den verwirrten Kopf geraderücken würde.«

»Du hast geschwiegen? Wie konnte Courtenay dann wissen, daß ich auf Latimers Seite stehe?«

»Das wirst du schon selbst beantworten müssen. Wahrscheinlich hast du dich verplappert irgendwann. Es ist besser so, wenn er Bescheid weiß. Er will dir nur helfen, Catherine! Was ist eigentlich schiefgelaufen da oben? Du solltest doch den Ritter an das Fenster holen und nicht seine Frau.«

»Ich habe ihn fortgestoßen.«

»Wie bitte?«

»Ich wollte nicht, daß er stirbt. Er ist ein guter Mann.«

Alan fuhr auf. Die Ketten rasselten, sie hielten ihn fest. »Schwester, du bist von Sinnen! Hast du nicht langsam begriffen, was hier gespielt wird? Schau dir Repton an! Er hat Sir Latimer vertraut, und wo ist er damit gelandet? Latimer ist es, der lügt und betrügt, nicht Courtenay. Er hat sein Wort gebrochen. Welcher Ritter würde das tun, wenn er noch einen Rest Glauben an Gott in sich trägt?«

»Alan, du mußt morgen auf der Seite von Sir Latimer kämpfen.«

»Einen Dreck werde ich tun.«

»Also nimmst du es hin, daß Hawisia stirbt? Daß ich sterbe?«

»Was redest du für einen Unsinn?«

»Ich habe mit dem Captain gesprochen. Es sieht nicht gut aus für Braybrooke Castle. Der Erzbischof wird morgen angreifen, und er wird siegen.«

»Wunderbar! Dann dauert es nicht mehr lange, bis Latimer auf dem Scheiterhaufen steht und wir hier freikommen.«

»Courtenay wird niemanden befreien. Er wird die Burg schleifen. Zerstörung und eine furchtbare Schlacht wird es geben. Meinst du wirklich, der Erzbischof macht sich die Mühe und sagt allen seinen Rittern und Bogenschützen und Waffenknechten, wie ihr ausseht und daß sie euch am Leben lassen sollen?«

»Natürlich tut er das. Wir sind wichtig für ihn.«

»Alan«, mischte sich Repton ein, »ich sage es ungern, aber Catherine hat recht. Ich kenne Courtenay. Wenn die Burg gestürmt wird, läßt er die Häuser anzünden. Rechne besser nicht damit, daß er ein Löschkommando aufstellt, damit uns nichts geschieht, oder daß er überhaupt einen Gedanken daran verschwendet, uns zu befreien.«

»Was schlägst du also vor, du neunmalkluger Überläufer? Soll ich es machen wie du und je nach Lage die Seite wechseln? Ich bin kein verruchter Verräter, verstanden?«

Repton sah Alan an mit unbewegtem Gesicht. »Aber sterben willst du auch nicht, oder?«

»Natürlich nicht.«

»Dann laß mich etwas vorschlagen. Catherine, ich weiß um ein Geheimnis, das Braybrooke Castle viel eher retten könnte als Alans Schießkünste. Courtenay plant keinen gewöhnlichen Angriff. Wenn du wissen willst, was er vorhat, erwarte ich eine Gegenleistung.«

»Und die wäre?«

»Du mußt uns helfen zu fliehen.«

»Unmöglich.« Sie sollte Thomas erneut hintergehen? Nie wieder würde er ihr vertrauen, schlimmer, er würde sie ohne Gnade bestrafen, wenn sie ihm in den Rücken fiel, indem sie Repton und Sligh und Alan befreite. Sligh befreien! Den, der Elias gemordet hatte, unter den luftigen, klaren Himmel setzen! Niemals. »Wenn das Geheimnis wirklich soviel wert ist, wird Sir Latimer es gern gegen eure Freiheit eintauschen. Ich hole ihn, dann kannst du das mit ihm abmachen.« Sie stand auf.

»Warte!« Repton hob die knochige Hand mit der Eisenschelle. »Siehst du das?« Er wies auf die Ketten. »Erwartest du allen Ernstes, daß ich Thomas vertraue, nachdem er einmal sein Wort gebrochen hat? Entweder du schließt das Geschäft mit uns ab, oder diese Burg geht unter und wir mit ihr.«

Sligh sagte: »Er wird dir dankbar sein. Wenn er durch deine Hilfe siegt morgen, wird ihm das doch tausendmal lieber sein als drei Gefangene.«

»Mit dir rede ich nicht, Meuchler. Repton, sage mir, ist das Geheimnis so groß, daß es uns den Sieg schenken würde?«

Er nickte. »Gut möglich.«

»Warum würdet ihr Courtenay derartig schaden? Meint ihr, ich bin so blöd?«

»Wir wollen leben«, sagte Repton.

»Ich kann euch sowieso hier nicht herausbringen.«

»O doch, das kannst du.« Aus Slighs sackartigem Hals quakten die Worte kehlig hervor. »Wir brauchen drei Dinge: eine Zange, um die Eisenstifte aus den Handschellen zu ziehen, das Seil, mit dem Repton gestern heraufgezogen worden ist, und dich. Du mußt die Wachen ablenken, während wir am Seil hinunterklettern.«

»Über dich redet hier niemand. Wenn, dann kommen Philip Repton frei und Alan. Du bleibst. Denkst du, ich würde Elias' Mörder zur Flucht verhelfen?«

»Du hast keine andere Wahl«, sagte Sligh. »Wenn du mich nicht mitnimmst, rufe ich die Wachen. Und dann gehen auch

Repton und Alan nicht, was bedeutet, daß du das rettende Geheimnis nicht erfährst. Na?«

Sie sah ihren Bruder an. Er tat ihr leid. Sligh und Repton waren eine schlechte Gesellschaft für ihn, sie verdarben ihn genauso, wie Courtenay es tat. In seinem Herzen war er ein guter Mann, das wußte er selbst doch auch. Warum er sich nicht von all diesem trennte!

»Tu es, Cath«, sagte Alan.

Sie durfte sich nicht hereinlegen lassen. Möglicherweise war es eine Finte, ein Trick, um freizukommen. »Zuerst das Geheimnis.«

»Ha!« Slighs Augäpfel platzten beinahe aus dem Gesicht heraus, so dick wölbten sie sich vor, zorngeädert. »Und dann läßt du uns hier in Ketten zurück, das könnte dir so passen!«

»Ein Vorschlag.« Repton lächelte. »Du kommst heute abend mit der Zange hierher und befreist uns von den Handschellen. Dann sage ich dir das Geheimnis. Und anschließend hilfst du uns, über den Wall zu kommen. So sind beide Seiten abgesichert. Wenn du dich hereingelegt fühlst, mußt du nur nach den Wachen rufen – innerhalb der Burg sind wir dir ausgeliefert. Wenn du uns hereinzulegen versuchst, können wir uns an dir rächen, weil wir nicht mehr angekettet sind. Keiner kann die Abmachung brechen.«

Es sauste in Catherines Kopf, die Handflächen kribbelten. War sie wieder im Begriff, sich zum Werkzeug des Bösen machen zu lassen? War es überhaupt möglich, daß Geschöpfe wie Sligh und Repton etwas vorschlugen, dem man vertrauen konnte? Aber auch sie steckten ja in der Klemme. Aus der Not heraus boten sie ein gutes Geschäft an. Arbeitete man nicht in Verhören genauso? Wenn der Schurke in Bedrängnis kam, gab er seine Geheimnisse preis.

Sollte sie das Leben vieler guter Menschen gegen Elias' Mörder eintauschen? »In Ordnung«, sagte sie.

Der Mond war nahe an die Erde herangerückt. Eine rote Sichel, zu Riesengröße angewachsen. Ein böses Auge war er, das mit seiner Lust am Töten das Feld besehen wollte, auf dem bald die Schlacht anbrechen würde. Keinen Strauch wollte es verpassen, das Auge, keinen Stein, den bald Blut benetzen würde, kein Halm sollte ihm entgehen, der von einem fallenden Körper zerdrückt werden würde.

»Komm endlich!« zischte Sligh.

Alan sah auf die Burg zurück. Dort hing das Seil vom Wall herab, dort standen wie kleine Puppen die Wachposten, Puppen, die bald von einem heißen Sturm umgeknickt werden würden. Die Wände, die Türme – sie erschienen ihm traumhaft, unwirklich. Stand die Burg noch? Oder bildete er sich das nur ein? Sie schwebte über einer Ruinenlandschaft wie eine Erinnerung. Was war schon eine Nacht? Braybrooke Castle würde verschwunden sein für die nächsten tausend Jahre, was bedeutete es, daß die Burg im Augenblick noch stand? Sie war bereits ein Nebel geworden, ein Hauch aus Trümmern.

Catherine würde mit diesem Nebel aufsteigen und in die Wolken fliegen. Sie würde Hawisia mit sich nehmen und fortan aus seinem Leben verschwunden sein. Aber war es nicht richtig so? War diese Burg nicht ein Hort des Bösen, ein Schlangennest, das ausgeräuchert werden mußte? Und hatte sich Catherine nicht aus freien Stücken dazu entschieden, ein Teil davon zu werden? Ja, so war es. Er durfte keine Trauer aufkommen lassen in sich. Das Gefühl des Sieges war angebracht.

Sie waren entkommen! Sie waren dem Schlangennest entkrochen, sie atmeten freie Luft! In einer stummen Gebärde riß er die rechte Hand in die Höhe und streckte Mittelfinger und Zeigefinger gegen den Himmel aus.

»Was machst du da?« Repton sah von seiner Hand zu seinem Gesicht und zurück. »Komm jetzt, wir müssen den Wald erreichen, ehe sie das Seil bemerken!«

Alan reckte die Hand noch ein wenig höher. Er drohte mit der Gebärde zur Burg hin. »Es ist das Zeichen der Langbogenschützen. Davids Männer haben mir das beigebracht.«

»Tolles Zeichen«, spottete Sligh.

»Wenn sie uns gefangennehmen in Frankreich, dann schneiden sie uns den Mittelfinger und den Zeigefinger ab, damit wir nicht mehr schießen können. Sie fürchten uns, verstehst du? Und wenn wir entkommen sind, wenn wir eine Schlacht gewonnen haben, wenn wir sie verhöhnen wollen, dann zeigen wir ihnen diese beiden Finger: Seht ihr, sie sind noch dran, wartet es ab, unsere Pfeile werden sprechen! Wir sind entkommen aus Braybrooke, diesem Höllenpfuhl, darum zeige ich die Finger, das Zeichen eines siegreichen Langbogenschützen.«

»Freue dich mal nicht zu sehr über den Sieg. Noch ist nicht sicher, wer hier wen bezwingt.«

»Und das ist deine Schuld, Repton.« Sligh schlug sich die feiste Hand gegen die Stirn. »Hättest du sie nicht belügen können? Hättest du nicht einfach sagen können, Courtenay plant einen Tunnel unter dem Wall hindurch? Warum mußtest du ihr die Wahrheit sagen?«

»Sie hat sich an ihren Teil der Abmachung gehalten.«

»Richtig. Aber unser Teil wird uns wenig nützen, wenn Courtenay morgen scheitert, weil wir sein Geheimnis ausgeplaudert haben. Die Exzellenz wird uns nicht nur in Ketten legen, glaub mir das. Ich kenne William Courtenay seit zehn Jahren. Wenn er morgen wegen uns eine Niederlage erleidet, können wir Köpfe tauschen, du mit Alan, ich mit dir.«

Repton drehte sich zum Wald hin und ging los. »Dafür müßte sich Latimer sehr viel einfallen lassen. Es ist nahezu unmöglich, dem Byzantinischen Feuer zu widerstehen.«

»Ja«, frohlockte Sligh. Er folgte ihm. »Es wird ein Gottesgericht gegen diese Ketzerhunde, die werden sich fühlen wie die Einwohner von Sodom und Gomorrha.«

»Und selbst wenn Latimer siegen sollte, mich wird Courtenay nicht bestrafen.«

Da war etwas in Reptons Stimme, das Alan aufhorchen ließ. »Wie meint Ihr das?«

Sie erreichten den Waldrand. Vom roten Schein des Mondes glommen die Bäume. Ein Wispern lief durch die Blätter.

Repton blieb stehen. »Gehabt Euch wohl.«

»Was soll das?« Sligh verzog das aufgedunsene Gesicht. »Kommst du nicht mit zu Courtenay?«

»Die Zeiten sind vorbei, in denen ich sein Werkzeug war. Nie hätte ich den Bund der Bedeckten Ritter verlassen dürfen.«

»Was sagt Ihr da?« Ein Schauer lief über Alans Haut. Was sagte der da? Wie konnte er so sprechen, nach allem, was vorgefallen war? »Ihr meint, der Erzbischof ist im Unrecht? Ihr haltet es mit den Ketzern in Braybrooke?«

»So ist es. Wenn du klug bist, kommst du auch dahinter.«

34

Wie sie sich auch legte, es brannte eine Schramme, es drückte ein Bluterguß. Sie hielt die Kleine im Arm. Möglicherweise waren es die letzten Stunden, die sie mit ihrer Tochter verbringen würde. Hawisias Atem ging beständig, ein flacher, schneller Kinderatem. Sie fühlte sich sicher bei der Mama. Hatte sie überhaupt bemerkt, daß die Mama mit blauen Flecken übersät war?

Sir Latimer hatte Catherine die Treppe hinuntergestoßen, mit Tritten, mit Fausthieben hatte er sie Treppenwindung für Treppenwindung vor sich hergetrieben. Unten, auf der Innenseite der Turmtür, hatte er dann ihre Hände ergriffen und sie aufgerichtet. Er sagte leise: »Hintergehe mich nicht wieder, Catherine.« Ihre Gesichter waren nahe beieinander gewesen, einen Augenblick lang hatte sie geglaubt, er werde sie küssen.

Niemand schlief. Trotzdem lagen sie auf ihren Strohsäcken. Man hatte in der Nacht auf dem Bettlager zu ruhen, ob man nun schlief oder nicht, es wäre frevelhaft gewesen, umherzugehen oder am Fenster zu sitzen. In einem Winkel der Küche flüsterte es. Im Burghof waren seit Stunden Axthiebe und kurze Rufe zu hören. Sie hämmerten am Tor herum, sie klebten im Fackelschein Federn an Pfeilschäfte, sie trugen steingefüllte Körbe auf die Wehrgänge.

Catherine runzelte die Stirn.

Es knirschte unter ihrem Strohsack.

Bildete sie sich das ein? Hatte sich vielleicht Hawisia bewegt? Catherine hielt die Luft an, rührte sich nicht, lauschte. Aus dem Knirschen wurde ein Grollen, ein Rumpeln. Der Boden zitterte. Sie fuhr hoch. »Hört ihr das?« fragte sie.

Ruth flüsterte neben ihr: »Was?«

»Am Boden! Du hörst es nur am Boden.«

Sie hob den Kopf. »Die Burg bebt.«

»Vielleicht graben sie Tunnel. Ich muß es Sir Latimer sagen.« Catherine stand auf, bettete Hawisias Köpfchen auf ihre Schulter, ging hinaus. Keine Tunnel. Das Rumpeln war deutlich zu hören, es kam nicht aus der Erde. Die Männer hatten ihre Arbeit unterbrochen und lauschten wie sie dem furchteinflößenden Geräusch. »Die Türme rollen heran!« rief jemand vom Wehrgang herunter. Und obwohl nun jedermann wußte, was das tiefe Grollen zu bedeuten hatte, schwieg man weiter, stand starr, vor Furcht nicht fähig, sich zu bewegen, und hörte zu.

Nur einer bewegte sich: der Captain. Er stellte sich in die Mitte des Hofes und kommandierte: »Meine Männer zu mir!«

Da eilten sie die hölzernen Treppen des Walls herab, oben auf den Türmen verschwanden Köpfe, aus den Gruppen der Arbeitenden lösten sich einzelne. Der Captain wartete. Als hätte er es befohlen, stellte sich einer neben ihn mit einer Fackel, so daß er gut zu sehen war. Das Licht ließ die Narben in seinem Gesicht wie rote Würmer erscheinen; es warf lange Schatten und verwandelte den kleinen Mann in einen Riesen.

Seine Blicke wanderten über die Versammelten, bis der letzte hinzugetreten war. Dann griff er sich in das Lederwams und zog ein Pergament hervor. Er streckte es in die Höhe. »Seht ihr diesen Vertrag? So ist es üblich, mit Söldnerführern Vereinbarungen zu treffen. Man schreibt die Bedingungen doppelt auf und schneidet das Pergament mit einer Zickzacklinie entzwei. Jeder kann mit seiner Hälfte die Echtheit beweisen, denn wenn man die beiden Stücke aneinanderhält, ergeben sie ein Ganzes.«

Er hielt das Pergament in die Fackelflamme. Erschrocken zog der Lichtträger sie zurück, aber es war zu spät, der Vertrag brannte. Zufrieden betrachtete der Captain das brennende Schriftstück in seiner Hand. Dann warf er es zu Boden. »Wir brauchen diesen Vertrag nicht mehr. Wenn wir heute kämpfen, geht es nicht um Sold. Es geht um unser Leben. Mit einigen von euch habe ich in Frankreich gekämpft und in Italien. Ihr wißt, daß ich keine Feigheit kenne. Ich sage euch: Heute geht es um unseren Hals. Ich will nicht einen von euch sehen, der zögert. Ich will nicht einen sehen, dessen Bolzen und Pfeile sein Ziel verfehlen, weil er unaufmerksam war. Ich will leben, verdammt, und ihr wollt es auch. Wollt ihr das? Wollt ihr leben?«

Die Männer brüllten eine Antwort.

»Also, geht auf eure Posten und liefert dem verruchten Erzbischof den besten Kampf, den er je gesehen hat! Er soll sich wundern, welche Schwierigkeiten ihm diese kleine Burg bereiten kann.«

»Ihr irrt Euch«, sagte eine tiefe Stimme in den Jubel der Männer hinein. Die Schützen und Waffenknechte des Captains verstummten. Von den Wehrgängen beugten sich Latimers Männer herunter, der Haufen der Zuhörenden wurde größer. Sir Thomas Latimer trat aus der Kapellentür. Das Rumpeln der Belagerungstürme näherte sich, er aber ging ruhig auf die Meute zu und wiederholte: »Ihr irrt Euch.« An seinem roten Waffenrock prangte das Kreuz, das auch auf den Fahnen der Burg zu sehen war; an Armen und Beinen glänzten Eisenschienen, man sah Einschläge, Beulen, ohne Zweifel, der Ritter stand dem Captain in Schlachterfahrung in nichts nach. Unter seinem Waffenrock wölbte sich der Plattenpanzer, er sah mächtig aus dadurch, unverwundbar. »Wenn Ihr heute kämpft, dann ist es nicht Euer Leben, das Ihr verteidigt. Es ist mehr. Ihr verteidigt England.«

Verblüffte Gesichter.

»Meint Ihr, der Erzbischof von Canterbury hätte es nötig, dieses winzige Braybrooke zu belagern, wenn es nur um mich ginge? Meint Ihr, da draußen würden Belagerungstürme heranrollen? Meint Ihr, William Courtenay hätte ein Ritterheer zusammengezogen, um den kleinen Friedensrichter Thomas Latimer zu fangen? Diese Schlacht, die wir heute austragen, hat nicht im geringsten etwas mit mir zu tun. Sie hat nichts mit Braybrooke zu tun und mit keinem der hier anwesenden Ritter. Es geht um England.«

Die Männer warfen sich fragende Blicke zu.

»Heute entscheidet sich, ob Courtenays Vorstellung die Zukunft ist, in der Englands Geistlichkeit Macht ausübt, in der Englands Geistlichkeit darüber entscheidet, was das Volk von Gott erfährt, damit niemand ihr nachweisen kann, wie sehr sie ihre Aufgabe verfehlt, oder ob wir befreit werden zu einer persönlichen Beziehung zu Gott, jeder einzelne, von Mensch zu Schöpfer. Das ist der Grund, warum der Erzbischof Braybrooke fürchtet: Hier schläft die Waffe, die ihn aufhalten kann, die einzige Waffe, die England befreien kann von der Tyrannei der Kirche. Dort«, er zeigte auf die Kanzlei, »liegen Teile einer Bibelübersetzung. Andere Teile habe ich über das ganze Land verstreut. Wir werden Gottes Wort zurückbekommen, das Volk, die Laien, wir werden die Testamente lesen und erkennen, wo die Kirche vom Weg abgeirrt ist. In Courtenays Hand befindet sich der Mann, der dieses Werk beenden kann, Doktor Nicholas Hereford. Wenn wir heute gewinnen, soll er leben, er soll die englischsprachige Bibel fertigstellen, und Ihr werdet sehen, welche Kraft das Wort hat, weit überlegen jeder Belagerungsmaschine, weit überlegen jeder Schwertklinge, jedem Armbrustbolzen.«

Er breitete die Arme aus. »Seht Ihr mich lächeln? Ich weiß, daß es heute nur zwei Möglichkeiten gibt: den Tod oder den Sieg der Reformation. Die Entscheidung über diese Möglichkeiten trifft das erstaunlichste, das stärkste und königlichste Wesen dieses Alls, und darum fürchte ich mich nicht. Gott selbst wird an unserer Seite kämpfen. Oder er gibt uns verloren, aber was können wir tun, wenn der Allmächtige uns verläßt? Dann spielt es keine Rolle, ob wir auf dem Schlachtfeld stehen oder im Bett liegen, er beschließt unseren Tod und führt ihn aus. Wir befinden uns in seiner Hand. Das ist gut, Männer, das ist eine gute Nachricht! Kämpft mit frohem Herzen. Ich bin davon überzeugt, daß Gott diese Reformation will, und ich bin davon überzeugt, daß er die Übermacht der Feinde vertreiben wird, wie der Wind trockenes Laub vor sich hertreibt, wenn wir ihm nur vertrauen.«

»Sir«, rief ein Posten vom Herrenturm herab, »die Türme sind jetzt in Schußreichweite!«

Thomas Latimer reichte dem Captain die Hand. Der Captain schlug ein, nickte. »Macht Euch bereit«, sagte Latimer. Er ging zu den vier Rittern am Brunnen hinüber, deren Knappen ihnen gerade die Panzer anlegten.

Catherine mußte die Türme sehen. Es würde weniger schrecklich sein, wenn sie statt des Polterns die Wirklichkeit sah, hoffte sie. Inmitten der Männer stieg sie die Treppe zum Wehrgang hinauf. Oben spannten junge Schützen Bogensehnen auf ihre rot und gelb bemalten Stecken. Andere kurbelten Armbrüste schußbereit. Catherine lehnte sich zwischen zwei Zinnen an den Holzwall und sah in Richtung Dorf. Ihr stockte der Atem. Die Türme waren groß. Aus der Ferne waren sie klein erschienen. Sie waren ebenso hoch wie der Burgwall. Drohend schoben sie sich den Weg zur Burg hinauf, drei in einer Reihe, hinter sich einen Schwanz von Menschen herziehend, hinter jedem Turm mehr Menschen, als die gesamte Burgbesatzung umfaßte. Es waren Ungeheuer. Felle hingen von den Türmen herab, als hätten sie die Tiere überrollt und sich mit ihren blutigen Häuten geschmückt. Aus dunklen Scharten spähten die Türme auf die Burg, abschätzig, hinterlistig. Der Tag brach an, der Himmel verfärbte sich, und in der Luft dröhnte das Knirschen der Räder.

Latimer kam die Treppe hinauf. »Feuerpfeile!« befahl er.

Die Schützen zogen Pfeile aus ihrem Gürtel, hielten sie in die Fackeln, spannten, zielten, schossen. Kleine Flammen flogen in hohem Bogen auf den ersten Turm zu. Sie trafen auf seinen Leib, blieben stecken. Ihre Flämmchen flackerten hilflos. Eine zweite Schar Pfeile prasselte auf ihn ein, ebenso wirkungslos.

»Aufhören.« Latimer rieb sich das Kinn. »Die Felle sind mit Wasser getränkt. Es hat keinen Zweck.« Er sah in den Hof hinab. »Holt die Stangen!«

Die Türme passierten die Karpfenbecken. Da sah Catherine hinter ihren Spähschlitzen weißes Licht aufflammen.

Schwefel, Steinsalz, Pech, Harz, gebrannter Kalk: Das Byzantinische Feuer. Repton hatte die Wahrheit gesagt.

Hinter den Becken teilten sich die Türme auf, sie rollten nun nebeneinander auf die Burg zu. Schützen erschienen auf ihnen, spannten die Bögen. Im letzten Augenblick kauerte sich Catherine hinter eine Zinne. Ein Pfeilschwarm pfiff herüber und hagelte nieder. Neben ihr brach ein junger Bogenschütze zusammen, weiter hinten stürzte einer rückwärts vom Wehrgang in den Hof. Die Schlacht hatte begonnen.

Hawisia weinte. Neben Catherine standen die Schützen auf, spannten nun ihrerseits die Sehnen, schossen. Sie mußte fort von hier! Sie mußte in ein Haus, Deckung suchen! Aber sich jetzt erheben? Wieder hagelten Pfeile nieder. Ein großer Schatten verdunkelte den Wehrgang. »Die Stangen!« brüllte Latimer.

Männer trugen zu zweit angespitzte, dünne Stämme heran, warfen sich hinter die Zinnen. Vorsichtig hob Catherine den Kopf, um zwischen ihnen hindurchzuspähen. Der Turm stand wenige Armlängen vom Wall entfernt, eine seiner Wände löste sich, sie fiel hinunter auf die Zinnen. Eine Brücke! Catherine sah auf eisengerahmte Schilde, eine ganze Wand von Schilden, dahinter ein feuerleuchtender Kessel. Die Schilde rückten vor.

Da sprangen die Männer auf, drehten ihre Stangen zu den Anrückenden und schoben sie in die Menge. Einige stürzten in die Tiefe. »Den Kessel, stoßt den Kessel um!« rief jemand. Sie zielten mit den Stangen. Bei den Feinden hieß es: »Zurück, zurück!« Rechts und links von Catherine starben Männer durch Speere und Pfeile. Aber die Stangen trafen den Kessel, er kippte, ein glühender, lodernder Brei ergoß sich in das Innere des Belagerungsturms. Die Feinde schrien, sie schlugen sich auf die brennenden Leiber. Im Handumdrehen brannte der Turm lichterloh.

»Hier herüber!« rief Latimer. Eine weitere Landebrücke war heruntergeklappt, aber die Stangenbewehrten lagen bereits tot auf dem Wehrgang. Von allen Seiten stürmten Verteidiger heran, schlugen mit den Schwertern auf die Schilde der Angreifer ein, ließen sich niederstechen. Latimer selbst nahm eine der Stangen auf und stieß sie in das Gedränge. Wieder ergoß sich der Inhalt des Kessels in das Turminnere. Menschen brannten, das Holzgestänge des Turms brannte.

Eine bekannte Stimme brüllte vor der Burg einen Befehl. Catherine blickte hinab: Courtenay streckte den Arm zum brennenden Turm hin. Er saß auf einem Pferd, trug einen Waffenrock wie Latimer, nur daß er gelb war und mit roten Kreisen übersät. Auf sein Geheiß hin schoben die Feinde den brennenden Turm an den Wall heran.

»Vorsicht!« rief Catherine. Niemand hörte auf sie. Sie rannte gebückt hinüber, stieß Latimer an. »Sie schieben den Turm näher, er wird den Wall in Flammen setzen!«

»Was tust du hier mit dem Kind?« Thomas befahl ihr, den Wall zu verlassen. Als sie sich nicht rührte, packte er sie bei den Oberarmen und schleppte sie die Treppe hinunter. Noch bevor sie unten ankamen, stand die Mauer beim zweiten Turm in Brand, und der dritte Turm ergoß Flammenbrei über den Wehrgang, ungehindert, dort lebte kein Verteidiger mehr.

Thomas ließ sie los, rannte zu den Pferden hinüber. Ein Knappe reichte ihm den Helm. Er saß auf, schob sich den Helm über das Gesicht, schloß das spitze, durchlöcherte Visier. Das Pferd bekam gleichfalls einen Eisenkopf, es verwandelte sich in eine Heuschrecke aus Stahl. Über seinem Tierkörper wehte roter Stoff mit goldenen Kreuzen. Thomas sah zu beiden Seiten und nickte den Männern zu, die sich ebenfalls in Ungeheuer verwandelten. Silberschnäbel ragten aus ihren Gesichtern, Hörner drohten in den Himmel, von Schultern und Ellenbogen ragten Stachel.

Der Knappe reichte Thomas einen zugespitzten Hammer, er befestigte ihn am Gürtel. Dann gab er ein riesiges Schwert hinauf, und Thomas schob es sich in eine Scheide auf dem Rücken. Schließlich nahm er eine Lanze entgegen.

Catherines Blick wurde zum Wall emporgerissen. Dort brüllte der Captain, von einer kleinen Schar Überlebender umgeben, und drang mit Schwerthieben auf die Angreifer ein. Überall kletterten weitere zwischen den Zinnen herauf, sie überfluteten den Wehrgang. Der Captain stach und hieb und trat. Neben ihm starben einer nach dem anderen seine Männer, es wurden ihnen Gliedmaßen abgehackt, vom Wehrgang stürzten sie in den Hof. Schließlich stand der Captain allein gegen die Vielzahl. Er schnitt mit der Klinge durch die Luft, vorn, hinten, wurde gegen eine Zinne gedrängt. Mit einem wütenden Schrei warf er sich auf die Feinde und ging in ihrer Mitte unter.

»Vorwärts!« rief Latimer. »Öffnet das Tor!« Es klang dumpf durch den Helm hindurch. Das Tor schwang auf, und die vier Ritter gaben ihren Tieren die Sporen.

Braybrooke Castle brannte. Ruth, die mit einem Wassereimer die Treppe zum Wehrgang hinaufstieg, wurde von den Feinden im Vorbeilaufen erschlagen. Courtenays Streitmacht strömte in die Burg.

Also hatte Gott ihre Vernichtung beschlossen. Er hatte die Gebete Latimers nicht erhört. Catherine wich zurück. Der Herrenturm fiel ihr ein. Sie stürmte auf die Tür zu, brach hinein, verriegelte sie hinter sich. Zwei Stufen auf einmal nehmend, rannte sie hinauf, immer höher, bis sie durch die Luke auf das Plateau hinaufgelangt war. Hier würden die Feinde zuletzt sein. Sie sah in den Hof hinab, bedeckte Hawisias Kopf schützend mit ihrer Hand.

Wo waren sie?

Der Hof war mit Leichen übersät, aber die Männer, die eben noch zu sehen gewesen waren, waren verschwunden. Soeben zogen sich die letzten durch das Tor zurück.

Ein Hornstoß ertönte. Catherine sah zum Feld hinaus. Dort hieb Latimer mit dem mannslangen Schwert auf eine Meute von Angreifern ein, befreite sich mordend, stoßend aus der Umzingelung. Endlich preschte er auf dem roten, fliegenden Roß über die Ebene auf ein Ritterheer zu, das wie eine Walze, wie ein stahlgleißendes, lichtsprühendes Ungetüm auf Braybrooke zudonnerte. Wollte er sich diesem Heer allein entgegenwerfen? In der Mitte der Ritter erhob sich ein viergezacktes

Banner an einer Lanze, dies mußte der Heerführer sein, ein *Banneret*. War es Courtenay gelungen, einen *Banneret* für seine Sache zu gewinnen? In jeder Schlacht der Engländer hatten sich die Ritter den wenigen *Bannerets* unterzuordnen, es waren die kampferfahrensten Ritter, die das Land zu bieten hatte, eine kleine Zahl an außergewöhnlichen Männern.

Catherine streichelte unablässig Hawisias Gesicht, auch wenn es die Schreiende nicht zu trösten vermochte. Und dann begriff sie. Die Fahne des *Bannerets* war weiß, von roten Linien durchkreuzt. Es war William Nevill.

Courtenay saß regungslos, sein Pferd stand ebenso still. Er umklammerte die Zügel, preßte die Fingernägel in das Leder. Es war ihm gelungen, Braybrooke Castle in Brand zu stecken. Er hatte die Burg gestürmt, er hatte gesiegt! Und da ritt Thomas Latimer hinüber zu seinem Freund, und da erschien Nevill mit einem stattlichen Heer. Die Bedeckten Ritter. Sie waren also bereit, ihr Ketzerwerk in aller Öffentlichkeit zu verteidigen mit blanker Klinge. Und er, der Erzbischof von Canterbury, mußte sich eilen, von diesem Schlachtfeld das nackte Leben zu retten.

Er beugte sich zu Sligh hinunter. »Ich will, daß du dir Doktor Hereford greifst. Bringe ihn nach London in das bewußte Haus.«

»Ich darf also meinen Arsch retten? Sehr recht. Hier wird es gleich übel hergehen.«

»Laß dir die beiden Botenpferde geben. Und rühre den alten Mann nicht an!« Es war seltsam. Immer, wenn er den Ketzerdämon hatte foltern wollen in den vergangenen Tagen, war etwas dazwischengekommen, jedenfalls hatte er das lange geglaubt, bis er feststellen mußte, daß es an ihm selbst lag, daß er den Doktor nicht foltern konnte. Er wollte die Bewunderung, die Zuneigung dieses Mannes, auf seltsame Weise konnte er seine Verachtung nicht ertragen. Er wünschte sich, ihn zu erobern. Es würde ihm gelingen. In London würde er viel Zeit haben, an seiner harten Schale zu arbeiten. Es war ja keine ganze Niederlage, die er hier erlitten hatte. Er hatte Latimer prächtig geschadet, und er hatte den Doktor.

Courtenay wendete das Pferd. »Alan«, rief er, »nimm deinen Bogen, besteige einen Gaul und folge mir!«

Sligh fragte: »Reiten wir zu dritt nach London?«

Dieser Wurm hatte offenbar noch nicht verstanden. »Dein Weg ist *geheim*, du Narr. Laß dich nirgendwo blicken! Wenn die Ketzerbande erfährt, wo du bist, bist du tot. Also schütze dein eigenes Leben, indem du dich im verborgenen hältst. Alan und ich reiten nach Canterbury.«

»Ihr reitet. Nett gesagt. Ich würde das anders nennen, mein Guter. Ihr flieht.« Und Sligh sprang hinter ihm aufs Pferd, umklammerte Courtenays Bauch und rief: »Bis zum Heerlager kannst du mich noch mitnehmen. Hopp hopp!«

35

Die Kopfhaut brannte, er hatte sich den Helm mit Wucht vom Kopf gerissen. Latimer warf ihn zu Boden, daß er polternd einige Sprünge machte. Er schleuderte den Zweihänder hinterher. »Diese Schlange von einem Erzbischof!«

»Was hast du erwartet?« fragte Nevill. »Daß er mit ritterlicher Tapferkeit auf deine Lanze wartet?«

»Fast meine gesamte Burgbesatzung ist tot. Auch in seinem Heer sind etliche gefallen. Wie kann er ihren Tod in Kauf nehmen und auf schäbige Weise das eigene Leben retten?«

»Ich würde sagen, daß Courtenay sich aus dem Staub gemacht hat, ist das geringere Übel.«

»So?«

»Der Doktor ist nicht aufzufinden.«

»Natürlich, den hat er mit sich genommen. Jagen wir ihm nach!«

»Und dann? Den Erzbischof umbringen ohne Gerichtsverfahren? Das Recht ist auf seiner Seite, Thomas. Wir haben den Doktor versteckt gehalten, einen Exkommunizierten, der dem Kerker in Rom entflohen ist.«

»Von Krieg haben wir gesprochen, erinnerst du dich? Ziehen sich die Bedeckten Ritter nun zurück wie ein Rudel Hunde, das im Gebalg unterlegen war?«

»Solange wir uns verteidigen, ist es Courtenay, der sich vor dem König erklären muß, und wenn ihm etwas zustößt, können wir sagen, daß wir uns nur unserer Haut erwehrt haben. Aber wir können ihn nicht verfolgen.«

Latimer riß sich Arm- und Beinschienen vom Leib. Er betrat den Herrenturm, schmiß die Tür hinter sich zu und ging hinauf in Annes Gemach. Ungestraft! dachte er. Ein Teufel wie Courtenay darf diese Burg niederbrennen und bleibt ungestraft! Hätte er sich doch nicht Nevills Heer angeschlossen, sondern wäre in das Zentrum der erzbischöflichen Streitmacht vorgedrungen. Vielleicht wäre Courtenay noch da gewesen, vielleicht hätte er ihn erwischen können.

Es war sehr still in Annes Zimmer. Schmutzig, blutbefleckt, verschwitzt, wie er war, setzte er sich auf ihr weißes Bettleinen. Wen kümmerte das noch? »Wir haben verloren, Anne«, sagte er.

Sie sah ihn an. War das Zuneigung in ihrem Blick? »Aber du lebst.«

»Ja, ich lebe, um die Niederlage ganz auskosten zu können. Wäre ich doch gefallen!«

Ihre Brauen zuckten. »Sage so etwas nicht.«

»Willst du wissen, wie es hier aussieht?« Er stand auf, ging zum Fenster. »Nichts als schwarze, rauchende Ruinen. Und Leichen. Der Captain ist tot, von seinen Männern haben zwei überlebt, ganze zwei! Roger Newenton ist tot, Amaury de Criol ist tot, Hugh Pauncefoot ist tot. Ich habe diese Männer in den Untergang geführt! Hörst du das Stöhnen der Sterbenden?«

»Steht die Kanzlei?«

Was fragte sie das? Ja, sie stand, die Halle darüber war abgebrannt, aber das Unterschoß hatte man gerettet. Was interessierte Anne die Kanzlei? »Warum fragst du das?«

»Sie steht?«

»Ja, sie steht.«

»Dann hast du nicht verloren. Du weißt, ich halte nichts von deiner Reform. Aber ich bin stolz auf dich. Du hast diese Schlacht gewonnen. Hast du Courtenay nicht zurückgeschlagen?«

»Mit Williams Hilfe. Das heißt, es war eher William, der ihn zurückgeschlagen hat.«

»Dein Freund und Verbündeter.«

»Aber wir haben den Doktor nicht befreit. Verstehst du?« Er kehrte zum Bett zurück. »Wenn einer die Bibelübersetzung fertigstellen kann, dann ist es er. Du bist eine kluge

Frau, ich weiß das. Berate mich, Anne! Wie kann ich ihm den Doktor abjagen?«

Anne schloß die Augen. Nach einer Weile öffnete sie sie wieder, sah starr zur Decke hinauf. »Ich fürchte, du mußt den Doktor verloren geben.«

»Du weißt etwas. Sage es mir!«

»Es gibt keinen Weg. Nichts jedenfalls, das Gelingen verspricht.«

»Woran hast du gedacht? Was ist es, das du mir nicht sagen willst?«

»Ich möchte, daß du lebst.«

»Anne.« Er ergriff ihre Hand. »Ich werde keine Ruhe finden, bis Doktor Hereford befreit ist.«

Sie schwieg für einige Atemzüge. Dann sagte sie: »Euch bleibt, das Äußerste, das Unglaubliche zu wagen. Das, mit dem Courtenay niemals rechnet.«

Unten auf dem Hof hatte sich Nevills Gefolge um einen jungen Mann versammelt. Nevill begutachtete einen Armbrustbolzen, der tief in dessen Arm steckte, von Eiter umgeben. »Wer ist das?« fragte Latimer, kaum, daß er aus dem Turm getreten war.

»Ein Student. Ihm verdankst du dein Leben.«

»So? Und warum?«

»Als Doktor Hereford überfallen wurde, hat er ihm zugeraunt, daß er sich vom Pferd fallen lassen und sich tot stellen soll. Der tapfere Student hat es getan, aber ein Bolzen hat ihn noch im Arm erwischt. Er versuchte fortzukriechen. Courtenay ließ ihn gewären, um ihn sterben zu sehen. Nach einigen Armlängen streckte er sich aus und blieb regungslos liegen, obwohl es sicher höllisch geschmerzt hat. Nachdem man ihn zu den Toten geschleift hatte, ist er in einem günstigen Augenblick geflohen. In Market Harborough hat er ein Pferd gestohlen und ist nach Nottingham geprescht. Wie ein Wahnsinniger hat er im Burghof herumgebrüllt, und so bin ich auf ihn aufmerksam geworden.«

Der Student errötete. »Ich habe nur getan, was der Doktor mir aufgetragen hat.«

Latimer verneigte sich knapp. »Ich danke dir. Tatsächlich hast du mir das Leben gerettet.«

»Nur frage ich mich, ob es falsch war, den Bolzen steckenzulassen.« Nevill beugte sich wieder über die Wunde. »Ich hoffte, er würde herauseitern.«

Latimer legte Nevill die Hand auf die Schulter. »Kann ich dich unter vier Augen sprechen?«

Er schwieg, bis sie weit genug von den anderen entfernt waren, um nicht gehört zu werden. Dann sagte er: »William, es bleibt uns noch eine Möglichkeit.«

Nevills Gesicht verwandelte sich in die Grimasse eines Wolfes. »Nimm doch endlich diese Schlacht so hin, wie sie gelaufen ist! Wären wir eine Stunde später hier angelangt, hätte keine Seele überlebt, und auch dein Wohnturm wäre nur noch ein schwarzer Stummel, von der Kanzlei ganz zu schweigen. Vielleicht hat Gott dir nicht das glanzvolle Ergebnis geschenkt, das du dir gewünscht hast, aber du lebst, Thomas, kannst du nicht einsehen, daß das ein Geschenk ist, und dich zufriedengeben damit?«

»Begreifst du das nicht?«

»Was?«

»Du redest von einem Wohnturm, von ein paar Menschenleben, die verlängert oder verkürzt werden. Begreifst du nicht, daß wir an einem größeren Kampf beteiligt sind?«

»Du bist wahnsinnig. Besinne dich, Thomas!«

»Ich war nie so sehr Herr meiner Sinne wie jetzt. Wenn es Gottes Sache dienen würde, ich würde mich sofort von diesem Turm stürzen. Ich würde alles hergeben, um in dem größeren Kampf einen Schritt Land zu gewinnen.«

»Thomas, hör mir zu, du solltest –«

»Nein, höre du zu. Siehst du nicht, in welcher Zeit wir leben? Seit neun Jahren haben wir zwei Päpste, die sich um die Macht streiten. Unsere Priester schlafen in weichen Betten, während andere Männer aufstehen, um zu arbeiten, sie plappern die

Messe ohne Andacht und Hingabe, sie erfinden Wundergeschichten und vernachlässigen dabei, das wahre Wunder zu verkünden, nämlich Gottes Rettungstat, das Opfer seines eigenen Sohnes – ein Gott, der stirbt, damit wir leben, verstehst du nicht, William, wir leben in einer Zeit, in der die Wahrheit im Sumpf zu versinken droht, und wir haben die Aufgabe, das zu verhindern! Wie hat uns Wycliffe genannt? *Pugiles legis Dei*, Krieger des Gesetzes Gottes, die sind wir, William, wir sind sie! Wir sind die Ritter Christi, und ob wir unser Leben lassen oder nicht, das ist zweitrangig, wichtig ist, daß wir durch diese dunklen Zeiten das Licht hindurchtragen, daß wir die Wahrheit vor dem Untergang retten! Und deshalb ist es Zeit, daß die Bedeckten Ritter das Äußerste tun.«

»Wovon sprichst du?«

»Wir treten vor Seine Majestät, den König.«

Nevill erbleichte. »Das ist ungefähr genauso dumm, wie es von Doktor Hereford dumm war, nach Rom zu gehen, um gegen seinen Ausschluß aus der Kirche zu protestieren. Wenn du zum König gehst, gehst du allein.«

»Nein, William. Wir gehen zusammen. Die Bedeckten Ritter treten vor den König. Alle.«

36

William Courtenay lehnte sich aus dem Fenster. Die Nacht schmeckte nach Wasser, der Wind blies ihm in das Gesicht wie ein nasses Tuch. Ruhe bewahren, sagte er sich. Du wirst dich nicht an Sligh vergreifen, das läßt du andere machen.

Unter dem Haus auf der London Bridge gurgelte die Thames gegen einen Pfeiler an, umströmte ihn, klatschte Schaum gegen die Steine. Ein Bootswrack glänzte im Mondlicht. Jeder in London wußte es: Übermütige, die versuchten, unter der Brücke hindurchzufahren, kenterten und ertranken. Zu den Seiten der London Bridge herrschte reger Fährverkehr, die Ruderer machten ein gutes Geschäft damit, Reisende überzusetzen. Auch jetzt noch, in der Dunkelheit, fuhren sie. Er konnte ihre Laternen auf dem Wasser schaukeln sehen.

Dabei war der Weg über die Brücke frei. Tagsüber war sie verstopft von Menschen, Pferdekarren, Eseln und den Auslagen der Händler, die ihre Läden im Erdgeschoß der Häuser hatten. Damit sich die Brückenbewohner nicht durch die Menge drängeln mußten, hatten sie in den oberen Stockwerken Laufplanken von Haus zu Haus gelegt; wo keine Planke war, balancierte man über die Stützbalken, die die Hausfronten verbanden. Ein Netz von Wegen, das sich schlecht überwachen ließ, dachte er.

Er war nicht glücklich gewesen damals, als er in London lebte. Aber diese Brücke hatte er gemocht. Zwanzig gemauerte Bögen, und keine zwei Bögen einander gleich. Über dem neunten Bogen die Kirche zum Gedächtnis Thomas Beckets. Dort hinten die Zugbrücke und der Turm. Da hatten einst die Köpfe des Rebellen William Wallace und einiger seiner schottischen Getreuen auf Spießen gesteckt, eine beliebte Londoner Schauergeschichte, die jeder Besucher zu hören bekam.

Wie sehr wünschte er sich, Slighs Kopf dort auf einer Lanze zu sehen!

Er duckte sich unter dem Fensterrahmen hindurch, sah ihn an. »Die Schlacht liegt keine vier Wochen zurück, und du sitzt hier und besäufst dich.«

»Courtenay, wirklich, ich –«

»Was ist das?« Er zeigte auf den Tisch.

»Putenfleisch.«

»Und das?«

»Kalbspastete.«

»Und das?«

»Bitte, ich kann alles erklären!«

Courtenay ballte die Hand zur Faust.

»Ich bin nicht betrunken«, winselte Sligh. »Ehrlich, es war nur … Es sollte …«

»Wo ist Doktor Hereford?«

»In der Kammer. Er schläft.«

Ein Zittern lief über seinen Nacken, als er die böse Ahnung in Worte kleidete: »Du hast den Brückenmeistern das Gold nicht gegeben.«

»Das war nicht nötig. Sie sind ahnungslos, das kannst du mir glauben!«

»Und ich soll darauf bauen, daß es so bleibt? Wie will ein Säufer wie du verhindern, daß Hereford um Hilfe ruft oder jemanden durch Zeichen über seine Lage verständigt? Im Handumdrehen hast du die Brückenmeister im Haus.«

Schweiß glänzte auf Slighs Händen und auf seinem Hals. Wenigstens begriff er, daß er in Schwierigkeiten steckte. »Das sind Beamte der Stadt und keine Menschenjäger. Die sitzen in ihrem Bridge House in Southwark und verwalten die Brücke, nichts weiter. Instandsetzung, Betrieb der Zugbrücke, solche Dinge. Gespräche mit den Händlern. Die zittern doch nur, ob die Bürgerschaft sie nächstes Jahr wieder wählt oder ob sie ihren Posten verlieren.«

»Eben darum brauchen sie Gold. Eben darum sind sie bestechlich. Wo ist der Beutel, Sligh?«

»In London leben vierzigtausend Menschen. Es gibt vierundzwanzig Stadtbezirke, zwei Dutzend Stadträte, hundert Kirchen. Drei Burgen stehen hier, drei Gefängnisse. Glaubst du, es kümmert sich jemand um einen alten Professor, der unfreiwillig auf der London Bridge lebt?«

Nun war es genug. Er besaß die Dreistigkeit, ihm London zu erklären! »Du willst mich belehren? Du willst mir die Stadt erkären, deren Bischof ich ein halbes Jahrzehnt lang war? Du hast ohne mein Wissen Nevill bespitzelt und damit meine Pläne aufs Spiel gesetzt. Du hast in Braybrooke versagt. Und nun hast du mich bestohlen.« Er wendete sich um, trat auf die Tür zu. »Ich lasse dich fallen.« Seine Londoner Freunde würden für einen unauffälligen Mord sorgen.

Sligh jaulte auf. Er warf sich vor Courtenay zu Boden und umfaßte seine Fußknöchel. »Bitte, verschont mich!« Der umfangreiche Körper wälzte sich vor die Tür. »Geht nicht. Sagt mir, was ich tun soll, ich werde Euer Vertrauen wieder verdienen!«

»Es ist zu spät.« Tatsächlich, er duzte ihn nicht mehr, das war eine Genugtuung. Sligh wußte sehr gut, was es hieß, bei Seiner Exzellenz, Erzbischof Courtenay, in Ungnade zu fallen.

»Stoßt mich nicht fort, William!« Das schwammige Gesicht, die Falten in den Mundwinkeln, wo die Haut ein wenig überhing; die Ohrläppchenpfropfen, der sackartige Hals – Sligh erschien als Tier, wie er da auf dem Boden kroch und röchelte.

Und Courtenay empfand Mitleid, ähnlich dem, das er oft in Not geratenen Kreaturen gegenüber fühlte: Spinnen, Kröten, Rehkitzen. War Sligh nicht in gewisser Weise sein Geschöpf? Hatte er ihn nicht selbst zu diesem unstillbaren Hunger erzogen? Er war ja schuld an Slighs Versagen, denn er hatte versäumt, ihn rechtzeitig zu füttern. Aus den bescheidenen Anlagen zur Gier dieses Vikars von Blakesley hatte er eine Praßsucht gemacht, die ihn abhängig machte von seinem Auftraggeber. Nun, da er sich nicht um das Geschöpf gekümmert hatte, hatte es gefressen, was es vorgefunden hatte. »Wieviel hast du verschleudert? Na?«

»Es ist …«

»Zwei Pfund habe ich dir gegeben. Das sind vierzig Schillinge.«

»Es sind noch sechs Schillinge da, William, und ein Halfpenny.«

Courtenay trat nach Sligh. »Du Nichtsnutz!«

Sligh stöhnte.

Ein weiterer Tritt. Courtenay prüfte das Stöhnen. Erwachte Wut in Sligh? Wut, die er nach seinen Wünschen lenken konnte? Er ging in die Hocke. »Du hast große Fehler gemacht. Aber ich bin ein Freund, ich will dir eine letzte Gelegenheit geben zu beweisen, was du kannst.«

Mühevoll kam Sligh auf die Füße. Adern wölbten sich über Schläfen und Stirn. Aus seinem Blick sprach ungezügeltes Verlangen.

»Du sollst die sechs Schillinge behalten«, sagte Courtenay, »und zehn weitere bekommst du, wenn die Sache vollbracht ist.«

»Wen soll ich umbringen?«

»Zunächst Catherine Rowe.«

»Wo?«

»Die Ritter werden nach Canterbury kommen, um Hereford zu suchen.«

»Gut.«

»Und dann: Thomas Latimer. Irgend etwas sagt mir, daß er die Beherrschung verlieren wird, wenn wir Catherine vor seinen Augen töten. Er wird uns die Gelegenheit geben, ihn ihr nachzuschicken in die Hölle. Wo schläft der Professor? Diese Tür?«

Sligh nickte.

Es war eine kleine, fensterlose Kammer. Die Luft stand darin, aber sie roch nicht unangenehm: Der Duft von altem Leinentuch hing zwischen den Wänden. Courtenay ließ die Tür einen Spaltweit offenstehen. Tatsächlich schlief der Alte.

Er lag auf dem Rücken, die Rechte hing über der Bettkante, die Linke lag auf dem Bauch. Herefords Atemzüge strahlten eine solche Ruhe aus, daß er sich gern niedergesetzt hätte, um ihnen eine Weile zuzuhören. Dieser Mann hatte Frieden.

Ihn zu gewinnen! Ihn von der falschen Sache abzubringen! Es war eine große Aufgabe, aber er würde sie erfüllen, ohne Zweifel, mit genug Zeit würde es ihm gelingen, Doktor Hereford zurechtzurücken.

Er lächelte. Da schlief es, sein Väterchen, das sich verirrt hatte. Er trat näher, streckte die Hand aus. Er streichelte dem schlafenden Alten die Wange.

In Windsor Castle in der Halle des heiligen Georg warteten sie. Thomas hatte manche von ihnen lange nicht gesehen: Sir Clifford und Sir Clanvow das letzte Mal auf der Bretonischen Expedition, Sir Sturry, als sie gemeinsam die Mutter des Königs bewachten, während man gegen die Schotten zu Felde zog. Daß ihm die alten Ritter zunickten wie einem Gefährten, gab ihm das Gefühl, wichtig zu sein. Offenbar billigten sie seinen Plan, vor den König zu treten, und teilten nicht Nevills Bedenken.

Cheyne und Montagu begrüßte er mit freundschaftlicher Umarmung. Jeder war auf das beste gekleidet, die Bärte waren gestutzt, die Haare gekämmt. Montagu und Clifford zeigten ihre Zugehörigkeit zu Englands höchstem Orden: Sie trugen Mäntel von blauem Samt und schwarze Mützen mit Federn, als wäre heute der Tag des heiligen Georg, an dem die Mitglieder des Hosenbandordens für gewöhnlich zusammentraten. Wann hatte er sie zuletzt in dieser Kleidung gesehen?

Er sagte: »Hoffen wir, die Majestät ist in guter Verfassung, nicht wahr?«

Die Ritter sahen zu Boden, schwiegen.

Und plötzlich begriff Thomas, daß niemand seinen Plan billigte. Der Geheimbund hatte sich allein deshalb zusammengefunden, weil es keinen anderen Ausweg mehr gab. Die Lage mußte kritischer sein, als er es gesehen hatte.

Wenn es mißglückte ... Er besaß nicht mehr als eine verbrannte Burg und einige kleine Landgüter. Aber, gütiger Gott, was setzten sie aufs Spiel! Sturry war Verwalter und Bewahrer der Burg und Stadt von Aberystwyth, Clifford hatte Cardigan Castle, Nevill die Festung in Nottingham. Der Ruf, den sie verloren! Die besten Ritter Englands, als Ketzer aus königlicher Gunst verstoßen, enteignet, verbannt!

Das Dach der Halle schwebte höher über seinem Kopf, als die Wachtürme Braybrookes hinaufreichten. Es war, als hätte man Windsor Castle zur Wohnung für Giganten errichtet. Bögen verzierten die Wand, in jedem Bogen das Bildnis eines Königs. Ihnen gegenüber waren Fenster eingelassen. Lichtstrahlen brachen in die Halle. Von der Flügeltür am anderen Ende des Saales näherte sich jemand. Er durchlief Lichtfelder und Schattenfelder. Die Größe der Halle machte ihn zu einem Floh. Der rote Teppich dämpfte seine Schritte. Bevor er die Ritter erreichte, murmelte der alte Clanvow: »Wir sind irre. Das taugt für Geschichten. Vielleicht schreibt mein guter Freund Chaucer eines Tages darüber.«

Nevill trat dem Ankommenden entgegen: »Simon, es ist eine Freude, Euch zu sehen.« Die enge, mit goldenen Tierbildern bestickte Schecke wollte nicht recht zu Nevill passen, auch der breite, schräg hängende Gürtel nicht. Ein Nevill hatte nicht mit der Mode zu gehen, er hatte sich praktisch zu kleiden. Warum hatte Nevill sich der am Hof üblichen Kleidung angepaßt? Warum trugen Montagu und Clifford das Ordensgewand? All dieses sprach doch Bände! Es sah schlecht aus. Ihr Erfolg hing offenbar an seidenem Faden. Thomas wurden die Knie weich.

Vertraut gaben sich Sir Simon Burley und Nevill die Hände. Nevill fragte: »Wie geht es de la Pole?«

»Den Umständen entsprechend. Ich selbst halte ihn in Gefangenschaft, Ihr könnt Euch denken, daß ich es ihm so leicht wie möglich mache. Von Zeit zu Zeit besucht ihn der König, sie haben, zum Entsetzen des Parlaments, in Windsor gemeinsam Weihnachten gefeiert. Aber das schmälert nicht den

Umstand, daß er entmachtet und enteignet wurde. Der Kanzler, nach dreißig Jahren gutem Dienst für England! Es ist unglaublich.«

»Was steckt dahinter, was meint Ihr? Nur die Mißgunst der anderen, weil er zum Earl von Suffolk ernannt wurde?«

»Wenn Mißgunst, dann eher, weil Seine Majestät de Vere zum Herzog von Irland gemacht hat. An de Vere kommen sie nicht heran, also haben sie de la Pole genommen. Ich denke, sie verfolgen den Plan, dem König einen Freund nach dem anderen zu entreißen, ihn zu isolieren, um ihn schließlich zu stürzen. Wer besetzt jetzt de la Poles Amt? Thomas Arundel, der Königsfeind. Als Kanzler! Und den Schatzmeister haben sie hinausgeworfen, da sitzt jetzt genauso einer der Ihren. Ich sage Euch, wenn wir die nächsten Jahre durchstehen, dann nur in hartem Kampf. Sprecht, man sagte mir, Ihr wollt den König sehen? Ich hoffe«, sein Blick wanderte von einem zum anderen, den Kammerrittern nickte er zu, »es ist nicht, was ich denke. Eine stattliche Zusammenkunft von Rittern fahrt Ihr da auf.«

Natürlich erkannte Simon Burley jeden einzelnen von ihnen, daran zweifelte Thomas nicht. Wer von edlem Blut war, hatte unter der strengen Hand des Vaters die Wappen aller Prinzen, Herzöge, Grafen, Barone und Ritter auswendig gelernt, einige hundert Farben und Bilder, die er auf dem Schlachtfeld mit der Geschwindigkeit eines Augenaufschlags zu unterscheiden und zuzuordnen wußte. Und Sir Burley war erfahren wie ein alter Wolf.

Bei ihm, Latimer, mochte er denken: Friedensrichter in Northamptonshire. Hatten sich nicht bei Montagu seine Augen geweitet? Er war ein über die Landesgrenzen hinaus berühmter Dichter. Fragte sich Sir Burley, warum Clifford und Montagu die Ordenstracht trugen? Vielleicht erstaunte ihn auch der kurze Mantel John Cheynes, den die goldenen Kreise des Hauses Cheyne und die schwarzen Holzscheite der mächtigen Deincourts schmückten, im Zickzack von einem schwarzen Querbalken durchbrochen. Oder er wunderte sich über die Anwesenheit Richard Sturrys. Es konnte kein Lausbubenstreich sein, wenn Sturry dabei war mit seinen knapp siebzig Jahren, ein alter Held der Seekriege, er traf keine heißblütigen Entscheidungen, zumindest Sturry mußte besonnen sein.

Latimer wünschte, hinter die Stirn des königlichen Lehrmeisters blicken zu können. Es zeigten sich Falten darauf, seine Gedanken mochten nicht die besten sein.

»Wir können unseren Bund nicht länger geheimhalten«, sagte Nevill.

Burley hob die Brauen. »Wenn ich diese Tür öffne, dann lauft Ihr in Euer Verderben. Ich weiß, was König Richard über Euren Glauben denkt. Macht Ihr ihn öffentlich, so zwingt Ihr ihn zu einer Entscheidung. Es wird üble Folgen haben.«

»Wenn der König uns verurteilt«, meldete sich Sturrys alte, rauhe Stimme, »dann soll er alle verurteilen. Ist es der Untergang, gehen wir gemeinsam unter.«

Clifford sah den Lehrmeister durchdringend an. »Wirst du uns unterstützen, Simon?«

»Willst du meine ehrliche Einschätzung haben? Ihr betreibt Selbstmord.«

»Wir werden uns bemühen, dich nicht hineinzuziehen. Hilf uns, wenn du kannst, aber tue nichts, was du später bereuen würdest.«

Jetzt gehen wir nicht mehr zurück! dachte Latimer. Jetzt nicht mehr! In einem Nebengelaß wartete Catherine, sie würde bezeugen, daß Courtenay ein hinterhältiger Mordbrenner war, falls es dessen bedurfte. Der König mußte auf ihre Seite zu ziehen sein. Thomas wies zur Tür. »Dürfen wir?«

Sir Simon Burley öffnete.

Die Ritter machten zwei Schritte in den Raum hinein, dann knieten sie nieder und senkten die Köpfe.

»Vier meiner Kammerritter, dazu ein Cheyne, ein Montagu, ein Latimer. Ihr erstaunt mich.« Der König sprach kühl, er nahm nicht recht die Zähne auseinander beim Sprechen, als wären die Worte eine Mundbewegung nicht wert. »Erhebt Euch.«

Latimer sah sich irritiert um. Die Wände waren vom Boden bis zur Decke mit einem filigranen, sich tausendfach wiederholenden Muster von Blau und Gold bemalt, es ließ den Augen keine Ruhe, sie mußten springen und kreisen und kreisen und springen. Mit Mühe konzentrierte er sich auf den König. Dessen weit fallender, roter Mantel biß nicht minder heftig den Blick. Es sah aus, als wollte der König auffahren wie eine Bestie. In seinem frauenhaften, schmalen Gesicht lag Tücke.

Aber Latimer hatte darüber nachgedacht, was er sagen würde. Er war vorbereitet. Nichts würde ihn aus der Ruhe bringen. »Darf ich sprechen, Majestät?«

Eine lässige Bewegung mit der Hand, die ebensogut sagen konnte: Verschwinde!, wie sie sagte: Sprich!

»Wie ich hörte, besitzt die Königin eine Bibel in Böhmisch, Deutsch und Latein.«

»So ist es. Aber das interessiert mich nicht sonderlich. Viel spannender ist, worüber ich gerade nachdachte – daß italienische Händler wieder vermehrt auf Wolle aus Flandern zurückgreifen, seit der Aufstand von Gent beendet ist. Was haltet Ihr davon?«

»Schlecht für uns, Majestät.«

»So ist es. Allerdings raunt man, daß die Webereien der Toscana, die ja nur Vliese bester Qualität kaufen, bald auf direktem Wege über Venedig Handel mit England treiben werden. Die großen Händler Francesco Datini aus Prato und Giovanni Orlandini aus Florenz sind daran beteiligt.«

»Großartig, Majestät.«

»Wieviel Wolle erhält man, wenn man dreitausend Schafe schert?«

»Majestät?«

»Vierzehneinhalb Sack Wolle im Wert von je neun Pfund sechs Schilling. Das macht etwa einhundertdreißig Pfund. Und jetzt ratet einmal, was eine genuesische Karacke transportiert, eine einzige Karacke!«

»Diese Schiffe sind mächtig, Majestät, wie Burgen. Sie trotzen jedem Sturm. Ich denke, ein solches Schiff kann eine ganze Menge laden.«

»Eine einzige Karacke transportiert Waren im Wert von zwanzigtausend Pfund! Zwanzigtausend! Sie kommen im Mai von Brügge nach Southampton und warten dort, bis nach der Schafschur im Juni die Wolle angeboten wird. Vier Prozent des Einkaufspreises der Wolle kostet der Transport nach Italien. Versteht Ihr, welche Gewinne da enthalten sind? Die Genuesen werden toben, wenn in Bälde venezianische Galeeren ihnen den Handel streitig machen. Was meint Ihr? Sollten wir die Calaisabgabe erhöhen? Neunzehn Pence pro Sack Wolle sind es bisher.«

»Majestät, wir sind hier, weil –«

»Und dann dieser Alaunhandel! Der Alaun wird überall gebraucht, zum Reinigen der Tücher, zum Beizen in der Färberei, die Gerber brauchen ihn und die Glasbrenner. Wer beherrscht den Alaunhandel? Wieder die Genuesen. Wenn man ihnen die Alaunminen in Phokäa streitig machen könnte ...«

»Majestät, gestattet, daß ich Euch eine Frage stelle.«

»Nun, also, wenn Ihr es nicht lassen könnt!«

»Die Königin verfügt über eine Bibel in Böhmisch, Deutsch und Latein. Warum sollte es keine in Englisch geben?«

»Wenn Ihr eine besitzt, lieber Ritter, gern. Aber Ihr fragt, weil Ihr Euch eine Bibel für das ganze Volk wünscht, nicht wahr? Darin liegt die Gefahr.«

»Mit Verlaub, Eure Majestät, darin liegt die Chance!«

»Und wie kommt das?«

»So kann jedermann prüfen, ob er gemäß Gottes Maßstab lebt, und kann sein Herz dem Allmächtigen darbieten zu ewiger Freundschaft.«

»Die Bibel als Maßstab für die Gläubigen ist ein unberechenbares Ding. Wir haben die Traditionen der Kirche, seit Jahrhunderten leiten sie uns gut. Belassen wir es dabei. – Wißt Ihr, wieviel Wolle allein über Southampton jährlich durch ausländische Händler verschifft wird? Eintausendsechshundert

Sack! Ich sollte die Calaisabgabe heraufsetzen, sagen wir, zunächst auf einundzwanzig Pence je Sack Wolle.«

»Ihr irrt, Majestät.«

Der König kniff die Augen zusammen. Einen langen Augenblick war es still. »Was sagt Ihr da?«

»Die Wahrheit –«

»Ihr wollt mir sagen, was Wahrheit ist? Wie man mir zuträgt, nehmt Ihr in Gegenwart der Hostie die Kopfbedeckung nicht ab. Geht ein heiliger Umzug durch die Straßen, dreht Ihr ihm den Rücken zu! Und da wollt Ihr mich belehren über Heiligkeit und Wahrheit?«

»Majestät.« Sturry tat einen Schritt nach vorn. Die Ruhe, mit der der alte Ritter sprach, wirkte besänftigend. »Ich habe Eurem Großvater gedient und Eurem Vater. Ich habe viel gesehen in diesem Land und in anderen Ländern. Wenn Ihr Euch die Lehren Wycliffes gnädigerweise anhören würdet –«

»Meine Mutter hat sie mir zur Genüge vorgetragen. Ich weiß, welche ketzerische Auffassung er vertreten hat.«

»Eure Mutter hat ihn unterstützt und ihm geglaubt.«

»Ich glaube allein Gott.«

»Lest Ihr die Bibel?«

»Natürlich.«

»Das ist nicht für jeden in England selbstverständlich. Viele Bürger können lesen, aber sie sind des Lateinischen nicht mächtig. Eine Übersetzung der beiden Testamente ins Englische würde zu einer neuen Blüte des Glaubens führen, dieses Land würde erstarken und Gottes liebevolle Hilfe genießen.«

Der König lächelte spöttisch. »So wollt Ihr mich locken? Was England jetzt braucht, ist keine Blüte des Glaubens, sondern Einheit und Königstreue! Wißt Ihr nicht, alter Mann, was im Augenblick geschieht?«

»Majestät, bitte!« Simon Burley legte Sturry die Hand auf die Schulter. »Dieser Ritter und seine Gefährten haben Beleidigungen nicht verdient. Sie sind Euch loyal gesinnt wie wenige in diesen Tagen, dafür stehe ich mit meinem Kopf ein. Verstoßt nicht Eure treusten Unterstützer!«

»Ihr ergreift also Partei für die Ketzer, Sir Burley?«

»Für die Ketzer, wenn Ihr so wollt, und gegen Erzbischof Courtenay.«

Der König errötete.

Welch geschickter Schachzug, den Burley für sie unternommen hatte! Es war Zeit, daß Courtenays Name fiel. Der König hatte den Erzbischof vor zwei Jahren beinahe mit dem eigenen Schwert niedergestreckt, sie haßten sich. Das galt es auszunutzen. Latimer trat vor. »Courtenay hat meine Burg niedergebrannt. Meine Frau Lady Anne von Ashley wurde schwer verwundet. Sie hat sich bis heute nicht erholt. Und er hält Doktor Hereford gefangen, einen Professor der Universität Oxford.«

Da lachte König Richard, und er verwandelte sich in einen jungen Mann, der nicht auf den Thron, sondern in den Tanzsaal gehörte. Es war ein kindliches, helles Lachen. »Und jetzt wollt Ihr, daß ich ihm gebiete, diesen Verbrecher freizulassen?«

»Wir bitten darum, daß er als Gefangener in Nottingham Castle festgehalten wird«, sagte Nevill. »Ich bürge für ihn. Er wird nicht predigen und keine öffentlichen Reden halten. Solltet Ihr Euch entscheiden, ihn zu bestrafen, wird er überführt. Er soll nur nicht Gefangener in den Händen Courtenays sein, der den alten Mann foltert.«

Der König wurde ernst. »Das ist alles?«

»Ja, Majestät.«

»Eure Treue ist mir wertvoll. Ich will Euch die Bitte erfüllen. Allerdings habe ich eine Bedingung.«

Die Ritter sahen auf.

»Eure Ketzerei darf nicht öffentlich bekannt werden. Haltet sie geheim. Versteht Ihr denn nicht? Wenn ruchbar wird, daß ich Kenntnis von Euren Ansichten habe, fällt Euer Irrglaube auf mich zurück. Ihr zwingt mich auf diese Weise, mich von Euch zu distanzieren und Euch zum Verlust von Hab und Gut zu verurteilen, möglicherweise Euch zu verbannen, einzukerkern oder Schlimmeres. Ihr sollt ein Schreiben erhalten, daß auf königlichen Befehl der Gefangene nach Nottingham Castle gebracht werden soll, in die Verantwortung des Ritters Sir William Nevill. Ich weiß, daß Ihr gute Untertanen seid und ehrenwerte Ritter, der Stolz meines Landes. Laßt Euch dazu bewegen, Euren Glauben nicht weiter zu verbreiten.« Er brummte ärgerlich. »Und bestellt diesem Courtenay einen Gruß von seinem König: Er soll seine Macht nicht allzu freizügig ausüben, sonst könnte es recht plötzlich damit ein Ende haben.«

37

»Sie ist ahnungslos«, flüsterte Sligh. Er biß sich vor Freude in die Faust. Catherine spazierte durch den Garten, fort von der Kathedrale, geradewegs in seine Krallen. Wie einfältig mußte sie sein, in Canterbury den Schutz der Ritter zu verlassen! Oder hatten sie sie nicht mitnehmen wollen zum Erzbischof, weil sie hofften, die Verhandlungen würden besser laufen ohne sie? Gutgläubige Kinder, diese Ritter. Sie kannten Courtenay nicht. Dachten sie, er würde vor einem Mord zurückschrecken, weil es Tag war, oder weil die heilige Kathedrale ihre Schatten über die Tat warf?

Er drehte sich um in das Dunkel der Scheune und zischte: »Ihr wartet, habt ihr verstanden? Die Audienz beim Erzbischof wird sich auf einen kurzen Wortwechsel beschränken. Die Ritter verlassen jeden Augenblick wieder das Haus. Dann bringe ich Catherine um, so, daß sie aus der Ferne sehen können, wie sie stirbt. Sie werden mich verfolgen. Erst in der Scheune greift ihr an. Am besten, sie sehen euch nicht, bis ihnen kalte Klingen durch die Leiber fahren.«

»Was ist mit dem Kind?« fragte einer der Söldner.

Darüber hatte er noch nicht nachgedacht. Was war mit dem Kind? Catherine hielt die Kleine in den Armen, sie würde herunterfallen, wenn er ihr die Brust durchbohrte. »Die Kleine wird brüllen. Um so besser. Es wird die Ritter rasend machen.«

Die Kathedrale von Canterbury täuschte durch ihre Fenster Friedfertigkeit vor. Catherine aber spürte deutlich: Das Bauwerk mit seinen hellen Steinen, spitzen Türmchen und Zierbögen war eine Festung genauso wie Windsor Castle oder die Burg in Nottingham. Es war die Festung Courtenays. Sie erhob sich weit über die Dächer Canterburys empor, als wollte sie verkünden, wie hoch der Erzbischof die Gewöhnlichen überragte. Catherine drehte der Kathedrale den Rücken zu. Sie versuchte zu vergessen, daß die Ritter im Bischofspalast mit Courtenay rangen, sie versuchte zu vergessen, daß sie in seinen Gärten, in den Gärten des Bösen, spazierte. Unter den Kirschbäumen ging sie entlang und nahm sich vor, an etwas Erfreuliches zu denken.

Welcher Gedanke hatte sie immer erfreut? Sie betrachtete das Gesichtchen der Tochter. Mit großen, weit aufgerissenen Augen sah Hawisia um sich und spielte dabei mit dem Mund. Jedes Staunen mußte sie durch ein Vorschieben der Lippen anzeigen, durch ein Kauen und ein Zucken der Mundwinkel. Sie bemerkte, daß Catherine sie ansah, und drehte den Kopf zu ihr. Die Blicke trafen sich. Die kleinen Ärmchen hüpften auf und nieder, Hawisia lächelte und zog dabei die Nase kraus. Catherine schaukelte die Kleine, tanzte mit ihr ein paar Schritte. Hawisia gluckste fröhlich. Welches Geschenk dieses Kind doch war!

Überhaupt sah der Garten freundlich aus. Es lag am Licht. War es nicht wundersam, wie es die Farbe veränderte im Laufe des Tages? Am Morgen leuchtete gelbe, süße Kraft, zum Mittag donnerte weiße Helligkeit herab, am Abend erwärmte sie sich zu fließendem Rot. Die Abendfarbe mochte Catherine am liebsten. Bald würde es Abend werden; das Licht weichte bereits auf, die Sonne stand schräg und blinkte sanft auf den Kirschen.

Sie entsann sich der vielen kleinen Sonnen, die den Boden ihrer Werkstatt in Newstead Abbey bemalt hatten. Dann dachte sie an das Loch im Vorhang, an die Kerzenflammen, an den kopfstehenden Widerschein der Dinge jenseits des Vorhangs. Das Bild war nur schwach gewesen, weil wenig Licht durch das Loch hindurchschlüpfen konnte. Vergrößerte man es aber, käme überhaupt kein Bild mehr zustande, es wäre zu unscharf, genau das war der Grund, weshalb dieses Phänomen noch niemandem aufgefallen war: Fenster waren zu groß, selbst Schlüssellöcher. Wie ließ sich mehr Licht durch das kleine Loch locken?

Eine Scheune mit moosbewachsenem Dach zeigte sich zwischen den Bäumen. Sie mußte alt sein. Die morsche Bretterwand war durchlöchert, Schwalben flogen ein und aus. Wie wohl das Licht durch die Ritzen der Wand nach innen fiel?

Stimmen hinter ihr. Sie sah sich um. Die Ritter kamen.

Seit sie beim König erfolgreich gewesen waren, erschien ihr der Männerbund wie eine Bande fröhlicher Jungs. Sie trieben Scherze mit ihr, sie lachten über dumme Versprecher, sie tobten umeinander herum, als hätten sie überschüssige Kraft, die irgendwie herausgelassen werden mußte. Lachend hatten sich Sturry, Clanvow, Clifford und Montagu verabschiedet, und sie war mit Sir Latimer, Sir Nevill und Sir Cheyne nach Canterbury gereist.

»Sir Latimer!« Sie winkte. »Unreife, grüne Kirschen gefällig?«

Aber die Ritter lachten nicht. Die drei blickten böse. War die Audienz nicht zu ihrer Zufriedenheit verlaufen?

Dann ein Schrei. »Catherine!«

Sie wirbelte herum.

Zwischen den Bäumen kam Alan gerannt. Er hielt die Hände merkwürdig vor der Brust verknäult, waren sie gefesselt? Er stolperte, raffte sich auf. Rannte weiter. »Catherine! Sieh dich vor! Sie lauern dir auf!«

»Wer lauert mir auf?«

Aus der Scheune trat ein Mann. Dickleibig, ohne Kinn. Er kam auf sie zu mit blankem Schwert. War das Sligh? Sie weitete die Augen.

»Lauf, Catherine!« rief Alan. Er erreichte Sligh, warf sich ihm in den Weg.

Sligh durchbohrte Alan mit dem Schwert, es fuhr aus dem Rücken wieder heraus, eine eiserne Zunge, die ihn durchleckte. Blut spritzte auf die Wiese. Sligh zog das Schwert wieder aus Alans Leib, ein fürchterliches Geräusch von reißendem Fleisch. Alan brach zusammen. »Dummkopf«, sagte Sligh.

Er kam näher. Fünf Schritte. Vier. »Wer hätte das gedacht,

Catherine? Erst dein Mann, dann dein Bruder, und zum Schluß du.« Er lächelte.

Die Beine wollten ihr nicht gehorchen. Lauf! befahl sie sich. Endlich warf sie sich herum und rannte.

»Es ist zwecklos«, brüllte Sligh hinter ihr. »Bleib stehen!«

Hinten zwischen den Bäumen standen die Ritter. Sie zogen ihrerseits die Schwerter. Dort wartete Rettung. Sie preßte Hawisia an sich und lief um ihr Leben. Das Keuchen Slighs folgte ihr. Es zischte in ihren Ohren, sie konnte fühlen, daß seine Hand nach ihrem Genick ausgestreckt war, sie spürte die Schwertspitze nur wenige Fingerbreit von ihrem Hals entfernt.

Und plötzlich verstummte er. Sie wagte nicht, sich umzudrehen, stürmte mit unverminderter Kraft weiter zu den Rittern hin, die ihr entgegenkamen.

»Er flieht«, rief Sir Latimer, »dort, zur Scheune!« Die Ritter eilten an ihr vorüber.

»Du hast die Frau nicht erwischt.«

»Das macht nichts«, ächzte Sligh. »Wenn wir die Ritter erschlagen haben, ist sie eine leichte Beute.« Die Sonne hatte ihn geblendet. Nun war es noch dunkler in der Scheune. Er sah nichts bis auf die staubigen Lichtstrahlen, die durch die Ritzen fielen. Gut so. Den Rittern würde es genauso gehen.

»Wer sind diese Männer?«

»Schert euch nicht darum. Wir sind zwölf, sie sind drei. Es wird ein Kinderspiel.« Wo blieben sie, verdammt?

Von draußen tönte eine Stimme: »Er ist tot.«

Ah, sie hatten Alan gefunden.

»Sligh hat die Scheune nicht verlassen. Er muß noch dort drin sein.«

Durchaus, durchaus. Willkommen, Freunde.

»Cheyne, hole die Pferde. Wir kümmern uns um ihn. Wenn wir ihn haben, müssen wir schleunigst von hier verschwinden. Courtenay antwortet nicht, also wird Sligh für ihn antworten müssen, bevor er sein Leben aushaucht. Für die Folter brauchen wir Zeit, besser, wir schaffen ihn weg von hier.«

Was? Sie schickten noch einen fort? Nicht zwölf gegen drei, sondern zwölf gegen zwei? Es würde von langweiliger Einfachheit sein. Sligh grinste. Und doch sandte ihm das Wort Folter unangenehme Schauer über den Rücken.

Eine große, schwarze Gestalt trat in das Licht des Scheunentors, umgleißt, als hätte die Sonne sie geboren, ein Schatten, der Helligkeit versprühte. Es mußte Latimer sein, die Gestalt trug die Haare kurz geschnitten wie ein Bauer. Warum kam er nicht näher?

»Habt Erbarmen«, wimmerte Sligh. »Ich handelte im Auftrag seiner Exzellenz des Erzbischofs. Es ist ihr doch nichts passiert? Wirklich, ich wollte ihr nichts tun.«

Neben ihm ging röchelnd einer der Söldner zu Boden. Was zum Teufel …? Dann noch ein Aufschrei, ein Gurgeln. Ein weiterer Körper, der zusammensackte. »Weg von der Wand!« rief Sligh. »Nevill stößt die Klinge durch die Ritzen!«

Und da war Latimer heran, in drei langen Schritten. Seine Klinge fauchte durch die Luft und strich mit solcher Wucht über Slighs Kopf, daß die Haare angehoben wurden. Sligh lachte. »Nicht so leicht mit einem Zweihänder, wenn man nichts sieht, was?« Er bückte sich und kroch beiseite.

Eine Faust krachte auf Widerstand, Knochen barsten. Ein Schwert fauchte, hieb dumpf in einen Körper, jemand prustete Blut. Im Scheunentor erschien Nevill. Sligh sah dessen Schwert aufleuchten. Etwas flog durch die Luft und polterte neben ihm zu Boden. Angewidert zog er seine Hand zurück. Ein Kopf. Ein Kopf!

Die Ritter erschlugen seine Männer. Er hatte sie unterschätzt. Auf allen vieren zog er sich zur Scheunenwand zurück. Er steckte die Schwertklinge zwischen die morschen Bretter und hebelte sie auseinander, bis sie brachen. Dann zwängte er sich durch das entstandene Loch hindurch. »Zu den Waffen«, rief er. »Canterbury wird angegriffen!« Er lief fort von der Scheune, quer durch den Garten. »Zu den Waffen!«

Catherine wurde hinaufgehoben. Wie aus der Ferne sah sie sich hinter Latimer auf dem Pferd sitzen, sah Cheynes Roß mit den Hufen Grasklumpen aus dem Rasen stechen und sie emporwerfen im harten Galopp. Sie hörte Hawisia schreien, weit weg, obwohl sie die Tochter im Arm hielt. Die Ritter preschten durch den Garten, schlugen sich mit Schwerthieben freie Bahn durch einen bewachten Torbogen, ritten fort aus Canterbury. Aber Catherine war es, als kauerte sie noch neben ihrem Bruder. Neben Alan, der sich für sie aufgeopfert hatte. Er hatte ihr das Leben gerettet. Er war vom Mörder getötet worden wie Elias. »Ich will Vergeltung«, sagte sie tonlos. »Noch heute.«

Nach langem Ritt zügelten sie in einem Waldstück die Pferde. Das Fell der Tiere zuckte, Schweiß glänzte darauf. Von den Mäulern troff Schaum.

Cheyne ballte die Fäuste. »Dieser Courtenay findet ein böses Ende, und wenn ich selbst dafür sorgen muß.«

»Er wußte, daß wir kommen würden«, sagte Nevill. »Daß er uns bei hellichtem Tage in Canterbury auflauert! Der König wird toben, wenn er davon erfährt.«

»Und dann? Soll er erneut ein Schreiben aufsetzen?« In seiner wütenden Bewegung stieß Latimer Hawisia mit dem Ellenbogen an. Er schien es nicht einmal zu merken. »Solange Courtenay behauptet, nicht zu wissen, wo Doktor Hereford ist, nützt uns der Brief vom König nicht das geringste. Und genauso würde es wieder laufen. Courtenay würde Sligh bestrafen und behaupten, er habe von nichts gewußt.«

»Wie eine Schlange windet er sich aus der Hand.« Nevill ballte eine Faust. »Er ist unangreifbar. Der wird uns erst sagen, wo er den Doktor versteckt hält, wenn der Teufel persönlich ihn fragt.«

Catherine sagte: »Dann wird ihn der Teufel fragen.«

Cheyne sah sie erschrocken an. »Was ist mit dir?«

Am ganzen Leib zitterte sie. Es wollte nicht aufhören, sosehr sie sich auch bemühte, ihre Glieder zu beherrschen.

Sie führten die Pferde in den Wald. Auf einer Lichtung

schichteten sie Holz zusammen und entzündeten ein Feuer. Catherine schoben sie so nahe an die Flammen, daß die Hitze ihr den Atem raubte. Bald glühten das Gesicht und die Hände. Das Zittern setzte aus, kehrte wieder, setzte aus. Die Zähne klapperten aufeinander, und selbst die Zunge wollte ihr nicht recht gehorchen: Sie zuckte, versteifte sich, schauderte. Catherine sah sich um. Thomas Latimer hielt Hawisia auf dem Schoß und ließ sie mit seiner Brille spielen. Die Linse malte einen hellen Punkt an den Baumstamm hinter ihnen.

Natürlich! Man mußte eine Linse vor das Loch halten. Auf diese Weise ließ sich mehr Licht hindurchlocken. Es wurde von der Linse auf einen Strahl zusammengefaßt und konnte sich so durch die Öffnung zwängen.

Catherine versuchte ein Lächeln. Es gelang. Aber seltsamerweise lockte es die Tränen hervor. Sie schüttelte sich. Nicht weinen! Wenn sie damit begann, würde sie nicht wieder aufhören können.

»Nichts haben wir«, sagte Nevill. »Selbst Sligh ist uns entwischt.«

Cheyne legte ihr die Hand auf die Schulter. »Es tut mir leid, wegen Alan. Dein Bruder war tapfer. Sich Sligh in den Weg zu stellen! Wäre er nicht gewesen, hätte Sligh dich erschlagen. Wir hätten dich nie und nimmer rechtzeitig erreicht.«

»Er wollte Schafe züchten«, stammelte sie. »Er wollte es zu etwas bringen. Heiraten wollte er.« Es klang in ihren Ohren, als würde sie jedes Wort zweifach sagen. Stoßweise atmete sie, in Stößen sprach sie, manches Wort laut, manches leise, ohne daß sie es beeinflussen konnte. Was geschah hier mit ihr? »Ich habe ihn geliebt. Und ich habe meinen Mann geliebt. Courtenay wird büßen, dafür sorge ich.«

»Du kannst den Erzbischof nicht töten. Selbst wenn du an ihn herankämst – sie würden dich zur Strafe vierteilen, eine Bischofsmörderin! Wer kümmert sich dann um Hawisia?«

»Und vorher werde ich dafür sorgen, daß er sich an das Jüngste Gericht erinnert. Er wird sich fürchten, wie er sich noch nie gefürchtet hat.«

»Cheyne, gib ihr deinen Mantel«, bat Latimer. »Sie friert immer noch.«

»Heute nacht wird er wünschen, er hätte Elias und Alan am Leben gelassen und all die Menschen in Braybrooke, die er sich aufs Gewissen geladen hat.«

Cheyne legte ihr den Mantel über die Schultern, behutsam.

Nevill schüttelte den Kopf. »Niemand von uns geht zurück nach Canterbury. Wir sind zu dritt. Courtenay hat eine Hundertschaft, mindestens.«

»Ich gehe«, sagte sie.

»Sieh dich an! Was willst du ausrichten?«

»Wollt Ihr wissen, wo Courtenay Hereford verbirgt?« Sie sah einen nach dem anderen an.

»Natürlich wollen wir das.« Cheyne seufzte. »Aber wie willst du ihm dieses Geheimnis entlocken? Nichts kann ihn dazu bringen, es preiszugeben.«

»Ich brauche Eure Brille, Sir Latimer. Dazu einen Spiegel.«

»Ich gebe Euch meinen«, bot Cheyne an. »Ich hasse ihn regelrecht, seit ich erkennen mußte, welche Teufelin Margaret ist.«

»Sie ist es nicht, Sir Cheyne, ich erkläre es Euch später. Aber wenn Ihr ihn mir leiht, bin ich Euch dankbar. Ein Rohr … An ein Rohr muß ich herankommen.«

»Sie verliert den Verstand«, sagte Nevill.

Latimer schüttelte den Kopf. »Gib ihr dein Fernrohr.«

»Mein Fernrohr? Was soll das bringen?«

»Ihr besitzt ein Fernrohr«, murmelte sie. »Das ist gut. Eine Kerze kann ich in Canterbury stehlen.« Sie stand auf. Das Zittern verebbte. Auch ihre Sprache wurde klarer. »Sir Latimer, seid so gut und gebt Hawisia den Rittern Cheyne und Nevill. Sie werden auf die Kleine aufpassen. Hat Euer Pferd genug geruht?« Sie blinzelte die letzten Tränen fort. »Bringt mich nach Canterbury.«

Nun stand auch Nevill auf. »Niemand geht nach Canterbury.«

Sie maßen sich mit den Augen. »Ihr habt recht, verehrter

Ritter Nevill. Courtenay wird Herefords Versteck nicht verraten, es sei denn, der Teufel persönlich fragt danach. Seht Ihr diese Bäume? Ihr könnt ihre Stämme erkennen, weil sie vom Licht der Feuerstelle beschienen werden. Seht Ihr jene dort hinten? Sie sind graue Schatten für Euch. Und hinter ihnen erkennt Ihr nur die Nacht. Was Eure Augen wahrnehmen, ist das, was das Licht ihnen preisgibt. Ich bin die Frau des Brillenmeisters Elias Rowe. Ich habe gelernt, das Licht zu regieren. Ich kann Dinge erscheinen lassen, die zuvor nicht da waren, und Dinge verschwinden lassen, an denen niemand gezweifelt hätte. Glaubt es, oder glaubt es nicht: Ich werde dafür sorgen, daß Courtenay heute nacht der Teufel erscheint. Ihr vertraut Eurem Arm, weil Ihr ein Meister des Schwertes seid. Vertraut auch mir! Ich bin eine Meisterin des Lichts.«

Woher die Kraft kam, die sie durchströmte, nachdem sie kaum einen klaren Gedanken hatte fassen können, nachdem sie gezittert hatte wie ein Kaninchen in der Schlangengrube – sie wußte es nicht zu sagen. Aber ihr war nun klar, was sie tun mußte. Nichts durfte sie davon abhalten.

38

Die Kathedrale von Canterbury stand weiß gegen den Nachthimmel, eine Tote, zum Abschied vom Mond geküßt. Die Spinne, die ihr das Leben ausgesaugt hatte, lauerte irgendwo in der Schwärze. Catherine spürte es. Zwischen Bischofspalast und Garten waren Spinnenfäden gezogen, um sie zu fangen – ein falscher Tritt, ein falscher Laut, und das Böse fiel sie an, um sie mit seinem Giftstachel zu stechen.

Sie waren schwach. Sie waren klein. Aber das Licht würde ihnen helfen. Sie würden das Ungeheuer blenden, würden in ihm Alpträume wecken. Wenn sie sich nicht zuvor packen ließen. Wenn sie es schafften, den lauschenden Ohren dieses Nachtmahrs zu entgehen.

Die Räder ächzten unter dem Buckel von Heu, der bis in die Baumkronen hinaufragte. Als Catherine den Wagen hinüber zur Mauer des Bischofspalastes lenkte, rutschte eine Handvoll Halme ab. Sie legten sich wie eine Geisterhand auf ihren Kopf. Die Achsen knarrten, wollten sich auf den neuen Weg nicht einlassen. Heu streifte ihr Gesicht. Sie atmete Wiesenstaub. Nicht niesen! Nicht!

Sie hielt sich die Nase zu. Es ging nicht anders, sie würde niesen müssen. Sie preßte die Lippen aufeinander. Wartete. Hoffte, das Kitzeln würde sich verlieren. Da schwoll es mächtig an, ein Luftschwall brach aus ihrem Mund, sie prustete ungewollt.

Latimer, der den Wagen von hinten schob, machte: »Schh!«

Sie hielten inne, lauschten. Aus dem Garten schallte Grillenzirpen herüber. Wie konnte ein Tier, das so winzig war, ein Geräusch von sich geben, das hundert Schritt weit zu hören war? Und weshalb zirpten die Grillen mitten in der Nacht? Sie schienen Warnungen auszustoßen, spitze Schreie, die Angst und Aufregung kündeten.

»Gut, weiter«, flüsterte Latimer. Die Räder knarzten, ein Ruck ging durch den Wagen.

Alan war tot. Der Bruder, mit dem sie auf den Feldern nach vergessenen Ähren gesucht hatte. Sie sah ihn vor sich, den kleinen Jungen, der mit Freunden kämpfte, Holzschwert gegen Holzschwert. Den jungen Mann, der einen Acker pachtete und ihn vom Steingrund zum fruchtbaren Feld verwandelte. Alan. Tot. Plötzlich erschien es ihr unmöglich. Er war immer dagewesen, der Bruder. Er konnte doch nicht fort sein? Es drängte sie, durch den Garten zu schleichen und nachzusehen. Lag er noch dort? Was hatten sie mit ihm gemacht? Ihn irgendwo verscharrt? Ihr wurde übel.

Sie lenkte den Wagen zurück, so daß er sich mit der Breitseite an die Hauswand schmiegte. »Das genügt«, raunte sie. Im ersten Stockwerk sollte sich das Schlafgemach befinden. Sie ging rückwärts, bis sie über dem Heuberg die Glasfenster schimmern sehen konnte, schwarze Spiegel in der Nacht. »Sir Latimer«, wisperte sie, »was meint Ihr –« Wo war Latimer? Sie suchte mit den Augen den Wagen ab, die Mauer. Latimer war verschwunden.

Schimmerte da nicht Lichtschein auf der Hauswand? Sie drehte sich um, sah die Fackel, die sich vom Garten her näherte. Rasch warf sie sich zu Boden und rollte unter den Wagen.

In Latimers Arme.

Der Ritter drückte ihr den Finger auf die Lippen.

Nach einer Weile flüsterte er: »Wir verschwinden.«

Ihre Gesichter waren sich so nahe wie noch nie. Catherine konnte seinen Atem auf ihren Wangen spüren. Sie roch ihn: säuerlich, herb. »Nein. Wenn Ihr fliehen wollt, flieht. Ich lasse Courtenay so nicht davonkommen.«

»Nicht um mich ist mir bange. Ich habe tausendmal dem Tod ins Auge gesehen, auf jedem Schlachtfeld mich verabschiedet von der alten Erde. Ich bin nur Pilger hier. Aber du bist Mutter!«

Nein, es ging ihm nicht um Hawisia. Wie er sie in den Armen hielt! Ein wohliger Schauer durchlief sie. Gerade weil da draußen das Böse seinen kalten Hauch aussandte, fühlte sie sich warm und geborgen an der Brust des Ritters.

Er rückte ein wenig ab, als müsse er sich besinnen. »Wir brechen das ab. Glaube mir, ich habe Erfahrung, und die Instinkte sagen mir, daß wir Canterbury nicht lebend wieder verlassen werden, wenn wir deinem wundersamen Plan folgen.«

Gut möglich, daß er recht hatte. »Ich brauche nicht lange. Und wenn ich die Kerze gut abschirme, wird man mich kaum sehen oben auf dem Wagen.«

»Es ist zu gefährlich! Wir hätten nicht wieder hierherkommen dürfen. Was, meinst du, wird Courtenay tun, wenn er dich entdeckt? Ein Schrei genügt, und seine Männer laufen zusammen.«

»Courtenay wird nicht glauben, daß er mit einem Wesen aus Fleisch und Blut kämpft. Was nützen seine Bewaffneten gegen einen Tierschwänzigen?«

»Von welchem Tier sprichst du? Soll das Pferd gegen ihn angehen?«

»Nicht Euer Pferd. Ein Eichhorn.«

»Ein – was? Du bist von Sinnen.«

Welche Sorgen sie noch vor wenigen Monaten geplagt hatten! Ob die Straße vor ihrem Haus gepflastert wurde oder nicht, ob ein Ofen gemauert werden mußte, weil der Rauch der Feuerstelle in die Schlafkammer zog. Diese Zeit war vorüber. Sie war Mutter geworden. Sie hatte ihren Mann und ihren Bruder verloren. Sie ging mit den mächtigsten Männern Englands um – und würde in dieser Nacht den Kirchenfürsten töten, der, gleich nach dem König, alle Engländer überragte. Lange genug war sie nur ein Werkzeug gewesen. Nun war es an der Zeit, daß die Meisterin des Lichts Verantwortung übernahm. Natürlich setzte sie ihr Leben aufs Spiel. Sie lief näher am Abgrund heute nacht, als eine Sterbliche es tun sollte. »Wartet Ihr hier auf mich?«

»Der Rachedurst hat dich vollkommen blind gemacht.« Er schwieg einige Augenblicke. Deutlich hörte sie ihn atmen. »Aber es sei. Ich werde beten, daß Gottes Arm dich führt.«

Sie rollte sich unter dem Wagen hervor, nahm Topf, Kerze und Becher vom Bock und kletterte hinauf. Das Heu spie Wolken trockener Fäule aus, wo sie es niederdrückte. Es knisterte und stach in ihre Haut. Wieder und wieder rutschte sie ab und verschüttete Wasser aus dem Becher. Endlich kauerte sie oben auf dem Berg, eingesunken in eine Mulde. Sie spähte durch die Fensterscheibe.

Da war er, Courtenay, der Erzteufel. Er kniete vor seinem Bett. Hastete er im Geist durch den Garten, um sie zu finden? Ahnte er die Gefahr, die ihn bedrohte? Oder brachte er Rechtfertigungen vor, die Gott erklären sollten, warum er Alan hatte töten müssen? Verabschiede dich, du Schlange, dachte sie.

Aus dem Topf nahm sie das Messer und legte es neben sich. Dann ergriff sie Stahl und Feuerstein, kratzte sie aneinander. Nur keinen Funken in das Heu schlagen! Die Funken entflammten den Zunder im Topf. Da hinein hielt sie den Kerzendocht. Als die Kerze brannte, schüttete sie das im Becher verbliebene Wasser in den Topf, um den Brand zu löschen. Es zischte. Rauch biß ihr in die Nase.

Rohr, Spiegel und Latimers gelbes Brillenglas warteten an ihren Bauch gepreßt über dem Gürtel. Sie angelte sie hervor, hob die Kerze hinter das Rohr, paßte den Spiegel an, der nun auf ihrem Schoß thronte. Noch waren die Augen des Erzbischofs geschlossen im Gebet, sie hatte Zeit, Spiegel, Kerze und Rohr zu arrangieren.

William Courtenay vergrub das Gesicht in den Händen. Wieder wollte das Gebet ihn nicht recht stärken. Er sprach gegen die Wände an, seine Worte prallten davon ab und klirrten zu Boden. Wie lange ging das schon so? Du solltest dich mehr um deine geistlichen Belange kümmern, dachte er. Diese bewegten Monate hatten ihm wenig Gelegenheit geboten, über Gott nachzusinnen und darüber, was der himmlische Vater von ihm erwartete. Früher! Ja, als er Recht studierte in Oxford, Stapledon Hall, als er jung war, naiv und fröhlich, wie lebendig waren seine Gebete gewesen! Mit welcher Freude war er vor Gott getreten, alles, alles hatte er mit ihm geteilt.

Seine Gedanken stockten. Licht schimmerte zwischen seinen Fingern hindurch. Er schluckte. Finger für Finger nahm er vom Gesicht, blinzelte. Dort, neben der Tür. Eine Gestalt, groß und stattlich, strahlend. Besuchte ihn ein Engel?

Es war kein Engel. Courtenay erstarrte.

Es war ein Dämon.

Schwefelgelb flackerte das Wesen, es reichte vom Boden bis zur Decke. Courtenay tastete sich rückwärts, ohne daß er den Blick von ihm nehmen konnte, er fiel, stieß mit dem Rücken gegen das Bett. »Bitte«, stöhnte er. »Verschone mich!«

Die gelbe Gestalt erbebte in drohender Gebärde.

»Nein! Laß mir meine Seele. Ich bereue!«

So schlimm stand es also um ihn. Er war des Teufels Eigentum. Der schweigende Dämon ergötzte sich an seiner Furcht. Würde er ihn ergreifen und mit ihm schnurstracks zur Hölle fahren? Aber er war der Erzbischof von Canterbury! Er war der päpstliche Legat, ein Mann Gottes! »Ich gehöre dir nicht«, wimmerte er. »Du irrst dich. Fort!« Er wedelte mit der Hand, als könnte er das Höllenwesen so vertreiben. »Fort mit dir!«

Da bemerkte er zwischen den pockenbesetzten Beinen den Schweif. Der Dämon hatte einen Eichhornschweif, buschig, feuerrot. Courtenays Gedanken irrten umher. Ich wollte das nicht! klagte er im stillen und spürte wieder die leblose Gestalt seines kleinen Tieres in den Händen. Verdurstet war es, er hatte es vertrocknen lassen in der Truhe, und nun kam ein eichhornbeschwänzter Dämon, ihn zu holen.

Die Höllenbrut öffnete das Maul und lachte. Giftige Dämpfe wölkten zwischen den spitzen Zähnen hervor. »Was?« zischte es. »Was bereust du?«

»Das Tier, ich sollte es doch pflegen, es bewahren!« Er winselte: »Es ist mir gestorben!« Ein Kind war er plötzlich, ein kleiner Junge, dem Tränen in die Augen schossen. »Und ich habe gelogen. Ich hätte den Rittern nicht die Unwahrheit sagen dürfen.«

Zuckender gelber Atem sprühte aus ihrem Geifermaul. »Was bereust du noch?«

»Ich habe Menschenleben auf dem Gewissen.«

Der Dämon wuchs, verfinsterte sich. »Menschenleben!« kreischte er.

Es schien ein ernsthaftes Vergehen zu sein. Seltsamerweise hatte er sich nie schuldig gefühlt dafür. »Es war doch um einer guten Sache willen! Der Brillenmacher ist bei meinem Erzfeind ein und aus gegangen, ich habe ihn gebeten, mir als Spion zu dienen, der Kirche sollte er helfen.« Courtenay bäumte sich auf. Hörte sich zu seinem eigenen Erstaunen keifen: »Er hat sich widersetzt! Er hat sich den Ketzern angeschlossen. Ein Ketzer, verstehst du nicht? Er verdiente es! Er verdiente den Tod!« Da war mehr Kraft in ihm, als er vermutet hatte. Er rang mit dem Teufel! War er nicht ein großer, ein überragender Mensch?

Der Dämon näherte sich. »Gut. Weiter.«

Seine Kraft brach zusammen. »Versteh doch! Ich mußte es tun«, stammelte er.

»Weiter.«

Sollte er etwa jeden Menschen aufzählen, den er auf dem Schlachtfeld erschlagen hatte? »Ich kenne sie nicht alle.«

»Alan Rowe!« kreischte der Dämon.

»Wieso Alan? Er war mein Bediensteter, sein Leben lag in meiner Hand, ich hatte Gewalt über ihn, es war kein Unrecht.«

»Verderbter Mensch!«

Courtenay schlotterte am ganzen Leib. Er hing schief zwischen Fußboden und Bettkasten, unfähig, an seiner Lage etwas zu ändern.

Die Höllenausgeburt heulte: »Wo? Wo ist Hereford?«

»Pater noster, qui es in caelis, sanctificetur nomen tuum«, betete Courtenay. Er schlug unaufhörlich das Kreuz über seiner Brust.

»Wo ist Hereford?« fauchte sie.

Ein Hoffnungsschimmer glomm auf in Courtenay. »Du willst ihn haben? Läßt du dann von mir ab? Er ist bei einem alten Freund in London untergebracht, der ein Tuchgeschäft betreibt auf der Brücke über die Thames. Höre, ich will fortan ohne Sünde leben, wenn du mich nur dieses eine Mal verschonst. Ich versuche doch, dem Herrn zu dienen. Ich gehöre nicht zu dir, Engel des Bösen, sondern zu Jesus Christus, auch wenn ich abgeirrt bin von der Wahrheit. Ich werde dorthin zurückfinden. Frage Christus, er wird meine Seele nicht kampflos an dich ausliefern!«

Der Dämon verschwand. Kalt das Gemach, leer und dunkel. Nicht einmal Schwefelgeruch war zurückgeblieben. Courtenay erschlaffte.

Da zerbarst die Fensterscheibe. Eine Frau warf sich in den Raum, Gesicht und Arme vom Glas zerschnitten. Catherine Rowe. Wie eine Bestie sprang sie ihn an.

»Du?« entfuhr es Courtenay.

In ihrer Hand blitzte ein Messer auf.

Sie stach zu. Das Messer schnitt in seine Seite, weich drang es ein. Der kleine Mann ächzte, packte ihr Handgelenk, ehe sie erneut zustoßen konnte. Sie rangen. Wie ein stählerner Ring, der sich eng zusammenzog, umklammerte seine Hand ihren Unterarm. Vor Schmerzen wimmerte sie, aber sie gab das Messer nicht auf, versuchte, es auf ihn herunterzudrücken, in sein Gesicht, in seine Schulter, irgendwohin.

Es bewegte sich nicht so, wie sie es wollte. Obwohl *sie* es in der Hand hielt, steuerte *Courtenay* ihren Arm und damit das Messer. Es näherte sich ihr, zielte auf ihre Brust, drang mit der Spitze durch ihre Kleidung, ritzte die Haut. Er ist stärker als ich, durchfuhr es sie. Er wird mich töten. Sie hob das Knie und rammte es ihm in die Seite, dort, wo ein dunkler Fleck sein Hemd tränkte. Courtenay krümmte sich, aber er ließ ihr Handgelenk nicht los.

Wieder bog er das Messer zu ihr hin. Ihr war, als würde der Hals anschwellen, alles Blut sammelte sich dort, um ihn zum Platzen zu bringen. Er würde sie töten. Sie konnte nicht gewinnen. Hawisia würde als Waise aufwachsen. Er würde nach Elias und Alan auch sie umbringen.

»Catherine!« rief Latimer von draußen. Ein Pferd wieherte.

Wenn sie leben wollte, blieb ihr nichts, als Courtenay aufzugeben. Sie ließ das Messer los, es fiel zu Boden. Blitzschnell bückte sich der Erzbischof danach. Diesen Augenblick, in dem er sie aus seinem Stahlgriff entlassen hatte, nutzte sie. Mit zwei Schritten war sie beim Fenster.

Eine feine, kühle Berührung am Hals hielt sie zurück. Courtenay preßte ihr die Klinge an die Kehle. »Mein Kind«, sagte er, »bleib doch.« Langsam, fast zärtlich zog er sie vom Fenster zurück. Er zwang sie, sich neben ihn auf das Bett zu setzen. Dort löste er das Messer von ihrer Haut. »Reden wir ein wenig.«

Catherine drückte die Lippen aufeinander. Courtenays Hand auf ihrer Schulter brannte wie Feuer.

»Ich möchte mich bei dir entschuldigen«, sagte er. »Man kann es dir nicht verdenken, daß du vom Wege abgekommen bist. Unterschätzt habe ich dich, ich hätte dich einweihen sollen von Anfang an. Du bist eine kluge Frau.«

»Tötet mich endlich!«

»Aber das will ich doch gar nicht. Ich möchte dich gewinnen, aus freien Stücken sollst du dich zu meinen Anhängern gesellen.«

»Beweist es. Laßt das Messer fallen.«

Er blickte von ihr zum Messer, vom Messer zu ihr. Schließlich polterte es zu Boden.

Sie stieß es fort mit dem Fuß. »Und jetzt nehmt Eure Hand von meiner Schulter.«

Er tat es. »Siehst du? Du bist vollkommen frei. Ich möchte nur, daß du mir zuhörst.« Weich war seine Stimme. »Laß mich dir einige Dinge erklären.«

Sie würde ihm nicht zuhören. Sie würde nicht zulassen, daß er seine Worte mit Gift bestrich. »Courtenay?«

»Ja, mein Kind.«

»Ihr seid Abschaum.« Sie schnellte auf, war mit drei Sätzen beim Fenster. Sprang.

39

Jedes der vier Karpfenbecken am Flußufer war so groß wie ein See. Weißes Licht glitzerte auf dem Wasser. Der Wind wehte die Schirmchen der Kuhblumen hinein und trieb sie wie kleine Schiffe vor sich her. Von Zeit zu Zeit schnappte ein Karpfenmaul danach.

Hinter den Gehöften stakten Krähen über die Felder. Sie stocherten mit ihren dicken Schnäbeln im Stroh nach vergessenen Körnern. Schafe blökten.

Es war der 16. August 1387. Neben verkohlten Wallabschnitten strahlte an der Burg helles, frisches Holz. Gerüste kleideten das Torhaus ein. Im Dorf rings um die Kirche standen weißgedeckte Tische, und Diener in Livreen trugen Speisen auf, die so mancher Gast noch nie im Leben gekostet hatte. Man feierte Hochzeit. Sir John Cheyne war der Bräutigam. Sir John Cheyne schätzte gutes Essen. Er hatte sich entschlossen, in Braybrooke zu heiraten, um, wie er sagte, »diesem Courtenay zu zeigen, daß er keinen Fingerbreit Land gewonnen hat«. Jedermann war fröhlich. Nur Catherine, der Herefords Rettung zu verdanken war, Catherine, die das Mißverständnis mit den Lovetofts aufgeklärt und beseitigt hatte, Catherine saß stumm auf ihrem Platz, verschmähte Wein und Fleisch, Brot und Süßspeise.

Ein Pfauenbraten prunkte vor ihr auf dem Tisch. Die Köche hatten dem Vogel alle Federn wieder angesteckt, er sah aus wie lebendig, die Schwanzfedern überragten die Hochzeitsgäste. Daneben dampften Schalen mit gedünsteten Austern in Mandelmilch, Gänse in Weintraubensauce, mit Knoblauch gewürzt, geröstetes Schaf in saurer Kirschsauce, Pasteten, Aal, geschmorter Kohl mit Zimt und Gewürznelken. Eine Schüssel Eiercreme war überreich mit Früchten garniert.

Cheyne, der mit spitzen Fingern ein Granatapfelstück aus der Schale klaubte, lachte plötzlich so heftig, daß ihm die langen schwarzen Haare ins Gesicht fielen. Seine junge Braut hatte ein Huhn auf den Schoß genommen und fütterte es mit Lauchgebäck. Er rief: »Seht euch diese Frau an!« Einige Gäste lachten mit ihm, ein wenig zu laut, und beobachteten ihn dabei aus den Augenwinkeln. Sie hatten von Cheynes Reichtum gehört, natürlich, und suchten sich seine Gunst zu erschleichen.

Sie saß neben Thomas, der seiner Frau Würzwein nachschenkte und Catherine kaum beachtete. Jetzt beugte er sich zu Lady Anne hinüber und flüsterte ihr etwas ins Ohr. Sie warf einen flüchtigen Blick auf Catherine, nickte. Thomas wandte sich ihr zu. »Catherine, darf ich dich zu einem kleinen Spaziergang von der Tafel entführen?« Sein Gesicht war ernst.

Sie sah auf ihren Schoß zu Hawisia. Aber schon streckte Lady Anne die Hände aus: »Gib mir solange das Kind.«

Sie wollte etwas denken, etwas sagen, aber alles, was sie tat, war, im Wechsel Sir Latimer und Lady Anne anzublicken.

Er stand kurzerhand auf, nahm Hawisia in die Höhe und reichte sie weiter. Dann zog er Catherine mit sich. »Erzähle mir noch einmal von dieser Maschine«, sagte er, »mit der du Courtenay glauben lassen hast, er hätte Besuch von Luzifer. Wie arbeitet sie?«

Catherines Herz stolperte, ihr wurde kalt, mitten im Sommer wurde ihr kalt. Sie gingen über die Brücke auf den Rockingham Forest zu. Lag ihre Hand wirklich in Sir Latimers Armbeuge? Ging sie wirklich neben ihm spazieren, als wäre sie eine junge Frau seines Standes? »Es ist nicht mehr als ein Licht, ein Rohr und eine bemalte Linse. Eine Art Laterne.«

Er fuhr mit der Rechten durch die Luft, als lese er dort ein Schild. »Die magische Laterne. *Die laterna magica.*«

Sie schwieg.

»Man könnte dieses Wunderwerk leicht für allerlei Schabernack mißbrauchen.«

»Bisher weiß ja niemand davon außer Euch und mir. Habt Ihr vor, es anzuwenden?«

»Es war teuer, die Burg wieder aufzubauen, und wir sind noch lange nicht fertig. Ich brauche Geld.« Er lachte. »Unsinn. Gott hat uns so wunderbar beschenkt, da wollen wir ihn nicht mit Bosheit enttäuschen. Der Doktor sitzt in Nottingham über seinen Büchern und übersetzt die letzten Kapitel des Alten Testaments. Courtenay wird sich so rasch nicht wieder mit uns anlegen. Wir haben allen Grund zu Dankbarkeit.«

»Und Lady Anne ist beinahe vollkommen gesund geworden.«

»Ja«, sagte er knapp.

Catherine fühlte einen Schmerz in ihrem Bauch, der sich bis in Arme und Beine auszubreiten begann. Wieso hatte sie das gesagt? Konnten sie Lady Anne nicht einmal vergessen? Aber sie ging mit ihnen, unsichtbar.

»Ich habe mit Doktor Hereford über dich gesprochen«, sagte Thomas.

»Warum?«

»Zu lieben heißt, sich nicht nach dem nächstbesseren Menschen auszustrecken, hat er gesagt. Es wird einem immer eine noch bessere Frau begegnen. Aber Liebe ist kein Gefühl, sondern eine Entscheidung, meint er. Mir scheint, ich habe diese Entscheidung in bezug auf Anne nie getroffen.«

»Doktor Hereford ist –«

»Ich habe ihm gesagt, daß ich mich zu dir hingezogen fühle, Catherine.« Thomas blieb stehen. »Du raubst mir den Schlaf, weißt du das? Bin ich in deiner Nähe, so bin ich fröhlich, vergeht ein Tag, an dem ich dich nicht sehe, schlägt es mich nieder. Es ist schwer, dagegen anzugehen.«

Sie schluckte. »Ich kenne das.«

»Wir dürfen dem nicht nachgeben.«

»Ich weiß.«

»Doktor Hereford hat recht. Ich muß mich für Anne entscheiden, auch wenn ich nun dir begegnet bin. Ich bin es ihr schuldig. Wenn diese Feier vorüber ist, wirst du von hier fortgehen müssen.«

Sie konnte an kein Wort denken, obwohl sie antworten wollte. Das passende Wort kam ihr nicht in den Sinn, sie suchte verzweifelt danach.

Er ging weiter. »Laß uns diesen Spaziergang als Abschied nehmen.«

Es wurde still zwischen ihnen. Der Weg knirschte unter den Füßen. Ein Grünspecht begleitete sie mit seinem häßlichen heulenden Gesang. Catherine mußte an Elias denken. Sie hatte an Doktor Herefords Gürtel ein Brillenetui entdeckt, das sein Zeichen trug. Es war wie eine Begegnung mit Elias gewesen. Als sie den Doktor bat, ihr seine Brille zu zeigen, und er daraufhin bereitwillig das Etui öffnete, enthielt es die verzierte Brille aus Buchsbaumholz, die Elias vor der Abreise aus Braybrooke Castle angefertigt hatte. Elias sei ein guter Bekannter von ihm gewesen, den er sehr geschätzt habe, hatte Hereford gesagt.

Auch Elias ging unsichtbar mit ihnen. Er war ein Teil dieser Ereignisse, und er war ein Teil von ihr. Sie hatte ihn geliebt. Nur war auf wundersame Weise all ihre Liebe zu Elias verflogen, und sie fühlte sich Thomas Latimer so nahe, als hätten sie Gesichter getauscht, als steckte sie in seinem Körper, lief mit seinen Beinen, sprach mit seinem Mund.

»Liebt Ihr Lady Anne?«

»Ich weiß es nicht.« Er wendete sich ab, redete zum Wald hin. »Mein Vater hat sie mir damals empfohlen, als ihr erster Mann gestorben war, John Beysin von Ashley. Meine Freunde haben mir zugeraten, sie lobten ihre Schönheit, und wohlhabend war sie zudem. Anne hat meine Gefühle in Wallung gebracht damals, ja, aber im Rückblick erscheint es mir, als wäre es nur der Stolz gewesen darüber, daß ich eine gutaussehende, reiche Frau bekam. Mein Interesse hat sich bald verloren.«

»Und trotzdem habt Ihr sie geheiratet?«

»Die Sache war schon festgemacht. Es stand außer Frage, daß wir heiraten.«

»Der Tag der Hochzeit muß traurig gewesen sein für Euch.«

Er sah sie an. »Ich habe nicht viel nachgedacht. Wahrscheinlich habe ich mich davor gefürchtet nachzudenken.«

Sie brauchte Luft, es schnürte ihr die Kehle zu. Warum konnten dann nicht sie und Thomas zusammensein, warum gab ihn Lady Anne nicht frei?

Mitten hinein in ihre Empfindungen platzte ein Bild, unaufgefordert und häßlich. Sie sah Alan. Sie hörte ihn rufen: »Catherine!« Das Schwert durchbohrte ihn. Fleisch riß. Er wurde aufgespießt wie ein Tier. Und sie trug die Schuld daran, sie war nach Canterbury gekommen, sie hatte sich in Gefahr begeben und ihn hineingerissen in den finsteren Pfuhl, der eigentlich ihr bestimmt gewesen war. Wo war er jetzt? Wie konnte ein Mensch sterben?

Er ist bei Gott, sagte sie sich. Und doch konnte sie es nicht fühlen, sie mußte ihn sich vielmehr als Leichnam vorstellen, und es graute ihr bei diesem Gedanken.

»Ist dir nicht gut?« fragte Latimer. Er war stehengeblieben und blickte sie sorgenvoll an.

»Es … Es geht schon.« Sie ging weiter.

»Du bist plötzlich erstarrt, als wärst du zu Eis gefroren. Was war das?«

»Ich mußte an Alan denken.«

»Verstehe.«

»Es ist Unsinn, ich meine, er ist jetzt bei Gott im Himmel, wieso mache ich mir Sorgen! Einen häßlichen Tod hat er erlitten, aber er hat es geschafft, er hat es hinter sich.«

Latimer schwieg.

»Er ist doch bei Gott?«

Stumm blickte Latimer hinauf zum Rockingham Forest.

»Ihr glaubt es nicht«, flüsterte sie.

»Catherine, das ist keine Frage von Glauben. Die Bibel läßt keine Zweifel offen. Sie spricht vom Tod als Schlaf, sie sagt, die Toten wissen nichts und hoffen nicht und eifern und lieben und hassen nicht, sie sind wie Menschen, die sich zur

Nachtruhe begeben haben. Alan schläft einen tiefen Schlaf. Es ist, als sei er ohnmächtig. Eines Tages aber wird ihn der Herr –«

»Ach, redet mir nicht vom Jüngsten Gericht! Ihr sagt, daß Alan kalt ist, daß er verrottet! Und wißt Ihr was? Ich ahne es, daß Ihr recht habt. Wie kann Gott so etwas gutheißen? Wie kann er den Tod gewollt haben?«

»Der Tod, Catherine, ist der Triumph Satans. Er ist die Strafe für unseren Fall, für unsere Abkehr von Gott. Der Böse hat uns dazu verführt, und wir sind ihm gefolgt. Glaubst du, Gott trauert nicht deswegen? Glaubst du, er leidet nicht wie wir unter dieser Zerstörung seiner Geschöpfe? Christus weinte am Grab des Lazarus, obwohl er doch wußte, daß er ihn am selben Tag wiedererwecken würde zum Leben. Was meinst du, warum er geweint hat? Weil ihn dieser verwesende Leichnam – sie schreiben ja, er stank schon –, weil er ihn anwiderte, weil es ihn betrübte, ihn, den Erschaffer des Lebens, wie das Leben zerfloß. Jesus selbst fürchtete sich vor dem Tod, deshalb schwitzte er Blut im Garten Gethsemane.«

»Dann soll er den Tod abschaffen, wenn er der Allmächtige ist!«

»Das wäre unser Untergang. Verstehst du nicht? Der Tod ist das größte aller Übel, aber er ist auch das Heilmittel für die gefallene Menschheit. Er ist Satans mächtigste Waffe, und er ist Gottes mächtigste Waffe. Gott hat sie ihm aus der Hand gewunden und führt sie nun gegen seinen Feind. Der Tod ist unsere Schande, aber auch unsere Hoffnung. Denn Christus hat ihn genommen und mit ihm den Feind besiegt.«

»Ihr redet wirres Zeug.«

»Verstehst du nicht? Satan hat dafür gesorgt, daß die Maschine Tod uns verheert. Damit wollte er Gott zur Begnadigung zwingen, er, der Rebell. Denn er wußte, daß Gott es nicht ertragen würde, seine Geschöpfe allesamt der Vernichtung preiszugeben. Aber er hat nicht damit gerechnet, daß Gott selbst sich mitten unter uns stürzen würde und sich dem Sterben preisgeben würde, um die Maschine aufzuhalten. Er ist das Sandkorn, das nicht zermalmt werden kann. Die Todesmühle hat sich an ihm verschluckt. Sie kann ihn nicht mahlen, und damit wird sie auch uns nicht endgültig vernichten. Wir legen uns schlafen, ja, und es ist ein greulicher Schlaf. Niemand empfindet ihn als richtig, jeder fürchtet ihn, denn wir sind zum ewigen Leben geschaffen, die Vernichtung erscheint uns falsch und ekelhaft. Aber es ist nur ein Schlaf auf Zeit.«

Das Bild des ermordeten Bruders verlosch, als wäre ein böser Geist vertrieben. Sie mochte schuldig sein an Alans frühem Tod, aber es erwischte jeden von ihnen, irgendwann war jedermanns Zeit abgelaufen. Und doch empfand sie es nicht mehr als Untergang. Es war ein Schlaf, sagte Latimer, ein langer und finsterer Schlaf. Damit wollte sie Frieden schließen. »Ich danke Euch«, sagte sie.

Sie wendeten und gingen zurück zur Hochzeit.

Sie begriff, daß es ihr letzter Spaziergang sein sollte. Er hatte gesagt, was er sagen mußte: Daß sie zu gehen hatte nach dem Fest. Jeder Schritt bedeutete Abschied. Warum schwiegen sie? Wie konnten sie die Zeit vergeuden, die geringe Zeit, die ihnen blieb? »Erinnert Ihr Euch«, stammelte sie, »wie Ihr mir im Frühjahr von … von Geheimnissen des Lichts berichtet habt? Ich habe einiges nicht verstanden. Vielleicht wollt Ihr mir etwas davon erklären?«

»Habe ich dir von Damianus erzählt, dem Sohn des Heliodor von Larissa?«

»Ich weiß nicht recht. Wer ist das?«

»Ein Grieche, der irgendwann nach Ptolemäus lebte. Er glaubte noch an die Sehstrahlen und behauptete, daß sich das Licht unendlich schnell bewegt. Die Sonne erreicht uns sofort, wenn eine Wolke sie wieder freigibt. Genauso, meinte Damianus, erreichen auch die Strahlen unserer Augen ohne Verzögerung den Himmel oder was auch immer wir ansehen.«

»Woher wißt Ihr das? Wer kann diese Geheimnisse kennen?«

»Ich habe davon gelesen.«

»Würdet Ihr mich das Lesen lehren?« Sie hatte nicht nachgedacht, bevor sie fragte, und nun, als die Frage zwischen ihnen schwebte, als Catherine sich hätte entschuldigen müssen, da keimte Hoffnung in ihr, daß Thomas Latimer ins Wanken zu bringen war, daß er womöglich darauf verzichten würde, sie fortzuschicken.

Und er sagte: »Ja, gern.«

Sie sprachen nicht weiter darüber, wie er das Versprechen einlösen würde. Es war nicht notwendig, darüber zu sprechen, denn plötzlich wußte sie, daß sie sich wiedersehen würden, daß es nur eine Trennung auf Zeit war. Das Wiedersehen mußte für sie großes Unglück bedeuten, und doch war es ein Unglück, das sie herbeisehnte, so wie ein Schwerverwundeter den Tod herbeisehnt.

Braybrooke schien ein idyllischer Ort zu sein, die Art, die der Wanderer in den Midlands für eine Mahlzeit und ein Bettlager auswählt, ein Dorf mit freundlichen Bewohnern. Drei Bussarde kreisten mit ausgebreiteten Schwingen über dem Waldrand. Friedlich wachten sie, ihr Flug war ein Anblick der Ruhe, der Zeitlosigkeit. Auf dem Ast einer blätterlosen, abgestorbenen Ulme schaukelte ein Rabe. Der Wind blies ihm unter die Federn. Schafe grasten: Sie umfaßten das Grün mit den Lippen und rissen es durch ein Kopfnicken ab. Man hörte das Rupfen. Ein Lamm wollte trinken, die Mutter aber graste und wanderte dabei. Es folgte ihr, es versuchte, den Kopf unter das Euter zu schieben. In den Holunderbüschen summten die Hummeln.

Courtenay entließ die Männer aus Kent. »Es geht nicht mit Brechen«, sagte er leise. »Es geht mit Biegen.« Diesmal würde er sie vernichten. Die Bedeckten Ritter hielten sich für die Sieger, sie hatten Doktor Hereford in London gefunden und geraubt. Es war Zeit, daß sie seine, Courtenays, Überlegenheit erkannten. Er hielt die Fäden in der Hand, niemand sonst. »Noch ist die Geschichte nicht zu Ende erzählt, meine Freunde.« Er trat an den Eichhornkäfig, streckte einen Nußkern auf der Fingerspitze zwischen die Eisenstäbe. Zögerlich näherte sich das neue Jungtier. Es hatte noch kein Vertrauen gefaßt. »Das Lied ist nicht ausgesungen. Die nächste Strophe singe ich, und es wird eine bittere Strophe sein.«

Der Autor dankt

Geoff und Ruth Tiney für die herzliche Aufnahme in Braybrooke und das geduldige Beantworten vieler, vieler Fragen.

Anthony Griffin, der Informationen aus dem Familienarchiv zur Verfügung stellte. Anthony Griffin ist ein direkter Nachfahre von Sir Thomas Latimer.

Tajana Kub. Als dieser Roman noch ein Neugeborenes war, mit rotem, faltigem Gesichtchen, hat sie es gebadet und gewickelt.

Und Kathrin Lange: Sie hat das Neugeborene gefüttert mit der Hingabe, die nur eine Autorenkollegin aufbringen kann.

Julia Waltke für die erste medizinische Untersuchung mit erstklassiger Diagnose.

Last, but not least, Gunnar Cynybulk, meinem Lektor, für den prüfenden Blick des Arztes: Atmung – gut. Puls – gut. Aber was ist mit den Augen? Sieht das Kleine richtig?

Philippa Gregory
Die Schwester der Königin
Roman
Aus dem Englischen von Ulrike Seeberger
650 Seiten. Gebunden
ISBN 3-352-00710-1

»Intelligente Variante einer Familien-Saga.«

TIMES LITERARY SUPPLEMENT

Als Mary Boleyn mit vierzehn an den Hof von Heinrich VIII. kommt, wird sie schon bald die Geliebte des Königs. Schnell muß sie erkennen, daß sie nur ein Spielball in den Machtplänen ihrer Familie ist. Der König interessiert sich mit der Zeit mehr für ihre Schwester Anne. Weder Korruption noch Ehebruch oder Mord können den Aufstieg der neuen Favoritin aufhalten. Der Hof, die Kirche, das Land sind gespalten in ihrer Sympathie für die alte Königin Katherine von Aragón und Anne Boleyn. Doch das Allerwichtigste für Heinrich VIII. ist ein Thronfolger.

»Die fesselnde Geschichte einer Renaissance-Familie, die dazu bestimmt ist, so hoch aufzusteigen wie sie kann, koste es, was es wolle.« KIRKUS REVIEW

Mehr von Philippa Gregory im Taschenbuch:
Die Farben der Liebe. AtV 1699
Irdische Freuden. AtV 1906
Der Herr der Rosen. AtV 1956
Die Lügenfrau. AtV 1834
Die Schwiegertochter. AtV 1649

Rütten & Loening

Mehr Informationen zu Philippa Gregory erhalten Sie unter www.aufbau-verlag.de oder in Ihrer Buchhandlung

Helene Luise Köppel
Die geheimen Worte
Roman
522 Seiten. Gebunden
ISBN 3-352-00718-7

Zwischen Inquistion und der großen Liebe

Südfrankreich im Jahr 1299: Das junge Mädchen Rixende soll in Carcassonne einen ihr völlig fremden Kaufmann heiraten. Ihrem Bruder sind dort die Spürhunde der Dominikaner auf den Fersen, da er Mitglied der Katharer-Sekte ist. All dies ist jedoch nur der Auftakt gefährlicher Entwicklungen: Da die Stadt Carcassonne dem Papst zu mächtig wird, soll die Inquisition Ordnung schaffen. Bürger werden eingekerkert, gefoltert, beraubt. Für Rixende sind diese Ereignisse um so verwirrender, weil eine merkwürdige Prophezeiung und große Verpflichtung auf ihr lastet: Sie soll die heiligen »Geheimen Worte« der Katharer in Sicherheit bringen. Und sie muß mit ihren Gefühlen ins reine kommen, denn ausgerechnet der Inquisitor Fulco zieht sie magisch an.
Ein prachtvoller historischer Roman über die Katharer – im Mittelpunkt steht eine kluge und mutige Heldin.

Mehr von Helene Luise Köppel im Taschenbuch:
Die Ketzerin von Montségur. AtV 1869
Die Erbin des Grals. AtV 2132

Rütten & Loening

Mehr Informationen erhalten Sie unter www.aufbau-verlag.de oder in Ihrer Buchhandlung

Robert Merle: »Kluge Mischung aus dichterischer Kühnheit und profundem Wissen.« LE FIGARO

Robert Merle wurde 1908 in Tébessa in Algerien geboren. Nach Schule und Studium in Frankreich war er von 1940 bis 1943 in deutscher Kriegsgefangenschaft. 1949 erhielt er den Prix Goncourt für seinen ersten Roman »Wochenende in Zuydcoote«. Merles umfangreiches Werk spannt sich in einem großen Bogen von seinem Welterfolg »Der Tod ist mein Beruf« über die ironische Zukunftsvision der »Geschützten Männer« bis zu der inzwischen auf 12 Bände angewachsenen historischen Romanfolge »Fortune de France«. Der Autor lebt heute in Montfort-l'Amaury in der Nähe von Paris.

Der Tod ist mein Beruf
Merles weltberühmte Psychostudie des Lagerkommandanten von Auschwitz von seiner Kindheit bis zur Hinrichtung. »Als ich ... erfuhr, daß Rudolf Höß im Gefängnis Notizen gemacht hatte, bemühte ich mich darum, sie lesen zu können. Ich durfte sie in einem speziellen Raum einsehen und brauchte ein Jahr dafür. Es war ein schreckliches Jahr.«
Roman. Aus dem Französischen von Curt Noch. 317 Seiten. AtV 1212

Die Insel
Die Meuterer der »Blossom« wollen auf einer kleinen Südseeinsel ein neues, freies Leben beginnen. Doch schon bald triumphieren Barbarei, Haß und Zwietracht über die Ideale der Gleichheit und Brüderlichkeit, die sie sich selbst gesetzt haben. Abenteuerroman, philosophischer Roman, Fabel – »Die Insel« ist all das zusammen.
Roman. Aus dem Französischen von Eduard Zak. 548 Seiten. AtV 1221

Die geschützten Männer
Eine Epidemie rafft in den USA die männliche Bevölkerung im zeugungsfähigen Alter dahin, und fanatisierte Damen reißen die Macht an sich. In strenger Isolation arbeitet der Neurologe Martinelli an der Erforschung eines Serums gegen die mörderische Enzephalitis. Doch auch sein Tod ist bereits programmiert. Hintergründiger literarischer Thriller mit viel Witz.
Roman. Aus dem Französischen von Anna Mudry. 368 Seiten. AtV 1223

Ein vernunftbegabtes Tier
Einem amerikanischen Forscher gelingt es, Delphinen das Sprechen beizubringen. Er weiß nicht, daß die Tiere von der US-Marine als lebende Unterseeboote eingesetzt werden sollen. Fast zu spät begreift er, daß er in ein Komplott verwickelt ist, das sein eigenes Leben und den Frieden in der Welt bedroht. Gesellschaftskritischer Thriller und spitzzüngige Satire.
Roman. Aus dem Französischen von Eduard Zak. 452 Seiten. AtV 1222

Mehr Informationen über die Bücher von Robert Merle erhalten Sie unter www.aufbau-verlag.de oder bei Ihrem Buchhändler

AtV